한국 대표 고전소설선(下)

사고력 계발은 온고지신으로부터 시작됩니다.

한국 대표 고전소설선(下)

윤병로 엮음

미래문화사

우리가 선조들의 정신적 유물이라 할 수 있는 고전을 읽는 것은, 거울에 자신의 모습을 비추어 보듯이 미래를 조망해 봄으로써 자아를 발견하기 위해서다.

한국 고전소설사에 빼놓을 수 없는 문제작들만을 엄선하여 수록해 놓은 본서는, 학문적 가치는 물론 문학적 배경과 아울러 선조들의 예지와 강인한 정신을 배울 수 있는 정수문학이라 할 수 있다.

따라서 선조들의 삶의 참모습과 그 시대를 주류해 온 사상이나 풍습, 관습 등을 문자로 표현해 놓은 작품을 통하여 그 시대에 꽃피워진 문화의 결정체를 한눈에 섭렵할 수 있다.

그러므로 우리가 처한 시대상황을 관조·직시해 보는 좋은 기회가 되며, 작품을 통하여 시대관이나 인생관, 나아가 세계관 정립에 많은 도움이 되리라 믿는다.

또한 작품을 읽는 이의 자세에 따라 작품 속에 내재된 사상이나 작가의 작품세계를 꿰뚫어봄은 물론 내용의 풍요로움도 마음껏 향유할 수 있다.

흥미있고 해학과 풍자가 곁들여진 고전 특유의 문학적 기풍은 오늘을 사는 우리들에게 삶의 윤택과 고고한 정서와 개개인의 가치관 확충에 정신적 원류 역할을 할 수 있을 것이다.

이렇듯 전통문화와 고전문학이 중요시되는 것은 작품 속에 민족적 혈맥이 흐르고 있기 때문이다. 옛부터 익히 들어왔던 온고이지신(溫故而知新)이란 말에서 알 수 있듯이, 옛것을 소홀히 하거나 아예 버리고 새로운 것들만을 받아들인다면 뿌리 없는 나무에 불과하며, 자기 본연의 진면목을 잃어버린 자기상실에 빠질 염려도 없지 않다.

특히 최근에 학생들의 폭넓은 독서와 깊은 이해력과 명철한 사고력, 즉 문학감상 능력을 테스트하는 대학수학능력시험이 대두됨으로써 고전소설편이 커다란 비중을 차지하게 되었다.

본서는 작품 추천 선생님들과 충분한 토론을 거친 후 내용이 충실한 작품들을 골라 수록하였고, 작품에 대한 해설과 주제, 줄거리, 작가 소개 등을 비롯하여 독서토론편도 마련하였다.

특히 작품의 사상이나 내용에 있어 비교 분석해 볼 수 있도록 비교작품들을 심사숙고하게 선별해 놓은 부분이 눈에 띈다.

이 책을 통하여 우리 젊은이들이 고전을 이해하고 감상하는 데 크게 기여하리라 자부하며, 특히 향학열에 불타는 학생들의 뜨거운 환영이 있으리라 기대한다.

1995년
엮은이

차 례

상권에 수록된 작품들

차 례

계축일기

작자미상

임인년(선조 35년)에 중전(선조의 비 인목왕후)께서 아기를 잉태하셨다는 이야기를 듣고 유가(유자신, 광해군의 장인)가 중전을 놀라게 하여 낙태시킬 양으로 대궐 안에다 돌팔매질도 하고, 측간(변소)에 구멍을 뚫고 나무로 쑤시기도 하며, 밤중에 횃불을 든 강도가 들었다고 떠들기도 하니, 이때에 궁중에서도 유가를 의심하는 바 없지 않았다. 그러다가 계묘년에 중전께서 공주를 탄생하니, 처음 대군을 낳으셨다고 잘못 전해 들은 유가는 아무런 대답을 하지 않더니 공주를 낳으셨다는 것을 알게 된 후부터 웃으면서 무엇을 주더라 하니, 이것만 보더라도 얼마나 중전을 미워했던가를 알 만하지 아니한가.

그 후 병오년(선조 39년)에 중전께서 영창대군을 낳으시니 유자신이 이 소식을 듣고 집에 들어박혀 머리를 싸매고 음흉한 생각을 꾸미더니, 이제 적자가 태어났으니 동궁(세자 즉 광해군)의 자리가 위태하다 하고, 한편 임해군(광해군의 형)이 자식이 없으니 임해군으로 세자를 삼았다가 대군에게 전하게 하려 하신다 하는 소문을 내며 〈선믁제 만믁제〉라는 동요까지 지어 내어 광해군을 세자로 봉한다는 사연을 중국 황제에게 주청하기를 재촉하였다.

그러나 상감께서는,

"둘째 아들을 세자로 세움은 집과 나라가 한가지로 망하는 일이니, 중국 황제는 온 천하에 법을 펴고 다스리는 마당에 한 조정을 위해서 이런 처사를 허용하지 못할 것이니라."

그 후 다시 글을 올리면 크게 꾸중을 내리시므로 봉세자封世子 하는 일은 그 장래가 막히지나 않을까 염려가 되더니, 이때 예부관과 재상이 교체됨으로써 다시 중첩하려다가 중도에 그만두고 마니 유가 일파가 이르기를,

"적자가 나셨으므로 세자 책봉의 주청을 아니한다."

선조 대왕께서 병환이 나셨을 때 정인홍·이이첨 등 대여섯 사람이,

"유영경(그때의 영의정)이 임해군을 위해서 광해군 세자 책봉을 주청하지 않으니 유영경의 머리를 베게 하소서."

하는 상소를 하되, 광폭하고 차마 입 밖에 낼 수 없는 말로써 상감의 뜻을 거스르니, 이미 여러 해째 병환으로 침식을 제대로 못하시고 기운이 지칠 대로 지친 상감께서,

"제 어찌하여 군부君父를 협박하는 짓을 하는고?"

몹시 분개하심을 이기지 못하시어 침식까지도 전폐하시고,

"인홍 등을 정배하라."

겨우 이 말씀을 전교하시고 운명하셨던 것이다. 승하하실 때 광해군에게 내리신 유교에도,

"참언이나 모함하는 일이 있어도 마음에 두지 말고 어린 대군을 가엾게 생각하라."

어찌 대군으로 하여금 왕위에 오르시게 할 일이 있겠는가마는, 점점 주위에 이간질하는 사람이 있어서 임해군을 없앨 계책을 의논하곤 하였다.

광해군이 어렸을 때부터 불민하다고 여겨 왔으나 임진왜란 때에 갑자기 광해군을 왕세자로 정하신지라 항상 교훈하시고 전교를 내리시지만 도무지 순종하는 일이 없어, 상감께서 타이르시면 도리어 원수처럼 생각하니 상감께서 말씀하시기를,

"자식이 되어서 어버이에게 하는 도리가 어찌 저럴 수 있으리오?"

마땅치 않게 생각하시던 차에 돌아가신 의인왕후(선조의 처음 왕비) 장례도 마치지 않았는데 후궁의 조카를 들여다가 첩을 삼으려 하기에,

"못하리다. 어이하여 부덕한 일을 하려 하느뇨?"

　상감께서 꾸짖으시고 허락하지 않으셨더니 그 일을 두고 두고 원망하였다가 병오년에 큰 화를 일으켰을 때 상감을 기만하고 들어가서 후궁을 위협하며,

　"내가 하는 일을 상감께 아뢰거나 조카를 주지 않거나 하면 후일에 삼족을 멸할 것이니 그리 알아라."

　공갈과 협박을 하면서 나인을 보내 빼앗아 갔던 것이다.

　상감께서 그 일을 들으시고 아주 추잡한 일로 여기시고 이르시되,

　"세종조에 소헌왕후를 그 아버님 일로 태종께서 폐하시려고 하니 세종께서 '그렇게 하겠나이다' 하시며 '여덟 명의 대군을 어떻게 처치하오리까' 하시니 태종께서 그제서야 폐하지 말라고 하신 일까지 있거늘 어린 계집 하나가 무엇이 귀하다고 아버지까지 속이고 데려가니 흉악한 뜻이로다."

　병오년에 대군이 태어나실 때부터 없앨 마음을 품어 오다가 대군이 점점 커가시매 변을 일으켜서 불의에 없이할 것을 날마다 유가와 모의를 하니, 저 철부지 어린 대군이 그지없이 불쌍하고 가엾기만 하더라.

　정인홍 등이 미처 적소까지 가지 않았는데 상감께서 승하하시니 광해군은 즉시 그날로 불러들여 벼슬에 올려 쓰고, 승하하신 지 두 주일이 되자 형님인 임해군을 없애기 위해 미리 사헌부와 사간원에 임해군의 죄목을 꾸며서 올리도록 시켜 놓고는, 임해군한테는 사헌부와 사간원에서 올린 죄목을 보이면서,

　"이제라도 대궐에서 나가면 죄를 벗을 수가 있지만 궐내에 그냥 머무른다면 죄가 더 무거워질 것이니 빨리 나가도록 하시오."

　한편 군사를 대궐 밖으로 나가는 임해군을 묶어 교동으로 귀양 보내서 감금해 두었다. 이때 명나라 사신이 임해군의 병에 대한 사실을 조사하기 위하여 들어오니, 임해군에게 이르기를,

　"전신 불수인 체하면 처자와 함께 살도록 해주겠거니와 만일 분부대로 하지 않을 것 같으면 죽일 것이로다."

　생모의 공빈인 사촌 오라버니 되는 김예직을 보내서 은근히 달래니, 임해군이 곧이듣고 분부대로 했지만 명나라 사신이 돌아가자 그는 임해

군에게 독약을 내려 죽이고 말았던 것이다. 임해군을 죽일 때 대군도 함께 죽이려고 상소문을 올리니, 조정에서 시비가 벌어지기를,
　"지금 강보에 싸여 있는 어린 몸이고 또 신정을 베푸는 이 마당에서 형제를 둘씩이나 함께 죽인다는 것은 불리한 일이오."
하니 대군을 죽이지 않고 그냥 두었다. 그러나 대군을 없애려는 흉계는 변치 않았으니, 드디어 난을 일으키고야 말았던 것이다.
　임자년 겨울에 유자신의 아내 정씨가 대궐 안에 들어와 딸과 사위 셋이서 머리를 맞대고 사흘 동안을 자정이 넘도록 의논을 하더니 마침내 계축년 정월 초사흗날부터 흉악한 무옥의 계략은 시작되었다. 유자신·이이첨·박승종 등 심복들과 꾀하여 대비의 시아버지시요, 대군의 외조부이신 김제남이 광해군을 몰아내고 대군을 왕위에 세우려고 한다는 소문을 퍼뜨리고, 사형수 박응서를 달래서 이렇게 저렇게 대답하면 살려 주리라고 꾀이니, 응서가 살겠다는 억측으로 온통 시키는 대로 김제남과 함께 대군을 왕으로 세우기 위해 역적 모의를 했다는 사실로써 거짓 자백을 하였던 것이다. 이렇게 하여 김제남과 그 아들, 그리고 많은 나인들을 역적으로 몰아 죽이고 마침내 대군을 끌어내려고 하여 이르기를,
　"조정에서 대군을 속히 내어 놓으라고 날마다 보챘지만 어린 아이가 무엇을 하겠느냐 하여 들은 체도 않고 있었는데 서양갑·박응서 따위의 도둑들을 사귀어 역모를 하는 등 대란이 났으니 이제 와서 뉘 탓으로 돌리려 하는고 ?"
　다시 말을 이었다.
　"대군을 하도 내놓으라고 보채니 듣지 않으려고 고집하였지만 이제 와서는 조정이 노하고 있으니, 그 노여움을 좀 풀어 주도록 잔치에 참석케 하려 하니, 잠깐 문 밖에만 내보내서 노여움을 풀게 하여 주소서."
하니 말이 하도 흉칙스러워 윗전께서는 차마 바로 듣질 못하시고, 모시는 이들도 마음이 산란하여 가슴이 미어지는 듯함을 금치 못하였다. 그 말에 대답을 아니할 수 없어 말씀하시기를,
　"이 세상에서 저지르지도 않은 큰 변을 만나 아버님과 동생을 죽였으

니, 내 자식의 일로 해서 어버이께 큰 불효가 되어 세상에 용납되지 못할 줄 알지만, 대군이 나이 들어 철이라도 났다면 자식을 내어 주고 어버이를 살려 달라 하는 것이 옳을 것이로되 이제 내 슬하를 떠나지 못하여 이제 동서도 분간치 못하는 여덟 살 철부지 어린애니, 당초에 대군을 데려다 종으로 삼아 제 명이나 다하게 하시고 아버님과 동생을 살려 줍시사 하며 내 머리털을 친히 베어 친필로 글월을 써서 보냈건만 받지 않고 이제 와서 어찌 이런 말을 하시나이까? 어린 아이가 알기나 할 노릇이며 어른의 죄가 아이한테 당키나 한 일입니까?"

광해군의 대답이,

"선왕께서 불쌍히 여기라고 하신 유교도 계신 터이니 대군에 대해선 아무 염려 마옵소서. 머리털은 두지 못할 것이니 도로 드리는 겁니다."

대비께서,

"아버님께서 돌아가시게 된 일을 생각하면 간장이 메어지는 것 같으되 법이 중하여 내 마음대로 살려 드리질 못했으나, 이 아이는 선왕의 유자니 그래도 좀 생각을 하여 주실까 하였는데 새삼스레 그런 말을 하시니 말의 앞뒤가 맞지 않음을 생각할 때 서러워질 따름입니다. 어린 아이를 어디다 감추어 두겠습니까? 내가 품에 안고 함께 죽을지언정 내어 보낸다는 건 차마 못할 일입니다."

이렇게 말씀하시니 또 글을 보내되,

'아무려면 아이보고 아는 노릇이냐고 족치겠으며, 옛부터 문 밖으로 피접을 나는 일도 있는 일이니, 그 정도로 여기시고 좀 내어보내 주소서. 조정에서 하도 보채어 그들의 마음을 풀어 주려 하는 노릇이니 대군에게 해로운 일이 있을까 하는 건 조금도 근심하지 마옵소서.'

대답하시기를,

"내 낯을 보아서가 아니라, 대전도 선왕의 아드님이시고 대군 또한 아들이시니 정을 생각해서 차마 해칠 리야 있으리까마는 대군이 나이 열 살도 못 되었고 대전도 아시다시피 한 번도 대궐 밖을 나간 일도 없으니 어디다 숨겨 두겠습니까? 대전께서 압력을 가하실 탓이니 선왕을 생각하셔서 인정을 베풀어 주소서."

말을 이었다.

"문 밖에 내어 주십사 해놓고 설마하니 먼 곳으로 떠나보낼 리야 있겠습니까? 이 서소문 밖 궐내 가까운 곳에 벌써 거처할 집을 정해 놓았으니, 궐내에 두어 두면 조정에서 번번이 보채기를 없애 버리라고 날이면 날마다 서너 달 동안이나 보채지 않은 날이 없으니, 내 비록 듣지 않으려고 하나 조정에서 시끄럽게 구니 오히려 문 밖으로 내어보내 그들의 마음을 시원케 해주는 게 대군에게도 좋은 일이니 어련히 잘 보살피지 않으리까? 진실로 거짓말을 하는 게 아닙니다. 이 말을 철석같이 믿으시고 부디 내보내 주십시오. 다 좋을 대로 하리이다."

대답하시기를,

"여러 번 이렇게 말씀하시니 서러운 중에도 더욱 망극하고, 선왕을 생각하고 옛날에 국모라 하시던 일을 생각하신다니 감격하거니와, 대전께서는 다시 한번 고쳐 생각해 보소서. 어미치고 어린것을 혼자 내어보내고 차마 어찌 나만 살 수 있으리까? 차라리 나와 함께 가게 해주십시오."

애원하시나 막무가내니 이제는 더 버텨도 소용이 없을 줄 아시고,

"이 설움을 어디다 견주리오마는 대군을 곱게 있게 해주마고 벌써 여러 날 말씀하신 터요, 내전에서는 속이지 않겠노라고 극진한 투로 글월에 적었으니 이 말을 믿고 대군을 내보내겠습니다마는, 살아남은 둘째 동생과 어린 동생만이라도 살려 주시어 제사나 잇게 하여 주시옵소서." 하시니 그제서야 기꺼이 대답하되,

"두 동생일랑 고이 살게 하겠습니다. 대군을 빨리 내어보내 주십시오. 피접을 나가는 것이니 오히려 편안하시고 좋으실 것입니다. 날마다 안부 전하는 사람도 드나들게 할 것이며 하시고자 하는 일도 다 들어드리겠습니다."

이런 일이 있은 다음날, 장정 내관 여남은 명이 모두 안으로 몰려와 사잇문을 여니 우리 전 나인들은 하도 두려워 구석구석에 웅크리고 있었더니,

"무엇이 부족하며, 무엇이 마땅치 않아 이런 일을 저지르시는고? 대

군 곁에 돈이 없던가. 명례궁(지금의 덕수궁)에 돈이 없던가? 대비의 칭호라도 바치시고 대군을 살리려 하실망정 어찌하여 이런 역모를 하실꼬? 어린 아이가 무엇을 알까마는 일을 저질렀으니 뉘 탓으로 돌릴꼬? 어서 대군을 내어보내소서."

말이 하도 흉악망측하여 차마 사람이 말을 들을 수가 없더라. 말 같지 않아 잠자코 있으니 저들이 또 꾸짖으며 이르기를,

"다 옳은 말을 하였으니 입이 있다 한들 무슨 할말이 있어 대답을 하겠는가? 너희 나인들이 빨리 대군을 납시게 해야지 만약 그렇지 않고 지체하여 더디 내어보내시게 한다면 너희 나인들은 모조리 죽을 것이니 그리 알아라."

위께서 인사불성이 되어 계시다가 겨우 정신을 차리시고 저 집 나인 우두머리 네댓 사람을 들어오라 하셔서 이르시되,

"너희들도 사람의 탈을 썼으면 설마 나의 애매함과 서러워하는 걸 모를 리가 있겠느냐? 내가 무신년에 죽지 않고 살아온 것은 대전이 선왕의 아드님이시기에 두 아이를 의탁하여 편안히 살게 해줄까 함이었는데, 여러 해를 두고 한시도 마음 편할 날이 없이 백 가지로 근심만 하며 살아오다 흉적을 만나 용납할 수 없는 대역의 죄명을 내게 뒤집어씌우니, 하늘이 무심하여 저토록 애매한 처지를 말해 주지 아니하니 내가 무슨 말을 한단 말이냐? 이제 밖으로는 아버님과 동생을 죽이셨고, 안으로는 나를 가까이 받들던 나인들을 다 죽였으니, 이 어린것의 몸에는 죄가 미칠 이유가 없으련만 또 대군을 내놓으라 하니, 차라리 내가 저희 앞에 바로 죽어서 이런 망극하고 서러운 말을 아니 듣고 싶으되 대전의 말과 내전의 말이 아직도 내 귀에 쟁쟁히 남아 있고 나인들이 증인이 되었으니 임금이 설마 국모를 속이겠으며, 범인에 비할 바가 아니라고 여러 번 은근한 말로 일러 왔으니 그 말들을 철석같이 믿고 내어보내겠거니와 두 어린 동생만은 놓아 주셔서 어머님을 모시게 하고 조상의 제사나 받들게 하여 주신다면 대군을 내어보내려 하노라. 이 말대로 대전과 내전에 전하도록 하여라."

애통해 하시니, 사람으로서 눈물 없이 어찌 차마 들을 수 있으리오마

는 그년들은 모진 말을 거리낌없이 하되,

"이토록 말씀 않으시더라도 대전께서 어련히 알아서 잘 하시겠나이까? 속히 내어보내 주옵소서."

차마 내어보내시지를 못하시고 한없이 통곡하시니, 두 아기들도 곁에서 함께 우시니 위께서 더욱 통곡하시며,

"하느님이시여, 내가 무슨 죄를 지었다고 나를 이토록 섧게 하시나이까?"

하도 섧게 우시니, 비록 철석 같은 마음을 가진 사람인들 어찌 눈물이 나지 않으리오마는 장정 나인들은 틈틈이 앉아서,

"너희들의 울음소리가 들리면 대군을 아니 내어주실 것이니 좋은 낯으로 어서 빨리 들어가 여쭤야지, 행여 서러운 빛을 보이거나 하면 다 죽여 버릴 것이로다."

제각기 눈물을 감추고 들어가 여쭙는 것이었다.

"벌써 범인의 입을 면치 못하게 되었사오니 병드신 부부인 마님께서 지금 살아 계심은 오직 위를 믿고 의지하심이요, 미처 부원군 뼈도 제대로 간수하지 못하신 형편이니 두 오라버님이나 살려 주시거든 제사나 받들게 하시고, 설움을 잠시 참으시고 대군을 내어보내십시오."

날은 저물어 가고 어서 내라는 재촉은 성화 같고 또 안에서는 나인까지 나와 재촉하니, 하늘을 꿰뚫을 힘이 있다 한들 어찌 그때 이길 수 있으리오. 점점 더 늦어 가니 우리 시위인을 각각 꾸짖으며,

"너희들이 이러하니 할 수 없이 우리가 들어가서 대군을 빼앗아 데리고 오리라. 너희들 한 사람이라도 살 수 있나 어디 두고 보자."

들이닥치려 하는데 연만한 변상궁이 들어가 여쭙기를,

"안팎 장정들을 보냈으되 밖에는 금부 하인들이 쇠사슬을 들고 둘러섰고 나인들을 데려가려고 저리 대령하고 있으니 우리가 죽는 건 서럽지 않지만, 위께서 오직 이 늙은 것을 믿고 계시며 소인도 위를 믿고 의지하여 혹시 무슨 불행이 닥치더라도 소인이 살아 있다가 막아 드릴 수 있을까 염려하여 죽지 않고 지금까지 살았는데, 대군 아기를 저토록 내어 주지 않으시니 이제야 죽을 곳을 알게 되었나이다."

위께서 말씀하시되,

"너희들은 나인들 때문에 자식에 대한 어미의 정을 모르는도다. 인정상 차마 내어주지를 못하겠다."

한편으로 대군을 모시고 있는 나인들이 대군 아기씨를 달래면서,

"사나흘만 피접 나갔다가 올 것이니 버선 웃옷 입고 나를 따라 나가십시다."

이르시되,

"죄인이라 하고 죄인들이 드나드는 문으로 내어가려 하니, 죄인이 어찌 버선 신고 웃옷 입어 무엇할까?"

"누가 그렇게 말씀드립디까?"

"남이 일러줘야만 아나, 내 다 알았네. 서소문은 죄인이 드나드는 문이니, 나도 죄인이라 하여 그 문 밖에다 가두려 하는 것이 아닌가? 내 누님과 함께 간다면 가려니와 나 혼자는 못 가겠노라."

위께서는 더욱 슬피 우시는데, 어서 내라고 재촉하며,

"내어주지 않거든 나인들을 다 잡아내어라."

날은 늦어 가고 재촉은 성화 같아 윗전은 정상궁이 업고 공주 아기씨는 주상궁이 업고 대군 아기씨는 김상궁이 업사왔더니, 대군 아기씨가 이르시기를,

"윗전과 누님께서 먼저 가시고 나는 그 뒤를 따르게 하라."

"어찌 그런 분부를 하시나요?"

"내가 먼저 나가면 나만 나가게 하시고 다른 두 분들은 아니 나오실 것이니 나 보는 데서 가십사이다."

윗전께서는 생무명의 상복을 입으시고 생무명 보를 덮삽고 두 아기씨는 남빛 보를 덮고서 상궁들에게 업히어 차비문差備門에 다다랐더니, 내관이 십여 인이나 엎드려 하는 말이,

"어서 나십시오."

윗전께서 이르시기를,

"너희들도 선왕의 녹을 먹고 살았으니 어찌 측은한 마음인들 없겠느냐? 십여 년을 위에 있으면서도 자식을 얻지 못해 늘 근심을 하던 차에

병오년에 처음으로 대군을 얻으시고 기뻐하시고 사랑하심이 비할 데 없으셨으나 그 당시는 강보에 싸인 어린것이기에 무슨 뜻을 두셨겠는가? 한갓 자라는 모양만 대견해 하시다가 귀천하시오니, 내 그때에 재궁을 좇아 죽었던들 오늘날 이 서러운 일을 겪지 않았으련만 모두 내 죽지 못하고 살았던 죄니라. 어린 아이 아직 동서도 구별하지 못하는 철없는 것을 마저 잡아내니, 조정이나 대간이나 선왕을 생각한다면 어찌 이런 서러운 일을 할까 보냐?"

너무도 애통해 하시니, 내관들도 눈물을 씻으며 입을 열어 말을 하지 못하고 오직,

"오직 납시옵소서. 우리가 어찌 그 사정을 모를 리야 있겠습니까마는 이길 일이 아닙니다."

저 집 나인 연갑이는 윗전 업은 나인의 다리를 붙들고, 은덕이는 공주 업은 주상궁의 다리를 붙들어 걸음을 옮겨 딛지 못하게 하고, 대군 업은 사람을 앞으로 끌어내고 뒤에서 떠밀어서 문 밖으로 내고 우리는 안으로 밀어들이고 차비문을 닫아 버리니, 그 망극함이 어떠하였으리오. 대군 아기씨만 문 밖으로 업혀 나가서 등에 머리를 부딪혀 우시면서,

"어마마마나 좀 보게 해주."

하다 못하여 다시,

"누님이라도 좀 보게 해주."

하도 애타 서러워하시니 곡성이 내외에 진동하고 눈물이 땅 위에 가득 차 사람들이 눈이 어두워 길을 찾지 못하였다. 문 밖으로 나간 뒤 그 주위를 환도와 화살 찬 군인들이 뼁 둘러싸고 가니, 그제서야 울기를 그치고 머리를 숙이고 자는 듯이 업혀 가시더라.

윗전께서는 하늘을 우러러 애통하시다가 여러 번 기절을 하시고, 사람 없는 틈을 타서 목을 매시거나 칼로 자결을 하시려고 사람들을 모두 내보내라 하시니, 변상궁이 그 뜻을 짐작하고 밤낮으로 곁을 떠나지 않고 마주 앉아서 여러 가지로 위로하여 여쭙되,

"대군의 나이 이제 열 살도 못 되셨으니 설마 죽이기야 하겠습니까마는 바깥 소리에 귀를 기울일 양이면 자연히 안부라도 듣게 될 것이니 윗

전께서 살아 계셔야 본가댁 제사도 맡아 하실 것이요, 소인네들도 살 것이 아니옵나이까. 늙으신 본가 어른이 누구를 믿고 살아 계시리이까? 아드님을 위로하시와 깨끗이 죽고자 하시오나 부모님께 크게 불효가 되는 일이온즉 친정 어머님을 생각하시어 마음을 돌리시고 잠시 동안 이 서러움을 견디시옵소서. 문이나 열거든 본가댁 분들을 만나 억울하고 서러운 말씀도 서로 통하시고, 공주 아기씨도 또한 자손이시니 버리고 돌아가시면 어디 가서 누구를 믿고 사실 것이며, 대군 소식 아직 모르오나 윗전께서 먼저 돌아가시고 보면 반드시 대군을 죽일 것이니, 공주 아기씨 또한 사특한 일을 꾸며서 마저 잡아 없앨 것이오며, 윗전께서는 역모를 꾀하다가 발각되어 자결하였노라고 사책에 올릴 것이오니, 지금 처지가 견디기 어려운 지극한 슬픔임은 다시 이를 길 없사오나 후세에 윗전의 이름이 더럽혀 전해질 것을 깊이 생각하시사 애통하심을 참으시고 마음을 돌리시옵소서."

윗전께서는 잠시도 쉬지 않고 서럽게 우시며 음식을 들지 아니하시고 다만 냉수와 얼음만을 마실 뿐, 날마다 친정 어머님 안부와 대군의 안부를 알아 올려라 보채시니 대군은 무사하시다는 소식뿐 어머님 소식은 알 길이 없었던 것이다.

이렇게 지낸 지 한 달 만에 대군 아기씨를 강화로 옮기되 알려주는 이 없으니, 답답하고 차츰 수상히 여기시어 새로 근심하시고 아기씨가 즐기던 과실이며 고기며 종이, 붓자루 등을 침실에 놓아 두시고,

"어찌하여 오늘은 이리 안부도 알려 오지 않는고. 필경 무슨 까닭이 있도다."

내관더러 이르시기를,

"안부는 염려 없이 들으리라 하더니 벌써 몇 달째나 안부를 모르니 어디 가 있으며, 어찌 언약이 다르단 말이냐? 임금으로서 설마 속일 리야 있을까 하여 철석같이 믿었더니, 이제 와서 속인 게 분명하니 간 곳이나 이르라."

대답조차도 아니하더라.

한편 영창대군께서는, 아직 강화로 안 가셨을 때 김상궁께 업혀 슬픔

을 이기지 못해 우시면서,

"내 발을 씻겨라. 목욕도 시켜 다오."

"무슨 일로 목욕은 하려 하시나이까?"

대답 않으시고,

"오늘이 며칠이더냐?"

하시거늘,

"날은 알아서 무엇 하시려나이까?"

"알 만한 일이 있어서 묻노라."

더욱 슬피 우시기에 좌우가 다 수상히 여겼더니 과연 유월 스무 하룻날에 강화로 끌려가셨던 것이다. 정신이 기특하셔서 당신에게 닥칠 화를 미리 아셨던 것일까?

위께서는 더욱 서러워 곡기를 끊으시고 밤낮 애곡하시는 걸로 세월을 보내시니 하도 권하는 바람에 콩가루를 냉수에 풀어 간장 종지로 잡수시고, 그것도 하루에 한 번씩도 안 자시면 변상궁이 울면서 간절히 아뢰되,

"목이라도 축이시고 우십시오."

겨우 두어 번씩 드시는 것이었다.

이렇게 하여 계축년, 갑인년, 을묘년까지 3년을 콩가루를 꿀물에 탄 것을 하루에 한 번씩만 잡수시면서,

"대군의 기별을 알고 싶도다."

문안을 오는 내관더러 아무리 일러 보아도 들은 체도 않았다.

대전이 갑인년 삼월에 내관을 보내어 변상궁께 이르기를,

"너희들은 다른 마음을 품지 않고 전(殿)으로만 모시고 편안히 살 일이지 어이하여 대군으로 임금을 삼으려고 도둑까지 사귀고 안으로는 반정을 하다가 제 목숨을 온전히 보존하지 못하였으니, 이제 살아남은 나인은 내 말을 잘 듣고 그대로 복종해야지 그렇지 않는다면 분명히 말해 두려니와 법대로 처단할 것이니 그리 알고 행하도록 하여라. 처음엔 대군을 서울에 두었더니 죄인을 성 안에 두는 것이 옳지 못하다고 조정에서 하도 보채니 두지 못하고 하는 수 없이 강화땅으로 옮겼더니 제 목숨이 박

명하여 복에 과했던지 옮긴 지 오래지 않아 죽은 것을, 죄인의 죽음은 찾는 법이 아니라고 조정에서는 내버려 두라고 하였지만 형제지간의 의리를 생각하여 비단 요자리와 관곽을 갖추어 극진히 장사지냈으니 전께서 아시더라도 서러워하실 리 없으시겠지만, 서울서 강화로 옮길 때 알지 못하셨으니 제 명에 죽었지만 날보고 죽였다고 하실 것이 뻔하니 서서히 아시게 하여라. 즉시 여쭙기라도 한다면 너희들을 잡아다 옥에 가두고 멸족을 할 것이니 너희들만 알고 있다가 때를 보아 너그럽게 생각하시도록 하면 아무런 후환이 없을 것이니라. 만일에 한숨을 내쉬며 서러워한다는 말이 들리면 모조리 죽일 것이니 그리 알아라."

하니, 대군 돌아가셨다는 말을 듣고 시위인들의 서러움이 태산 같으나 어찌 울음소리인들 낼 수 있으리오. 가슴을 두드리고 원통해 할 따름이었다.

사월이 되도록 대군 돌아가신 말씀 어쭙지 않았더니, 위께서 꿈을 꾸시니 두 젖이 흐르고 모든 사람들이 아기씨를 안아다가 위께 안겨 드리니 위께서 반가워 우시며 젖을 먹이시다 꿈을 깨시며 아뢰되,

"어이하여 이런 꿈을 꾸었느냐? 마음이 다시금 놀랍고 온몸이 떨리어 진정할 수가 없구나."

나인들이,

"젖이라 하는 것은 아이들의 양식이니 아기씨께서 장수하셔서 대전의 마음을 즐겁게 하시고, 또 서로 만나 보실 좋은 징조이옵니다."

그 뒤에 또 꿈을 꾸시니 꿈에 아기씨가 윗전께 와 안기시며 말하시기를,

"머리 빗을 사이에 하늘의 옥경을 보니 인간의 복과 운명이 다 하늘에 달린 줄 알았으며 어마마마께서 나를 보지 못하시어 서러워하시나 나는 옥황상제를 뵈오니……."

하고 울거늘 붙잡고,

"어디를 갔었느냐? 나는 너를 여의고 서러워 죽고자 하되 너는 어찌하여 간 곳도 아니 일러주느냐?"

"아시어도 아무 소용이 없나이다."

이 어찌 심상한 보통 꿈이겠는가?

"죽이고도 나를 속이는가 싶으니 바른대로 일러주면 좋으련만 그렇지 못하면 이 서러움을 참지 못해 차라리 죽어서 한데 가고자 하노라."

하도 보채시니 상궁이 서러움을 참지 못하여,

"눈물이 흘러 옷이 젖으니 어찌 서러움을 참으며 철석 같은 마음인들 참아지리오. 안부를 전하려고 하다 못해 이리 꿈에 나타나 이르시니, 우리는 속이고자 하나 아기씨가 영특하셔서 꿈에 나타나 뵈시니 인간은 속일 수 있어도 신령은 못 속이는가 하나이다."

졸도하시어 죽은 듯이 누워 계시다가 가까스로 냉수로 깨워 정신을 차리시게 하고 여쭈기를,

"아기씨 벌써 범의 입안에 들어감을 면치 못하시니 이제 아무리 간장을 태우시고 서러워하시더라도 살아서 돌아오실 까닭이 없는 일이거니와 병드신 본가댁 동생님네 어린 자손들 데려오시고 의지할 데 없이 윗전을 다시 만나 뵈옵고자 살아 계시옵나이다. 아기씨를 위해 옥체를 버리시오면 더욱 기꺼워하여 모진 일을 하여 방정을 떨다가 자진하셨다고 사기에 기록될 것이며, 악명을 싣게 될 것이오니 윗전께서 먼저 돌아가시는 날에는 온갖 모진 일을 다하시었다고 이를 것이니 서러움을 참으시고 지긋이 견디어 보오소서. 종인들이 탄식하고 한숨을 쉬며 어찌 잔인하다는 마음이 들지 아니하겠사오리까? 평시 좋은 시절에 존귀하게 시위하시고 사옵다가 이제는 나인이 초야에서 김을 매는 하인만도 못한 신세가 되어 금부 나장에게 뒤를 쫓기게 되었고, 선왕마마를 가깝게 모시던 사람이나 의인 가례를 올릴 때 모두 중형을 받아 죽으매, 불쌍하고 애처롭기 그지없나이다. 차라리 죽어서 모든 끔찍한 말을 듣지 말고자 하오나 윗전 마마를 생각하옵고 오늘날까지 살아온 것이온데 이제 돌아가시면 우리만 살라고 그냥 둘 리 있겠사옵니까. 새로 옥사를 일으킬 것이오니 한 아기씨를 위하여 이제 남은 유신들을 애통하게 죽지 않도록 하시옵소서."

"난들 그런 줄 모를 바가 있겠느냐만 동서도 분별치 못하는 어린 아이 슬하에서 자라는 모양이나 보려고 하였더니 위력으로 빼앗다가 간 곳도

알려주지 아니하다가 죽여버렸으니 애를 끊는 듯 속을 베어내는 듯 설움을 참지 못하며, 내 일로 인하여 서럽게 죽은 동생들을 생각하니 이제 죽으면 저승에 가시더라도 부형에게 반가이 볼 수가 없어 외로운 넋이 정처없이 돌 것이니, 무슨 원수를 지었기에 서러운 일을 겪게 되는가. 선왕께옵서 사랑하시지 않던 원한을 나에게 푸니, 나한테만 원한을 풀기는커녕 내 친정 가문과 어린 대군을 모두 죽였으니 어찌 한갓 서럽다고만 하겠느냐? 앞으로는 영원히 이런 땅에 태어나지 않으리니 문 열어주거든 노모의 안부나 들려다오."

이렇듯이 억울하고 서러움을 참을 길 없건만 광해군과 저 집 나인들은 갖은 말로써 모함하면서 윗전과 공주 아기씨마저 죽이려고 온갖 계략을 다하였으니,

"대비의 성질이 사납기 이루 말할 수 없어 우리 대전마마를 죽이고 대군을 그 자리에 세우려고 하다가 들켜서 저렇게 잡힌 신세가 된 것이다."

나인을 시켜,

"대비를 죽이거나 그 처소에 불을 지르면 너희는 양반이 되어 나가게 해주리라."

꾀기도 하고, 공주가 마마(천연두)를 앓고 있을 적에 사람을 시켜 침전에 불을 질러 하마터면 타 죽을 뻔하기도 하였다.

또 윗전 계시는 궁에 여러 번 방화하여 그때마다 나인들이 불을 다 끄니 내관 별장이 모두 기특하게 여기곤 하였다.

명례궁에 갇히어 지낸 지 십 년이 되어가니 모든 물건이 다 동이 나서 신창 기울 노끈이 없어 베옷을 풀어 꼬아 깁고, 옷 지을 실이 없어서 모시옷과 무명옷을 풀어 쓰곤 하였다. 칼이 없어 환도를 둘로 끊어서 칼을 만들고, 가위가 다 닳으니 숫돌에 갈아서 날을 세우고, 하인이 옷이 없어 민망히 여기고 있었더니 짐승의 똥에 쪽씨가 들어 있어 한 포기 났거늘 한 해 길러 두 해째는 꽤 많이 자랐다. 그래서 남빛 물감 들이기를 시작했다. 쌀을 일 바가지가 없어 소쿠리로 쌀을 일더니 까마귀가 박씨를 물어와 한 해 길러 두 해째는 쪽박이 열렸더니 세 해째는 중박이 되고

네 해째는 큰 박이 열렸었다. 겨울을 칠팔 년을 지낼 사이 햇솜이 없어 추워서 덜덜 떨었는데 면화씨가 날아 들어와 그를 심어 빼내니 두 해, 세 해째는 면화가 많이 열려 그것으로 옷에 솜을 넣어 입었다. 또 꿩을 얻어 왔는데 목에 수수씨가 들어 있어 심으니 무성히 열린지라 가을이 되어 찧으니 수수떡을 만들어 먹을 수가 있었다. 상추씨가 짐승의 똥 속에 있기에 이를 땅에 심기도 하였다. 씨 뿌리지 않은 나물이 침실 앞뜰에까지 가지 가지로 나니 기특히 여겨 가꾸어 뜯어 삶아 먹으니 맛이 좋거늘 모두 먹더니 꿈에 사람이 나타나 이르기를,

"나물을 못 얻어 먹기에 이 나물을 주노라."

대추가 있었는데 벌레집이 되어 옛부터 먹지 못하더니 폐문 중에 햇실과가 없으나 위께서 부원군을 위하여 제사를 지내시더니 무오년부터 싱싱해져서 열매가 큰 밤만큼이나 크게 열려 맛조차 비상하게 좋고 어찌 많이 열렸던지 거의 한 섬 가량이나 땄다. 복숭아를 심지 않았건만 저절로 자라 맛이 예사 아니더니 꿈에 이르기를,

"보통 복숭아는 세 해 만에 열매가 열리나 이 나무는 두 해 만에 열매를 열게 하였으니, 잡사람이 먹으면 열매 열지 않고 나무 죽게 하리라."

윗전께서만 잡수시다가 꿈이라고 믿어지지 않아 모두 먹었더니 과연 그해 겨울에 절로 죽더란다. 윗전께서 시녀를 시켜 밤나무를 심었더니 여러 해 무성하다가 기미년(광해군 33년)에 죽거늘 심상하게 여겼더니 꿈에 이르기를,

"이 나무 죽었으나 괴이하게 여기지 마라. 다시 살아나리라. 이 나무 사는 일로 윗전께서 다시 살아나시리라."

이듬해 한 가지가 살아나고 또 이듬해에 한 가지가 살아났는데 다시 꿈에 이르기를,

"다 살아나면 좋은 일 오시리라."

과연 옛 모습을 그대로 드러내었다.

계해년 삼월 십삼일, 오랫동안 닫혔던 명례궁 문이 열렸으니 세상이 바뀌었더라. 윗전과 공주 아기씨와 충성된 나인들의 십여 년에 걸친 고초는 드디어 풀렸건만, 강화섬 외로운 물가에서 가엾이 죽어간 대군과

아버님과 동생들, 그리고 억울하게 죽어간 삼십여 명 나인들의 원혼을 무엇으로 달랠 것이오.

나인들이 잠시 기록하노라.

작가 소개와 작품해설

● 저자 소개

본문 2권의 끝에 '나인^{內人}(내명부의 궁인 또는 궁녀)들이 잠깐 기록하노라'라고 기록되어 있어 인목대비^{仁穆大妃}를 시종하던 어느 궁녀가 적은 것으로 짐작된다.

그러나 문장의 흐름으로 보아 인목대비 자신이 쓴 것으로 보는 사람도 있다.

● 주제

파당의 무고에 의한 궁중애사

● 작품 해설

작자와 연대를 정확히는 알 수 없으나 인조반정 뒤에 씌어진 것으로 보고 있다. 일명 서궁록^{西宮錄}이라 하기도 하며 이본이 있기도 하다.

조선조 선조 35년 51세시 인목대비가 19세의 나이로 계비가 된 후 광해군 시절, 광해군과 인목대비와 영창대군을 둘러싸고 벌어진 궁중 안의 파당과 무고와 살육의 소용돌이를 일기 형식으로 서술한 것이다.

본래 이 책은 상·하 2권 1책의 순 우리말로 쓴 궁체^{宮體}(우리 한글체의 하나)이며, 낙선재에 비장되어 있는 사본은 일명 서궁록이라고도 한다.

● 줄거리

인목대비^{仁穆大妃}는 김제남의 딸로, 선조의 초비 의인왕후 박씨가 선조 33년 승하하자 2년 후 계비가 되었다.

선조 36년에 정명공주^{貞明公主}를 낳고, 39년에 영창대군^{永昌大君}을 낳았다.

초비 박씨에게서는 손이 없어 그만 후궁의 하나인 공빈^{恭嬪} 김씨의 소생인 2남 광해군 혼^琿이 일찍 세자가 되었다.

선조가 57세로 승하하자 광해군이 즉위하여 친형인 임해군을 죽였다. 그 후 무옥사건^{誣獄事件}은 계속 일어났고, 광해군의 광기는 더욱 심해졌다.

광해군 5년(계축년)에는 서양갑 등 7인의 서자난이 일어났는데, 이는 당시 명문의 서자들이 천대받음에 반항해 폭력단을 이루어 재물을 빼앗는 등의 범행을 하다가 포도청에 잡혔다.

이때 광해군의 심복 이이첨이 그 무리 중 한 사람인 박응서를 꾀어 인목대비의 아비 김제남이 영창대군을 추대하려는 모반을 도모하고 있다고 무고하게 하였다.

인목대비는 서궁^{西宮}(덕수궁)으로 쫓겨나 폐비가 되었다. 거기서 한 많은 청춘시절을 다 보내고 늦게서야 인조반정(1623년)으로 복위되었다.

● 독서 토론

궁중비사를 작품화한 것으로 표제가 일기임을 밝히고 있고, 또한 그날그날의 사건을 일기로 기록하고 있어 소설로 분류하기에는 어렵다. 그러나 표현과 구성으로 보아 소설로 다루는 것도 무리는 아닐 것이다. 물론 사실의 기록인 만큼 넓은 의미에서 수필로 보는 것도 타당할 것이며, 기록문학 또는 수기문학으로 보아도 될 것이다.

〈한중록〉, 〈인현왕후전〉과 더불어 삼대 궁중문학으로 꼽히는 이 작품은 고전 문학의 발달에 이바지한 바 적지않다.

저자가 섬세한 여인이었던 만큼 궁중생활을 속속들이 파고들어 조선 중기의 궁중에서 전개된 인정, 풍속, 언어 등을 사실적으로 서술하고 있어 고전 연구에도 가치가 크다 하겠다. 더구나 중후하고 전아한 궁중어와 문체를 남기고 있으며, 궁중의 비밀과 음모를 소상하게 서술하고 있어 조선조 궁중생활의 이면을 이해하는 데 좋은 자료가 아닐 수 없다.

● 비교 작품

　조선조 19대 숙종의 계비 —— 저자 미상의 —— 〈인현왕후전仁顯王后傳〉과, 21대 영조의 둘째 아들 사도세자 빈 혜경궁 홍씨가 쓴 〈한중록恨中錄〉이 있다.

박씨전

작자 미상

이조 인조대왕이 즉위한 초기는 명나라의 가정(명나라의 연호) 연간이었다.

이때 금강산 상상봉에 한 명의 처사가 있었는데, 성은 박이요, 이름은 현옥이요, 별호는 유점대사라 하는데 도학이 유명한 선비였다. 그의 부인 최씨와 동거 삼십 년에 유점사 근처에 비취정을 짓고 세월을 보내고 있었으므로 세상 사람들은 그를 존경하여 비취 선생이라고 혹은 유점처사라고도 불렀다. 일찍이 딸 형제를 두었는데 장녀는 나이 십칠 세이나 용모가 박색이므로 출가하지 못하고 동생이 먼저 출가하였다. 그런데 시집도 못 간 박소저는 용모는 비록 추악하나 천성이 현숙하고 또 학문이 무량해서 세상 만사에 모르는 것이 없었다.

이때 신임 관찰사 이득춘의 아들 시백의 인품과 재주가 일시에 으뜸이란 소문을 듣고 청혼을 하여 성혼하니 그가 바로 이시백이다.

첫날밤에 신랑 시백이 놀라서 신방에서 뛰어 나왔으므로 부친인 이판서가,

"아니, 너는 왜 신방에서 뛰어 나왔느냐? 그런 경거망동으로 나를 욕되게 하려 하느냐."

아들을 꾸짖었다. 시백은 우는 상과 떨리는 음성으로,

"소자가 신방에 들어갔을 때는 신부가 없더니, 나중에 들어왔는데 마치 무서운 천신의 끔찍한 괴물 같은 여자라 경악하였는데 몸에서 더러운 냄새까지 진동하여 토할 것만 같아서 급히 나왔습니다. 그런 여자와 부

부가 될 수가 없으니 이날 밤이 새는 대로 상경할까 하옵니다.”

이판서도 깜짝 놀랐으나, 자기 아들의 경솔하고 무례함을 책망하였다.

“네가 아무리 용렬할지라도 오늘이 첫날인데, 신부의 외모가 비록 불미한 데가 있더라도 어찌 이처럼 경망한 행동을 하느냐? 여자의 본도는 현숙한 덕이 제일이요, 용모가 부족한 점은 상관이 없는데 너는 어찌 색을 취하고 덕을 가벼이 하는 악행을 하느냐?”

이시백은 황송히 여기고 엎드려서 변명하였다.

“이 여자의 용모와 행동은 해괴망측하여 차마 마주 보기조차 어려울 지경이니 이것은 조물주가 시기하고 하늘이 미워하셔서 이런 괴물을 계집으로 만들어 내신 것이매, 비록 하늘의 뜻을 어기고 부모께 불효가 될지라도 한시도 볼 수 없으니 파혼하고 곧 상경하라시기 바랍니다.”

그러나 부친은 아들을 꾸짖어,

“이놈아, 너의 아비를 털끝만치도 생각지 않고 그런 방자한 말을 함부로 하느냐? 여자의 숙덕은 돌아보지 않고 젊고 아리따운 미색만 취하고자 하니 어찌 한심한 노릇이 아니며 통분하지 않으랴? 그런 방자한 말은 아예 말고 어서 신방으로 돌아가서 신부의 어진 덕을 고맙게 여기고 부부화락하여 아비의 마음을 편하게 하여라. 만일 내 말을 다시 거역하면 부자지의를 끊어 버리겠다.”

시백은 부친의 명이 이토록 엄격하니 더 거역하지 못하고 다시 신방으로 돌아갔다. 그러나 신부를 다시 보기가 싫어서 한편 구석에 옷을 벗지 않고 돌아누웠다가 날이 밝기가 무섭게 밖으로 나가는 우울한 날을 보냈다.

이 무렵에 국가가 태평하고 만민이 소업을 즐기므로 인조대왕이 종묘에 제사를 올리고 과거를 시행해서 인제를 뽑으시게 되었다. 이시백이 과거에 응할 모든 준비를 하고 내일이면 대궐 안 과장으로 들어가게 되었다.

이튿날 아침 박씨 부인은 시비 계화에게 서방님을 초당까지 모셔 오라고 일렀다. 계화가 처음 일이라 의아히 생각하면서 소서헌으로 가서 이

시백에게,

"서방님, 아씨께서 초당으로 잠깐 오십사 하옵니다."

시백은 불쾌한 얼굴로 계화를 꾸짖듯이,

"무슨 일로 장부가 과거길에 오르는데 여자가 방자스럽게 오라 가라 하느냐?"

아내 박씨의 전갈을 무시하고 가지 않았다. 계화가 무료히 돌아가서 그대로 박씨에게 고하자 박씨가 묵묵히 오래 생각하다가 다시 계화에게 전갈을 보냈다.

"여자의 도리로 서방님을 앉아서 청하는 것이 당돌하나 잠깐 오시면 과장에서 필요한 제구를 드리겠으니 한번 수고하십사고 다시 여쭈어라."

계화가 다시 가서 자세히 전갈하였다. 그러나 시백은 보기 싫은 아내가 성가시게 구는 데 화를 내고 큰소리로 꾸짖었다.

"예끼! 요망스럽게 계집이 장부의 과거길에 이렇게 방자히 구니 괘씸하다!"

애매한 계화를 잡아서 뜰 아래 나꾸고 매질하였다.

계화는 연약한 몸에 볼기를 맞고 엉엉 울면서 상전 앞으로 기어가, 서방님께 당한 말을 고하였다. 계화의 그 참혹한 정상과 말을 들은 박씨는 눈물을 흘리면서,

"계화야, 내 죄로 네가 이토록 매를 맞았으니 참으로 안되었다. 나도 지금까지 참고만 지냈지만 여자의 몸이 이토록 구차함을 오늘에야 뼈아프게 느꼈다."

탄식하였다. 그러나 다시 생각하고 꿈에서 보고 연못가에서 주운 백옥연적을 계화에게 주면서 전갈시켰다.

"너 또 한번 서방님께 가서 이 연적을 드리고 여쭈라. 이 연적의 물로 먹을 갈아서 글을 지어서 올리면 장원 급제하여 입신양명하신 후 부모님께 영화를 뵈옵고 가문을 빛낼 것입니다. 그리고 저와 같은 사람은 군자에게는 소용없는 인간이니까 생각지 말으시고 고문 귀족의 요조숙녀를 택하여 평생을 화락하소서라고 여쭈어라."

계화가 다시 시백 앞으로 가서 연적을 올리고 박씨의 전갈을 조심조심 고하였다.

눈썹을 찡그리고 듣던 시백이 연적을 보니, 백옥으로 된 천하의 보물이었다. 그제서야 부인의 성의를 너무 지나치게 멸시한 것을 뉘우치고 온화한 말로,

"계화야, 소저에게 전하라. 내가 성미가 너무 급해서 공연히 너까지 치죄하였다. 그러나 너의 소저의 심리가 온순하여 이런 연적을 보내서 과거의 성공을 도우니 고맙다고 전하라. 그리고 타문에 제취하라는 것은 너무 지나친 말로 나로서는 그런 생각은 전혀 없다고 전해 드려라."

계화가 비로소 명랑한 얼굴로 돌아와서 서방님 말씀을 전하자 박씨는 묵묵히 듣고만 있었다.

그날 이시백은 과장으로 들어가서 글 제목을 보고 곧 상을 가다듬어서 글을 짓고, 용헌에 박씨가 준 연적의 물을 따라 먹을 갈고는 장지에 일필 휘지하여 시관에게 올렸다. 이윽고 방이 걸렸는데 장원에 한성인인 이시백, 부는 이조판서 득춘이라고 되어 있었다. 시백이 기뻐하고 있는데 큰소리로 자기 이름을 부르는 소리가 대궐 안을 진동하였다. 팔도에서 모인 선비들이 흥분하여 웅성거리는 속을 헤치고 나아가 대하에 이르니, 왕이 장원으로 뽑힌 인물을 보시자 만고의 영웅 호걸이라 용안에 희색을 가득히 띠시고 이장원에게 앞으로 나라의 보필이 되기를 분부하셨다. 그리고 친히 어화와 청삼을 내려 주셨다.

박씨가 시집온 지 어언 삼 년 세월이 흐른 어느날 밤, 달빛이 밝고 맑은 바람이 솔솔 불더니 하늘에서 홀연히 학 우는 소리가 나며 구름을 타고 박처사가 내려왔다.

박처사는 황홀하고 귀중히 여겨 이판서의 손을 잡고 말했다.

"영랑의 웅재로 청운에 올라서 계화의 첫 가지를 꺾어서 옥당을 자임하니 이런 경사가 없습니다. 그러나 소생이 천성이 못나서 상공께 치하를 베풀지 못하여 송구하옵니다. 그러나 다행히 금년은 여아의 액운이 다하여 흉한 용모와 누추한 바탕을 벗을 기한이 되었으므로 소생이 존문에 나아와 현서의 과경을 치하하고 겸허히 여아를 보려고 합니다."

박처사가 침소로 가자 소저가 부친을 맞아 배례하고 그 동안의 문안을 드렸다. 박처사는 딸의 손을 잡고 당에 올라 남향으로 소저를 앉히고 홀연히 웃으며,

"금년으로 네 전생의 죄가 다 끝났다."

진언을 외우면서 광수의 손을 들어 소저의 흉한 얼굴을 가리키자 그 흉하던 얼굴이 허물을 벗고 옥안화용의 기묘한 절색으로 변하였다.

이시백과 박소저가 부부화동한 지 수삭이 못 되어 소저의 몸에 태기가 있어 마침내 십 삭이 되어 쌍동이 아들 형제를 순산하자 판서 부부는 너무 기뻐 시녀를 거느리고 산실에 들어가 살펴보니 아이들의 기골이 청수하고 두 눈이 샛별같이 빛나서 영민한 천분을 나타내고 있었다. 판서 부부는 손자의 이름을 희기와 희인이라 짓고 장중 보옥처럼 사랑했다.

한편 호왕은 내가 조선을 쳐서 항복받고 나라의 위엄을 빛내려고 하던 차에 뜻밖에 가달의 침입으로 조선의 임경업의 덕을 봄으로써, 조선에 그런 명장이 있음을 보고 그만큼 조선의 위세가 장엄함을 알았으니, 앞으로 조선을 깔보고 범하지 못하겠도다 하고 탄식하니 옆에서 이런 부왕의 말을 들은 공주가 뜻밖의 말을 하였다.

"부왕 마마는 염려 마십시오. 제가 조선에 가서 이시백과 임경업을 없애 버리고 오겠나이다."

호왕은 기뻐하면서,

"네 지략이 과인하고 만부가 당하지 못할 용맹을 겸하였으니 어찌 이시백과 임경업을 근심하랴."

공주에게 남복을 시키고 한 자루의 비수를 주었다.

한편 천지가 조용한 심야에 부부가 상대하게 되자, 박씨가 정색을 하고 뜻밖의 말을 하였다.

"내일 해진 후에 기생 설중매라 칭하는 여자가 영감 서헌으로 찾아올 것입니다. 영감이 만일 그 계집의 색을 탐하여 침실에 가깝게 하시면 밤중에 큰 화를 당하실 것이니, 그 계집을 구슬러서 이곳 제 침실로 보내시면 제가 잘 처리하겠습니다."

방법을 일러주었다.

밤이 이슥해서 과연 한 여자가 문을 살며시 열고 들어왔다. 이판서 앞에 와 날아갈 듯이 절을 하는 여자를 자세히 바라보니, 나이는 스무 살쯤 되고 얼굴이 백옥같이 흰데다가 일빈 일소가 요요작작한 절세 미인이었다.

판서는 놀라면서 물었다.

"어떤 여자가 밤에 이렇게 왔는가?"

"소녀는 원주에 사는 설중매라 하는 천기의 몸이오나 대감의 재풍이 시골까지 유명하기로 소녀는 외람되이 대감님 풍신을 사모하와 한번 모시고자 험한 먼길을 찾아 올라왔으니, 대감께서 소녀의 간절한 정상을 어여삐 여겨 주시기 바랍니다."

장부의 간장을 녹이는 추파를 보낸다.

"네 말이 기특하다. 이 서헌에는 외객이 빈번하니 후원의 부인 거처에 가서 기다려라. 밤이 깊어서 너를 불러 조용히 밤을 지내리라."

내당의 시녀를 불러 후원으로 인도시켜 보냈다.

박씨는 시녀 계화를 시켜서 주안상을 차려 오라 하여 산호배에 부은 술을 권하니 설중매는,

"저는 본디 술을 먹지 못하오나 부인께서 주시니 어찌 사양하겠습니까?"

사오배의 술을 받아 마셨다. 그리고 술에 취해서 정신이 몽롱하여 기운을 차리지 못하게 되었다.

"취하거든 대감께서 부르실 때까지 잠시 누워서 쉬도록 하라. 부르시면 깨워 보내리라."

"그럼 잠깐 실례하겠나이다."

옷을 입은 채 누운 설중매는 곧 깊은 잠이 들었다.

박씨가 잠자는 여자의 거동을 보니 미간에 살기가 은은하며 흉독한 기운이 진동하였다. 살며시 품안을 뒤져 보니 삼척 비수가 들어 있으므로 그것을 꺼내려고 하자, 칼의 변화가 무궁하여 박씨에게 달려들었다. 박씨가 깜짝 놀라서 칼끝을 빨리 피하고 진언을 외워 칼의 박동력을 제어하고 설중매가 잠 깨기를 기다렸다. 박씨가 먹은 술이 또한 오랜 잠을

재우는 신기한 효과가 있었으므로 설중매는 이튿날 아침에야 잠을 깼다.

박씨는 언성을 높여서 크게 꾸짖었다.

"네가 끝까지 첩자의 탈을 벗지 않고 나를 속이려 하느냐? 너는 북방의 호왕의 공주 기룡대가 아니냐."

기룡대는 혼비백산하여 만만사죄하면서 살려 달라고 애원하였다.

박씨는,

"네 나라의 왕이 참람한 야심을 품고 감히 우리 나라를 범하고자 하니, 이는 우리 나라의 운수가 불길한 탓이겠지만, 우리 나라의 힘을 모르기 때문에 스스로 멸망할 어리석은 생각이다. 네 나라가 아무리 강성하다는 망상을 할지라도 우리 나라는 결코 침노하지 못할 것이다. 이런 관대한 내 훈계를 빨리 가서 부왕에게 알려라."

공중을 향하여 진언을 외우니, 홀연히 뇌성벽력이 진동하여 폭풍우가 일더니 기룡대 몸이 저절로 날려 순식간에 호국 궁중에 가서 떨어지게 하였다.

오랜 후에 정신을 차리고 머리를 흔들고 일어나서,

"저는 조선에 갔다가 하마터면 부왕마마를 다시 뵈옵지 못 할 뻔하였습니다."

"도대체 어찌 된 일이냐?"

공주는 조선에 나가서 겪은 자초지종의 일을 자세히 고하자, 호왕은 경탄하였다.

"허허, 이시백의 부부가 그런 기대한 영웅인 줄은 몰랐다. 조선이 나라의 땅은 비록 작으나 명현한 인재가 하나 둘이 아니로구나."

그런 조정의 백관을 불러 놓고 조선 침노에 대한 정책을 다시 의논하였다. 소국의 일개 판서 부인에게 당한 대국의 치욕을 참을 수 없었기 때문이다.

그리하여 호왕은 병자년 십이월에 용골대, 용홀대 두 형제에게 조선을 치라는 명을 내렸다.

이때 박씨가 시백에게,

　"호국의 공주 기룡대가 쫓겨 들어간 후에, 호국의 병세가 점점 강성하여 조선 침범의 야망을 버리지 않고 군사를 내어 임경업을 죽이고 위로 상감의 항복을 받고자, 용골대 형제를 좌우 선봉장을 삼아서, 금년 십이월 이십팔일에 동대문을 깨치고 들어올 것이옵니다. 부디 그날을 어기지 마시옵고 상감을 모시고 광주산성으로 급히 피하여 급화를 면하소서. 그 뒷일은 제가 이곳에서 방비하겠나이다."

　이 말을 듣고 도승지로 있던 시백은 상감께,

　"신의 처 박씨의 말이 금년 십이월 이십팔일 밤에 호병이 북으로 돌아 동대문을 깨뜨리고 성안에 침입할 것이니 상감과 왕대비와 세자 대군 삼형제분을 모시고 광주산성으로 피화하시게 하라 하옵니다. 신이 신의 처의 신명함을 아오니 상감께 고하나이다."

　상감이 깜짝 놀라며 이시백의 말에 따라 산성으로 피난하려 하시니 영의정 김자점과 좌의정 박운학은 천만부당하다고 반대하였다.

　"도승지 시백이 이런 패악한 말을 감히 하여 조정을 놀라게 하고 성심을 요동케 하오니, 이시백의 벼슬을 삭탈하셔서 후인을 징계하옵소서."

　이런 반대론에 대하여 상감이 판단을 내리지 못하고 주저하고 있는데 공중에서 홀연히 옆에 비수를 낀 선녀가 내려와서 뜰아래 배알하였다.

　상감은 놀라서 그 선녀에게 물으셨다.

　"선녀는 무슨 일로 과인을 찾아왔느뇨?"

　선녀는 재배하고 상감에게 내의를 아뢰었다.

　"신은 도승지 이시백의 부인 박씨의 시비 계화이옵니다. 박부인이 저에게 절감하시기를 지금 성상이 간신 김자점의 참소를 들으시고 유예미결하시니 네 급히 가서 아뢰어 곧 산성으로 동가하시게 하더이다."

　계화는 다시 상감에게,

　"말일 이 밤을 지체하시면 큰 화를 당하실 것이오니 저의 주인 박씨의 말을 범연히 듣지 말으시옵고 곧 피난하옵소."

　재삼 아뢴 후에 계화는 표연히 몸을 날려 공중으로 사라졌다.

　여러 신하들은 어가를 호위하고 산성으로 피난해 갔다.

　어가가 산성에 이르자 백성들의 말을 들으니, 관연 호병이 이미 서울에 침입하여 살륙과 약탈을 자행한다는 흉보였다.

이때 호장 용골대가 대병을 거느리고 한성에 침입하여 보니, 국왕이 이미 광주로 피난하고 대궐에 없으므로 분격하고 아우 용홀대에게 서울을 점령케 하고 스스로 기병 오천을 거느리고 폭풍처럼 송파를 건너서 광주 산성으로 추격하였다.

수문장이 황급히 상감께 아뢴다.

"호장 용골대가 성문에 육박해서 문을 열라고 성화같이 위협하고 있나이다. 상감께서는 빨리 군졸을 풀어서 도적을 방비하소서."

상감이 놀라시고,

"이것은 하늘이 과인을 망하게 하는 국운인가 보다. 삼백년 기업이 과인에 이르러 망할 줄을 어찌 알았으랴."

용루를 흘리셨다.

이때 공중에서 홀연히 큰 소리가 들려 왔다.

"상감께서 과히 걱정 마시고 항서를 써서 용골대를 주소서. 용골대는 세자 대군 삼형제를 볼모로 잡아가고 난리는 일단 종식될 것이옵니다. 비록 망극한 일이오나 무엇보다도 사직의 위태함을 면하도록 하옵소서. 국운이 불길하와 호국의 속지가 되어 조공하라는 운수이오니 면할 수 없나이다. 신첩은 다른 사람이 아니오라 광주 유수 이시백의 처이옵니다. 신첩이 한 번 나아가 칼을 들면 용골대의 머리와 호병 삼만을 풀 베듯 할 것이오나 천의를 어기지 못함이오니, 신첩의 죄를 사하옵소서."

상감은 신기하게 여기시고 뜰에 내려가서 하늘을 향하여 무수히 청사하시고 항서를 써서 용골대에게 보냈다. 용골대는 그 항서를 받은 후에 세자 대군과 왕비전을 데리고 광주를 떠났다.

용골대가 조선왕의 항복을 받고 여러 날 만에 산성에서 의기양양하게 돌아와 보니 제 아우 용홀대가 곧 박씨의 시비 계화에게 죽었다는 소문을 듣고 노기 충천하여 곧 박씨를 찾아가서 벽력 같은 호통을 쳤다.

"박씨는 어떤 계집인데 대국의 대장을 당돌히 죽이고, 그 머리를 그런 높은 나무에 달았으며, 무슨 골절이냐. 어서 나와서 내 칼을 받아라 !"

박부인이 그 소리를 듣고 분함을 참지 못하고 계화를 불러서 명하였다.

"네가 가서 저놈을 죽이지는 말고 간담을 서늘케 해서 우리 도술의 솜씨를 보여라."

계화는 목청을 가다듬어 적장을 꾸짖는다.

"너, 용골대야, 네 오랑캐 나라의 대장으로 우리 나라에 왔다가 작은 여자에게 욕을 보고 돌아가려고 하니, 어찌 가엾지 않느냐."

용골대는 눈을 부릅뜨고 계화를 보고,

"천한 계집이 당돌 무례하게 대장부 욕하기를 능사로 하니 너를 단칼에 죽여서 아우의 원수를 갚겠다."

칼을 휘두르고 달려들었다.

그러나 아무리 용맹을 뽐내던 용골대지만 박부인의 요술을 어찌 당하겠는가. 수족도 놀리지 못하고 혼비백산하여 마침내 애걸하였다.

"소장이 눈이 있어도 눈동자가 없어 존위를 범하여 죽을 죄를 지었으니 측은히 여기시고 잔명을 살려주시면 이 길로 귀국하겠나이다."

"네가 그럴 뜻이라면 왕대비 전하를 이곳에 모셔오너라."

용골대가 황망히 부하 군졸을 불러서 왕대비 전하를 빨리 이곳 피화정으로 모셔오라고 명하였다.

그러나 세자 대군 삼형제는 할 수 없이 조국의 땅을 떠나서 호국으로 들어가셨다.

상감은 항서와 함께 세자 대군을 호국에 보내시고, 성심이 망극하사 침식이 불안하시더니, 하루는 공중에서 선녀 한 명이 내려왔다. 머리에는 일월국화관을 쓰고 몸에 오색 운무채화의를 입고 그 선녀는 하늘에서 내려오자 땅에 엎드렸다.

상감이 놀라서 급히 물으셨다.

"선녀는 누구신데 과인의 곳에 왔나뇨?"

선녀가 다시 일어나 재배하고,

"신첩은 광주 유수 이시백의 처 박씨로소이다."

상감은 더욱 놀라시고,

"경의 지략을 매양 탄복하던 중, 이제 경의 신형을 보게 되니 과인의 마음이 매우 기쁘오.”

　뒤에 있는 이시백을 돌아보시면서 말씀하시기를,

　“경의 충성이 쌍전하여 저런 부인을 두었으니 이 얼마나 기특한 일이오.”

　유수의 벼슬을 올려서 세자사를 삼으시고, 부인 박씨로 정경부인 직첩을 내리시고, 시백의 부친 득춘으로 보국승록 대부 봉조하를 삼으시고, 그 부인 강씨로 정경부인을 봉하셨다.

　어느 해 가을 구월 보름, 달빛이 휘항하게 밝으므로 공이 부인과 더불어 완월대에 올라서 남녀 자손을 좌우에 앉히고 즐거운 잔치를 베풀었다.

　그러자 부부는 정색을 하고,

　“사람이 세상에 나면 일생일사는 면치 못하는 천명이다. 내 나이 팔십을 지나고 관록이 일품에 이르렀고, 자손이 번성하여 가문을 빛내니, 우리가 지금 죽은들 무엇이 원통하랴.”

　모든 자손들을 일일이 어루만지고 상을 물리게 한 뒤에 부부가 나란히 누워서 자는 듯이 운명하였다.

　상감이 이시백 공의 별세를 들으시고 또한 비감하사 예관을 보내어 영전에 조문케 하고, 부의를 후히 내리시며 시호를 문춘공이라 하셨다. 그리고 박씨 부인에게는 충렬비를 봉하여 추증하셨다.

작가 소개와 작품해설

● 저자 소개

작자 연대 미상이다. 조선조 19대 숙종 때에 제작된 것으로 보이는 고전소설로서 한글소설이다. 이본으로 〈박씨부인전〉이 있다.

● 주제

청병淸兵에 대한 적개심과 복수심

● 작품 해설

조선조 16대 인조 때의 병자호란丙子胡亂을 배경으로, 당시 병조판서로 남한산성을 지켰던 이시백李時白의 부인 박씨가 도술과 기계로 난을 수습한다는 내용이다.

역사적인 사실에다 허구적인 구성을 가미하여 결구한 역사소설로서, 우리 겨레의 청병에 대한 적개심과 복수심을 주제로 하여 주인공 박씨의 초인간적인 힘을 표현해 보고자 한 작품이다.

병자호란은 조선 16대 인조 14년(1636년) 청나라의 침입으로 일어난 난리이다. 군신의 관계를 맺자는 청나라의 요구에 조선이 불응하자, 청의 태종이 직접 10만 대군을 이끌고 침략하였다. 조정은 일시 남한산성으로 피난, 이듬해 삼전도三田渡에서 항복하고 청나라 요구에 응했었다.

이때 인조반정에 공을 세워 연양부원군에 봉하여 병자호란 때 병조판서를 거쳐 17대 효종 1년에 우의정이 되고 이어서 영의정에까지 오른 이시백을 상대로 그의 처 박씨를 등장시켜 이야기로 엮은 통분의 소설이기도 하다. 물론 박씨는 허구의 인물이다.

● 줄거리

이시백은 열여섯 살에 금강산 박 처사의 딸과 결혼하였다. 부인의 모습이 흉칙한데다 몸에서는 괴상한 냄새까지 났다. 그렇기 때문에 이시백은 몇 달이 지나도록 부인의 방엘 가지 않았다.

이를 안 아버지가 꾸짖고 타일러도 시백은 어쩔 수가 없었다. 그러자 박씨는 할 수 없이 후원에 피화당이라는 초당을 짓고, 시비 계화와 외로운 나날을 보냈다.

원래 슬기롭고 도술에 능한 박씨는 비루먹은 망아지를 싸게 사다가 길러서 중국 사신에게 백삼십 배나 비싸게 팔아 가세를 일으키기도 한다. 또한 시백을 장원 급제시키는 등 놀라운 재주를 보여준다.

그러나 남편의 괄시는 여전했다. 박씨는 전생의 죄로 괴상한 허물을 쓰고 있었기 때문에 이를 감수하고 있었다. 그러나 결혼한 지 3년 만에 드디어 허물을 벗어 하룻밤 사이에 절세가인이 되었다. 남편 이시백은 그때서야 박씨를 극진히 사랑하게 되었다.

이때 중국(청나라)이 조선을 침략할 계획을 꾸미므로 박씨는 임경업과 함께 중국으로 떠나는 시백에게 계교를 전하여 적을 평정시킨다. 호왕이 공주를 변복시켜 비수를 들고 조선에 입국하여 시백과 임경업을 살해하려 하니 그녀는 그것을 미리 알고 퇴치시킨다.

다시 용골대 형제가 침입했을 때에도 도술로 청국의 병졸들을 죽여 대공을 세운다. 그 후 박씨는 이시백과 행복하게 살다가 한날 한시에 죽는다.

● 독서 토론

이 소설은 같은 전쟁소설인 〈임진록〉이 일본을 향한 복수의 깃발을 달았던 것과 마찬가지로, 청나라에서 받은 치욕을 작품 속에서 풀어 보려는 의도가 분명하다.

한편 박씨 부인의 활동은 바보 온달의 아내 평강공주의 활동을 연상케 한다. 이는 〈박씨전〉의 작자에게 온달 설화가 영향을 주었으리라는 추측이 가능해진다.

　작품의 의의는 국가 비상시에는 여자도 극한적인 활동을 할 수 있다는 가능성을 그 시대에 제시한 것이다. 달리 말하면, 여권신장에 큰 계기를 만들어 준 좋은 자료가 아닐 수 없다.

　거의 모든 군담소설이 그러하듯이, 초인간적 허구가 늘 가미된다. 그러나 그것은 순박한 민족의식에 그렇게라도 한풀이를 해야 했던 것이다. 그것이 때로는 무서운 힘이 되기도 했던 의병활동에서 의미를 찾아야 할 것이다.

● 비교 작품

　군담소설로서 〈임진록〉을 위시하여 〈유충렬전〉, 〈장국진전〉, 〈유문성전〉, 〈이태경전〉 〈장익선전〉 등의 창작소설과 역대 인물의 〈임경업전〉, 〈사명당전〉 등이 있다. 또한 〈금령전〉과 같은 신비소설도 있다.

수성지

임 제

  천군天君이 즉위하던 때는 바로 강충降衷 원년이었다. 인관仁官, 의관義官, 예관禮官 그리고 지관智官이 각각 그 관부를 맡아서 자기 직무에 충실하고 희관喜官, 노관怒官, 애관哀官 그리고 낙관樂官은 모두 중심부를 장악하여 절제 있게 일을 집행하며 시관視官과 청관聽官과 언관言官과 동관動官은 모두 예법에 어김이 없도록 모든 행동 범절을 통제하였다.

  실정이 이러한 때 천군이 영대에 드높이 앉아 정사 일반을 재결하니 백관이 모두 그 명령을 순종하였다.

  하늘에 소리개 날고 연못에 물고기 뛰노는 자연 현상은 평화스러운 기운에 싸였으니 상서로운 일이 아닐 수 없었다. 어찌 순 임금의 오현금과 요 임금의 삼척토계三尺土階만이 반드시 거룩한 것이었으랴.

  그리하여 호랑이 같은 사나운 짐승을 구태여 잡으려고 애쓰지 않아도 손쉽게 무너뜨릴 수 있는 위력을 발휘할 수 있으리만큼 되었다. 임금은 궁궐을 떠나지 않고 오직 단전丹田에만 거동을 하니 온 나라 사람들은 그를 온몸으로 섬기지 않는 이가 없었다.

  즉위한 지 2년 후에 신수가 훤하고 맑으며 고박한 풍모를 갖춘 한 늙은이가 스스로 주인옹主人翁이라고 일컬으며 글을 올렸다. 그 글에 하였으되,

  위태로운 일은 모름지기 안일한 데서 생기며 난리는 그릇된 정치에서 일어나는 것입니다. 그렇기 때문에 생각지 않은 변괴와 뜻밖의 재난은 현명한 임

금으로서는 마땅히 삼가야 할 바입니다. 역경易經에 이르기를 '서리를 밟으면 굳은 얼음 어는 겨울이 온다'고 하였으니 비록 적고 미미한 틈새라도 미리 막지 않을 수 없으며 조그만 징조라도 미연에 경계하지 않을 수 없는 것입니다. 미연에 밝혀 내는 것은 명철한 사람의 통달한 소견이지마는 이미 얻어진 성과에만 매달리는 것은 용렬한 사람의 고루한 생각입니다. 대체 명철한 사람의 높은 의견을 무시하여 버리고 용렬한 사람의 소견을 따른다면 어찌 나라가 위태하지 않겠습니까. 지금 전하께서는 나라의 정치가 잘 되고 백성이 편안히 산다고 자처하시나 한 치도 못 되는 싹도 천 길 되는 큰 나무로 자라나며 한 잔도 못 되는 물도 모이면 바다를 이룬다는 사실을 짐작하시지 못하는 것 같습니다. 더구나 지금 나라의 기초가 튼튼하지도 못하온데 한갓 글 짓는 데만 정신 팔려 도서로 성을 쌓고 그 속에서 밤낮으로 가까이 하시는 자는 도홍, 모영 등 네 사람뿐이오니 이러고서야 정치가 어찌 잘 되겠습니까. 또 개연히 고금의 뛰어난 인물들을 동정하사 항상 마음속에 그들만 생각하고 있으나 그러한 무리들은 자칫하면 환란을 일으키기가 일쑤입니다. 바라옵건대 전하께서 만일 충성스런 신하들의 지성어린 충고를 받아들여 화평한 정치를 힘쓰시면 비록 그 진상이 드러나지 않더라도 옳고 그른 것을 판단할 수 있을 것이며 귀에 들리지 않더라도 백성들이 소원하는 소리를 쉽게 들을 수 있을 것입니다. 이렇게 함으로써만 모든 일이 제대로 펴져 별로 심려를 하지 않게 될 것입니다. 지극히 간절한 심정을 널리 살펴 주시옵소서.

천군이 이 글을 다 보고 나서 그 충고를 받아들이기만 했을 뿐 끝내 안일하고 방종한 생활을 단념하지 못하고 계속하여 옛 서책에만 재미를 붙여 항상 풍월을 일삼으니 주인옹이 재차 와서 간하되,

"제가 정의는 형제지친보다 깊고 의리는 기쁨과 슬픔을 같이하는 터이온대 어찌 위험한 환란을 앉아서 보고만 있겠습니까. 대체 현실의 제반 정세를 논의하는 정도에만 그치고 지나간 역사를 탄식이나 하는 것은 결코 마음을 바로 잡는 데 도움이 될 수 없으며 벼루나 갈고 글이나 짓는 것은 성품을 기르는 데 아무런 보탬도 되지 못할 것입니다.

대개 사단四端 가운데서 부끄러워하며 미워하는 마음으로 사건을 처리

하며 시시비비를 가르는 지론으로써 사리를 따지기만 하여 감찰관과 더불어 서로 통정하면서 분에 넘치게 비분강개하며 의기헌앙한 나머지 조심성 있게 사람의 의견을 받아들이려 하지 않으면 이는 나라를 안정시키는 도리가 아닙니다. 물론 이러한 일이 전혀 없을 수는 없는 것이지마는 그렇다고 해서 그러한 경향이 너무 지나쳐서는 안 될 것입니다. 비유하건대 추위와 더위, 바람과 비가 모두 천지의 기운 아닌 것이 없지마는 만일 그것이 질서를 어기는 변괴를 일으키고 시기를 놓치면 재난으로 변하는 것과 같습니다. 그러므로 양기카 퍼지고 음기가 걷히며 바람이 순조롭고 비가 때 맞춰 오도록 하는 것은 바로 정치를 잘하느냐 못하느냐 하는 데 달렸을 따름입니다.

전하께서는 한 나라의 임금이라는 중요한 책임을 느껴야 합니다. 만물의 운명을 맡아 쥐고 있다는 것을 생각하시와 중화中和의 도리를 깊이 살피어 천지조화에 맞게 하시면 어찌 그 은혜가 크지 않으며 그 공덕이 훌륭하지 않겠습니까. 서경書經에 이르기를 '편벽되지도 않고 기울어지지도 아니하면 임금의 정치는 공평하다'고 했으니 바라건대 이것을 생각하시고 실행하시와 열성을 발휘하여 조심성 있게 하시면 더없이 다행한 일일 것입니다."

천군이 듣기를 마치고 침통한 태도로 주인옹과 함께 반묘당 가에 앉아서 조서를 내리니 하였으되,

"그대들 춘관春官, 인과 하관夏官, 예와 추관秋官, 의와 동관冬官, 지 및 오관, 칠정은 모두 모여 나의 말을 들을지어다. 내가 지중한 천명天命을 받아 가지고 일을 잘 살피지 못한 탓으로 해서 그대들로 하여금 오랫동안 제자리를 떠나게 하였으며, 혹 예법에 맞지 않는 것이 있어도 그저 옳다고만 하여 두고 지향만 원대하게 가져서 넓고 호탕한 기분에 싸여 있었다. 그리하여 잔치 놀음에만 빠졌었는데 너희들은 어찌 바른 말로 간함이 없었느뇨. 아아, 나 한 사람이 잘못할 때는 너희들에게 허물이 없을 것이지만 너희들에게 허물이 있으면 나 한 사람에게 책임이 돌아올 것이다. 그러나 바른 이치는 꺼지는 법이 없으니 불원간에 있은 일은 다시 옳은 데로 회복될 것이다. 그대들은 마땅히 나와 함께 부지런히 힘을 써

서 다시금 초기의 정치를 계승하여 하늘이 나에게 부여해 준 중요한 직분에 욕됨이 없게 할지어다."
하니 모든 신하들이 황공하여 흔연히 그의 말을 좇았다. 이에 연호까지 고치어 복초復初라 하였다.

원년 추팔월에 천군이 무극옹無極翁과 함께 주일당主一堂에 앉아서 오묘한 이치를 깊이 연구하고 있는데 갑자기 칠정七情 중의 하나인 애공哀公이 와서 아뢰므로 감찰관과 채정관이 함께 상소를 올리니 하였으되,

"엎드려 아뢰옵건대 하늘은 끝없이 높고 금풍은 소슬하와 우물가의 오동나무에서는 차가운 기운이 퍼지고 짙은 이슬은 대떨기에 듣사옵니다. 온갖 풀이 시들어 가니 귀뚜라미는 슬피 울고 기러기 소리에 구름도 한층 더 쌀쌀해 보입니다. 나뭇잎 떨어지는 소리 우수수 설레이고 부채는 쓸 데 없어 여름날 수고한 보람도 없이 버림을 받습니다. 반악潘岳의 귀밑머리는 덧없이 희어졌고 송옥宋玉의 시름은 한결 더 심하여졌습니다. 장안長安의 조각달은 집집의 다듬이질 소리를 재촉하고 옥문관玉門關의 외로운 꿈은 여인의 치마 허리를 가늘어지게 합니다. 심양강의 단풍잎과 갈대꽃은 백낙천의 푸른 적삼을 함뿍 적시고 무산의 떨기 국화와 일엽편주는 두공부杜工部의 백발을 모지라지게 합니다. 하물며 밤비는 장문궁長門宮의 외로운 베개에 돌이 뿌리고 서리 같은 달빛은 연자루燕子樓의 외로운 사람을 고요히 비칩니다. 초강의 난초 향기 사라지니 청풍나무의 설레는 소리 쓸쓸하고 상부인想夫人의 눈물이 마르니 소상 반죽은 우수수 처량도 합니다. 그러나 전하께서는 근심이 만물 때문에 생기며 근심 그대로 근심하는 것을 알지 못하십니다. 이렇게 온 나라가 근심하고 있는데 전하는 근심하는 까닭을 모르시니 근심을 없게 하는 이치를 어이 아시오리까. 또한 백성들이 나라 형편을 보고서 근심하는 것인지, 듣고서 근심하는 것인지 알지 못하시오니 참으로 영문을 알지 못하겠습니다. 저희들이 직분을 맡아서 감히 숨기지 못하겠사옵기에 삼가 번거롭게 아뢰옵니다."

천군이 다 보고 나서 문득 수심에 잠겨 즐겨하지 아니하니 무극옹이 이에 한마디 말도 없이 가버렸다.

천군은 마침내 마음을 진정하지 못하여 말에 수레를 메워 가지고 주목 왕周穆王의 고사를 본받아 천지가 좁다 하고 사방으로 두루 순행하려 하니 주인옹이 말머리를 잡으면서 애타게 간하므로 할 수 없이 반묘당 가에 말을 멈추었다.

이때 마침 격현膈縣에 사는 어떤 사람이 와서 보고하기를,

"요즈음 흉해胸海에서 파도가 크게 일어나 태화산泰華山이 .바다 가운데로 옮겨 갔사온대 그곳을 바라본즉 산중에 웬 사람들이 어른어른하는데 무려 수천만이나 되었습니다."

이러한 변괴는 고금에 드문 일이므로 천군을 비롯하여 만조 백관이 망연실색하여 탄식할 즈음에 아득한 먼 곳으로부터 몇 사람이 시를 읊으면서 오는 듯하더니 급기야 가까이 온 것을 본즉 다만 두 사람뿐이었다.

그중 앞에서 걸어오는 사람은 얼굴이 초췌하고 몸이 수척하였는데 절운관을 쓰고 장검을 짚었는데 지하의를 입고 초란椒蘭의 패물을 찾으며 눈썹은 나라를 걱정하는 시름으로 찡그려졌고 눈에는 임금을 생각하는 눈물이 글썽거리니 이는 분명히 초희왕楚喜王을 슬퍼하고 상관 대부上官大夫를 원망하는 사람이 아닌가 싶었다. 뒤에 따라오는 사람은 정신이 가을 물처럼 맑고 얼굴은 구슬인 양 빛나는데 초나라 옷을 입었으며 초나라 갓을 쓰고 초나라 소리로 읊는 것이 틀림없이 일생 동안 오직 초양왕楚襄王만을 섬기던 사람이 분명하였다. 두 사람은 함께 천군 앞에 와서 절을 하고 아뢰기를,

"전하의 의리와 인정이 높으시다는 소식을 듣고 이렇게 찾아뵈옵니다. 천지가 비록 넓으오나 저희들은 용납될 곳이 바이 없사와 이처럼 떠도는 신세가 되었삽더니 이제 저희들은 전하의 심지心地가 자못 넓으심을 보옵고 저 돌무더기 한 모퉁이를 빌어서 거기 성을 쌓고 살고자 하오니 전하께서는 기꺼이 이 소원을 들어주시올는지 황송하옵니다."

천군이 이에 옷깃을 여미고 슬픈 기색으로 말하기를,

"사내 대장부의 회포는 예나 지금이나 매한가지라, 내가 어찌 한 치의 땅을 아껴서 그대들의 살 곳을 마련해 주지 못하리오."

드디어 조서를 내려 분부하되,

"그들이 와서 살기를 원하니 감찰관은 그리 알고 처리할 것이며 또한 성을 쌓겠다고 청하니 뢰괴공은 그리 알고 도울지어다."

두 사람은 공손히 절을 하고 흉해를 향해 떠나갔다.

그 후로부터 천군은 항상 두 사람의 충성스러운 언행을 잊지 못하여 출납관出納官으로 하여금 초사楚私를 높이 읊게 할 뿐, 다른 일에는 관계하지 아니하였다.

추구월에 천군이 친히 바닷가에 나가 성 쌓는 것을 바라보니 몇만 갈래의 원통스러운 기운과 몇천 겹의 근심스러운 구름이 떠도는 가운데 만고의 충신 의사들과 억울하게 화를 입은 사람들이 모두 쓸쓸하고 비참한 얼굴로 웅성거리며 오락가락하고 있었다.

그 가운데 진시황의 태자 부소夫蘇도 한몫 끼어 성 쌓는 것을 감역하고 있는데 그는 몽념蒙拈과 함께 형곡刑谷 흙 구덩이 속에 생매장당한 선비 사백여 명을 부려 역사를 시켰기 때문에 일을 서두르지 않고도 한나절이 채 되기 전에 성을 다 쌓았다.

그 성을 쌓는 데는 흙과 돌을 그렇게 많이 쓰지 않았기 때문에 흙을 운반하며 돌을 굴려 오는 괴로움이 별로 없었다. 성의 규모를 크게 만들자면 성 쌓을 땅이 좁고, 작게 만들자면 그 안에 포괄할 것이 많으므로 없는 것 같으면서도 있고, 형체가 나타나지 않는 것 같으면서도 나타나게 하였다. 성은 북으로 태산에 의거하고 남으로 창해에 이었으니 당 줄기는 바로 아미산峨嵋山으로부터 시작하였는데 우불구불하고 울퉁불퉁하여 시름과 원한이 서리어 있는 까닭으로 수성愁城이라 이름하였다. 성 안에는 조고대弔古臺가 있으며 성에는 네 개의 문이 있으니 하나는 충의문忠義門이요, 하나는 별리문別離門이다.

천군이 단전으로부터 바다를 건너와서 수성의 네 문을 활짝 열어젖히고 조고대에 오르니 이때에 구슬픈 바람이 소슬하게 불고 처량한 달빛이 싸늘하게 비치는데 여러 문에 있는 사람들이 원망과 불운을 가득 품고 함께 두레를 지어 들어왔다.

천군이 슬픈 얼굴로 자리에 앉아서 관성자管城子로 하여금 수성의 모습을 만분지 일이라도 기록하라 하니 관성자가 명령을 듣고 물러나서 눈물을 머금고 서 있었다.

먼저 충의문 안을 바라보니 서리같이 맵짠 기운이 서리었는데 태양이 내리쬐고 있었다. 그 안에는 죽어간 수많은 충성스러운 신하들이며 기개 있는 영웅들이 있었다. 그 중에 으뜸되는 두 사람이 있는데 한 사람은 결의 폭정을 간하다가 경궁璚宮에서 머리가 달아난 관룡방이요, 한 사람은 주의 나쁜 정치를 간하다가 포락형을 받고 염통까지 잘리운 비간比干이었다.

또한 그 가운데는 한고조漢高祖처럼 변장을 한 후 황옥거黃屋車를 바꿔 타고 좌독左纛을 초패왕 항우에게 주면서 거짓 항복을 하던 기신紀信장군과 윤건을 쓰고 학창의를 입고 손에 백우선白羽扇을 들고 있는 제갈량도 있었다.

그 밖에 웅치雄雉를 제후로 봉한 사실과 조비曹丕를 황제라 일컬은 사실과 관련된 의분에 들끓는 열사와 원한에 사무친 영웅들은 또한 얼마나 많으랴.

홍문鴻門 잔치에서 충성스런 의분이 격동되어 한나라가 주는 옥두玉斗(옥으로 만든 술그릇)를 눈가루처럼 산산이 부숴 버리면서 죽어도 두 마음을 먹지 않을 기개를 보여준 범아부范亞父며 녹색 도포에 긴 수염을 늘어뜨리고 청룡도靑龍刀를 비껴 들고 적토마赤兔馬 위에 높이 앉은 풍채 좋은 영웅으로서 여몽呂蒙의 꾀에 빠져 한스럽게도 강동江東을 평정하지 못한 관운장關雲長도 있다.

그리고 길게 휘파람을 부는 월석이며 돛대를 치면서 맹세하던 조적祖逖등이 크나큰 뜻을 이루지 못하고 죽어버렸으니 천지가 어찌 이다지도 무정하단 말이냐. 그 뒤에 장순張巡, 허원許遠, 뢰만춘雷萬春, 남제운南霽雲 등이 서 있으니 모두 다 충성스러운 장사들이며, 개개가 의로운 열사들이다.

자욱하게 쳐들어오는 오랑캐의 티끌이 햇빛을 가리우고 여러 고을이 바람 앞의 풀잎마냥 쓰러지건만 수양성睢陽城의 이 대장부들만이 끝까지 지조를 굽히지 아니하였던 것이다.

화살도 오히려 견고한 돌부처에 들어박히거늘 남제운이 손가락을 끊는 결연한 태도는 어찌 하란賀蘭의 야속한 마음을 움직이지 못하였는가. 아아 원통하구나. 정이 있는 사람이 굳은 돌덩이보다도 더 완고하단 말이 웬일이냐. 거기에는 또한 정성스럽게 충직한 인물이건만 애매하게 역적이라는 누명을 쓰고 죽어버린 악비岳飛도 있다.

종류수宗留守 같은 충성된 사람은 왕에게 황하를 건너오라고 거듭 권하다가 그만 하릴없이 죽어버리니 출정한 군사가 이기지 못하고 말았다. 하늘은 어찌 이를 못 알아보고 잠잠해 있단 말인가.

옷이며 허리띠에 자기의 굳은 지조를 써놓고 태연히 죽음에로 나갔던 문천상文天祥이며 왕을 등에 업고 산 같은 파도 속에 뛰어들어 나라와 운명을 같이한 불쌍한 육수부陸秀夫도 있다.

맨 뒤에는 중국과는 다른 우리나라의 의관을 차린 난파 학사와 호두장군虎頭將軍(유응부) 등 대여섯 사람들이 떼를 지어 기상도 늠름하게 오고 있으니 이들이 바로 우리나라 오백 년 역사에서 빛나는 의리와 절조를 훌륭하게 보여주었던 것이다.

이 밖에 아득한 지난 역사에서 자기의 한 몸을 오직 나라에 바친 사람들과 의로운 일에 나가서 거룩한 공로를 이룬 인물들을 일일이 다 기록하기 어려웠다.

다음엔 장렬문壯烈門 안을 바라보니 질풍 같은 한마디 우뢰 소리에 음산한 바람이 휘도는데 그 안에는 원통하게 죽어 간 만고의 의로운 열사들이 웅기중기 모여 있었다. 맨 앞에는 생전에 충성과 효도로 이름을 날린 오자서伍子胥가 섰는데 그는 백마를 타고 촉루검을 가로짚고 절강 조수물마냥 노기가 등등하였다.

그 다음에는 기운이 무지개처럼 뻗치고 자기의 죽음으로써 연태자燕太子에게 보답하기 위해 척팔비수尺八匕首를 어루만지면서 장사의 노래를 태연히 부르던 형가荊柯며 오추마烏騅馬 한 필을 타고 온 천하를 주름잡다가 한고조漢高祖와 싸운 지 여덟 해 만에 해하에서 참패를 당하고 원대한 꿈이 오강烏江의 드높은 물결에 휩싸여 버린 초패왕楚覇王이며 옷을 벗어 준 은혜에 감동하여 백만 군중을 모아 가지고 싸우면 이기고 치면 빼앗아 큰 공을 세우다가 천하가 평정되자 하릴없이 버림이 되어 마침내는 한 개의 아녀자인 여후呂后의 손에 목숨을 잃은 회음 땅의 장부 한신韓信도 있다.

그 중에 아까운 것은 사람들이 작은 패왕이라고 부르는 손백부孫伯符이다. 강동江東에 웅거하여 범 같은 형세로 천하를 노리더니 보잘것없는 졸부의 화살에 혼백이 떨어져서 남긴 한이 속절없이 동쪽으로 흘렀다.

부견符堅은 백만 용병을 거느리고 채찍을 던져 강을 막으려 하더니 팔공산八公山 초목에 마음을 놀랬으며 마침내는 제 아들의 칼을 맞아 깊은 한을 남겼으니 아아 슬프구나, 천하의 영웅들이 벌떼처럼 일어나는 때를 당하여 성공하면 제왕의 자리를 차지할 수 있으나 실패하면 역적으로 지목이 되니 소를 타고 한서漢書를 읽는 그러한 자도 한때의 호걸이라 볼 수 있는 것이다.

당나라 이씨의 왕은이 쇠약해지니 옥좌 밖에는 모두 독사마냥 흉악하고 멧돼지마냥 탐욕한 오랑캐들이 횡행하는데 오직 돌궐의 종족이면서 일편단심 당나라 왕실을 위하여 오랑캐 무리들을 쓸어 버리기에 힘을 다했건만 주온朱溫이 당나라 왕조를 찬탈하자 우울하게 근심하면서 죽은 이극용李克用도 있었다.

그 밖에 수다한 사람들은 대부분 생전에 웅대한 계획을 실현하지 못하고 공로와 업적이 죄다 민멸되어 도저히 성패로서 논의할 것이 못 되는 바 이런 것들은 이루 다 기록할 수 없었다.

다만 문 밖에 두 사람이 있어 감히 들어오지 못하고 주저주저하면서 서로 마주 향하여 눈물을 흘리고 있었다.

그 한 사람은 한나라에서 별장을 지낸 이릉李陵으로서 일찍이 오천 명 보병을 거느리고 사십만의 오랑캐 기병을 꺾으려다가 형세가 불리하게 되자 오랑캐에게 항복하여 장차 무슨 일을 해보려고 하더니 한나라가 그 일족을 다 죽였으므로 그만 돌아오지 못하고 말았던 것이다.

또 한 사람은 형양 도독荊襄都督을 지낸 환온桓溫이다. 그가 북쪽을 바라보고 탄식하던 때에는 흡사히 영웅의 지기가 있는 듯하더니 더러운 이름이라도 만대에 남기겠다는 생각과 공적을 높이 평가해 준다는 달콤한 유혹에 넘어간 후에는 어쩌면 그렇게도 신하답지 않은 마음을 품게 되었는가. 그러면 적에게 항복한 장군과 임금을 배반한 도둑이 무엇 때문에 여기에 왔는가. 영특한 영혼들이 자기 잘못을 뉘우친 나머지 온 것이나 아닌지 모르겠다.

다음으로 무고문無辜門 안을 바라보니 우중충한 구름이 떠돌며 조심스러운 안개가 자욱하고 찬비가 휘뿌리며 싸늘한 바람이 몰아치고 있었다. 거기에는 수없이 많은 원통한 심정을 안고 천추에 씻지 못할 원한에 잠긴 영혼들이 더러는 귀한 출신으로 더러는 천한 신분으로 혹은 무리를 지어 혹은 적은 떼를 지어 웅기중기 모여 섰다. 다음은 진을 치고 오던 사십만 대군이 모두 장평長平에서 구덩이에 생매장당한 조趙나라 병졸들이다. 또 삼십만 대군이 예두장군 백기白起의 지휘하에 진을 치고 둘러섰는데 그들은 신안新安에서 항우와 싸우다가 구덩이에 묻힌 진秦나라 병졸들로서 백기가 본디 진나라 장군이기 때문에 자기 나라 장수의 지휘 하에서 부대를 편성한 것이다.

고양高陽의 술사는 세 치밖에 안 되는 혀를 놀려서 칠십여 개 성을 함락시키더니 일이 낭패되어 죄없이 가마 속에 삶아 내는 극형을 당했고 여태자戾太子는 조趙나라에서 넘어온 강충江充의 간악한 짓을 격분해 하다가 억울하게 죽었으니 호수 위에 우뚝 솟은 망사대는 헛되이 후회하는 슬픈 눈물을 뿌리게 할 따름이다.

술을 마시면 귀는 더워지기 마련이거니 장고를 두드리며 노래함이 세상에 무슨 애매하고 좋지 못한 폐단을 주기에 허리를 베이는 참변에까지 이르렀는가. 슬프도다. 통후通候 평안은이 이런 참변에 죽었던 것이다.

하물며 악하고 흐린 것을 제거해 버리고 착하고 맑은 것을 드러내며 많은 선비가 무리 지어 나오는 사실은 시대에 무슨 해됨이 있기에 그들을 죽여버리게 되었구나. 원통하구나. 범맹박 이하 여러 사람들이 바로 이렇게 되었던 것이다.

또 이경업李敬業과 낙빈왕駱賓王은 의분을 품고 한 몸을 돌보지 않으면서 옛 임금을 복위시키려고 무한한 애를 썼다. 그들의 하늘을 꿰뚫는 의리와 역사를 빛내는 충성은 마침내 일이 글러지면서 죽게 되었으니 아아, 신명이여, 이 사람들이 무슨 죄가 있단 말이냐. 선비의 몸으로 자기의 직분을 다하다가 죽어버렸으니 죽음이 어찌 한스러우리오마는 생각할수록 원통하구나.

이 가운데서 옛날이나 지금이나 변함없는 원한과 살아서나 죽어서나 잊지 못할 절절한 울분이 너무 괴롭고 너무 슬퍼서 차마 말할 수도 없는 것은 제齊나라 왕이 송백松柏에서 나그네가 되고 초나라 의제義帝가 강 속에서 죽은 것이니 나라를 빼앗으면 그만인데 어찌 또한 죽이기까지 하였단 말인가. 충신의 눈물은 마르지 않고 열사의 원한은 다함이 없다.

관성자가 여기까지 이르러서는 너무도 마음이 산란하여 여러 가지 사실을 한 조목씩 열거하지도 못하였다.

다음에 별리문別離門을 바라보니 저물어 가는 수풀에 석양이 비꼈는데 가고 오고 오고 가며 생사간에 떠나고 갈라지는 사이에 속절없이 넋이 빠진 한많은 사람들이 있었다.

가장 한스러운 것은 한漢나라 임금이 오랑캐를 막아낼 수단이 없어서 공주와 소군昭君이 연이어 정든 고국을 떠나 낯선 먼 나라로 시집을 간 것이니 한나라 공주로서 오랑캐 땅의 첩이 된 그 기박한 운명이야 오죽하였겠는가. 비파 줄을 퉁기며 홍곡가鴻曲歌를 부르던 사무친 원한은 지금도 오히려 새로우며 초생달이 쓸쓸한 왕소군의 푸른 무덤에 비치고 변방의 기러기는 그리운 고국의 소식조차 끊어 버렸던 것이다.

자경子卿은 바닷가에서 양을 보면서 십 년 동안 절개를 굽히지 않다가 머리가 백발이 되어서야 돌아오니 무릉武陵에 쓸쓸한 가을비가 휘뿌릴 따름이었고 영위令威는 구름 속의 학 두루미처럼 떠돌다가 천년 만에 집에 돌아오니 산천은 예와 같으나 사람은 간 데 없고 거친 무덤 위에 외로운 달만이 싸늘히 걸려 있었다.

비록 속세와 선계의 구별이 있을 것이나 이별의 애틋한 정회는 매일반일 것이다.

죽궁竹宮 연기 속에서 말도 않고 웃지도 않으니 가을 바람에 애끓는 나그네와 마외馬嵬 언덕 밑에서 사랑하는 사람이 구슬처럼 부서지고 꽃처럼 날아가니 중천에 뜬 밝은 달 아래서 가슴이 미어지는 사나이도 있었다.

또 깊은 규방에서 자란 연나라 아이에게 시집 간 여인이 공명을 중히 여기고 이별을 가볍게 생각하여 백우전白羽箭을 지고 청해靑海에 출정할 줄 어찌 짐작이나 하였으랴. 지리한 여름날과 기나긴 겨울 밤에 아리따움은 차츰 시들어 가는데 누구와 함께 청춘을 즐기겠는가. 수심은 맑은 볼에서 떠나지 않고 원한은 꽃 같은 얼굴을 초췌하게 하였다. 비록 차디찬 매화 가지를 꺾어도 그리운 임의 편지는 받아 보기 어려웠으며 간절한 사연을 비단폭에 썼으나 멀리 있는 그대에게 보낼 길이 없으므로 청루에 주렴을 걸고 애꿎은 꾀꼴새만 쫓아 버릴 뿐이었다.

또 임금의 총애를 잃고 장신궁長信宮에 오랫동안 홀로 살던 그 여자를 두고 보면 임을 멀리 이별함은 어찌 할 수 없거니와 지척에 임을 두고 어떻게 떨어져 살 수 있었으랴. 텅 빈 섬들에는 이끼만 무성하고 임금의 수레는 맞을 길 바이 없는데 쓸쓸한 창 밑에 반딧불만 지나가며 허전한 궁전에는 사람의 자취조차 끊어졌으니 어찌 임을 그리는 간절한 마음이야 없으리오마는 끊어진 인연을 다시 이을 길이 없었으니 참말로 가련한 신세였구나.

또 초패왕의 장막에서 밤마다 향기로운 넋이 칼빛을 좇아 날던 우미인이며 살아서 이별함보다는 차라리 죽어 떠남을 달게 여기고 금곡의 누대에서 떨어져 죽은 녹주綠珠도 보였다.

무성한 망초는 왕손이 다시 돌아오지 않음을 한탄하고 아득하게 날아가는 구름은 효자의 어버이 생각을 간절케 한다.

친구의 의리가 절절하니 운수雲樹에 생각이 간절하고 형제간 우애가 지중하니 할미새 소리 견디기 어려워라.

이때 관성자는 눈물이 마르고 머리가 벗어져서 더는 글 쓰기가 어려웠다. 그리하여 '인간은 그만 이별한다'는 시구를 읊고 하늘 위로 피하고자 하더니 마침 견우직녀를 만나서 할 수 없이 다시 돌아오게 되었다. 그때 성 밖에서 한 사람이 그의 팔소매를 붙잡고 말하기를,

"그대는 어찌하여 옛날을 따르고 현재를 버리며 귀신의 명부만 들추고 이 세상 사람은 본체만체하는가. 나는 곧 이 세상의 호걸이라, 여기 시 한 편이 있으니 번거롭겠지만 그대는 이 시를 베낄지어다."

높은 소리로 낭랑히 읊는 것이었다.

　　　　열다섯 젊은 나이 육도를 통했거니
　　　　만 사람이 일컫는다 기이한 사내라고,

　　녹이 슨 푸른 칼날 그 언제 써 볼거나

　　아득한 변방에는 가을 기운 높았건만

　　중년이 다 되어서 경서를 읽은 뜻은

　　부귀에 탐을 내어 저만 위함이 아니노라

　　야속하다, 이내 심정 임에게 못 전함이,

　　덧없는 세월에 백발이 다 되누나.

　관성자는 이 시를 들은 대로 네 문에서 쓴 것과 함께 천군 앞에 바쳤더니 천군이 겨우 한 번 읽어 보고는 스스로 수심을 이기지 못하여 우울한 심정으로 그 해를 보냈다.

　2년 봄 2월에 주인옹이 계啓를 올려 이르되,

　"세월이 바뀌어 새 봄이 되고 만물이 모두 새롭게 되었습니다. 모든 풀과 나무들까지도 저절로 생기를 띠거늘 이제 전하께서는 가장 영험한 품성을 타고 나시어 지극히 고상한 기운을 가지고서도 수성 안에 유폐되어 오래도록 불안스럽게 지내시니 어찌 눈물 흘릴 일이 아니겠습니까. 다만 수성의 뿌리가 깊이 박혀서 창졸간에는 어찌하기 어려운가 하옵니다. 제가 가만히 듣자오니 행화촌杏花村에 한 장군이 있어 성현이라는 명성이 있는 데다가 용맹한 기운을 겸하였으며 깊고 넓은 도량은 저 큰 바다와 같아서 이루 헤아릴 수 없다고 합니다. 그 가계를 따져 보면 곡성穀城 출생으로 국생麴生의 아들이며 이름은 양釀(또는 양讓)이요, 자는 태화太和입니다. 체모는 부친을 닮았으며 그 선조는 일찍이 굴원屈原과는 사이가 좋지 못하였으나 완적阮籍 완함阮咸 해강嵆康 유령劉伶과 함께 죽림에서 노닐었으며 혹은 백의로 심양尋陽에서 도연명陶淵明을 방문하였으며 이태백李太白은 금거북을 저당잡혀 가지고 끝내 죽자사자 하는 친구로 되었습니다. 그 후에는 매작한 일로 맑은 이름을 약간 더럽혔으나 결코 그 본심은 아니었습니다. 이제 양은 다만 청렴하고 허심하며 의로움을 드러내기를 좋아하여 청탁 간에 실수하는 일이 없습니다. 흔히 여인들을 가까이하지마는 술을 마시는 사이에서 적을 제압하는 용기가 있습니다. 생각하건대 사람의 장점을 취하는 것은 명철한 임금의 인재를 등용하는 방법이니 바라건대 전하께서는 겸손한 태도와 두터운 기백으로 그를 모셔 좌상에 앉히고 존대하여 벼슬을 시키시면 곧 수성을 평정하여 옛날의 순후한 정치로 돌아갈 것이니 이 일은 실상 어렵지 않사옵기로 삼가 아뢰는 바입니다.”

장계狀啓를 보고 천군이 전지를 내리고,

“내 비록 덕은 없으나 간하는 말은 물 흐르듯이 순순히 좋으리니 국麴장군을 맞아들이는 일은 주인옹이 맡아서 처리할지어다.”

주인옹이 아뢰되,

“공방孔方이 국장군과 가까이 지내는 사이오니 능히 오도록 할 수 있을 것입니다.”

천군이 공방을 불러,

“그대가 국장군을 찾아가서 나의 요청을 잘 전하여 내가 목마르게 바라는 대로 즉시 데려오라.”

공방이 명령을 듣고 그의 동료 백문白文으로 더불어 지팡이를 짚고 국장군을 찾아 떠났다.

그들은 시냇가에 한가한 마을들과 산 위의 성곽들을 돌아다니면서 샅샅이 찾았으나 아무데서나 장군을 만나 볼 수 없었다. 그러던 차에 마침 목동이 도롱이를 걸친 채 소를 타고 오는 것을 만나서 공방이 그에게 물었다.

“국양 장군이 어디에 살고 있는지 아느냐.”

목동이 웃으며 대답하되,

“여기서 멀지 않은 저기 바라보이는 곳입니다.”

라고 하면서 손을 들어 실실이 흐늘어진 수양버들 안 마을에 살구꽃이 붉게 덮인 담장머리를 가리켜 주는 것이었다. 공방이 향기로운 풀 우거진 시냇가에 뻗어 있는 한 가닥 오솔길을 따라서 담장머리에 이르니 과연 푸른 깃발 그늘 아래서 술 파는 풍채 좋은 사람이 앉아 있는데 공방이 오는 것을 보고도 앉은 채 아니꼬운 눈매로 쳐다보면서,

“멀리서 찾아오느라고 수고했소. 무엇으로 술을 사려고 하오.”

공방이 대꾸하여,

"금초金貂를 가지고 술을 바꾸란 말인가. 나라를 팔아서 술을 마시란 말인가. 나를 어찌 가볍게 보는 것이오. 지금 어진 정치를 하려던 임금이 수성의 제압을 받고 있는데 그는 장군이 의리로써 세상의 공평치 못한 일을 제거함을 자기 의무로 여긴다는 말을 들으시고 아침저녁으로 장군을 기다리고 계시오. 이제 나라에 충성을 다하라는 명령을 내리고자 하여 우선 내가 장군으로 더불어 대대로 한집안 식구처럼 허물없이 지내기 때문에 특별히 나를 보내어 그대를 맞이하도록 하는 것인데 어찌 이처럼 무례한가."

그를 책망하였다.

그때에야 국양이 처음의 아니꼬운 눈매를 고쳐 온순하게 볼 뿐 아니라 투호投壺 놀음을 하면서,

"시름이 있고 없는 것은 오직 나에게 달렸을 뿐이다."

이미 천금千金 갖옷에 오화마五花馬를 타고 군병을 일으켜 뢰주雷州에 와 닿으니 때는 3월 15일이었다.

천군이 곧 모영을 보내어 위로하며 말하기를,

"나를 외롭게 하지 않으려고 군병을 거느리고 왔으니 기쁜 마음을 어찌 측량할 수 있으리오. 경卿 같은 큰 인재는 정히 국가의 귀중한 그릇이라. 아직 경을 임명하여 옹雍,甕, 병幷,瓶, 뢰雷,罍 삼주 대도독大都督과 구수대장군을 삼노니 서울을 중심으로 한 지역은 내가 통제할 것이고 그 밖의 지방들은 장군이 주관하되 진퇴를 짐작해서 때를 따라 병력을 기울여 적을 토벌하라. 이제 중서령 모영을 보내어 한편으로 나의 뜻을 알리며 한편으로는 장군에게 머물러 있어 장서기掌書記를 맡아 보게 하노니 그리 알지어다."

국장군이 곧 모영을 시켜 사례하는 표문을 지어 올렸는데 하였으되,

"복초 2년 3월 모일에 옹, 병, 뢰, 삼주 대도독 구수 대장군 국양은 아뢰옵기 황공하와 돈수 백배하옵니다. 가만히 생각하옵건대 저는 곡식을 먹지 않고 신선같이 지내면서 깊이 즐거운 나날을 보내며 어서 난을 평정할 성인을 기다리옵더니 드디어 벼슬을 주시는 은혜를 입사오니 몸을 어루만지며 스스로 개탄할 뿐 아니라 저의 신분을 헤아릴수록 실로 외람

스럽기만 합니다. 저는 원래 곡성穀城의 종류요, 조계曹係의 무리로써 왕탄지王坦之와 사안謝安을 따라 강좌江左에서 풍류를 일삼았고 해강, 유령 등과 취미를 같이하여 죽림에서 한가한 세월을 보내고 있었습니다. 저의 반평생 행장은 오직 유리 그릇과 앵무잔이며 백제의 교유는 다만 습가지의 고양도들입니다. 그런데 그만 가혹한 예법의 구속으로 말미암아 오랫동안 강호에 유랑하는 생활을 하였더니 전하께서 더러운 저를 멀리 버리시지 않으시고 저에게 수성 공격을 전임하시니 돌아보건대 미천한 이 몸으로 어찌 저런 큰 책임을 감당하오리까. 저는 다행히 전하께서 인재를 등용하는 데 방해하는 자들을 없이하고 수성을 치는 좋은 방도를 알리도록 하라는 위촉을 받았을 뿐 아니라 때를 따라 적중하게 행동하며 맡아 행하는 일에 의심을 두지 말라고 하시었습니다. 또한 신에게 여러 사람의 의견을 들어 심중에서 혼자 결단하도록 하라고 이르시어 아무 쓸모 없는 저를 바다 같은 도량으로 용납하시니 어찌 더욱 청렴한 충성으로 힘쓰지 않겠습니까. 꽃다운 향기를 퍼뜨리며 술로써 병권을 폐기하게 하는 것은 비록 조보趙普의 계책에 미치지 못하오나 가슴 속에 수많은 용사를 감추었으니 거의 중엄仲淹의 위엄을 본받을 수 있을까 하옵니다."

천군이 표문을 다 읽고 나서 크게 기뻐하면서 곧 서주 역사를 임명하여 영적 장군을 삼아 도독의 휘하에 있게 하였다.

이때 날이 저물고 저녁 연기가 자욱히 괴어 오르는데 가벼운 바람이 솔솔 불고 제비들이 분주히 지저귀고 있었다. 격문은 날아오고 날아가며 북 소리 피리 소리는 사람의 흥을 돋우었다.

장군이 드디어 조구대槽邱臺에 올라가서 주허후朱虛侯 유장劉章에게 명령하기를,

"군령이 지극히 엄하니 그대가 맡아서 거문고를 함부로 치는 교만한 장수가 없게 하고 도망치는 병사들이 없게 하라."

이에 군사들은 감히 떠들썩하지 못하여 전진과 퇴각에 질서가 있고 전투에서는 법도가 잡히었다. 진을 치는 모양은 육화법을 모방하였는데 이것은 바로 해바라기를 형상한 것이었다.

장군이, 배를 타고 주지를 건너가는데 놋대를 두드리면서 맹세하기

를,

"만약 수성을 쳐 없애지 못하고 강을 건너는 자가 있으면 저 물과 같으리라."

고 하였다.

이어 바다 어귀에 배를 대고 곧장 기 모영을 불러서 그 자리에서 격문을 짓게 하였다. 격문에 쓰기를,

"모월 모일에 옹, 병, 뢰, 삼주 대도독 구수 대장군은 수성에 격문을 보내노라. 무릇 천지는 만물의 역려요, 광음은 백대의 과객이니 늙도록 오래 삶과 젊어서 일찍 죽음도 한때의 꿈이요, 천하 이와 귀한 이도 같은 길을 가는 것이다. 살아서 근심하고 한탄하는 것은 오히려 죽은 사람의 즐거움에 미칠 바가 못 되니 어찌 슬프지 않겠는가. 저 수성은 사람들이 통탄하며 원한에 잠긴 지 이미 오래 되었다. 그러므로 나는 이제 쫓겨난 신하들과 외로운 아낙네들, 의로운 열사들과 근심하는 선비들을 찾아 그들의 얼굴이 너무 쉽게 이울어지며 귀밑머리와 수염이 때아닌 서리를 맞게 되는 이런 통탄할 사실들을 더는 없게 하려고 한다. 그러나 이미 지나간 일은 어찌할 도리가 없다. 지금 내가 신풍의 군사를 거느리고 있으니 선봉은 서주 역사요, 좌막은 합리해오라 비록 제갈량의 진법이 풍운진보다 더 째웠다 하고, 초패왕의 용맹이 고금에 으뜸이라고 하나 어린애들의 놀음과 같을 뿐이니 어찌 능히 나를 당해내겠는가. 하물며 '세상이 다 취해도 나 혼자 깬다'고 하던 초나라 굴원의 말은 마음에 개의하지도 않노라. 격문이 닿는 날에는 즉시 항복하는 깃발을 세우라."

출납관으로 하여금 목소리를 가다듬고 성 안에 들리도록 격문을 읽게 하니 온 성안의 모든 사람들이 항복할 생각뿐이었다. 다만 굴원 혼자만이 굴하지 않고 수염을 흩날리면서 어디로인지 사라져 버렸다.

장군이 바다 어귀로부터 파죽지세로 내달으니 치기도 전에 성문이 저절로 열리며 접전도 하지 않고 성안이 모두 항복하는 것이었다. 장군은 이에 무력을 빛내고 위세를 떨쳐 혹은 군사를 흩어 밖을 포위하고, 혹은 군사를 모아 성안에 진을 치니 그 기세는 바다에 조수물이 오름 같고 비가 내려 강성에 넘쳐나는 것 같았다.

천군이 영대에 올라서 바라보니 우중충하던 구름이 사라지고 자욱하던 안개가 걷히며 훈훈한 봄바람이 솔솔 불어오고 따스한 태양이 내려쪼이는데 전에 슬퍼하고 괴로워하던 자들은 더없이 즐거워하고, 원망하며 한탄하던 자들은 씻은 듯이 원한을 잊고, 울분하고 노여워하던 자들은 가신 듯이 풀리고, 안타까워 고민하던 자들은 흔연히 기뻐하며, 격분하여 팔을 걷어붙이던 자들도 좋아서 춤을 추는 것이었다.

유령은 그 덕을 칭송하고 완적은 가슴을 풀어 헤치며 도연명은 갈건葛巾을 쓰고 거문고를 타면서 뜰에 서 있는 나뭇가지를 비껴 보는데 얼굴에 기쁨이 가득하고 이태백은 비단 도포에 흰 갓을 쓰고 술잔을 높이 들면서 밝은 달에 취해 있었다.

모두가 함뿍 취하여 몸을 가누지 못하게 되었을 때에는 벌써 촛불을 밝혀야 할 저녁이었다. 눈앞에는 꽃잎이 날고 장막 안에는 달빛이 비쳐 드는데 장군이 미인을 옆에 앉히고 파진악罷陳樂을 연주케 하며 군사를 돌려보내니 천군이 대단히 기뻐하여 즉시 관성자를 불러 교지敎旨를 내리었다.

"나는 경卿에게 아무 은덕도 베풀지 못하였거늘 경은 나의 먹은 마음을 짐작하고 충성을 다했으니 경이야말로 나에게 큰 은덕을 베풀었다. 내가 장차 경의 공덕을 무엇으로 보답할꼬. 경에게 벼슬을 한 번 주고 두 번 주고 다시 한 번 주더라도 경의 커다란 공적에 비하면 그것은 한갓 얼굴이 더욱 붉어질 뿐이라. 이제 곧 수성 옛터에 새로 성을 쌓아서 경의 탕목읍湯沐邑을 만드노라. 그리고 삼주 도독은 그대로 두노라. 또 환에 봉하고, 3등의 작위를 주어 환백작을 명하며 거창주 한 주전자를 주고 성대한 풍악을 베풀게 하노니 모든 사람은 그리 알지어다."

작가 소개와 작품해설

● 저자 소개

임제林悌(1549~1587) ; 조선조 중기 선조 때의 문신으로 자는 자순子順이며, 호는 백호白湖, 또는 겸재謙齋이다. 본관은 나주이며, 병마절도사 임진의 맏아들로 태어나 어려서부터 자유분방했다.

20세가 되어서야 대곡 성운成運을 사사했다. 28세 이후 생원·진사·알성시에 급제하여 흥양현감을 비롯 예조정랑 겸 지제교에 이르렀다.

이이, 허균, 양사언 등과 교우한 당대의 명문장가로서, 특히 시에 능통했다. 그러한 그는 당파싸움에 끼어들지 않고 늘 여러 곳을 유람했다. 기생들과 많은 일화를 남긴 그는 법도에 어긋난 사람이라 하여 그의 글은 취하되, 그와 사귀기를 꺼려하기도 했다.

그의 호협불기한 성격과 풍유랑으로서의 멋은 대단했다. 〈수성지愁城誌〉, 〈화사花史〉, 〈원생몽유록元生夢遊錄〉 등 3편의 한문소설이 있다. 이 밖에도 시조 3수와 《임백호집》 4권이 있다.

● 주제

현실에 대한 불만과 울분을 토로

● 작품 해설

《임백호집》 제 4 권에 전하는 〈수성지〉는 의인체 한문소설로, 임제가 북평사에서 서평사로 옮겨갈 때에 감히 어사의 앞길에서 무례했다는 이유로 탄핵을 받고 나서 지었다고 한다. 그의 나이 32세를 전후한 1578년경에 지은 것으로 추정하고 있다.

이 작품은 단순한 현실 도피라기보다는 현실 풍자의 계도적 의미를 암시하고 있다.

인간의 마음을 의인화한 천군^{天君}은 마음이 만물의 주인이라는 뜻으로 보인다. 그러한 주인공에 대하여 술, 붓 등이 의인화되어 있다. 전반부는 천군소설의 영향을 받은 것으로 보이나, 후반부에서 수성을 격파하는 국장군의 활약상은 또 다른 면을 보여주고 있다.

● 줄거리

천군^{天君}이 다스리는 나라에는 인·의·예·지, 희·로·애·락, 시·청·언·동·의 신하가 제각기 맡은 임무를 수행하여 태평성대를 누리고 있었다.

그러나 예전의 충신, 의사들이 무고하게 죽음을 당하여 그들이 수성^{愁城}을 쌓게 된다. 성에는 충의문, 장렬문, 무고문, 별리문 등 네 문을 설치하고 항상 불안과 수심으로 그들 세력이 천군에까지 미치게 된다.

그리하여 중대한 위기에 처한 천군에게 주인공은 수성을 뿌리째 없애버릴 방책을 제안하면서 국양^{麴孃}을 추천한다. 그러자 국장군과 친한 공방(돈)이 국장군을 영접하여 수성을 치도록 했다. 국장군은 마침내 천군의 명을 받아 군사를 거느리고 수성을 쳐 항복시켰다.

이에 온 성안은 화기가 돌고 수심은 일시에 없어졌다. 그리하여 천군의 나라는 다시 평온을 되찾게 되었다.

● 독서 토론

종래의 천군소설의 영향을 받은 것으로 보이나, 후반부에서 국장군이 수성을 치는 과정에서는 임춘의 〈국순전〉과 이규보의 〈국선생전〉 등에서 영향을 받은 것으로 보인다.

물론 천군소설과는 달리 허구적 수법을 동원해 복잡한 내용을 이루었다는 데에 커다란 전진을 보인다. 그러나 사실로의 구체성이 배제되어 본격적인 소설로서는 미숙하다고 하겠다.

아무튼 임제가 그 나이에 〈수성지〉, 〈화사〉, 〈원생몽유록〉 등 3편의 한문소설을 남겼다는 데에 경외심을 일으킨다. 그는 사실 시인이었기 때문이기도 하다.

● 비교 작품

천군소설로 조선조에 정기화가 지은 〈천군본기天君本紀〉와 정태제가 지은 〈천군연의天君衍義〉 등의 한문소설이 있다. 또한 임춘의 〈국순전〉과 이규보의 〈국선생전〉과 같은 술을 의인화한 작품들이 있다.

숙영 낭자전 淑英娘子傳

작자 미상

이조 세종대왕 때, 경상도 땅에 한 명의 선비가 있었는데 성은 백이요, 이름은 상군이었다. 부인 정씨와 이십년을 동거하였으나 슬하에 자녀가 없어서 슬퍼하고 명산대천에 기도하며 천지 일월 성신께 축원에 정성을 다하였다. 그 덕택으로 아들을 낳았는데 점점 자람에 따라 용모가 준수하고 성품이 온유하며 문필이 자못 유려하였다.

백상군 부부는 이 외아들을 금같이 애중하여 이름을 선군이라 하고 자를 현중이라고 지었다. 어느덧 약관에 이르자 부모는 아들에게 알맞는 배필을 얻어서 슬하에 두고 재미를 보려고 널리 구혼을 하였으나 한 곳도 마땅한 곳이 없어서 항상 근심으로 지냈다. 이때 춘풍가절에 선군이 사당에서 글을 읽다가 몸이 노곤해서 책상에 기대서 깜빡 잠이 들었다. 문득 녹의홍상으로 단장한 낭자가 방문을 열고 들어와서 두 번 절하고 옆에 앉더니,

"도련님은 저를 몰라보십니까? 제가 여기 온 것은 다름이 아니오라 천정연분이라 찾아뵈옵니다."

"나는 진세의 속객이요, 낭자는 천상의 선녀인데 어찌 우리 사이에 연분이 있다 하오?"

선군이 의아하여 물었다.

"도련님은 본디 하늘에서 비내리는 선관이셨는데, 어느때 비를 그릇 내리신 죄로 인간으로 귀양되어 오셨으니 장차 저와 상봉할 날이 있을 것입니다."

선녀 모습의 낭자는 홀연히 사라져 버렸다. 그러나 선녀가 남기고 간 향기는 사라지지 않아서 선관이 이상히 여겨 묘연한 종적을 바라보는 동안에 깨고 보니 책상에 기대서 꾼 꿈결이었다. 그러나 꿈속에 본 선녀의 모습이 눈에 삼삼하고 맑은 음성이 귀에 쟁쟁히 남아 있는 듯하였다. 그 뒤로부터 선군이 그 낭자의 고운 모습을 잊을 수 없어서 마음이 초조하여 마침내 몸까지 쇠약하고 번민이 심해졌다.

"선군이 나를 사모하는 나머지 이러한데, 내가 어찌 모른 척하고 그냥 있겠는가?"

선군의 꿈에 나타나서 정답게 위로하였다.

"도련님, 저를 생각하고 이처럼 병이 되셨으니 저로서는 이렇게 고마울 데가 없어서 감격합니다. 저와 연분은 아직 때가 멀었으매 그 동안에 제 대신으로 시녀 매월이 도련님 모실 만하니 방수를 정하여 저 보는 듯이 삭막한 심회를 위로하십시오."

낭자는 간데없었다. 선군이 꿈을 깨어 신기하게 여기고 낭자의 말대로 월매를 시첩을 삼아서 울회를 약간 풀었다. 그러나 일편단심의 애정은 여전히 낭자에게 쏠릴 뿐이었다.

이때 낭자가 또 생각하기를,

'도련님의 병세가 백약이 무효하니 천정연분의 시기는 아직 멀었으나 더 기다릴 수가 없다.'

"우리가 만날 시기가 아직 멀었는데 도련님이 그처럼 내 생각으로 노심초사하시니 내 마음이 편하지 못합니다. 도련님이 나를 만나시려면 옥련동으로 찾아오십시오."

홀연히 가버렸다.

"밝으신 하늘은 저의 정상을 가련히 여기시사 옥련동 가는 길을 인도하소서."

방황한 선군은 하늘을 우러러 호소하였다.

"그대는 어떤 속객인데 감히 선경을 범하였느냐?"

힐문하였다. 선군이 공손하게,

"나는 유산객으로서 산천 풍경을 탐하다가 길을 잃고 방황하여 여기가 선경인지도 모르고 범한 모양이니 용서하십시오.”

“그대는 몸을 아끼거든 빨리 여기서 물러가거라.”

선군이 선경의 낭자에게 축출당하게 되자 낙심하고 생각하되,

“여기가 분명히 옥련동인데 만일 이때를 잃으면 어찌 그 그리운 낭자를 만날 기회를 얻으랴.”

다시 용기를 차리고 오히려 안으로 들어가서 자리잡고 앉아,

“낭자는 왜 나를 괄시합니까?”

다시 수작을 걸었다. 그러나 그 낭자는 들은 체도 않고 방으로 들어간 뒤에 다시는 내다보지도 않았다. 선군은 문득 주저하다가 하는 수 없어서 당을 내려가고 있었다. 이때 낭자가 방에서 다시 나와서 옥면화안으로 화란에 기대 서서 단순호치를 반쯤 열어서 미소하면서 조용히 백선군을 불렀다.

“낭군은 가지 말고 내 말씀을 들으시오. 낭군은 어쩌면 그렇게 눈치도 없으세요. 우리 사이에 아무리 천정연분이 있더라도 처녀의 몸으로 어찌 그리 쉽게 허락하오리까. 그러니 내가 처음에 모른 척한 것을 섭섭히 여기지 마시고 어서 다시 올라오십시오.”

백선군은 이 말을 듣자 전에 꿈에만 보던 그 낭자임을 깨닫고 기쁨을 이기지 못하고 당상으로 올라가서 자세히 바라보니 낭자의 얼굴은 구름 속의 보름달 같고, 태도는 한 송이 모란꽃이 아침 이슬을 흡족히 머금은 듯하고, 두 눈의 추파는 경수 같고, 가는 허리는 봄밤에 나부끼는 버들 가지와 같고 붉은 입술은 앵무단사를 문 듯하니, 천고무쌍이요 일세독보의 절대 가인이었다. 선군은 마음이 황홀하여,

“오늘 낭자 같은 선녀를 대하니 오늘밤에 죽어도 한이 없습니다.”

지금까지 그리던 정회를 고백하자 낭자가 수줍어하면서,

“저 같은 여자를 그처럼 생각하여 병까지 이루셨으니 어찌 대장부라 하겠습니까? 그러나 우리가 정식으로 만날 기약이 삼 년이 남았습니다.”

“그때가 오면 파랑새를 중매로 삼고 나서 육례를 이루고 백년동락을 하려니 누설한 탓으로 천상에 머물러서 다시는 인간으로 못 되어 낭군을

만나지 못할 것이니 낭군은 오늘 초조한 정념을 참으시고 삼 년만 더 기다려 주십시오.”

“일각여삼추인데, 한시인들 어찌 견디겠소? 내가 지금 그냥 돌아가면 잔명이 부지하지 못하고 죽어서 황천객이 될테니, 그러면 낭자의 일신인들 어찌 온전하리요. 낭자는 나의 이 간절한 정상을 생각하고 그물에 걸린 고기를 구해 주시오.”

낭자의 손을 잡고 애걸하였다.

낭자는 선군의 정상이 가긍하여 마음을 돌리며 미소를 띄우니, 꽃 같은 얼굴에 화색이 무르익었다. 선관이 낭자의 손을 끌어 잡고 침실로 가서 마침내 운우지락의 정을 이루었는데 그 절절하고 황홀한 쾌락은 측량할 수 없었다. 그러나 자리에서 일어나 앉은 낭자는 부끄러운 모습으로,

“이미 제 몸이 부정해졌으니 이 선경에 있을 수가 없으니 낭군과 함께 가야 하겠습니다.”

청노세를 끌어내다가 타고 선관과 나란히 노새를 몰아서 집으로 향하였다.

세월은 흘러서 어느덧 팔 년이 지나는 동안에 남매를 두었는데, 딸의 이름은 춘앵이라 하였다. 춘앵이 나이 일곱 살이 되었을 때, 천성이 영혜 총명하고 아들의 이름은 동춘이라 하였는데 나이는 세 살이었다.

부모는 아들이 공부에 전연 뜻이 없는 것을 탄식하던 차 마침 알성과를 보인다는 방이 나붙었다.

“이번에 과거를 보인다 하니 너도 꼭 등과하라. 요행히 급제하면 부모도 영화롭고 조상을 빛나게 되지 않겠느냐?”

선관이 과거 준비하기를 재촉하였다. 동별당으로 돌아와서 과거 권고를 낭자에게 알렸다.

“과거를 안 보겠다는 낭군의 말씀이 그릅니다. 남아가 세상에 나면 입신양명하여 영화롭게 하여 드리는 것이 마땅한 일입니다. 그런데 낭군은 나 같은 규중 처자를 연연한 나머지 남아의 당당한 일을 폐하고자 하니, 이것은 불효가 되고 세상의 욕이 마침내 나한테 돌아오게 됩니다.

그러니 낭군은 재삼 잘 생각하고 빨리 과거 행장을 차리고 상경해서 남의 웃음을 받지 않도록 하십시오."

충고하면서 행장을 준비하여 주면서 강경한 다짐을 하였다.

"낭군이 이번에 과거에 급제하지 못하고 낙방거사가 되어 돌아오시면 내가 죽고 말테니 다른 집념 다 버리고 어서 상경해서 꼭 성공하시기 바랍니다."

선군은 같은 말이면서도 부모에게 들을 때보다도 달리 사랑스러운 아내에게 채찍을 받으니 말마다 절실하게 느껴졌다. 마지못하여 부모에게 하직하고 떠나려다가 또다시 아내에게 들러서,

"내가 과거를 보고 돌아올 때까지 부모를 잘 모시고 기다리시오."

범연한 말로 이별하였으나, 낭자와의 이별이 슬퍼서 한 걸음에 서고 두 걸음에 돌아보며 연련한 정을 금하지 못하므로 숙영낭자가 중문 밖까지 나와서 전송하면서 역시 기쁨과 슬픔을 억제하지 못하였다. 선군은 마침내 눈물을 흘리며 숙영낭자를 이별하였으나 발길이 무거워서 그날은 한종일 삼십리밖에 가지를 못하였다. 주막에 들러서 저녁상을 받고도 낭자 생각만 간절해서 음식 맛이 없어서 두어 술 뜨다가 치워 버렸다. 하인이 민망히 여기고 근심하였다.

"식사를 그렇게 안하시면 앞으로 천리길을 어떻게 가시렵니까?"

"아무리 먹으려 해도 입맛이 없으니 어찌하랴?"

하인이 잠든 사이에 부랴부랴 신들메를 하고 날으는 듯이 집으로 돌아와서 담을 넘어서 낭자의 방으로 들어갔다.

잠을 깬 낭자가 깜짝 놀라서,

"낭군님이 이 밤중에 어쩐 일입니까. 아침에 떠나신 분이 어디 있다가 되돌아오셨습니까?"

"종일 가다가 숙소를 정하고 자려고 하였으나 그대 생각만 간절해서 밥도 먹지를 않고 도중에서 병이 될까 하고 한번 더 그대를 보고 외로운 심회를 풀려고 왔소."

하고 낭자의 섬섬옥수를 꼭 잡고 금침 속으로 끌어들여서 밤이 새도록 껴안고 정회를 풀었다.

이때 부친 백공이 아들을 과거 차 서울로 보내고 도적을 살피려고 청려장을 짚고 정원 안을 돌아다니며 사방의 동정을 보다가 동별당에 이르니 낭자의 방에서 문득 말소리가 은은히 들리지 않는가. 남편인 아들이 없는 이 밤중에 며느리 방에서 남자의 음성이 들렸으므로 귀를 의심하면서도 해괴한 생각을 금하지 못하였으나,

'며느리 숙영이 빙옥지심과 송죽지절의 숙녀인데 어찌 외간 남자와 사통하여 음행한 짓을 할까. 그러나 세상 일을 알 수 없으니 알아봐야겠다.'

불길한 생각으로 가만가만 사랑 앞으로 다가서서 방안의 남자 음성에 귀를 기울이고 엿들어 보니 마침 숙영이 낮은 음성으로,

"시부께서 밖에 와 계신 듯하니 당신은 몸을 이불 속에 깊이 숨기시오."

또 잠이 깬 듯한 아이를 달래면서,

"아가 아가 착한 아가 어서 자거라. 아버지께서 장원급제하여 영화롭게 돌아오신다."

시부모가 마침내 큰 의심을 품었으나 며느리 방안을 뒤져서 간부를 잡아낼 수도 없어서 그냥 돌아갔다.

선군이 숙영의 말을 옳게 여기고 다시 옷을 입고 집을 떠나서 도망치듯이 주막집으로 달려갔다. 그리운 님을 보려 왕복한 길은 천리가 지척이라 걸음도 빨라서 주막에서 하인이 아직 잠을 깨지 않아서 다행이었다.

날이 새자 다시 길을 떠났으나 결국 울적한 정회를 금하지 못해서 또 다시 집으로 달려왔다. 어젯밤처럼 또 담을 넘어서 아내 방으로 살며시 들어가니 낭자가 놀라고 낭군을 꾸짖었다.

"낭군은 어젯밤에 내가 간곡히 부탁한 말을 듣지 않고 오늘 밤에 또 돌아왔으니 웬일입니까? 이토록 나를 생각해 주시는 정의는 고마우나 이러시다가 천금 귀체가 객중에서 병이 되시면 어찌시렵니까? 지금부터 딱 잘라서 내 생각을 마시고 곧 떠나서 빨리 상경하여 과것날에 대셔야 합니다."

숙영낭자는 우는 상으로 애원하였다.

"낸들 그런 줄 모르는 바가 아니지만 그대를 하룻밤만 못 봐도 미칠 것만 같으니 낸들 어찌 야속하지 않겠소. 과거를 안해도 좋고, 죽어도 좋으니 그대와 떨어져서 지낼 수는 없소."

"아아 참 딱하신 분 정 그러시다면 앞으로는 내가 낭군님 가신 숙소마다 밤으로 찾아가서 위로해 드릴테니 행차는 계속 빨리 가셔야 합니다."

"아 화상은 보시다시피 내 모습 그대로입니다. 이 화상을 간직하고 가시다가 나를 보고 싶으시거든 꺼내 보시고 위로를 받으세요. 그리고 이 화상의 빛이 만일 변하거든 내 몸이 불편할 줄로 알아 주세요."

밤이 새기 전에 선군을 집에서 달래 보내려고 하였다.

선군의 부친 백공은 어젯밤의 숙영의 행실을 해괴하게 여기고 마음이 울분해서 오늘 밤에도 동별당으로 가서 창밑에서 귀를 기울이고 엿들었더니 또 숙영의 음성이 은은히 들리다가 남자 음성이 모호하게 들렸다.

"이런 고약망측스러운 일이 우리 집에 생기다니 웬 망신이냐? 우리 집의 담이 높고 상하 이목이 번다한데 어찌 외간 남자가 남편 없는 틈을 타서 밤마다 출입할까. 이는 필경 연놈이 짜고 밤으로 간통하는 게 분명하다."

하는 수 없이 자기 처소로 돌아와서 탄식하였다.

시비를 보내서 숙영낭자를 불렀다.

"선군이 상경한 뒤로 집안이 적적해서 내가 후원을 두루 돌아다니다가 네 방 근처에 갔을 때 방안에서 남자의 음성이 들린 듯하기로 돌아와서 곰곰이 생각해 봤다마는 설마 그럴 리가 있으랴고 내 귀를 의심했었다. 그러나 오늘 밤에도 네 방에서 또 남자 음성이 들렸으니 웬 영문이냐? 너를 의심하기는 마음이 아프나 좌우간 사실대로 말해라."

숙영이 변색을 하고 놀랐으나 곧 마음을 진정하고 청연스러운 태도로,

"밤이면 잠을 자지 않는 춘앵이 춘동이 남매를 데리고 이야기를 하고 지냈지만 외간 남자가 어찌 제 방에 와서 이야기를 하였겠습니까? 저로서는 천만 뜻밖의 말씀입니다."

시부 백공은 더 캐어 물을 수도 없어서 숙향낭의 시녀 매월을 불러서 엄하게 물었다.

"너는 어젯밤과 오늘밤에 아가씨방에서 시중들었느냐?"

"소녀의 몸이 괴로와서 이틀 동안 밤으로는 가 뵙지 못하였습니다."

"사실대로 그러냐? 요사이 괴상한 일이 있어서 아씨에게 물은즉 밤으로는 너와 함께 자고 있었는데 네가 아씨 방에 가지 않았다 하니 말이 서로 같지 않은데 아씨가 외인과 상통함이 분명하다. 너는 앞으로 아씨의 동정을 잘 살펴서 아씨방에 왕래하는 놈을 잡아서 대령하라. 이 말은 아씨에게도 누설해서는 죽을 줄 알아라."

매월은 이 좋은 기회를 이용하여 숙영 낭자를 없애버릴 흉계를 꾸미며 질투의 원한을 풀려고 결심하고 금은 수천 냥을 훔쳐서 무뢰 악소년을 매수하였다.

"이거 진짜 간부가 못 돼서 싱겁지만 가짜로선 멋있게 할 테니 염려하지 마."

매월은 영감한테로 달려가서,

"영감께서 저더러 동별당 동정을 잘 살피라시는 분부를 받고 밤마다 잠을 안 자고 지켰더니 오늘밤에 과연 어떤 놈이 낭자 방으로 몰래 들어가서 추잡한 희롱을 하고 있기에 영감께 고하옵니다."

백공이 매월의 보고를 듣고 노기가 대발하여 칼을 빼들고 후원으로 달려가자 낭자의 방에서 문을 열고 나온 괴한의 그림자, 놀란 토끼처럼 뛰어 나와서 높은 담을 뛰어 도망쳐 버린다.

백공이 뒤를 쫓았으나 잡지 못하고 다시 처소로 돌아와서 노기가 등등해서 비복을 불러서 좌우에 세우고 차례로 엄중히 문초하였다.

그러나 비복들은 천만 뜻밖의 호통에 어리둥절할 뿐 모두 묵묵부답이었다.

"너희들 냉큼 낭자를 이리 잡아 오너라."

영감의 호령이 추상같이 내리자 매월이 맨 먼저 신나게 뛰어가서 동별당의 낭자의 방문을 왈칵 열어 제치고 큰소리로 외쳤다.

"낭자는 무슨 잠을 이렇게 태평하게 자고 있어요. 영감께서 낭자를 잡아오라 하시니 빨리 가보시오."

숙영이 깜짝 놀라서 일어나며,

"이 밤중에 내 집안이 이리 요란스러우냐?"

방문을 열고 내다보니 달려온 비복이 뜰에 가득하였다.

"너희들 무슨 일이냐?"

낭자가 묻자 노복 한 명이 앞으로 나오면서 원망스럽게,

"아씨는 어떤 놈과 간통하는 거요? 공연히 애매한 우리만 경을 치게 합니까? 우리를 더 경치게 마시고 어서 가서 바른대로 대시오."

상전 대접이 아닌 구박이 자심하였다. 낭자가 옷매를 졸라매고 시부 앞으로 가서 땅에 엎드리며,

"제가 무슨 죄가 있기에 밤중에 이런 꾸중으로 부르셨습니까?"

떨리는 음성으로 물었다.

"수상한 일이 있어 너한테 묻는다."

숙영낭자가 울면서 발명하되,

"아버님은 왜 그런 무언을 곧이들으시고 노비들에게까지 이런 봉변을 보게 하십니까?"

억울함을 이기지 못하였다. 그러나 시부가 큰소리로 꾸짖었다.

"닥쳐라! 내 귀로 직접 듣고 내 눈으로 직접 본 일인데 네가 종시 나를 속이려고 하니 너는 죄를 거듭하려느냐? 양반의 집에 이런 해괴한 일이 있으니, 기막히는 큰 변이다. 네가 상통한 놈의 성명을 빨리 대라!"

시부의 호령이 서릿발 같았다.

시부 백상군 영감은 노기를 더욱 충천해서 비복을 호령하여 낭자를 결박하라고 명하니 비복들이 일시에 달려들어 몸을 묶고 머리를 산발해서 뜰아래 꿇어앉혔다.

"네 죄상은 만번 죽어도 아깝지 않으니, 너와 간통한 놈의 성명을 빨리 대라!"

숙영낭자는 대답하지 않고 흐느껴 울기만 하자 시부는 비복을 시켜서 불 때까지 매질하라고 엄명하였다.

　한번 믿고는 고집불통하는 시부 백공은 점점 더 노해서 비복을 독려하고 혹독한 매질을 가하였다.

　"아아, 황천은 무죄한 이내 몸을 굽어 살피소서. 오월 비상 지원과 십년 불우 지원을 뉘라서 풀어 주겠습니까."

　엎어져서 기절하고 말았다.

　시어머니 정씨가 낭자를 가엾이 여기고 만단으로 위로하였으나 낭자는 듣지 않고 바른손에 옥잠을 빼어 들고 하늘을 향하여 절하고 빌었다.

　"지공무사한 황천은 굽어살피소서. 제가 만일 외간 남자와 간통한 일이 있거든 이 옥잠이 제 가슴에 박히고 애매한 누명이거든 이 옥잠이 저 섬돌에 박히도록 영험을 보여주십시오."

　옥비녀를 공중으로 높이 던지고 땅에 엎드렸다. 그러자 잠시 후에 옥잠이 떨어지면서 섬돌에 깊이 박혔다. 그 하늘이 심판한 기적을 본 시아버지 백공이 비로소 대경실색하고 신기히 여기며 낭자의 억울함을 알았다. 그리고 자기도 모르게 뜰로 내려가서 낭자의 손을 잡고 빌었다.

　"늙으니 주책이 없어서 착한 며느리를 모르고 망령된 일을 하였으며 네 절개를 몰랐으니 내 허물은 만번 죽어도 부족하다. 너는 나의 허물을 용서　모든 일은 안심하라."

　낭자는 통곡하면서,

　"제가 이런 누명을 쓰고 차마 세상에 살 수 없으니 죽어서 아황여영의 혼령을 좇으려 합니다."

　전연 살 뜻이 없이 애걸하였다.

　백공이 백방으로 위로하고,

　"자고로 군자는 혹 참소를 당하며 숙녀 현부도 혹 누명을 얻는 법이다. 현부가 또한 일시의 운액이니 너무 고집하지 말고 노부의 망령된 무례를 용서하라."

　시어머니 정씨도 낭자를 위로 부축하여 동별당으로 데리고 가서 위로하였다.

　낭자는 눈물을 흘리며 한숨만 쉬다가 역시 죽을 뜻을 호소했다. 그리고 진주 같은 눈물이 옷깃을 적시었다.

　　숙영낭자는 딸 춘앵에게 슬퍼하면서,

　　"나는 죽겠다. 네 부친이 천리 밖에 있어서 나 죽는 줄도 모르니 죽은 마음도 의지할 곳이 없다. 춘앵아, 이 백화선은 천하의 기보다 너에게 남겨 주고 죽겠으니 잘 간직하여라. 추울 때 부치면 더운 기운이 나고 더울 때 부치면 서늘한 기운이 난다. 잘 간직하였다가 네 동생 동춘이 자라거든 전해 주어라."

　　유언을 하는 숙낭은 눈물이 비오듯 하다가 기절하였다. 춘앵이 모친을 부여안고 흐느껴 울면서,

　　"어머니 이게 웬일입니까. 어머니 울지 말고 정신을 차리세요."

　　통곡하다가 춘앵은 심신이 기진맥진하여 기절한 모친을 안은 채 잠이 들어 버렸다. 숙영낭자가 이윽고 정신을 차리고 보니 춘앵이 울다가 지쳐서 잠들어 있는 모양이 가엾고 또 억울한 누명에 대한 분한 생각으로 가슴이 터질 듯하였다. 그러나 역시 죽어서 누명을 씻을 수밖에 없다고 결심하였다. 그리고 잠든 딸이 깨면 죽기 어렵다고 생각한 숙영낭자는 딸이 깨지 않도록 가만가만 어루만지면서,

　　"춘앵아 불쌍하다. 내가 너희들 남매를 두고 어찌 가랴. 내가 간 후에는 내가 그리워서 어떻게 살겠느냐. 그리고 어진 동춘아 너를 두고 어찌 가랴."

　　한탄하면서도 금침을 깔고 그 위에 앉아서 섬섬옥수로 비수를 잡아서 가슴을 푹 찌르고 엎드려서 죽어버렸다. 태양도 빛을 잃고 천기가 어두워지고 천둥소리가 진동하였다. 춘앵이 깜짝 놀라서 잠을 깨어 본즉 모친이 가슴에 칼을 꽂고 유혈이 낭자한 금침 위에 엎어져 있었으므로 대경실색하고 소스라치면서 떨리는 손으로 모친의 가슴에 꽂힌 칼을 잡아 빼려고 하였다.

　　그러나 칼이 빠지지 않으므로 춘앵이 모친 얼굴을 부비대면서,

　　"아이고 어머니 이것이 웬일입니까? 하느님도 무심합니다. 어머니 어머니 우리 남매를 두고 어디로 가십니까. 우리 남매는 장차 누구를 의지하여 살아갑니까. 어린 동생 동춘이가 어머니를 찾고 울면 무슨 말로 달래야 합니까. 어머니는 차마 못할 노릇을 하셨습니다."

백공부부와 비복이 놀라서 뛰어와 보니 낭자가 가슴에 칼을 꽂고 죽었으므로 창황망조하여 칼을 잡아 빼려고 하였으나 종시 빠지지 않았다. 이때 철 모르는 동춘은 모친 죽은 줄도 모르고 자다가 젖을 먹으려는 죽은 모친의 몸을 끌어안고 울기 시작하였다. 춘앵이 달래며 밥을 주어도 먹지 않고 젖만 달라고 울었으므로 춘앵이 동춘을 안고 울면서 어쩔 줄을 몰랐다.

"동춘아, 우리 남매도 차라리 어머니를 따라 죽어서 지하로 가자."

통곡하는 정상은 차마 볼 수가 없었다. 삼사일 후에 시부모가 앞일을 생각하고,

"자부가 이렇게 참혹하게 자결하였으니 선군이 과거를 보고 돌아와서 자부의 가슴에 칼이 꽂힌 것을 보면 우리가 모해하여 죽인 줄로 오해하고 저도 또한 죽으려 할 것이니 선군이 오기 전에 낭자의 시체를 빨리 장사를 지내는 것이 좋을까 하오."

숙영의 방으로 들어가서 시체의 염을 하려고 하였다. 그러나 시체가 조금도 움직여지지 않았다. 이상히 여겨서 여러 사람이 힘을 합해서 움직여 보려고 무수히 애를 썼으나 역시 꼼짝 달싹하지 않았다. 백공은 이것은 필경 무슨 하늘의 뜻이라고 생각하고 초조하게 번민할 따름이었다.

신군은 장원급제로 임과까지 한 기별을 시골에 기별하려고 편지를 써서 하인을 보냈다. 하인이 여러 날 만에 안동의 본집에 이르러서 선군의 편지를 부친과 숙영낭자에게 각각 올렸다. 부친이 황급이 봉을 떼어 보니,

"소재 천은을 입사와 과거에 장원급제하고 종전원주를 하와 방금 입작하였사오니 감축무지하옵니다. 그리고 집에 돌아가서 뵈올 일자는 금월 보름께나 될 것이오니 그리 아옵소서."

반가운 소식이었다. 그리고 이미 받아 볼 사람이 없는 죽은 숙영낭자에게 온 편지를 시어머니 정씨가 받아 들고 울면서 손주딸 춘앵에게,

"춘앵아, 동춘아, 이 편지는 네 애비가 네 어미에게 보낸 편지니 잘 간수하여라."

주면서 통곡하였다. 춘앵이 편지를 가지고 모친 빈소에 들어가서 아직 염 거두지 못하고 그냥 모셔 둔 모친 시체를 흔들면서 편지를 펴들고 울었다. 울던 춘앵은 할머니를 끌고 와서 애원하였다.

"할머니, 이 편지를 어머니 신령 앞에서 읽어 드리면 어머니 혼령이라도 감동할 것입니다."

조모 정씨가 어린 손주딸 말에 눈물을 흘리고 숙영낭자 빈소에 가서 아들이 보낸 편지를 소리내어 읽었다.

정씨가 편지를 다 읽고서 손주딸 춘앵을 어루만지며 통곡하고 하는 말이,

"슬프다. 네가 어미를 잃고 얼마나 애통하냐. 야속히 죽은 어미의 영혼이라도 너를 애처롭게 여길 것이다."

"아이고 어머니, 아버님 편지 사연을 들으시고도 왜 아무 말도 없습니까? 우리 남매는 어머니 없이는 살 수 없으니 어서 어머니 가신 곳으로 데려가소서."

자지러지게 울었다. 이때 백공 부부는 머지않아서 아들 선군이 돌아올 것을 생각하면 기쁘기도 하고 겁도 났다.

"선군이 내려오면 필경 죽은 아내를 따라서 죽으려 할테니 장차 어찌하면 좋소?"

백공이 임진사 집을 찾아가니 임진사가 반갑게 맞았다. 서로 인사가 끝난 뒤에 임진사는 백공의 아들 선군이 득의한 경사를 치하하고 주과를 내어 손님 대접을 극진히 하였다.

"백형이 이처럼 누지에 왕림하시니 감사합니다."

"하하하……."

서로 웃으면서 술은 나누고 환담하였다. 그러다가 문득 백공이 주인 임진사에게,

"그런데 내가 긴히 할말이 있는데, 임형은 내 청을 들어주겠소?"

임진사가 백공의 말을 듣고 한동안 묵묵히 생각한 끝에,

"천한 딸이 있으나 영식의 짝이 될 만하지 못하고 또 지난해 칠월 보

름날에 우연히 영식과 숙영낭자를 보았을 때 낭자의 자태가 마치 월궁선
녀같이 아름다운 숙녀였으며 비록 소제가 백형의 뜻대로 허혼하더라도
영식의 마음에 들지 않을 것이요. 그런 경우에 영식의 신세가 가련하게
될 것이니 이 말씀은 천만 합당치 않다고 생각하오.”

“그런 겸손한 말씀을 마시고.”

백공은 재삼 임진사에게 간청하였다. 임진사가 마지못하여 허락하자
백공이 기뻐하고,

“그럼 이달 보름날에 선군이 집에 돌아올 적에 귀댁 문전을 지나게 될
것이니 그날로 성례함이 좋을 것 같은데 임형의 생각이 어떻소?”

“귀형의 형편대로 좋도록 하십시다.”

“허허허, 내 말대로 모두 들어주시니 황송하고 감사하오.”

백공이 임진사 집을 하직하고 집으로 돌아와 부인 정씨에게 이 경우를
전하고 곧 예물을 갖추어서 납채하였다.

백선군은 벼슬 후의 근친 휴가를 얻어서 조정을 하직하고 안동땅 본집
으로 내려올제, 그 행차가 남으로 향하여 사흘을 간 뒤에 백선군이 피로
한 몸을 주점에서 쉬면서 문득 졸고 있을 때 비몽사몽간에 숙영낭자가
전신에 피를 흘리고 완연히 방문을 열고 들어와서 선군의 옆에 앉더니
슬프게 울면서 호소하였다.

선군이 놀라운 꿈을 깨어 보니 전신에 참땀이 축 젖었고 가슴속이 서
늘하였다. 선군은 마음을 진정치 못하고 아무리 생각해 봐도 그 곡절을
짐작하지 못하였다. 이튿날 새벽에 일어나서 인마를 재촉하여 주야로
길을 달려서 여러 날 만에 풍산 마을에 이르러서 숙소를 정하였으나 음
식을 전폐하고 앉아서 밤 새기를 기다렸다. 밤중에 문득 하인이 와서,

“대상공께서 오셨습니다.”

선군을 만난 부친은 주저하다가 혼솔이 무시하다고 거짓 알리고 선관
이 장원하여 높은 벼슬한 사연을 물으면서 억지로 기뻐하는 기색을 보였
다. 그리고 이윽고 선군에게 은근한 말로,

“장부가 현달하면 양처를 두는 것이 고금의 상례로 되어 있다. 들으니
이 마을의 임진사의 딸이 매우 현숙하므로 내가 이미 구혼하여 납채하였

으니 이왕 이곳에 왔으니 내일 아주 성례하고 집으로 돌아가는 것이 좋
지 않겠느냐?"

아들에게 권하였다. 선군은 숙영낭자가 현몽하여 불행을 호소한 일을
반신반의하고 마음을 진정치 못하던 차에 부친의 이런 말을 듣고 추측하
되,

"부친께서 나에게 재취를 권하는 것을 보니 숙영낭자가 죽은 것이 분
명하구나. 그래서 나를 속이고 임낭자를 취하여 나를 위로해 주시려는
것이 아닐까."

"아버님 말씀은 지당하오나 제 마음은 급하지 않사오니 후일에 정혼
하여도 늦지 않을까 합니다. 그 말씀은 지금은 하지 말아 주십시오."

부친은 아들의 성질을 잘 알기 때문에 더 급히 조르지 못하고 밤을 지
냈다.

선군이 본집에 와서 부모께 절한 뒤에 모친에게 먼저 숙영낭자의 안부
를 물었다. 모친은 말문이 막혀서 주저하자 선군이 의아스럽게 여기고
아내의 방으로 달려갔다. 천만 의외의 참경 숙영낭자는 가슴에 칼을 꽂
은 채 누워 있었다. 가슴이 막혀서 울음도 울지 못하고 경풍해서 방을
뛰어나왔다. 춘앵이 동생 동춘을 안고서 내달아서 부친의 옷자락을 잡
고,

"아버지, 아버지는 왜 이제야 오십니까? 어머니는 벌써 죽은 지 오래
지만 염습도 못하고 저대로 있으니 어찌하면 좋습니까?"

부친을 끌고 낭자의 빈소로 들어가면서,

"어머니, 어머니, 아버지가 지금 오셨으니 어서 일어나서 만나세요.
그렇게 주야로 아버지 오시기를 기다리시더니 왜 누워만 있어요."

통곡하였다. 선군이 비로소 목을 놓고 운 뒤에 다시 부모 앞으로 나와
서 숙영낭자가 참혹하게 죽은 곡절을 들었다. 부모가 대답을 못하고 흐
느껴 울다가 이윽고 부친이 말하였다.

선군이 이 말을 듣고 넋을 잃고 망연히 있다가 다시 낭자의 빈소로 가
서 방성통곡하였다. 그러다가 갑자기 노해서 집안의 모든 남녀 비복을
일시에 결박하여 뜰에 꿇어앉히고 보니 그 중에 매월도 끼어 있었다.

선군이 소매를 걷고 빈소로 들어가서 이불을 벗기고 보니 낭자의 용모와 전신이 완연히 산 사람 같고 조금도 상하지 않았다. 선군이 속으로 생각하기를,

"이제 내가 왔으니 가슴에 박힌 칼이 빠지면 그 칼로 원수를 갚아서 낭자의 원혼을 위로하겠다."

칼을 잡아 빼니 가볍게 쑥 빠졌다. 그와 동시에 파랑새 한 마리가 날아와서,

"매월이다. 매월이다. 매월이다."

세 번 울고 날아갔다. 그 뒤로 또다른 파랑새가 또 날아와서,

"매월이다. 매월이다. 매월이다."

또 세 번 울고 날아갔다. 그제야 선군이 매월의 질투 소행인 줄 알고 분격한 선군은 형구를 갖추고 모든 비복을 차례로 장문했다. 모진 매월도 하는 수 없이 개개 빌면서 숙영낭자가 들어온 후로 선군이 자기를 돌보지 않고 낭자만 총애하는 질투로 원통한 마음을 풀려고 그런 간계로 낭자에게 누명을 씌워서 이리저리 하였다고 경과를 사실대로 자백하였다.

선군이 불량소년 도리를 잡아다 문초한즉 매월의 꼬임으로 돈에 매수되어서 숙영낭자의 방에 드나드는 간부처럼 광대 노릇을 해서 백공의 의심을 사게 하는데 방조하였다는 사실을 자백하였다.

"에잇 죽일 연놈들!"

선군이 대노하고 칼을 들고 뜰로 내려와서 매월의 목을 한칼로 베이고 배를 갈라서 간을 꺼내어 낭자의 시체 앞에 놓고 제문을 외웠다.

선군은 제문을 다 읽고 낭자의 시체를 어루만지며 통곡하였다. 그리고 불양배 도리는 본읍에 먼 절도로 귀양 보내게 하였다.

선군 혼자 빈소에서 촛불을 밝히고 탄식하면서 시체를 지키다 문득 잠이 들어서 혼몽하였더니 숙영낭자가 화려한 의상 모습으로 완연히 들어와서 사제하고,

"낭군의 도량으로 내 원수를 갚아 주시니 그 은혜 결초보은하여도 부

족하옵니다. 어제 천상의 옥황상제께서 조회를 받으실 때 저를 불러 꾸
짖으시고 말씀하시되 네 선군과 자연 만날 기한이 있는데 삼 년 기한을
어기고 빨리 인연을 맺었던 인간에 내려가서 애매한 일로 비명횡사하게
되었으니 누구를 한하겠느냐 하시기에 제가 사죄하고 옥제께 역명하온
죄는 만사무석이오나 선군이 저를 따라 죽고자 하오니 다시 한번 저를
세상에 보내서 선군과 미진한 인연을 맺게 해주십사고 애걸하였습니다.
그러자 옥황상제께서 측은히 여기시고 시신에게 분부하셔서 숙영의 죄
는 그만해도 족히 징계가 되었으니 다시 인간으로 살려서 미진한 인연을
잇게 하라 하시고 또 염라대왕에게 분부하셔서 숙영을 빨리 놓아서 환토
인생케 하라 하셨습니다. 그러자 염라왕이 옥황상제께서 그런 분부를
하시니 그대로 하겠사오나 숙영이 죽은 후에 아직 죄를 벗을 기한이 못
되었으니 이틀만 더 지낸 후에 세상으로 돌려보내겠다고 청하자 옥황상
제께서 그리 하라고 허락하셨습니다. 그리고 남극성을 불러서 저의 수
한을 정하라 하시니 남극성이 팔십을 정하고 삼인이 동일 승천케 한다는
말씀이었습니다. 제가 옥황상제에게 저와 선군의 이인인데 어찌 삼인이
동일 승천하게 됩니까 하고 여쭈어 보았더니 옥황상제께서 하시는 말씀
이 너희들 부부가 자연 삼인이 될 것이다. 천기를 누설치 못한다 하셔서
이상하게 생각하였습니다. 그리고 옥황상제께서는 또다시 석가여래를
불러서 자식을 점지하라 분부하신즉 여래께서 삼남을 정하셨으니 군은
아직 제가 죽었다고 너무 상심치 마시고 며칠만 더 기다리시오.”
　문득 어디론지 사라져 버렸다.
　선군은 꿈을 깨고 반신반의하면서 수일을 기다렸다.
　하루는 선군이 마침 밖에 나갔다가 집에 돌아와 본즉 요지부동하던 낭
자의 시체가 돌아누워 있었다. 선군이 놀라서 시체를 만져 보자 온기가
완연하여 따뜻한 생기가 돌고 있었다. 반가워한 선군은 곧 부모를 청하
여 그 신기한 사실을 알리고 열 번 인삼차를 다려서 입에 흘려넣으며 수
족을 주물러 주었다. 그러자 이윽고 숙영낭자가 눈을 부시시 뜨고 좌우
를 보았다. 시부모와 선군은 기쁨을 참지 못하였다.
　이때 춘앵이 동춘을 안고 모친 시체 옆에 있다가 그 회생하는 기색을

보고 환친희지하여 모친을 붙잡고,

"어머니, 어머니, 나를 보시오. 그 사이 어찌하여 그리 오래 환몽하셨습니까?"

감격의 눈물을 흘렸다. 깨어난 모친이 딸의 손을 붙잡고,

"아버님은 어디 가시고 너희들 남매가 잘 있었느냐."

몸을 움직여 일어나 앉았다. 이 죽었던 사람이 다시 살아나는 기적을 본 모든 사람이 놀라움과 기쁨을 금치 못하였다.

어느덧 수일을 지나서 잔치를 배설하고 친척을 청하여 크게 즐거워할 세.

재인을 불러서 재주를 지켜보며 창부를 불러서 노래도 시키며 풍악이 하늘에 멀리 울렸다.

작가 소개와 작품해설

● 저자 소개

작자 연대 미상이다. 조선 후기의 한글소설이다. 한문본으로 〈재생연〉이라는 작품이 있으나 내용은 동일하며, 이본으로 〈옥련동기〉가 있다. 도선道仙사상에 젖은 설화형식의 애정소설이자 재생소설이기도 하다.

● 주제

부부의 신성한 만남과 고락

● 작품 해설

선도적인 결연설화와 재생설화 중심으로 결구한 애정소설이다. 추측컨대, 조선조 영·정조 시대를 전후하여 〈춘향전〉 이전에 경북 안동을 잘 아는 작자에 의하여 씌어진 작품으로 보고 있다.

숙영낭자가 백선군白仙君과 현세에서 사랑을 다 이루지 못하고 죽은 뒤에 다시 살아나서 억울함을 풀고 나머지 80년을 해로한다는 이야기이다. 그러기에 부부의 정이란 얼마나 신성하고 끈끈한 것인가를 말해 준다.

실로 내용과 문장이 너무도 감동적이어서 그 불쌍하고 서러움이 독자의 마음을 무겁게 한다. 그 애련함이 분명 허상인데도 눈물이 나는 것은 인간이 바른 심성으로 연결된 정신세계를 갖고 있기 때문이다.

이 작품을 읽음으로써 선도사상을 어느 정도 이해할 수 있다. 인간 하나하나가 얼마나 복잡한 인연에 의하여 만나게 되는지 숙연해지기도 한다. 선도소설로서 중국을 무대로 한 〈숙향전〉을 닮아 있기도 하다.

● 줄거리

조선조 세종 때 멀리 안동 땅 백씨 가문에 늦게서야 아들이 하나 태어났다. 이름을 백선군白仙君이라 하여 노부부가 애지중지 잘 길렀다.

백선군이 자라며 용모가 준수하고 총명하며 문필이 자못 유려하였다. 그리하여 금쪽같이 키운 외아들에게 좋은 배필을 구하려 했으나 마땅한 곳이 없었다.

그러던 봄에 선군이 사당에서 글을 읽다가 잠이 들었다. 꿈에 선녀 숙영淑英낭자가 나타나 천생연분임을 말한다. 선군이 옥련동玉蓮洞으로 숙영을 찾아가 가연을 맺고 집으로 데리고 와 행복하게 살았다.

그런데 선군이 한양으로 과거시험을 보러 간 사이에 시비 매월梅月이 너무나 행복하게 사는 모습을 시기 질투하여 간계를 꾸민다. 못된 청년으로 하여금 숙영의 별당 근처를 배회하게 만들어 시아버지로 하여금 불륜의 의심을 사게 한다. 물론 아이도 남매를 낳아 잘 키우고 있었던 때다.

드디어 비복들 앞에서 누명을 쓴 숙영은 자살을 결심한다. 낭군과 떨어져 자식을 두고 가려니 차마 못해 자식들이 잠든 사이 칼로 자결하고 만다. 두 부부의 금실이란 이루 말할 수 없는 것이어서 장사를 지내려 하나 칼이 빠지지 않는다. 얼마나 원한이 맺혔으면 시체가 꿈쩍도 아니한다.

그러기에 한양에서 과거에 장원 급제한 백선군이 집에 와서야 칼이 가슴에서 빠져 나왔다. 숙영이 죽음에 이른 자초지종을 모두 알게 된 선군은 시비 매월을 처단하고 숙영의 가슴에 선약仙藥을 놓아 회생시킨다.

그러나 숙영은 회생되기 전 선계에서 여러 지시를 받고 재생하여 나머지 80년을 행복하게, 자녀도 더 낳고 같은 날 함께 죽는다.

● 독서 토론

〈숙영낭자전〉은 선도적인 결연설화와 재생설화를 바탕으로 전기체傳奇體형식을 탈피하지 못하고 있으나 〈춘향전〉, 〈숙향전〉과 더불어 우리 고전소설의 대표적인 염정소설이다.

사뭇 전설적인 구성이 없지 않으나, 사람이 한 생을 살아감에 있어서 모든 일에 얼마나 신중해야 하느냐 하는 문제를 던져 준다.

일찍이 글 씀에 기승전결을 터득한 고전 작가들의 지혜를 보면서도 대개 고전이 작자와 연대를 알 수 없음이 때로 고통스럽다. 왜냐하면, 작품을 이해하는 데 불편을 주고 있기 때문이다.

● 비교 작품

염정소설로 〈춘향전〉과 〈숙향전〉이 있다. 선도소설로는 〈박씨전〉, 〈장화홍련전〉 등이 있다. 물론 기구한 삶의 〈어룡전〉과 복수극의 〈김학공전〉, 〈옥소전〉이 있다.

안빙몽유록

신광한

글 잘하는 선비로 성은 안安, 이름은 빙憑이라는 사람이 있었다. 누차 진사시進士試에 응했으나 합격하지 못했고, 남산 별장으로 나아가 한가로이 살았다. 사는 곳의 후원에는 이름난 꽃과 기이한 풀을 많이 심었는데, 날마다 그 사이에서 시를 읊조렸다. 일찍이 음력 삼월 말에 일기가 맑고 온화하여 선비는 화초를 읊어 감상하며 흐뭇하게 오가는 것을 그치지 않았다. 기력이 쇠잔하여 늙은 홰나무에 기대어 앉아 입을 매만지며 스스로 말하기를,

"세상에 전해 오는 괴안국槐安國 이야기는 매우 허탄하고, 아! 또한 괴이하구나!"

몸을 기댈 듯 말 듯하다가 한가하고 홀연한 생각에 선잠이 들었다. 처음에는 크기가 박쥐만한 호랑나비가 코끝에서 훨훨 나는 것을 깨닫자, 선비는 괴이하여 나비의 뒤를 따르니 나비는 혹 가까이 혹 멀리하면서 마치 인도해 가듯이 했다. 몇 리쯤 가자 한 마을 입구에 이르렀는데, 복숭아·오얏꽃이 난만하게 피었고 그 아래에는 좁은 길이 있어 방황하다 돌아오려 하자, 따라오던 나비가 또한 보이지 않았다. 좁은 길 사이에서 나이 십삼사 세 된 청의동자靑衣童子를 만났는데, 손뼉을 치며 앞에서 웃으며 말하기를,

"안공께서 오신다."

인하여 달려 사라지니 그 걸음이 날 듯했다. 선비는 당초 그 동자와 서로 서로 알지 못했음을 곰곰이 생각하고 자못 괴이하게 여겼다. 드디

어 좁은 길을 찾아 들어가자 집 한 채가 보였는데 흰 담장을 두르고 붉은 용마루에 푸른 기와와 훤히 빛나는 산골짜기는 자못 인간의 제도가 아니었다. 점차 밖의 문으로 나아가니 채색 문이 일시에 열리며 갑자기 한 시녀가 나타났는데, 붉은 입술과 푸른 소매가 아름답고 훌륭한 자태였다. 곧바로 선비 앞에 이르러 미소를 머금으며, 몸을 숙여 예를 표함이 자못 과거에 서로 친숙했던 사람과도 같았다. 먼저 멀리서 오느라고 수고했다고 말하고, 또 전하기를,

"저희 임금님께서는 공의 원대한 도리를 들으시고 매우 기뻐하사, 장차 대등한 대우(제각기 뜰에 나누어 앉아 대등한 예로 서로 만나는 일)로 배례를 베풀고자 하니 잠깐 머무르소서."

선비가 이어 묻기를,

"우리 임금님이란 누구입니까? 감히 조상의 연원을 묻지는 못하겠습니다."

시녀가 말하기를,

"저희 임금님은 도당씨陶唐氏로, 요堯 임금의 아들 단주丹朱의 후예입니다. 그 선조 중 많은 사람이 우虞·하夏 시대에 여러 목민관이 되었는데 목민함에 공이 있음으로 해서 드디어 왕의 호칭을 갖게 되어 여러 대를 이어왔으나, 후사가 번창하지 못하여 여러 신하들이 공화정치를 하여 종실의 여자 중 학문과 덕이 있는 자를 택하여 즉위시키고, 목덕木德·화덕火德을 섞어 사용했습니다. 무릇 위의威儀, 제도制度에는 푸른 빛과 붉은 빛을 숭상하여 오늘에 이르도록 이 예를 따르고 있습니다."

선비가 또 묻기를,

"그대는 누구이며, 성씨는 무엇이고, 차례는 몇 째인가?"
하고 하자, 시녀가 말했다.

"저의 성은 강이요, 이름은 낙으로, 차례는 스무번째로 한나라 시대 강후영의 후손인데, 선조 시대에 강에 봉해져 성으로 삼고 있습니다."

문답을 마치려는데, 또 한 시녀가 나오니 고운 바탕에 사뿐하고 충만하여 스스로 지탱하지 못하는 듯했는데, 단정히 선비를 향해 읍하고는 이어 강씨를 희롱하여 말했다.

“무슨 비밀 이야기가 있길래 사람을 보자 바로 그치는 거요?”

강씨는 웃으며 말했다.

“마침 귀한 손님을 만나 다만 성명을 통했을 뿐이니, 어찌 의심하겠소?”

선비가 또 강씨에게 했던 것처럼 성명을 묻자, 여인은 말하기를,

“저는 이름이 유^榴인데, 차례는 열여덟째입니다. 손님과 같은 성으로, 계통이 금곡^{金谷}에서 나왔습니다.”

선비가 같은 성과 금곡의 이야기를 묻고자 하나, 여인이 말하기를,

“외람되이 임금님의 명을 전달하는데 한가히 이야기할 겨를이 없으니, 바라건대 서둘러 우리 임금님에게로 듭시다.”

선비가 관을 바로 잡고 손을 공손히 하고서, 두 시녀를 따라 들어가니, 수십 개의 겹문을 지나서 정전^{正殿}이 우뚝한데, 황금빛으로 현판에 쓰기를 조원전^{朝元殿}이라고 했다. 이슬처럼 고운 구슬을 꿰어 발을 만들고, 월계화^{月桂花}로 걸상을 장식했으며, 백옥^{白玉}이 지대뜰을 이루었고, 푸른 유리를 뜰에 깔았으니 깨끗하여 가히 밟을 수 없었다. 왼쪽에는 푸른 누각이 있고, 오른쪽에는 붉은 누각이 있으며, 왼쪽은 편액을 영춘^{迎春}이라 했고, 오른쪽은 화악이라 했으니 난간과 그림 그려진 기둥의 화려함과 광채는 시선을 빼앗았다. 선비는 두려워하여 조심하면서 몸을 웅크리고 굳어진 듯이 섰는데 행랑 사이에서 갑자기 선계^{仙界}의 음악이 나부끼듯이 들려와 마치 공중으로부터 내려오는 것 같았다. 시녀 수백 명이 수레를 옹위하고 있는데, 여왕이 수레를 멈추고 나오는 것이 보였다. 나이는 십칠팔쯤 될 만했고, 붉은 비단의 곤룡포를 입었으며, 황금의 정교한 무봉관^{舞鳳冠}을 썼고, 풍염한 살결에 붉은 볼이었다. 아름다운 걸음걸이로 천천히 동쪽 섬돌을 경유하여 내려오자, 기이한 향기가 풍겼다. 선비는 급히 달려 나아가 뜰에서 절을 드리고자 했으나, 왕은 앞서의 두 시녀로 하여금 만류케 하며 말했다.

“오래도록 깨끗한 덕행을 우러러 절하고, 사모하기를 진실로 힘썼고, 또한 서로 다스린 바가 없었으매, 당에서 내려 서로 만나리니, 행여라도 그렇게 하지 마시오.”

　선비는 감히 못하겠다고 답변하고 드디어 두 번 절하니, 왕도 역시 답배하고, 서로 더불어 읍하여 겸손함을 표하고 전각에 올랐다. 자리를 정하자, 왕은 시녀를 돌아보며 말했다.

　"이부인李夫人을 불러오되, 반희班姬와 함께 하도록 하라."

　조금 뒤 이부인이 이르렀는데, 깨끗이 화장하고 소박한 복식에 걸음걸이는 사뿐하고 유연하여, 모습은 옥이 곱고 구슬이 아름답게 빛나는 것과 같았다. 다시 반희가 이름을 알려 오니 풍염한 얼굴은 약간 붉고, 푸른 눈썹은 산을 모을 듯하며, 가냘프고 짙고 고운 바탕은 붉은 비단보다 훨씬 나았다. 선비가 얼떨결에 내려가 절하니, 두 사람도 또한 답배를 하고는 남쪽 좌석으로 나아가 앉고자 했다. 이부인이 반희에게 읍하자, 반희는 이부인에게 사양하여 오래도록 서로 결정하지 못했다. 왕은 두 사람을 희롱하여 말하기를,

　"과거에 이부인은 총애받고 반희는 소원했었으나, 오늘의 자리는 벼슬로서 하지 말고 미색으로 함이 가하겠는가?"

　반희는 옷깃을 여미고 웃으며 대답했다.

　"다만 종일 바람 불고 또 날씨가 험하기 때문입니다. 종풍차폭終風且暴(남편의 광란, 방탕을 비유). 과거의 반열은 누가 이씨와 더불었는지 알지 못하고, 또 제가 듣건대 조정에서는 벼슬만한 것이 없다고 합니다."

　드디어 윗자리에 나아가 어울려 웃음을 그치지 않았는데, 홀연히 문 밖에서 시끄럽게 소리치는 것이 들리고, 문지기가 들어와 손님이 도착'한다고 급히 고했다. 왕은 천천히 말했다.

　"오랜만에 조래 선생·수양 처사首陽處士·동리 은일東籬隱逸과 더불어 만나기로 한 약속이 오래 되었는데, 이들이 마침 오는구나! 짐이 일찍이 빈객賓客으로 대우했었으니, 앉아서 기다림은 마땅하지 않다."

　드디어 전각을 내려서자 세 사람은 이미 이름을 통하고 각각 차례로 들어오니, 왕이 용모를 가다듬고 기다렸다. 그 한 사람은 푸른 수염과 큰 키에 기개가 뛰어났고, 한 사람은 꼿꼿하고 바르며 드높은 절조에 말쑥하고 깨끗한 모양이고, 한 사람은 누런 관에 야인의 복장을 했는데 향기로운 덕성이 얼굴에 어렸다. 세 사람이 이르러서는 길게 읍만 하고 절

을 하지 않으면서 말했다.

"저희들은 야인^{野人}이라 성품이 소루하고 나태해 예법을 알지 못합니다."

왕은 더욱 예로 우대하고 드디어 전각에 올라와서는 벽으로 나누어 마주보고 앉았다. 선비는 끝으로 겨우 달려가 절하니, 세 사람은 서로 돌아보며 안색이 변하면서 말했다.

"안수재^{安秀才}는 어떻게 하여 이곳에 오셨습니까? 다시 만나서 얼굴을 알게 되니, 어찌 다행이 아니겠습니까?"

선비는 매우 괴이해 하면서도 그 이유를 깨닫지는 못했다. 세 사람은 선비에게 읍하고 좌객^{左客, 上客}으로 대우하려 하니 선비는 굳이 사양하며 나아가지 않았다. 이에 왕이 말하기를,

"예는 마땅히 이와 같아야 하나, 지나치게 사양함은 이치에 맞지 않습니다."

선비는 부득이 나아가 앉으니, 그 다음에 조래, 다음은 수양^{首陽}, 다음은 동리^{東籬} 순으로 앉았다. 각각 서로 안부를 물은 후, 마침내 이부인이 나아가 왕에게 아뢰었다.

"옥비^{玉妃}가 가까이 있고, 좋은 모임을 또다시 얻기가 어려우니 어찌 서로 초대하지 않을 수 있겠습니까?"

왕이 말하기를,

"그렇다."

곧 하인을 시켜 맞이하게 했다. 밥 한 끼 지을 만한 시간이 되어, 산 뒷길을 지나서 비^妃가 이르니, 엷은 화장에 흰 옷을 입고 흰 말을 타고 또한 여자와 함께 뒤따라 이르렀는데, 호위하여 모심이 왕비·공주의 부류와 같았다. 왕은 바라보다가 앉아 있는 빈객들에게 말했다.

"시경에 이르기를 '빈객이시여! 빈객이시여! 그 말이 희구료!(有客有客 赤白其馬)'하였으니, 이는 또한 우리 집안의 빈객이로다. 다만 뒤에 이르는 자가 누구인지 알지 못하겠소."

비가 이미 들어와 알현하고는 인하여 말하기를,

"부용성주^{芙蓉城主} 주씨^{周氏}와 서로 지나치다가 이끌어 함께 왔으니, 성대

한 연회에 당돌함이 되지는 않겠는지요?”

왕은 말했다.

“나를 매우 흥기시키도다. 서둘러 들어오도록 하시오.”

주씨가 알자謁者를 따라 알현을 하자 광채가 사람을 움직이고 돌아보니 훤하게 빛났다. 두 사람이 나중에 이르러 앉은 차례를 두고 곤란해 하니 조래가 말했다.

“옥비玉妃는 수양首陽의 아래에 차례할 만하오.”

옥비玉妃는 얼굴빛을 바꾸며 말하기를,

“예기禮記에 ‘남녀는 자리를 함께 하지 않는다’ 했는데, 하물며 손을 마주 닿으며 앉겠습니까?”

왕이 말했다.

“그렇다. 옥비는 혈족으로는 형이요, 또한 누추한 나라의 빈객이니 비록 권좌에 앉았더라도 내가 낮춤이 옳다. 주씨는 마음대로 성곽과 못을 만들어 주인이 되었으니, 옥비의 다음 차례가 될 만하다.”

두 사람이 서로 겸양하여 정하지 못하다가 드디어 자리에 이끌려 조금 뒤쪽에 앉았다. 잠시 뒤 음식이 나오니, 향기롭고 진기함이 일찍이 보지 못하던 것이었다. 풍류 기생 수십 명이 있어 화관花冠을 쓰고 악기를 들었는데, 각각 한 가지 색의 옷을 입어 청·황·적·백 등 오채가 현란했다. 드디어 대열을 나누어 대청 아래 앉으니, 이들 또한 모두가 경국지색이었다. 왕은 구화상九華觴(옥을 깎아 만든 술잔)을 좌석에 내고는 여미주를 따라 선비를 향해 먼저 올렸다. 선비는 머뭇거리다가 무릎 꿇고 물러나며 좌우로 사양하니, 왕이 말하기를,

“이미 윗자리에 앉았으니, 어찌 다시 첫잔을 사양할 수 있겠습니까?”

이에 뭇 주악이 모두 연주되고, 기녀가 있어 짝지어 춤추는데 하나는 황금빛 술이 달린 옷을 입고 긴 허리가 간들간들하고, 하나는 깃털 옷을 입고 가뿐한 몸이 훨훨 나는 듯했다. 황금빛 술이 달린 옷을 입은 기녀가 절양류折楊柳(곡조의 하나. 고향을 떠날 때 버들가지를 꺾어 이별의 정을 노래한 것)를 읊었다.

담장 머리 버들 휘늘어지니 꺾고 싶구나!
꺾어 떠나는 사람에게 주니 몇 가지나 남았는고.
해마다 이별하여 해마다 꺾으니
봄바람에게 말 부치노니 장차 불지 말아다오.

牆頭柳結長思折 折贈離人餘幾枝
年年離別年年折 寄語春風且膜吹

깃털 옷의 기생은 접련화蝶戀花(나비가 꽃을 그리워함)를 불렀다.

초록 남쪽 동산에 풀이 푸르러, 봄이 또한 사례하니
꿈속 풍광風光 너는 어찌 나의 조화 아니겠느냐?
한 번 좋은 자리에서의 만남은 하늘이 빌린 바이니
다시 어느 곳을 찾아 분분히 지날까?
세상 바쁜 가운데 번뇌 보기를 다하니
푸름이 부숴지고 붉음이 쇠잔함에 꽃다운 청춘이 늙어 감을 막을 수 없구
나.
오늘 어찌 내일이 좋음을 알겠는가?
몸이 술동이 앞에 엎어짐을 애석해 하지 말라.

草綠南園春又謝 夢裏風光爾豈非吾化
一會華筵天所借 更尋何處紛紛過
看盡世間忙裏惱 綠碎紅殘不禁年芳老
今日那知明日好 有身莫惜樽前倒

왕이 말하기를,
"세속의 음악은 다만 사람의 귀를 어지럽힐 뿐이라. 우리 집안의 옛
악보를 보고자 하는데, 여러분의 뜻이 어떤지를 알지 못하겠소."
모두 말하기를,

"듣기를 원합니다. 듣기를 원합니다."

왕이 시동侍童을 바라보자, 곧 황색 치마에 가는 허리의 기녀가 있어 5현금을 잡고, 대열에서 나와 따로 앉아 가지런히 가다듬어 줄을 고르고는 드디어 남훈곡南薰曲(순舜의 作, 부모의 은혜를 찬양하여 천하에 효도를 가르친 것)을 켰다. 곡조가 고상하고 절묘하여 온 좌석이 모두 얼굴에 동요가 일었다. 왕이 말하기를,

"나는 단주丹朱의 후예입니다. 우리 문조文祖께서 일찍이 이 곡을 지었고, 중화重華께서 이에 노래하고 연주했던 것인데, 세상에서는 다만 이 곡이 중화의 작품이라고만 알고, 실로 우리 문조文祖에게서 비롯되었음을 알지 못합니다. 그러므로 우리 집안에 대대로 전해져 오늘에 이르기까지 잃지 않았습니다."

모두 다 탄복해 말했다.

"옛날 오계찰吳季札이 소소簫韶(순舜의 음악)를 추는 자를 보고 '덕이 지극하고 극진합니다. 비록 다른 풍류가 있더라도 다시는 보지 않겠습니다'라고 했는데, 모두의 뜻도 역시 그러합니다."

왕은 명령을 전해 다시 다른 음악을 연주하지 않게 하고 이어 빈객에게 말했다.

"좋은 기약은 막히기 쉽고, 좋은 일을 하기 어려움은 또한 옛 사람이 슬퍼한 바입니다. 오늘 술이 반도 안 되어 음악이 그쳤으니, 손님을 즐겁게 하지 못한 것입니다. 청컨대 각각 시 한 편씩을 읊어 그 결함을 메꿈이 어떠하겠습니까?"

모두가 말했다.

"네, 네."

왕은 옥비를 돌아보며 말했다.

"나는 술자리를 마련하여 끝내지 못했고, 형의 자리가 내 다음이니, 주인을 대신하여 감히 서로 잇도록 하시오."

옥비는 교태로이 부끄러워하며 사양했으나, 좌우에서 억지로 요청하자 마침내 절구 한 편을 읊었다.

은근히 천 리의 강남^{江南} 소식이
응당 고산^{孤山}의 처사^{處士}집에 이르렀으리.
한 번 옥난간^{玉欄干}에 들었으니 봄이 적막한데
스스로 안타까워하노니 성긴 그림자 누구를 위해 비꼈는가?

殷勤千里江南信 應到孤山處士家
一入玉欄春寂寂 自憐疎影爲誰斜

읊기를 마치자 옥이 한하고 구슬이 근심하는 듯 목메어 소리를 삼키고는 말하기를,

"저의 집은 본래 강남인데, 뒤에 고산으로 옮겼고, 처사 임포와 이웃하여 여러 번 풍류의 기회^{雪月之會}를 마련했습니다. 스스로 분에 넘치게도 옥란^{玉欄}에 들어오고서는 매양 서호^{西湖}를 생각했습니다. 비록 공교히 미소 짓고 패옥을 차고 점잖이 걸으려 하나 가능하겠습니까? 과거를 느끼고 지금을 애닯아하니 감정^{感情}이 그 말에 드러났습니다."

왕은 이 말을 듣고 실의하여 즐거워하지 않았다. 좌우에서 그 까닭을 묻자, 왕은 서글프게 탄식해 말했다.

"실 같은 담장이도 덩굴을 뻗음에 반드시 그 의탁할 곳을 구하는데, 여자의 행실 가짐에 어찌 따를 바가 없겠는가? 스스로 생각컨대 부족한 바탕으로 기꺼이 동황^{東皇}과 더불어 아름답게 문정지상^{文定之祥}을 이루어 경건하고 온화하여 복숭아꽃 만발하던 날 벌레 날고 달이 뜨니, 일찍이 제^齊나라 현비^{賢妃}의 의리^{義理}를 드러내었도다. 갈담과 교목은 남국^{南國}의 교화^{敎化}가 번성하기를 기약했으나, 뜻밖에도 동황은 스스로 청년임을 믿고서, 우뢰소리 같은 번개 수레를 바람처럼 몰고, 달과 꽃을 찾아 돌아다니며 노니, 형제는 황조^{皇祖}의 훈계를 노래하고 마부는 기초시^{祈招詩}를 지었도다. 상제는 하늘의 이치를 저버린 데 노하여, 더 심하게 꾸짖고 재앙을 내려 동방으로 귀양 보냈도다. 그러나 또한 그 풍도^{風度}·재조^{才調}를 아껴 차마 쓸쓸히 살다 끝맺게는 하지 않고, 해마다 봄의 석달 중 열흘을 서로 만나게 했도다. 이를 지내고 이후로는 소식이 끊겨 이어지지 않으니,

이는 남해와 북해 먼 곳에서 바람난 말과 소가 미치지 못하는 것과 같도다. 천진天津의 이별 또한 스스로를 비유하기에 충분하도다.”

옥비의 말에 서로 감동하여 좌우左右에서 또한 모두 탄식했다. 왕은 두 시동으로 하여금 구름 같은 비단 전지雲錦箋 한 폭을 펴게 하고는 근체近體 칠언율시를 써서 좌우左右에게 보이고, 또 선비에게 화답을 부탁하니 그 시에 다음과 같이 일렀다.

진귀하고 소중한 동황은 사람을 오해하니
이별은 어제 같아 꽃다운 때를 원망하도다.
단장한 누각 저문 비에 연지臙脂는 떨어지는데
보장의 남은 향기는 비단의 수에 새롭도다.
천상의 좋은 때는 오직 칠석이니
술동이 앞 좋은 만남도 열흘을 넘기지 못하는구나!
밤에 견우와 직녀성을 보니 근심스런 생각만 생기고
모임이 끝나니 다만 남풍은 백성을 살찌우도다.

珍重東皇解誤人 別離如昨怨芳辰
粧樓暮雨嚥脂落 步帳餘香錦繡新
天上佳期唯七夕 樽前良會未經旬
夜看牛女寬愁思 奏罷南風只阜民

선비는 꿇어앉아 읽기를 두세 번 하고는 붓을 적셔 받들어 화답하니 그 가사에 다음과 같이 썼다.

우연히 호랑나비를 만나 그윽한 대화 이루고
문득 바라보니 산길 또한 봄이구나.
청조靑鳥는 홀연히 금모金母의 소식을 전하고
늙은이白頭는 지금 자황紫皇의 대궐에서 절하도다.
빈장들 많은 자리엔 꽃도 일제히 터지는데

풍월은 사람을 머물게 하고 술은 몇 순배였나?
스스로 다행함은 묵은 인연 때문에 옥적玉籍에 오름이니
되돌아와 다시 금성金城 사람을 찾으리.

偶隨瑚蝶成幽討 驚見山蹊分外春
靑鳥忽傳金母信 白頭今拜紫皇宸
嬪嬙滿座花齊綻 風月留人酒幾巡
自辛宿祿聯玉籍 歸來還訪錦城人

　　좌우에서 일제히 소리쳐 칭찬해 말하기를 매우 뛰어난 재주라고 했다. 선비가 또 주씨에게 부탁하니, 주씨는 머리를 숙이고 한참 있다가 말하기를,
　"세 분의 지은 것과는 다릅니다."
　드디어 창랑곡滄浪曲을 노래하여 다음과 같이 읊었다.

창랑의 물이 맑거든 내 갓끈을 씻을 수 있겠고,
창랑의 물이 흐리거든 내 발을 씻을 수 있으리.

滄浪之水淸兮可以濯吾纓
滄浪之水濁兮可以濯吾足

　왕은 웃으며 말하기를,
　"본래 각각 그 뜻을 말하고자 함인데, 한갓 옛 가사를 암송한다면, 이는 기수沂水에서 목욕하겠다는 증점曾點이 아니니, 어찌하여 할 수 있으랴? 속히 벌을 행하리라."
　라고 했다. 즉시 큰 술잔에 넘치도록 따르자 주씨가 일어나 술자리 옆에서 벌주잔을 받아 절하고 마시니, 문득 술기운이 뺨에 오름을 느꼈다. 이에 낭랑하고 고아하게 읊기를,

외람되이 부용이 주인 되니, 해가 몇 번이나 돌아왔나?
등한하게 꽃 속에서 연꽃 배를 젓도다.
광풍제월光風霽月을 사람마다 사랑한 사람이 없으니
말씀이 염계濂溪에 미치자 다시 근심짓도다.

叨圭芙蓉歲幾周 等閑花裏棹蓮舟
光風霽月無人愛 說到濂溪更作愁

　주씨는 부탁하는 바가 없었다. 조래 선생은 왼손에 술잔을 잡고 오른손으로 소반을 두드리면서 차분히 가늘게 읊으니 청초하여 가히 들을 만했는데, 다음과 같이 읊었다.

조래산 아래 늙은 수염의 사나이
바람과 서리에도 옛 모습을 바꾸지 않는구나.
가장 한恨하는 것은 주왕周王이 동쪽으로 사냥간 뒤
부질없이 헛된 명성을 얻어 더럽게 진秦에 봉해진 것이라.

徂徠山下老髥公 下爲風霜改舊容
最恨周王東狩後 謾留虛擧汚秦封

　그 뒤 각각 차례로 지음이 있었는데, 수양首陽의 가사에 이르기를,

젊고 젊어 두각을 나타내니
처음에는 몸을 비단으로 묶어 주고 감싸주었도다.
선군先君은 사양하는 덕이 많았지마는
후예는 사람을 이루지 못했도다.
오히려 천년의 절개를 보존하기는 했으니
구십의 봄을 자랑치 말라.
봉황새 소리 듣기에는 마음이 없으니

고비, 고사리와 더불어 이웃하리라.

少小生頭角 錦棚初裹身
先君多讓德 後裔未成人
向保千年節 休誇九十春
無心聞鳳鳥 薇蕨與爲隣

동리東籬의 시에는 이르기를,

도리로 즐기고 번잡한 화려함을 싫어하니
동쪽 울타리가 곧 집이로다.
저녁에 피는 꽃은 가을이 지난 뒤에 적었거늘
이슬은 밤이 깊은 후에 많도다.
율리栗里에는 도연명陶淵明을 슬퍼하고
용산龍山엔 맹가孟嘉가 한스럽도다.
해마다 비바람 몰아치는 날이면
다시 머리에 꽃이 만발하지 않으리.

樂道厭紛華 東籬還是家
多英秋後少 白露夜深多
栗里悲陶令 龍山恨孟嘉
年年風雨日 無復滿頭花

두 편은 글귀마다 모두 놀라웠다. 왕이 말했다.
"수양의 고고함과 동리의 자유분방함은 이른바 뼈가 사그러지도록 영원히 변하지 않을 것이다. 옛날 노나라 공자가 말하기를 '주나라는 하·은 두 시대를 본받았으니, 빛나디 빛나도다. 문화여! 나는 주나라를 본받으리라'고 했고, 당나라 한유韓愈도 또한 말하기를, '애석하도다! 내가 그때에 미치지 못함이여! 그 사이에 나아가고 물러나며 읍하고 양보하지 못했으니 아! 성대하도다!'라고 하였으니 설사 두 군자를 이때에 나게 했더라도 역시 능히 고고함, 자유분방함에서 그쳤을 뿐일 것이다."

글 뜻에 풍자가 있는 듯하자, 처사는 얼굴색이 변해서는 소리를 질러 말했다.

"요堯·순舜이 위에 있고, 아래에는 소부巢父, 허유許由가 있었으니, 주나라 공덕이 비록 성대하나 멀리 당우唐虞에게 부끄러웠습니다. 우리 두 사람이 비록 쇠미했으나, 허유와 소부의 뒤에 있고자 하지는 않습니다."

왕은 숙전叔田의 첫장을 읊어 말했다.

"어찌 아미蛾眉가 없다고 해서 눈 앞에 모양을 내랴? 여러 군자에게 사랑받는 것은 역경에도 변하지 않는 자태가 있기 때문이로다. 내가 생각컨대 제왕의 도리가 넓어 초목에도 두루 미치니, 만약 한 가지 사물의 미미한 것이라도 내 교화에 복종하지 않는 것이 있다면 내 스스로 보기를 부족한 듯이 하겠다. 그러하니 서로 도움을 이치로 삼아 만물로 하여금 모두 봄春이 되게 할 수 없겠는가?"

수양은 기욱淇澳의 첫 장을 읊었고, 동리는 간혜簡兮의 끝장을 읊고 이르기를,

"각각 지키는 바가 있으니, 서로 빼앗을 수 없을 것입니다."

왕이 말했다.

"두 군자는 나의 쇠미함을 꺼려하여 말하는가?"

이에 술 돌리기를 마치려 하자 선비는 일어나 하직코자 하니, 왕이 말하기를,

"반희와 이부인이 또한 자리에 있으나, 아직 글을 짓지 못했으니, 잠시 기다려 앉아 두 사람으로 하여금 쓸쓸하게 하지 않음이 어떻겠소?"

선비가 공손히 응낙하니, 왕은 두 사람에게 이르기를,

"안수재安秀才가 장차 떠나려 하는데, 은근함을 다하지 못했소. 어찌 반희와 부인은 일어나 춤추고, 그 지은 바 시의 장을 노래하여 남은 흥을 돕지 않는가?"

두 사람은 명을 듣고 앞으로 나와 절하고는 말하기를,

"저희들은 평소 춤의 법도를 배우지 못했습니다. 그러나 오늘의 모임

은 즐거움이 극도에 달하여 알지 못하는 사이에 손이 놀려지고 발이 뛰
노니, 마땅히 한 번 졸렬함을 드러내겠습니다.”
　드디어 짝지어 일어나 앞으로 나아가고 뒤로 물러나 월궁소아^{月宮素娥}의
춤을 추었다. 이부인이 먼저 노래하니 그 가사는 다음과 같았다.

　　　선제^{先帝}께서 봄에 노닐어 건장궁에 나가시니
　　　당시 은총은 궁녀들 중에서 으뜸이었도다.
　　　꽃다운 마음 사라지지 않았으나 연화는 다했으니,
　　　한 곡조 가을 바람에 한을 잊지 못하겠도다.

　　　先帝春遊出建章　當時恩寵冠嬪嬙
　　　芳心未歇鉛華盡　一曲秋風恨不忘

반희가 이어 부르니, 그 가사는 다음과 같았다.

　　　영화롭던 지난날 사양하며 같이 수레 타니
　　　비바람이 아침을 마치도록 백량대를 막았도다.
　　　천년토록 마음을 알아주는 이는 오직 이백뿐이니
　　　조비련의 새단장 의지함을 가련히 생각하노라.

　　　榮華昔日辭同輦　風雨終朝銷栢梁
　　　千載知心唯李白　解憐飛鷰倚新粧

　왕은 시동에게 명하여 옥돌 쟁반에 춘채단^{春彩段}을 담아 상주며 말하기
를,
　“마땅히 비단으로 머리를 씌울 만하다.”
　두 사람은 왕의 은혜에 절하고 나아가 앉았다. 조래 선생은 기뻐하지
않으면서 수양을 보며 말하기를,
　“이미 취하여 나가니, 아울러 그 복을 받으라.”

　드디어 고하지도 않고 담을 넘어 곧장 가버렸다. 이부인은 수양과 동리를 놀려 말했다.

　"옛날에 어떤 처사處士가 노래를 듣고 놀라 담을 넘어 도망했습니다. 좌석에 그를 놀리는 자가 있어 말하기를 '산새는 홍분紅粉(연지와 분)의 즐거움을 알지 못하여, 단판檀板(악기 이름. 박달나무로 만든 것으로 박자를 맞출 때 쓰임) 소리 한번에 놀라 날아갔다' 하였으니 바로 이를 말함입니다."

　두 사람이 대답하지 않고 서로 이어 나갔다. 선비가 또한 하직을 고하니, 좌우에서 위로해 보내기를 극진하게 했다. 왕은 이에 춘관春官에게 명하여 노자 주는 예의를 시행토록 하여, 채단과 수놓은 비단, 금은, 완구, 진귀한 노리개 등을 뜰에 나열했다. 선비는 절하여 사례하고 문을 나오는데, 한 미인이 있어 문밖에 섰다가 선비에게 읍하며 말했다.

　"오늘의 놀이는 즐거웠습니까?"

　선비는 말하기를,

　"어떤 사람이건대 홀로 여기에 서 있소?"

　미인은 눈물을 흘리며 말했다.

　"옛말에 전하기를 저의 조상은 개원開元 말기에 양비楊妃에게 죄를 얻었다 하는데, 일이 문서에 기록되지 않아 말이 매우 황당무계하나, 오늘까지 천여 년에 자손에게 누를 끼쳐, 또한 당堂에 오르지는 못했습니다. 널리 사랑하는 앞에 의당 이런 일이 있습니다."

　말을 마치기도 전에 맹렬한 우뢰소리가 마치 땅을 찢는 듯 가르자 문득 깨어나니 바로 한 꿈이었다. 자못 술 기운이 몸에 남아 있고, 향기가 옷에 배어 있음을 깨닫고, 황홀히 일어나 앉으니, 가랑비가 홰나무에 뿌리고, 여파는 은은했다. 선비는 아까 꿈꾼 것은 역시 남가몽南柯夢이 나무에 얽혀 된 것이라고 하고, 곰곰이 생각하여 기억하고는, 이어 꽃밭으로 나아갔다. 모란 한 떨기가 비바람에 흩어진 바 되어 시들은 붉은 꽃잎이 땅에 떨어져 있고, 그 뒤에는 복숭아나무와 오얏나무가 나란히 있고, 가지 사이에는 파랑새가 짹짹거렸다. 대나무와 매화나무가 각각 한 곳을 차지했는데, 매화나무는 새로 옮겨져 난간으로 보호되어 있었다. 정원

가운데에는 연못이 있었고, 푸른 연의 잎은 새로 물 위에 떠 있으며, 울타리 아래에는 국화가 새싹을 갓 틔우고 있었다. 붉은 작약은 활짝 피어 섬돌 위에 버금갔고, 석류 몇 그루가 채색 화분에 심어져 있고, 담장 안에는 수양垂楊이 땅에 드리워 있고, 담장 밖에는 늙은 소나무가 구부러져 늘어져 있었다. 그 나머지 여러 꽃의 분홍, 푸르름, 붉음, 자주 등의 색과 벌이 쏘고 나비가 춤춤은 마치 악기를 보는 것과 같았다. 선비는 이에 이러한 물건들이 괴변을 일으켰음을 알고, 또 문밖의 미인을 생각해 보니, 선비가 일찍이 항간에서 소위 출당화黜堂花(집에서 내쫓긴 꽃)라고 하는 것을 얻었는데, 꽃을 가꾸는 아이에게 희롱삼아 말하기를,

"이 꽃은 양비에게 죄를 얻었으므로 출당이라 이름했으니, 바깥 섬돌에 심음이 옳겠다."

선비는 이로부터 휘장을 내리고서 글만 읽고, 다시는 정원을 엿보지 않았다.

작가 소개와 작품해설

● 저자 소개

신광한申光漢(1484~1555) ; 조선조 11대 중종 때 문신으로 자는 한지漢之 또는 시회時晦요, 호는 기재企齋 또는 낙봉駱峰이다. 본은 고령으로, 영의정 신숙주의 손자이기도 하다.

1510년 식년 문과에 급제, 여러 직책을 거쳐 대사성에 올랐다. 그러나 1519년 기묘사화에 연루되어 여주로 추방돼 18년 동안 칩거했었다. 그러다가 다시 대사성에 복직되어 이후 여러 해 대제학에 이르기도 하였다.

저자 신광한은 사후 위사공신衛社公臣으로 영성부원군靈城府院君으로 봉군을 받았다. 시호는 문간文簡이다.

신광한은 문장에 능하여 많은 시문을 남겼으며 필력 또한 뛰어났다. 문집으로는《기재집》과 한문 단편집으로 〈기재기〉라고 하는 〈기재기이〉가 있다. 이 단편집에 〈안빙몽유록〉, 〈최생우진기〉, 〈하생기우록〉, 〈서재야회록〉 등 4편이 실려 있다.

● 주제

현실의 우의화寓意化 내지 선비정신 견지

● 작품 해설

작품 속 주인공이 정원에서 선잠이 들어 꿈 속 이상세계에서 대접을 받는다는 이야기다. 그런데 그것이 결국 화원 꽃들의 괴변임을 안 것이다.

그리하여 주인공 안빙安憑은 글만 읽고 다시는 화원을 엿보지 않았다는 것으로, 모든 것 부질없는 인생무상을 체험한 것이다.

이 작품은 구성면에서 볼 때 몽유소설의 효시적 작품이라는 점에서 우선 그 가치를 인정할 만하다. 등장 인물 또한 정원 안의 꽃나무들이 중원의 역사적 사건들과 결부되어 의인화되고 성격화되어 있다.

● 줄거리

과거에 여러 번 낙방한 안빙安憑이란 서생이 별장 화원에 머물며 시를 읊고 놀다가 홀연한 생각에 선잠이 들었다.

안빙은 꿈 속에서 나비에 인도되어 인간세상이 아닌 듯한 곳으로 가게 된다. 그곳에서 아름다운 두 시녀가 안빙을 맞이하고, 시녀들의 안내로 요堯의 맏아들 단주의 후손이 다스리는 전각에 들어선다. 이때 아름다운 음악과 함께 수백 명의 시녀가 꽃가마로 여왕을 모시고 나온다. 안빙이 인사를 하자, 여왕도 답례하며 이부인과 반희를 불러오라 이른다.

조금 있어 문 밖이 떠들썩하며 여러 신하가 나타나 여왕에게 배알하고서 모두가 안빙을 보고 반가워한다. 그때에 이부인이 여왕에게 아뢰어 옥비玉妃를 불러 같이 놀자고 한다. 옥비를 따라 부용성주 주씨가 도착하자 성대한 잔치가 벌어진다. 이에 안빙은 아직 먹어 보지 못한 진귀한 음식을 들면서 수십 명이 연주하는 풍악과 춤을 감상한다.

여왕은 '좋은 기약은 막히기 쉽고 좋은 일은 하기 어려운 것이니, 각각 시편을 지어 서운함을 풀자'고 제안하여 여럿이 돌아가면서 한 수씩 읊는다. 옥비가 먼저 읊자 여왕이 칠언시를 지어 보이며 안빙에게 화답하라 한다. 안빙이 화답하고서 주씨에게 넘긴다. 이어서 여러 사람이 받아 넘긴다.

이윽고 술잔이 한 차례씩 돌아가자 안빙이 물러갈 뜻을 고하자, 여왕은 이부인과 반희에게 안빙을 전송하도록 하고 많은 선물도 준다. 안빙이 문을 나서자 주연에 참석하지 못한 한 미인이 절을 하며 조상의 죄를 대신 입어 당에 오르지 못하였노라 울며 말한다. 그때에 갑자기 땅이 깨지는 듯한 뇌성에 안빙이 눈을 뜨고 보니 한바탕 꿈이었다.

꿈에서 깨어난 안빙이 화원을 살펴보니 모란꽃(여왕)이 땅에 떨어져 있고 가지각색의 꽃나무들은 자태를 자랑하고 있었다. 안빙은 꿈의 세계가 이러한 꽃들의 괴변임을 알았다. 이어 섬돌 밑에 심어 둔 출당화가 울며 말하던 꿈 속의 미인임을 확인한다. 이후 그는 내내 글만 읽고 다시는 화원을 엿보지 않았다고 한다.

● 독서 토론

저자 신광한은 문장에 능하여 대사성이 되었을 때는 많은 선비들이 그를 따랐다고 한다. 또한 청렴하였으며, 학문에는 맹자와 한유를 기준으로 하였고, 시문에는 두보를 본받았다고 한다.

〈안빙몽유록〉은 오래 전에 세상에 알려져 있었으나 〈기재기이〉가 발견된 후 신광한의 작품으로 확인된 단편 한문소설이다. 그러나 여전히 가전假傳 형식의 한계를 극복하지 못한 것으로 평가되고 있다.

● 비교 작품

조선조 때의 가사로, 중국의 명승고적을 두루 구경하고 이름난 역대 인물들을 만나 보고 나서 강호의 어부로 돌아갔다는 〈몽유가夢遊歌〉가 있다.

〈구운몽〉, 〈옥루몽〉, 〈옥련몽〉과 같은 몽자 돌림 소설도 있다.

연오랑 세오녀

삼국유사 소재

동해 가에 사람이 있었는데 남편은 연오^{迎烏}이고 아내는 세오^{細烏}라 하였다. 하루는 연오가 해변에서 마름을 따고 있었는데 갑자기 표류^{漂流}되어 일본국 작은 섬으로 가서 임금이 되었다. 세오도 그의 남편을 찾으러 나갔다가 또 표류되어 그 나라에 도착했다. 그 나라 사람들은 그녀를 왕비로 삼았다. 이때 신라에는 해와 달이 빛을 잃었다. 일관^{日官}이 말하기를,

"연오와 세오는 해와 달의 정기^{精氣}인데 지금 일본으로 갔으므로 이런 괴이한 일이 생긴 것입니다."

왕은 사신을 파견하여 이 두 사람을 불렀다. 그러나 연오는 말하기를,

"내가 여기에 온 것은 하늘이 시킨 일입니다."

세오가 짠 비단을 사신에게 주어 보내면서,

"이것으로 하늘에 제사를 지내면 됩니다."

그래서 하늘에 제사 지낸 곳을 영일^{迎日}이라 하고 곧 현을 두었다. 이는 신라 아달라왕 사년의 일이었다.

작가 소개와 작품해설

● 저자 소개

김일연金一然(1206~1289) ; 고려 25대 충렬왕 때의 고승이다. 속명은 김견명金見明, 자가 일연, 호는 목암睦菴 또는 무극無極이다.

일찍 출가하여 23대 고종 6년(1219) 승과僧科에 급제하여 선사, 대선사大禪師에 이르러 충렬왕 9년 국존國尊이 되었다.

더구나 한문에 조예가 깊고 학식이 높아 많은 저서를 남겼다. 시호는 보각普覺이다. 저서로는 역사책으로 5권 3책의 《삼국유사》가 있고 〈어록〉, 〈계승잡서〉 등이 있다.

● 주제

새로운 일본땅을 개척 통치

● 작품 해설

〈연오랑 세오녀〉는 고려 때 《삼국유사》에 채록되어 오늘날에 전하는 설화이다. 그러나 이는 단순한 연오와 세오라는 부부의 이야기가 아니라, 고대 태양신화의 원형으로 우리 나라에 있는 유일한 일월설화이다.

일월신日月神인 연오랑과 세오녀의 도일渡日로 해와 달이 빛을 잃었다가 세오녀의 세초로 다시 빛을 찾았다는 이야기이다. 따라서 이 〈연오랑 세오녀〉 설화는 일찍이 우리 민족이 일본땅을 개척하여 통치자가 되었다는 사실을 원시적 태양신화를 통하여 상징적으로 설명하고 있다.

또한 이 설화는 고려 때 문인 박인량朴寅亮이 쓴 〈수이전殊異傳〉에 실려 있었다는 내용이다. 〈수이전〉은 지금 전하지 아니하고 그 일부가 《삼국유사》와 《필원잡기》에 전하고 있다.

이 설화는 우리 나라의 유일한 일월신화라는 점에서 그 의의가 있다고 하겠으나, 일월신인 연오랑과 세오녀가 일본으로 건너가서 새로운 나라를 세웠다는 데 문제가 있다. 이것은 일본의 여신인 천조대신天照大神과 어떤 관계를 맺고 있다는 견해도 있기 때문이다.

● 줄거리

신라 제 8 대 아달라왕 4년 동해 바닷가에 연오랑 세오녀 부부가 살았다.

하루는 연오가 바닷가에서 해조(해초)를 따고 있던 중 갑자기 한 바위(물고기)가 연오를 싣고 일본으로 건너갔다. 그 일본에서는 연오를 비상한 사람으로 여겨 왕으로 삼았다.

한편 세오는 남편을 찾아나섰다가 남편이 바닷가 바위에 벗어 둔 신을 보고 그 바위에 오르자 바위가 다시 그녀를 싣고 일본으로 건너갔다. 당연히 연오는 세오를 왕비로 삼았다.

이때 신라에서는 해와 달이 빛을 잃었다. 일관日官(기후를 맡은 한 직책)이 말하기를 '연오와 세오가 해와 달의 정기인데 지금 일본으로 갔으므로 괴이한 일이 생긴 것이다'고 했다.

이에 국왕은 사자를 일본에 보내어 이들 부부를 찾게 했다. 그러나 연오는 그들의 이동이 하늘의 뜻임을 말하고는 세오가 짠 세초(비단)로 하늘에 제사를 지내면 다시 해와 달이 밝아질 것이라고 했다. 사자가 가지고 돌아온 비단으로 하늘에 제사 드리니 해와 달이 전처럼 밝아졌다.

그 비단을 창고에 넣어 국보로 삼고, 그 창고를 귀비고貴妃庫라 하였다. 또한 하늘에 제사지냈던 곳을 영일현迎日縣 또는 도기야都祈野라 하였다.

● 독서 토론

이 작품은 태양의 여신 설화와 관련이 있는 내용이기도 하다. 세오녀가 일본으로 갔기 때문에 해가 빛을 잃었다는 것과 세오녀가 짠 세초(비단)가 광명을 찾게 했다는 것은 여인과 태양이 관련되어 있음이다.

이 설화에서 연오는 태양 속에 까마귀가 산다는 양오전설陽烏傳說의 한 변형으로 보이기도 하며, 세오는 금오金烏의 변형으로 볼 수도 있다.

또한 이 설화는 영일현의 '해맞이'라는 지명도 태양신화와 직접적인 관련이 있는 것으로 보이며, 《일본서기》의 천일창설화天日創說話도 이와 유사한 것이 있다. 우리 민족의 제천의례와 태양숭배 의식을 생각케 하는 설화이기도 하다.

지금도 경북 영일군 동해면에는 일월지日月池 전설과 연오랑을 제사하는 사당이 있다.

● 비교 작품

이규보의 〈동명왕 설화〉나 〈일본서기〉의 천일창설화도 유사점을 찾을 수 있다.

일반적으로는 〈필원잡기〉나 〈양오전설〉 등 비교해 볼 수도 있다. 또한 전기체 기적소설로는 〈금령전〉, 〈김원전〉 등이 있다.

오유란전 烏有蘭傳

작자 미상

　세조 임금 때에 한양 땅에 두 재상이 있었으니, 한 재상의 성은 김金씨요, 또 한 재상의 성은 이李씨라 했다. 다같이 문벌의 집안으로 지체가 같았고, 덕망도 같아서 세교世交가 매우 두터웠다. 하루는 김재상이 이재상을 보고 말했다.

　"우리 두 집안 자식들의 생년일시가 똑 같으니, 이것은 우연한 일이 아니올시다. 마땅히 같이 공부하게 해서 그 성취를 보면 어찌 우리들 만년의 낙이 아니겠소이까?"

　"네, 그것은 정말 나의 뜻입니다."

　한칸 정사精舍를 소제하여 한 스승 밑에 배우며 같이 자고 같이 먹게 하니, 이생二生도 서로 의좋게 지냈다. 그들은 생각하였다.

　'남아의 공명은 조만간 반드시 이루어진다. 우리는 공적도 함께 세우고 기풍도 함께 닦자. 뜰 가운데의 꽃과 시냇가의 소나무와 같이 설사 빠르고 늦는 사이가 있더라도, 피차 서로 돌봐주고 사랑하며 잊지 아니하리라.'

　이렇게 마음먹고는 금석金石과 같이 우정을 맺고 정답게 지냈다. 학문은 해와 더불어 깊어졌으니 과거를 볼 수 있는 실력에 이르게 되었다.

　갑자甲子의 해를 당하여 나라에 큰 경사가 있었다. 당연한 일로 과거가 열렸다. 그들은 손을 서로 붙들고 과거장으로 들어가서 실력을 다 기울여 과제科題를 지어 올렸다. 이윽고 급제한 사람의 이름을 부르는데 한 사람은 장원급제를 했고, 한 사람은 진사급제를 했으니, 진사급제한 사람은 이생이요, 장원급제한 사람은 김생이었다.

김생은 젊은 수제로서 벼슬길을 밟아 자질에 따라 진급하여 평안감사를 제수받는 날에, 즉시 이생을 맞이하여 같이 가자는 뜻을 말하였더니 이생은 이렇게 말하였다.

"그대는 곧 나라를 위하고 백성을 근심하는 관방장이요, 나는 오직 성인과 현인을 사모하는 선비가 아닌가? 맡은 일業이 전혀 다르고 조심함이 같지 아니하니 이것으로 불가할 뿐만 아니라 또 평양은 옛날부터 번화하고도 호탕한 땅이므로 나의 돌아볼 곳이 아닐세."

"번화한 것은 번화한 것이고 공부는 공부이거늘 형의 말은 매우 고루하네. 무슨 방해됨이 있겠나."

소매를 붙잡고 수레를 타고 바로 임지로 나아갔다.

김생이 부임 인사를 하고는 이튿날 아침에 특명으로 분부를 내려 깊숙하고 고요한 곳에 있는 별당을 깨끗하게 청소하고 경서經書를 갖추어 놓게 하고서, 이생을 조용히 거처할 수 있도록 해주었다. 이생도 번화한 일에는 뜻이 없어 생각은 글자 위에만 둘 뿐이었다.

하루는 감사가 이생을 위하여 주연을 베풀고 방자를 보내어 이생을 초대했다.

"오늘은 바로 형이 급제하고 처음 맞는 날이니 시인으로서의 시상詩想을 어찌 능히 폐할 수 있겠나? 날씨가 따뜻하고 바람도 화창하여 친구에 대한 생각이 간절하니 형은 금옥 같은 귀한 몸을 아끼지 말고 한 번 찾아와서 성긴 우정을 펴 봄이 어떠한가?"

이생은 마음속으로는 비록 뜻에 맞지 않았으나, 거절할 만한 이유가 없어서 책을 덮고 바로 통인을 따라 선화당宣和堂으로 오니, 차려 놓은 음식은 처음 보는 이생의 눈을 놀라게 하였다. 42주의 원님들이 좌우로 벌려 앉았고, 72명의 기녀들이 앞뒤로 모시고 앉아서, 금슬관현琴瑟管絃 등의 오음을 방안에서 연주하고 있으며, 금석포토金石匏土 등의 팔음八音을 뜰에서 연주하고 있었다. 술잔과 쟁반은 헝클어졌고 안주 그릇은 얽혀져 있었다.

이생을 맞이하여 좌석을 정하고 인사를 겨우 마치고 나니, 좌우에 앉아 있던 기생들이 다투어 이생에게 술잔을 권하며 노래를 부르기 시작했다. 이에 이생은 화를 불끈 내며 소매를 뿌리치고 갑자기 일어나,
"오늘의 이 잔치는 실로 인간의 도리를 위한 것이 아니오."
물러가겠다고 했다.
감사가 소매를 붙잡고 웃으며,
"형은 무엇 때문에 이렇듯이 상을 찡그리고 지나친 행동을 하는가?"
누누히 타일렀으나 끝내 만류시키지 못했다.
이날 잔치하는 자리에서 이생의 행동을 보고 누구나 그 지나친 고집에 대하여 빈정거리고 비웃지 않는 사람이 없었다.
잔치가 파하자 감사는 수노首奴에게 분부하였다.
"기녀 가운데서 지혜롭고 쓸 만한 자가 누구냐?"
"오유란烏有蘭이올시다. 나이 19세로서 가르쳐 주지 아니하여도 잘 할 것입니다."
즉시 오유란을 불러 분부하였다.
"너는 별당의 이랑李郎을 알고 있느냐?"
"네, 알고 있습니다."
"그러면 네가 이랑을 모실 수 있겠느냐?"
"하루 저녁으로는 할 수 없거니와 한 달 동안의 말미만 주신다면, 반드시 할 수 있겠습니다."
"한 달 동안의 말미를 주고서 혹 성공하지 못할 때에는 죽여도 좋겠지?"
"네, 그렇습니다."
오유란이 분부를 듣고 물러나와서 붉고 푸른 기녀의 옷을 벗어 흰 옷으로 갈아입고는 한 계집아이로 하여금 두어 필의 베를 가져오라 해서 작은 동이에 담고 짧막한 방망이를 가지고 앞뒷길을 인도하게 하여 별당 앞에 있는 작은 연못가로 가서 얼굴을 가다듬고 맵시있게 앉아 빨래를 하기 시작했다.
때는 병인년丙寅年 춘삼월 보름께였다. 이생은 별당에서 달을 바라보며 홀로 앉아 있었다. 꽃시절을 당하여 춘정이 없을 수 없어 시를 읊으며

섬돌 위를 거닐고 있는데 갑자기 바람편에 빨래하는 소리가 높았다 낮았다 하며 우명지牛鳴池로부터 들려 왔다.

전에 들어 보지 못한 소리인지라 의심이 나서 고개를 들고 사방을 바라보니, 풍경이 바야흐로 새롭고 물색은 사랑스러워졌다. 은행나무 밑 석가산石假山가에 두어 자나 되는 은비늘이 마름 위에서 뛰놀고 있었고, 한 둥근 금빛이 물결 위에서 둥실거리고 있는 그 가운데 어떤 한 미인이 앉아 있는데, 얼핏 보매 말로만 들었던 양귀비가 되살아온 것 같았다.

꽃은 얼굴이 되고 옥은 모습이 되어 한 송이 금련金蓮이 이슬을 머금고 바야흐로 터지려고 하는 것과 같았다. 눈썹은 꼬부라지고 뺨은 부풀어져 외롭게 둥근 흰 달과 같은데, 얼굴에는 빛이 비치고 있었다.

이생이 한 번 돌아보고는 비록 정절을 지키고 있는 선비의 아들로서도 경국傾國의 미색임을 가만히 탄복하며, 흘겨보는 눈초리로 정을 보내면서 바라보고, 바라보고 또 바라보았다.

이윽고 오유란이 엿보고 있음을 깨닫고서 몸을 번득여 일어나 가는데, 걸음걸이가 단정하고 우아하여 흡사 서시西施가 월越나라 궁전 뜰을 걷는 것과 같아서 정말로 한 절대 가인이었다.

이러한 후로부터 혹은 오 일은 사이 두고, 혹은 삼 일을 사이 두고 오류란은 언제나 전과 같은 모습을 하고 그곳에 가서 앉아 돌아보기도 하고 엿보기도 하면서 그 아름다움을 자랑하는 듯이 하고 있었다.

여기에 있어 고이한 것은 이생이 오유란을 한 번 보고 난 후로 방탕하여져서, 공부하는 마음을 멀리하고 한 번 보면 두 번 보고 싶고, 두 번 보면 세 번 보고 싶고, 네 번, 다섯 번 봄에 이르러서는 오로지 마음을 그 미인에게만 두었다. 결심이 풀어져서 공부를 하여도 힘쓸 줄을 모르고 밥을 먹어도 밥맛을 알지 못했다. 책을 덮고 홀로 앉아 실신한 듯이,

"사람이 세상에 태어나 사는 것이 얼마나 되며, 그 즐거움이 또한 얼마나 되는고?"

길이 탄식하였다.

이로부터 날짜를 헤아리며 그 여인을 기다리는데, 오류란은 일부러 가지를 않았다. 이생은 하루가 삼추三秋와 같아 항상 마음이 불안하였다.

못가를 살펴보니 언덕은 고요하고, 길게 뻗어 있는 담머리에는 사람의 그림자를 찾아볼 수 없었다. 이생은 인정의 박정함을 슬퍼할 뿐이었다. 여인이 오지 않음으로 인하여 머리를 싸매고 이불을 덮어쓰고 누웠으니 곡기와 물이 목에 내려가지 못한 지가 수일이 되었다.

하루는 해가 지자마자 빨랫소리가 은은히 베갯머리에 들려 왔다. 이생은 한편으로 기쁘고 한편으로 바빠서, 아픈 몸을 억지로 일으켜 맨발로 허둥지둥 중문 밖에 나가 머리를 들어 살펴보니, 가슴에 품고 있는 그 여인이 은연히 못가에 앉아 손에 방망이를 쥐고 눈으로 추파秋波를 보내고 있지 아니한가!

이생은 기다린 지 오래인지라, 남은 걸음 바쁜 듯이 발을 재촉하고 나아가 머뭇거리면서 말을 하고자 하다가도 말을 멈추기를 서너 번 하다가는 체면을 불구하고 맹호가 수풀에서 뛰쳐나오는 것과 같이 걸어가서 푸른 매가 꿩을 차가는 것과 같은 모양으로 다가섰다.

오유란은 반은 놀라고 반은 의아하여 어리둥절하면서 부끄러운 듯이 몸을 일으켜 앵두 같은 입술을 반쯤 열고 말하는 것이었다.

"남녀가 유별한데 이 무슨 일이오며, 백주 대로에 이 무슨 모양입니까?"

이생은 턱을 어루만지며 기꺼운 듯이 말했다.

"성은 무엇이고 이름은 누구시며, 누구 집 따님이시고 어느 곳에 사십니까?"

오유란은 반은 아리따운 태도를 머금고 반은 부끄러운 입술을 다물고 눈썹을 나직이 하고 대답했다.

"소녀는 본시는 양가의 딸이었으나, 일찍이 아버지를 잃고 외사촌댁에서 자라났었지요. 겨우 비녀 찌를 나이에 이르러서, 서촌 장사랑한테로 시집갔사오나 명도命道가 궁박하여 시집간 지 몇 달도 못 되어 남편을 잃고야 말았어요. 그러나 삼종三從의 예를 좇을 길이 없어 다시 외사촌댁으로 와서 대나무를 짝하고 소나무를 벗삼으면서, 오직 정절만을 생각하고 지내온 지 이제 삼 년이 되었지요. 저의 나이는 십구 세옵고, 성은 오이며 유란이라고 부릅니다. 알지 못하겠사오나 존군尊君은 어찌하여 물으시는지요?"

이생은 과부가 되어 수절하고 있는 여자임을 알고서는 더욱 들뜨는 마음을 이기지 못하여 말했다.

"나는 본시 서울 사람으로서 감사監使를 따라왔다가, 요사이는 이 별당의 주인이 된 이랑이오. 내게 간절한 청이 있으니 낭자는 이 청을 마음 깊이 생각해 주기 바라오. 낭자가 일찍이 이 못가에 오매 이 사람의 마음에 깊은 수심이 일어났거니와 낭자가 이 못가에서 종적을 감추매 이 사람의 마음에 깊은 수심이 피어났소이다. 낭자께서 나를 알기는 오늘이 처음이나 내가 낭자를 보기는 이제 거의 한 달이 되었소. 원한을 머금고 병이 된 것은 이 누구의 탓이겠소? 내 이제 한마디로 딱 잘라 청할 터인즉 낭자도 딱 잘라 승낙 여부를 말씀해 주기 바라오."

"옛말에 이르기를 말 한마디로 싸움을 일으키고, 한마디로 화평을 시킬 수 있다고 하였으니, 말은 삼가지 않을 수 없으며 듣는 사람도 또한 삼가지 않을 수 없습니다. 들을 만하면 들을 수 있고 들을 수 없을 만하면 들을 수 없으니, 듣고 아니 듣고는 저에게 있사오니 존군은 말씀해 보소서."

이생은 손바닥을 부비면서 한숨을 크게 쉬고 말했다.

"나는 청춘이요 낭자도 또한 청춘입니다. 청춘으로서 청춘을 사모하여 심신에 병이 되었으니, 부디 마음을 허락해 주기 바라오. 내 병이 심히 깊으니 부디 나를 가련히 여겨 주시오. 인명이 지중함을 낭자도 알 것이오."

오유란이 잠깐 돌아보고 생긋 웃으며 말했다.

"인명이 중하다 함은 미천한 몸도 잘 알지마는 여인에게는 목숨보다 정절이 중하다는 가르침도 이 귀에 쟁쟁합니다. 미천한 몸이 정절을 고집하여 인색함을 일삼으려 하는 것은 아니고…… 부득이한 사정이 있어 두 낭군을 섬기지 못하겠사오니 부디 마음을 돌리시고 귀하신 몸을 보중하옵소서."

"부득이한 사정이 무엇이오?"

"존군은 서울의 귀족이요 일시에 호걸이옵고, 소녀는 지방의 미천한 여자로서 백 년의 해로를 마음에 맹세했다가, 하루 저녁에 바람이 불어 꽃이 시들어진 후면 반생 동안의 깨끗한 몸이 더러워지고, 흰 옥이 물들어 버린 수치를 말하기조차 추하고, 뉘우친들 어찌 미칠 수가 있겠습니까? 거울은 다시는 밝아지지 않을 것이며, 상중桑中(남녀 사이의 불의스러운 향락)의 시詩란 마음대로 논할 수가 없을 것입니다.”

이생은 웃으며 말했다.

“그 무슨 말씀입니까? 내 금석같이 기약할 수 있으며 일월을 두고 맹세할 수 있습니다. 낭자께서는 이미 정절의 마음이 있고, 나 또한 뜻있는 선비올시다. 우리 두 사람의 마음을 우리 두 사람이 서로 화합하고 한마음으로 서로 맹세한 후면 나의 뜻을 앗을 수 없을 것이요 낭자의 마음도 또한 더욱 굳어질 것입니다.”

손목을 잡고 이끌었다.

오유란은 즐거워하지 않는 것 같으면서도 싫은 빛은 없었다. 별당으로 같이 들어가서 밤이 이슥한 다음 잠자리에 드니, 공작이 붉은 하늘에서 날고, 원앙이 푸른 물에서 노는 것과 같았다.

이러한 후로 오유란은 날마다 어두워서 와가지고 어둠을 따라 돌아가니, 혹 바깥 사람이 알까봐 두려워하는 것과 같았다. 이생은 이미 그 아리따운 얼굴에 도취되고 또 그 민첩한 행동을 기특히 여겨 스스로 신정新情이 미흡하다고 여겼다. 기특하다, 오유란이 사람을 선선히 유혹함이여!

감사는 그 전후의 동정을 탐지하고 비밀히 분부를 내려 걸음을 잘 걷는 자를 골라서 편지 한 장을 가지고 서울로 올라가다가, 모처에 머물러 있다가 여차여차하라고 하였다. 또 편지 한 장을 써서는 한 노복을 주며,

“내일 모시에 여차여차하라.”

이튿날 아침 한 동자로 하여금 별당에 가서 전갈하라 하면서 말했다.

“요사이 기체 어떠신가? 공부에 더욱 힘쓰고 있는지? 봄 새는 남쪽을 그리워하고 가을 말은 북쪽을 싫어하는데 객회客懷가 울적함은 피차가

일반이라. 형이 걷는 책 속의 길은 너무도 멀고 아득한 길이니 오늘은 잠시 눈을 돌려 친구와 함께 옛정을 되새겨 보는 게 어떤가?”

이생은 이미 전일의 이생이 아니었다. 날씨가 화창하고 호탕한 흥취가 넘쳤다. 한 번 친구끼리 서로 만나 달이 넘도록 막힌 정회를 펴 보리라 마음먹고는, 즉시 선화당宣和堂으로 가서 서로 인사를 나누니 감사는 이생을 위로하며 말했다.

“형은 공부하기에 과로하였던가? 식음이 달지 아니하였던가? 요사이 얼굴이 어찌 그리 수척해졌는고?”

“객이 된 사람으로서 자연 생각이 많아 그러하겠지.”

이윽고 밥과 술을 가지고 왔다. 갑자기 삼문三門 밖에서 문을 두드리는 소리가 요란스럽게 울려 왔다.

감사가 그 까닭을 물어 보라 하니, 한 노복이 서울에서 급보를 가지고 왔다고 했다.

즉시 불러들이게 하니 부복하고 한 봉서를 올렸다.

이생이 객중客中에서 바쁜 손으로 열어 본즉 이재상의 환후가 조석으로 시급하다는 사연이었다. 이생의 안색이 별안간 변해지고 어찌할 바를 몰랐다. 감사는 슬픈 듯이 위로의 말을 했다.

“연세도 젊으시고 옥체도 건강하시온데 어찌 그리 빨리 돌아가시게 되었을까?”

급히 노복으로 하여금 좋은 말을 골라 떠날 준비를 해주었다. 행구行具가 갖추어지자 감사는 이생을 말에 오르라 하고는 말했다.

“부디 몸조심하게.”

이생은 주저하고 떠나기 싫어하는 듯하면서 말을 하려고 하다가도 차마 못했다. 뜻이 있는 것 같았으나 말을 하지 않고 벅찬 가슴을 누를 수 없어 눈물을 떨어뜨렸다. 실은 오유란을 위하여 작별의 말을 한마디도 할 수가 없어서 그러한 것이었으나, 보는 사람들은 사람의 자식된 도리로 보아 당연하다고 생각했다.

말을 몰아 채찍을 두르며 대동강大同江을 건너서면서부터 만수萬水와 천산千山은 아득하여 수심을 돕고, 장정長亭과 단정短亭은 그윽하고 멀어서 슬픔을 더했다. 병점^{餅店}과 주점^{酒店}이 많음이 없지 아니하였지만, 먹어도 스스로 단 줄을 모르고, 노류장화^{路柳墻花}로 지나지 아니함이 없었건만 자위^{自慰}코자 하는 마음이 없었다. 전진하면서 가는 길에 밤낮으로 걷다가 피로하면 쉬고 하였다.

하룻밤 자고는 봉강^{鳳岡}을 지나고 이틀밤 자고는 개성^{開城}을 지났다. 사흘밤 자고는 양철평^{梁鐵坪}에 다다르니, 산천은 옛과 같으며 물색도 다름이 없었다. 해는 이미 기울어졌고 마음은 조마조마하였다. 이때 어떤 건장한 노복이 화살과 같이 나는 듯이 앞을 향하여 와서는 길 왼쪽에서 절을 하며 물었다.

"행차는 어느 곳에서 출발하였으며 장차 누구의 댁으로 가십니까?"

종녀석은 서울에서 무슨 일이 벌어졌나 보다 의심하고 주저하면서 대답했다.

"평양감영^{平壤監營}으로부터 서울 이승상댁을 향하여 가거니와 어찌하여 묻습니까?"

이에 그 노복은 꿇어앉아 편지 한 장을 올렸다. 이생은 말 위에서 뜯어 보니 곧 본집에서 온 편지로서 부친의 병환이 완쾌하여 뜻하지 않았던 경사이나, 꺼리는 일이 있으니 집에 들어오지 말고 바깥으로부터 도로 돌아가라는 사연인데 친교^{親敎}가 매우 엄하였다.

이생은 이미 기쁜 소식을 듣자 실로 만행이라 여기고, 또 되돌아가라는 가르침은 더욱 다시없는 좋은 기회라 생각하며 편지의 뜻을 종들에게 알리고는 즉시 말을 돌리라고 명령하였다. 이생은 즐거운 듯이 마부에게 분부하기를,

"채찍을 휘둘러 말을 달리되, 다른 생각은 말고 빨리 가기만을 생각하라."

마부는 곧 채찍을 휘둘러 말을 재촉하는 척하였다. 그러나 이미 은밀히 지시받은 것이 있는 마부는 교묘하게 눈속임을 하여 말을 도리어 지체시켰다.

이생은 말이 잘 달리지 않음을 보고 괴이쩍게 여겨 마부를 바꾸라고 호령하면서 몰아치기를 마지않았다. 빨리 가고자 하나 방법이 없었다.

노상에서 오래 머무르면서 여러 날을 헛되이 보냈다. 일순一旬이 지난 후에야 겨우 영제교永濟橋를 건넜다. 차차 긴 숲속으로 들어가니 풍경은 어제와 같은데 생각은 새로웠다.

오호라, 괴이하다. 수풀 밑 길 왼쪽에 한 새로운 무덤이 우뚝한 봉우리를 이루고 있는데 길에서도 손가락으로 가리킬 수 있었다. 이생은 그 어제 없던 것이 오늘 있음을 괴이하게 여겨 말을 멈추고는 마부를 보고 말했다.

"아침의 이슬은 마르기 쉽고 사람의 일은 헤아릴 수 없도다. 어떠한 사람이 별안간 죽어서 이 큰길 옆에다 묻었을까?"

때마침 이삼 명의 초동樵童이 노래를 부르면서 지나갔다. 이생은 초동을 불러 물어 보았다.

"저기 있는 새 무덤을 너희들이 혹 기억하고 있느냐?"

초동들은 머리를 긁으며 얼굴을 돌리고 한참 있다가 대답했다.

"일인즉 비참하고, 말할 것 같으면 슬픈 사연이니 처음부터 즐겨 말할 것이 못됩니다."

이생은 이야기해 보라거니, 초동들은 말 못하겠다거니 실랑이를 하다가, 초동들은 마지못하는 듯이 말했다.

"이 성중에 천하에서 제일 가는 수절하고 있는 열녀가 있었지요? 삼 년을 과부가 되어 살았으나 곧은 마음은 백 년이 하루 같았답니다. 신사또가 부임한 후 별당에서 거처하고 있는 객으로서, 천하의 무도하고 호래자식인 이가李哥란 자는 감히 도적놈의 마음을 품고 가만히 행실을 팔기를 짐승의 행동과 같이 했답니다. 그 처음 친함에 있어서는 백년가약百年佳約으로서 유혹하고는 그 뒤 헤어짐에 있어서는 일언반구의 말조차 아끼고 나눔이 없었으니, 그것을 사람이라고 한다면 누구인들 사람이 아니겠습니까? 이럼으로써 그 과부는 정심貞心을 품고 죽었답니다. 한 때의 사랑을 한하고 반생의 원한을 품고 식음을 물리치니 날로 쇠하고 시시로 말라가서 백약이 무효하고 죽음에 임하여 유언하기를 '나를 유혹한 사람도 이랑李郎이옵고 나를 병들게 한 사람도 이랑이옵니다. 그러하오나 나는 살아서 이미 이씨李氏의 사람이 되었거니와 죽어도 또한 이씨의 혼이 될 것입니다. 이씨는 서울의 거족으로 조만간에 반드시 등룡할 것이며 벼슬을 제수받아 여기를 지나는 일이 있을 것입니다. 나를 여기에다 묻어 두고서 이랑[李郎]으로 하여금 거칠은 무덤을 한 번이라도 돌보게 해준다면 어찌 황천에서도 외로운 넋의 영광이 아니겠습니까' 하는 뜻을 손가락을 깨물어 혈서를 써가지고 세상에 남겨 놓았었지요. 이웃 사람들이 불쌍히 여겨 여기에다 묻고 그 소원을 풀어 주었거니와, 행차는 어찌하여 물어 보십니까?"

이생은 원래 유정한 사람이라 정신을 잃고 마음과 창자가 끊어지고 찢어지는 것과 같아서, 스스로 슬픔을 금하지 못하고 거의 미친 사람과 같았고 취한 사람의 모양과 같았다.

말에서 내려 상점으로 들어가 즉시 한 노복으로 하여금 성중으로 들어가서 술과 과일을 사오게 했다. 그리고 한 제문을 지은 후에 몸을 무덤에 던지고 엄숙히 종이를 불사르면서 운감[殞惑](제사 때 차려놓은 음식을 귀신이 맛봄)하기를 청하니 그 제문은 이러하였다.

유세차 병인사월 을축삭 삼십일 갑오에 한양의 정인[情人] 이랑[李郎]은 변변치 못한 주찬을 삼가 차려 놓고 두어 줄의 재문을 이어 가지고, 한을 머금고 기성[箕城]의 절부[節婦], 고오유란낭자[故烏有蘭娘子] 영혼 앞에 고결[告訣]의 말씀을 사뢰나이다.

오호 슬프고도 원통합니다. 부창부화[夫唱婦和]는 백년의 가약을 지켜 나가기 위함이요, 부생모육[父生母育]은 저버리기 어려운 망극한 은혜입니다. 우리들의 아름다운 인연이 겨우 정해지려고 할 때 친환[親患]의 급보를 어찌하리이까? 서산의 해가 기울어지려고 함에 있어서 오직 어버이를 섬길 날이 적음을 생각하였을 뿐 동상[東床]의 가약을 맺음에 있어 거문고 줄의 끊어질 때가 그렇게도 빨리 닥쳐오리라는 것을 어찌 생각하였겠습니까? 작별의 말을 전하고자 하다가 전하지 못하였음은 사세가 그렇게 되어서 그러하였습니다. 그러하오나 중로에서 뒤돌아서면서 즐거움을 화려한 휘장 속에다 두었으며, 긴 숲을 지나 다리를 건넌 후로는 희망을 별당에다 두었더니 어찌 이리도 천리[天理]는 믿기 어렵고 인사[人事]는 어그러짐이 많은지요? 꽃은 갑자기 뜰 앞에 떨어지고 옥[玉]은 이미 방안에서 깨어지고 말았습니다. 가기[佳期]가 막히고 말았으니 청란[靑鸞]이 홀로 날음을 상심하고 고혼이 원한을 품게 되었으니 단봉丹鳳이 울음 잃었음을 애석히 여길 뿐입니다. 달밤에 두견의 울음과 봄바람에 호접의 꿈은 천겁千劫토록 이미 헛되고 말았으며 다시는 같이 만나 놀 수 없게 되고 말았습니다. 순탄하지 못한 인생을 스스로 불쌍히 여기고 봄이 늦게 찾아온 것을 한하지 않습니다. 창자는 비록 끊어지는 일이 있더라도 정은 끊기가 어려울 것입니다. 살아서 이미 날 따랐으니 몰하였어도 또한 나를 따르겠지요? 낭자의 평생에 있어서 모든 범절이 남과 달랐으니 만일 저승에서 나의 뜻을 알아줌이 있다면 돌보시와 황천에서 다시 한번 만날 수 있도록 하여 주신다면 조랑趙郎의 지정至情에 감동하여 애랑愛娘의 전연前緣을 이르겠습니다.

글은 말을 다할 수 없고 말은 뜻을 다할 수 없사오니 오호 슬프오이다.

한 구절을 읽을 때마다 소리를 삼키면서 흐느꼈다. 고하기를 마침에 무덤을 치며 소리를 내어 크게 우니 숨이 세 번이나 막히었다. 노복은 안타까이 여겨 손으로 붙들어 일으키면서 말했다.

"일은 이미 지나갔습니다. 한갓 상심만 더할 뿐이오니 몸 조심하시고 좀 진정하십시오."

이생은 흐느껴 울면서 목쉰 소리로 말했다.

"너야 어찌 알겠느냐? 내 이 사람에 있어서 비록 육례六禮는 갖추지 못하였으나 일찍 백년해로의 약속은 있었으니 나로 인하여 병이 들었어도 약 한 첩 보내지 못하였고, 나로 인하여 죽었어도 장례에 참예하지 못하였으니 어찌 원통하지 않으며 어찌 슬프지 않겠느냐? 곡은 저를 위함이 아니고 나는 사사私事를 위함이다. 사사는 나에게 있는 것이 아니라 저의 정에 있나니, 정情과 사私가 서로 얽히고서 누군들 이와 같지 않겠느냐? 나 아니고서 네가 당했다고 하면 어찌 능히 홀로 그렇지 아니하겠는가?"

소매를 들어 눈물을 닦고, 물을 떠서 얼굴을 씻고는 마부에 기대어 말에 올라 선화당宣和堂으로 돌아갔다.

감사는 바삐 나와 맞이하며 놀란 듯이 이생을 보고 물었다.

"춘부장의 병환은 어떠하오며 갔다가 돌아오기는 어찌 이같이 빠른가?”

이생은 소매 속에서 가서家書를 내어 보이며 말했다.

“친환親患이 완쾌하시고 또 교의敎意가 이와 같기로 마지못하여 돌아왔네.”

“형이 길을 떠난 후로부터 즐거운 밤이 불안했는데, 이는 실로 안후 듣기를 원한 바 있었으니 만행萬行일세. 그런데 형의 얼굴이 어찌 그리 수척한가?”

“급보가 온 이래로 여러 날을 길에 있었으므로 자연 먹어도 맛을 모르고 잠을 자도 편치를 못하여 그러하겠지.”

“이것은 한때의 액회厄會이니 다시는 깊이 근심하지 말고, 공부에 더욱 힘을 써서 속히 어버이를 영화롭게 해드리게.”

술상을 가져오라 했다.

술이 한 순배 돌기도 전에 이생은 몸이 피곤함을 핑계하고는 이전에 거처하던 별당으로 물러가 보니 나나니가 집을 지었고 발이 긴 거미와 흙벌레들이 방안에 있어 매우 거칠어 사람은 볼 수 없고, 오직 뜰안에 꽃이 바야흐로 피어서 웃음으로 사람을 맞이하고, 섬돌의 풀은 이슬을 머금고 사람으로 하여금 눈물을 더하게 하는 것만 보일 뿐이었다. 주인은 다시 왔건만 미인은 어디에 갔는지 오직 초당草堂만이 우뚝이 홀로 남아 있다. 먼지를 쓸고 누우니 만사에 부심하고 오장이 끊어져서 온갖 병이 얽히어졌다. 오래지 않아 반드시 죽으리라는 것을 스스로 알았다.

마침 달밝은 저녁을 당하여 깊이 신음하고 깊이 탄식하며 전전반측輾轉反側하고 있는데, 갑자기 담 밖에서 곡성이 들려 오는 것이었다. 가만히 듣자니 끊어질 듯 이어지는 소리가 마디마디 슬프고 아프며 몹시 원망하는 듯도 하고 애절히 호소하는 듯도 하였다.

이생은 괴이히 여겨 슬픈 몸을 부축하고 급히 일어나, 옷을 잡으며 창을 열고 머리를 들어 살펴보았다. 달빛이 훤하고 사람의 그림자가 어른어른하는데, 마음에 품고 있는 바로 그 여인이 연한 화장을 하고 흰옷을 입고서 짧은 담에 기대어 슬픈 울음과 원망의 말로 지나간 일을 홀로 뇌이는데 정말 알 수 없는 일이었다.

이에 반은 믿을 수 없고 반은 의심이 나고, 한편으로는 기쁘고 한편으로는 놀라와서 엎어지고 자빠지며 나아가서 손목을 잡고 말했다.

"이게 꿈이오 생시요? 낭자는 누구요? 나는 기억이 나지 않거니와, 어찌 원망과 사모의 정이 간절하기로 나를 이같이 느끼게 하시나요? 정말로 낭자일진댄 어찌 정례情禮가 식어서 이같이 나를 멀리하십니까?"

"저는 오유란烏有蘭입니다. 낭군님은 어제 성문 밖의 두덤을 보지 아니하였습니까? 한 글월의 고결告訣이 낭군님에 있어서는 간절한 정의에서 나왔겠지마는, 저에게 있어서는 어찌 영총榮寵이 아니겠어요? 썩은 뼈에 장차 살이 붙고, 외로운 혼이 다시 사랑을 찾게 되면 사례를 하옵고, 또 낭군님이 생각해 주시는 데 대하여 보답하고자 하옵니다만, 이미 저승에 있는 몸이오니 실로 슬픈 일이옵니다. 다만 낭군님이 들으시고 저의 마음을 알아주시기만 바랄 뿐이옵니다."

이생은 자못 그 뜻을 알아차리고는 지성으로 타이르며,

"이승과 저승의 길이 달라 사람들이 비록 꺼리는 바이나 정사情思가 간절하기로 나는 조금도 의심하지 않습니다."

소매를 끌고 별당으로 들어갔다.

소식을 들음이 급함과 가약을 어기게 된 이유를 자세히 이야기하고는 병이 들어 괴로워한 것과 몸을 마친 절개에 대한 사례를 하니 오유란은 눈물을 거두고 이야기를 하기 시작했다.

"저는 본래 비천한 사람으로서 일찍 짝을 잃었으나, 삼정三貞을 잘 배워 한 마음을 굳게 먹고 있다가 군자君子를 뜻밖에 만나 사랑을 받고서 탁문군卓文君의 흥취를 돋우고 오직 예양豫讓의 정열을 사모하면서 비록 조강糟糠의 처는 아니오나 길이 낭군님을 모시고자 하였더니, 어찌 된 일인지 좋은 일에 마魔가 많아 가기佳期가 막히고 낭군님께서는 홀연 만리길에 오르시고 말았던 것입니다. 제가 스스로 일신을 돌아보니 같이 살고 같이 죽으려고 하였던 그 말을 실천할 수 없고 일월을 두고 맹세했으나, 그 맹세를 좇을 수 없었어요. 작별한다는 말도 없거니와 가시는 것도 몰랐던 까닭으로 이로 인하여 병에 걸리고 위중하여 실성하니, 존재 없는 목숨이나마 불쌍하였습니다. 삶의 평안을 꾀하기를 알지 못함이 아니었습니다만, 평생에 부끄러운 일이 많아 도리어 세상을 저버리는 것이 빠름을 알지 못하였어요. 구슬이 깨어지는 것을 달게 여기고, 구슬을 묻어 버리기로 뜻을 결정하고 보니 마치 나는 모기가 등을 치는 것과 같고 어린아이가 우물에 들어가는 것과 같았습니다. 비록 목숨을 받음이 짧음을 알았으나 어찌 낭군님으로 말미암은 깊은 원한이 없었으리이까? 목이 메일 뿐입니다.”

이생은 오유란을 위로하며 말했다.

“낭자는 실로 하늘이 나에게 주신 인연이었으므로 비록 유명幽明이 달라졌어도 하늘이 다시 상봉을 허락한 줄로 아오. 상봉이 허락된 이상 우리들의 즐거움도 허락될 것이 아니겠소?”

같이 잠자리에 드니, 이불 속의 즐거움은 의심없이 그 옛날과 꼭 같았다. 이생은 팔을 베어 주고 뺨을 맞대고 기쁨에 넘치는 정다운 말을 속삭였다.

“낭자는 이르기를 죽었다 하고, 나는 살아 있는 사람으로서 유명간幽明間의 회합에 있어서 살찐 살결의 포동포동함과 애틋한 정의 은근함은 옛날에 비하여도 지금과 같고 조금도 차이가 없으니, 나로서는 유명이 달라졌음을 인정하기가 싫소이다.”

이윽고 북두칠성이 서쪽으로 기울어지고 새벽 종소리가 멀리서 들려왔다. 오유란은 베개를 밀치고 일어나 옷을 입고, 눈물을 뿌려 작별을 고하며 말했다.

“우리들의 사랑은 이로부터 좀 멀어질 것입니다.”

“오심이 어찌하여 더디었으며 또 정이 멀어진다는 말은 어찌 차마 그렇게도 빨리 하오.”

“신도神道는 상도常道에서 어긋남이 많아 행적行蹟이 뜻과 같이 되지 아니합니다.”

“그 무슨 말씀이며 그 무슨 정입니까?”

이생은 다시 오유란의 옷자락을 잡고 후에 다시 만날 수 있는가를 묻고 또 물으면서 맹세코 놓지를 않았다.

오유란은 쳐다보며 소리를 나직이 하고,

"낭군님의 유정함이 이에 이르렀는데 제가 어찌 무정하겠습니까? 삼가 가르침을 받들겠습니다."

이러한 후로부터 오유란은 매양 해가 어두워지면 왔다가 새벽닭이 울면 돌아가곤 하니, 서로 떨어지기 어려워하는 정은 다시 새로워지고 흡족해졌다.

하루는 저녁에 이생이 한숨을 후유 쉬고 탄식하면서 말했다.

"낭자가 빨리 왔다 빨리 감은 실로 재미있고 즐거운 일이 아니며 같이 살고 같이 묻히자는 맹세는 도대체 어디에 있소? 한 번 태어났다가 한 번 죽는 것을 나만이 홀로 부끄러워하겠소. 바라건대 나도 죽어서 모름지기 낭자와 더불어 같이 갔다가 같이 오는 것이 어찌 좋은 뜻이 아니오?"

오유란은 놀라고 두려워하는 듯한 표정으로 말했다.

"낭군님이여, 낭군님이여! 그 무슨 말씀이오니까? 제가 가장 천한 몸으로서 죽은 것도 족히 슬퍼할 것이 못되오며 또 이미 지나간 일이온데, 낭군님은 존귀하신 몸으로 부모님이 살아 계시므로 마땅히 자중하고 자애하셔야 할 것이어늘 어찌하여 경솔히도 그와 같은 생각을 하시니 정말 황공하옵니다."

"내 부모에 대하여 이미 불초한 자식이 되어 근심을 끼친 일이 많으며, 한 번 죽는 것은 또한 이치에 당연하므로 피할 수 없습니다. 공자孔子 같은 덕으로도 백어伯魚의 참사慘事가 있었으며, 안자顔子 같은 어짊으로도 이모二毛의 요절이 있었으니, 하물며 나는 아무것도 비교할 만한 것이 없는데 무엇을 족히 애석하게 여길 것이 있겠습니까? 다만 꺼리는 것은 부친의 병환이 나으신 이때에 내가 죽었다고 부모님들이 통곡하는 것을 차마 볼 수 없을 뿐입니다."

"그렇다면 근심하지 마옵소서. 저에게 한 묘리妙理가 있사오니 그러한 말씀은 다시는 입 밖에 내지 마십시오."

"묘리란 어떠한 것인가요?"

오유란은 입을 다물고 말을 하지 않고 오랫동안 침묵을 지키다가 손으로 이생의 팔을 잡고 여러 번 말을 하려고 하다가는, 마침내 마지 못하여 대답을 했다.

"사람의 병자病者와 사자死者는 분명히 구별할 수 있지마는, 아픈 상태는 글로 표현할 수 없습니다. 제가 낭군님을 대접하는 방법이 다른 사람과는 같지 아니합니다. 비록 병이 들었더라도 아프지 아니하고, 비록 죽었더라도 살아 있는 것과 조금도 다름이 없어서 정신도 그대로 있고 지각도 그대로 있습니다."

"그러면 그러한 방법으로써 잘 주선하여 끝없는 즐거움을 꾀하는 것이 내가 실로 원하는 바이온데, 낭자는 어찌하여 꺼리지요?"

"가르쳐 주시는 뜻이 이와 같으니 그러면 오늘 저녁을 당하여 시험해 보겠습니다만 한번 저를 따라 하룻밤만 지내고 나면 나타날 것입니다."

이튿날 새벽에 오유란은 먼저 일어나 베갯머리에 앉아 머리를 풀어 헤치고 눈물을 짜고 깊이 탄식하면서 말했다.

"애고, 애고. 세상일이 어찌 이리 덧없는고. 낭군님이 돌아가셨네."

이생은 겨우 한숨을 자고 깨어나니, 의심도 나고 놀랍기도 하여 말했다.

"어제의 나는 오늘의 나이고 오늘의 나는 어제의 나인데, 어제는 옳고 오늘은 글렀던가? 정신도 초롱초롱하고 심신도 그대로 있어서 조금도 차이가 없으나 다만 조용히 한잠 잤을 뿐인데 낭자는 어찌하여 나를 위하여 슬퍼하고 있소?"

"낭군님은 믿지 아니하십니까? 제가 말한 묘리는 바로 이것입니다. 아직은 떠들거나 시끄럽게 하지 않는 것이 좋겠어요."

자리를 남쪽 벽 밑으로 옮겨 앉아서 동정을 살피니, 동방은 이미 밝았고 붉은 해가 피를 쏟고 있었다. 붉은 벽 밖에 수상한 사람들의 그림자가 있어서 가까이 서서 말했다.

"불쌍하도다 청춘이여! 슬프도다 부모들이여! 아깝도다 문벌이여! 원통하도다 객사客死함이여!"

수명의 노복들이 문을 열고 들여다보고 나서, 어떤 놈은 베를, 어떤 놈은 나무를 다스리곤 하다가 우루루 쫓아 들어와서, 번쩍하는 사이에 시체를 관에다 넣는 시늉을 하고 땅땅거리면서 뚜껑을 덮고 나갔다.

이생은 눈을 살며시 감고 하는 것을 다 보고는 비로소 몸이 죽었는가 의심하고서, 슬픈 표정으로 눈물을 글썽거리면서 중얼거렸다.

"사람의 목숨은 어찌 그리 쉽게 죽는고. 내 삶은 천지로부터 받아가지고 부모가 있어도 자식된 도리를 다 못하고, 친척이 있어도 화목을 돈독히 하는 줄을 알지 못하였으니 살았을 때에도 이미 사람 사는 곳에서 불량한 사람이 되었고, 죽어도 또한 지하에 가서 처벌이 있을 것이로다."

하면서 스스로 슬픔을 금치 못하니, 흐르는 눈물은 비가 쏟아지는 것과 같았다. 옛말에 하였으되,

'새는 죽으려고 할 때에 그 울음이 슬프고, 사람은 죽으려고 할 때에 그 말이 착하다.'

말은 실로 헛된 말이 아니었던가 보다.

이생을 감쪽같이 속이는 것이 속으로 미안하긴 하였으나 오유란은 이 날부터 수시로 출입하였다. 혹은 낮에도 자며 즐거워하고 혹은 밤에 술 마시며 이야기하기에 밤 가는 줄도 모르고 도취하니 즐거움은 미진하였고 사랑은 무궁하였다.

이생은 자득自得한 듯이 희언戱言을 오유란에게 보내며 말했다.

"낭자의 묘술로 능히 나로 하여금 목숨을 좋이 마치게 하여 주오. 목숨을 마치는 것은 오복五福의 하나라 감사하여 마지않겠소."

오유란은 대꾸를 하지 않았다. 오유란은 본시 민첩하고 다정한 사람이었다. 자주 배고프고 목마른가를 물으며, 때때로 좋은 음식을 갖다 대접했다. 이생은 그러한 좋은 음식을 가지고 오는 데 대하여 감탄하면서 말했다.

"거기에도 또한 묘방妙方이 있는 것 같은데, 그 묘방은 어떠한 것이오?"

"토식討食이라는 것이지요."

"토식이라 이르는 것은 어떠한 것이오?"

"능히 말로 표현할 수 없습니다."

"자세한 이야기는 좋아하지 아니하니 나로 하여금 한 번 보게 해주는 것 어떠하오?"

"꼭 보고 싶고 알고 싶으시면, 택일擇日할 필요 없이 오늘 아침에 낭군님과 더불어 같이 가봅시다."

이생은 좋아하고 관을 튕겨 쓰고 옷을 털어 입고는 곧 나서려고 했다.

때는 오월이라 날씨가 매우 더웠다. 오유란은 옆에 섰다가 침을 뱉고 웃으면서 말했다.

"이같이 더운 날씨에 의관衣冠은 무엇 때문에 하십니까?"

"큰길에 나서면 여러 사람이 보고 손가락질할 것이며, 내 무뢰배無賴輩가 아닌 이상 더벅머리에다 관을 쓰지 않는 것이 어찌 옳다고 말할 수 있소?"

"낭군님의 불통不通함은 어찌하여 그렇게 고지식하십니까? 살았을 때와 죽었을 때의 몸도 구별하지 못하고 공연한 조심만을 일삼으시군요. 사람들은 우리를 볼 수 없지만 우리는 볼 수 있고, 사람들은 우리의 말을 들을 수 없지만 우리는 들을 수 있습니다. 소리가 없고 냄새가 없는 것은 하늘이며, 귀신의 도는 공허하고 형체도 없고 자취도 없는 것은 음양이온데, 낭군님과 저의 처신에 있어서는 돌아보고 꺼리어 할 바가 무엇이 있으며, 꾸미거나 차릴 필요가 무엇이 있어요?"

"사람들은 비록 보지 못한다 할지라도 나로서는 어찌 마음에 부끄럽지 아니하겠소? 그러나 자취가 없다는 말을 들으니 저으기 마음이 놓이는군?"

가벼운 홑옷을 입고, 오유란의 손을 붙들고 문을 나가면서 자기 몸을 돌보고 혹 사람이 알아볼까 두려워하니 걸음걸이는 인어人魚가 해막海幕을 엿보는 것과 같고 마음은 꾀꼬리의 집이 바람 부는 가지에 걸려 있는 것과 같았다.

어느덧 저자 있는 곳을 지나 이방吏房의 집으로 갔다. 삼사 리를 지나는 동안 이미 수천 명이 어깨를 스치고 팔을 치는 자가 많았으나, 한결같이 보거나 아는 시늉을 하는 자는 없었다.

때는 이방이 집에 돌아와 아침을 먹고 있었다. 오유란은 먼저 방문 밖에 가서 이생을 돌아보며 말했다.

"낭군님은 여기에 머물러 있다가 가만히 보셔요."

바로 들어가서 밥상을 대하나 사람들은 깨닫거나 알지를 못하는 척했다. 왼손으로 뺨을 한 번 치고 오른손으로 가슴을 세 번 치니, 이방은 갑자기 젓가락을 떨어뜨리고 양손으로 가슴을 안으며 침을 흘리고 눈을 두리번거리면서 아프다고 대굴대굴 구르는 것이었다. 그러자 온 집안이 발칵 뒤집혀 버렸다. 큰아들, 둘째딸, 아내와 첩들이 손을 모아 주물러 구하고는, 부랴부랴 장가張哥란 무당을 찾아가 물어 보고, 다시 오가吳哥란 장님을 찾아가 물어 보았으나, 다 그대로 두면 죽는다고 하며, 원통하게 죽은 남자 귀신과 여자 귀신이 서로 짜고는 앞서면서 따르면서 와가지고 일시에 달려들었으니 술과 밥을 성대히 차려 놓고 귀신을 불러 배부르게 먹이면 괜찮을 것이라고 했다. 이에 점장이의 말을 시험해 보기 위하여 떡을 사고 술을 받고 양고기를 삶고 굽고 해서, 뜰 가운데 자리를 펴고 음식을 낭자하게 차려 놓았다. 오유란은 이것을 보고 이생에게,

"묘방妙方은 바로 이것이랍니다."

이생의 손목을 끌어다가 술을 마시게 했다. 이생은 굳게 사양하였으나 할 수 없어 조금 마시고는 젓가락을 놓았다. 오유란은 마른 고기를 싸면서,

"후일의 양식으로 삼읍시다."

보자기에 싸고 자루에 넣어 가지고 사나이는 지고 계집은 이고 하여 별당으로 돌아왔다.

이생은 배를 어루만지고 쉰 냄새를 토하면서 말했다.

"오늘 일은 참 묘하군. 내가 전세前世에 있어서 굳게 귀신의 설說을 믿지 아니하였다가, 오늘에야 유명幽明의 다름을 겪어 보았소. 알고 보니 무당 농락하기는 손바닥 뒤집기보다 쉽군 그래."

수일 후에 오유란은 또 물었다.

"낭군님은 한 번 포식해 보고 싶은 뜻이 없습니까?"

"뜻이 있지."

"여염집 사이에서 동서東西로 다니며 함부로 빼앗아 먹는 것은 매우 잔인할 뿐더러 고상하지 못합니다. 이번에는 사또한테 가서 빼앗아 먹고 싶으나, 낭군님의 뜻이 어떠하신지요."

"그게 무슨 말이오. 그와 나의 사이는 일찍부터 형제와 같은 정의가 있었는데 내 비록 십순十旬에 구식九食하는 일이 있더라도 어찌 차마 빼앗아 먹겠소? 다른 곳을 찾아 보시오."

"의리를 가지고 말씀하십니까, 정의를 가지고 말씀하십니까? 가령 낭군님이 살아 있었을 때에 사또한테서 얻어먹은 것의 정의가 깊어져서 그러하십니까, 인정이 많아서 그러하십니까? 저는 매우 친밀하였습니다. 그래서 살았을 때나 죽었을 때나 조금도 멀리함이 없으니, 이제 한 번쯤 음식을 빼앗아 먹는 데 대하여 무슨 꺼릴 것이 있겠어요?"

"낭자의 말이 옳소!"

이에 오유란은 홑치마만 걸치고 일어나면서 말했다.

"날이 더워 염려할 여지가 없습니다. 낭군님은 이미 시험해 보았거니와 사람이 누가 봅디까요?"

이생은 고개를 끄덕이고 알몸으로 문을 나서니 행동이 어수룩하고 모습이 초라했다. 축 늘어진 금경金莖은 두 방울 사이에서 끄덕끄덕하고 주먹의 반만한 동주銅柱는 양다리 사이에서 달랑달랑하니, 대낮에 보는 사람 쳐놓고 누구나 웃지 않을 수 없었지만, 엄중한 명령하에 감히 지껄이지 못했다.

그러한 모습을 하고 사람들이 우글거리는 삼문三門을 걸어서 지나갔다. 즉시 선화당宣和堂 대청大廳 위로 올라가서 오유란이 물러서며 이생에게 속삭이기를,

"사또가 저기 있으니, 낭군님은 이전 이방의 집에서 한 것과 같이 들어가서 사또를 치고 그 거동을 보십시오."

"나는 익숙하지 못한데 어찌 마음놓고 할 수 있을까?"

"일은 그렇게 어렵지 아니합니다. 저는 상하의 분수가 있어서 감히 할 수 없거니와, 낭군님은 무슨 꺼릴 것이 없겠습니까?"

이생은 마지못하여 허리를 구부리고 슬금슬금 앞으로 가서 머뭇거리고 서성대면서 보는 것과 같고, 아는 것과 같아서 바로 곧 행동을 취하지 못하고 이상한 눈초리로 살피고 있는데, 감사가 가만히 담뱃대로 이생의 배를 쿡 찌르면서 말했다.

"형장(兄丈)은 이 무슨 꼴인가?"

이생은 깜짝 놀라며 털썩 주저앉고는 비로소 자기가 살아 있음을 깨달으니, 취몽(醉夢)이 삼월달 봄날에 깬 것과 같고, 훈풍(薰風)이 한 가닥 불어온 것과 같이 정신이 들었다. 모두가 한통속이 되어 자기를 속였음을 비로소 깨달았다.

감사는 즉시 관비에게 명하여 옷 한 벌을 가지고 와서 입히게 했다. 이생은 더욱 부끄러움을 이기지 못하였다.

이생은 이튿날 새벽에 노비를 마련해 가지고 감사도 만나 보지 않고, 오유란도 괘씸하여 한 마디 인사도 없이 그곳을 떠나 밤낮으로 달려 겨우 서울에 도착했다.

부모들은 그의 얼굴이 핼쑥함을 보고 근심 걱정을 하였고, 종들은 그 차림이 초라함을 살피고 의심했다. 이생은 대답하기를 오는데 애를 먹고 병이 들어 고생을 했기 때문이라고 했다.

이생은 정사(精舍)로 물러가 거치하며, 설분(雪憤)에만 뜻을 두고 마음속으로 굳게 맹세하고는 열심히 공부를 했다.

그해 가을에 마침 임금님이 문묘(文廟)에 참배하심을 만나 글을 품고 가서 올렸던 바, 다행히 임금의 눈에 들게 되었다. 급제한 사람의 이름을 부르기도 전에 한림학사(翰林學士)로 뽑혔으니, 부모님들이 다같이 즐거워할 영광이요, 친척들도 다같이 기뻐할 경사였다. 원근이 모두 기뻐 날뛰며 칭찬하느라고 입을 다물지 못했다.

이때 서쪽 지방에 심한 흉년이 들어 민심이 흉흉하였다. 임금은 근심하고 신하들을 보고 암행어사가 될 인재를 뽑아 올리라 했더니, 곧 이한림이 뽑혔다.

이한림은 새 명령을 분부받고 설분할 기회가 닥쳐왔음을 못내 기뻐하며 매우 다행으로 여겼다. 행장을 다스려가지고 곧 떠나 전전하면서 서주(西州)로 가니 행로가 흥겨웠고 의기가 양양하였다.

지나는 곳마다의 산천의 풍경은 옛날과 다름이 없고 그 옛날의 이생도 변함이 없었다. 두 물줄기가 갈리는 능라도(綾羅島)는 우뚝이 보여 기억에 떠올랐으며, 삼산(三山)이 반락(半落)한 모란봉(牡丹峰)은 세월을 겪기를 몇 번이나 하

였건만 강산은 뚜렷하였다. 이생은 즐거운 흥취를 이길 수 없어 곧 시
한 수를 지었다.

> 대동문 바깥 물은 남쪽으로 흐르는데
> 노랑 돛단배가 고주에 걸려 있네
> 천지에 몸을 붙여 이제사 벗어났고
> 강산이 반가와서 다시 다락 오르고야

> 大同門外水南流 桂棹蘭檣係古洲
> 天地寄身初脫殼 江山慣月更登樓

> 영명사 깊은 탑은 중들의 구름 같은 꿈
> 부벽루 높은 대는 나그네의 야화로세
> 수의 입은 암행어사 사람들은 모르는데
> 임금님 은혜 받아 봄노래에 동반하리

> 永明深楊僧雲夢 浮碧高臺客夜話
> 衣繡暗行人不識 聖恩自重伴春遊

읊기를 마치고 나서 채찍을 휘두르며 연광정에 올라가서 사방을 돌아
보며 눈을 부비고 다시 보니, 그 옛날의 초당草堂은 아득히 눈에 들어왔
다. 술을 마시고는 또 노래를 지어 불렀다.

> 도원 찾아 떠난 유랑 이제 다시 돌아오니
> 풍물도 달라졌고
> 사람들도 알아보지를 못하네
> 짧은 지팡이를 자축거리고
> 헤어진 의복이 남루하지만
> 까마득한 세상에 눈이 열리니

때가 오면 남아의 뜻을 펴리라

노래를 마치고 역졸(驛卒)들과 더불어 비밀한 약속을 해두었다.

그날 밤중에 역졸 여남은 명이 마패(馬牌)를 높이 들고 각각 몽둥이를 가지고 삼문을 두드리며 일시에 소리내어 외치기를,

"암행어사 출두하옵시오."

우뢰와 번개가 백리 밖에서 놀라고 천지가 한 성안에서 뒤집혀지는 것과 같았다.

관노(官奴)와 이방은 일을 단속하느라고 이리 닫고 저리 닫으며, 좌수(座首)와 별감(別監)은 눈을 휘둥그래하고 가정(假亭)에서 당황하고 있으니 마치 솥물이 끓는 것과 같았다.

이때 감사는 마침 수청기생 계월(桂月)과 같이 자다가 갑자기 뜰문 밖에서 암행어사 출두하옵신다는 소리를 듣고 뜻하지 않았는 데서 나온지라. 황급히 일어나 촛불을 켜지 않고 어두운 데서 옷을 찾다가, 겨우 뒤집혀진 옷 하나를 잡으니 곧 계월의 넓은 비단 속곳이었다. 계월도 또한 알몸으로 황급히 뒤따라 들어갔다.

감사는 본시 해학(諧謔)을 좋아하고 또 잘하는 사람이었다. 우환이 있는 중에서도 계월의 가는 허리 아래 사타구니 사이를 손가락질하며 희롱의 말을 했다.

"추위를 당하여 감기가 들었느냐? 어찌 그리 콧물을 많이 흘리느냐?"

계월이 슬쩍 돌아보며 대꾸했다.

"사또께서는 승자(陞資)하시와 벼슬이 더 올랐습니까? 어찌 그리 화신(火腎)이 툭 튀어 나왔으며 큼직하십니까? 그러하오나 이와 같은 재앙이 닥쳐 온 이때에 희담(戱談)이 무엇입니까? 요컨대 좀 정신을 차려 무사하기를 도모하옵소서."

이와 같이 황급한 때에 어사는 벌써 선화당으로 들어와서 높이 걸터앉아 특명으로 분부하였다.

"봉고(封庫)를 하고 형구(刑具)를 갖추어, 수하를 막론하고 명첩(名帖)을 올리지

못하게 하라!"

명이 떨어지자 이노吏奴들이 다투어 쫓아가서 감사에게 아뢰었다.

감사는 두세 명의 관노로 하여금 그 동정을 살펴보고 또한 용모를 알아보게 했더니 돌아와 아뢰기를,

"어사의 나이는 삼십 세 가량 되었고, 얼굴이나 거동이 흡사 전날의 이랑주李郎主와 같으니 일이 매우 의아하고도 괴이합니다."

고 했다.

감사는 반신반의하여 곧 오유란을 불러 분부하였다.

"너는 이랑李郎과 다정하고도 친숙한 사이라 오늘의 어사또는 이랑과 흡사하다 하거니와 아직 그 진위를 알지 못하고 있으니, 너는 모름지기 잘 살펴보고 자세히 보고하라."

오유란이 선화당으로 나와 몸을 숨기고 가만히 살펴보니 오늘의 어사는 전날의 이랑이며, 전날의 이랑이 오늘의 어사가 아닌가? 때는 비록 다르나 사람인즉 같아서, 추호도 다름이 없고 조금도 의심할 바가 없었다. 곧 돌아와서 보고하기를,

"다시는 지나친 근심을 하지 마옵소서. 어사 되는 사람은 곧 전날의 이랑주입니다."

감사는 기뻐서 얼굴빛을 고치며 말했다.

"내 이미 친구의 등과를 들었으나, 오늘의 어사임을 알지 못하였구나!"

이에 빼앗겼던 혼을 거두고 의관衣冠을 가다듬고, 한 통인通引으로 하여금 어사에게 명첩을 올리게 하였다. 어사는 날카로운 소리로 거절하면서,

"내 본래 너를 알지 못하노라. 사또가 명첩을 올림은 무슨 까닭인고?"

즉시 통인을 묶어 내려놓고 종아리 삼십 대를 치라 했다.

감사는 거절당했다는 말을 듣고 친히 나아가 보고자 했으나, 다시는 명첩이 없기로 뛰어들어가 뻣뻣이 서서 어사를 향하여 말했다.

"고인故人은 평안하셨는가?"

어사가 보고도 못 본 척하고 듣고도 못 들은 척하니 감사는 앞으로 나아가서 손목을 잡으며 말했다.

"형은 정말로 남아로서 뜻있는 사람이라고 말할 수 있으니, 자네 일은 드디어 이루어졌네. 오늘 동생이 경악하고 황급하고 곤경하였음은, 오히려 형의 옛날에 속임을 당한 것보다 못하지 않을 것일세. 한 번 깊이 생각해 보게. 형이 별안간 영화의 길에 올랐음은 어찌 나의 한 정성의 소치로 말미암은 것이 아닌가? 일로써 말할진댄 형이 안 졌다고 말할 수 있으니, 진 사람은 어사 자네일세."

이 말을 들은 어사는 풀이해서 생각해 보고 또 생각해 보니, 마음은 스스로 조용히 열리고 입에서는 스스로 웃음이 나와서,

"때도 이미 지났고 일도 오래 되어 할 수 없군."

곧 술을 가져오게 해서 감사와 즐겁게 마셨다.

감사가 너무 지나치게 속인 장난을 사과하고 용서를 입은 영광을 사례하니, 어사는 얼굴을 붉히고 웃으면서 말했다.

"오늘은 소유문蘇孺文이 되어 친구와 더불어 술을 마시고, 내일은 겸주자사兼洲刺史가 되어 일을 살핌은 마치 나를 두고 이름일세."

이튿날 날이 밝자 어사는 공청公廳에 나아가 앉고, 여러 형장을 갖추어 놓고 오유란이란 여인을 묶어 오게 해서 거적자리에 앉혀 섬돌 아래에 엎드리게 하고는 문을 닫고 날카로운 소리로 문초를 했다.

"너의 죄를 네가 스스로 알고 있으니 매로써 죽이리라."

오유란은 나지막한 소리로 간곡히 아뢰었다.

"소녀가 어리석어 무슨 죄인지 알지 못하겠습니다."

어사는 크게 노하여 문지방을 두드리며 꾸짖었다.

"관청에 매어 있는 여자로서 장부를 속여 희롱하기를, 산 사람을 죽었다고 하고 사람을 가리켜 귀신이라 하였으니, 어찌 죄 없다고 하느냐? 빨리 처치하고 늦추지 마라."

오유란은 다시 빌면서 말했다.

"바라옵건대 어사께서는 잠시 문을 열고 한 번만 보아주신즉, 소녀가 다만 한 말씀만 드린다면 회초리 아래 귀신이 된다 할지라도 다시는 원

통함이 없겠습니다."

 어사는 일찍부터 인정이 없는 사람이 아닌지라, 그 말을 듣고야 낯익은 얼굴을 한 번 보니 오유란이 몸을 나타내고 살짝 쳐다보고 생긋이 웃으며 말했다.

 "산 것을 보고 죽었다고 한 것은 산 사람이 스스로 죽지 아니한 것을 판단 못함이요, 사람을 가리켜 귀신이라고 한 것은 사람으로서 스스로 귀신이 아님을 깨닫지 못한 것이니, 속인 사람이 나쁩니까, 속임을 당한 사람이 나쁩니까? 너무 지나치게 속인 사람은 혹 있다고 할지라도, 속임을 당한 사람으로서는 차마 말할 수 없을 것입니다. 또한 저는 사졸士卒이 되어 오직 장군의 명령을 들을 따름입니다. 일을 주장한 사람에게 책임이 돌아가야 할 것이어늘, 어찌 사졸을 버히려 하십니까?"

 어사 듣기를 마치고 보니, 사정이 또한 없을 수 없고 사실이 또한 그러하였으므로 즉시 풀어 놓도록 명령하고, 당상으로 올라오게 하고 한 번 웃는 얼굴을 보여주며,

 "너는 묘기妙妓가 되고 나는 소년이 되어 일은 조금도 괴이함이 없으나, 가운데서 일을 꾸민 사람이 매우 나쁘고 또 괴이하였으나, 지금에 와서 생각한들 어찌 말할 수 있겠는가?"

 술을 가져오게 해서 잔치를 베풀고, 그 옛날의 정회를 다 털어 놓고 이야기했다.

 어사는 수일을 묵으며 여러 송사訟事를 다스림에 있어서 옳은 것은 옳은 대로 죄는 죄대로 처리하였고, 가는 고을마다 수령을 표창할 만한 자는 표창하고 떨어뜨릴 만한 자는 떨어뜨리면서 일을 밝게 살피니 한 사람도 억울한 일이 없었다.

 어언간 세월이 바뀌어 팔구월이 되었다. 어사는 다시 내직內職의 명령을 받으니 명성이 멀리까지 들렸다. 이 해에 감사도 또한 외직으로부터 벗어나 돌아오니, 두 사람의 정의는 평생토록 두터웠다. 서로 도우면서 진급하여 다같이 정승이 되었다. 서로 도와주는 덕德과 서로 변통해 주는 공功은 한대漢代의 소조簫曹와 같고 당대唐代의 방두房杜와 같기를 사십여 년이나 그러했다 한다.

작가 소개와 작품해설

● 저자 소개

작자와 연대를 알 수 없다. 〈오유란전〉은 조선조 영·정조 때의 한문 풍자소설로서 국립도서관에 필사본이 소장되어 있다.

오유烏有란 사물이 아무것도 없다는 뜻이다. 그러기에 사기史記에서는 실재 없었던 가상인물을 오유 선생이라 했다. 〈오유란전〉의 오유란은 처음부터 가상의 여자임을 암시한 소설이다.

● 주제

친구의 의리와 기생의 역할

● 작품 해설

친구와 기녀가 속이고 속는 가운데 양반들의 호색적이고 위선적인 생활을 풍자하고 있다. 따라서 관직에 나아간 위정자들의 위선을 가장 탁월한 수법으로 보여준 작품이다.

친구간의 성공과 희롱을 지나친 복수로 엮지만, 복수의 수법 역시 풍자적이며 해학적으로 일관되어 있다. 성적인 표현에 있어서 너무나 사실적으로 그려 놓아 풍자성이 약해진 흠이 있기도 하다. 그러나 작자가 의도한 주제를 효과적으로 잘 묘사했다는 평가를 받는다.

고전에 있어서 연애담이 꼭 기녀가 끼어 있는 것으로, 〈오유란전〉 역시 그 범주를 벗어나지 못하고 있다. 그러나 옛날의 기녀는 성적으로 그렇게 문란하지 않았다는 관념을 준다. 오히려 협기俠妓들이 나타나 의로운 일을 해내는 그런 수법을 취하기도 한다.

기녀란 능히 하나의 성城을 허물 수 있으니, 기생의 농간에 넘어가지 않은 남자가 없다. 현철 서화담만이 기녀 황진이에게 혹하지 않았을 뿐, 기녀의 서혜부에서 놀아난 것이 늘 이야기가 되곤 한다. 이 작품 역시 그러한 수법을 교묘히 이용하고 있다.

● 줄거리

조선조 세조 때 한양땅에 두 재상이 친함은 물론, 아들 이생과 김생도 아주 친했다. 서로가 공적도 함께 세우고, 고락도 함께 나누자는 금석지교의 우정을 나누었다.

그런데 김생이 먼저 과거에 급제하여 평안감사가 되자, 이생을 청하여 잔치를 베풀고 후원 별당에 거처토록 했다. 이생이 한사코 호화를 마다하고 별당에 파묻혀 독서에만 열중하였다.

김생은 이생을 꿇려주려고 기생 오유란烏有蘭을 시켜 유혹하도록 했다. 오유란은 소복으로 갈아입고 이생이 거처하는 후원 앞 연못에서 빨래를 했다. 한껏 미태에 넘어가 오유란에게 빠져 버린 이생은 별당에서 오유란과 기어이 인연을 맺고 만다.

그런데 이튿날 서울 본가에서 편지가 왔다. 부친의 병이 위독하다는 내용이었다. 이생이 부랴부랴 서울로 올라가는 도중 부친의 병이 회복되었으니 상경치 말고 되돌아가라는 소식을 받는다.

다시 평양을 향해 가는데 대동강변에 전에 없던 새 무덤이 하나 있었다. 열녀 오유란이 한양 선비 이생에게 속아 자살한 무덤이라는 것이었다. 크게 놀란 이생은 병석에 눕고 말았다. 그런데 거기에 유령으로 가장한 오유란이 찾아와 이생을 괴롭힌다.

결국 속은 줄을 깨달은 이생은 부리나케 행장을 차리고 서울로 가버린다. 서울에 온 이생은 그날부터 열심히 공부하여 과거에 장원급제했다. 다행히 평안도 암행어사가 되어 다시 길을 떠난다.

이생은 김생과 오유란에게 복수할 때가 왔음을 기뻐하며 평양에 내려가 동정을 살폈다. 아니나 다를까 기생 계월桂月과 동침중인 김생 앞에 나타나 어사출도를 외쳐 김생을 놀라게 함으로써 통쾌한 분풀이를 한다. 이내 곧 화해하고서 그들은 다시금 화목하게 지내다가 내직에 들어와 승승장구 승진하여 정승이 된다.

● 독서 토론

〈오유란전〉은 친구의 의리와 기생의 역할이란 점에서 〈옥단춘전〉과 너무나 닮아 있다. 다만 옥단춘의 티없이 맑은 순정의 열렬한 사랑보다는 못하다는 단점을 갖는다.

이 소설이 〈옥단춘전〉과 비교되는 것은 배경이 평양과 서울이라는 점, 기생과 암행어사의 등장, 이생과 이혈룡, 오유란과 옥단춘, 그리고 이야기의 전개가 너무나 흡사하다는 점에서 모방작이 아닌가 하는 의심을 낳게 한다.

〈옥단춘전〉 역시 영·정조 시대에 쓰여진 것으로 추측되어 어느 쪽이 모방인지는 가리기가 어렵다. 그러니 그 시대 작자의 개작으로 보는 설도 설득력이 있다.

중국에선 미희가 나라를 흔들고, 우리 나라에선 가희歌姬가 역사의 뒤안길에서 하나의 화폭을 자랑했다. 그러기에 우리네 선조들이 훨씬 풍취가 있어 보인다. 국력이야 약하든 말든…….

● 비교 작품

기생 연애소설로서 〈춘향전〉, 〈옥단춘전〉, 〈채봉감별곡〉 등이 있다. 〈이춘풍전〉, 〈권용선전〉도 범주에 낄 수 있을 것이다.

옥단춘전 玉丹春傳

작자 미상

  숙종 대왕 즉위 후 십년 동안 나라가 태평하고 백성이 편안하며 집집마다 유족하고 자손이 번영하였으므로 그야말로 요지일월이요, 순임금의 천하 같은 좋은 세상이었다. 이런 태평 세월에 백성이 배불리 먹고 논밭에서는 즐거운 격양가를 높이 부르게 되었다.

  이때에 서울에 유명한 두 명의 재상이 있었다. 하나는 이정승이요, 하나는 김정승이었는데 서로 정의가 매우 깊었다. 그러나 서로 아들이 없어서 같은 사정을 서로 위로하며 지냈다. 하루는 이정승의 꿈에 청룡이 오색 구름을 타고 여의주를 희롱하다가 난데없는 백호가 달려왔으므로 한강으로 쫓아 버리고 하늘로 올라갔다. 그 달부터 이정승 부인에게 태기가 있어서 십 삭 만에 신기한 아들을 낳았으므로 이름을 혈룡이라고 지어 불렀다. 그리고 김정승도 같은 때에 꿈을 꾸었는데 백호가 산을 넘어서 한강을 건너려다가 용감한 청룡을 만나서 물에 빠졌다. 이 꿈을 부인과 이야기하고 이상히 여겼더니 그 달부터 태기가 있어서 십 삭 만에 신기한 아들을 낳았으므로 이름을 진희라 지어 불렀다. 이 두 집 재상의 아들은 모두 잘 자랐는데 기골이 장대하고 풍모가 늠름하였다. 김진희와 이혈룡이 한 글방에서 공부하였는데 모두 총명한 재주로서 옛사람들을 능가하였다. 어려서부터 동창으로 공부한 그들의 정의는 동골 동태의 친형제 같았다. 두 집이 대대로 친구로 사귀어 오는 사이라 후세의 자손들도 자연 세의를 저버릴 수는 없었던 것이다. 진희와 혈룡은 소년 시절에 서로 장래를 언약하였다.

'우리 두 사람의 정리를 생각하면 살아 있는 동안은 물론이요, 우리 후세의 자손들까지 우리 조상이 하신 듯이 세의를 이어서 저버리지 말자. 세상의 복록이란 변화무쌍해서 어찌될지 모르니 네가 먼저 귀하게 되면 나를 도와주고 내가 먼저 귀하게 되면 너를 도와주기로 약속하자.'

서로 이처럼 태산같이 맺어서 언약하고, 금석같이 맺어서 맹약하고 의좋게 지내었다.

이때 김정승의 아들 진희는 가세가 부유하여 잘 살았으나 이승상의 아들 혈룡은 가세가 점점 기울어져 그날 살아가기도 곤궁하게 되었다. 그리고 김진희는 운수도 좋아서 소년 등과하여 평양 감사가 되어서 도임길을 떠나게 되었다. 도임 행차가 지나는 곳마다 각 읍의 진공과 백성들의 도열환영이 역로를 메우고 진동하였다. 평양에 당도하자 팔백 명의 나졸이 대로상에 늘어서고 풍류 소리가 원근에 울렸다. 신임 감사는 찬란한 금마위에서 위엄이 당당하였다. 그리고 영축하는 녹의홍상의 평양 기생들은 각별히 곱게 단장하고 구름 같은 머리채를 반달같이 둘러 업고, 버들잎 같은 눈썹을 여덟 팔자로 다듬고 옥 같은 연지 볼을 삼사월 초시절의 꽃송이 같고 박 속 같은 잇속은 두 이자로 방그레 웃어 반만 벌리고서 흰 모래밭에 금자라 같은 걸음으로 아기작아기작 왕래하니 어느 눈이 황홀하지 않으랴.

김감사가 기생을 일일이 점고한 끝에 옥단춘의 모양이 가장 귀엽게 보였으므로 통인을 불러서 오늘부터 옥단춘을 수청으로 정하라고 분부하였다. 호장이 감사의 분부를 듣고 옥단춘의 집으로 달려가서,

"춘아 춘아 옥단춘아, 버들잎에 피어난 춘아, 사또께서 너를 불러 수청들라 명하시니 아니 가진 못하리라. 네가 만일 수청을 거역하면 너 때문에 나 경치니 단장하고 어서 가자."

옥단춘이 깜짝 놀라서 다시 물었다.

"여보 호장 들어 보소. 내가 비록 기생이나 공부하는 처녀인데 수청이란 웬 말이오."

"네 사정은 그러하나 사또 분부 엄중하니 아니 가진 못하리라. 우리 또한 난처하니 잔말 말고 어서 가자."

옥단춘은 하는 수 없이 입고 있던 옷을 채복으로 갈아입고 미친 여자 모양으로 들어가자 갑자기 옥단춘의 손을 잡아서 앉힌 후에 흥겨운 수작을 서슴지 않았다. 옥단춘이 하는 수 없이 수응수답 건성으로 감사의 비위만 맞추고 어물쩡하였다. 감사는 옥단춘에게 짝사랑에 빠져서 정사에는 마음이 없이 풍악과 주색을 일삼았다.

이때 이혈룡은 가세가 곤궁하여 늙은 모친과 처자를 데리고 살길이 막연하였다. 그는 친구 김진희가 평양감사가 되어 갔다는 소문을 듣고 깜짝 놀랐다.

"내가 이렇게 죽을 지경에 친구는 큰 벼슬을 하였다니 듣던 중 반가운 말이다."

그 친구의 도움을 받을 생각으로 모친에게 상의하였다.

"김정승 아들 진희와 그 전에 친히 지낼 적에 맺은 언약이 있었는데 지금 들으니 그가 평양감사로 갔다 합니다. 옛날 정분과 약속을 생각해도 제가 찾아가면 괄세는 하지 않고 살려줄 것이니 가볼까 합니다. 그러나 재상가 자손으로 구걸 모양으로 갈 수도 없고 노자 한푼도 없으니 그 일조차 막연합니다. 그러나 의식이 없으니 무슨 염치를 차리겠습니까? 좌우간 빨리 다녀오겠으니 고생이 되더라도 용서하고 기다려 주십시오."

혈룡이 모친 앞을 물러나와서 아내에게 당부하였다.

"당신은 모친을 모시고 내가 다녀올 때까지 기다리시오."

혈용이 눈물로 가족을 작별하고 평양으로 달려갈 제 자기 신세를 생각하니 슬픔을 측량키 어려웠다.

"어쩌면 내 행색이 이러할까?"

이런 탄식으로 영문에서 길이 막혀 십여 일이나 주막집에 묵으면서 평양 감사 김진희를 만나려고 애를 썼다.

"불쌍한 모친과 처자가 나만 기다리고 있는데, 내가 죽은 기별도 못하면 차마 죽을 수도 없지 않으냐? 모친과 처자는 내 신세가 지금 이렇게 된 줄도 모르고 돈푼이나 얻어가지고 오늘이나 올까 내일이나 올까 주야장천 고대할 것이 아니냐. 그러니 객지에서 죽을 수도 없고 푼전의 노자도 없는 과객을 괄시하는 주막집 주인은 나가라고 구박하니 이 넓은 천지간에 이런 팔자가 어디 있으랴.”

이런 탄식을 하면서도 굶으면 죽을 목숨이라 입은 옷을 하나씩 벗어 팔아서 기갈을 면하였으나 그것도 일시뿐이었다.

하루는 이 감사가 각 읍 수령을 불러서 대동강변 연광정에서 큰 잔치를 한다는 소문을 들었다.

그날이 되자 대동강변 연광정에 큰 잔치를 베풀고 풍악소리가 낭자하며 팔십 명의 기생들이 제각기 노래와 춤을 자랑하며 모인 세도가들의 혼을 돋우어 주었다.

이혈룡은 마침내 결심하고 틈을 타서 연회장으로 접근해 가서 갑자기 큰 소리로 외쳤다.

“평양감사 김진희야, 너는 여기 와 있는 이혈룡을 몰라보느냐?”

두세 번 외친 뒤에야 취한 김감사 알아듣고,

“호장, 저놈이 어떤 놈이냐?”

이혈룡이 어이가 없어서 태연한 태도로,

“나는 서울 이정승 아들 이혈룡이다. 모든 모욕을 참고 한 가지 청을 하겠으니 네 술잔 값도 안될 전백이라도 주면 기갈 중에 신음하는 노모와 처자를 잠시 먹여 살리겠다.”

대성통곡하였다. 그러나 김감사는 불쾌한 안색으로 묵묵히 말이 없었다.

이혈룡은 다시 울음 섞인 음성으로 호소하였으나,

“너희들 이 미친놈을 배에 실어다가 강물 한복판에 던져서 물고기 밥을 만들어라.”

“네에잇!”

사공들이 영을 받고 이혈룡을 잡아 묶어서 배에 실을 적에 연회장에 있던 기생 옥단춘이 본즉 의복은 비록 남루하나 얼굴이 비범하므로 가엾게 여기고 김감사에게,

“소녀 금시로 오한이 나고 몸이 괴로워 견딜 수 없습니다.”

거짓 엄살을 하였다.

"그러면 물러가서 약을 써서 빨리 치료하라."

"네 황송하옵니다."

물러나와서 이혈룡을 잡아가는 사공들에게,

"사공들 잠깐만 기다려요."

불렀다.

"내 이 양반의 몸값을 후히 줄테니 죽인 듯이 모래를 덮어서 숨겨 두고 오시오."

은근한 말로 간청하였다. 이런 유혹을 받은 사공들은 귀가 솔깃해서 서로 얼굴을 쳐다보면서 수군거렸다.

"나도 그래 마침 절개로 유명한 옥단춘 기생 아가씨의 부탁인데다가 활인 적덕하고 큰 돈까지 생기는데, 죽일 거야 있겠나."

옥단춘에게 눈짓으로 약속하였다. 그리고 이혈룡을 묶은 채 배에 싣고 대동강에 둥기둥실 젓고 가서 깊은 곳을 향하여 갔다. 혈룡은 옥단춘이가 뱃사공들을 매수한 기색을 모르고 있었으므로 속절없이 대동강 물귀신이 되어 죽는 줄만 알고 하늘을 우러러 방성통곡하였다.

사공들이 혈룡을 위로하여 하는 말이,

"여보, 그만 진정하고 안심하소. 사또님 영이 비록 엄격하나 우리들 어찌 무죄한 인생을 죽이겠소. 당신은 백사장에 누워 몸 위에 모래를 살짝 덮고 숨어 있다가 해가 지고 어둡거든 멀리멀리 도망하시오. 만일 사또가 당신 살린 비밀을 알면 우리가 잡혀 죽을 테니 조심하여 도망하시오."

"죽게 된 이 인생을 이처럼 살려주니 성명을 가르쳐 주십시오."

백배사은하며 후일에 은혜를 갚으려고 성명을 물어 두었다. 그리고 백사장에 내려와 모래를 덮고 누워 있는데 뜻밖에 어떤 사람이 와서 모래를 파헤치면서 일어나라고 두세 번 불렀다. 혈룡이 깜짝 놀랐으나 숨을 죽이고 죽은 듯이 그냥 누워 있었다. 그러자 그 사람이 은근한 말로,

"여보시오, 겁내지 말고 일어나서 정신을 차리고 나를 보시오. 나는 당신을 죽이려고 찾아온 사람이 아닙니다. 염려 말고 어서 일어나서 나를 자세히 보고 요기를 하십시오."

어떤 아름다운 여인이 미음 한 그릇을 손에 들고 지성으로 권하지 않는가. 혈룡이 꿈 같은 혼미중에 생각하되,

'부모 은혜를 하늘이 살피심인가. 내 동갑의 어떤 사람이 원통하게 죽은 귀신인가.'

미음 그릇을 반갑게 받아서 단숨에 마시자 정신이 번쩍 났다.

"당신이 어떤 분인데 죽어가는 인생을 살려주십니까? 이 은혜는 백골난망이니 거주 성명을 알려주십시오."

옥단춘 방긋 웃으면서,

"저는 다른 사람이 아니라 평양에 사는 기생이옵더니, 오늘 당신의 무죄한 죽음을 보고 딱하게 생각하고 사공들에게 부탁해서 이곳에 살려 두라고 부탁하였습니다. 그러니 안심하고 우리 집으로 가서 몸조리를 하십시오."

"죽었던 사람을 살려주신 은혜는 결초보은하겠으나 내 신세가 이 땅에는 일시 일각도 머물러 있을 수 없으니 이 길로 멀리 도망쳐 가게 놓아 주시오."

"제가 비록 기생의 몸이나 당신을 살린 사람이니 아무 염려 말고 가십시다."

옥단춘은 은근히 권하였다.

방안으로 들어가니 분벽사창이 찬란하다.

옥단춘은 주안상을 들여놓고 향기 높은 계자주를 유리잔에 가득 부어 들고 권주가를 한 가닥 부르면서 이혈룡에게 권하였다. 밤 가는 줄도 모르며 옥단춘의 환대를 받았다. 그 뒤로 이생원은 옥단춘의 집에서 신세를 지게 되었다.

세월이 흘러서 왕실에 세자가 탄생하자 이 나라의 경사를 축하하여 태평과의 과거를 보인다는 소문을 들은 옥단춘은 기뻐하고 이혈룡에게 권하였다.

"과거 보인다는 소식이 들리니 낭군은 과거를 보러 상경하십시오. 충신의 후손으로서 이런 기회를 어찌 허송하겠습니까?"

"그대 말이 당연하나 늙으신 모친이 내가 오늘 올까 내일 올까 하고

기다리시면서 초조하게 간장을 녹이고 계실 것을 생각하면 오늘까지 이렇게 편히 지낸 일이 불효임을 어찌 모르리요. 그러나 이 꼴로 서울 가서 무슨 면목으로 노모와 처자를 대하리요.”

탄식하는 그의 두 눈에서 눈물이 주르르 흘러내렸다. 옥단춘이 거듭 위로하면서,

“과거를 힘써 봐서 입신양명하온 영화를 볼 것이니 너무 상심 마시고 속히 상경하십시오.”

행장을 수습하여 주면서 다시 신신당부하고 손을 잡고 이별하는 옥단춘은 그 동안 사귄 정을 안타까워하였다. 이혈룡은 옥단춘이 애정과 격려를 하므로 서울로 돌아와서 우선 새문 밖의 이섬부 집을 찾아갔다.

“이 댁이 뉘 댁이냐?”

이혈룡이 물었다.

“서방님 이 댁이 바로 서방님 댁입니다.”

이혈룡이 깜짝 놀라며 안으로 들어가니, 뜻밖에도 자기의 모친이 반갑게 맞아주지 않는가. 곧 모친 앞에 엎드려서 통곡하면서 우선 사죄하였다.

“불효자 혈룡이 이제야 돌아왔습니다. 어머님은 그 동안 안녕하셨습니까. 불효의 이 자식을 생각하며 얼마나 기다리셨습니까?”

모친도 아들의 뜻밖의 태도에 놀란 듯 이혈룡의 손을 잡고 슬피 울면서,

“혈룡아 너는 충신의 아들이라 효성이 이렇게 지극하구나. 네가 평양에 간 후에 근근히 지내던 중 너의 친구 평양 감사가 보내주신 재물로 가세가 이만큼 부유해져서 노비와 전답을 많이 샀으니 만년의 재미를 보며 편하다.”

혈룡은 이제야 옥단춘의 호의로 모든 것이 마련된 것을 깨닫고 속으로 감격하였다. 그리고 아내를 돌아보고,

“당신은 모친 모시고 얼마나 고생하였소!”

“저는 서방님 덕택으로 잔명을 보전하였으니 고맙습니다. 그런데 이처럼 후한 우정으로 우리를 살려주신 평양감사 은혜를 어찌 갚을지 모르

겠습니다.”

혈룡은 마지못해서 평양 간 후의 모든 일을 사실대로 알렸다.

이윽고 과거날이 되었으므로 이혈룡은 대궐 안 과거장으로 가서 본즉 팔도에서 글 잘하는 선비들이 구름과 같이 모여들어서 입신양명의 영예를 다투려고 투지가 장내에 넘쳤다.

이윽고 걸린 글제 보니 〈천하태평춘〉이라 하였다. 글을 지을 생각을 가다듬으면서 먹을 간 혈룡은 붓을 들어서 조맹부의 필체로 단숨에 내려써서 맨 먼저 올렸다. 시관들을 거느리고 친히 보시던 상감은 글자마다 비점이오. 글귀마다 관주로 꼬누어진 글을 보고 칭찬하시는 말씀이,

“참으로 신기하다. 이 글씨와 글 지은 사람은 범상치 않다.”

알성급제 도장원으로 한림학사를 제수하시고 곧 어전입시하라는 분부를 내리셨다.

“소신과 같이 무재 무능한 자를 이처럼 중신하시고 칭찬하시오니 황공무지하오며 또한 한림을 제수하시니 더욱 황공하옵니다.”

물러나와서 집에 큰 잔치를 베풀고 향당과 친지를 청하여 경사를 축하하였다. 그리고 한편으로 생각하니,

“평양감사 김진희의 불의 무도한 소행을 나만 당하였으랴. 무죄한 백성들을 무슨 죄목에 걸어서든 행악을 하고 수탈에 여념이 없을 것이다. 그 한 명의 흉측한 어복에 평안 일도가 희생되는 것을 알면서 어찌 모른 척할 수 있으랴. 나라와 백성을 위해서 마땅히 성상께 여쭙지 않을 수 없다.”

전후 사실을 일일이 밀록하여 전하께 바쳤다. 전하가 받아 보시고 탄식한 뒤에 봉서 삼장을 내리셨다.

“첫봉서는 신문 밖에 가서 떼어 보고, 둘째 봉서는 평양에 가서 떼어 보라. 그리고 도중에 조심하여 다녀오라.”

비밀 지령을 주셨다. 이한림이 곧 모친과 부인에게 하직하고 새문 밖에 나가서 첫째 봉서를 떼어 보니,

‘평안도 암행어사 이혈룡.’

이라는 사령장이 들어 있었다.

암행어사 이혈룡은 역졸을 단속하여 각처로 보낸 후에 둘째 봉서를 뜯어 보니,

'암행어사는 평양 감영에 출두하여 봉고파직하라'
는 지령이 들어 있었다.

옥단춘은 이혈룡을 서울로 보낸 후에 김감사에게는 칭병하고 연광정 잔치에서 물러난 후에 새로 정든 낭군이 그리워서 노래를 지어 부르면서 문 밖에 나와서 소식을 기다렸다. 그러나 이혈룡의 소식은 독절하였으므로 독수공방에서 수심으로 밤낮을 보냈다.

한탄을 노래삼아 거문고를 타고 있을 때,

"웬 사람이 어둔 밤중에 주인 몰래 남의 집에 들어와서 엿보느냐. 동방예의지국인 우리 나라에서 아무리 무식해도 남녀가 유별한데 밤중에 남의 내정에 들어왔으니 이런 불측한 행실이 어디 있느냐. 네가 분명 도적이 아니냐?"

옥단춘은 노복을 부르면서 도적을 잡으라고 호통을 쳤다.

"한양 낭군 내가 왔어. 한양 낭군이 이 모양 돼서 와도 괄세 않겠는가. 좌우간 방으로 들어가세."

깜짝 놀란 옥단춘 이혈룡의 거지 주제를 보고 기가 막히는 모양이었다.

"이생원님, 이것이 웬일이오? 과거는 못할망정 모양조차 왜 이 꼴이 되었소. 내 집이 누구 집이라고 그렇게 속이고 놀라게 해요."

원망하면서도 종 계집애 매월에게 빨리 목간물을 데우라고 재촉하였다. 혈룡에게 목욕을 시킨 뒤에 얼굴을 다시 보니 그 옥골선관이 어찌 반갑지 않으랴.

"임아 임아 낭군님아, 이처럼 좋은 얼굴 어쩌면 그 지경이 되어 왔소."

이혈룡은 사랑스러운 옥단춘에게 우선 감사하고 다음에는 딴소리를 늘어놓았다.

"원 서방님도 남 같은 소리 하시네요. 사람이 일생을 살아가려면 무슨 일을 안 당하리까. 그런 근심 걱정 아예 말으세요. 과거를 못 보신 것은

역시 운수입니다. 다음에 또 보실 수가 있으니 그것도 낙망하실 것 없나이다. 내 집에 서방님 드릴 옷이 없겠어요, 밥이 없겠나이까. 그만 일에 장부가 근심하면 큰일을 어찌하시리까."

위로하는 연련한 정이 측량할 수 없었다.

이튿날 옥단춘은 혈룡을 보고 뜻밖의 말을 하였다.

"오늘은 또 이상한 날예요. 평양감사가 또 봄놀이로 연광정에서 잔치를 한다는 영이 내렸습니다. 내 아직 기생의 몸으로서 감사의 영을 거역하고 안 나갈 수 없으니 서방님은 잠시 용서하시고 집에 계시면 속히 돌아오겠습니다."

옥단춘은 몸단장을 하고 교자를 타고 연광정 연회장으로 갔다.

그 뒤에 이혈룡도 집을 나와서 비밀 수배한 역졸을 단속하고 연광정의 광경을 보려고 미행하여 갔다.

역졸들과 약속한 시각이 다가오자 이혈룡은 그 남루한 행색으로 성큼성큼 연광정 대상으로 올라갔다. 이때 당황한 나졸 와르르 달려와서 혈룡을 잡아서 층계 밑에 꿇어 놓았다. 김감사가 대상에서 호통을 쳤다.

"너 이놈 이혈룡이로구나. 네가 저번에 죽지 않고 또 살아서 왔느냐? 이번에는 어디 견디어 보라 ! "

"나도 전번에 너를 친구라고 신세를 지려고 하였으나 나도 양반의 자식이다. 이놈 진희야 들어 보라. 머나먼 길에 너를 찾아왔다가 영문에서 통기도 못하고 근근히 지내다가 이 연광정에서 네가 놀고 있는 것을 보고 반가워하였으나 너는 나를 미친놈이라고 대동강의 사공을 불러서 배에 태워 물 속에 던져서 죽이지 않았느냐. 내 물귀신 원혼이 오늘 또다시 이 연광정에서 호유하기에 다시 보려고 왔다."

혈룡의 귀신이 원수를 갚으러 왔다는 위협에 김감사도 등골이 선듯하여 좌우 비장을 돌아보며 어찌하랴고 물었다. 비장이,

"아무래도 참말 같지 않습니다. 죽은 원혼이 어찌 사람 모습이 되어 올 수 있습니까. 그때 데리고 갔던 사공들을 불러다가 문초하여 보시는 것이 좋을까 합니다."

"사공놈들 잡아 왔소. "

나졸들이 복명하는 소리가 산천에 진동하였다.

사공들은 악착 같은 악형에 못 이기고 여차여차하였다고 사실대로 토설하고 말았다.

"저 전부터 내 수청도 거역한 요망스러운 기생년 옥단춘을 잡아 내라!"

좌우 나졸이 일시에 달려들어서 소복단장한 채로 분결 같은 손목을 덥석 잡아서 끌어내리니 연광정이 뒤집힐 듯이 살벌한 형장으로 일변하였다.

이혈룡을 돌아보고,

"여보세요. 이것이 웬일이오. 내가 그처럼 집을 보고 있으라고 신신당부하였는데 정말로 귀신이 되려고 여기 왔소? 무슨 살매가 들려서 죽을 곳을 찾아왔소?"

그러나 이혈룡은 태연한 말로 옥단춘에게 다짐하였다.

"춘아 춘아 내 사랑 옥단춘아, 너무 슬피 울지 마라."

이때 김감사가 사공들에게 호령하였다.

"이혈룡과 옥단춘이 두 연놈을 한 배에 싣고 나 보는 앞에서 대동강 깊은 물에 던져 버려라!"

아까 이혈룡을 양반이라고 부른 형방을 또다시 호령하였다.

아직 신분을 밝히지 않은 암행어사 이혈룡은 사공들에게 묶여서 배에 실려 오를 적에 탄식하고 하는 말이,

"붕우유신 쓸데없고 결의형제 쓸데없다. 전에는 너와 내가 생사를 같이하자고 태산처럼 맺었더니 살리기는 고사하고 죄없이 죽이기를 일삼으니 그런 법이 어디 있나. 오륜을 박대하면 앙화가 자손에게까지 미치리라."

대동강의 맑은 물을 바라보며 한탄을 계속하였다.

옥단춘이 넋을 잃고,

"여보 사공님들 들어 보소. 당신들도 사람이면 무죄한 이 인생을 왜 그리 죽이려 하오. 나만은 자결할 테니 우리 낭군 살려 주오."

한마디 이르고 풍덩 뛰어들려고 하는 순간 이혈룡이 깜짝 놀라서 옥단

158

춘의 손을 부여잡았다.

저쪽 연광정을 흘겨보면서,

"얘들 서리 역졸들아!"

부르는 소리 천지를 진동하였다. 그러자 난데없는 역졸들이 벌떼처럼 달려들어 우뢰 같은 고함 소리와 함께,

"암행어사 출두하옵소서."

소리가 연광정과 대동강을 뒤엎을 듯하였다.

이때 암행어사 이혈룡이 비로소 배 안에서 일어나면서 사공에게 호령하였다.

"임아 임아 암행어사 서방님아, 이것이 꿈인가요. 만일에 꿈이라면 깰까봐 걱정이요."

김감사는 수령들과 기생들을 거느리고 의기양양 노닐다가 암행어사 출도 통에 혼비백산 달아날 제 연광정 누다락의 높은 마루 끝에서 떨어져서 삼혼 칠백 간데없고 두 눈에 동자부체 벌써 떠나 멀리 가고, 청보에 똥을 싸고 신발 들메 하느라고 와자법석 야단이다.

이때에 비장들이 달려들어 잡아 나꾸자 어사또 그놈을 잡아내라고 추상같이 호령하니, 좌우 나졸들이 달려들어서 사지를 결박해서 어사또 앞으로 끌어다 엎어 놓았다.

"너 김진희 오늘부터 파직한다."

어사또 이혈룡이 탐관의 벼슬을 탈하니 공사로는 통쾌하나 사사로운 옛정을 생각하면 슬픈 마음 금할 수 없었다.

"여봐라 김진희야, 너는 나를 자세히 봐라. 이 천하에 몹쓸 김진희야 너와 내가 전일에 사생동거를 맹세하고 공부할 적에 성은 서로 다를망정 대대로 친구의 두 집안이요, 서로의 정의가 동태 동골인들 어찌 그보다 더 친근하였으랴. 그 시절의 우리 맹세가 네가 먼저 귀히 되면 나를 살게 해주고, 내가 먼저 귀히 되면 너를 살게 해달라고 네 입으로 맹세하지 않았더냐. 마침 네가 먼저 등과하여 평양감사 되었으므로, 옛날의 맹은 태산 같은 언약을 생각하고 행여나 나를 도와줄까 찾으려 하였으나 푼전 노자가 없어서 그것조차 마음대로 못할 빈곤한 내 처지였다. 그때

아내가 첫 근친 갈 때에 입었던 윗옷을 팔아 준 푼돈을 가지고 너를 찾아 평양까지 걸어왔었다.”

“네 이놈, 나뿐 아니라 죄없는 옥단춘까지 나와 함께 죽이려 한 것은 또 무슨 까닭이냐. 네 죄를 생각하면 도저히 살릴 수 없다.”

어사또는 여기서 전에 자기를 배에 싣고 물에 넣으러 가던 사공들을 불러 놓고,

“너희들 이놈을 배에 싣고 대동강 깊은 물에 던져 버려라!”

사공들이 어사또의 영을 듣고 김진희를 끌어다가 베에 싣고 만경창파 물 위로 떠나기 시작하였다. 이때 어사또 어진 마음으로 다시 생각하고 불쌍히 여겨서,

“저놈의 죄는 만 번 죽어도 부족하지만 나로서 옛정을 생각하니 차마 죽일 수가 없구나.”

나졸을 불러서 분부하였다.

“너희들 급히 배에 가서 그 양반을 물 속에 한참 넣었다가 거의 죽게 되었을 때 도로 건져서 배에 싣고 오너라.”

“네에잇!”

나졸들이 강을 향하여 달려갈 적에 별안간 뇌성벽력이 일어나더니 김진희를 벼락쳐서 시체도 없이 분쇄해 버렸다.

어사또는 김진희가 천벌로 참혹하게 죽었다는 소식을 듣고 옛정을 생각하고 슬퍼하였다.

그 후에 김진희의 처자와 노비와 비장 등 여덟 명을 불러들여서 위로하였다.

상감이 주신 셋째 봉서를 뜯어 보니,

‘암행어사 겸 평양감사 이혈룡’

이라는 사령장이 들어 있었다. 이혈룡이 천은을 배사하고 평양감사로 도임하였다.

그리고 옥단춘의 은혜를 치사하고, 뱃사공들에게도 후한 상금을 주었다. 그날부터 어진 마음으로 치민치정을 잘하였으므로 거리 거리에 송덕비가 여기저기 섰다. 이감사는 칭찬을 받고 선정을 찬양하는 백성의

존경을 한몸에 받게 되었다.

상감이 이 소문을 들으시고 크게 기뻐하셔서 곧 승차하여 우의정을 봉하시고 대부인으로 충정부인을 봉하시고 부인 김씨로 정렬부인을 봉하시고 옥단춘으로 정덕부인을 봉하셨다. 이로써 이혈룡이 일시에 부귀공명하고 국태민안하니 위엄과 세도가 일국에 으뜸이더라.

작가 소개와 작품해설

● 저자 소개

작자와 연대를 알 수 없다. 조선조 후기 영·정조 때에 이루어진 것으로 추측되는 한글소설이다. 또한 〈춘향전〉과 비슷한 애정소설이기도 하다.

● 주제

친구간의 의리와 배신과 복수

● 작품 해설

이 소설은 기녀 옥단춘의 티없이 맑은 순정의 열렬한 사랑을 그린 작품이다.

앞부분에서는 주인공 이혈룡이 고생하는 이야기를 쓰고, 뒷부분에서는 평양 기생 옥단춘의 도움을 받는 이야기다. 다시 말해 옥단춘의 구출과 독려로 과거에 급제해 어사가 되어 자기를 박대했던 어렸을 때의 친구 김진희를 봉고파직시켜 복수한다는 것이다.

어렸을 적 친구간의 맹세와 의리, 배신과 복수가 너무도 적나라하다. 인간이 잘못 길들여지면 얼마나 악독해지는가를 볼 수 있으며, 서릿발 같은 한 인간의 집념을 볼 수 있다. 또한 아름다운 여심이 물결치는 한 폭의 그림을 볼 수도 있다.

아무런 이해타산이 없는 옥단춘의 순수가 의인을 구하는 것이기에, 〈옥단춘전〉은 읽는 이의 가슴을 파동치기에 충분하다. 곧 그것은 문학이 갖는 향기이기도 하다.

● 줄거리

조선조 숙종 때에 두 분의 정승이 길몽을 얻어 아들을 낳았다. 두 분의 친분과 같이 자식들도 크면서 친구의 정이 돈독했다.

이들은 언약하기를, 훗날 서로가 잘되면 도와주기로 맹세했었다. 세상의 복록이란 변화무쌍해서 어찌될지 모르니 서로가 의지하자는 것이었다. 그들이 곧 이혈룡李血龍과 김진희金眞喜였다.

그런데 어찌된 일인지, 이혈룡의 집은 빈한해지고 김진희의 집은 무진 부유해졌다. 게다가 김진희는 일찍 과거에 장원하여 평양감사로 떠나고, 이혈룡은 노모와 처를 먹여 살리기에도 힘겨웠다. 하는 수 없어, 이혈룡은 평양감사 김진희에게 도움을 청할까 해서 어렵게 찾아갔다.

평양에 도착한 이혈룡은 영문(병영의 문)에서부터 길이 막혀 십여 일을 허송하다가, 평양감사가 대동강변 연광정에서 큰 잔치를 한다는 말을 듣고 찾아갔다. 그러나 평양감사는 이혈룡을 불문객으로 잔치에 소란을 피운다 하여 사공으로 하여금 대동강에 던져 죽게 하였다.

이때 영특한 옥단춘이 이혈룡의 풍채를 보고 돕기를 작정, 사공에게 몰래 돈을 주어 살려내 자기 집으로 데리고 갔다. 수일간 간병을 받은 이혈룡이 옥단춘의 권유로 서울에 와서 과거를 보아 알성시에 장원을 하였다. 그간 옥단춘은 이혈룡 모르게 본가에 금전을 보내 보필했다. 옥단춘의 사심 없는 헌신이 결국 한 남자를 대성하게 했다.

이혈룡이 상감께 전일을 소상히 아뢰어 상감으로부터 봉서 3장을 받아 평양으로 향하였다. 첫 봉서는 '평안도 암행어사 이혈룡'이라 써 있었고, 둘째 봉서에는 '평양감영에 출두하여 감사를 봉고파직하라'고 되어 있었다. 이혈룡이 거지차림으로 평양에 도착하니 옥단춘도 알아보지 못했다.

평양감사 김진희가 다시 또 연광정에서 봄놀이 잔치를 한다고 하여 찾아가서 옥단춘과 함께 거의 죽을 경지에 가서 암행어사 출두를 외쳤다. 혼비백산하는 중 김진희를 잡아다 대령하니 그 자리에서 이혈룡은 김진희를 봉고파직시켰다. 복수로 대동강 물에 빠져 죽게 하려 하니 하늘이 먼저 알고 벼락을 쳐 죽여 버렸다.

이어서 마지막 봉서를 펼쳐 보니 '암행어사 겸 평양감사 이혈룡'이라고 써 있었다. 이혈룡이 사령장에 따라 평양감사로 도임하여 옥단춘의 은혜를 치하하고 뱃사공에도 후한 상금을 내렸다. 그날부터 어진 정치를 펴니 거리거리에 송덕비가 세워졌다.

상감이 이 소문을 들으시고 크게 기뻐하시어 이혈룡을 우의정에 봉하고, 대부인에게는 충정부인으로 봉했다. 이어 부인 김씨에게는 정렬부인으로, 옥단춘에게는 정덕부인을 봉했다. 이로써 이혈룡은 부귀 공명을 누리어 그 이름이 일국에 으뜸이었다.

● 독서 토론

이 소설이 〈춘향전〉과 비교되는 것은 너무너무 닮아 있다는 점이다. 남원과 평양, 기생과 암행어사, 이몽룡과 이혈룡, 성춘향과 옥단춘이 그것이다. 그리고 이야깃거리(플롯)의 전개가 흡사하다는 점에서 〈춘향전〉의 모방작이 아닌가 하는 견해도 있다. 물론 〈오유란전〉과도 너무 닮아 있다.

아무튼 현존하는 고전 가운데 기생소설 중에서는 가장 으뜸으로 치고 있다. 왜냐하면 옥단춘의 이타 행위가 너무도 순수하기 때문이다.

기생이 우리에게 어떠한 의미를 주든, 그 시대 사회구조에 엄연히 자리한 기생에게도 의리는 있었다. 〈옥단춘전〉이 우리에게 시사하는 것은 삶의 지혜를 얻을 수 있다는 것이다. 그러기에 구중심처에서 열심히 읽히어졌던 것이 아닐까.

● 비교 작품

기생소설과 연관된 작품으로 〈배비장전〉, 〈춘향전〉, 〈채봉감별곡〉, 〈오유란전〉 등이 있다. 또한 고전소설이 성격상 거의가 복수소설에 지나지 않는 바, 〈옥소전〉, 〈김학공전〉 등 무수히 많다.

운영전雲英傳

작자 미상

수성궁壽聖宮은 안평대군의 옛 집으로 장안성 서쪽 인왕산 밑에 있다. 산천이 수려하여 용이 서리고 범이 일어나 앉아 있는 것과 같이 험준하다.

남문 밖 옥녀봉 아래에 한 선비가 살고 있었는데 그의 이름은 청파사인青坡士人 유영柳泳이었다. 청파사인 유영은 이 동산의 아름다운 경치를 익히 듣고 있었다. 높은 곳에 올라가서 사방을 바라보니 병화를 겪은 나머지, 장안의 궁궐과 성안의 화려한 집들은 탕연하였다. 유영은 바위 위에 앉아 소동파의 시를 읊다가 문득 차고 있던 술병을 풀어 다 마시고는 취하여 바윗가에 돌을 베개삼아 누웠다. 잠시 후 술이 깨어 살펴보니 유객은 다 흩어지고 동산에는 달이 떴으며, 바람은 꽃잎을 어루만지고 있었다.

그때 한 가닥의 부드러운 말소리가 바람을 타고 들려 왔다. 유영은 이상히 여겨 찾아가 보았다. 한 소년이 절세 미인과 마주앉아 있다가 유영이 옴을 보고 맞이하며, 미인이 시녀 불러 자하주를 가져오니 진기한 안주 등은 모두 인간 세상의 것은 아니었다.

유영이 먼저 자기 성명을 말하고 소년에게 성명을 물으니,

"나의 성은 김이라 합니다. 나이 10세에 시문을 잘하여 학당에서 이름이 났고, 나이 14세에 진사 제이과에 올랐다 하여 모든 사람들이 김진사라고 부릅니다. 이 여인의 이름은 운영雲英이요, 저 두 여인의 이름은 녹주綠珠고, 하나는 송옥宋玉이라 하는데 모두 옛날 안평대군의 궁인이었습니다."

진사는 운영을 돌아보면서 말하였다.

"먼 옛날 일인데 그대는 능히 기억하고 있소?"

"심중에 쌓여 있는 원한을 어느 날인들 잊으리까? 제가 이야기해 볼 것이니 낭군님이 옆에 계시다가 빠지는 것이 있거든 덧붙여 주옵소서."

이야기를 시작하였다.

세종대왕의 왕자 팔 대군 중에서 셋째 왕자인 안평대군이 가장 영특하였지요. 나이 십삼 세에 사궁私宮에 나와서 거처하시니 수성궁이라 하였습니다.

대군께서는 궁녀 중에서 나이가 어리고 얼굴이 아름다운 열 명을 골라서 《소학》, 《언해》, 《중용》, 《대학》, 《맹자》, 《시경》, 《서경》, 《통감》, 《송서》 등을 차례로 가르쳐 5년 이내에 모두 대성하였지요. 열 명의 이름은 곧 소옥小玉, 부용芙蓉, 비경飛瓊, 비취翡翠, 옥녀玉女, 금련金蓮, 은섬銀蟾, 자란紫鸞, 보련寶蓮, 운영雲英이니, 운영은 바로 저였어요. 그리고 항상 영을 내리시기를,

"시녀로서 한 번이라도 궁문을 나가는 일이 있으면 그 죄는 죽음을 당할 것이며, 또 외인이 궁녀의 이름을 아는 이가 있다면 그 죄도 또한 죽음을 면치 못할 것이다."

말씀하셨습니다.

하루는 밤에 자란이 지성으로 저에게 묻기를,

"여자로 태어나서 시집가고자 하는 마음은 누구나 다 가지고 있다. 네가 생각하고 있는 애인이 누군지는 알지 못하나, 너의 안색이 날로 수척해 가므로 안타까이 여겨 내 지성으로 묻노니, 조금도 숨기지 말고 이야기하라."

저는 일어나 사례하며,

"궁인이 하도 많아 누가 엿들을까 두려워 말을 못하겠거니와 네가 지극한 우정으로 묻는데 어찌 숨길 수 있겠니?"

이야기를 하여 주었습니다.

지난 가을 국화꽃이 피기 시작하고 단풍이 떨어지기 시작할 때, 대군

이 칠언사운 10수를 쓰시고 있었는데, 하루는 동자가 들어와 고하기를,
  "나이 어린 선비가 김진사라 자칭하면서 대군을 뵈옵겠다 하옵니다."
하니 대군은 기뻐하면서,
  "김진사가 왔구나."
  맞아들이게 한즉, 베옷을 입고 가죽 띠를 맨 선비로서 얼굴과 거동은
신선 세계의 사람과 같더구나. 진사님이 절을 하고 하는 말이,
  "외람되이 많은 사랑을 입고 존명을 욕되게 하고 이제야 인사를 올리
게 되오니 황송하기 말할 수 없사옵니다."
  대군은 위로의 말을 하시더라.
  진사님이 처음 들어올 때에 이미 우리와 상면을 하였으나, 대군은 진
사님의 나이가 어리고 착하므로 우리로 하여금 피하도록 하지도 아니하
였었지. 대군이 진사님 보고 말씀하시기를,
  "가을 경치가 매우 좋으니 원컨대 시 한 수를 지어 이 집으로 하여금
광채가 나도록 하여 주오."
  진사가 자리를 피하고 사양하며 말하길,
  "헛된 이름이 사실을 어둡게 하고 말았나이다. 시의 격률도 모르는 소
자가 어찌 감히 알겠나이까?"
  이때 대군은 금련으로 노래하게 하시고, 부용으로 거문고를 타게 하
시고, 보련으로 단소를 불게 하시고, 나로써 벼루를 받들게 하시니, 그
때 내 나이는 십칠 세였단다. 낭군을 한 번 보매 정신이 어지러워지고
가슴이 울렁거렸으며, 진사님도 또한 나를 돌아보면서 웃음을 머금고
자주 눈여겨보더라.
  진사님이 붓을 잡고 오언사운五言四韻 한 수를 지으니 그 시는 이러하였
지.

      기러기 남쪽을 향해 가니
      궁안에 가을 빛이 깊구나.
      물이 차가워 연꽃은 구슬되어 꺾이고,
      서리가 무거우니 국화는 금빛으로 드리우네.

비단 자리엔 홍안의 미녀
옥 같은 거문고 줄엔 백운 같은 음일세.
유하주 한 말로 먼저 취하니
몸 가누기 어려워라.

旅鴈向南去 宮中秋色深
水寒荷折玉 霜菊垂金
綺席紅顔女 瑤絃白雲音
流霞一斗酒 先醉急難禁

대군이 읊으시다가 놀라시면서,
"진실로 천하의 기재로다. 어찌 서로 만나기가 늦었던고."
시녀들도 이구동성으로 말하길,
"이는 반드시 신선이 학을 타고 진세에 오신 것이니, 어찌 이와 같은
사람이 있으리요."
나는 이로부터 누워도 능히 자지를 못하고, 밥맞은 떨어지고 마음이
괴로워서 허리띠를 푸는 것조차 깨닫지 못했는데, 너는 느끼지 못하더
라.
자란은,
"그래 내 잊었었군. 이제 너의 말을 들으니 정신이 맑아짐이 마치 술
깬 것과 같구나."
그 후로 대군은 자주 진사님과 접촉하였으나, 저희들은 서로 보지 못
하게 한 까닭으로 매양 문틈으로 엿보다가 하루는 설도전雪搗牋에다 오언
사운 한 수를 썼습니다.

베옷에 가죽띠를 맨 선비는
신선과 같은데,
매양 바라보건만
어이하여 인연이 없는고.

솟는 눈물로 얼굴을 씻으니
원한은 거문고 줄에 우나니,
가슴속 원한을
머리 들어 하늘에 하소연하오.

布衣草帶士 玉貌女神仙
每向簾間望 何無月下緣
洗顔淚作水 彈琴限鳴絃
無限胸中怨 擡頭獨訴天

시와 금전金鈿 한 쌍을 겹겹이 봉해 가지고 진사님에게 부치고자 하였으나 방법이 없었어요.

얼마 후 진사님이 오셨는데, 얼굴은 파리해져서 더욱이 옛날의 기상은 아니었어요. 제가 벽을 헐어 구멍을 뚫고 봉서를 던졌더니, 진사님이 주워 가지고 집으로 돌아가서 펴 보고는 슬픔을 스스로 이기지 못하며 차마 손에서 놓지 않고 그리워하는 마음은 몸을 가누지 못하는 것과 같았습니다.

한 무녀가 대군의 궁에 드나들면서 사랑과 신용을 얻고 있었는데, 이 소문을 들은 진사님이 그 집을 찾아가 보니 나이가 삼십도 못 되는 얼굴이 아주 예쁜 여자로서 일찍 과부가 되고는 음녀淫女로 자처하고 있었는데, 진사님을 보고는 기뻐하였지요. 무녀는 진사님을 붙들어 놓고 정으로써 돋우고 밤을 새우면서 같이 자리라 마음먹고는, 다음날 목욕하고 짙은 화장을 하고 화려한 꾸밈을 하고 꽃 같은 담요와 옥 같은 자리를 깔아놓고 계집종으로 하여금 망을 보게 하였답니다. 김진사가 와서 이 광경을 보고 이상히 여기니, 무녀가,

"오늘 저녁은 어떤 저녁이기에 이와 같이 훌륭한 분을 뵈옵게 되었을까."

김진사는 뜻이 없었기 때문에 대답도 않고 있으니, 무녀가 또 말하길,

"과부의 집에 젊은이가 왜 왕래를 꺼리지 않고 자기의 번민을 말하지

않는지요 ? ”

“점이 신통할 것 같으면 어찌 내가 찾아오는 뜻을 알지 못하오 ? ”

이에 무녀는 즉시 영전에 나아가 신ᴴ에게 절하고 방울을 흔들고 몸을 떨며,

“당신은 정말로 가련합니다. 그 뜻을 이루지 못할 뿐만 아니라 삼 년이 못 가서 황천의 사람이 되겠습니다. ”

“나도 알고 있습니다. 그러나 마음속에 맺힌 한을 백약으로도 고칠 수 없으니, 만일 당신이 다행히 편지를 전하게 될 것 같으면 죽어도 영광이겠습니다. ”

“비천한 무녀로서 부르시지 않으면 감히 들어가질 못합니다. 그러하오나 진사님을 위하여 한번 가 보겠습니다. ”

무녀가 편지를 갖고 궁에 들어가 가만히 전해 주더이다. 제가 방으로 들어와서 뜯어 보니,

한 번 눈으로 인연을 맺은 후부터 마음은 들떠 있고 넋이 나가 능히 마음을 진정치 못하고 매양 성ᴹ 그쪽을 향하여 몇 번이나 애를 태웠지요. 이전에 벽 사이로 전해 주신 편지로 해서 잊을 수 없는 옥음을 황경히 받아들고 펴기를 다하지 못하여 가슴이 메이고 읽기를 반도 못하여 눈물이 떨어져 글자를 적시기에 능히 다 보지 못하였으니 장차 어찌하오리까. 이러한 후부터 누워도 자지를 못하고 음식은 목을 내려가지 않고 병은 골수에 사무쳐 온갖 약이 효험이 없으니 저승이 보이는 것 같습니다. 오직 소원은 조용히 죽음을 따를 뿐이오니, 하느님께서 불쌍히 여겨 주시고 신께서 도와주셔 혹 생전에 한 번만이라도 이 원한을 풀게 하여 주신다면 마땅히 몸을 부수고 뼈를 갈아서라도 천지신명의 영전에 제를 올리겠습니다. 다시 무슨 말씀을 하오리까. 예를 갖추지 못하고 삼가 붓을 놓나이다.

사연 끝에 칠언사운 한 수가 적혀 있었으니, 이러했지요.

누각은 저녁 문 닫혔는데

나무 그늘 그림자 희미하여라.
낙화는 물에 떠 개천으로 흐르고
어린 제비는 흙을 물고 제 집을 찾아가네.
누워도 못 이룰 꿈이오.
하늘엔 기러기도 없구나.
눈에 선한 임은 말이 없는데
꾀꼬리 울음 소리에 옷깃을 적시네.

樓閣重重掩夕霏　樹陰雲影摠依微
落花流水隨溝出　乳燕含花趁檻歸
倚枕未成瑚蝶夢　回眸空望鴈魚稀
玉容在眼何無語　草綠鸎啼淚濕衣

제가 보기를 다함에 기운이 막혀서 입으로는 능히 말할 수 없었고, 눈물이 다하자 피가 눈물을 이었습니다.

하루는 대군이 비취를 불러,

"너희들 열 명이 한방에 같이 있으니 업業을 전념할 수 없다."

다섯 명을 나누어 서궁에 가서 있게 하니, 저는 자란, 은섬, 옥녀, 비취와 같이 즉일로 옮겨갔습니다. 옥녀가 말하길,

"그윽한 꽃, 흐르는 물, 꽃다운 수풀이 산가山家나 야장野莊과 같으니, 참으로 훌륭한 독서당이라 말할 수 있구나."

이에 제가 대답했지요.

"산山 사람도 아니고 중도 아니면서 이 깊은 궁에 갇히었으니, 정말로 이른바 장신궁長信宮이다."

좌중 궁인들이 자탄하고 울적하게 여기지 않는 이가 없었습니다.

그 후로 저는 편지를 써서 뜻을 이루고자 했으며, 진사님도 지성으로 무녀를 찾아 간절히 부탁을 하였으나 그녀는 오기를 좋아하지 않았으니, 아마 진사의 뜻이 자기한테 없음을 유감으로 여겼기 때문에 그랬을 것 같기도 합니다.

　그럭저럭 두어 달이 지나고 계절은 다시 가을로 접어들어 바람이 불고 국화는 황금빛을 토하고 벌레는 소리를 가다듬고 흰 달은 빛을 밝혔습니다. 이때에 시내에서 빨래함은 좋은 때라, 여러 궁녀와 같이 날짜와 빨래할 장소를 결정하려 했으나 의논이 맞지 아니하였지요. 남궁 사람들은,

　"맑은 물과 흰 돌은 탕춘대湯春臺 밑보다 나은 데가 없단다."

　그러자 서궁 사람들도 말했습니다.

　"소격서동昭格署洞의 물과 돌은 바깥에서 더 내려가지 아니하니 왜 가까운 곳을 버리고 먼 데를 구하는가."

　남궁 사람들이 고집을 부리고서 승낙하지 않으므로 결정을 짓지 못하고 그날 밤에는 그만두고 말았지요. 그 뒤 진사님을 그리워하는 저의 병이 위중해짐에 남궁·서궁의 궁녀들이 모여 의논 끝에 소격서동으로 정하기로 하였지요. 중당에 모였는데, 소옥이 말했습니다.

　"하늘은 명랑하고 물이 맑으니 정히 빨래할 때를 당하였구나. 오늘 소격서동에다 휘장을 치는 것이 좋겠지?"

　이에 여러 사람은 다 반대가 없었습니다. 저는 서궁으로 돌아가서 흰 나섬에다 가슴속에 가득 찬 슬픔과 원한을 써서 품에 넣고 자란과 같이 일부러 뒤떨어져 마부를 보고 일렀지요.

　"동문 밖에 있는 무당이 가장 영험타고 하니, 내 그 집에 가서 묻고 오겠다."

　그 집에 가서 좋은 말로 애걸하며,

　"오늘 찾아온 것은 김진사를 한 번 만나 보고 싶은 것뿐이니, 기별해 줄 것 같으면 몸이 다하도록 은혜를 갚겠어요."

　무당이 그 말대로 사람을 보냈더니 진사님이 찾아왔습니다. 둘이 서로 만나니 할말도 하지 못하고 다만 눈물을 흘릴 뿐이었지요. 제가 편지를 주면서 말했어요.

　"저녁에 꼭 돌아올 것이니 낭군님은 여기에서 기다려 주웁소서."
하고는 바로 말을 타고 갔습니다. 진사님에게 전할 편지의 그 사연은 이러하였습니다.

일전 무산 산녀가 전해 준 편지에는 낭랑한 옥음이 종이에 가득하였습니다. 정중한 마음으로 읽고 또 읽어 보니 슬프고도 기뻐서 마음을 스스로 진정하지 못하고 바로 답서를 보내고자 하였사오나 이미 전할 길이 없었습니다. 또한 비밀이 샐까 두려워서 고개를 들어 멀리 바라보며 날아가고자 하오나, 날개가 없으니 애가 끊어지고 넋이 사라져 다만 죽을 날을 기다리고 있사오나 죽기 전에 이 편지를 통하여 평생의 한을 다 말씀 드리오니 엎드려 바라옵건대 낭군께서는 저를 새겨 두옵소서. 저의 고향은 남쪽이옵니다. 부모님이 저를 사랑하시기를 여러 자녀 가운데에서도 편벽되게 사랑하시어, 나가 놀아도 저 하고자 하는 대로 맡겨 두셨습니다. 부모님은 삼강오륜의 행실을 가르치시고 또한 칠언당음을 가르쳐 주셨습니다. 나이 열세 살 때 대군이 부르심을 받은 까닭으로 부모님을 이별하고 형제를 멀리하여 궁중에 들어오니 집으로 돌아갈 생각을 마음 금할 수 없었습니다. 오늘 빨래하러 가는 행차에는 양금의 시녀들이 다 모였던 까닭으로 여기에 오래 머물러 있을 수 없사옵니다. 눈물은 먹물로 변하고 넋은 비단실에 맺혔사오니 바라고 원하옵건대 낭군님께서는 한 번 보아 주옵소서.

이러한 글은 가을을 맞이하여 상심하는 글이고, 그 시는 상사相思의 시였습니다.

제가 말을 타고 무당의 집에 돌아와 본즉 진사님은 종일 느껴 울어 넋을 잃고, 실성하여 제가 온 것도 알지 못하는 것 같았어요. 제가 왼손에 차고 있던 운남의 옥색 금환金環을 풀어서 진사님의 품속에 넣어 주고 말하였습니다.

"낭군께서는 저를 보고 박정하다 아니하시고 천금 같은 귀한 몸을 굽혀 더러운 집에 와서 기다리시니, 제가 비록 불민하오나 또한 목석이 아니오니 감히 죽음으로써 허락하리이다. 제가 만약 식언한다면 여기에 금환이 있사옵니다."

갈 길이 총총하므로 일어나 작별을 고하니, 흐르는 눈물이 비와 같았습니다. 제가 진사님의 귀에다 대고,

"제가 서궁에 있으니 낭군님께서 밤을 타 서쪽 담을 넘어 들어오시면

삼생三生에 있어서 미진한 인연을 거의 이을 수 있을 것입니다.”

말을 마치고는 옷을 떨치고 나와서 먼저 궁문을 들어오니, 여덟 사람도 뒤따라 들어오더이다. 얼마 후 제가 자란 보고,

“오늘 저녁에는 나와 진사님과의 금석의 약속이 있으니, 오늘 오지 않을 것 같으면 내일에는 반드시 담을 넘어오리라. 오면 어떻게 대접할까?”

그날 밤에는 과연 오지 않았더이다.

진사님이 담을 본즉 높고 험준하여 넘지 못하고 돌아와서 근심하고 있는데, 특特이라 하는 어린 종이 있어 이를 알고는 진사님을 위해 사다리를 만드니, 매우 가볍고 능히 거두었다 폈다 하기에 아주 편리하였습니다. 그날 밤 궁으로 가려고 할 때 특이 품안으로부터 털옷과 가죽 버선을 주면서 말하였습니다.

“이것이 있으면 넘어가기가 어렵지 아니할 것입니다.”

진사님이 입으니 빛이 낮과 같았습니다. 진사님은 그 계교를 써서 담을 넘어 숲속에 엎드리니 달빛은 낮과 같았습니다. 조금 있다가 사람이 안에서 나와 웃으면서,

“이리 나오소서. 이리 나오소서.”

진사님이 나아가 절을 하니 자란이 말하였습니다.

“진사님이 오심을 고대하기를 대한大旱에 비를 바라듯 하였는데, 이제야 뵈옵게 되어 저희들이 살아났사오니 진사님은 의심하지 마옵소서.”

바로 이끌고 들어가기에, 진사님이 층계를 거쳐 들어오실 제 저는 사창을 열어놓고 짐승 모양이 금화로에다 향을 사르고, 유리 같은 서안에다 《태평광기太平廣記》 한 권을 펴들고 있다가, 진사님이 옴을 보고 일어나 맞이하고 절을 하니 진사님도 답례를 하더이다.

자란으로 하여금 진수성찬을 차려 놓고 자하주를 따라 권하니, 석 잔을 마시고 진사님은 좀 취한 듯이 말하였습니다.

“밤이 얼마나 깊었는가?”

자란이 마침 그 뜻을 알고는 휘장을 드리우고 문을 닫고 나가더이다. 제가 등불을 끄고 잠자리에 나아가니 그 즐거움은 가히 알 것입니다. 밤

은 이미 새벽이 되고 뭇닭은 날 새기를 재촉하기에 진사님은 바로 일어나 돌아가셨습니다.

이러한 후로부터는 어두울 때에 들어와서 새벽에 돌아가시니 그렇게 하지 않는 저녁이 없었지요. 사랑은 깊어 가고 정은 두터워져 스스로 그치기를 알지 못하였어요. 이 때문에 궁중 안 눈 위에는 문득 발자취가 나게 되었습니다. 궁인들은 다 그 출입을 알고 위험하다 하지 않는 이가 없었습니다.

하루는 진사님이 좋은 일의 끝이 화기禍機가 될까 두려워 근심하고 있는데 특이 들어와 물었습니다.

"저의 공이 매우 컸는데 상을 논하지 않으시니 옳은 일이 아닙니다. 진사님의 얼굴빛을 보니 근심이 있는 것 같사와 알지 못하거니와 무슨 까닭이옵니까?"

"보지 못한즉 병이 마음과 골수에 있고, 본즉 헤아릴 수 없는 죄가 있으니 어찌 근심하지 않겠느냐?"

"그러면 어찌하여 남몰래 업고 도망가지 않으십니까?"

진사는 그렇게 하기로 하고 그날 밤 특의 계교를 저에게 말하셨습니다.

"특이 노비지만 지모가 많아 이 계교로써 가르치니 그 계교가 어떠하오?"

저는 허락하여 말하였습니다.

"저의 부모님과 대군의 주신 의복과 보화가 많은데, 이 물건들을 버리고 갈 수 없사오니 어찌하면 좋으리이까. 말 열 필이 있다 하여도 다 운반할 수 없습니다."

진사님이 돌아가서 특에게 말하니, 특은 기뻐하면서,

"무엇이 어려움이 있사옵니까? 저의 벗 중에 역사 20여 명이 있사온데, 이 무리로 하여금 운반케 하면 태산도 또한 옮길 수 있을 것입니다."

밤마다 수습하여 이레 만에 바깥으로 운반하기를 마치고 난 특이 말했습니다.

“이와 같은 보화는 본댁에 쌓아 두면 상전께서 의심할 것이오니 산중
에다 구덩이를 파고서 깊이 묻어 두는 것이 좋을 것 같습니다.”

그런데 특의 뜻은 이 보화를 얻은 후에 저와 진사님을 산골로 끌고 들
어가서 진사님을 죽이고서 저와 재보를 자기가 차지하려는 계획이었으
나, 진사님은 알지 못하였습니다.

하루는 진사님이 대군의 궁에 갔다 돌아와서 하는 말이,

“도망해야 하겠소. 내가 지은 죄로 해서 군이 의심을 품고 있으니 오
늘 밤에 도망가야 하겠소.”

“지난 밤 꿈에 한 사람을 보았는데, 얼굴이 흉악하고 모돈 선우冒頓禪于라
칭하면서 말하기를 ‘이미 약속한 바 있어 장성 밑에서 오래도록 기다렸
노라’ 하기에 깜짝 놀라 깨어 일어났거니와, 몽조가 상서롭지 아니하니
낭군님도 생각하여 보옵소서.”

“꿈은 허망하다고 하는데 어찌 믿을 수 있겠소.”

“그 장성이라고 말한 것은 궁장宮墻이며, 그 모돈이라고 말한 것은 특이
니, 낭군님은 그 노복의 마음을 잘 알고 있으신지요?”

“그놈은 본래 미련하고 음흉하지만 전일 나에게 충성을 다하였으니
어찌 나중에 악한 일을 하겠소?”

“낭군님의 말씀을 어찌 감히 거역하리이까마는 자란이와 나의 정이
형제와 같으니 이를 말하지 않을 수 없어요.”

곧 자란을 불러 진사님의 계교로써 말하였더니, 자란이 크게 놀라며
꾸짖어 말하더이다.

“서로 즐거워한 지가 오래 되었는데 어찌 스스로 화근禍根을 빨리 오게
하느냐? 한두 달 동안 서로 사귐이 또한 족하거늘 담을 넘어 도망하는
것을 어찌 사람으로서 차마 할 수 있으리요? 천지는 한 그물 속 같으니
하늘로 올라가거나 땅으로 들어가지 않는 이상 도망간들 어디를 가리
요? 혹 잡힐 것 같으면 그 화는 어찌 너의 몸에만으로 그치겠느냐. 몽
조가 상서롭지 못하다 하는 것은 그만두고라도 만약 길하다고 하면 네가
기쁘게 가겠느냐. 마음을 굽히고 뜻을 누르고서 정절을 지켜 평안히 있
으면 천이를 듣는 것과 같은 것이다. 너의 얼굴이 좀 쇠하면 대군의 사

랑도 풀어질 것이니 사세를 보아 병이라 하여 누워 있으면 반드시 고향으로 돌아가게 허락하여 주실 것이다. 이때를 당하여 낭군과 손을 잡고 가서 백년해로함이 가장 큰 계교이니 이런 것을 생각하여 보지 못하였는가. 이제 그와 같은 계교를 당하여 네가 사람을 속일 수는 있으나 감히 하늘을 속일 수야 있겠느냐?”

이에 진사님은 일이 이루어지지 못할 것을 알고는 차탄하면서 눈물을 머금고 나갔습니다.

하루는 대군이 서궁 수헌에 와서 철쭉꽃이 만발하였음을 보시고 시녀에게 명하여 오언절구를 지어 올리게 하고는 대군이 칭찬하여 말씀하셨습니다.

“너희들의 글이 날로 발전하므로 내 매우 가상히 여기거니와 다만 운영의 시에는 뚜렷이 사람을 생각하는 뜻이 있구나. 네가 따라가고자 하는 사람이 어떠한 사람이냐? 김진사의 상량문에도 의심할 만한 대목이 있었는데, 너는 김진사를 생각하고 있지 않느냐?”

이에 저는 즉시 뜰에 내려 머리를 땅에 대고 울면서 고했어요.

“대군께 한 번 의심을 보이고는 바로 곧 스스로 죽고자 했으나 나이가 아직 이십 미만이고, 또 부모님을 보지 않고 죽으면 구천 지하에 죽어서도 유감이 있는 까닭으로 살기를 도적하여 여기까지 이르렀다가 또한 이제 의심을 나타냈사오니 한 번 죽기를 어찌 애석히 여기리까.”

바로 비단 수건으로 스스로 난간에다 목을 매었더니, 대군이 비록 크게 노하였으나 마음속으로는 정말로 죽이고 싶지 않은 고로, 자란으로 하여금 구하여 죽지 못하게 하였습니다.

진사가 그날 밤 들어오셨으나, 저는 병이 들어 일어나지 못하고, 자란으로 하여금 맞이해 들여 술 석 잔을 권하고는 봉서를 주면서 제가 말했지요.

“이후로는 다시 볼 수 없을 것이니, 삼생의 인연과 백년의 가약이 오늘 밤으로 다한 것 같습니다. 혹 천연이 끊어지지 않았다면 마땅히 구천 지하에서 서로 찾게 되겠지요.”

진사는 편지를 받고 우두커니 서서 맥맥히 마주 보다가 가슴을 치고 눈물을 흘리면서 나갔습니다. 자란은 처량하여 차마 볼 수 없어 몸을 숨기고 눈물을 흘리면서 서 있었습니다. 진사가 집에 돌아와 봉서를 뜯어보니,

박명한 운명은 두 번 절하고 엎드려 사뢰하옵니다. 제가 비박한 자질로서 불행하게도 낭군님께옵서 유념하여 주시어 서로 생각하기를 몇 날이며, 서로 바라보기를 몇 번이나 하다가 다행히 하룻밤의 즐거움을 나누었을 뿐, 바다같이 크고 넓은 정은 다하지 못하였나이다. 인간사 좋은 일에는 조물주의 시기함이 많사와, 궁인이 알고 대군이 의심하시어 조석으로 화가 다가왔으매, 낭군님께서는 작별한 후로 저를 가슴에 품어 두시고 상심치 마시옵소서. 힘써 공부하시어 과거에 급제하여 벼슬길에 오르고 후세에 이름을 날리시어 부모님을 기쁘게 하여 주시옵소서. 제 의복과 보화는 모두 팔아서 부처님께 바치시어 여러 가지로 기도하시고 정성을 다하여 소원을 내어 삼생의 미진한 연분을 후세에 다시 잇게 하여 주시옵소서.

진사는 다 보지를 못하고 기절하여 땅에 넘어지니 집사람들이 뛰어나와 구하시니 다시 깨어났습니다.
"궁인이 무슨 일로 대답을 하였기에 이렇게 죽으려 하시나이까?"
물으니 진사는 다른 말은 하지 않고 다만 한 가지만 말할 뿐이었습니다.
"재보는 네가 잘 지키고 있느냐? 내 장차 다 팔아서 부처님께 숙약을 실천하리라."
특이 집에 돌아와서 생각하기를,
'궁녀가 나오지 않으니 그 재보는 하늘과 나의 것이겠지.'
벽을 향하여 남몰래 웃었으나, 사람들은 까닭을 알 수 없었지요.
하루는 특이 스스로 옷을 찢고 코를 쳐서 피가 흐르게 하여 온몸을 더럽히고 머리를 흐트리고 맨발로 뜰에 엎드려 울면서 말했어요.
"제가 강적의 습격을 받았나이다. 외로운 한 몸이 산중을 지키다가 수

많은 도적들이 습격하여 오므로 목숨을 걸고 도망쳐 왔나이다. 만일 그 보화가 아니더면 제게 어찌 이와 같은 위험이 있으리이까.”

주먹으로 가슴을 치면서 통곡하므로 진사님은 따뜻한 말로 위로하여 주셨습니다.

얼마 후 진사님은 특의 소행을 알고 노복 십여 명을 거느리고 가서 불의에 그 집을 수색하여 보니 다만 금팔찌 한 쌍과 운남 보경寶鏡 하나가 있을 뿐이었습니다.

이 말이 전파되어 궁인이 대군께 고하니, 대군이 대노하여 남궁인으로 하여금 서궁을 찾아보게 한즉 저의 의복과 보화가 전부 없어졌으므로, 대군이 서궁 궁녀 다섯 사람을 뜰에 불러놓고, 형장刑杖을 엄하게 차려놓고 영을 내리기를,

“이 다섯 사람을 죽여서 다른 사람을 징계하라！”

집장執杖 한 사람에게,

“장수杖數를 헤아리지 말고 죽을 때까지 치렷다！”

이에 다섯 사람이 호소하였습니다.

“바라건대 한 번 말이나 하고 죽겠나이다.”

은섬이 초사招辭를 올리니, 대군이 보기를 마치고 나시더니 또 한 번 초사를 다시 펴고 보시는데, 노여움이 좀 풀리는 것 같으므로 소옥이 엎드려 울면서 아뢰었습니다.

“전날 빨래하러 갈 때에 성 안으로 가지 말자고 한 것은 저의 의견이었으나, 자란이 밤에 남궁으로 와서 매우 간절히 청하기에 제가 그 뜻을 안타까이 여겨 군의群議를 물리치고 따랐사옵니다. 운영의 훼절은 그 죄가 저의 몸에 있사옵고 운영에게 있지 아니하오니 저의 몸으로써 운영의 목숨을 이어 주옵소서.”

이에 대군의 노여움이 좀·풀어져서 저를 별당에다 가두고 다른 궁녀들은 다 돌려보냈는데, 그날 밤 저는 비단 수건으로 목매어 죽었습니다.

진사는 붓을 잡아 기록하고 운영은 옛일을 당겨서 이야기하는데 매우 자상하였다. 두 사람은 마주보고 슬픔을 스스로 억제하지 못하다가, 운

영이 진사보고 말하였다.

"이로부터 다음 이야기는 낭군님께서 하옵소서."

이에 진사는 이야기를 하기 시작하였다.

운영이 자결한 후 모든 궁인들이 통곡하지 않는 사람이 없어 부모가 돌아간 것과 같이 했습니다. 저는 공불供佛의 약속을 저버릴 수 없어 구천의 영혼을 위로해 주고자 그 금팔찌와 보경을 다 팔아 사십 석을 사서 청녕사로 보내어 재를 올리고자 하나 믿을 만한 사람이 없어 특을 불러 전일의 죄를 사하고,

"내 운영을 위해 초례를 베풀고 불공을 드려 발원을 하고자 하니 네가 가지 않겠느냐?"

특이 즉시 절로 가서 삼 일을 궁둥이를 두드리면서 누워 놀다가, 지나가는 마을 여인을 강제로 끌고 들어와 승당에서 수십 일을 지내고도 재를 올리지 않으므로 중들이 분히 여겨 재를 올리라고 하매, 특이 마지못하여,

"진사는 오늘 빨리 죽고 운영은 다시 살아나 특의 짝이 되게 하여 주소서."

이와 같이 삼 일을 밤낮으로 발원하는 말이 오직 이것뿐이었답니다. 그리고 나서 특이 돌아와서 하는 말이,

"운영 아씨는 반드시 살 길을 얻을 것입니다. 재를 올리던 그날 밤 저의 꿈에 나타나서 정성껏 발원해 주니 감사한 마음 이루 다 할 수 없다고 하면서 절하고 울었으며, 중들의 꿈도 또한 같았다고 합니다."

저는 그 말을 믿고 있었지요.

저는 독서하고자 청녕사에서 며칠 묵는 동안 중들로부터 특이 한 일을 자세히 듣고는 분함을 이기지 못하여 목욕 재계하고 부처님 앞에 나아가 절을 하고 향불을 사르면서 합장으로 빌었습니다. 그랬더니 칠 일 만에 특이 우물에 빠져 죽었습니다.

이러한 후로부터 저는 세상 일에 뜻이 없어 새 옷을 갈아입고 고요한 곳에 누워 나흘을 먹지 않고 한 번 깊이 탄식하고는 다시 일어나지 못할

몸이 되고 말았습니다.

쓰기를 마치자 붓을 던지고 두 사람은 마주보고 슬피 울면서 능히 스스로 그칠 줄을 몰랐다. 유영은 위로의 말을 해주었다. 김진사는 눈물을 흘리면서 사례하고 말하기를,

"우리 두 사람은 다같이 원한을 품고 죽었기로 염라대왕이 죄없음을 가련히 여기시어 다시 인간에 태어나도록 하고자 하였습니다. 그러나 지하의 즐거움이 인간보다 못하지 않는데 하물며 천상의 즐거움은 어떠하겠습니까? 이로써 인간에 나아가기를 원치 않습니다. 다만 오늘 저녁에 슬퍼한 것은 대군이 한번 돌아가시자 고궁에 주인 없고 까마귀와 새들이 슬피 울고 사람의 자취가 이르지 않으므로 그리 했을 뿐이옵니다. 거기에다 새로 병화를 겪은 후로 아름답고 빛나던 집이 재가 되고, 섬돌, 담이 모두 무너지고 오직 섬돌 위에 피어 있는 꽃만이 향기 만발하고, 뜰에는 풀만이 깔리어 불빛을 자랑할 뿐이니, 그 찬란하던 옛날의 모습이 바뀌지 않았다고 하지만 인간사 변화가 이와 같이 같거늘 다시 옛일을 생각하니 어찌 슬프지 아니하겠습니까."

"그러면 그대들은 천상의 사람입니까?"

"우리 두 사람은 본래 청상 선인으로서 오래도록 옥황상제를 모시고 있었더니, 하루는 제가 반도蟠桃를 따가지고 운영과 같이 먹다가 발각되고, 전세에 적하되어 인간의 괴로움을 골고루 겪다가, 이제 옥황상제께서 전의 허물을 용서하사 삼청궁으로 올라가서 다시 옥황상제의 향안香案 앞에서 상제를 모시게 하였삽기로, 돌아가는 이때를 타서 바람의 수레를 타고 다시 진세의 옛날 놀던 곳을 찾아와 보았을 뿐입니다."

김진사가 말하고는 눈물을 흘리면서 운영의 손을 잡고 또 말했다.

"바다가 마르고 돌이 불에 타 버린들 우리들의 정은 사라지지 않을 것이요, 또 땅이 늙고 하늘이 거칠어진들 우리들의 원한은 지우기 어려울 것입니다. 오늘 저녁에 존군과 서로 만나 이렇듯 따뜻한 정을 나누었으니 속세의 인연이 없으면 어찌 얻을 수 있겠습니까? 바라옵건대 존군께서는 이 원고를 거두어 가지시고 돌아가 뭇사람의 입에 전하여 웃음거리

가 되지 않도록 영원히 전해 주시오면 다행으로 생각하겠습니다.”
　김진사는 취하여 운영의 몸에 기대어 시 한 수를 읊었다.

　　　궁중에 꽃이 떨어지니 연작이 날고
　　　봄빛은 예와 같건만 주인은 없네.
　　　중천에 높이 솟은 달은 차갑기만 한데
　　　아직 푸른 이슬은 우의를 적시지 않는구나.

　　　花落宮中燕雀飛　春光依舊主人非
　　　中宵月色涼如許　碧露未沾翠羽衣

운영도 받아서 읊었다.

　　　고궁의 고운 꽃 봄빛을 새로 띠니
　　　천만 년 우리 사랑 꿈마다 찾아오는구나.
　　　오늘 저녁 여기 와 놀며 옛 자취 찾아보니
　　　막을 수 없는 슬픈 눈물 수건을 적시네.

　　　故宮柳花帶新春　千載豪花入夢頻
　　　今夕來遊尋舊跡　不禁哀淚自沾巾

　이때 유영도 취하여 누워 있다가 산새 소리에 깨어났다. 구름과 연기
는 땅에 가득하고 새벽 빛은 창망한데, 사방을 살펴보니 사람은 보이지
않고 다만 김진사가 기록한 책자만이 있었다. 유영은 쓸쓸한 마음을 금
할 수 없어 신책을 거두어 가지고 돌아왔다. 장 속에 감추어 두고 때때
로 내어 보고는 망연자실하여 침식을 전폐하다시피 하였다. 그 뒤 명산
을 두루 찾아다니더니 그 마친 바를 알 수 없다고 전한다.

작가 소개와 작품해설

● 저자 소개

작자와 연대를 알 수 없는 조선시대 비극적 연정소설로 원명은 수성궁
몽유록壽聖宮夢遊錄 또는 유영전柳永傳이라고도 한다.

한문으로 된 사본이 있고, 1925년 영창서관에서 간행한 한글 번역본이
있다.

● 주제

궁녀들의 구속적인 궁중생활의 번민과 신분적 해방을 갈구.

● 작품 해설

이 작품은 안평대군의 사궁을 배경으로 하여 궁녀 운영과 소년 선비
김 진사의 사랑을 다룬 염정소설이다. 그러나 고전소설에서는 그 유례
를 찾기 힘든 비극적인 결말로 끝을 내린다.

조선시대 궁녀들의 구속적인 생활과 그들의 고민을 대변해 주고 있
다. 자유롭고 참다운 사랑을 갈구하며 몸부림치는 궁녀들의 생태를 잘
묘사하고 있는 것이다. 남녀 주인공이 사랑을 위해 둘 다 자살한다는 것
은 생에 있어서 남녀간의 사랑이 얼마나 귀중한가를 말해 주고 있다.

구성상 몽유록의 형식을 취하고 있는 이 작품은 〈춘향전〉보다 격이 높
은 염정소설로 보는 견해도 있다. 고전 소설 중에서 남녀간의 애정을 미
화한 대표적인 작품일 뿐만 아니라, 문장이 가장 수려하다는 평가를 받
기도 한다.

● 줄거리

조선조 선조 34년(1601) 봄이다. 유영柳泳이라는 선비가 세종의 셋째 아들 안평대군 용瑢의 옛집인 수성궁으로 들어가 소동파의 시를 읊고 놀다가 술에 취해 잠이 들어 버렸다. 잠을 자고 있는 사이, 꿈에 유영은 안평대군의 궁녀였던 운영雲英과 김 진사를 만나 그들의 슬픈 사랑의 이야기를 듣는다.

안평대군은 여러 궁녀 중에서도 운영을 가장 총애했다. 안평대군은 궁녀들을 일체 궁 밖으로 나가지 못하도록 엄중했다. 만약 외인이 궁녀의 이름을 알고 있다면 죽음을 면치 못하리라고 엄명을 내려놓고 있었다.

그런데도 궁녀 운영은 안평대군을 찾아온 소년 선비 김 진사를 열렬히 사랑하게 된다. 김 진사의 신선과도 같은 재모에 반하여 그를 사랑하게 되고, 김 진사도 정숙한 운영에게 정을 보낸다. 그 후 김진사는 밤이 되면 궁의 높은 담을 넘어와서 운영과 사랑을 속삭인다. 물론 무녀와 궁인들과 노비의 도움으로 그들은 서로의 사랑을 전하고 확인하게 되었던 것이다.

그들의 사랑이 점점 깊어 김 진사의 출입을 알고 있는 이들은 모두가 위험을 걱정했다. 운영과 김 진사는 몰래 도망가기로 하고 노비의 계략을 빌리지만, 모든 것은 허사로 돌아가고 만다. 이렇듯 그들의 목숨을 초월한 모험적인 사랑은 드디어 안평대군에게 탄로나게 된다.

운영은 모든 것을 단념하고 옥중에서 자살한다. 김 진사는 운영이 죽자 절에 가서 운영의 명복을 빈 뒤 식음을 전폐하고 울음으로 세월을 보내다가 운영의 뒤를 따라 자결하고 만다.

이야기가 여기에 이르자 김 진사와 운영은 슬픔을 억제하지 못한다. 그러나 그들은 천상의 즐거움이 이승보다 더 크다고 말한다. 다만 옛날의 정회를 잊지 못하여 이곳을 찾아왔다고 한다. 유영은 그들의 사랑을 세인들에게 전해 달라는 부탁을 받는다.

유영이 취하여 졸다가 문득 새소리에 놀라 잠을 깨고 보니 새벽이 되었고, 김 진사와 운영의 이야기를 기록한 책만 옆에 놓여 있었다. 유영

은 그것을 가지고 돌아와 상자에 감추어 두고서는 명산대천을 두루 돌아
다녀 그의 마친 바를 알지 못하였다고 한다.

● 독서 토론

이 작품은 한국적 '로미오와 줄리엣'이라 할 수 있는, 우리 고전소설
중에서 유일한 비극소설이다. 그러기에 작가는 이 작품에서 남녀간의
사랑이 인간의 생명보다 중하다는 것을 암시해 놓고 있다.

처음으로 〈조선 소설사〉를 쓴 김태준金台俊은 이 작품의 작자를 작품 안
에 있는 몽유자 유영柳泳으로 보았으나 〈유영전〉이란 표제가 있기도 하고,
작가의 표현으로 보아 아닌 것 같다. 작품 끝에서 몽유자인 유영이 꿈을
깨고 나서 명산을 두루 찾아 놀다가 그의 마친 바를 알 수 없다고 한 것
으로 보아 몽유자인 유영을 작자로 볼 수 없는 것이다.

작품에 있어 특이한 것은 구성의 주된 매체가 시詩라는 것이다. 시가
주를 이루고 사건은 시를 뒤따르는 형식을 주는 이 작품 속에는 20여 편
의 아름다운 한시가 들어 있다.

다만 작품 중 문장의 흐름으로 보아 작가는 불교 신자였을 가능성이
크다.

● 비교 작품

작품의 구성으로 보아 〈달천몽유록〉과 〈강도몽유록〉과 같은 몽유록
작품들을 들 수 있고, 제도에 대한 반항으로 보아서는 〈윤지경전〉이나
〈춘향전〉을 들 수 있다. 애정소설로 구분해 본다면 〈이진사전〉, 〈양산백
전〉, 〈권용선전〉 등이 있다.

유충렬전

작자 미상

유충렬전 권지상卷之上

각설이라 대명국 영종 황제 즉위 초에 황실이 미약하고 법령이 불행한 중에 남만南蠻 북적北狄과 서역이 강성하여 모반할 뜻을 둠에, 이런 고로 천자 남경에 있을 뜻이 없어 다른 데로 도읍을 옮기고자 하시더니, 이때 마침 창해국(고대, 중국 동방에 있었던 나라 이름) 사신이 왔음에 성은 임이요 명은 경천이라 하는 사람이 왔거늘 천자 반겨 인견引見하시고 접대한 후에 도읍 옮김을 의논하시니 임경천이 주왈,

"소신이 옥루에서 육대산천을 망기하오니 금황지지今皇之地가 마땅하옵고 천하명산 오악지중五嶽之中에 남악南嶽 형산이 가장 신령한 산이요, 일국 주룡主龍이 되었고 창오산蒼梧山 구리봉은 변화하여 외청룡外靑龍 되었고 소상강瀟湘江 동정호洞庭湖는 수세가 광활하여 내청룡 되어 있어 내수구를 막았으니 제왕주가帝王住家 장구할 것이요, 또한 소신이 수년 전에 본국에서 망기하온즉 북두칠성 정기가 남경에 하강하고 삼태성 채색이 황성에 비쳤으며 자미원紫薇垣 대장성이 남방에 떨어졌으니 미구에 신기한 영웅이 날 것이니 황상은 어찌 조그만한 일로 이러한 금성지지金城之地를 놓으시며, 선황제 마마 구방지지舊邦之地를 어찌 일조에 놓으시리까."

천자 이 말을 들으시고 마음이 쇄락하여 도읍 옮기심을 파하시고 국사를 다스리니 시절이 태평하고 인심이 조안粗安(큰 탈이 없이 편안함)하더라.

이때 조정에 한 신하 있으되 성은 유요, 명은 심이니 전일 선조 황제 개국공신 유기劉基의 십삼대 손이요 전병부상서前兵部尙書 유현의 손자라, 세대명가 후예로 공후 작녹爵祿이 떠나지 아니하더니 유심의 벼슬이 정언正言 주부注簿에 있는지라, 위인이 정직하고 성정이 민첩하며 일심이 충성하여 국녹國祿이 중중重重하니 가산이 요부饒富하고 작법이 화평하니 세상 공명은 일대에 제일이요, 인간 부귀는 만민이 칭송하되 다만 슬하에 일점 혈육이 없어 매일로 한탄하여 일년일도에 선영先塋 제사 당하면 홀로 앉아 우는 말이,

"슬프다! 나의 몸이 무슨 죄 있어 국녹을 먹거니와 자식이 없으니 세상이 좋다 한들 좋은 줄 어찌 알며 부귀가 영화롭되 영화된 줄 어찌 알리. 나 죽어 청산에 묻힌 백골 뉘라서 거두오며, 선영향화先塋香火(조상에 제사 지냄)를 뉘라서 주장主張하리."

하염없는 눈물이 옷깃을 적시는지라.

이렇듯 설워하니 부인 장씨는 이부상서 장윤의 장녀라. 주부 곁에 앉았다가 일심이 비감悲感하여 왈,

"상공의 무후無後(자녀가 없음)함은 소첩의 박복함이라 첩의 죄를 논지컨대 벌써 버릴 것이로되 상공의 음덕으로 지금까지 부지하오니 부끄러운 말씀을 어찌 다 하오리까. 듣사오니 천하에 절승한 산이 남악형 산이라 하오니 수고를 생각지 말고 산신께 발원하여 정성이나 드려 보사이다."

주부 이 말을 듣고 대왈,

"하늘이 점지하사 팔자에 없었으니, 빌어 자식을 낳을진대 세상에 무자無子한 사람이 있으리오."

장부인이 여쭈오되,

"대체를 생각하면 그 말씀도 당연하되 만고 성현 공부자孔夫子도 이구산尼丘山에 빌어 났고 정나라 정자산도 우성산에 빌었으니 우리도 빌어 보사이다."

주부 이 말을 듣고 삼칠일 재계를 정히 하고 소복을 정제하며 제물을 갖추고 축문을 지어 가지고 부인과 함께 남악산을 찾아가니, 산세 웅장

하여 봉봉이 높은 곳에 청송은 울울하여 태고시太古時를 띠고 있고, 강수는 잔잔하여 탄금성彈琴聲을 도도웠다. 칠천십이 봉은 구름 밖에 솟아 있고 층암 절벽상에 각색 백화 다 피었고, 소상강 아침 안개 동정호로 돌아가고 창오산 저문 구름 호산대로 돌아들며 강수성을 바라보며, 수양垂楊가지 부여잡고 육칠 리를 들어가니 연화봉이 중계中階로다. 상대에 올라서서 사방을 살펴보니, 옛날 하우夏禹씨가 구년지수九年之水 다스리시고 층암절벽 파던 터가 어제 하듯 완연하고 산천이 심히 엄숙한 곳에 천제당을 높이 묻고 백마를 잡던 곳이 완연하였고, 추연秋淵(웅덩이)을 돌아보니, 옛날 위부인이 선동 오류인을 거느리고 도학하던 일층단이 무너졌다.

일층단 별로 모아 노구밥(산천의 신령에게 제사하기 위하여 노구솥에 지은 밥)을 정결히 담아 놓고 부인은 단하에 궤좌(꿇어앉음)하고 주부는 단상에 궤좌하여 분향 후 축문을 내어 옥성玉聲으로 축수할 제, 그 축문에 하였으되,

"유세차維歲次 갑자년 갑자월 갑자일에 대명국 동성문 내에 거하는 유심은 형산 신령전에 비나이다. 오호라 대명 태조 창국공신지손創國功臣之孫이라 선대의 공덕으로 부귀를 겸전하고 일신이 무양無恙하나 연광(나이)이 반이 넘도록 일점 혈육이 없었으니 사후 백골인들 뉘라서 엄토하며 선영 행화를 뉘라서 봉사하리오. 인간에 죄인이요, 지하에 악귀로다. 이러한 일을 생각하니 원한이 만심이라. 이러한 고로 더러운 정성을 신령전에 발원하오니 황천은 감동하와 자식 하나 점지하옵소서."

빌기를 다함에 지성이면 감천이라 황천인들 무심할까. 단상의 오색 구름이 사면에 옹위하고 산중에 백발 신령이 일절一切히 하강하여 정결케 지은 제물 모두 다 흠향한다. 길조가 여차하니 귀자가 없을소냐.

빌기를 다한 후에 만심 고대하던 차에 일일은 한 꿈을 얻으니, 천상으로서 오운이 영롱하고, 일원 선관이 청룡을 타고 내려와 말하되,

"나는 청룡을 차지한 선관이더니 익성翼星이 무도한 고로 상제께 아뢰되 익성을 치죄治罪하야 다른 방으로 귀양을 보냈더니 익성이 이 길로 합심하여 백옥루白玉樓 잔치시에 익성과 대전한 후로 상제전에 득죄하여 인간에 내치심에 갈 바를 모르더니 남악산 신령들이 부인댁으로 지시하기

로 왔사오니 부인은 애휼愛恤(사랑하고 불쌍히 여김)하옵소서."

타고 온 청룡을 오운간五雲間에 방송하며 왈,

"일후 풍진(전쟁)중에 너를 다시 찾으리라."

부인 품에 달려들거늘 놀라 깨달으니 일장춘몽 황홀하다.

정신을 진정하여 주부를 청입하여 몽사를 설화하되 주부 즐거운 마음 비할 데 없어 부인을 위로하여 춘정을 부쳐 두고 생남하기를 만심 고대 하더니 과연 그 달부터 태기 있어 십삭十朔이 찬 연후에 옥동자를 탄생할 제, 방안에 향취 있고 문밖에 서기瑞氣가 뻗질러 생광生光은 만지하고 서채瑞彩는 충천한 중에 일원 선녀 오운 중에 내려와 부인 앞에 궤좌하여 백옥 상에 놓인 과실을 부인께 주며 하는 말이,

"소녀는 천상 선녀옵더니 금일 상제 분부하시되 자미원紫微垣 장성將星이 남경 유심의 집에 환생하였으니 네 바삐 내려가 산모를 구완하고 유아를 잘 거두라 하시기로 백옥병의 향탕수香湯水를 부어 동자를 씻기시면 백병 이 소멸하고 유리대(유리로 만든 주머니)에 있는 과실 산모가 잡수시면 명이 장생불사하오리다."

부인이 그 말을 듣고 유리대에 있는 과실 세 개를 모두 쥐니 선녀 여 쭈오되,

"이 과실 세 개 중에 한 개는 부인이 잡수시고 또 하나는 공자를 먹일 것이요, 또 한 개는 일후에 주부가 잡수실 것이니 다 각기 임자를 옥황 께옵서 점지하신 과실을 다 어찌 잡수시리까."

향탕수를 부어 한 개를 잡순 후에 옥동자를 채금彩衾 속에 뉘여 놓고 부 인께 하직하고 오운 속에 싸이어 가니 반공에 어렸던 서기 떠나지 아니 하더라.

부인이 선녀를 보낸 후에 일어나 앉으니 정신이 상쾌하고 청수한 기운 이 전일보다 배나 더하더라.

주부를 청입하여 아기를 보이며 선녀의 하던 말을 낱낱이 고하니 주부 공중을 향하여 옥황께 사례하고 아기를 살펴보니 웅장하고 기이하다. 천정天庭(양미간)이 광활하고 지각地角(얼굴의 바탕)이 방원하여 초상(초생 달) 같은 두 눈썹은 강산 정기 쐬었고 명월 같은 앞가슴은 천지 조화 품

었으며, 단산^{丹山}의 봉^鳳의 눈은 두 귀밑을 돌아보고 칠성에 싸인 종학 융
준용안^{隆準龍顔}(잘생긴 얼굴) 번듯하다. 북두칠성 맑은 별은 두 팔뚝에 박혀
있고 뚜렷한 대장성이 앞가슴에 박혔으며, 삼태성 정신별이 배상^{背上}에
떠 있는데, 주홍으로 새겼으되 '대명국 대사마 대원수'라 은은히 박혔으
니 웅장하고 기이함은 만고에 제일이요, 천추^{天秋}에 하나로다.

주부 기운이 쇄락하여 부인을 돌아보아 왈,

"이 아해 상을 보니 천인적강^{天人謫降}(천상의 사람이 인간계에 귀양 옴) 적
실하고 만고 영웅 분명하며 전일 황상께옵서 도읍을 옮기고자 하여 창해
국 사신 임경천 더러 물으시니 임경천이 아뢰기를 북두정기는 남경에 하
강하고 자미원 대장성이 황성에 떨어졌으니 미구에 신기한 영웅이 나리
라 하더니 이 아해가 적실하니 어찌 아니 즐거우리까. 오래지 아니하여
대장 절월^{節鉞}을 요하^{腰下}에 횡대^{橫帶}하고 상장군^{上將軍} 인수^{印綬}를 금낭^{錦囊}에 넌짓
넣고 부귀영화는 선영에 빛내고 맹기영풍^{猛氣英風}은 사해에 진동할 제 뉘 아
니 칭찬하리오. 산신은 깊은 은덕 사후에도 난망이요 백골인들 잊을소
냐."

이름은 충렬이라 하고 자는 성학이라 하다.

세월이 여류하여 칠 세에 당함에 골격은 청수하고 총명은 발췌하여 필
법은 왕희지요, 문장은 이태백이며 무예장략^{武藝將略}은 손오^{孫吳}에게 지내더
라. 천문지리는 흉중에 갈마두고(모아 두다) 국가 흥망은 장중에 매였으
니 말 달리기와 용검지술은 천신도 당치 못할레라.

오호라 시운이 불행하고 조물이 시기한지, 유주부 세대 부귀 지극하
더니 사람이 흥진비래^{興盡悲來}가 미쳤으니 어찌 피할 가망이 있을소냐.

유주부는 조참적소^{遭讒謫所}하고
장부인은 피화봉수적^{避禍逢水賊}하다.

각설 이때에 조정에 두 신하 있으되 하나는 도총대장^{都總大將} 정한담이
요, 또 하나는 병부상서^{兵部尙書} 최일귀라. 본대 천상익성^{天上翼星}으로 자미원
대장성과 백옥루 잔치에서 대전한 죄로 상제께 득죄하여 인간에 적강하

여 대명국 황제의 신하 되었는지라. 본시 천상지인으로 지략이 유여^{有餘}하고 술법이 신묘한 중에 금산사 옥관도사를 데려다가 별당에 거처하고 술법을 배웠으니 만부부당지용^{萬夫不當之勇}이 있고 백만 군중 대장지재^{大將之才}라, 벼슬이 일품이요 포악이 무쌍이라. 만민의 생사는 장중^{掌中}에 매여 있고, 일국의 권세는 손끝에 달렸으니, 초회왕^{楚懷王}의 항적이요, 당명황^{唐明皇}의 안녹산^{安祿山}이라. 일생 마음이 천자를 도모코자 하되 다만 정언 주부의 직간^{直諫}을 꺼려하고 또한 퇴재상 강희주의 상소를 꺼려 중지한 지 오래더니 영종 황제 즉위 초에 열국제왕^{列國諸王}들이 각각 사신을 보내어 조공^{朝貢}을 바치되 오직 토번^{吐蕃}과 가달(오랑캐족)이 강포만 믿고 천자를 능멸히 하여 조공을 바치지 아니하거늘 한담과 일귀 두 사람이 이때를 타서 천자께 여쭈오되,

"폐하 즉위하신 후에 덕피만민^{德被萬民}하고 위진사해^{威振四海}하며 열국제신이 다 조공을 바치되 오직 토번과 가달이 강포만 믿고 천명을 거스르니 신 등이 비록 재주 없사오나 남적을 항복받아 충신으로 돌아오면 폐하의 위엄이 남방에 가득하고 소신의 공명은 후세에 전하리니 복원 황상은 깊이 생각하옵소서."

천자 매일 남적이 강성함을 근심하더니 이 말을 듣고 대희 왈,

"경의 마음대로 기병하라."

이때 유주부 조회^{朝會}하고 나오다가 이 말을 듣고 탑전(임금의 자리 앞)에 들어가 복지^{伏地} 주^奏 왈,

"듣사오니 폐하께옵서 남적을 치라 하시기로 기병하신단 말씀이 옳으니이까?"

천자 왈,

"한담의 말이 여차여차 하기로 그런 일이 있노라."

주부 여쭈오되,

"폐하, 어찌 망녕되게 허락하였습니까? 왕실은 미약하고 외적은 강성하니 이는 자는 범을 찌름 같고 드는 토끼를 놓침이라. 한 낱 새알이 천근지중을 견디리까? 가련한 백성 목숨 백리사장 고혼되면 근들 아니 적악이오. 복원 황상은 기병치 마옵소서."

천자 그 말을 들으시고 호의만단狐疑萬端하던 차에 한담과 일귀 일시에 합주合奏하되,

"유심의 말을 듣사오니 살지무석殺之無惜이요, 오국 간신 동류同類로소이다. 대국을 저버리고 도적놈만 칭찬하여 개미 무리를 대국에 비하고 한낱 새알을 폐하에게 비하니 일대에 간신이요, 만고에 역적이라. 신등은 저어하건대 유심의 말을 가달을 못 치게 하니 가달과 동심하여 내응이 된 듯하니 유심을 선참하고 가달을 치사이다."

천자 허락하다.

한림학사 왕공열이 유심 죽인단 말을 듣고 복지 주왈,

"주부 유심은 선황제 개국공신 유기의 손이라, 위인이 청직하고 일심이 충전하오니 남적을 치지 말잔 말이 사리 당연하옵거늘 그 말을 죄라 하와 충신을 죽이시면 태조 황제 사당안에 유상 무슨 면목으로 뵈오며 유심을 죽이면 직간直諫할 신하 없사올 것이니 황상은 생각하와 죄를 용서하옵소서."

천자 이 말 듣고 한담을 돌아보니 한담이 여쭈오되,

"유심을 죄하실진대 만사무석이오나 공신의 후예오니 죄목대로 다 못하오나 정배定配나 하사이다."

천자 '옳다' 하시고,

"황성 밖에 원찬하라."

한담이 청령聽令하고 승상부 높이 앉아 유심을 잡아내어 수죄하는 말이,

"너의 죄를 논지컨대 선참후계先斬後戒 당연하나 국은이 망극하사 네 목숨을 살려 주니 일후는 그런 말을 말라."

하고 연북으로 정배하여,

"어서 바삐 발행하라. 만일 잔말하다가는 능지처참하리라."

주부 이 말을 들음에 분심이 창천漲天하여 양구(얼마 있다가 한참 후)에 하는 말이,

"내 무슨 죄 있건대 연북으로 간단 말가. 왕망이 섭정攝政함에 한실漢室이 미약하고 동탁董卓이 작난하니 충신이 다 죽것다. 나 죽은 후에 내 눈을

빼어 동문에 높이 달아 가달국 적장 손에 네 머리 떨어지는 줄 완연히 보리라. 지하에 돌아가되 오자서(伍子胥)의 충혼이 부끄럽게 말라.”

한담이 이 말을 듣고 분심이 창천하여 왈,

“어명이 이러하니 무슨 발명한다?”

궐문에 들어가며 금부도사 재촉하여 유심을 채질하여 연북으로 가라 하는 소리 성화같이 재촉하니 유주부 하릴없어 적소(귀향 가는 곳)로 가려 하고 집으로 돌아오니 일가가 망극하여 곡성이 진동하더라.

주부 충렬의 손을 잡고 부인더러 하는 말이,

“우리 연광이 반이 넘도록 일개 자녀 없었더니 황천이 감동하사 이 아들을 점지하여 봉황의 짝을 얻어 영화를 보렸더니 가운이 소체(막힌다는 뜻)하고 조물이 시기하여 간신의 참소를 보아 만리 적소로 떠나가니 생사를 알지 못할지라 어느날 다시 볼까. 날 같은 인생은 조금도 생각 말고 이 자식을 길러내어 후사를 받들게 하면 황천에 돌아가도 눈을 감고 갈 것이요, 부인의 깊은 은덕 후세에 갚으리다.”

충렬을 붙들고 슬피 울며 하는 말이,

“네 아비 무슨 죄로 만리 연경에 간단 말인가. 너를 두고 가는 설움 단산에 나는 봉황 알을 두고 가는 듯, 북해 흑룡이 여의주를 버리고 가는 듯, 통박(痛迫)하고 섧은 원정 일구로 난설이라. 생각하니 기가 막혀 말할 길이 전혀 없고 일시나 잊자 하니 가슴에 맺힌 한이 죽은들 잊을소냐. 너의 아비 생각 말고 너의 모친을 모셔 무사히 지내며, 봄풀이 푸르거던 부자 상면한 줄 알고 있으라.”

방성통곡하며 죽도(竹刀)를 끌러 충렬을 채우면서,

“구천(九泉)에 상봉한들 부자 신표 없을소냐. 이 칼을 잃지 말고 부디 간수하여 두라.”

처자를 이별하고 행장을 바삐 차려 문 밖에 나오니 정신이 아득하고 한 번 걷고 두 번 걸어 열 걸음 백 걸음에 구곡간장(九曲肝腸) 다 녹으며, 일편 단심 다 녹겠다. 성중에 보는 사람 뉘 아니 낙루(落淚)하며 강산 초목이 다 슬퍼한다.

동성문 나서면서 연경(燕京)을 바라보며 영거사(領車使)를 따라갈 제, 삼일을 행한 후에 청송령을 지나 옥해관을 당도하니 이때는 추팔월 망간이라 한풍은 소슬하고 낙목은 소소蕭所한데 정전庭前에 국화꽃은 추구수심秋九愁心 띠여 있고 벽공에 걸린 달은 삼경야회三更夜懷 돋우는데 객창 한등寒燈 깊은 밤에 촛불로 벗을 삼아 책침 베고 누웠으니 타향의 가을소리 손의 수삼 다 녹인다. 공산空山에 우는 두견성은 귀촉도 불여귀를 일삼고 청천에 뜬 기러기는 한창寒窓 밖에 슬피 울 제, 행역行役이 곤한들 잠잘 가망 전혀 없어 그 밤을 지낸 후에, 이튿날 길을 떠나 소상강을 바삐 건너 멱라수를 다다르니 이 땅은 초회 황제 만고 충신 굴삼려屈三閭 간신의 패를 보고 택반澤畔에 장사葬死하니 후인이 비감悲感하여 회사정을 높이 짓고 조문 지어 쓰되,

"일월같이 빛난 충혼 만고에 빛나 있고 금석같이 굳은 절개 천추에 밝았으니 이 땅에 지나는 사람 뉘 아니 감심하리."

이렇듯이 슬픈 일을 현판에 붙였거늘 유주부 글을 보니 충심이 직발하여 행장에 필묵筆墨을 내어 들고 회사정 동벽상東壁上에 대자로 쓰기를,

"대명국 유심은 간신 정한담과 최일귀 참소를 만나 연경으로 적거하더니 일월같이 밝은 마음 변백할 길 전혀 없고 빙설같이 맑은 절개 뵈일 곳이 바이 없어 멱라수에 지내다가 굴삼려의 충혼 만나 물에 빠져 죽으니라."

쓰기를 다한 후에 물가에 내려가서 하늘께 축수하고 일성통곡에 옷자락으로 눈을 가리고 만경창파 깊은 물에 훨썩 뛰어드니, 이때에 영거하던 사신이 이를 보고 전지도지顚之倒之(엎어지며 자빠지며, 즉 허겁지겁) 달려들어 손을 잡고 말려 왈,

"충성은 천신도 알 것이라. 그대의 죄안罪案은 천자에게 매였으니, 명을 받아 적소로 가옵다가 이곳에 죽사오면 나도 또한 죽을 것이요, 그대 적소를 버리고 죽사오면 무죄함은 천하의 아는 바라. 천행으로 천자 감심하사 쉬이 방송할 줄 모르고 죽어서 충혼이 될지라도 삶만 같을소냐."

한사하고 만류하여 백사장에 들어내니 유주부 하릴없어 회사정을 지나 황주를 다다르니 서호가 여기로다. 송나라 망국시에 일품 대신들이 국사를 돌보지 아니하고 풍악만 일삼아 일일장취하는 고로 서호의 고운 태도 서시에게 비하였으니 어찌 아니 망극하랴. 그 땅을 지나 이삼삭 만

에 연경에 당한지라. 유주부 자사에게 예사禮謝하되 자사 본 후에 주부를 인도하여 객실로 전송하니 주부 물러나와 적소로 들어가니, 이때는 동절이라 연경은 본디 극한지지라 삼장백설三丈白雪 쌓여 있고, 퇴락한 객실방에 냉풍은 소슬하고 백설은 분분하여 인적이 끊어지니 불쌍하고 고상함은 칭량치 못할레라.

각설이라, 이때에 정한담·최일귀가 유주부를 참소하여 적소로 보낸 후에 마음이 교만하여 별당으로 들어가 옥관도사를 보고 천자를 도모할 묘책을 물은대, 도사 문밖에 나와 천기를 자세히 보고 들어와 하는 말이,

"이사이 밤마다 살피온즉 두려운 일이 황성에 있나이다."

한 놈이 문왈,

"두려운 일이라 하오니 무슨 일이 있나이까?"

도사 왈,

"천상에 삼태성이 황성에 비쳤으되 그 중에 유심의 집에 비쳤으니, 유심은 비록 연경에 갔으나 신기한 영웅이 황성 내에 살았으니 그대 도모할 일이 어려울 듯하노라."

한담이 이 말을 듣고 외당에 나와 도사하던 말을 일귀더러 하니 일귀 대왈,

"도사의 신기함은 천신에게 지내나니 신기한 영웅이 황성 내에 있다 하니 진실로 마음에 황공하여이다."

한담이 왈,

"내 생각하니 유심이 연만하되 자식이 없는고로 수년 전에 형산에 산제하여 자식을 얻었다 하더니, 도사의 말씀이 황성에 있다 하니 의심하건대 유심의 아들인가 하노라."

일귀 왈,

"적실히 그리하면 유심의 집을 함몰하여 후환이 없게 함이 옳을까 하노라."

한담이 '옳다' 하고 그날 삼경에 가만히 승상부에 나와 나졸 십여 명을 차출하여 유심의 집을 둘러싸고 화약 염초를 갖추어 그 집 사방에 묻

어 놓고 화심에 불붙여 일시에 불을 놓으라고 약속을 정하니라.

이때에 장부인이 유주부를 이별하고 충렬을 데리고 한숨으로 세월을 보내더니 이날 밤 삼경에 홀연히 곤하여 침석에 졸더니 어떠한 노인이 홍선일병(붉은 부채 한 자루)을 가지고 와서 부인을 주며 왈,

"이날 밤 삼경에 대변이 있을 것이니 이 부채를 가졌다가 화광이 일어 나거든 부채를 흔들면서 후원 담장 밑에 은신하였다가 충렬만 데리고 인 적이 그친 후에 남천을 바라보고 갓없이 도망하라. 만일 그렇지 아니하 면 옥황께서 주신 아들 화광 중에 고혼이 되리라."

문득 간데없거늘 놀라 깨어 보니 남가일몽이라. 충렬이 잠이 깊이 들 어 있고 과연 혼선 한 자루 금침 위에 놓였거늘 부채를 손에 들고 충렬 을 깨워 앉히고 경경불매(근심이 되어 잠을 자지 못함)하던 차에, 삼경이 당함에 일진광풍이 일어나며 난데없는 천불이 사면으로 일어나니 웅장 한 고루거각高樓巨閣이 홍로점설紅爐點雪되어 있고 전후에 쌓인 세간 추풍낙엽 되었도다.

부인이 창황중에 충렬의 손을 잡고 홍선을 흔들면서 담장 밑에 은신하 니 화광이 충천하고 회신만지灰燼滿地하니 구산丘山같이 쌓인 기물 화광에 소 멸하였으니 어찌 아니 망극하랴.

사경이 당함에 인적이 고요하고 다만 중문 밖에 두 군사 지키거늘 문 으로 못 가고 담장 밑에 배회하더니, 창난(창연히 빛나는)한 달빛 속으로 두루 살펴보니 중중한 담장 안에 나갈 길이 없었으니, 다만 물 가는 수 채 구멍이 보이거늘, 충렬의 옷을 잡고 구멍에다가 머리를 넣고 복지하 여 나올 제, 겹겹이 싸인 담장 수채로 다 지내어 중문 밖에 나섰으니 충 렬이며 부인의 몸이 모진 돌에 긁히어서 백옥 같은 몸에 유혈이 낭자하 고 월색같이 고운 얼굴 진흙빛이 되었으니 불쌍하고 가련함은 천지도 슬 퍼하고 강산도 비감한다.

충렬을 앞에 안고 사잇길로 나오며 남천을 바라고 갓없이 도망할 제, 한 곳에 다다르니, 옆에 큰 뫼가 있으되 높기는 만장이나 하고 봉우리 오색 구름 사면에 어리었거늘 자세히 보니 이 뫼는 천제하던 남악형산이 라. 전일 보던 얼굴이 부인을 보고 반기듯, 뚜렷한 천제당이 완연히 뵈

이거늘, 부인이 비회를 금치 못하여 충렬을 붙들고 방성통곡하는 말이,

"너 이 뫼를 아난다? 칠 년 전에 이 산에 와서 산제하고 너를 낳았더니 이 지경이 되었으니 너의 부친은 어데 가고 이런 변을 모르는고. 이 산을 보니 네 부친 본 듯하다. 통곡하고 싶은 마음 어찌 다 측량하리."

충렬이 그 말 듣고 부인의 손을 잡고 울며 왈,

"이 산에 산제하고 나를 낳았단 말인가? 적실히 그러하면 산신은 이러한 연유를 알건마는 산신도 무정하네."

부인이 이 말을 듣고 목이 메여 말을 못하거늘 충렬이 위로하되 이윽고 진정하여 충렬을 앞세우고 변양수를 건너 회수가에 다다르니 날이 이미 서산에 걸려 있고 원촌에 저녁내 나고 청강에 놀던 물새는 양유 속에 날아들고 청천에 뜬 까마귀 석운간에 울어들 제, 해상을 바라보니 원포遠浦에 가는 돛대 저문 안개 끼어 있고 강촌에 어적漁笛 소리 세우細雨중에 흩날렸다.

슬픈 마음 진정하고 충렬의 손을 잡고 물가에 배회하되 건너갈 배 전혀 없어 하늘을 우러러 탄식을 마지 아니하더라.

이때에 정한담·최일귀 유심의 집에다가 불을 놓고 사이로 엿보더니 일진광풍에 화광이 일어나며 웅장한 고루거각에 일편 재물 없었으니 그 안에 든 사람 씨도 없이 다 죽겠다 하고 별당에 들어가 도사를 보고 다시 물어 가로되,

"전일에 우리 등이 대사를 이루고자 하더니 선생의 말씀이 영웅이 있다 하고 근심하더니 이제도 그러한지 다시 망기하옵소서."

도사 밖에 나와 천기를 살펴보고 방으로 들어와 하는 말이,

"이제는 삼태성이 황성을 떠나 변양 회수에 비쳤으니 그 일이 수상한지라 내 생각하니 유심의 가권家眷이 적소를 찾으랴 하고 회수가에 갔는가 싶으노라."

한담이 이 말 듣고 안마음에 생각하되 화광이 그렇게 엄장하니 일정 소멸하여 죽었다 하였더니 일정 영웅이면 벗어남이 괴이치 아니하다 하고 외당에 나와 날랜 군사 다섯 명을 속출하여 분부하되,

"너희 등이 바삐 이 밤에 변양 회수가에 다다라 나의 전갈로 분부하되

금명일간 어떠한 여인이 어린 아이를 데리고 물을 건느랴 하거든 즉시
결박하여 물에 넣으라. 만일 그렇지 아니하면 회수의 사공과 너희 등을
낱낱이 죽이리라."
하되 나졸이 대경하여 회수에 나는 듯이 달려오니 과연 물가에 인적이
있어 여인의 울음 소리 들리거늘 사공을 불러내어 한담의 하던 말을 낱
낱이 고하니 사공이 대경하여 대왈,
　"감히 태감의 영을 죽사온들 피하오리까."
　소선 일척을 대이고 고대하더라.
　부인이 충렬을 데리고 건널 배 없어 물가에 주저앉던 차에 난데없는
일척 소선이 떠오며 부인을 청하거늘 그 간계를 모르고 충렬을 이끌고
배에 올라 중류中流에 당함에 일진광풍이 일어나며 양 돛대 선창에 자빠지
고 난데없는 적선이 달려들어 부인을 잡아매고 무수한 적군들이 사면으
로 달려들어 부인을 결박하여 직선에 추켜 달고 충렬을 물 가운데 내던
지니, 가련하다 유주부 천금귀자 백사장 세우중에 무주고혼 되겠구나.
만경창파 깊은 물에 풍랑이 일어나니 일점 혈육 충렬의 백골인들 찾을소
냐. 육신인들 건질소냐. 월색은 창망하고 수운은 적막하여 명명한 구름
속에 강신이 우는 소리 강산도 슬퍼하고 천신도 비감커든 하물며 사람이
야 일러 무엇하랴.
　이때에 장부인이 도적에게 결박하여 배 안에 거꾸러져 충렬을 찾은들
수중에 빠졌거든 대답할 수 있을소냐. 한 번 불러 대답 않고 두 번 불러
소리 없으니 천만 번을 남부른들 소리 점점 없어지고 사면에 있는 것이
흉악한 도적놈이 또한 배를 바삐 저어 부인을 재촉하여 소리 말고 가자
하니 부인이 망극하여 물에 빠져 죽고만 한들 큼직한 배 닻줄로 연약한
가는 몸을 사면으로 얽었으니 빠질 길이 전혀 없고 결항結項하여 죽자 한
들 섬섬한 수족을 빈틈없이 결박하였으니 결항할 길 전혀 없어 도적의
배에 실려 하릴없이 잡혀가니 동방이 밝아오면 또 한 곳에 배를 매고 부
인을 잡아내어 마상馬上에 앉히고 말을 채찍질하여 달려가니 세상에 불쌍
한들 이에서 더할소냐.
　이때 회수 사공 마용이라 하는 놈이 삼자를 두었으되 다 용맹이 과일

하고 검술이 신묘한지라. 장자 이름은 마철이요 일찍 상처하고 하직 취처娶妻치 못하였으니 마침 이때를 당하여 장부인의 얼굴을 보고 월태月態는 감추었으나 화용花容은 늙지 않고 수색이 만면하여 골격이 수려하나 아직은 춘색이 그저 있는지라. 대체 장부인이 충렬을 낳을 때에 옥황이 선녀로 하여금 천도 한 개 먹였으니 연광年光은 반이나 춘색은 불변이라. 그런고로 회수 사공 놈이 충렬을 물에 넣고 부인은 데려다가 아내를 삼고자 하여 이런 변을 짓더라.

이때에 장부인이 하릴없이 도적의 말에 실려 한 곳에 다다르니 태산준령 암석을 의지하여 수삼가數三家 마을이 있는지라. 석경石逕 아래 밝은 날에 초옥 속에 들어가니, 큰 굴방이 있으되 사면에 주석으로 싸고 출입하는 문은 철편으로 지어 달고 그 방에 부인을 가두오니 가련하다 장부인이여! 팔자도 무쌍無雙하고 신세도 망측하다. 수대數代 장상서 규중 여자로 유씨에게 출가하여 연광이 반이 넘도록 무자녀하다가 천행으로 자식 하나 두었더니 만리 연경에 가군 잃고 천리 해상에 자식을 잃었으되, 모진 목숨 죽지 못하고 도적놈에게 잡혀와 이 지경이 되었도다. 분벽사창粉壁紗窓 어디 두고 도적놈의 토굴방에 앉았으며, 천금 같은 자식 잃고 만금 같은 가군 이별하고 나 혼자 살아나서 구천에 돌아간들 유주부를 어찌 보며, 인간에 살아 있은들 도적놈을 어찌 보고, 무수히 통곡하니 기운이 진하여 토굴 속에 누웠더니, 비자 한 년이 석반을 차려 왔거늘 기진하여 먹지 못하고 도로 보내니 또한 미음을 가지고 와서 먹기를 권하니 부인 속마음에 생각하되, 내 아들 충렬은 천신이 감동하고 신령이 도운 바라. 일후에 응당 귀히 될 것이니 내 이제 연경으로 가서 주부를 데리고 충렬을 볼진대 인제 죽으면 후회가 있으리라 하고, 강작強作하여 일어나 앉아 미음을 마시니 비자 반겨 적장賊將에게 고하되, 도적이 대희하여 그날밤에 토굴방에 들어가 예하고 앉으며 왈,

“부인은 이러한 누지에 와 나 같은 이를 섬기고자 하니 진실로 감격하오이다.”

부인이 그 말을 들음에 분심이 탱천(분한 마음이 가슴속에 꽉 참)하나 신세를 생각하니 연연 약질이 함정에 든 범 같은 고로 하릴없이 거짓 답

왈,

"팔자 기박^{奇薄}하여 수중에 죽게 되었더니 그대 나 같은 잔명을 구완하여 백년 동거하고자 하니 감격하온 말씀 어찌 다 측량하리오마는 다만 미안한 일이 있으니 금월 초삼일은 나의 부친 기일이라 아무리 여자라도 부친의 제삿날 당하여 어찌 길례를 지내오며 또한 백년을 해로할진대 어찌 기일을 가리지 아니하리오."

도적이 그 말을 듣고 즐거운 마음 측량치 못하여 정답게 하는 말이,

"진실로 그러할진대 장인의 제삿날에 사위들 어찌 아니 정성을 하리오."

"제물을 극진히 장만할 것이니 부디 염려 말고 안심하옵소서."

부인이 치사하고 조금도 의심치 아니하고 반겨하니 도적이 감사하여 단무타의^{旦無他意}(아무 다른 뜻이 없음)하고 안으로 들어가며 비자를 보내어 부인을 모시라 하니, 비자 들어와 곁에 누워 잠이 깊이 들어 인적이 고요하거늘, 부인이 그날밤 삼경에 도망하여 나오더니 방에 자는 비자년이 문득 잠을 깨어 만져 보니 부인이 간데없고 중문이 열렸거늘 부인을 부르며 쫓아오거늘 부인이 대경하여 거짓 앉아 뒤보는 체하고 비자를 꾸짖어 왈,

"연일 고생하여 목이 마르기로 냉수를 많이 먹었더니 배가 불안하여 나와 뒤를 보거늘 네 이런 잔말을 하여 집안을 놀래느냐."

비자 무료하여 방으로 들어가고 부인도 속절없이 방으로 들어가 자더니, 그 밤을 지내매 이튿날 적한^{賊漢}이 부인의 말에 속아 노속을 데리고 제물을 장만하거늘 부인이 목욕하고 방으로 들어와 사면을 살펴보니 동벽상 위에 무엇이 놓였거늘 떼어 보니 기묘한 것이로다. 비목비석^{非木非石}이요, 비옥비금^{非玉非金}이라 광채 찬란하여 일광을 가리우고 운색^{暈色}이 휘황하여 안채에 쏘이는 중의 천지조화를 모모이 갈마 있고 강산정기는 복판마다 새겼으니 고금에 못 보던 옥함이라 용궁 조화 아니면 천신의 수품이라 전면을 살펴보니 황금대자^{黃金大字}로 뚜렷이 새겼으되 대명국도원수^{大明國都元帥} 유충렬은 개탁이라 하였거늘 부인이 옥함 보고 대경실색하여 마음에 생각하되,

"세상의 동성 동명이 또 있단 말가. 진실로 내 아들 충렬의 기물일진대 어찌 이곳에 있는고?"

"충렬아, 너의 옥함은 여기 있다마는 너는 어디 가고 너의 기물을 모르느냐."

옥함을 고쳐 싸서 그곳에 놓고 밤들기를 기다리더니, 밤이 당함에 적한이 제물을 많이 장만하여 부인의 방에 들려 왔거늘 부인이 받아 차차로 진설하였다가 자야반子夜半을 지내매 제사를 파하고 음복飮服한 후에 각각 잠을 잘새, 적한이며 노속 등이며 종일토록 곤하기로 가권이 다 잠이 들었거늘 부인이 옥함을 내어 행장에 깊이 싸가지고 밖에 나와 북두칠성을 바라고 갓없이 도망할 제, 한 곳에 다다르니 날이 이미 밝으며 큰 길이 내닫거늘 행인더러 물은즉 영릉관 대로라 하거늘 주점에 들어가 조반을 걸식하고 종일토록 가되 몇 리를 온지 모를러라.

한 곳에 당도하니 앞에 큰 물이 있고 또한 풍랑은 도천하며 창파는 만경이라 사고무인적한데, 청산만 푸르러 있고 십리 장강 빈 물가에 궂은 비는 무슨 일이고, 무심한 저 백구白鷗는 사람 보고 놀래는 듯 이리저리 날아갈 제, 슬픈 마음 긴 한숨에 피 같은 저 눈물 뚝뚝 떨어져 백사장에 나려지니 모래 위에 붉은 점이 만점도화 핀 듯하고 무정한 저 물새는 춘국인가 날아들고 유의한 청강성淸江聲은 속절없이 목맺히니 어찌 아니 한심하리.

부인이 종일토록 행역에 기운이 곤하여 인가를 찾아가 밤을 지내고자 하나 배 없어 물가에 주저하더니 이때에 서산에 일모하고 한수에 명생하니 진퇴유곡이라 하릴없어 물가에 찾아가니 그 길이 끊어지지 아니하고 산곡 사이로 연하여 있거늘 길을 잃지 아니하고 점점 들어가니 무인적막한데 다만 들리나니 두견 접동 울음 소리와 슬픈 원숭이 소리뿐이로다. 청림靑林을 더위잡아 간수澗水(골짜기에 흐르는 물)를 밟아 가니 창망한 달빛 속에 수간數間 초옥이 뵈이거늘 반겨 급히 들어가니 시문에 개 짖으며 한 노구 문 밖에 나오거늘, 노구 보고 예를 하되, 노구 답례하고 방으로 들어가자 하니 부인이 들어가 앉으며 살펴보니 사면에 여복이 없고 남복만 걸려 있고 또한 곁에 방에서 남정 소리 나거늘 심신이 불안하여 좌불

안석坐不安席이라. 석반을 먹은 후에 노구할미 문왈,

"그대는 뉘집 부인이관대 어찌 혼자 이곳에 왔나이까?"

부인이 대왈,

"나는 본디 황성 사람으로 친정에 갔다가 해상에서 수적을 만나 명을 도망하여 이곳에 왔나이다."

노구 이 말 듣고 곁방으로 들어가 자식더러 일러 왈,

"저 여인의 말을 들으니 가장 고이하도다. 수일 전에 들으니 석장동 당질놈이 회수 사공하다가 금월 초에 해상에서 한 부인을 얻어 백년 동거코자 한다더니 저 여인의 말을 들으니 수적을 만나 도망하여 왔다 하니 정녕코 당질놈이 얻은 계집이라, 바삐 이 밤 삼경에 석장동을 득달하여 마철을 보고 데려다가 이 계집 잃지 말라."

하되 노구 자식이 이 말을 듣고 급히 후원에 들어가 말 한 필 내어 타고 바삐 채찍질하여 나서니 본디 이 말은 천리마라 순식간에 석장동에 당도하였는지라.

이때에, 장부인이 행역이 곤하여 노구 방에 잠이 깊이 들었더니 비몽간에 한 노옹이 언연偃然(의젓하게)히 들어와 부인 곁에 앉으며 왈,

"금야에 대변이 날 것이니 부인은 무슨 잠을 자시나이까? 급히 일어나 동산에 올라가 은신하였다가 변이 일어나거든 바삐 물가에 내려가면 일엽표주(하나의 표주박으로 만든 작은 배) 물가에 있을 것이니 그 배를 타고 급히 환을 면하라. 만일 그렇지 아니하면 천금귀체를 안보하기 어려울지라."

하고 간데없거늘 놀라 깨달으니 남가일몽이라. 급히 일어나 보니 노구도 간데없거늘 행장을 옆에 끼고 동산에 올라가 은신하고 동정을 살펴보니 과연 남으로서 일성방포一聲放砲 소리 나며 화광이 충천한 중에 무수한 도적이 사면으로 에워싸고 한 도적이 함성 왈,

"그 계집이 여기 있느냐?"

하는 소리 산곡이 진동하니 부인이 대경하여 지척을 분별치 못하고 전지도지顚之倒之 동산을 넘어 물가에 다다르니 사고무인적이 적막한데 난데없는 일엽표주 물에 매였으며, 배 가운데 일개 선녀 선창船艙 밖에 나서며

204

부인을 재촉하여 배 안에 들라 하니, 부인이 창황 중에 배에 올라 선녀를 보니, 머리 위에 옥련화를 꽂고 손에는 봉미선鳳尾扇을 들고 청의홍상青衣紅裳에 백옥패白玉佩를 찼으니 짐짓 선녀요, 인간 사람 아니로다. 부인이 황송하여 국궁배례鞠躬拜禮(존경하는 뜻으로 몸을 굽혀 절함) 왈,

"박명한 천첩을 이다지 구완하니 선녀의 깊은 은덕 어찌 다 갚으리까?"

선녀 대왈,

"소녀는 남해 용왕南海龍王 장녀옵더니 금일에 부왕이 분부하시기를, 대명국 유충렬의 모母 장부인이 금야에 도적의 변을 볼 것이니 네 바삐 가 구완하라 하시기로 왔사오니 부인의 명은 상제도 아는 바라 소녀 같은 계집이야 무슨 은혜 있다 하리까."

부인이 상제께 치하할 제 마지못하여 도적이 벌써 물가에 다달아 방포 일성에 난데없는 화광은 강수가 끓는 듯하고 일척 소선에 양 돛을 높이 달아 살같이 달려드니 부인이 탄 배에서 두어 발 남은지라. 적선 중 일원一員 도적이 창검을 높이 들고 선창을 두드리며 함성하는 말이,

"네 이년, 어디로 갈 것이냐? 천신이 아니거든 물 속으로 들어갈까. 가지 말고 게 있거라. 나의 호통 한 소리에 나는 새라도 떨어지고 닫는 짐승도 못 가거든 요망한 계집이 어디로 가려 하는다?"

이렇듯이 소리하니 배 가운데 있는 부인의 혼백이 있을소냐. 창황 중에 돌아보니 도적의 배 선창으로 달려드니 부인이 하릴없이 통곡하며 하는 말이,

"무지한 도적놈아. 나는 남경 유주부의 아낼러니 간신의 참소를 만나 이 지경이 되었은들 너의 아내 될 수 있느냐. 차라리 물에 빠져 청백고혼 되리라."

도적이 이 말 듣고 분심이 탱천하여 창검으로 냅다 칠 제, 부인의 탄 배 거의 잡게 되었더니 난데없는 광풍이 동남으로 일어나며 백사장 쌓인 돌이 풍편風便에 흩날려 비온 듯이 떨어지니, 만경창파 깊은 물이 풍랑이 도도滔滔하여 벽력같이 내려치니 강산이 두렵거든 도적놈의 일엽주가 제 어이 견딜소냐. 풍랑 소리 천지가 진동하며 적선의 양 돛대가 부러져 물

가운데 내려지니 천하 항장사項壯士라도 해상에서 배를 타고 가자 한들 돛대가 없으니 어디로 가리오. 적선은 하릴없이 빈배만 둥둥 뜨고 부인의 일엽주는 용왕의 표주라 바람 분들 파선할소냐. 범범汎汎 중류中流에서 높이 떠 살같이 따라갈 제 그 배 앞은 고요하여 창파는 잔잔하고 월색은 은은한데 옥황이 분부하여 용왕이 주신 배거든 염려가 있을소냐.

순식간에 배를 언덕에 대이고 부인을 인도하여 암상에 내린 후, 부인이 정신을 진정하여 무수히 치사하고 행장을 간수하여 물가로 올라갈 제 기운이 진하여 촌보寸步를 못 갈러라.

종일토록 가다가 한 곳에 다다르니 산천은 수려하고 지형은 단정하니 이 땅은 천덕산 할임동이라. 그곳을 당도함에 날이 또한 저물거늘 부인이 노곤하여 물가에 쉬어 앉아 잠깐 졸더니, 전일 현몽하던 노옹이 부인을 깨워 왈,

"부인은 악이 다 진盡하였으니 이 산곡으로 들어가면 자연 구할 사람이 있을 것이니 바삐 가라."

놀라 깨어 보니 청산은 울울하고 시내는 잔잔한지라. 일어나 차차 들어갈 제, 백옥 같은 고운 수족으로 악한 산곡 길을 발벗고 들어가니 모진 돌에 채이며, 모진 나무에도 채이며 열 발가락이 하나도 성한 데 없어 유혈이 낭자하고 일신이 흉측하니 세상이 귀찮은지라. 월태화용月態花容 고운 얼굴 수심이 만면하여 피골이 상련하여 살 마음이 전혀 없어 죽을 마음만 간절하다. 슬피 앉아 우는 말이,

"만리 연경을 가자 하니 연경이 사만 오천육백 리다. 여자의 일신이 천산만수를 어찌 가며, 몇 날이 못하여서 이러한 변을 당한데 연경으로 가다가는 내 절개 훼절하고 내 목숨 살 수 없겠다. 차라리 이곳에서 죽어 백골이나 고향으로 흘러갈거나, 남은 혼백이라도 황성을 다시 보리라."

행장을 끌러 옥함을 내어 놓고 비단 수건으로 주홍 글자를 새겨 쓰되,

"모년 모월 모일에 대명국 동성문 내에 사는 유충렬 모 장씨는 옥함을 내 아들 충렬에게 전하노라. 죽은 혼백이라도 받아 보라."

자자字字이 새겨 수건으로 옥함을 매어 물 속에 넣어 대성통곡하며 치마

를 무릅쓰고 물에 빠져 죽으려 할 제, 산곡 사이로 어떠한 여인이 동이를 곁에 끼고 금간수에서 물을 긷다가 부인을 보고 급히 내려와 만류하여 암상에 앉히고 문왈,

"부인은 무슨 일로 이러하신고? 내 집으로 가자."

부인이 문득 노인이 현몽하던 말을 생각하고 따라가니 암상 석경 새에 수간모옥數間茅屋이 정묘한데 채운이 어리었으니 군자 사는 데요, 신선 있는 곳이로다. 방으로 들어가 보니, 갈건야복葛巾野服은 벽상에 걸려 있고 만권 서책은 안상에 놓였으니, 부인의 마음이 반갑고 안정하여 고생하던 전후 말과 연경을 찾아가다가 중로에서 봉변하던 말을 낱낱이 고하되, 주인도 낙루落淚하고 손도 슬피 우니 그 아니 가련한가.

원래 이 집은 대명국 성종 황제 때에 벼슬하던 이인학의 아들 이처사의 집이니 인학의 모친은 유주부의 종숙모從叔母라. 이별한 지 적년積年이라 처사는 마음이 청백하고 행실이 표치標致하여 벼슬로 있더니 하직하고 산중에 들어와 농업을 힘쓰며 학업을 일삼으니 심양강 오류촌五柳村의 도처사陶處士의 행실이요, 부춘산富春山 칠리탄七里灘에 엄자릉嚴子陵의 절개로다. 세상 공명은 장자방張子房이 벽곡辟穀하고 인간 부귀는 소태부疏太傅가 산금散金하니 만고의 일인이요, 일대의 하나이라. 뜻밖에 부인의 말을 듣고 대경하여 중당에 마저 예필 후에 전후수말前後首末을 다 못하고 낙루하여 왈,

"주부 처숙妻叔을 이별한 지 적년積年이라, 그다지 인사 변하여 이 지경이 될 줄 어찌 알리오."

서로 울며 마음을 위로하여 음식 거처를 편히 고양하니 부인의 일신은 무양無恙하나 다만 흉중에 맺힌 한이 종시 떠나지 아니하여 세월을 보내더라.

> 회사정에 행봉대인幸逢大人하고
> 옥문관에 적거노재상謫居老宰相하다.

각설, 이때에 충렬은 모친을 잃고 물에 빠져 살 길이 없었더니 문득 두 발이 닿거늘 자세히 보고 살피어 보니 물 속에 큰 바위라. 그 위에 올

라앉아 하늘을 우러러 어미를 찾더니 간데없고 사면을 돌아보니 청산은 은은하고 다만 들리느니 물소리뿐이로다. 강천에 낭자한 원숭이 소리 삼경에 슬피 우니 충렬이 통곡하며 섰더니, 이때에 남경 장사들이 재물을 많이 싣고 북경으로 떠나갈 제 회수에 배를 놓아 범범중류 내려가더니 처량한 울음 소리 풍편에 들리거늘 선인 등이 괴이하여 배를 바삐 저어 우는 곳으로 찾아가니 과연 일동자童子 물에서 슬피 울거늘 급히 건져 주중舟中에 놓고 연고然故를 물은즉,

"해상에서 수적을 만나 어미를 잃고 우나이다."

선인 등이 비감하여 물에서 내려놓고 갈 데로 가라 하며 배를 띄워 북경으로 행하더라.

충렬이 선인을 이별하고 정처없이 다니다가 촌촌이 걸식하며 곳곳에 차숙借宿(잠자리를 빌음)할 제, 조동모서朝東暮西하니 추풍낙엽이요, 거래무종적去來無踵迹하니 청천에 부운이라. 얼굴이 치폐致弊하고 행색이 가련하다. 흉중에 대장성은 때 속에 묻혀 있고, 배상에 삼태성三太星은 헌옷 속에 묻혔으니 활달한 기남자奇男子가 도리어 걸인이라. 담만 쌓던 부열傅說이도 무정武丁을 만나 있고, 밭만 갈던 이윤伊尹이도 은왕殷王 성탕成湯 만나 있고, 위수渭水에 여상呂尙이도 주문왕周文王 만났건만 유수流水같이 가는 광음 훌훌히 흘러가니 충렬의 고운 연광 십사 세에 당한지라. 천지로 집을 삼고 사해에 밥을 부쳐 도로에 개걸丐乞타가 한 곳에 다다르니 이 땅은 초국楚國이라. 영릉을 지나다가 장사長沙를 바라보고 한 물가에 다다르니 창망한 빈 물가에 슬픈 원숭이 소리로다. 백사장 세우중에 백구白鷗는 비거비래飛去飛來뿐이로다. 후면을 돌아보니 녹죽綠竹 창송蒼松 우거지고 적막한 옛 정자 풍랑 속에 보이거늘, 그곳에 올라가니 이 물은 멱라수요, 이 정자는 회사정이라 하는 정자라. 유주부가 글을 쓰고 물에 빠져 죽고자 하던 곳이라. 마음이 절로 비감하여 정자에 올라가 사면을 살펴보니, 제일은 굴삼려屈三閭의 행장을 써 붙이고 노정기路程記를 사면에 붙였더라.

동벽상에 새로 두 줄 글이 있거늘 그 글을 보니 모년 모월 모일에 남경 유주부는 간신의 패를 보고 연경으로 적거하다가 멱라수에 빠져 죽노라 하였거늘 충렬이 그 글을 보고 정상에 거꾸러져 방성통곡 왈,

"우리 부친이 연경으로 갔는 줄만 알았더니 이 물에 빠졌도다. 나 혼자 살아나서 세상에 무엇하리. 회수에 모친 잃고 멱라수에 부친 잃었으니 하면목何面目으로 세상에 살아날꼬. 나도 함께 빠지리라."

하고 물가에 내려가니 충렬이 울음 소리 용궁에 사무쳤는지라. 천신이 무심할까.

이때에 영릉 땅에서 사는 강희주라 하는 재상이 있으되 소년 등과하여 승상 벼슬하더니 간신의 참소讒訴를 만나 퇴사退士하여 고향에 돌아왔으나, 일단 충심이 국가를 잊지 못하여 매양 천자 오결誤決하는 일이 있으면 상소하여 구완하니 조정이 그 직간直諫을 꺼려하되 그 중에 정한담과 최일귀가 가장 미워하더니 마침 본부에 갔다가 회로廻路에 우편 주점에서 자더니 비몽간에 오색 구름이 멱라수에 어리었는데 청룡이 물 속에 빠지려 하며, 하늘을 향하여 무수히 통곡하며, 백사장에 배회하거늘 내렴에 괴이하여 날 새기를 기다리더니 계명성鷄鳴聲이 나며 날이 장차 밝거늘 멱라수에 바삐 오니 과연 어떠한 동자 물가에 앉아 울거늘 급히 달려들어 그 아이 손을 잡고 회사정에 올라와 자세히 물어 왈,

"너는 어떠한 아이로서 어디로 가며 무슨 연고로 이곳에 와 우는가?"

충렬이 울음을 그치고 대왈,

"소자는 남경 동성문 내에 사는 정언 주부 유공의 아들이옵더니 부친께옵서 간신의 참소를 만나 연경으로 적거하시다가 이 물에 빠져 죽은 종적이 회사정에 있는고로 소자도 이 물에 빠져 죽고자 하옵니다."

강승상이 이 말을 듣고 대경실색하여 왈,

"이것이 웬말이냐. 근년에 노병으로 황성을 못 갔더니 그다지 인사 변하여 이런 변이 있단 말인가. 유주부는 일국에 충신이라 동조에 벼슬하다가 나는 연만年晚하기로 고향으로 돌아왔더니 유주부 이런 줄을 몽중에나 생각하였으랴. 의외라 왕사往事는 물론하고 나를 따라가자."

충렬이 왈,

"대인은 소자를 생각하와 가자 하옵시나 소자는 천지간 불효자라 살아서 무엇하며 또한 모친이 변양 회수 중에 죽삽고, 부친은 이 물가에 죽었사오니 소자 혼자 살 마음이 없나이다."

승상이 달래어 왈,

"부모가 구몰俱沒(함께 죽음)한데 너조차 죽는단 말인가. 세상 사람들이 자식 나 좋다 하는 것이 후사를 끊지 아니함이라. 너조차 죽게 되면 유주부 사당에 일점향화一點香火 있을소냐. 잔말 말고 따라가자."

충렬이 하릴없어 강승상을 따라가니 영릉땅 월계촌이라, 인가가 즐비한데 벽제辟除 소리 요란하고 고루거각이 반공에 솟았는데 수호繡戶 문창紋窓이 있고 주륜취개朱輪翠蓋(지위가 높은 사람이 타는 고급 수레) 왕래하되 인물이 준수하더라.

승상이 충렬을 외당에 두고 안으로 들어와 부인 소씨더러 충렬의 말을 낱낱이 하니 소씨 이 말을 듣고 충렬을 청하여 손을 잡고 낙루하며 왈,

"네가 동성문 내 사는 장부인의 아들이냐? 부인이 연만토록 자식이 없음에 날과 같이 매일 한탄하더니 장부인은 어찌하여 저러한 아들을 두었다가 영화를 다 못 보고 황천객이 되었으니 세상사 허망하다. 간신의 해를 입어 충신이 다 죽으니 나라인들 무사하랴. 다른 데 가지 말고 내 집에 있으라."

충렬이 배사拜謝하고 외당으로 나오니라.

이때 강승상이 아들은 없고 다만 일녀를 두었는지라. 부인 소씨 여아를 낳을 적에 일원 선녀 오운을 타고 내려와 소씨를 대하여 왈,

"소녀는 옥황 선녀옵더니 연분이 자미원 대장성과 한가지로 있다가 소녀를 강문降門에 보냄에 왔사오니 부인은 애휼하옵소서."

부인이 혼미昏迷 중에 여아를 탄생하니 용모 비범하고 거동이 단정하여 시서詩序 음률音律을 무불통지無不通之하니 여중군자女中君子요 총명 지혜 무쌍이라. 부모 사랑하여 택서擇壻(사위를 고름)하기를 염려하더니 천행으로 충렬을 데려다가 외당에 거처하고 자식같이 길러낼 제 충렬의 상을 보니, 구불가언口不可言이로다. 부귀 작녹爵祿은 인간에 무쌍이요, 영웅준걸英雄俊傑은 만고 제일이라. 승상이 대희하여 내당에 들어가 부인더러 혼사를 의논하니 부인 대희하여 왈,

"내 마음도 충렬을 사랑하더니 승상의 말이 또한 그러할진대 불수다언不數多言하고 혼사를 지내옵소서."

승상이 밖에 나와 충렬의 손을 잡고,

"네게 대사를 진탁陳託할 말이 있다. 노부 말년에 무남독녀를 두었더니 금일로 볼진대 너와 천정天定이 적실하니 백년고락을 네게 부치노라."

충렬이 궤좌하여 낙루하며 여쭈오되,

"소 같은 잔명을 구원하여 슬하에 두고자 하옵시니 감사무지感謝無地로되, 다만 통박痛迫하온 일이 흉중에 사무쳤나이다. 소자 박복하와 양친이 죽은 줄도 모르고 취처娶妻하오면 인간에 죄인이라 글로 한이로소이다."

승상이 그 말 듣고 비감하여 충렬의 손을 잡고 왈,

"그도 일시 권도權道(임시방편으로 처리하는 방법)라 너의 집 시조공始祖公도 조실부모하고 장문이 취처하였다가 성군을 만나 개국공신 되었으니 조금도 서러워 말라."

즉시 택일하여 길례를 행하니 신랑 신부의 아름다운 것이 선인 적강謫降 적실하다. 예를 파하고 방으로 들어가 사면을 살펴보니 빛나고 빛난 것이 일구난설一口難說이요, 일필난기一筆難記로다. 동방 화촉 깊은 밤에 신랑 신부 평생 연분 맺었으니 그 사랑한 말을 어찌 다 측량하며 어찌 다 기록하리.

밤을 지낸 후에 이튿날 승상 양주兩主께 뵈오되 승상 부부 즐거운 마음을 이기지 못하더라.

이러구러 세월이 여류하여 유생의 나이 십오 세라. 이때에 승상이 현서賢婿를 얻고 말년에 근심이 없으나 다만 유주부 간신의 해를 보아 멱라수에 죽음을 생각하니 분심이 작별하여 나라에 글을 올려 유주부를 설원코자 하여 즉시 황성을 가려 하거늘 유생이 만류하여 왈,

"대인의 말씀은 감격하오나 간신이 만조하와 국권을 앗었으니 천자 상소를 듣지 아니할까 하나이다."

승상이 불청하고 급히 행장을 차려 황성에 올라가, 퇴재상 권공달의 집에 사처를 정하고 상소를 지어 승지를 불러 천자께 올리라 하더라.

그 상소에 하였으되,

"전승상 강희주는 근돈수백배謹頓首百拜하옵고 상소우폐하전上疏于陛下前하나이다. 황송하오나 충신은 국가지본심國家之本心이요, 간신을 물리치고 충신을

데려와 인정을 행하시고 덕을 베푸사 창생을 살피시면 소신 같은 병골이라도 태고순풍太古舜風 다시 만나 청산백골靑山白骨이나 좋은 땅에 묻힐까 하였더니 간신의 말을 듣삽고 주부 유심을 연경으로 원찬하시니 선인의 하신 말씀 인군과 신하 보기를 초개草芥같이 하여 밖으로 충신의 입을 막고 간신의 악을 받아 국권을 앗았으니 어찌 아니 한심하오리까. 왕망이 섭정攝政함에 왕실이 미약하고 회왕이 위태함에 항적項籍이 죽었으니 복원 황상은 깊이 생각하옵소서. 신이 비록 죽는 날이라도 사은思恩 해海 같사오니 복원 황상은 충신 유심을 즉시 방송하와 폐하를 돕게 하옵소서. 주달하올 말씀 무궁하오나 황송하와 그치나이다.”

하였거늘 천자 상소를 보시고 대노하여 조정에 내리어 보라 하신다. 이때 정한담 최일귀, 강희주의 상소를 보고 대분하여 즉치 궐내에 들어가 여쭈오되,

“퇴신退臣 강희주의 상소를 보오니 대역부도大逆不道라. 충신을 왕망에게 비하여 폐하를 죽인다 하오니 이놈을 역률逆律로 다스리어 능지처참하옵고 일변 저의 삼족을 멸하여지이다.”

천자 허락하되, 한담이 즉시 승상부에 나와 나졸을 재촉하여 강희주를 나입拿入하라 하니 나졸이 청령하고 권공달의 집에 가 강희주를 철망으로 결박하여 잡아갈 제, 이때 강희주 삼족을 멸하라 하는 말을 듣고 유생이 또한 연좌連坐할까 하여 급히 편지를 만들어 집으로 보내고 철망에 싸이여 금부禁府로 들어갈 제, 백발이 소소하니 피눈물이 반반하여,

“충신을 구완타가 장안 시장에 무주고혼無主孤魂 된단 말인가. 죽은 혼백이라도 용봉龍逢 비간比干을 벗하여 천추千秋에 영화될 것이요, 간신 정한담은 찬역하려 하고 충신을 무함誣陷하여 원혼이 되게 하니 살아도 부끄럽지 아니하랴.”

무수히 호원呼寃하고 금부를 들어가니, 이때 정한담이 승상부 높이 앉아 승상을 나입하여 계하階下에 꿇리고 수죄數罪하는 말이,

“네 전일에 자칭 충신이라 하더니 충신도 역적이 된단 말인가?”

승상이 눈을 부릅뜨고 한담을 보며 왈,

“관숙管叔 채숙蔡叔이 주공周公더러 역적이라 아니하였느냐. 한때 양화陽貨가

공자더러 소인이라 함이 어제 들은 듯하노라.”

한담이 대노하여 좌우 나졸을 재촉하여 수레 위에 높이 싣고 장안 시장에 나올 제, 이때에 천자 황태후는 강승상의 고모라, 승상 죽인단 말을 듣고 급히 천자께 들어가 낙루하여 왈,

“들으니 강희주를 무슨 죄로 죽이느냐? 친정 골육이 다만 늙은 강희주뿐이라 설사 죽일 죄가 있다 하여도 날로 보아 죽이지 말고 원방에 유찬하기를 바라노라.”

천자 애연(哀然)하여 즉시 한담을 불러,

“죽이지 말고 유심 일체로 옥문관에 원찬하라.”

한담이 청명하고 마지 못하여 옥문관에 원찬하고, 강희주의 일족을 다 잡아다가 궁노비(宮奴婢)를 공입하라 하고, 일변 나졸을 명초하여 영릉으로 간지라.

이때 유생이 강희주 승상이 황성 가신 후로 주야 염려하더니 뜻밖에 강승상의 서간이 왔거늘 급히 개탁하니 하였으되,

“오호(嗚呼)라 노부는 전생에 죄 중하여 슬하에 자식 없고 다만 일녀를 두었더니 천행으로 그대를 만나 부귀영화를 보려 하고 여아(女兒)의 평생을 그대에게 부쳤더니 가운이 그러한지 조물이 시기한지 충신을 구완타가 만리 변방에 생사를 모르나니 이러한 변이 또 있느냐. 노부는 연만하여 풀 끝에 짐나고 여년(餘年)이 불원하여 이제 죽어도 섧지 아니하거니와 여아의 일생을 생각하니 가련하고 불쌍한지라. 천생연분으로 그대를 만나 신정이 미흡하여 이 지경이 되었으니 형용이 어찌 될지 가슴이 답답하다. 그러하나 노부는 역률로 잡히어 철망을 씌워 옥문관으로 원찬하고 나의 일족은 잡아다가 궁비(宮婢) 속공(屬公)하라 하고 나졸이 내려가니 그대 급히 집을 떠나 환을 면하라. 만일 신정을 못 잊어 도망치 아니하면 우리 두 집의 일점 혈육이 청춘고혼이 될 것이니 부디 도망하였다가 일후에 귀히 되거든 내 자식을 찾아 버리지 말고 백년해로하여 나 죽은 날에 박주(薄酒)(좋지 않은 술) 일배라도 향화를 피운 후에 승상은 일생 기르던 충렬의 손에 많이 흠향하고 가라 하면 구천의 여혼(餘魂)이라도 일배주(一杯酒)를 만반주육(滿盤酒肉)으로 먹고 청산에 썩은 뼈도 춘풍을 다시 만나 그 은혜를 갚으리라.”

하였거늘 충렬이 보기를 다함에 낭자 방에 들어가 편지를 뵈이며,

"전생에 명이 기박하여 조실부모하고 천지로 집을 삼고 사해로 밥을 부쳐 부운浮雲같이 다니더니 천행으로 대인을 만나 낭자와 백년언약을 맺었더니 일년이 다 못 되어 이런 변이 있으니 어찌 아니 망극하리오."

입었던 고의袴衣 한삼汗衫을 벗어 글 두 구를 써 주며,

"타일에 보사이다."

낭자 이 말을 듣고 대경실색大驚失色하여 유생의 옷을 잡고 방성대곡하여 왈,

"노부 무슨 죄로 만리 호지에 간다 하며, 청춘 소첩 무슨 죄로 박명한고, 날 같은 여자는 생각 말고 급히 환을 면하소서."

홍상紅裳 한 폭을 떼어 글 두 구를 지어 주며,

"급히 나가소서."

유생이 글을 받아 금낭 속에 넌짓 넣고 곡성哭聲으로 해를 지내리라.

낭자 울며 왈,

"가군이 이제 가면 어느 날 다시 보며 어명이 지중하여 궁비 속공하게 되면 황천에 가 다시 볼까 하나이다."

충렬이 슬피 울며 하직하고 가는 정이 해하성 추야월秋夜月에 우미인虞美人을 이별한 듯하더라.

행장을 급히 차려 서천을 바라고 정처없이 가더니 신세를 생각함에 속절없는 눈물이 비오는 듯이 떨어지며 장장천지長長天地 길고 긴 길에 앞이 막혀 못 가겠다. 서천 구름을 바라보고 한없이 가더라.

소부인은 청수에 투사投死하고
강낭자는 창가娼家에 수절하다.

각설 이때 부인과 낭자는 유생을 이별하고 일가가 망극하여 울음소리 떠나지 아니하더라. 불과 사오일에 금부도사 내려와 월계촌에 달려들어 소부인과 낭자를 잡아내어 수레 위에 싣고 군사를 재촉하여 황성으로 올라가며 일변 집을 헐어 못을 파고 가니, 가련하다 강승상이 세대로 있던

214

집을 일조에 못을 파니 집오리만 둥둥 떴다.

소씨와 낭자 속절없이 잡혀 올라갈 제 청수에 다다르니 일모서산日暮西山이라. 객실에 들어갈 제, 이때 금부 나졸 중에 장한이라 하는 군사 전일 강승상 벼슬할 때에 장한의 부친이 승상부 서리로서 득죄하여 거의 죽게 되었더니 강승상이 구하여 살린 고로 장한의 부자 그 은혜를 주야 생각하더니 이때를 당함에 불쌍함을 이기지 못하여 다른 군사 모르게 슬피 울더니, 그날 밤 삼경에 다른 군사 다 잠이 깊이 들었거늘 가만히 부인 자는 방문 앞에 나가니, 이때 부인과 낭자 서로 붙들고 울며 잠을 아니 자거늘 문밖에 기침하고 부인을 부르되, 부인이 놀래어 문을 열고 보니 장한이 복지伏地하여 가만히 여쭈오되,

“소인은 금부 나장羅將이옵더니 전일 대감 벼슬할 때에 소인의 아비 나라에 득죄하여 죽게 되었삽더니 대감이 살리시기로 그 은혜 골수에 사무치어 갚기를 바라더니 이때를 당하여 소인이 어찌 무심하오리까. 바라옵건대 부인은 너무 염려 마옵소서. 이날 밤에 명을 도망하오시면 그 뒤는 소인이 당할 것이니 조금도 염려 마옵시고 도망하여 살기를 바라소서.”

부인이 이 말을 듣고 마음이 조금 풀리어 낭자를 데리고 장한을 따라 주점 밖에 나서니 밤이 이미 삼경이라 인적이 고요하거늘 동산을 넘어 십 리를 가니 청수에 다달아 장한이 하직하고 왈,

“부인과 낭자는 이 물가에 빠져 죽은 표를 하고 가옵시면 후환이 없을 것이니 부디 살아나 후사를 보사이다.”

이때 부인이 낭자의 신세 생각하니 정신이 아득하여 이제 비록 도망하여 왔으나 청춘 여자를 데리고 어디로 가 살며 혹 살아난들 승상과 현서賢婿를 이별하고 살아서 무엇하리. 차라리 이 물에 빠져 죽으리라 하고, 낭자를 속여 뒤보는 체하고 급히 청수에 가 신을 벗어 물가에 놓고 청강록수淸江綠水 깊은 물에 뛰어드니 가련하다 강승상의 부인, 백옥 같은 고운 몸이 어복 중에 장사하니 어찌 아니 가련하랴.

이때 낭자 모친을 기다리더니 종시 오지 아니하거늘 급히 나서 살펴보니 사면에 인적이 없는지라. 마음이 답답하여 모친을 부르며 청수가에

나와 보니 모친이 신을 벗어 물가에 놓고 간데없거늘 발을 구르며 또한 신을 벗어 물가에 놓고 빠져 죽으려 하더니, 이때는 밤 오경이라 동방이 차차 밝아오며, 마침 영릉골 관비 한 년이 외촌外村에 가다가 회로回路에 청수가에 다다르니 어떠한 여자 물가에서 통곡하며 물에 빠져 죽고자 하거늘 급히 쫓아와 낭자를 붙들어 물가에 앉히고 연고를 물은 후에 제 집으로 가자 하니 낭자 한사限死하고 죽으려 하거늘 관비 만단개유萬端開諭(여러 가지로 타이름)하여 데리고 와서 수양딸을 정한 후에 자색과 태도를 살펴보니 천상선녀 같은지라. 이 고을 동리마다 수청을 드렸으면 천금 재산을 부러워하며 만량 태수를 원할소냐. 만 가지로 달래어 다른 데로 못 가게 하더라.

각설이라 이때에 유생이 강승상의 집을 떠나서 서천을 바라보고 정처 없이 가며 신세를 생각하니, 속절없고 하릴없다. 이제는 무가내하無可奈何(어떻게 할 수 없다)로다. 산중에 들어가 삭발위승削髮爲僧하여 훗길이나 닦으리라 하고 청산을 바라고 종일토록 가더니 한 곳에 다다르니, 앞에 큰 산이 있으되 천봉만학千峰萬壑이 충천한 중에 오색 구름이 구리봉에 떠 있고 각색 화초 만발한지라. 장차 신령한 산이라 하고 찾아 들어가니 경개 절승하고 풍경이 쇄락하다. 산행 육칠 리에 들리나니 물소리 잔잔하고 보이나니 청산만 울울한데, 청림을 더우잡고 석양에 올라가니, 수양천만사垂楊千萬絲는 춘풍을 못 이기어 동구에 흐늘거려 늘어지며, 녹죽綠竹 청송은 우거진 가지에 백조 춘정春情 다투었다. 층층한 화계花溪 상에는 앵무 공작 넘노는데, 창천刱天에 걸린 폭포 층암절벽 치는 소리 한산사寒山寺 쇠북소리 객선에 이르는 듯 반공半空에 솟은 암석, 청속 속에 있는 거동 산수 그림 팔간 병풍 둘렀는 듯, 산중에 있는 경개 어찌 다 기록하리.

춘풍이 언듯하며 경쇠(작은 종)소리 들리거늘 차츰차츰 들어가니 오색 구름 속에 단청丹靑하고 휘황한 고루거각이 즐비櫛比하여, 일주문一柱門을 바라보니 황금대자黃金大字로 ‘서해 광덕산 백룡사’라 뚜렷이 붙혔거늘, 산문으로 들어가니 일원 대승大僧이 나오거늘 그 중의 거동을 보니, 소소한 두 눈썹은 두 눈을 덮어 있고, 백변白邊같이 뚜렷한 귀는 두 어깨에 늘어졌으니 청수한 골격과 은은한 정신은 범승이 아닐러라.

216

　백팔염주, 육환장을 짚고 흑포장삼의 떨어진 송낙 쓰고 나오며, 유생을 보고 왈,

　"소승이 연만하기로 유상공 오시는 행차에 동구 밖에 나가 맞지 못하니 소승의 무례함을 용사^{容赦}하옵소서."

　유생이 대경 왈,

　"천생^{天生}에 팔자 기박하여 조실부모하고 정처없이 다니다가 우연히 이곳에 와 대사를 만나오니, 그다지 관대하시며 소생의 성을 어찌 아나이까?"

　노승이 답왈,

　"어제 낙악형산 화선관이 소승의 절에 왔삽다가 소승더러 부탁하기를 '명일 오시^{午時}에 남경 동성문 내에 사는 유심의 아들 충렬이가 올 것이니 축객^{逐客} 말고 대접하라' 하시기로 소승이 찾아 나옵더니 상공의 복색^{服色}을 보오니 남경 사람인고로 알았나이다."

　유생이 그 말을 듣고 일희일비^{一喜一悲}하여 노승을 따라 들어가니 제승들이 합장배례하며 반겨하는지라. 노승의 방에 들어가 석반을 먹은 후에 그 밤을 편히 쉬니 이곳은 선경이라 세상을 모두 잊고 일신이 무양한지라. 이후로는 노승과 한가지로 병서도 잠심^{潛心}하고 불경도 학논^{學論}하니라. 이때에 대명천지무가객^{大明天地無過客}이요 광덕산중유발승^{廣德山中有髮僧}이라, 본신이 천상 사람으로 생불을 만났으니 기이한 술법을 가르치고 천지 일월 성신이며 천하 명산 신령들이 모두 다 협력하니 그 재주와 영민함을 뉘라서 당하리오. 주야로 공부하더라.

　　　천자는 기병쌍궐하^{起兵雙闕下}하고
　　　간신은 투창적진중^{投槍敵陳中}하다.

　각설 이때에 남경 조신^{朝臣} 중에 도총대장 정한담과 병부상서 최일귀, 일상 꺼리던 유심과 강희주를 만 리 밖에 원찬하고, 조정 백관을 처결하여 천자를 도모코자 하여 신기한 병법과 둔갑장신지술^{遁甲藏身之術}과 승천입지지책^{昇天入地之策}과 변화위신지법^{變化爲神之法}이며 악화두수지술^{握火杜水之術}을 통달하

게 배웠으니, 이놈도 본신이 천상 익성으로 인간 사람은 당할 이 없더라.

일국一國 만민지상萬民之上이라, 소장지변蕭墻之變이 있었으니 나라가 어찌 무사하랴.

이때는 영종 황제 즉위 삼년 춘정월이라. 국운이 불행하며 남흉노南凶奴 선우單于며 북적과 동심하여 천자를 도모하려 하고 서천 삼십육도 군장과 남만南蠻 가달이며, 토번吐蕃 오국이 합세하여 장사 팔천여원八千餘員과·정병精兵 오백만으로 주야 행군하여 진남관에 웅거한지라.

이때에 백성들이 난리를 보지 못하였다가 뜻밖에 난을 만나니 농상낙야籠床落野하여 산지사방散之四方 피란하니 적연積然도 탕진하고 창곡도 진갈한지라, 하늘이 정한 운수 그리 않고 어이하리.

이때 천자 정월 망일望日에 호산대에 올라 망월하고 환궁還宮하여 대연을 배설하고 상하동락上下同樂 즐기더니, 뜻밖에 진남과 수문장守門將이 장개狀啓를 올렸거늘 급히 개탁하니 하였으되,

"남적이 강성하여 오국과 합력하여 진남관 평사뜰 백리 내에 가득하옵고 백성을 노략하며 황성을 치려 하오니 바삐 군병을 보내어 도적을 막으소서."

천자 대경하사 제신을 모아 의논할 새 정한담과 최일귀 이 말을 듣고 대희하여 급히 별당에 들어가 도사를 보고 밖에 도적이 일어났단 말을 하고 대사를 부르니, 도사 문에 나서 천기를 살핀 후에,

"시재시재時哉時哉로다. 신기한 영웅이 황성에 있는가 하였더니 이제 죽었으며, 때 맞춰 도적이 일어났으니 이는 그대 천자할 수라, 급격물실急擊物失하라."

한담이 대희하여 일귀와 더불어 갑주甲胄(갑옷과 투구)를 갖추고 궐문으로 들어가는지라.

이때 천자 제신과 방적防敵할 꾀를 의논하더니 장안에 바람이 일어나며 일원대장一員大將이 계하階下에 복지 주왈,

"소장 등이 비록 재주 없사오나 한번 나가 남적을 함몰하여 황상의 근심을 덜고 소장의 공을 세워지이다."

218

　모두 보니 신장이 십여 척이요 면목이 웅장한데, 황금 투구에 녹운포^{綠雲袍}를 입은 것은 도총대장 정한담이요, 면상이 숯먹 같고 안채^{眼彩}가 황홀하며 백금 투구에 홍운포^{紅雲袍}를 입은 것은 병부상서 최일귀라.

　천자 대희하사 양장^{兩將}의 손을 잡고 왈,

　"경 등의 충성 지략^{智略}은 짐이 이미 아는지라 남적을 함몰하여 짐의 근심을 덜게 하라."

　양장이 청령하고 각각 물러나와 정병 오천씩 거느려 행군하여 진남관에 유진^{留陳}하고 그날 밤에 군사 한 명만 잠을 깨워 가만히 항서^{降書}를 써주며 또한 편지를 써서 적진 중에 보내고 회답을 기다리는지라.

　그 군사 적진에 들어가 적장을 보고 항서를 올린 후에, 또 편지를 드리거늘 적장이 대희하여 즉시 개탁하니 하였으되,

　"남경 장사 정한담 최일귀는 일장서간을 남진^{南陳} 대장소^{大將所}에 올리나이다. 우리 양인 등이 갈충^{竭忠} 진심하여 천자를 도와 국가에 유공하고 백성에게 덕이 있어 지성으로 봉공하되 지기하는 인군을 못 만나 항시 앙앙한 마음이 있는지라. 대장부 세상에 나서 어찌 남의 신하 오래 되리오. 남아유방백세^{男兒流芳百歲}할진대 역당유취만년^{亦當遺臭萬年}이라 하였으니 이때를 당하여 어찌 묘계^{妙計} 없으리오. 우리 양인을 선봉을 삼으시면 항복할 것이니 그대 뜻이 어떠하뇨? 회답을 보내라."

　적장이 그 글을 보고 대희하여 왈,

　"우리 등이 남경으로 나올 때 도사 근심하기를 정한담·최일귀를 염려하더니 이제 저희 등이 먼저 항복코자 하니 이는 천우신조^{天佑神助}함이라."

　즉시 회답을 써주되, 군사 급히 본진으로 돌아와 답서를 올리거늘 떼어 보니 하였으되,

　"그대의 마음이 우리 마음 같은지라. 선봉을 원대로 맡길 것이니 금야에 반가히 보사이다."

　정·최 양장이 갑주를 갖추고 적진에 들어가는지라.

　이적에 중군장이 급히 황성에 올라가 전후수말을 천자에게 고하되, 천자 이 말을 듣고 용상^{龍床} 밑에 떨어져 발을 구르며 정한담·최일귀 적장에게 항복하였으니 적진은 범이 날개를 얻은 듯하고 짐은 용이 물을 잃

었으니 이제는 할 일 없다. 성중에 있는 군사 낱낱이 총독(總督)하고 각 도, 각 읍에 행관(行關)하여 군사와 군량을 준비하고 우승상 조정만으로 도성을 지키고 태자로 중군을 정하시고 상이 친히 후군이 되어 행군을 재촉하니 군사 십여만이요 장수 백여원이라.

행군고(行軍鼓)를 재촉할 제, 전일 길주자사 갔던 이행이 원문(轅門) 밖에 복지주왈,

"소신이 재주 없사오나 이때를 당하여 신자 도리에 어찌 사직(社稷)을 돕지 아니하오리까? 소신으로 선봉을 정하옵소서."

천자 대희하사 즉시 이행으로 선봉을 삼아 도적을 막을 새, 이때 정한담·최일귀 적진에 항복하여 한담이 선봉이 되고 일귀는 중군대장이 되어 급히 황성을 거쳐 들어오며 의기양양하고 호령이 엄숙한데 기치 창검은 팔공산 나무같이 벌려 있고, 투구 갑옷은 한천(寒天)(맑고 높은 찬 하늘)에 일광같이 안채가 쐬이는 듯, 금고함성(金鼓喊聲)은 천지 진동하고 목탁 나팔은 강산이 뒤눕는 듯, 순식간에 들어와 금산성 백리 뜰에 빈틈없이 벌려 서서 내외음양진(內外陰陽陳)을 치고 도사 진중에 망기(望氣)하며 싸움을 재촉하니, 적진 중에서 방포일성(放砲一聲)에 한 장수 내달아 외며 왈,

"명진 중에 천극한 적수(敵手) 있거든 바삐 나와 대적하라."

명진 중에서 응포(應砲)하고 좌익장(左翼將) 주선우 응성(應聲)하고 달려들어 싸울 새, 양진 군사 처음으로 구경하니 항오(港伍)를 차리지 못하여 승부를 구경하더니 수합이 못하여 극한의 칼이 번듯하며 주선우 머리 마하(馬下)에 떨어지니, 명진 중으로 좌익장 죽음을 보고 또 한 장수 내달아 원문 밖에 고성 왈,

"극한은 가지 말고 최상정의 칼을 받으라."

극한이 달려들어 함성이 그치고 그 칼이 번듯하여 최상정의 머리 떨어지니 명진 중에서 우익장 죽음을 보고 왕공열이 응성하고 달려들어 극한과 싸울 새 일합이 못하여 거의 죽게 되었더니 명진 중에서 팔대장군이 일시에 달려들어 나옴을 보고 한진이 극한과 합력하여 팔장으로 더불어 싸우더니, 한진은 서편을 치고 극한은 동을 치니 촉처(觸處)(접촉하는 곳)에 죽는 군사 그 수를 모를레라. 삼합이 못하여 극한의 창검 끝에 팔장이

220

다 죽으니, 이때 태자 중군에 있다가 팔장 죽음을 보고 불승분심^{不勝忿心}하여 말을 타고 진문 밖에 나서며 외워 왈,

"무도한 남적놈아. 천명을 거역하니 죄사무석^{罪死無惜}이로다. 너의 진중에 정한담·최일귀 머리를 버혀 명진 중에 보내는 자 있으면 옥새^{玉璽}를 전하리라."

극한을 맞아 싸우더니, 선봉장 이행이 이 말을 듣고 달려오며,

"태자는 아직 분을 참으소서. 소장이 잡으리다."

하고 나는 듯이 들어가 좌수에 칼을 들고 극한의 머리를 베이고, 장창을 들고 한진의 머리를 베어, 두 손에 갈라 들고 좌우로 충돌하여 본진으로 돌아오니 적진 중에서 한담이 장막 밖에 나서며 청사마를 채쳐 구척 장검 높이 들고 바로 명진을 대칼(한칼)에 함몰코자 하니, 이때에 먼저 남적 선봉으로 왔던 정문걸이 내달아 한담을 불러 왈,

"대장은 분을 참으소서. 소장이 이행을 잡으리다."

번창출마(창을 들고 말을 달려나옴)하여 싸우더니 일합이 못하여 문걸의 칼이 진중에 빛나며 이행의 머리 마하에 내려지는지라. 문걸이 칼끝에 꿰여 들고 본진으로 행하다가 다시 명진 선봉을 지쳐 들어오며,

"명진은 불쌍한 인생을 죽이지 말고 바삐 항복하라."

순식간에 선봉을 다 베이고 달려들어 중군으로 들어오거늘, 태자 중군을 지키다가 당치 못할 줄 알고 후군과 천자를 모시고 금산성으로 도망한지라.

이때에 문걸이 명진 장사를 씨도 없이 다 죽이고 명제를 찾은즉 도망하고 없는지라. 군장 복색을 모두 다 탈취하고 본진으로 돌아오며, 정한담이 바로 달려 들어가니 천자 망극하여 옥새를 땅에 놓고 앙천 통곡 왈,

"짐이 불명하여 선황제 사백 년 왕업을 정한담에게 잃게 되니 이는 양호유환^{養虎遺患}이다. 뉘를 원망하리오. 모두 다 짐의 불찰이라 황천에 돌아간들 선황제를 어찌 보며 인간에 살았은들 되놈에게 무릎을 어찌 꿇랴."

금산성이 떠나가게 통곡이 진동하더라.

수문장이 보하되,

"해남 절도사 군병을 거느려 왔나이다."

천자 대희하여 바삐 입시^{入侍}하라 하되, 절도사 군사 십만병을 거느려 성중에 들어가 천자께 뵈이거늘,

"즉시 절도사로 선봉을 삼아 도적을 막으라."

절도사 청령하고 성하^{城下}에 유진하였더니, 이때 한담이 도성으로 들어가 용상에 높이 앉아 백관을 호령하니 만조백관^{滿朝百官}이 일조에 항복하더라. 만성인민^{滿城人民}이 도적에 밤이 되어 물끓듯 하더라.

이날 한담이 삼군을 재촉하여 금산성을 쳐 파하고 옥새를 앗고자 하여 성하에 다다르니 명진 군사 길을 막거늘 정문걸이 필마단창^{匹馬單槍}으로 명진을 지쳐 좌우로 충돌하니 일신이 검광되어 닫는 앞에 장졸의 머리 추풍낙엽이요, 호전주퇴^{壺顚酒頹}(병을 기울임에 술이 쏟아지는 듯이) 같더라. 순식간에 죽이고 산성 문밖에 달려들어 성문을 두드리며,

"명제^{明帝}야 옥새를 드리라!"

소리 금산성이 무너지며 강산이 뒤넘는 듯하니 성중에 있는 군사 혼백이 없었으니 그 아니 가련한가.

천자와 조정만이 황황급급하여 북문을 열고 도망하여 암석간에 은신하였더니, 이때 태자 황후가 태후를 모시고 도망하랴 하더니 문걸이 성중에 들어와 천자를 찾다가 도망하고 없음에 황후 태자를 잡아 본진으로 보내고 돌아오니, 정한담이 황후를 결박하여 진 앞에 꿇리고 천자 간 곳을 가르치라 하되, 황후 망극하여 대답지 아니하거늘, 좌우군사 창검을 갈라 들고 옥체를 겨누면서 바른대로 가르치라 하니 황후 황망중에 대답하되,

"이 몸은 계집이라 성중에 묻혀 있다가 불의에 난을 당하여 천자는 밖에 있는고로 생사존망^{生絲存亡}을 모르노라."

한담이 분노하여 황후 태자를 진중에 두어 주려 죽게 하고 용상에 높이 앉아 천자의 일을 행하며 군사를 호령하되,

"명제를 사로잡는 자 있으면 천금 상에 만호후^{萬戶侯}를 봉하리라."

군사 청령하고 각진으로 돌아오니라.

이때 천자 금산성에서 도망하여 조정만으로 더불어 산곡 사이에 은신

222

하고 있더니 황태후 적진에 잡혀가 죽이려 하는 말을 듣고 통곡하여 암하(巖下)에 떨어져 죽고자 하거늘 조정만이 붙들어 구완하여 천자를 업고 명성원으로 도망하여 갈 제, 천자께 여쭈오되,

"남경이 진탕하였으니 도적 정한담 잡기는 새로이 정문걸 잡을 장수 없으니 이제 산동 육국에 청병(請兵)하여 싸우다가 사불여의(事不如意)(일이 뜻과 같지 않음)하거든 옥새를 가지고 소신과 함께 용동수에 빠져 죽사이다."

천자 옳이 여겨 조서(詔書)를 써 산동 육국에 주야로 가 구원병을 청하니, 이때 육국 왕이 이 말을 듣고 각각 군사 십만병과 장수 천여원을 조발하여 급히 남경 명성원으로 보내니라.

이때 육국이 합세하여 호산대 넓은 뜰에 빈틈없이 행군하여 들어오니 천자 대희하여 군중에 들어가 위로하고 적진 형세와 수차 패함을 낱낱이 말하고 적응으로 선봉을 삼고 조정만으로 중군을 삼아 황성으로 들어올 제 그 웅장한 거동은 추상 같은지라. 백사장 백 리에 군사 늘어서서 들어오니 남경이 비록 진탕하였으나 무서운 것이 천자의 기굴(살림살이가 갖추어져 있는 터전)러라. 금산성 하에 유진하고 싸움을 도도니 이때 정문걸이 선봉에 있다가 청병이 옴을 보고 필마단창으로 나오거늘 한담이 문걸을 불러 왈,

"적병이 저다지 엄장한데 장군은 어찌 경솔히 가려 하오."

문걸이 답왈,

"폐하, 어찌 소장의 재주를 수히 알으시나이까? 장편(많은 군사) 군졸 사십만과 백기(말탄 군사)를 한 칼에 다 죽였으니 남경이 비록 육국에 청병하여 억만병이 왔거니와 소장의 한 칼 끝에 죽는 구경 앉아서 보옵소서."

한담이 대희하여 장대에 높이 앉아 싸움을 구경할 새, 문걸이 창검을 좌우에 갈라 잡고 마상에 높이 앉아 나는 듯이 들어가며 호통일성에,

"명제야 옥새를 가져왔느냐? 너를 잡으려 하였더니 이제 왔음에 진소위(眞所謂) 춘치자명(春稚自鳴)이라. 바삐 항복하여 잔명을 보존하라."

하고 억만 군중에 무인지경같이 횡행하여 동장(東將)을 치는 듯 남장(南將)을 베이고, 북장(北將)을 베이는 듯 서장(西將)이 쓰러지니, 죽는 군사 여산(如山)하고 유

혈流血이 성천成川되었도다. 서초패왕西楚霸王이 강동 건너 함곡관을 부수는 듯, 상산 조자룡이 산양수 건너 삼국 청병 지치는 듯, 문걸이 닫는 곳마다 싸울 군사 없었으니 그 아니 망극할까. 이때 천자 조정만과 옥새를 갖고 용동수에 빠지고자 하나 또한 도망할 길이 없어 하늘을 우러러 탄식하기를 마지 아니하더라.

> 백룡사에 득갑주창검得甲冑槍劍하고
> 송림촌에 득천사마得天賜馬하다.

각설이라 이때 유충렬이 서해 광덕산 백룡사에 있어 노승과 한가지로 지음知音이 되어 세월을 보내더니, 이때는 부흥 십삼년 추칠월 망간이라, 한풍寒風은 소소하고 낙목은 분분한데 고향을 생각하며 신세를 생각할 제 월경야삼경月經夜三更에 홀로 앉아 비감하더니, 노승이 일어나 밖에 갔다 들어오며 충렬을 불러 왈,

"상공이 금일 천문을 보았나이까?"

충렬이 놀래어 급히 나와 보니 천자의 자미성紫微星이 떨어져 명성원에 잠겨 있고, 남경에 살기 가득하였거늘 방으로 들어와 한숨 짓고 낙루落淚하니 노승이 왈,

"남경에 병난은 났거니와 산중에 피난하는 사람이 무슨 근심이 있으리까?"

충렬이 울며 왈,

"소생은 남경 세록지신世祿之臣이라 국변이 이러하니 어찌 근심이 없으리오마는 적수단신赤手單身이 만 리 밖에 있사오니 한탄한들 어찌 하리오."

노승이 웃고 벽장을 열고 옥함을 내어놓으며 왈,

"옥함은 용궁조화龍宮造化거니와 옥함 짬맨(잡아 맨) 수건은 어떠한 사람의 수건인지 자세히 보라."

유생이 의심하여 옥함을 살펴보니,

'남경 도원수 유충렬은 개탁이라.'

금자로 새겨 있고 짬맨 수건을 끌러 보니,

"모년 모월 모일에 남경 동성문 내에 사는 충렬의 모친 장부인은 내 아들 충렬에게 부치노라."

하였거늘 충렬이 수건과 옥함을 붙들고 방성통곡하거늘 소승이 위로 왈,

"소승이 수년 전에 절 중창 화주化主로 변양 회수에 다다르니 기이한 오색 구름이 수건에 덮였거늘 바삐 가서 보니 옥함이 물가에 놓였거늘 임자를 주려 하고 갖다가 간수하였더니 금일로 볼진대 상공의 전쟁 기계가 옥함 속에 있는가 하나이다."

대체 이 옥함은 회수 사공 마철이가 물 속에 잠수질하다가 큰 거북이 옥함을 지고 나오거늘 마철이 거북을 죽이고 옥함을 가져다가 제 집에 두었더니 전일 장부인이 도적에게 잡히어 석장동 마철의 집에 가서 옥함을 갖다가 수건에 글을 쓰고 회수에 넣었더니 백용사 부처 중이 가져다가 이날 충렬을 주었는지라.

이때 충렬이 옥함을 안고 왈,

"이것이 일정 충렬의 기물일진대 옥함이 열릴지라."

위짝을 열어 놓으니 빈틈없이 들었거늘 보니, 갑주 한 벌과 장검 하나, 책 한 권이 들었거늘, 투구를 보니 비금비옥非金非玉이라 광채 찬란하여 안채를 쏘이는 중에 속을 살펴보니 금자로 '일광주'라 새겨 있고, 갑옷을 보니 용궁조화 적실하다. 무엇으로 만든 줄 모를러라. 옷깃 밑에 금자로 새겨 있고, 장검은 놓였으되 두미頭尾가 없는지라 신화경을 펴놓고 칼 쓰는 법을 보니 갑주를 입은 후에 신화경(술법에 사용되는 경문) 일편을 보고 천상 대장성을 세 번 보게 되면 사린 칼이 절로 펴져 변화무궁할지라 하였거늘, 즉시 시험하니 십 척 장검이 번듯하며 사람을 놀래거늘, 한가운데 대장성이 샛별같이 박혀 있고 금자로 새기기를 '장성검'이라 하였거늘, 모두 다 행장에 간수하고 노승더러 왈,

"천행으로 대사를 만나 갑주와 창검은 얻었거니와 용마龍馬 없었으니 장군이 무용지지無容之地라."

노승이 답왈,

"옥황께옵서 장군을 대명국에 보낼 제, 사해용왕이 모를손가. 수년 전

에 소승이 서역에 갈 제, 백룡암에 다달으니 어미 잃은 망아지 누웠거늘 그 말을 데려왔으나, 산승山僧에게 부당不當이라 송임촌동 장자(마을에서 덕 망이 있는 유지)에게 맡기고 왔으니 그곳을 찾아가 그 말을 얻은 후에 중로에 지체 말고 급히 황성에 득달하와 지금 천자의 목숨이 경각에 있사오니 급히 가서 구원하라.”

유생이 이 말을 듣고 송임촌을 바삐 찾아가 동장자를 만난 후에 말을 구경하자 하니, 이때 천사마 제 임자를 만났으니 벽력 같은 소리하며 백여장 토굴을 넘어 뛰어나서 충렬에게 달려들어 옷도 물며 몸도 대어 보니 웅장한 거동은 일필로 난기로다. 심산 맹호 냅다 선 듯, 북해 흑룡이 벽공에 오르는 듯, 강산정기는 안채에 갈마 있고 비룡 조화는 네 굽에 번듯한데, 턱 밑에 일점 용인이 새겼으되 ‘사송 천사마’라 하였거늘 유생이 대희하여 장자더러 말을 사자 하니 장자 웃어 왈,

“수년 전에 백룡사 부처중이 이 말을 맡기며 왈 ‘이 말을 길러내어 임자를 찾아주라’ 하기로 맡아 길렀더니 이 말이 장성함에 잡을 길이 없어 토굴에 가두었으나 천만인이 구경하되 하나도 가까이 못 가더니 오늘날 그대를 보고 제 스스로 찾아오니 부처중이 이르던 임자 그대가 적실하니 하늘이 주신 보배니 어찌 판단 말인가, 물각유주物各有主오니 가져가옵소서.”

유생이 대희하여 안장을 갖추고 동장자를 하직하고 송임촌을 지나 광덕산을 행하여 노승에게 치하하고 적년積年 정회를 하직할 제 제사중諸寺衆의 제승諸僧들의 별회지담別懷之談을 어찌 다 설화하고 기록하리.

하직하고 그 말 위에 높이 앉아 남경을 바라보며 구름을 가르쳐 말더러 경계 왈,

“하늘이 나를 내시고 용왕이 너를 낼 제 그 뜻이 모두 다 남경을 돕게 함이라. 이제 남적이 황성에 강성하여 천자의 목숨이 경각에 있다 하니 대장부 급한 마음 일각이 여삼추如三秋라. 너는 힘을 다하여 남경을 순식에 득달하라.”

그 말이 그 말을 듣고 청천을 바라보며 벽력 같은 소리하고 백운을 헤쳐 나는 듯이 들어가니, 사람은 천신이요, 말은 비룡이라. 남경을 바람

같이 달려오니 금산성 넓은 뜰에 살기가 충천하고 황성 문안에 곡성이 진동하더라.

이때 천자 중군 조정만으로 더불어 옥새를 가지고 도망하여 용동수에 빠져죽고자 하되 적진을 벗어날 길이 없어 황황망극遑遑罔極하던 차에 문득 북편으로 천병만마千兵萬馬 들어오며 천자를 부르거늘 천자 대명 군사 오는가 반겨 바래더니, 남적과 동심하여 마룡이 진공이라 하는 도사를 데리고 천자를 치려하여 억만 군병을 총독하여 일시에 들어오니 이때에 정한담이 천자 되어 백관을 거느리고 최일귀는 대장 되어 삼군을 경계할 제, 또한 북적이 합세하여 그 형세 웅장함이 만고에 으뜸이라.

선봉장 정문걸이 의기양양하여 명진 육군 청병을 한 칼에 다 무찌르고 선봉을 헤쳐 진중에 들어와,

"명제야 항복하라! 내 한 칼에 육군 청병 다 죽어 있고 또한 북적이 합세하였으니 네 어이 당할소냐. 바삐 나와 항복하여 너의 모자를 찾아가라."

지쳐 들어오니 이제 천자 하릴없어 옥새를 목에 걸고 항서降書를 손에 들고 항복하려 하고 나올 적에 중군 조정만과 명진에 남은 군사 어찌 아니 한심하고 슬프리오. 천자의 울음소리 명성원이 떠나가게 방성통곡하며 항복하러 나오더라.

유충렬전 권지하卷之下

각설 이때 유충렬이 금산성 하에서 망기하다가 형세 위급함을 보고 일광주 용인갑에 장성검을 높이 들고 천사마를 채질하여 바삐 중군소에 들어가 조정만을 보고 성명을 올려 싸우기를 청하되, 중군이 바삐 나와 손을 잡고 울며 왈,

"그대 충성은 지극하나 지금 황상이 항복하려 하시고 또한 적진 형세 저러하니 그대 청춘이 전장 백골戰場白骨될 것이니 원통하고 망극하다."

충렬이 불승분기不勝憤氣하여 진문陳門 밖에 나서면서 벽력같이 소리하여 적장敵將을 불러 왈,

"이봐, 역적 정한담아! 남경 동성문 내에 사는 유충렬을 아는다 모르는다. 바삐 나와 목을 드리라."

소리 양진이 뛰놀며 천지 강산이 진동하니, 문걸이 대경하여 돌아보니 일광투구에 안채 쏘이고 용인갑은 혼신을 감추고 천사마는 비룡되어 운무雲霧 중에 싸여, 공중에 소리만 나고 제 눈에는 보이지 아니하니 창검만 높이 들고 주저주저하던 차에 벽력 같은 소리 끝에 장성검이 번듯하며 정문걸의 머리 공중에 베어 들고 중군으로 달려드니, 조정만이 엎어지며 문밖에 급히 나와 손을 잡고 들어갈 제, 이때 천자는 옥새를 목에 걸고 항서를 손에 들고 진문 밖에 나오다가 뜻밖에 호통소리 나며 일원대장이 문걸의 머리를 베어 들고 중군으로 들어가거늘, 대경大驚 대희大喜하여 중군을 급히 불러 왈,

"적장 베던 장수 성명이 뉘냐. 바삐 입시하라."

충렬이 말에서 내려 천자 전에 복지하되 천자 급히 문왈,

"그대는 뉘신지 죽을 사람을 살리는가?"

충렬이 저의 부친과 강희주 죽음을 절분히 여겨 통곡하며 여쭈오되,

"소장은 동성문 내 거하던 정언 주부 유심의 아들 충렬이옵더니 주류개걸周流丐乞하여 만리 밖에 있삽다가 아비 원수 갚으려고 여기 잠깐 왔삽거니와 폐하 정한담에게 곤핍하심은 몽중夢中이로소이다. 전일에 정한담을 충신이라 하시더니 충신도 역적 되나이까? 그놈이 말을 듣고 충신을 원찬하여 다 죽이고 이런 환을 만나시니 천지 아득하고 일월이 무광하옵니다."

슬피 통곡하며 머리를 땅에 두드리니 산천초목도 슬퍼하며 만진중滿陳中에 낙루 아니할 이 없더라.

천자 이 말을 들으시고 후회막급 할말 없어 우두커니 앉았더니, 태자 적진에 잡혀갔다가 본진에서 문걸 베임을 보고 탈신脫身 도주逃走 급히 와서 충렬의 손을 붙잡고 왈,

"경이 이게 웬말인가. 옛날 주성왕도 관채管蔡의 말을 듣고 주공을 의심터니 회과자책悔過自責하여 성군이 되었으니 충신이 다 죽기는 막비천운莫非天運이라. 그런 말을 하지 말고 진충갈력盡忠竭力(충성을 다하고 힘을 다 기울

임)하여 황상을 도우시면 태산 같은 그 공로는 천하를 반분하고 하해 같은 그 은혜는 풀을 맺어 갚으리라."

충렬이 울음을 그치고 태자 상을 보니 천자 기상氣像 적실하고 일대성군一代聖君 될 듯하여 투구 벗어 땅에 놓고 천자 전에 사죄謝罪 왈,

"소장이 아비 죽음을 한탄하여 분심이 있는고로 격절激切한 말씀을 폐하 전에 아뢰었으니 죄사무석罪死無惜이라. 소장이 죽사온들 폐하를 돕지 아니하오리까?"

천자 충렬의 말을 듣고 친히 계하階下에 내려와서 투구를 쓰면서 손을 잡고 하는 말이,

"과인은 보지 말고 그대 선조 창건하던 일을 생각하여 나라를 도와주면 태자 하던 말대로 그대 공 갚으리라."

충렬이 청명하고 물러나와 장대에 높이 앉아 군사를 총독하니 피병장졸疲病將卒이 불과 일이백 명이라. 천자 삼층단에 높이 앉아 하늘께 제사하고 인검을 끌러내어 충렬을 주신 후에 대장 사명기司命旗에 친필로 쓰시기를 '대명국大明國 대사마大司馬 도원수都元帥 유충렬'이라 뚜렷이 써 내주니 원수 사은하고 진법을 시험할 제, 장사일자진長蛇一字陳을 쳐 두미頭尾를 상합케 하고 군중에 호령하되,

"남북 적병이 비록 억만병이라도 내 혼자 당하려니와 너희 등은 행오를 잃지 말라."

약속할 제, 이적에 적진중에 문걸 죽음을 보고 일진이 진동하여 서로 나와 싸우려 할 새 삼군대장 최일귀 분기를 이기지 못하여 녹포운갑에 백금 투구를 쓰고 장창대검을 좌우에 갈라 들고 적제마를 채질하여 나는 듯이 달려들며 외어 왈,

"적장 유충렬아! 네 아직 미거하여 남북 강병 억만군을 능멸히 생각하니 바삐 나와 죽어 보라."

원수 장대에 있다가 최일귀란 말을 듣고 바삐 나와 응성하되,

"정한담은 어디 가고 너만 어찌 나왔느냐. 너희 두 놈의 간을 내어 우리 부모 영위전靈位前에 재배하고 드리리라."

함성하고 달려들어 장성검이 번듯하며 일귀 가진 장창대검이 편편파

쇄^{片片破碎} 부서지니, 최일귀 대경하여 철퇴로 치자한들 원수 일신이 보이지 아니하니 치자한들 어이하리. 적진중에서 옥관도사 싸움을 구경타가 대경하여 급히 쟁^錚(군사를 물리는 꽹과리)을 쳐 거두오니, 일귀 겨우 본전에 돌아와 정신을 잃었는지라.

이때 북적 선봉 마룡은 천하에 명장이라. 충렬을 잡지 못하고 돌아옴을 분히 여겨 진문을 헤쳐 왈,

"대장은 어찌 조그마한 아이를 살려 두고 오니이까? 소장이 잡아오리이다."

나는 듯이 들어올 제, 북적 진중에서 또한 도사 진진이 나와 마룡의 말머리를 잡고 왈,

"대장은 가지 마옵소서. 적장의 갑주창검을 보니 용궁의 조화라. 수년 전에 대장성이 남경에 떨어지더니, 이제 검술을 보니 북두성 대장성이 칼 빛을 응하며, 일광주 용인갑은 일신을 가리었으니 사람은 천신이요, 말은 비룡이라 뉘 능히 당하리오."

마룡이 분노하여 도사를 꾸짖어 왈,

"대장부 앞에 요망한 도사놈이 무슨 잔말을 하느냐. 바삐 물러서라."

진진이 생각하되 미구^{未久}에 대환^{大患}이 있을지라 진중에 들지 않고 소로로 도망하여 싸움을 구경터라.

이때에 마룡이 좌수에 삼천근 철퇴를 들고 우수에 창검을 들고 호통을 지르며 나와 원수를 맞아 싸우더니, 일광주에 쏘여 두 눈이 캄캄하여 정신이 없는지라. 운무 중에 소리나며 검광이 빛나며 원수를 치려 하니 장성검이 번듯하며 마룡의 손을 치니, 철퇴 든 팔이 마저 땅에 떨어지니 마룡이 대경하여 우수에 잡은 칼로 공중에 솟아 번개를 냅다 치니 구척 장검 길고 긴 칼이 낱낱이 파쇄하여 빈 자루만 남은지라. 제아무리 명장인들 적수로 당할소냐. 본진으로 도망코자 할 즈음에 벽력 같은 소리 진동하며 장성검이 번듯하며 마룡의 머리 안개 속에 내려지니 목은 잘라 본진에 던지고 몸은 적진에 던지며 왈,

"이봐 정한담아, 바삐 나와 죽기를 재촉하라. 네놈도 이같이 죽이리라."

좌우로 횡행하되 공중에 소리만 나고 일신은 아니 보이니 적진이 대경하여 혼불부신(魂不附身)하더라.

한담이 대노하여 용상을 치며 왈,

"억만 군중에 충렬이 잡을 자 없느냐?"

형사마 비껴 타고 십 척 장검 빼어 들며 진문 밖에 썩 나서며 최일귀 응성하고 나와 왈,

"대장은 아직 참으소서. 소장이 당하리다."

나는 듯이 들어가며 외워 왈,

"적장 유충렬은 어제 미결한 싸움을 결단하자."

원수 응성하고 천사마상 번듯 올라 좌수의 신화경은 신장을 호령하고 우수의 장성검은 일원을 희롱하는지라. 적진을 바라보고 나는 듯이 들어가 혼신이 일광되어 가는 줄을 모를러라. 일귀를 맞아 싸워 반합이 못하여서 장성검이 번듯하며 일귀의 머리를 베어 칼 끝에 꿰어 들고 본진으로 돌아와서 천자 전에 바쳐 왈,

"이것이 최일귀 머리 적실하오니까?"

천자 일귀의 목을 보고 대분(大忿)하사 도마 위에 올려놓고 점점이 오리면서 원수를 치사 왈,

"짐이 불명하여 이놈의 말을 듣고 경의 부친을 문외출송(門外黜送)하였더니 이놈이 나를 속여 만 리 연경에 보냈으니 이제는 설치(雪恥)하고 경의 은혜 논지(論之)컨대 할부봉양(割膚奉養)(살을 베어 봉양함) 부족이라 백골이 진토되어도 그 은혜를 다 갚으리. 황태후는 어디 가고 이놈 고기 맛볼 줄을 모르는가."

원수의 손을 잡고 백 번이나 치사하니 원수 더욱 감축하여 고두사례(叩頭謝禮)하고 군중으로 물러나오니 중군 조정만이 즐거움을 측량치 못하여 대하(臺下)에 내려 백배 치사하며 즐기더라.

이때 한담이 일귀 죽음을 보고 분심이 충장(充壯)하여 벽력 같은 소리를 천둥같이 지르고 장창대검 다잡아 쥐고 전장 오백 보를 솟아 뛰어서며 육정육갑(六丁六甲)을 베풀어 좌우 신장 옹위하고 둔갑장신(遁甲藏身)하여 변화를 부쳐두고 호통을 크게 질러 원수를 불러 왈,

"충렬아, 가지 말고 네 목을 바삐 납상納償하라."

원수 한담이 나옴을 보고 대희하여 응성하고 나올 제 천자 원수를 당부 왈,

"한담은 일귀 마룡의 유類 아니라 천선의 법을 배워 만부부당지력萬夫不當之力이 있고 변화불측變化不測하니 각별히 조심하라."

원수 크게 웃고 진전陣前에 나서 한담을 망견望見하니, 신장이 십여 척이요 면목이 웅장하며, 황금 투구의 녹포운갑에 조화를 붙였는데 천상 익성정신을 흉중에 갈무었으니 일대명장一代名將이요 역적 될 만한지라, 원수 기운을 가다듬고 신화경을 잠깐 펴 익성정신을 쇠진케 하고 장성검을 다시 닦아 성채 찬란케 하고 변화의 은신하고 호통을 크게 하며 한담을 불러 왈,

"네놈은 명나라 정종옥의 자식 정한담이 아니냐. 세대로 명나라 녹을 먹고 그 인군을 섬기다가 무엇이 부족하여 충신을 다 죽이고 부모국을 치려 하니 비단 천하 사람뿐 아니라 지하 귀신들도 너를 잡아 황제전에 드리고자 할 것이니 너 같은 만고역적萬古逆賊이 살기를 바랄소냐. 네놈을 생금하여 전후 죄목을 물은 후에 너의 살을 포육을 떠서 종묘에 제사하고 그 남은 고기는 받아다가 우리 부친 충혼당에 석전제夕奠祭를 지내리라. 바삐 나와 나를 보라."

한담이 분노하여 응성출마應聲出馬 나오거늘 원수 한담을 맞아 싸울 제 칼로 치게 되면 반합에 죽을 것이로되 살리고 잡고자 하여 장성검 높이 들어 한담을 치려더니 한담은 간데없고 편편채운(뭉게뭉게 일어나는 채색 구름)이 일어나며 원수의 장성검의 검광이 없어지고 펴 있던 칼이 도로 사리거늘 원수 대경하여 급히 물러와 신화경을 바삐 펴 일편을 왼 후에 장성검을 세 번 치며 풍백을 바삐 불러 채운을 쓸어 버리고 안순풍이 지조화를 부쳐 적진을 살펴보니 한담이 변신하여 채원에 싸이여 십여 척 장검 번뜩이며 원수를 따르거늘, 원수 그제야 깨닫고 왈,

"한담은 천신이라 산채로 잡으려 하다가는 도리어 환을 당하리라."

싸우러 나갈 제, 진전에 안개 자욱하며 장성검 번개 되어 공중에 빛나며 한담을 치려 하되 한담의 몸에는 종시 칼이 가까이 가질 못하거늘 적

진을 향하여 뒤로 들어 진중을 해칠 듯하니 한담이 원수를 따라잡으려 하고 급히 회마차의 번개 언뜻하며 한담의 탄 말이 땅에 거꾸러지거늘 급히 칼을 들어 한담의 목을 치니 목은 맞지 아니하고 투구만 깨어지니 적진에서 한담의 투구 깨어짐을 보고 대경하여 급히 쟁을 쳐 거두움에 한담의 기운이 쇠진하여 거의 죽게 되었더니 쟁을 쳐 거둠에 본진에 돌아와 정신을 놓고 기운을 수습지 못하거늘 좌우 구하니 겨우 정신을 차려 앉으며 왈,

"선생은 어찌 알고 소장을 불렀나이까?"

도사 왈,

"적장의 칼 끝에 장군의 투구 깨어지기로 만분 위태하여 불렀노라."

한담이 대경하여 머리를 만져 보니 투구 없는지라 더욱 놀라 왈,

"적장은 일정 천신이요, 사람은 아니로다. 십 년을 공부하여 사람은커니와 귀신도 측량치 못하는 법이 많았더니 마룡과 최일귀 죽음을 조심하여 십 년 배운 법을 오늘날 모두 다 베풀어 적장을 잡으려 하더니 잡기는 새로이 기운이 쇠진하여 거의 죽게 되었더니 천행으로 선생의 힘을 입어 목숨이 살았으나 천만 가지로 생각하되 힘으로는 잡을 수 없으니 선생은 깊이 생각하옵소서."

도사 이 말을 듣고 간담이 서늘하여 이윽히 생각하다가 군중에 전령하여 진문을 굳이 닫고 한담을 불러 왈,

"적장을 잡으려 할진대 인력으로는 잡지 못할 것이니 군장 기계를 모아 여차여차하였다가 적장을 유인하여 진중에 들게 되면 제 비록 천신이라도 피할 길이 없으리라."

한담이 대희하여 도사의 말대로 약속을 정제하고 수일을 지낸 후에 갑주를 갖추고 진문에 나서며 원수를 불러 왈,

"네 한갓 혈기만 믿고 우리를 대적하니 후생이 가외로다. 빨리 나와 자웅을 결단하라."

이때에 원수 의기양양하여 진전에 횡행타가 부르는 소리를 듣고 응성 출마하여 일합이 못하여 거의 잡게 되었더니 적진이 또한 쟁을 쳐 거두거늘 승승축부勝勝逐赴(이긴 김에 계속 쫓아감)하여 바로 적진 선봉을 헤쳐

달려들 제 장대에서 북소리 나며 난데없는 안개 사면에 가득하고 적장이 간데없고 음풍이 소소하며, 한설이 분분한데 지척을 모를레라. 가련하다 유충렬이 적장 꾀에 빠져 함정에 들었으니 명재경각이라. 원수 대경하여 신화경을 펴놓고 둔갑장신하여 일신을 감추고 안순법을 베풀어 진중을 살펴보니 토굴을 깊이 파고 그 가운데 장창검극長槍劍戟은 삼대같이 벌였으며 사해신장四海神將이 나열하여 독한 안개, 모진 사석 사면으로 뿌리면서 함성소리 크게 질러 '항복하라!' 하는 소리 천지 진동하는지라. 원수 그제야 간계에 빠진 줄 알고 신화경을 다시 펼쳐 육정육갑을 베풀어 신장을 호령하며 풍백을 바삐 불러 운무를 쓸어 버리니, 명랑한 청천백일 일광주를 희롱하고 장성검은 번개 되어 적진중에 요란할 제, 적진을 살펴보니 무수한 군졸이며 진중에 모든 복병 둘러싸서 백만겹을 에웠는데, 장대에서 북을 치며 군사를 재촉커늘, 원수 분노하여 일광주를 다시 만져 용인갑을 다스리고 천사마를 채질하여 좌우진중左右陳中 호통하며 좌충우돌 횡행할 제 호통소리 지나는 곳에 번갯불이 일어나며 번갯불 일어나는 곳에 뇌성벽력이 진동하니 군사 장수 넋을 잃고 모든 장수 귀가 먹고 눈이 어두워 제 군사를 제 모른다. 서로 밝혀 분주할 제, 변화 좋다 장성검은 동천에 번듯하며 호적이 쓰러지고 서천에 번듯하여 전후 군사 다 죽으니 추풍낙엽 볼 만하며, 무릉도원 홍류수紅流水는 흐르나니 핏물이라. 선봉 중군 다 헤치고 적진 장대 달려드니 정한담이 칼을 들고 대상에 섰거늘 호통소리 크게 하고 장성검을 높이 들어 대칼에 베어 들고 후군에 달려드니, 이때 황후 태후 적진에 잡혔다가 토굴 속에서 소리하여 하는 말이,

"저기 가는 저 장수는 행여 명나라 장수거든 우리 고부 살려주소."

원수 분기 등등하여 적진에 횡행타가 슬픈 소리 나며, 천사마 그곳을 행하거늘, 급히 가 보고 말에서 내려 왈,

"소장은 동성문 내 거하던 유주부 아들 충렬이옵더니 아비 원수 갚으려고 불원천리 달려와서 정문걸을 한 칼에 베이고 이곳에 왔사오니 소장과 함께 본진으로 가사이다."

황후 태후 이 말을 듣고 토굴 밖에 나와 원수의 손을 잡고 치사하여

왈,

"그대 일정 유주부의 아들인가. 어디가 장성하여 저런 명장 되었는가? 그대 부친은 어디 있느뇨? 장군의 힘을 입어 우리 고부 살려내어 소소백발 이내 몸이 천자 아들 다시 보고, 연연홍안妍妍紅顔(곱고 고운 젊은 얼굴) 내 며느리 황제 낭군 다시 보게 하니 그 공로 그 은혜는 태산이 무너져서 평지가 되어도 잊을 수 없고 천지가 변하여 벽해가 될지라도 잊을 가망 전혀 없네. 머리를 베어 신을 삼고 혀를 빼어 창을 받아 백년 삼만 육천일에 날마다 이고서도 그 공로를 다 갚을까. 본진에 돌아가서 내 아들 어서 보세."

원수 배사하고 황태후를 바삐 모셔 본진에 돌아와 정한담의 목을 내어 천자 전에 바치려고 칼 끝에 빼어 보니 참놈은 간데없고 허수아비 목을 베어 왔는지라. 원수 분노하여 다시 싸움을 도도더라.

이때 천자 양진 싸움을 구경터니 원수 적진에 달려들며 사면에 안개 가득하고 적진 복병이 벌 일듯 하여 빈틈없이 둘러싸고 고각함성은 천지 진동하고 원수의 검광이 뵈이지 아니하거늘 천자 대경실색하여 발을 구르며 땅에 엎어져 통곡 왈,

"이제는 죽었구나. 천행으로 충렬을 얻었더니 이제는 죽었으니 불칙한 이내 팔자 살아 무엇하리. 신령하신 황천후토黃泉后土는 이런 경상을 살피사 유충렬을 살려주소서."

이렇듯이 슬피 울더니 뜻밖에 적진중에 안개 없어지며 벽력 같은 소리 나며 장성검 번개 되어 적진 억만병을 순식간에 쓰러쳐 무인지경 되었는데 일원대장이 진문 밖에 나서며 황후 태후를 모시고 본진으로 돌아오거늘, 천자와 태자 버선발로 달려들어 천자는 원수 손을 잡고, 태자는 태후의 손을 잡고 한데 어우러져 즐거운 마음 측량없어, 울음 절반, 웃음 절반 두 가지 섞이어서, 천자는 옥새를 목에 걸고 항서는 손에 들고 항복하려 나오다가 뜻밖에 충렬을 얻어 살아난 말씀을 하고 황태후는 적진에 잡혀가 토굴 속에 갇히었다가 뜻밖에 원수 만나 살아온 말씀을 하고 군사들도 즐거워 치하 분분하더라.

이때 정한담이 도사의 꾀를 듣고 적장을 유인하여 함정에 넣었더니 죽

기는 고사하고 삼군 억만병을 한 칼에 무찌르고 장대에 달려들어 한담의 혼백 붙인 위인을 베이고 후군을 지치다가 황태후를 데려가는 양을 보고 넋을 잃어 도사에게 들어가 여쭈오되,

"충렬은 일정 천신이라 이제는 백계무책百計無策이오니 선생은 어찌 하오리까?"

도사 대경망극하여 아무리 할 줄을 모르다가 한 꾀를 생각하고 한담을 불러 왈,

"적장 유충렬은 거거년전去去年前에 연경으로 귀양간 유심의 아들이라 하니 이제 군사를 급히 재촉하여 유심을 잡아다가 진중에 가두고 죽이려 하면 제아무리 충신이나 인군만 생각하고 제 아비를 생각지 아니하랴."

한담이 이 말을 듣고 대희하여 군중에 전령하되 날랜 군사 십여 명을 조발調拔하여 유주부를 빨리 나입하라 분부하니라.

각설, 이때 유주부가 북방 극한지지極寒之地에 누년 고생함에 위인이 보잘것이 없고, 남경에 난리났단 말을 듣고 주야 근심하며, 행여 천자 죽을까 염려하여 동지장야冬至長夜 길고 긴 밤에 촛불만 도도켜고 축수 왈,

"명천이 감동하사 우리 천자 살릴진대, 내 아들 충렬이 살았거든 남경을 구원하고 제 아비 원수를 갚게 하소서."

이렇듯 정성을 드리더니 뜻밖에 한 떼 군사 달려들어 유주부를 잡아내어 수레 위에 높이 싣고 불원천리 재촉커늘 유주부 정신없이 인사를 놓았다가 겨우 인사를 차려 생각하되,

"이제는 하릴없이 죽는도다. 우리 천자 승전하였으면 날 잡아오라기 만무하다. 일정 정한담이 역적되어 천자를 죽이고 나도 또한 죽이려고 이 지경이 되었구나. 청천일월도 무심하고 형산신령도 못 믿겠다. 내 아들 충렬이도 정녕 죽었구나. 살았으면 어디 가서 아비 원수 못 갚는가."

이렇듯이 슬피 울 제 군사들도 낙루하더라.

여러 날 만에 적진중에 득달하니 이때 정한담이 용상에 높이 앉아 곤룡포袞龍袍를 정히 입고 백관이 시위하여 유심을 잡아다가 계하에 엎지르고 달래어 하는 말이,

"그대 마음이 하 고집하기로 만 리 연경에 수년을 고생하니 내 마음이

불안한지라. 이제는 짐이 천자되어 백관을 거느렸더니 그대 아들이 아직 미거하여 천위를 모르고 죽은 명제를 살리려고 우리 군사를 침노하니 죄상을 논지컨대 진작 죽일 것이로되 그대를 생각하여 아직 살려 두었더니 종시 항복지 아니하기로 그대를 데려다가 자식에게 편지나 하여 부자 함께 만나 나를 도우면 고관대작은 원대로 할 것이니 부디 사양치 말라.”

유주부 이 말을 듣고 분심이 탱장하여 눈을 부릅뜨고 쪽골쳐(쪼그려) 앉으며 왈,

“네 이놈 정한담아, 천지도 무섭잖고 일월도 두렵지 아니하냐. 나는 자식도 없고, 자식이 설혹 있은들 우리 천자를 모시고 너 같은 역적놈을 죽이려 하는데 그 아비 무슨 일로 성군을 저버리고 역적을 도우랴 하며, 내 자식은 새로이 광대한 천지간이 삼척동자도 네 고기를 먹고자 하느니, 하물며 내 아들은 옥황이 점지하사 남경을 도우랴 하였으니 만고역적 너 같은 놈을 섬길 듯하냐.”

이렇듯이 공책^{叱責}(무섭게 꾸짖음)하며 노기등등^{怒氣騰騰}하거늘, 한담이 대노하여 유심을 잡아내어 군중에 베라 하니 곁에 있던 군사 벌떼같이 달려들어 검극을 번뜩이며 유주부를 잡아내니, 도사 한담을 말려 왈,

“그대 어찌 경선(경솔하고 앞질러 함)히 아는다? 유심의 상을 보니 당대 왕후 기상이니 천명이 완연커늘 그리할 가망 있을소냐. 만일 죽였다가는 대환이 목전에 있을 것이니 분심을 참으소서.”

한담이 분기를 이기지 못하여 생전 돌아오지 못할 데로 다시 귀양 보내고, 거짓 유심의 편지를 만들어 무사로 하여금 명진중에 쏘아 원수를 보게 하니, 이때 원수 장대에 앉았다가 난데없는 살 하나가 진중에 내려지거늘, 급히 주워다가 살을 보니 살끝에 편지 한 장 달렸거늘 끌러 보니 그 편지에 하였으되,

“연경에 적거한 유주부는 불효자 충렬에게 일장서간^{一張書簡} 부치나니 급히 받아 떼어 보라. 오호라, 너의 부모 연광이 반이 넘어 일점 혈육 없었더니 남악산에 산제하고 너를 늦게야 낳아 영화를 보렸더니 나의 팔자 기박하여 천자께 득죄하고 만리 연경에 귀양가서 사생이 관두하되 아비

를 찾지 아니하는구나. 부모를 상봉함은 천륜에 당연커늘 너의 몸만 장
성하여 망한 나라 섬기려고 새나라를 침노하니 새 천자 네 아비를 잡아
다가 너 같은 몹쓸 자식 두었다 하시고 도마 위에 올려놓고 죽이려 하니
이 아니 망극하냐. 세상 사람이 자식 낳으면 좋다 하는 말이 자식의 힘
을 입어 영화를 보는고로 생남하면 좋다 하는데 나는 무슨 죄로 영화 보
기는 새로이 소소백발 파리한 목에 창검이 웬일이며, 피골상연 늙은 수
족 수레소(형벌에 쓰는 소)를 어이하리. 네가 일정 나의 자식이거든 급히
항복하여 우리 부자 상봉하여 만종록萬鍾祿을 먹게 하라. 만일 내 말을 듣
지 아니하면 죽은 혼이라도 자식이라 아니하고 모진 귀신이 되어 네 몸
을 해하리라. 할말이 무궁하되 명재경각命在頃刻하여 황황하기로 그치노
라.”
　원수 이 편지를 보고 정신이 아득하여 흉중이 막혀 인사를 모르더니
겨우 진정하고 천자께 들어가 그 편지를 드리며,
　“이 글을 보옵소서. 폐하 전일에 소신 아비의 필적을 보았을 것이니
이게 정녕 아비의 필적이오니까?”
　찬자와 태자 그 편지를 다 본 후에 박장대소하며 원수를 위로 왈,
　“그대의 부친이 죽은 지 오랜지라 혼백이 살았더라도 글씨를 보니 전
후 불견 필적이라. 설령 살았을지라도 이런 말을 어이 할까. 장군은 염
려 말고 정한담을 사로잡아 그 곡절을 물어보면 내 말이 옳다 하리라.”
　원수 물러나와 생각하되 전일 강승상을 만날 때에 먹라수 회사정에 부
친이 빠져 죽은 표적을 붙였으니 부친이 죽기는 적실한지라 이제 어찌
적진에 들어가 편지를 부쳤으리오. 그러나 나의 마음 심난하다. 적진을
쳐 파하고 한담을 사로잡아 이 일을 해득하리라 하고 일광주를 다시 씻
고 황용수黃龍鬚를 거스르고(곤두세움) 봉의 눈을 부릅뜨며, 용인갑을 졸
라 입고 대장검을 높이 들며 신화경을 손에 들고 천사마를 바삐 몰아 진
전에 나서며 한담을 크게 불러 왈,
　“네 이놈, 간사한 꾀를 내어 나를 항복코자 하거니와 내 어찌 모를소
냐. 바삐 나와 죽어 보라.”
　한담이 황겁하여 도성에 들어가고 선봉을 머무르며 군문을 굳이 닫고

나지 아니하거늘, 원수 승승축부하여 적진에 달려들어 장성검 번듯하며 적진 선봉 씨가 없이 다 죽이고 도성문에 달려드니 사대문이 닫혔거늘, 호통소리 한머리에 장성검을 번뜩이며 철편으로 문을 치니, 문이 편편 파쇄하여 동시월 설한풍에 백설같이 흩날리더라. 순식간에 달려들어 궐문 밖에 진친 군사 대칼에 무찌르고 정한담을 바삐 찾아 궐문 안에 들어갈 새, 이때 한담이 원수 도성에 든단 말을 듣고 황황급급 북문으로 도망하여 도사를 데리고 호산대에 높이 올라 피난하는지라.

원수 도성에 들어 한담의 가권을 잡고 또 저의 삼족을 다 잡아 본진으로 보내고 만조백관을 호령하여 옥연王輦(높은 사람이 타는 가마)을 갖추어 본진에 돌아가 천자를 모셔 환궁하고 한담의 가솔을 낱낱이 문죄 후에 씨없이 베이고 조정만을 신칙하여 본진을 지키고, 원수는 전일 살던 집터를 가 보니, 웅장한 고루거각 빈터만 남았더라. 슬픈 마음 진정하고 궐문을 향하여 돌아서니 부모 생각 측량없어 나가는 길이 캄캄하여 참을 길이 없는지라. 갑주 벗어 땅에 놓고 가슴을 두드리며 대성통곡하는 말이,

"옛날에 기자도 나라가 망한 후에 옛터를 지나다가 궁실이 무너져서 쑥대밭이 됨을 보고 맥수가麥秀歌를 슬피 지어 고정을 생각하니, 이제 유충렬은 물 가운데 부모 잃고 도로에 개걸타가 이내 몸이 장성하여 살던 터를 다시 보니 장부 한숨 절로 난다. 우리 부모는 어디 가시고 이런 줄을 모르시는가. 상전벽해桑田碧海(뽕나무 밭이 푸른 바다로 변한다는 것으로 세상이 많이 변했다는 뜻)한단 말을 곧이 아니 들었더니, 이내 일을 생각하니 백년 인생 초로 같고 만세 광음 유수로다. 부귀영화 본다 하고 부디 사람 경히 말고 제 복 있어 잘산다고 일가친척 괄세 마소. 고진감래苦盡甘來 흥진비래興盡悲來는 고금에 상사로세. 양지陽地가 음지陰地되고 음지가 양지되는 줄을 그 뉘라서 알아보리. 권세 좋다 귀하다고 천만년을 믿지 마소."

이렇듯이 낙루하고 도성에 들어오니 만조백관 시위 중에 충신은 다 죽고 남아 있는 자는 정한담의 동류라 낱낱이 잡아내어 죄지경중罪之輕重하여 장안시에 처참하고 정한담을 찾으려고 군중에 전령하여 찾으리라.

이때 정한담이 호산대에서 도사더러 의논할 새, 도사 한 꾀를 생각하

여 왈,

"이제 백계무책百計無策이라. 여간 남은 군사로 패문 지어 남만과 서번과 호국에 보내어 패전한 말을 하고 구원병을 청하여 한 번 싸운 후에 사불여의事不如意하면 목숨만 도망하여 후일을 봄이 어떠하뇨."

한담이 대희하여 패문을 지어 급히 오국에 보내니라. 이때 오국 군왕이 각기 장수를 보내어 승전하기를 주야 기다리더니 뜻밖에 패군한 소식이 왔거늘 각각 분노하여 서천 삼십육도 군장이며 가달 토번왕과 호국대왕이 정병 팔십만과 용장 천여원이며 신기한 도사를 좌우에 앉히고 진세를 살피며 각각 군왕 등은 중군이 되어 천하명장을 간택하여 선봉을 정한 후에 행군을 재촉하여 달려드니 그 거동 웅장함은 일구난설이라.

이때 정한담이 청병 옴을 보고 기운이 펄쩍하여 성명을 바삐 적어 군중에 통지하고 도사와 함께 호왕께 현신하고 전후수말前後首末을 낱낱이 아뢰니 호왕 등이 이 말을 듣고 정문걸이며 마룡이 죽었단 말을 듣고 간담이 서늘하여 접전할 마음이 없으나 한갓 분심을 못 이기어 정한담과 동심하여 호산대에 진을 치고 격서를 남경으로 보내니라.

이때 원수는 도성에 들고 조정만은 금산성하에 유진하였더니 뜻밖에 조정만이 장계를 올리거늘 급히 개탁하여 보니 하였으되,

"오국 군왕들이 패군한단 말을 듣고 각각 중군이 되어 오는 중에 정한담과 옥관도사 협력하여 격서를 보내었으니 원수는 급히 와 방적하소서."

하였거늘 원수 듣고 크게 웃어 왈,

"정문걸 마룡은 천하 명장이라도 내 칼끝에 죽었거든 하물며 오국병 호야 제 비록 승천입지昇天入地하는 놈이 선봉이 되었으나 한갓 장성검의 피만 묻힐 따름이라. 황상은 염려 마옵시고 소장의 칼 끝에 적장의 머리 떨어지는 구경이나 하옵소서."

즉시 갑주를 갖추고 본진에 돌아와 군사를 신칙하여 항오를 각별히 단속하고 적진에 글을 보내 싸움을 도도울 제, 이때 정한담이 오국 군왕 전에 한 꾀를 드려 왈,

"도사의 재주는 소장이 십년을 공부하여 변화무궁하오니 구척장검 칼

머리에 강산도 무너지고 하해도 뒤눕더니, 명진 도원수 유충렬은 천신이요 사람은 아니라, 이제 대왕이 억만병을 거느려 왔으나 충렬 잡기는 새로이 접전할 장수 없사오니 만일 싸우다가는 우리 군사 씨가 없고 대왕의 중한 목숨 보존하기 어려울 것이니, 오늘밤 삼경에 군사를 갈라 금산성을 치게 되면 제 응당 구할 차로 올 것이니, 그때를 타 소장은 도성에 들어가 천자를 항복받고 옥새를 앗으면 제 비록 천신인들 제 인군 죽었는데 무슨 면목으로 싸우리까. 그 꾀 마땅하오니 대왕의 처분은 어떠하시니까?"

호왕이 대희하여 한담으로 대장삼고 천극한으로 선봉을 삼고 약속을 정제할 제, 제군중에 기치를 둘러 도성으로 갈듯이 하니 원수 산하에 있다가 적세를 탐지하고 도성에 들어오니라.

이 밤 삼경에 한담이 선봉장 극한을 불러 군사 십만명을 주어 금산성을 치라 하니 극한이 청명하고 금산성에 달려들어 호통일성에 십만병을 나열하여 군문을 바삐 헛쳐 군중에 들어 좌우를 충돌하며 군사를 지쳐 들어가니 불의에 환을 만나 황황급급한지라.

원수 도성에서 적세를 탐지하더니 한 군사 보하되,

"지금 도적이 금산성에 들어 군사를 다 죽이고 중군장을 찾아 횡행하니 원수는 급히 와 구원하소서."

원수 대경하여 금산성 십 리 뜰에 나는 듯이 달려들어 벽력같이 소리하며 적진을 헤쳐 중군에 들어가 조정만을 구원하여 장대에 앉히고 필마단창으로 성화같이 달려들어 장성검 지낸 곳의 천극한의 머리를 베이고 천사마 닫는 곳에 십만 군병이 팔공산 초목이 구시월 만난 듯이 순식간에 없어지니 원수 본진에 돌아와 칼 끝을 보니 정한담은 어디 가고 전후 불견 되놈이라.

이때 한담이 원수를 치우고 정병만 가리어 급히 도성에 드니 성중에 군사 없고 천자는 원수의 힘만 믿고 잠이 깊이 들었다가 뜻밖에 천병만마 성문을 깨치고 궐내에 들어가 함성하는 말이,

"이봐 명제야, 어디로 갈다? 팔랑개비라 비상천하며 두더지라 땅으로 들다? 네놈의 옥새 앗으려고 하더니 이제는 어디로 갈다? 바삐 나

와 항복하라.”

그 소리 궁궐이 무너지며 혼백이 상천하는지라. 명제 넋을 잃고 용상에 떨어져 옥새를 품에 품고 말 한 필 잡아타고 엎어지며 자빠지며 북문으로 도망하여 변수가에 다다르니 한담이 궐내에 달려들어 천자를 찾은즉 간데없고 황후 태후 태자 도망하여 나오거늘 호령하고 달려들어 황후를 잡아 궐문에 나와 호왕에게 맡기고 북문에 나서니, 이때 천자 변수가에 도망커늘 한담이 대희하여 천둥 같은 소리 하고 순식간에 달려들어 구척장검 번듯하며 천자의 앉힌 말이 백사장에 거꾸러지거늘, 천자를 잡아내어 마하(馬下)에 엎지르고 서리 같은 칼로 통천관(정무를 볼 때 쓰는 관)을 깨던지며 호통하는 말이,

“이봐 들어라. 하늘이 날 같은 영웅을 내실 제는 남경에 천자 시킴이라, 네 어찌 천자를 바랄소냐. 네 한 놈 잡으려고 십년을 공부하여 변화무궁하니 네 어찌 순종치 아니하고 조그마한 충렬을 얻어 내 군사를 침노하니, 너의 죄를 논지컨대 이제 바삐 죽일 것이로되, 옥새를 드리고 항서를 써 올리면 죽이지 아니하려니와 그렇지 아니하면 네놈의 노모처자를 한 칼에 죽이리라.”

천자 하릴없이 하는 말이,

“항서를 쓰자 한들 지필(紙筆)이 없다.”

한담이 분노하여 창검을 번뜩이며 왈,

“용포를 떼고 손가락을 깨어 항서를 쓰지 못할까.”

천자 용포를 떼고 손가락을 깨물려 하니 차마 못할 즈음에 황천인들 무심하리.

이때 원수 금산성에 적진 십만병을 한 칼에 무찌르고 바로 호산대에 득달하여 적진 정병을 씨없이 함몰코자 행하더니 뜻밖에 월색이 희미하며 난데없는 빗방울이 원수 면상에 내려지거늘 원수 괴이하여 말을 잠깐 머무르고 천기를 살펴보니 도성에 살기 가득하고 천자의 자미성이 떨어져 변수가에 비쳤거늘 대경하여 발을 구르며 왈,

“이게 웬 변이냐.”

갑주창검 갖추고 천사마상 바삐 올라 산호채를 높이 들어 말석을 채질

하며 말더러 정설 왈,

"천사마야, 너의 용맹 두었다가 이런 때에 아니 쓰고 어디 쓰리오. 지금 천자 도적에게 잡히어 명재경각이라 순식간에 득달하여 천자를 구원하라."

천사마는 본디 천상에서 타고 온 비룡이라 채질을 아니하고 정설만 하되 제 가는 대로 두어도 순식간에 몇천 리를 갈 줄 모르는데 하물며 제 임자 급한 말로 정설하고 산호채로 채질하니 어찌 아니 급히 갈까. 눈 한 번 깜짝이며 황성 밖을 얼른 지나 변수가에 다다르니, 이때 천자는 백사장에 엎어지고 한담은 칼을 들고 천자를 치려 하거늘, 원수 이때를 당함에 평생에 있는 기력과 일생에 지른 호통을 진력하여 다 지르니, 천사마도 평생 용맹 이때에 다 부리고, 변화 좋은 장성검도 삼십삼천 어린 조화 이때에 다 부리고, 원수 닫는 앞에 귀신인들 아니 울며 강산도 무너지고 하해도 뒤눕는 듯 혼백인들 아니 울리오. 혼신이 불빛 되어 벽력같이 소리하며 왈,

"이놈 정한담아 우리 천자 해치 말고 나의 칼을 네 받으라."

나는 짐승도 떨어지고 강신 하백 넋을 잃어 용납지 못하거든 정한담의 혼백인들 아니 가며 간담이 성할소냐. 호통 소리 지나는 곳에 두 눈이 캄캄하고 두 귀가 먹먹하여 탔던 말 둘러 타고 도망하여 가려다가 형산마 거꾸러져 구만 청천 구름 속에 번개칼이 언뜻하며 한담의 장창대검 부서지니 원수 달려들어 한담의 목을 산채로 잡아 들고 말에서 내려 천자 앞에 복지하니, 이때 천자 백사장에 엎어져서 반생반사半生半死 기절하여 누웠거늘 원수 붙잡아 앉히고 정신을 진정한 후에 복지 주왈,

"소장이 도적을 함몰하고 한담을 사로잡아 말께 달고 왔나이다."

천자 황망 중에 원수란 말을 듣고 벌떡 일어나 앉아 보니, 원수 복지하였거늘, 달려들어 목을 안고,

"네가 일정 충렬이냐. 정한담은 어디 가고 네가 어찌 예 왔느냐. 나는 죽게 되었더니 네가 와서 살리도다."

원수 전후수말을 아뢴 후에 한담의 머리를 풀어 손에 감아 들고 도성에 들어오니 이때 오국 군왕이 성중에 들렀다가 한담이 사로잡혔단 말을

듣고 황겁하여 도성에 들어 성중보화城中寶貨 일등미색一等美色을 탈취하고 황후와 태후 태자를 사로잡아 수레 위에 높이 싣고 본국으로 들어가고 없는지라.

천자 원수를 붙들고 대성통곡 왈,

"이 몸이 하늘께 득죄하여 나라가 망케 되었다가 충신 그대를 얻어 회복되게 되었으나 부모 처자를 되놈에게 보내고 나 혼자 살아 무엇하리. 천하를 그대에게 전하나니 그리 알라. 과인은 이제 죽어 혼백이나 호국에 들어가 모친을 만나 보면 구천에 들어가도 여한이 없으리라."

하고 궐내 백화담에 빠져 죽고자 하거늘 원수 붙들어 용상에 앉히고 여쭈오되,

"소신이 충성이 부족하여 이 지경이 되었으나 이때를 당하여 신자 도리에 호국을 그저 두오리까. 소신이 재주 없사오나 호국에 들어가 호종胡種을 함몰하고 황태후를 편히 모셔 돌아오리이다."

천자 원수 손을 잡고 낙루하며 부탁하되,

"경이 충성을 다하고 호국을 쳐 멸하고 과인의 노모와 처자를 다시 보게 하면 살을 베어도 아깝지 아니하리오."

원수 배사하고 나와 정한담을 끌러 계하에 엎지르고 좌우 나졸 호령하여 온갖 형벌 갖추고 전후 죄목을 낱낱이 물어 왈,

"이놈 들으라. 네 자칭 신황제라 하고 날더러 천의를 모른다 하더니 어찌 두 팔이 없어 내게 잡혀왔느냐?"

한담이 참괴무언慙愧無言이라.

"네 자칭 십년 공부하여 천자를 도모한다 하더니 어떠한 놈에게 공부하여 역적이 되었느냐?"

한담이 여쭈오되,

"소인이 불행하여 도사놈의 말을 듣고 이 지경이 되었으니 아뢸 말씀 없나이다."

"도사놈이 어디 갔는고?"

"소인이 변수가에 갔을 때에 호국에 들어갔을 듯하나이다."

원수 왈,

"네놈은 날과 불공대천지수不共戴天之讎(함께 하늘 밑에 살 수 없는 원수)라 진작 죽일 것이로되, 내 부친의 존망을 알고자 하느니 바른대로 아뢰라."

한담이 다시 여쭈오되,

"소인의 죄 중하여 도사의 말을 듣고 정언 주부를 무함誣陷(거짓 사실을 꾸며 남을 곤경에 빠뜨림)하여 연경에 귀양 갔삽더니 수일 전에 다시 잡아다가 항복을 받고자 하되 종시 듣지 아니하는 고로 다시 호국포판이라 하는 데로 귀양 갔사오니 그간 생사는 모르나이다."

원수 이 말을 듣고 통곡 왈,

"강희주는 죽었느냐, 살았느냐?"

한담이 여쭈오되,

"강승상도 무함하여 옥문관으로 귀양하고, 그 집 가솔을 다 잡아 오더니 중로에 야간도주하여 영릉땅 청수에 빠져 죽었다 하나이다."

원수 모친이 회수의 봉변한 일이 한담의 소위인 줄 모르고 강낭자 죽은 일만 절분하여 한담을 대칼에 베고자 하되 부친을 만난 후에 죽이리라 하고 삼목을 갖추어 결박하여 전옥에 가두고 갑주장검을 갖추어 천자께 하직하고 나오려 하니 천자 계하에 내려 손을 잡고 낙루 왈,

"짐의 수족을 만리 타국에 보내고 마음이 어떠할꼬. 부디 충성을 다하여 모친과 자식을 살려 수이 돌아오소. 만일 그간에 환이 있으면 뉘로 하여 살아날까."

십리 밖에 전송하며 만번 당부하니 원수 청명하고 필마단창匹馬單槍으로 만리 타국에 들어갈 제, 이때 호왕이 들어가며 후환이 있을까 하여 각도 각관各道各關에 행관行關(동등한 관아 사이에 공문을 보냄)하여 호국 들어오는 길에 인가를 없애고 물마다 배를 없애 인적을 통치 못하게 하였는지라. 원수 전장에 고생하며 음식을 전폐한 날이 많은 중에 부친의 소식을 알고자 하여 침식이 불안하던 차에 호국 수만리를 주점 없이 지나오니 기운이 반감하였는지라. 행역이 노곤하여 유주에 득달하여 자사를 잡아내어 문죄 왈,

"네 이놈 세대로 국녹지신國祿之臣으로 국가 불안하되 네 몸만 생각하고

국사를 돌보지 아니하며, 또한 정한담의 말을 듣고 유주부를 네 고을로 귀양하였다 하더니 어디 계시뇨?”

자사 황겁하여 사죄 왈,

“소인도 국녹지신으로 어찌 무심하리까마는 호병이 남경에 가는 길에 소인 고을에 달려들어 군사와 양식을 탈취하고 소인을 죽이려 하기로 소인이 도망하여 목숨만 살아났으나 본디 재주 없고 적수단신赤手單身이라 할 바를 몰라 다만 국가 어찌 된 줄을 모르더니 수일 전에 소식을 들어 본즉 호병이 승전하여 황후 태후 태자를 사로잡아 가노라 하기 황황망극하던 차에 장군이 와 계시니 황송하오나 성명은 뉘시며 무슨 일로 유주부를 찾나이까?”

원수 비감하여 왈,

“나는 이 고을에 적거하신 유주부의 아들일러니 부모 원수 갚으려고 적진에 들어가 천자를 구완하고 정한담 최일귀를 한 칼에 베고 오국정병을 일시에 무찌르고 천자를 모셔 환궁하였더니 뜻밖에 오국왕이 들어와 나를 속여 도성을 엄살하고 황후를 사로잡아 갔는고로 북적을 함몰하고 황후를 모셔 오려고 가는 길에 들렀노라.”

자사 이 말을 듣고 계하에 내려 백배 치사하고 주육을 많이 내어 대접하고 십 리 밖에 전송하니라.

원수 유주를 떠나 호국에 다다르니 풍설은 분분하고 도로는 험악하여 인적이 없는지라.

각설, 이때 호왕이 십만병을 거느려 남경에 갔다가 한담이 사로잡혔단 말을 듣고 도성에 들어가 황후 태후 태자를 사로잡고, 성중 보화와 일등미색을 탈취하여 본국으로 돌아와 승전곡을 울리며 잔치를 배설하고 수일 즐긴 후에 황후 태후 태자를 잡아내어 계하에 엎지르고 나졸이 좌우에 늘어서서 검극을 벌렸는데 호왕이 인검으로 난간을 치며 태자를 호령하여 왈,

“네 이놈 전일은 네 아비 힘을 믿고 범람히 동궁이라 하였거니와 이제는 과인이 하늘께 명을 받아 천자를 항복받고 네 조모를 사로잡아 왔으니 만승천자萬乘天子가 나밖에 또 있느냐. 네 바삐 항복하여 나를 도우면 죽

이지 아니하려니와 그렇지 아니하면 너희 모자를 북해상에 던지리라.”

이렇듯 호령하니 군사의 엄장함은 염왕국閻王國이 가까운 듯, 호왕의 엄한 위풍 단산맹호 장을 치는 듯, 황후 태후 정신이 아득하여 삼인이 서로 목을 안고 계하에 엎어져서 어찌할 줄 모르더니, 이때 태자의 년年이 십삼 세라 호왕을 호령하여 하는 말이,

“네 이놈 역적놈아. 한갓 강포만 믿고 외람히 남경을 침노하여 이 지경이 되었으니 언감생심焉敢生心에 황제를 질욕叱辱하며 나를 항복받아 네 신하를 삼을소냐. 군신지분의君臣之分義를 논지컨대 황제는 만민지부萬民之父요, 황후는 만민지모萬民之母라. 너는 만고역적萬古逆賊놈이라.”

하니 호왕이 분노하여 나졸을 재촉하니, 일시에 달려들어 황후 태후 태자를 잡아내어 온갖 형벌 다 갖추고 수레 위에 높이 싣고 동문 대로상에 나올 적에 기치검극旗幟劍戟을 삼대같이 세웠는데, 총융대장 높이 앉아 자객을 상급하고 검술을 희롱할 제, 황후 태후 태자 수레에서 내려 황후는 태후의 목을 안고 태자는 황후의 목을 안고 삼 인이 한 몸 되어 백사장 넓은 들에 엎어져 땅을 치며 방성통곡하는 말이,

“전생에 무슨 죄로 백발노구白髮老嫗 홍안소부紅顔小婦 어린 손자 앞세우고 되놈에게 잡혀와서 한 칼 끝에 다 죽으니 북방천리 멀고 먼 길에 무주고혼 되단 말가. 피골상연皮骨相連 이내 몸은 되놈에게 자식 잃고 청춘소부 내 며느리 되놈에게 낭군 잃고 혈혈단신 내 손자 되놈에게 아비 잃어 만리호국萬里胡國 험한 땅에 뉘 보려고 예 왔다가 세 몸이 한 몸 되어 자객 손에 죽게 되니 천만년이 지나간들 이런 변을 다시 볼까. 광대한 천지간에 흉악하고 불칙한 게 우리 셋의 팔자로세. 도적에게 황성 잃고 우리 아들 정한담을 피하여 북문으로 도망터니 죽었는가 살았는가 혼백이나 둥둥 떠서 늙은 어미 죽는 줄을 귀신이나 알련마는 창망한 구름 속에 사람 소리뿐이로다. 유충렬은 어디 가고 날 살릴 줄 모르는가. 한심하다 형산신령 인선한 내 아들을 남경에 점지하여 용상 위에 앉힐 적에 그 어미는 무슨 죄로 이 지경이 되게 하며, 만고영웅萬古英雄 유충렬을 대명국에 점지할 제 어떤 인군 섬기려고 나의 손자 죽는 줄을 모르느냐. 비나이다, 비나이다, 형산신령은 대명국 황성에 급히 가 우리 유원수를 찾아 내 말을

전하되 대명국 황태후, 불쌍한 며느리와 어린 손자 목 안고 기치창검 나열하며 백포장白布帳 장막 안에 자객이 벌렸는데 세 몸을 한데 놓고 금일 오시만 지나면 무죄한 세 목숨이 창검 끝에 달렸으니 한때 속히 전해 주오."

이렇듯이 통곡하니 피 같은 저 눈물은 소상강 저문비가 반죽斑竹에 뿌리는 듯, 가련하다 만승황후 시녀이 이십팔 세라 옥빈홍안 고운 얼굴 월태화용 귀한 몸이 여러 날 잠 못 자고 굶었으니 형용이 초췌한 중에 호왕이 잡아낼 제 흉악한 군사놈이 억지로 끌어내니 유혈이 만면하고 의상이 남루하니 청천에 밝은 달이 흑운黑雲 속에 잠겼는 듯, 녹수의 홍연화紅蓮花가 흑비를 머금은 듯 가련하고 슬픈 형상 차마 보지 못할러라.

이때에 총융대장總戎大將 군사를 재촉하여 죄인을 잡아다가 깃대 밑에 엎지르고 자객을 호령하여,

"일시에 처참하라!"

자객들이 청명하고 홍포紅袍 남대藍帶 허리에 띠고 비수검을 번뜩이며 좌우에 갈라서서,

"행형行刑한다!"

고함소리 청천에 진동하니 천지 어찌 무심할까.

이때 유원수 호국지경에 득달하여 상남 뜰에 바삐 가니 호국 선우대가 구름 속에 보이거늘 창강蒼江 백설白雪 갈대 밑에 천사마를 물먹이고 강수 쥐어 낯 씻더니 사고무인 적막한데 난데없는 일엽표주 강상에 떠오더니 일원선녀 선창 밖에 나와서 원수에게 예하고 금낭을 끌러 과실 두 개를 주며 왈,

"행역이 곤고하오니 이 과실 한 개를 자시고 한 개는 두었다가 일후에 쓰려니와 지금 황후 태후 태자 호국에 잡혀가서 동문 대도상에 온갖 형벌 갖추오고 자객을 재촉하여 검술을 희롱하니 황후의 귀한 명이 경각에 있는지라, 어찌 급함을 모르고 바삐 가지 아니하나이까?"

두어 말 이르더니 범범중유 가는지라. 원수 대경하여 그 과실 한 개 먹고 천기를 살펴보니 태자의 장성이 떨어질 듯하고 자미성이 칼 끝에 달렸거늘 대경하여 황용수를 거스리고 봉의눈을 부릅드고 일광주 용인

갑을 단단히 졸라매고 장성검을 펴 들고 천사마를 채질하여 나는 듯이 들어가니 동문 밖 십 리 사장에 군사 가득하였거늘 말다리를 급히 열어 조총을 잠깐 내어 대한고를 한번 놓으니 우뢰 같은 함성소리 청천백일 진동한 듯, 호왕을 불러 외는 말이,

"여봐라 호왕놈아 황후 태후 해치 말라!"

이때 자객이 비수를 번뜩이며 태자 목을 치려 할 제 난데없는 벽력소리 청천에 떨어지니 일원대장이 제비같이 들어오니 일진이 황겁하여 주저주저하던 차에 천사마 눈 한번 깜짝이며 동문 대로상에 장성검이 불빛 되어 십 리 사장 넓은 들에 오마대로 싸인 군시 씨없이 다 베고 성중에 달려들어 궐문을 깨치고 문 안에 만조백관 대칼에 무찌르고 용상을 쳐부수며 호왕의 머리 풀어 손에 감아 쥐고 동문 대로에 급히 오니 이때 황후 태후 태자 자객의 검광 끝에 혼백이 흩어져서 기절하여 엎어졌는지라. 원수 급히 달려들어 태자를 붙들어 앉히고 황후 태후를 흔들어 앉히니 한식경(한차례 음식을 먹을 만한 동안)이 지난 후에 겨우 인사를 차리거늘 원수 복지하여 여쭈오되,

"정신을 차리옵소서. 대명국 도원수 유충렬이 호왕을 사로잡고 자객과 군사를 한 칼에 다 죽이고 이곳에 왔나이다."

태자 이 말을 듣고 급히 일어나 황후의 목을 안고,

"남경 유충렬이 왔네. 정신을 진정하여 충렬을 다시 보소."

이렇듯이 부르짖으니 황후 태후 기절하였다가 유충렬이 왔단 말을 듣고, 가슴을 두드리며 벌떡 일어나 앉아 사면을 바라보니 군사는 하나도 없고 일원대장이 앞에 복지하였거늘, 다시 여쭈오되,

"소장은 남경 유충렬이옵더니 호왕을 사로잡아 이곳에 왔나이다."

황후 이 말을 듣고 칵 달려들어 손을 잡고 하는 말이,

"그대 일정 유원수냐, 종천강從天降하며 종지출從地出한가? 북방 호지 수만 리를 어찌 알고 왔는가? 그대 은덕 갚을진대 백골난망이라 어찌 다 갚으리오."

태자도 만단치사萬端致辭하고 천자 존위尊位를 바삐 묻는데 원수 여쭈오되,

"소장이 도적에게 속아 금산성에 들어가온즉 적장 천극한이 십만병을

거느려 왔거늘 한 칼에 다 베고 급히 돌아오다가 천기를 본즉 황상이 변수에 죽게 되었거늘 급히 달려가니 황상은 백사장에 엎어지고 정한담은 칼을 들어 황상을 치려 하거늘 소장이 달려들어 정한담을 사로잡아 전옥에 가두고 황상은 편히 모셔 환궁하신 후에 소장은 대비大妃 대군大君을 모신 후에 아비를 찾으려 하고 왔나이다.”

삼인이 백배치사 왈,

“북망산에 있는 부모 회생하여 다시 본들 이에 더 반가우며 강동에 떠난 형제 야중(나중에)에 만나 본들 이도곤(이보다) 더할소냐. 이제 돌아가 우리 천자와 원수로 더불어 결의형제하여 만세유전토록 떠나 살지 아니하며 천하를 반분하여 동락태평同樂太平할까 하노라.”

태자 호왕 잡아옴을 보고 원수의 칼을 빼앗아 갖고 호왕을 엎지르고 왈,

“네 이놈아, 황후를 질욕叱辱하며 나를 항복받아 네 신하를 삼고자 하더니 청천일월이 밝았거든 언감생심焉敢生心인들 하늘을 욕할소냐.”

분심을 참지 못하여 장성검을 높이 들어 호왕의 머리를 베어 칼 끝에 꿰어들고 호왕의 간을 내어 낱낱이 씹은 후에 성중에 들어가 약간 남은 군사 다 죽이고 그 중에 군사 오 명을 잡아내어 준마 세 필을 구하여 교자를 갖추어 황후 태자를 모시고 호국 옥새와 지도서(땅모양을 그린 책)를 가지고 행군할 새, 도로장을 불러 왈 포판을 묻고 길을 재촉하며 부친을 생각하여 눈물이 비오듯 하니 슬픈 마음 억제치 못하여 방성통곡 우는 말이,

“천자는 나 같은 신하를 두었다가 만리호국에 죽게 된 부모처자 다시 만나 보거니와 나는 포판에 있는 부친 죽었는가 살았는가 회수정에 모친 잃고 만리 북방에 부친 잃고 영릉 천수에 아내 잃었으니 살아서 무엇하며 죽어도 아깝잖고 도리어 악귀가 될지라 포판을 어서 가면 우리 부친의 생사를 알아볼까.”

하며 슬피 우니, 태후와 태자 원수의 손을 잡고 만단 위로하여 길을 재촉터니 여러 날 만에 포판을 득달하되, 이 땅은 북해상 무인지지無人之地라 사무인적四無人跡하고 다만 들리느니 행상 풍랑 소리 사람의 간장을 격동하

고, 소슬한풍蕭瑟寒風 원숭이는 슬피 울어 객의 수심을 돕는구나. 귀신이 난 잡한데 유주부의 혈혈단신 살 가망이 전혀 없다.

이때 유주부 도적에게 잡혀갔다가 항복지 아니한다 하고 피골상연 약한 몸에 형장을 많이 맞고 북해상 무인지에 음식이 없었으니 기갈(배고프고 목마름)을 어이하리. 미구未久에 운명하게 되었더니, 이때 원수 순식간에 달려들어 보니 토굴을 깊이 파고 험한 수목으로 사면을 둘러싸고 짚자리 한 닢 위에 문 밖에 수직한 군사 한 명만 두어 삼순구식三旬九食(30일에 아홉 번 먹이는 밥)으로 구먹밥(구멍으로 들이밀어 주는 밥)을 주는지라.

이 거동을 보고 엎어지며, 투구 벗어 땅에 놓고 사면 수목을 헤치고 토굴문 밖에 복지하여 여쭈오되,

"대명국 남경 동성문 내 사는 충열은 도적을 잡아 평난하고 황후 태후 태자를 모셔 이리 왔나이다."

이때 유주부 기운이 쇠진하여 인사를 버리고 잠이 깊이 들었더니 몽중에 얼핏이 들으니 충렬이란 말을 들음에 천리 밖에서 나는 듯하여 꿈을 깨어 앉으며 왈,

"네가 귀신이냐 사람이냐?"

"충렬이 살아 왔나이다."

주부 귀신인가 의심하여 충렬이 찾아오기는 천만 의사 밖이라 진언을 외우며 왈,

"내 아들 충렬은 회수에 죽었으니 네가 일정 혼신이냐, 혼백이라도 반갑고 반갑다."

충렬이 울며 왈,

"소자 회수에 죽게 되었더니 천행으로 살아나서 도적을 함몰하고 천자를 모셔 황궁하옵고, 지금 호국에 가 황후 태후 태자를 모셔 문 밖에 왔나이다."

유주부 이 말을 듣고,

"이게 웬말이냐."

토굴을 두드리며,

"네가 일정 충렬이냐. 충렬이 적실커든 십 년 전에 연경을 귀양 올 적에 주던 죽장도 어디 보자."

원수 옷을 급히 벗고 한삼에 차인 죽도를 끌러내어,

"두 손에 받들어 올리나이다."

주부 이 말을 듣고 토굴문에 엎드려서 손을 내어 받아 보니 소상반죽 다섯 마디 황각죽루를 화침(불에 달군 쇠꼬챙이)으로 새겼으니 구천에 돌아간들 부자 시표(서로 표가 되기 위하여 주고받은 선물) 모를소냐. 벌떡 일어나 앉아 왈,

"이게 웬말이냐, 충렬이 왔구나! 죽도는 보았으나 내 아들 충렬은 가슴에 대장성이 박히고, 등에는 삼태성이 있느니라."

원수 옷을 벗어 땅에 놓고 주부 곁에 앉으니, 주부 가슴과 등을 살펴보니 샛별 같은 삼태성과 대장성이 뚜렷이 박혔는데 금자로 '대명국 도원수'라 번듯하게 새겼거늘 왈칵 뛰어 달려들어 충렬의 목을 안고 왈,

"어디 갔다 이제 오냐? 하늘로 떨어졌느냐? 땅으로 솟았느냐? 우리 천자 살아 계시며, 너의 모친 어떠하며 만고역적 정한담이 우리집에 불을 놓아 너의 모자 죽이려 한다더니 어찌 살아나서 저다지 장성하였느냐. 네가 일정 충렬이냐. 네가 일정 성학이냐. 죽도 보고 표적 보니 충렬일시 분명하되 정한담이 화환禍患 만나 회수중에 죽었거든 만경창해 너른 물에 칠세동七歲童이 어찌 살아 부자상봉 한단 말인가."

이렇듯이 상곡(슬피 통곡함)하다가 기절하니 원수 대경하여 행장을 급히 끌러 선녀 주던 실과를 내어 주부를 먹인 후에, 수족을 만져 정신을 회생케 하니 식경이 지나 일어나 앉으며 정신을 수습하니 난데없는 맑은 기운이 청천일월 같은지라. 충렬의 손을 잡고 왈,

"네 무슨 약을 얻어 이렇듯 나를 구하느냐?"

이때 황후 태후, 주부 회생함을 보고 급히 들어가 주부의 손을 잡고 왈,

"어찌 저리 귀한 아들을 두어 타국에 그대와 우리를 살려내어 이곳에 서로 만나 보게 하는고."

주부 복지 주왈奏曰,

"이게 다 황상의 덕택이로소이다."

이때 원수 황후 태후 태자를 모시고 호국을 떠나 양자강을 건너갈 제, 남경이 장차 사만 오천육백 리라 황주에 달려들어 요기^{療飢}하고 나올 제 멱라수 회사정에 붙인 글을 떼버리고 황성에 들어올 제, 이때 천자 원수를 만리 타국에 보내고 주야 한탄하며 천행으로 황후 태후 태자를 찾아올까 하여 축수하더니 뜻밖에 유원수 장계를 올렸거늘 급히 개탁하여 보니,

"도원수 유충렬은 호국에 들어가 호적을 함몰하고 황후 태후 태자를 모시고 오는 길에 포판에 가 주부를 살려내어 함께 본국에 들어오나이다."

천자 대희하사 십 리 밖에 나와 영접할 제 황후 태후 달려들어 일변 반기며 일변 슬피 우니 그 정상은 차마 보지 못할레라.

태자 복지하여 여쭈오되, 호국에 들어가 호왕에게 견패^{見敗}하고 동문 대도상에 거의 죽게 되었더니 천행으로 원수를 만나 살아난 말을 아뢰며, 포판에 들어가 주부 살려온 말씀을 낱낱이 주달하니, 천자 이 말을 듣고 충렬의 등을 만지며 왈,

"옛날 삼국 시절에 유·관·장^{劉關張} 삼인이 도원결의^{桃園結義}하였더니 과인도 경으로 더불어 결의형제 하리라."

백번 치사하시니, 이때 주부 복지 주왈,

"소신은 연경에 귀양갔던 유심이옵더니, 자식의 힘을 입어 잔명을 살아나서 폐하를 다시 뵈오니 만행이오나 폐하 이렇듯 국사에 곤고하시되 소신이 충성이 부족하여 호국에 갇히었삽기로 고도(돌보아줌)치 못하오니 죄사무석이로소이다."

천자 유주부란 말을 듣고 버선발로 뛰어내려 주부의 손을 잡고 왈,

"이게 웬말인가! 회사정에 죽은 줄만 알았더니 어찌하여 살아온가? 과인이 불명하여 역적놈의 말을 듣고 무죄한 우리 주부를 만리 연경에 보내었으니 뉘를 원망할까. 모두 다 과인이 불명한 탓이로세. 그대의 얼굴을 보니 죄 중한 이내 몸이 무슨 면목으로 사죄할까 그대에게 한 공덕을 갚을진대 살을 베어 봉양하고 천하를 반분한들 어찌 다 갚을까."

이렇듯이 치사하고 도성에 들어오니 이때 장안 만민이며, 중군 조정 만이며 군사 일시에 들어와 원수전에 낱낱이 배사하고 남녀노소 없이 원수의 말을 잡고 뉘 아니 송덕하며 뉘 아니 축수할손가.

또 한 백발 노인이 죽장을 잡고 떨어진 감투를 쓰고 어린 아이 앞세우고 동편 골목에 나오면서 술 한 잔 받아 들고 안주는 낙엽에 싸서 손자에게 들리고 기염기염 기어나와 원수전에 백배 치사하며 만만세를 불러왈,

"소인이 동성문 내 사옵더니 삼대 독신으로 소인에게 미쳐 삼자일녀三子一女를 낳아 귀히 길러 제 몸이 장성터니 만고역적 정한담이 도성을 쳐 파하고 용상에 높이 앉아 자칭 천자하고 생민을 도탄할 제, 소인의 자식 둘을 군사에 충수하여 전장에 싸우다가 자식 하나를 죽였더니, 옥황이 남경을 도우사 장군님을 남경에 점지하여 도적을 치려 하고 진중에 달려 들어 적장 정문걸을 반합에 베어 들고 천자를 구완하시거늘, 소인의 끝에 자식을 성중에 두었다가는 정한담에게 죽일 듯하여 중군 조정만에게 야간 도망하여 장군님 진중에 보내고 북두칠성 전에 일년 삼백육십일에 밤마다 축수하며, '우리 나라 장수님이 승전하게 하옵소서.' 이렇듯이 축수하옵더니 장군님의 힘을 입어 명진 군사는 하나도 상치 않고 왔기로 소인의 끝에 자식이 살아나서 이 손자를 두었으니 이놈은 장군님 자식과 다름이 없는지라, 이제는 소인이 죽어도 백골 엄토할 자식이 있고 선영 향화先塋香火 받들 손자 있사오니 이는 모두 다 장군님의 덕이옴에 소인이 죽을 날이 머지 아니하온지라 다만 술 한 잔을 장군님 전에 올리나니 만세무량 하옵소서. 이제 죽어도 여한이 없을까 하여 손자를 이끌고 왔나이다."

이때 원수며 주부와 황후 태후 태자며 제장이 말을 듣고 일심이 비감하여 낙루落淚하며 왈,

"이는 모두 다 노인의 축수한 공이요, 천자의 은덕이라 나 같은 사람이야 무슨 공이라 하리오. 돌아가 편히 살라."

노인이 드리는 술을 받아 천자에게 드리고 행군을 재촉하니, 천자 노인의 말을 듣고 조정만을 바삐 불러,

"그 노인의 아들 이름을 알아 입시하라."

이때 한 군사 떨어진 전립(군인들이 쓰던 벙거지) 쓰고 환도하나 손에 들고 원수 앞에 복지하였거늘, 성명을 물은 후에 칭찬하고 천국문 호위장을 삼아 백종록을 부쳐 늙은 아비를 섬기라 하고, 말을 재촉하여 도성에 들어 궐내에 들어가니 약간 있는 충신들이 고두백배叩頭百拜 치사하고 물러나니 삼군이 원수를 송덕하더라.

이때 천자와 원수며 황후 태후 일석에 앉아 달야(밤이 다 가도록)토록 전후 고생하던 말을 설화하고 이튿날 전옥관을 불러 한담을 잡아다가 구정뜰에 엎지르고 유주부 천자 곁에 앉아 나졸을 호령하여 온갖 형벌 갖추고 수죄數罪 왈,

"네 이놈 정한담아! 전상을 쳐다보라. 나를 아느냐 모르느냐. 네 자칭 천자라 하더니 만승천자도 두 팔이 없느냐. 조그마한 유심의 아래 복지하기는 무슨 일인고. 네 죄를 아느냐?"

한담이 복지 주왈,

"소신의 털을 빼어 죄를 논지하여도 털이 모자라오니 죽여 주옵소서."

주부 대로 왈,

"죄목이 열 가지니 자세히 들으라. 네 놈이 천상에 익성으로 명국에 적강하여 용맹이 절인함에 도사를 데려다가 놓고 항상 천자를 도모코자 하니 만고에 큰 죄 하나요, 조정에 직신直臣을 꺼려 무죄한 신하를 무함하여 나를 연경에 귀양 보내니 죄 둘이요, 도사놈의 말을 듣고 신기한 영웅이 황성에 있다 함에 내 자식을 죽이려고 내 집에 불을 놓았다가, 살아 회수에 당함에 군사를 보내어 나의 자식을 결박하여 물 속에 던져 죽이려 한 것이 죄 셋이요, 퇴재상 강희주를 역적으로 몰아 옥문관에 보내었으니 죄 넷이요, 강승상의 가솔을 잡아다가 중로에 죽은 것이 죄 다섯이요, 황후 태후 태자를 사로잡아 진중에 가두어 주려 죽게 함이 그 여섯이요, 충신을 다 죽이고 천자를 속여 도적을 막으려 하다가 도적에게 항복함이 죄 일곱이요, 자칭 천자라 하여 생민을 도탄하고 충신을 잡아 항복받고자 함이 죄 여덟이요. 호국에 청병하여 황후 태후 태자를 호왕에게 보내고 장안 미색美色 보화를 모두 다 탈취하여 남적에게 보낸 것이

죄 아홉이요, 천자를 변수가에 죽이려 함이 죄 열 가지라. 세상에 인신이 되어 만고에 없는 열 죄목을 가졌으니 이러하고 살기를 바랄소냐. 우리 황상께옵서 이렇듯이 상한 일과 대비 대군께옵서 여러 번 죽을 뻔한 일과 만성 인민이며 육군 군사 죽은 일과 강승상 유주부 타국에 죽게 된 일과 천하 진동하여 종묘 사직이 위태하고 백성들이 황겁하여 산지사방散之四方에 도망하니 이게 도시 네 놈의 소위 아니냐?”

한담이 아무 말도 못하고 묵묵부답이라. 나졸을 재촉하여,

“한담의 목을 장안시에 베이라!”

나졸이 달려들어 한담의 목을 매어 수레 위에 높이 싣고 장안 대로상에 재촉하여 나오며 외어 왈,

“이봐 백성들아 만고역적 정한담을 오늘날로 베이려 가니 백성들도 구경하라.”

성중 성외 백성들이 한담 죽이러 간단 말을 듣고 남녀노소 상하없이 그놈의 간을 내어 먹고자 하여 동편 사람은 서편을 부르고 남촌 사람은 북촌을 불러 서로 찾아 골목 골목이 빈틈없이 나오며,

“이봐 벗님네야 가세 어서 가세 만고역적 정한담을 우리 원수 장군님이 사로잡아 두 팔 끊고 전후 죄목 물은 후에 백성들을 뵈이려고 장안시에 베인다니 바삐 바삐 어서 가서 그놈의 살을 베어 부모 잃은 사람은 부모 원수 갚아 주고 자식 잃은 사람은 자식 원수 갚아 주세.”

백발노구白髮老軀 손자 업고 홍안소부紅顔少婦 자식 품에 전후좌우 나열하여 어떤 사람은 달려들어 한담을 호령하고 어떠한 여인들은 한담의 상투 잡고 신짝 벗어 양 귀밑을 찰딱찰딱 치며,

“네 이놈 정한담아! 너 아니면 내 가장이 죽었으며, 내 자식이 죽을소냐. 덕택이 하해 같은 우리 원수 네놈 목을 진중에서 베었더면 네놈 고기를 맛보지 못할 것을, 백성들은 뵈이려고 산채로 잡아내어 오늘날 베힌 고로 네 고기를 나누어다가 우리 가장 혼백이나 여한없이 갚으리라.”

수레소를 재촉하여 사지를 나눠 놓으니, 장안 만민들이 벌떼같이 달려들어 점점이 오려 놓고 간도 내어 씹어 보고 살도 베어 먹어 보며, 유

원수의 높은 덕을 뉘 아니 칭송하리.

각도 각판에 회시하고 최일귀 정한담의 삼족을 다 멸하고, 천자 삼층 단에 올라 천제하고 주부 유심의 직첩을 돋우어 금자광녹태부金紫光祿太夫 대승상 연국공燕國公에 연왕을 봉하시고, 옥새, 용포에 통천관通天冠을 상급하시고 만종녹을 주시고, 원수로 대사마 대장군 겸승상위국공을 봉하여 만종녹을 점시하시고 도원결의하여 충무후를 봉하시고, 그 남은 태평천지太平天地 요지일월堯之日月 순지건곤舜之乾坤에 강구동요康衢童謠 즐기는 듯, 천자를 축수하며 원수를 송덕하는 소리 천지 진동하더라.

연왕 부자 천자 은덕을 축사하니 천자 위로 왈,

"그대의 숙소를 우선 정하여 약간 공功을 쓰거니와 그 은혜를 갚을진대 살을 깎아 봉양하고 천만번이라도 승상의 공은 갚을 길이 없다."

"천은이 망극하와 부자는 만났거니와 모친은 어디 가고 이런 줄을 모르는가. 옥문관에 적거한 강승상은 죽었는지 살았는지, 가련하다 강낭자는 청수풍에 죽었으니 어디 가서 만나 볼까. 낭자의 부탁대로 옥문관을 찾아가서 강승상의 뼈나 거두어다가 묻어 주고 회수에 모친을 제사하고 청수에 지내오며 강낭자의 혼백이나 위로하고 다른 데 취처하여 부친에게 영화를 뵈일까 하나이다."

하되, 상이 이 말씀을 들으시고 비감하여 태후 전에 그 말씀을 고하니 태후는 강승상의 고모라 이 말을 듣고 슬피 낙루하시며 원수를 입시하여 손을 잡고 울며 왈,

"강승상은 나의 조카라 지금까지 살았는지, 그대의 힘을 입어 내 몸은 살았으니 친정 일가는 그 하나뿐이라 살았거든 데려오고 죽었거든 백골이나 주워 오소."

원수 주왈,

"그 사위 되었나이다."

태후 듣고 대희하여,

"이게 웬말인가. 만고영웅 유충렬이 충신인 줄만 알았더니 나의 손녀서孫女壻가 되었구나. 어서 가서 생사를 알고 그대의 모친과 나의 손녀를 위로하여 제사하고 급히 돌아오게 하소."

원수 천자와 부왕께 하직하고 대군을 거느려 바로 서번국을 행하여 양관을 넘어 서평관을 득달하여 격서를 바삐 써서 서번국에 보내고 행군을 재촉하여 들어가니, 서천 삼십육도 군장들이 충렬의 재주를 알고 황겁하여 금은보화를 많이 싣고 옥새와 지도서地圖書를 손에 들고 항서를 써 원수 전에 바치고 인끈을 목에 걸고 낱낱이 항복하거늘, 원수 장대에 높이 앉아 군왕을 잡아내어 일일이 수죄하고 항서 삼십육장을 연폭連幅하여 장계를 급히 써서 남경으로 보낸 후에, 번왕을 불러 옥문관 소식을 묻고 즉시 행군하여 옥문관을 찾아갈 제, 슬픈 마음 진정하고 성중에 달려들어 수문장을 불러 천자의 공문을 뵈이며,

"적거한 강승상이 어디 있느냐?"

수문장이 여쭈오되,

"강승상이 성중에 있삽더니 십여일 전에 남적이 달려들어 강승상을 잡아내어 호국으로 갔나이다."

원수 이 말을 듣고 분심이 새로 나서 노기등등하여 군사를 옥문관에 두고 수문장에게 신칙(단단히 타일러서 경계함)하여,

"군사를 착실히 호군犒軍하여 나 돌아오기를 기다리라."

하고 필마단검으로 남천을 바라보고 구름을 헤쳐 나는 듯이 달려 들어갈 제, 호국지경에 다다르니 분기 더욱 탱천(분함을 참지 못함)하여 격서를 보내니라.

이때 가달왕이 남경에서 데려간 일등미색 좌우에 앉히고 갖은 풍악으로 날마다 즐기더니 대려간 도사 마음이 산란하여 천기를 살펴보니 남경 도원수 지경에 들어오거늘 대경하여 왕께 고하되,

"남경 도원수 지경에 들면 어찌 하리오."

문무제신을 모아 방적을 의논할 새, 장하에 삼원대장이 백금투구에 흑운포를 입고 삼천근 철퇴를 들고 구척장검을 좌우에 들고 계하에 복지주왈,

"소장 삼형제는 번양 석장동 사는 마철 등이옵더니 남경 유충렬이 들어온단 말을 듣고 불원천리不遠千里 왔사오니, 소장을 선봉을 주시면 충렬의 목을 베어 오리이다."

모두 보니 신장이 십 척이요, 기골이 엄장한지라. 가달왕이 대희하여 마철로 선봉을 삼고, 마웅으로 중군을 삼고, 마학으로 후군을 삼아 정병 팔십만을 조발하여 석대산하에 유진留陣하고 도사와 문무백관을 거느리고 산에 올라 구경하더라.

이때 강승상이 되놈에게 잡혀가서 험악이 극심하되, 종시 항복지 아니하고 질욕을 무수히 하니 호왕이 대노하여 미구에 죽이려 하더니 뜻밖에 유원수 들어옴에 죽이지 못하고 전옥에 가두고 주려 죽게 하는지라.

호왕이 남경에서 데려간 계집 하나가 되놈에게 종시 훼절毁節치 아니하고, 일생 강승상을 붙들고 떠나지 아니하고 불피풍우不避風雨하고 밤마다 축원하여 왈,

"우리 나라 유원수 어서 와서 남적을 함몰하고 본국 사람을 살려내어 부모 얼굴을 다시 보게 하옵소서."

이렇듯이 축수하더니 뜻밖에 강승상을 옥중에 가두니 한 가지로 따라가서 주야 한탄하는지라.

이때 원수 필마단창으로 호국에 달려드니 석대산하에 천병만마千兵萬馬 유진하였으며 검술을 희롱하고 의기양양하거늘 원수 순식간에 달려들어 적진을 바라보며 벽력 같은 소리를 천둥같이 지르며,

"네 이놈 가달왕아 강승상을 해치지 말라!"

적진 선봉을 헤쳐 가니 대장 마철이 응성출마하여 원수를 맞아 싸워 반합이 못하여 철퇴 맞아 부서지며 창검 맞아 떨어지는지라. 마웅마학 이 제 형이 당치 못할 줄 알고 일시에 달려들어 좌우로 쫓아오며 달려드나 일광주 용인갑은 천신의 수적이요, 용궁의 조화라, 살 한 개 범하며 철환 하나 맞을손가. 장성검 번개 되어 동천에 번듯하며 마학의 머리를 베어 들고 적진 백만대병을 순식간에 함몰하고 천사마를 재촉하여 석대 산하에 다다르니 호왕과 도사 대경하여 도망하되, 천사마 닫는 앞에 나 는 제비도 가지 못하거든 하물며 사람이야 어찌 가리오. 경각에 달려들 어 호왕을 치니 통천관이 깨어지고 상투마저 없는지라 호왕이 여쭈오 되,

"이는 내 죄 아니라 모두 다 옥관도사의 죄로소이다."

　원수 분한 중에 옥관도사란 말을 듣고 왈,

“도사는 어디 있느냐?”

　호왕이 일어나 앉아 가르치거늘 도사를 잡아내어 전후 죄목을 물은 후에,

“너를 이곳에 죽여 분을 풀 것이로되, 남경으로 잡아다가 천자와 우리 부친 전에 바쳐 죽이리라.”

　두 손목을 끊고 두 발을 끊어 수레에 싣고 성중에 들어가 호왕을 수죄하고 강승상을 물은즉,

“옥중에 가두었다.”

　옥문을 깨치고 승상을 부르니 승상과 조낭자 호왕이 죽이려고 찾는가 대경하여 기절하는지라. 원수 바삐 들어가 승상 전에 여쭈오되,

“정신을 진정하옵소서. 소자는 회사정에 만나던 유충렬이옵더니 대명국 도원수 되어 남적을 함몰하고 호왕을 잡고 도사를 사로잡아 이곳에 왔나이다.”

　승상이 혼몽중에 충렬이란 말을 듣고 벌떡 일어나 앉아 보니 과연 충렬이 분명하다. 왈칵 달려들어 손을 잡고 통곡하며 하는 말이야 어찌 다 측량할까. 조낭자 곁에 앉았다가 원수란 말을 듣고 앞에 달려들어 왈,

“장군님이 어찌 알고 와서 죽은 사람을 살려내어 고국산천 다시 보고 부모 동생 다시 보게 하니 이런 일이 또 있을까. 천자님도 살아 계십니까?”

　원수 대답하고 승상 전에 여쭈오되, 집을 떠나 백용사 부처중을 만나 전장기계 얻은 후에 남적을 함몰하고 오는 말씀을 낱낱이 고하니 승상이 대희하여 칭찬불이稱讚不已하더라.

　원수 조낭자 전후수말을 물은 후에 치사하고 함께 궐문에 들어가 격서를 써서 토번국에 보내니 번왕이 원수 온단 말을 듣고 황겁하여 항서 쓰고 채단을 갖추어 사신을 부려 가달로 보내거늘 사신을 수죄하여 달왕의 항서와 번왕의 항서와 도사를 사로잡아 보내는 연유를 천자께 장계하고 전일 가달왕이 남경에서 데려간 미색들을 낱낱이 찾아,

“본국으로 가자.”

이때 미색들이 고국을 생각하고 부모를 생각하여 주야 한탄하더니 원수를 만남에 전지도지顚之倒之하여 나오며 전후 좌우 나열하여 원수전에 백배치사하고 승상을 모시고 원수를 따라올 제, 준마 삼백필에 낱낱이 다 태우고 조낭자는 옥교를 타고 강승상 곁에 앉아 행군을 재촉하여 돌아올 제, 여러 날 만에 회수에 다다르니 소연한심蕭然寒心 절로 난다. 전에 듣던 풍랑소리 사람의 간장 다 녹이고 전에 보던 좌우청산 장부 한심 도두운다.

원수 모친을 생각하여 백사장에 내려앉아 가슴을 두드리며 세세원정細細原情 기록하여 제물을 장만하여 제사하려 하고 번양 회수 들어갈 제, 남만 오국에서 받은 금은 채단이며, 옥문관에 두고 갔던 군사며, 데려오는 미색들이며, 강승상은 멀리 모셔 조낭자는 옥교 타고 오마대로 행군하여 번양성중 들어오니 그 영화 그 거동은 옛날 소진蘇秦이 육국 정승인을 차고 거기치중車騎輜重 나열하여 낙양성중 들어가는 듯, 당나라 곽분양郭分陽이 양경을 회복하고 분양 땅에 왕이 되어 고향에 돌아온 듯, 각도의 백성들은 전후에 옹위하고 열읍烈邑 수령들은 좌우에 나열하여 권마성勸馬聲하는 소리 반공에 높이 뜨고, 좌기초坐起哨하는 소리 원근에 진동한다.

객사에 좌기(관청의 우두머리가 사진仕進하여 일을 봄)하고 번양 태수 바삐 불러 천금을 내어주며 제물을 장만할 제, 온갖 어육 갖추고 온갖 채소 등대하여 각읍 관장 시위하고 갖은 제물 봉진할 제, 백사장 십리 뜰에 백포청장白布靑帳 둘러치고 원수는 백의 입고 백건 백대에 흰갓 쓰고 축문 일장 슬피 지어 회수가에 나오니, 이때 조낭자는 목욕재계 정히하고 소복으로 단장하여 향로 들고 원수를 배행하여 물가에 나올 제, 고급이 다를소냐. 남경 도원수 회수에 빠져 죽은 모친을 위하여 제사한단 말을 듣고 남녀노소 없이 원수 공덕을 치사하며 그 얼굴을 보려 하고 쌍쌍작반雙雙作伴하여 회수가 십 리 뜰에 빈틈없이 둘러서서 구경할 제, 원수 제소에 들어와 삼층단 높이 무어(만들어) 단상에 제물을 진설하고 조낭자는 향로 들어 단상에 올려놓고 낭자가 집사(절차를 맡아 진행시키는 사람)되어 분향하고 나오니 원수 통곡하고 궤좌하여 독축하니, 그 축문에 하였으되,

"유세차 부경 십칠년 갑자 이월 갑인삭甲寅朔 이십팔일 신사辛巳에 남경 동성문 내서 사는 불효자 충렬은 모친 장씨 전에 예를 갖추어 지전紙錢으로 해상고혼海上孤魂을 위로하오니 혼백이나 받으소서. 오호라! 우리 부모 연광이 반이 넘어 일점혈육이 없었기로 복중에 서룬 마음 남악산에 정성드려 천행으로 충렬을 낳아 놓고 애지중지 키워 내어 영화를 보렸더니 간신의 해를 보아 부친이 만 리 연경에 간 후에 모친만 모시고 있다가 피화避禍하여 달아날 제 이 물가에 다달으니 난데없는 해상수적海上水賊 사면으로 달려들어 우리 모친 결박하여 풍랑중에 내쳐놓으니, 모친님은 간데없고 천행으로 모진 목숨 충렬이만 살아나서 모친 주시던 옥함을 얻어 전장기계 갖추어서 도적을 함몰하고 정한담과 최일귀를 베인 후에 천자를 구완하고 만리 연경에 적거하신 부친님을 모셔다가 천은을 입어 연왕이 되어 만종녹을 받게 하고 남적을 소멸한 후에 강승상을 살려내어 이 길로 오옵더니 모친을 생각하여 이곳에 왔사오나 모친은 어디 가고 충렬을 모르는가. 호국에 갔던 부친은 살아왔네. 옥문관 갔던 강승상도 살아오고 호국에 잡혀갔던 충렬이가 살려왔네. 모친은 어디 가고 살아올 줄 모르는가. 이번에 부친님이 소자를 보내실 제 부탁하시기를 번양땅에 가 네 모친님을 찾아오라 하시더니 만경창파 깊은 물에 백골인들 찾으리까. 모친님이 옥함을 주실제 수건에 쓴 글씨를 가져왔으니 혼백이나 와서 충렬을 만져 보시오. 충렬은 명나라 대사마 도원수 겸 승상 위국공이 되고 부친님은 금자광녹대부 겸 대승상 연국공의 연왕이 되었으니 이같은 영화를 어디 가고 모르는가. 우리 집에 불을 놓은 정한담을 사로잡아 전옥에 가두었다가 부친을 모신 후에 부친 앞에 엎지르고 전후 죄목을 물은 후에 그놈의 간을 내어 모친님 전에 제세하였더니 그런 줄을 알았는가. 충렬이 귀히 된 줄 혼령은 알련마는 언제 다시 만나 볼까. 세상에 귀한 영화 나 같은 이 없건마는 피 같은 이내 눈물 어찌하여 솟아난가. 모친님을 편히 모셔 연만하여 돌아가면 이다지 통박할까. 만 리 연경에 가장 잃고 무변대해에 자식 잃고 도적에게 결박하여 수중고혼 되었으니 천만세를 지나간들 모친같이 통박할까. 혼령이 나오셨거든 이렇듯이 만반진수滿盤珍羞를 흠향하고 돌아가서 후생에 다시 만나 세세상봉 모자되어 다하지 못한 자모지정을 다시 풀까 바라나이다. 하올 말씀 무궁하오나 눈물이 흘러 옷이 젖고 흉중이 답답하여 그만 그치나이다. 상향尙饗.”

우는 소리 용궁에 사무치고 산천이 함루含淚(눈물을 머금음)하니, 용신도 낙루하고 산신령도 비감한다. 이때 백포장 내외간에 구경하는 사람들이 원수의 축문 외우며 우는 소리를 들으니 철석간장鐵石肝腸 아니거든 누가 아니 낙루하며 초목금수草木禽獸 아니거든 어느 누가 아니 울리오. 좌우 방백 수령들은 뿌리느니 눈물이요, 각읍 군수 현령들은 서로 보고 슬피 우니 그 중에 환과고독鰥寡孤獨(늙은 홀아비, 늙은 홀어미, 부모 없는 아이, 자식 없는 늙은이) 설운 사람은 방성통곡 하는 소리 강천이 창망하여 일월이 무광하고 운무 자욱하여 천지 나직하다.

제祭를 파한 후에 온갖 음식을 많이 싸서 해상에 들이치고 성중에 들어와 군사를 호군하고 길을 떠나갈 새 각읍에 선문先文(소문을 미리 내는 것) 놓고 금릉성중에 득달하여 숙소하고 군사를 쉬는지라.

각설, 이때 장부인이 활인동 이처사집에 있어 세월을 보내더니 일일은 남경에 난리났던 말을 듣고 탄식 왈,

“하릴없다. 이제는 주부 속절없이 죽겠다. 우리 충렬이 살았으면 평난平亂하고 부모를 찾으련마는 죽기가 적실하다.”

방성통곡하더니, 마침 이처사 번양에 갔다가 대명국 도원수 유충렬이 회수에서 제사하는 말을 듣고 백성 총중叢中(여러 사람 틈)에 함께 구경하다가 원수 축문 외는 소리를 듣고 대경대희하여 급히 집에 돌아와 장부인더러 왈,

“세상에 기이하고 의심난 일이 있는다. 마침 오늘날 번양에 갔삽다가 오압더니 남대로南大路서 천병만마 들어오며 회숫가에 둔취(여러 사람이 한 곳에 모임)하였거늘 물은즉 남경 도원수 유충렬이 모친을 위하여 회수에 제사한다 하기로 백성과 함께 구경하더니 원수 소의素衣 소관素冠으로 제물을 진설하고 독축하며 통곡하는 소리를 들은즉 적실히 부인의 아들이라 부인의 항상 하시던 말씀을 낱낱이 하더이다.”

부인이 이 말을 듣고 머리를 허부며 땅을 두드리며 왈,

“이게 웬말이냐, 원수의 하던 말을 다시 하라.”

이처사 대왈,

"전후수말이 약차약차若此若此(이러저러하다)하더이다."

부인이 이 말을 듣고 왈칵 냅다 서며 왈,

"어서 가세. 내 아들 충렬이 살아왔네. 옥함을 받았단 말이 웬말인가."

통곡하며 가고자 하거늘 처사 만류 왈,

"적실히 그러할진대 내가 먼저 그 진위를 알고 오리이다."

"원수 나이는 얼마나 하며 저의 외가는 뉘집이라 하던가?"

대왈,

"나이는 이십이요, 외가는 이부상서 장윤이라 하더이다."

부인 왈,

"적실히 그러하구나. 내 아들 아니면 어찌 나의 부친 존휘(어른의 이름)를 알랴. 바삐 가서 알아오소."

이처사 전지도지 바삐 가서 금릉성중 달려들어 군사를 불러 통자通字(이름을 통하는 것)하되,

"만수산 활인동 사는 이처사 원수전에 뵙고자 하나이다."

원수 '들라' 하니 이처사 들어가 배사하고 앉은 후에 공덕을 칭송하니 원수 사양하되,

"막비 천자의 덕이라 무슨 공이 있사오며, 무슨 허물이 있어 누지陋地에 욕임欲臨하시니까?"

처사 왈,

"적실히 알고자 하는 일이 있어 왔사오니, 어젯날 회숫가에 사공 독축하는 말씀이 정녕 그러하오니까?"

원수 이 말을 들음에 마음이 자연 비감하여 슬피 낙루대왈落淚對曰,

"귀인은 어찌 묻나이까. 적실히 그러하오이다."

"적실히 그러할진대 만고의 드문 일이라. 유주부를 모셔왔다 하니, 유주부는 나의 처숙이라, 전일에 그런 말씀 하더이까?"

원수 대경 왈,

"선인의 존호를 부르기 미안하나 전일 한림학사 이인학과 어찌 되나

이까?"

처사 왈,

"나의 부친이로소이다."

원수 이 말을 듣고 처사의 손을 잡고 왈,

"존형을 이곳에 와서 만나 볼 줄 몽중이나 생각하오리까?"

처사도 그제야 단무타의(但無他意)라 원수를 붙들고 비감하여 왈,

"모친을 지척에 두고 어찌 찾을 줄을 모르는가?"

원수 이 말을 듣고 정신이 아득하여 겨우 진정하며 처사를 붙들고 왈,

"이게 웬말인가. 나의 모친 장부인이 근처에 있단 말이 어인 말인가."

처사 원수를 위로하여 정신을 차린 후에 왈,

"이런 일이 천만고에 또 있을까. 나를 따라가면 모친을 만나리라."

원수 마음이 건공(乾空)에 떠서 처사를 따라갈 제 전지도지하여 순식간에 처사 집을 당도하니, 처사 급히 들어가며 장부인을 불러 왈,

"처숙모는 어디 가 계신가. 충렬이 데려왔나이다."

이때 부인이 처사를 보내고 소식을 알아 올까 만심고대하던 차에 뜻밖에 충렬이 데려왔단 말을 듣고 대경실색하여 기절하는지라. 충렬이 달려들어 문 앞에 복지하니 처사 구완하여 정신을 차린 후에 부인이 여광여취(如狂如醉)하여 하는 말이,

"네가 귀신이냐, 내 아들 충렬이냐. 내 아들 충렬은 회수에 일정 죽었거든 어찌 살아 육신이 오는가. 내 아들 충렬은 등에 삼태성이 표적으로 박혔느니라."

원수 급히 옷을 벗고 곁에 앉으니 과연 삼태성이 뚜렷이 박혀 있고 금자로 새긴 것이 어제 본 듯 완연하니 서로 붙들고 방성통곡하는 정이 만리호국에 부친 만날 때와 배나 더한지라. 뜻밖에 모자상봉하였으니 인지상정이라 고금이 다를소냐. 죽은 부모 다시 만나 영화 보게 되었으니 반갑고 슬픈 정은 일구난설(一口難說)이라 부인이 말하면 충렬이 울고 충렬이 말하면 부인이 우니 청천일월이 무광하고 산천초목도 슬퍼하는 듯,

이때 강승상이며 조낭자 이 말을 듣고 옥교를 갖추어 활인동에 들어올 제, 언비천리(言飛千里)(말이 천리에 퍼짐)라 회수에 제사하던 유충렬이 활인

동 이처사 집에서 모친을 만났다 하니 각읍 관장과 구경하는 사람 금릉 성중에 들어 서로 보고 칭찬하는 말이,

"이런 말은 만고에 처음이라 어떤 부인은 팔자가 좋아 저런 아들 두었는고."

이때 강승상이 옥교(옥으로 꾸민 가마)를 가지고 활인동에 들어가 부인 전에 예하고 부인을 모셔 성중에 들어올 제 구경하는 여인들이 옥교를 잡고 부인 전에 백배 치하하고 송덕하는 소리 산신령도 춤을 추고 강산도 우즐기니(춤추듯 즐거워함) 하물며 사람이야 무엇할까. 부인이 낱낱이 위로하니 성중에 들어와 수일 즐기더니 길을 떠남에 이처사 가권을 모두 다 거느리고 황성에 올라갈 제, 활인동 어구에 삼장 석비를 세워 전후수말을 기록하고 서천 삼십육도 사신이며 남만 오국 금은 채단 만여 필을 앞세우고 남경 인물이며 군사 좌우에 나열하고 각도 각관 방백 수령 전후에 옹위한데 구경하는 사람조차 백 리에 연속하니 낭자한 거동은 천고에 처음이라.

원수 모친과 승상을 모시고 길을 떠나 영릉을 바라보고 행군하여 올라갈 제 일희일비一喜一悲 슬픈 마음 소연한심 절로 난다. 수중에 죽은 부모 다시 보나 강낭자를 어디 가서 만나 볼까. 모친 보고 승상 보니 남궁가 북궁수南宮歌北宮愁(남쪽 집에서는 노래하고 북쪽 집에서는 근신함)라 모친은 옥교 중에 희색이 만면하여 천만 근심 때를 벗어 있고 승상은 수레 위에 일희일비 슬픈 마음 처자를 생각하여 수심이 만면하더라.

영릉으로 들어올 제 이때는 춘삼월이라 천지기운이 배합하여 만산의 홍록들은 일년일도 다시 만나 백초춘경 다툴 제, 연자燕子는 남남(제비가 지저귀는 소리) 인가를 찾아들고 호접(호랑나비)은 편편 화간에 날아들 제 나무 나무 성림하고 가지 가지 봄빛이라. 태평성대 만난 백성 청춘 소년 홍안미색紅顔美色 쌍쌍이 작반하고 삼삼오오 답청踏靑(봄에 교외를 산책하며 봄을 즐기는 사람들)네는 이화 도화 꺾어 들고 행산곡 돌아들어 화전花煎하며 즐겨할 제 춘심을 못 이기어 쌍쌍 대무하며 노래하며 유원수를 송덕하니 그 노래 즐겁도다.

"천운天運이 순환循環하여 대명이 밝았으니 만고에 어진 영웅 뉘 집에 났

단 말가. 동성문 다리 안에 유상공의 집이로다. 역적이 때 모르고 뽕나무 활(남자가 큰 뜻을 품고 성공하려는 것)을 매니 원수의 가진 칼이 사해에 밝았도다. 승전곡 한 소리에 함몰도적하여 천하가 태평하니 호국에 죽은 군친(임금과 어버이) 고향에 살아오고 여염閭閻에 있는 처자 부모 함께 동락하니, 우리 인군 덕이 높아 일도춘광호시절一到春光好時節에 백화만발 피었으니 화전하는 백성들이 뉘 아니 송덕하리. 우리 유원수 부모 만나 다남다녀多男多女하옵소서.”

이렇듯이 즐겨하니 원수는 강낭자를 생각하여 영릉성중에 들어오니 이 땅은 승상의 고토라 슬픈 마음을 어찌 다 측량하리오. 객사에 숙소하고 월계촌 소식을 알고자 하여 사오일을 유련留連(계속해서 머무름)하는지라.

각설, 이때 강낭자 목숨을 도망하여 청숫가에 오다가 모친은 청수에 빠져 죽고, 영릉 고을 관비에게 잡혀와 머무나 천비하는 행사가 고금에 다를소냐. 낭자를 만단 개유開諭하여 태수의 수청을 드리고자 하여 수양딸을 삼은 후에 무수히 훼절코자 한들 빙설 같은 맑은 절개 일시를 변하며 일월 같은 밝은 마음 궁곤타고 변할소냐. 이 꾀로 모피謨避하고 저 꾀로 모피하니 관장에게 욕도 보고 관비에게 매도 많이 맞으니 가련한 그 정상은 차마 보지 못할레라.

이때에 관비 딸 하나가 있으되 제 몸은 미천하나 마음은 어질어 매일 강낭자를 불쌍히 여겨 그 절개를 칭찬하여 제 모를 만류하고 낭자를 구완하며 매양 몸을 바꾸어 제가 수청하고 낭자는 구완하여 살리는지라.

이때 유원수 동헌에 좌기하고 사오일 유련할 제 관비 생각하되,

‘원수는 호걸이요 낭자는 미색이라. 이런 때를 당하여 수청을 드렸으면 원수의 혹한 마음 천만 냥을 아낄소냐.’

급히 들어가 행수(여러 사람들의 우두머리) 현신(높은 분에게 들어가 뵘)하고 이날 밤에 낭자를 보내고자 하더니 그의 딸 연심이 또 이 기미를 알고 낭자더러 왈,

“금야에 변을 만날 것이니 그대 생각하여 사양치 말고 들어가면 내가 중로에 있다가 대代로 들어갈 것이니 그리 알고 있으라.”

과연 그날 밤에 관비 낭자를 데리고 "구경 가자" 하며 동헌으로 가거늘 낭자 웃으며 왈,

"이제는 염려 말고 나가라. 원수의 수청이야 사양을 어찌 하리오."

관비 대희하여 왈,

"네 몸이 과연 높으다. 이 고을 관장은 무수히 지나되 종시 허락하지 아니하더니 남경 대사마 도원수 겸 승상 위국공의 수청은 사양치 아니하니 인물이 잘나고도 볼 것이다. 마음도 높으고 소원도 높도다. 우리도 소년 시절에 월계촌 강승상이 하남 절도사로 와 계실 제 일등미색 삼백여 명 중에 나 혼자 수청 들어 금은보화를 많이 받았더니 세월이 원수로다."

이렇듯이 비양(빈정거림)하고 나가는지라.

이때 연심이 제 어미 나감을 보고 낭자를 내보내고 제가 들어가니 원수 등촉을 밝히고 낭자를 생각하여 금낭을 끌러 낭자의 글을 볼 제 일자일체日字一涕(한 글자에 한 번씩 눈물을 흘리다)하니 슬픈 한심 절로 난다. 삼경야월三更夜月은 꽃가지에 비추는 듯, 공산空山 두견 울지 마라. 너는 뉘를 생각하여 장부 간장 다 녹이냐. 낭자는 어디 가고 속절없는 글 두 구만 금낭 속에 들었느냐. 여관한등독불면旅館寒燈獨不眠하니 객심하사客心何事로 전처연轉凄然은 날로 두고 이름이라. 일락장사추색원日落長沙秋色遠하니 부지하처조상군不知何處吊湘君은 낭자 볼 길 없음이라. 옛날 사마장경司馬長卿은 초년에 곤궁타가 문장 부귀 겸전하여 고향에 돌아오니 그 아내 탁문군卓文君이 문 밖에 바삐 나와 손을 잡고 들어가고 낙양땅에 소진이는 현순백결懸鶉百結 몸이 되어 곤곤히 지내더니 육국정승인六國政丞印을 차고 고향에 돌아오니 그 아내 전지도지 나와 인도하여 들어가되, 대명국 유충렬은 초년에 부모 잃고 십생구사 살아나서 도원수 대승상에 만리타국에 승전하고 죽은 부모 살려내어 고향에 돌아온들 청수에 죽은 낭자 어찌 와서 맞아 가며 소소백발 강승상을 무엇이라 위로할까.

이렇듯이 한탄하고 그 밤을 지내더니,

이때 낭자 연심을 대代로 보내고 침실에 돌아와 원수를 생각하여 자탄하고 잠 못 들어 생각하되,

“원수의 성명을 들으니 나의 낭군과 동성동명이라, 낭군이 적실하게 되면 응당 월계촌에 들어가 우리집 소식을 물으련마는 월계촌을 아니 가니 답답하고 원통하다. 연심이 어서 나오면 진위를 알아보리라.”

낭군이 주던 글을 보며 자자이 낙루하며,

“구천에 만나자고 말씀이 있었더니 모진 목숨 살아나고 낭군은 죽었도다. 살기 곧 살았으면 대명국 도원수를 나의 낭군밖에 할 이 없건마는 몰라보니 답답하다.”

이튿날 연심이 나오다가 제 어미를 만나니 관비 그 기미를 알고 대노하여 원수 전에 아뢰고 낭자와 연심을 죽이고자 하여 급히 들어가 문안하고 여쭈오되,

“소인의 딸이 얼굴이 절색이요, 태도 있는 고로 상공 전에 수청을 보냈더니 제 몸은 피하고 다른 년이 대로 들어갔사오니 두 년을 치죄治罪하옵소서.”

원수 대노하여,

“대로 온 년을 나입拏入하라!”

연심이 잡혀들어 계하에 복지하니 원수 문왈,

“너는 무슨 욕심으로 대신을 잘 다니느냐? 죽을 제도 대로 갈까?”

연심이 여쭈오되,

“소녀 비록 천비오나 일생에 수절하는 사람을 불쌍히 여기옵더니 수년 전에 어미 외촌에 갔다가 어떠한 여자를 데려다가 수양딸을 삼아 동네마다 수청을 드리고자 하되, 그 여자 군은 절개 청천에 일월 같고 삼동에 촛불같이 변할 길이 없는고로 소녀 매양 구제하옵더니 마침내 상공이 행차하옵심에 그 여자를 구완하여 대로 왔사오니 죄를 주옵소서.”

원수 이 말을 듣고 마음이 절로 비감하여 의심이 나는지라. 다시 왈,

“그 여자의 성명이 무엇이며 절개 있다 하니 뉘 집 여자냐?”

연심이 대왈,

“그 여자 소녀와 사오 년을 동거하되 종시 성명을 모른다 하고 뉘 집이란 말을 아니하더이다.”

원수 괴이 여겨 왈,

"적실하게 그러할진대 바삐 입시하라."

이때 낭자 연심이 잡혀갔단 말을 듣고 신세를 자탄하더니 뜻밖의 관비 십여 명이 나와 잡아다가 계하에 복지하니, 원수 창문을 열고 낭자의 상을 보니 숙면인 듯하고 심신이 비감하여 자세히 보니 의상은 남루하나 기생 되기 생심 밖이요, 천인 자식 아깝도다. 원수 소리를 나직이 하여 낭자더러 왈,

"거동을 보니 천인 자식 아니요, 여자의 말을 들었거니와 수절을 한다 하니 뉘집 자손이며 낭자는 누구건대 청춘 소년의 수절을 하며 무슨 일로 저리 되어 관비 양 여자가 되었는지 진정을 은휘隱諱(숨기어 꺼림)치 말고 날더러 이르면 알 일이 있으리라. 말을 자상히 하라."

이때 낭자 계하에 복지하여 원수의 말을 들음에 낭군과 이별할 때 하직하고 가던 말이 두 귀에 쟁쟁하여 일분도 다름이 없는지라. 낭자 전일은 도망하여 왔기로 성명 거주를 속였더니 마음이 자연 비감하여 진정으로 여쭈오되,

"소녀는 다른 사람이 아니라 이 골 월계촌 사는 강승상의 무남독녀옵더니 부친이 만리 연경에 귀양간 유주부를 위하여 상소하였더니 만고역적 정한담이 충신을 모함하여 승상을 옥문관에 귀양하고 소녀의 모녀를 잡아 궁비 속공하려 하고 금부도사 와 잡아갈 제, 청수에 야간도주하여 모친은 물에 빠져 죽고 소녀도 죽으려 하더니 영릉 관비 외촌에 갔다 오는 길에 데리고 제 집에 와 험악이 무고하되 연심의 힘을 입어 이때까지 살았으나 오늘은 이 말을 원수 전에 고하고 하릴없이 자결코자 하나이다."

원수 이 말을 듣고 땅에 뛰어 내려서며,

"이게 웬말인가."

영릉 태수 바삐 불러 강승상을 오시라 하니라.

이때 강승상이 처자를 생각하여 잠을 못 자니, 몸이 곤하여 졸더니 뜻밖에 원수 오시란 말에 놀래어 들어오니, 원수 왈,

"이게 강낭자 아니오니까, 강낭자 살아왔나이다."

승상이 이 말을 듣더니 정신이 아득하여 천지가 캄캄한지라. 원수 이

별할 때 내어 주던 표를 내어놓고 상고하니 일호도 의심이 없는지라. 승상이 낭자의 목을 안고 궁글며 왈,

"내 딸 경화야, 청수에 죽었다더니 혼백이 살아왔냐 꿈이냐 생시냐 너의 낭군 유충렬이 왔으니 소식 듣고 찾아왔냐 우리집이 소(沼)가 되어 양유청청楊柳靑靑 푸른 가지 빈터만 남았으니 슬픈 마음 어찌 다 진정하리."

원수 낭자를 보고 하는 말이며 세세정담細細情談을 어찌 다 기록할까.

이때 장부인이 내동헌에 있다가 이 기별을 듣고 급히 나와 보니 낭자 고부지례姑婦之禮로 문안하고 살아난 말씀을 자상히 하니 장부인이 손을 잡고 왈,

"세상 사람이 고생이 많다 하나 우리 고부 같을소냐."

이때 낭자 데려간 관비 혼백이 상천하고 간장이 녹는 듯, 원수 동헌에 높이 앉아 관비를 잡아들여 수죄 왈,

"너를 죽일 것이로되 너 같은 천기賤妓년이 사람을 알아볼소냐. 청수에가 낭자 구한 일로 방송하나니 덕인 줄 알라."

연심을 불러 무수히 치사하고 보내려 하니 낭자 곁에 앉았다가 왈,

"연심은 날과 백년 은인이니 일시 치사뿐 아니라 평생을 한가지로 지내고자 하니 황성으로 데려가사이다."

원수 그 말을 옳게 여겨 연심을 불러,

"부인을 착실히 모시라."

연심이 황공하여 하더라.

원수 전후 사연을 낱낱이 기록하여 나라에 장계하고 길을 떠나올 새 장부인은 금덩을 타고 강낭자와 조낭자는 옥교를 타고 좌우로 모시고 강승상은 수레 타고 오국 사신이 모셨는데, 원수는 일광주 용인갑에 장성검을 높이 들고 대완마상 높이 앉아 오마대로 행군하여 완완이 나오니 그 거동과 그 영화는 천고에 처음이라.

게양역을 지나 청숫가에 다다르니 소부인 죽던 곳이라. 원수 승상을 위하여 영릉 태수 바삐 불러 제물을 장만하여 승상을 주인삼고 조낭자는 집사되어 원수는 축관祝官 되고 독축하며 통곡하는 말이 회수에 모친 제사할 때와 다름이 없었다.

　제를 파한 후에 행군하여 나올 제 이때 천자와 황태후며 연왕과 조정에서 충렬을 가달국에 보내고 주야 생각하며 장부인을 찾아오는가 하여 일야^{日夜} 한탄하더니 뜻밖에 원수들 장계를 보고 즐거운 마음 측량없으며 장안 백성들이 이 말을 듣고 각각 자식을 보려 하고 다투어 나오더라.

　천자와 태후와 연왕이 백 리 밖에 나와 맞을 새 원수의 위엄을 보니 서천 삼십육도며 남만 오국이며 금은 예단과 일등 미색들이 차례로 말을 타고 오국이며 사신이 선봉되어 낭자하게 들어오고 그 가운데 금덩옥교 떠오는데 강낭자는 좌편이요, 조낭자는 우편이라, 좌우 청정^{靑旌}(푸른 깃발) 고였는데 금수단^{錦繡緞} 양산대는 반공에 솟았도다.

　강승상이 수레 위에 높이 앉아 오며 군사 전후에 나열하고 그 뒤에 따르는 이 십장홍모 사명기^{司命旗}는 한가운데 세워 오고 용전(용의 그림을 그린 기) 대장기^{大將旗}며 기치창검^{旗幟槍劍} 삼천병마 천후에 작대하고 승전고^{勝戰鼓}와 행군고^{行軍鼓}는 원근산천에 진동하며, 도원수는 일광주 용인갑에 장성검 높이 들고 천사마 비껴 타고 황용수^{黃龍鬚}를 거느리고 봉의눈을 반만 떠서 군사를 재촉하니 웅장한 거동은 일대 장관^{壯觀}이요, 천추에 표문(나타나서 여러 사람에게 들려 알려짐)이라.

　이때 장안 만민이 남적에게 잡혀갔던 며느리며 동생들이 본국에 돌아온단 말을 듣고 호산대 십 리 뜰에 빈틈없이 마주 나와 각각 만나 옥수^{玉手} 나삼^{羅杉} 부여잡고 그리던 그 정곡^{情曲} 못내 즐겨하여 울음소리 웃음소리 반공에 뒤섞이어 호산대가 떠나갈 듯 원수를 치사하고 장부인을 치사하는 소리 낭자하여 요란하고, 금산성하 다다르니 천자와 황태후 옥연^{玉輦}에 바삐 내려 장막 밖에 나서니 원수 갑주를 갖추고 군례^{軍禮}로 현신하니 천자와 황태후 원수의 손을 잡고 못내 치사 왈,

　"과인의 수족을 만리타국에 보내고 주야 염려하더니 이렇듯이 무사히 돌아오니 즐거운 마음 어찌 다 칭찬하며 회수에 죽은 모친 데려온다 하니 만고에 없는 일이며 옥문관에 강승상과 청수에 죽은 강낭자를 살려오니 천추에 드문 일이라, 그대의 은혜는 백골난망이라 그 말이야 어찌 다 하리오."

　황태후 원수를 치사한 후에 강승상을 부르시니 승상이 바삐 들어와 복

지하니, 천자 내려와 승상의 손을 잡고 위로 왈,

"관인이 불명하여 역적의 말을 듣고 충신을 원방에 보냈으니 무슨 면목으로 경을 대면하리오. 그러하나 왕사는 물론勿論하오."

이때 황태후 승상을 보고 하시는 말씀이야 어찌 다 성언하리.

이때 연왕이 다른 사처에 있다가 장부인이 금덩을 타고 옴을 보고 마음이 건공에 떠서 충렬이 나오기를 고대하더니 원수 천자께 물러나와 부왕전에 복지 주왈,

"불효자 충렬이 남적을 소멸하고 오는 길에 회수에 와 제사하옵다가 천행으로 모친 만나 왔나이다."

연왕이 반가움을 측량치 못하여 왈,

"너의 모친이 어디 오느냐?"

이때 장부인이 모장(장막) 밖에 있다가 주부의 말소리를 듣고 반가운 마음 어떻다 할 수 없어 여광여취如狂如醉 들어가니 연왕이 부인을 붙들고 왈,

"그대 일정 장상서의 따님인가. 멀고 먼 황천길에 죽은 사람도 살아오는 법이 있는가. 회수 만경창파 중에 백골이 되었을 제 어떤 사람이 살려 왔나. 뉘집 자손이 모셔 왔나. 충렬아 네가 일정 살려 왔나."

북방 천리 만리 호국에 잡혀 죽게 된 유주부와 만경창파 회수 중에 십년 전에 잃은 장씨 다시 만나 즐길 줄과 칠 세 자식 환란 중에 잃었더니 다시 만나 영화 볼 줄 몽중이나 생각할까.

장부인이 석장동 마철의 집에 잡혀갔던 말이며 옥함을 가지고 야간 도망하여 노구 집에서 환環을 만났던 말이며 옥함을 물에 넣고 죽으려 하다가 활인동 이처사 집에 살아난 말을 낱낱이 설화하며 즐기니 그 정곡은 측량치 못할러라.

원수 곁에 앉았다가 왈,

"소자 가달국에 갔을 제 적진 선봉이 마철의 삼형제라 한 칼에 베어 원수를 갚았나이다."

연왕과 부인이 못내 즐기더라.

천자를 모시고 성중에 들어올 새 자식 만나 치하하는 소리며, 만조제

신滿朝諸臣 하례賀禮하는 말을 어찌 다 기록하리.

이때 황후 태후 강낭자를 입시하여 전후 왕사를 낱낱이 물을 제 부인의 고생한 말을 낱낱이 하고 서로 울며 장부인이 치하하기를 마지 아니하더라.

이때 원수가 천자와 부왕을 모셔 황극전에 전좌하시고 오국사신 예를 받아 문목수죄問目數罪한 연후에 옥관도사를 잡아들여 계하에 엎지르고 수죄 왈,

"간사한 도사놈아 네 천지조화지술天地造化之術을 배워 정한담을 가르쳐 신기한 영웅이 황성 내에 있는 줄은 알고 광덕산에 살아나서 너 죽일 줄은 모르느냐. 네 전일에 정한담더러 하기를 천재일시千載一時라 급격물실急擊勿失하라더니 어찌 조그마한 유충렬을 못 잡아서 너희 놈들이 먼저 다 죽느냐?"

도사 여쭈오되,

"패군지장敗軍之將은 불가이어용不可而語勇이라 하니 차막비천명此莫非天命이라 무슨 말씀하오리까마는 소인이 신기한 술법을 배워 전장에 나올 제 사해신장四海神將이며, 대명국大明國 강산신령江山神靈과 천귀만신千鬼萬身과 이매망량(도깨비의 정령들) 어두귀면지졸魚頭鬼面之卒과 천지개벽 후에 신장 귀졸을 모두 다 불러내어 지위간에 넣어 두고 승천입지昇天入地하며 성산성해成山成海하며 변화무궁터니 그 중에 유독 서해 광덕산 백룡사에 있는 노승과 남해 형산 화선관이 소인 영을 쫓지 아니하기로 고이 알았삽더니 전일 원수 접선하시는 법을 보오니 갑주창검도 천신의 조화거니와 백룡사 노승은 원수 우편에 옹위하고 남악형산 화선관은 좌편에 시위하였으니 소인인들 어찌하오리까. 주판지세走坂之勢로 이리 될 줄을 알았으나 죽사온들 무슨 한이 있사오리까."

원수 마음에 그놈의 재주를 탄복하고 군사를 재촉하여 장안시에 처참한 후에 오국사신을 각각 돌려보내고 황성 동문 밖 인가를 다 헐어 별궁을 지은 후에 직첩을 돋울새, 산동 육국에서 들어오는 결총結總은 모두 다 연왕에게 부치고 원수로 남평 여원 양국 옥새를 주어 남만 오국을 차지하여 녹을 부쳤으되 대사마 대장군 겸 승상 인수를 주어 국중만사國中萬事를

모두 다 맡겨 슬하에 떠나지 못하게 하고 장부인으로 정열부인貞烈夫人 겸 동궁야후(어머니의 존칭) 연국왕후를 봉하여 경양궁에 거처하게 하고 강승상으로 달왕 직첩을 주어 빈사지위賓師之位(손님으로 대접하는 지위)에 있게 하고 강부인으로 정숙부인 겸 동궁후 언성왕후를 봉하여 시녀 삼백에 강승상의 위장(호위하는 장수)삼아 봉황궁에 거처하고 활인동 이처사로 간의태부諫議太夫 도훈관都訓官에 이부상서를 겸하여 육조를 다스리게 하고 영릉관비 연심으로 남평왕의 후궁을 봉하여 인성왕후 직첩을 주어 봉황궁에 강부인을 모시고 그 남은 제장은 차례로 벼슬을 돋우니라.

이때 남국에 잡혀가 강승상을 부모같이 섬기던 여자는 다른 사람이 아니라 술 한 잔 받아 들고 원수 전에 자례自禮하던 노인의 딸이라 그 노인을 불러 상면한 후에 조낭자로 남평왕의 우부인을 봉하고 그 오라비로 총융대장總戎大將을 삼아 그 아비를 봉양하게 하니 상하 인민이 송덕하는 소리 천지 진동하니 그 아니 태평인가 하노라.

작가 소개와 작품해설

● 저자 소개

작자 연대 미상이다. 영웅의 일생을 엮은 소설로 전형적인 군담소설軍談小說(전쟁에 관한 이야기를 소재로 한 고대 소설의 한 종류)에 해당된다. 더러 〈柳忠烈傳〉이나 〈兪忠烈傳〉 등 제목이 유사한 것은 필사본, 목판본, 활판본 등이 50여 종이나 많은 이본이 있기 때문이다.

● 주제

난세를 구해 내는 장군(충신)의 영웅담

● 작품 해설

〈유충렬전〉은 난세를 구해 내는 유충렬의 무용담이다. 중국 명나라 시대를 배경으로 한 것은 한 영웅에 대한 무대의 확장이다. 또한 독자들은 지리적 사실이나 시간적인 사실, 또는 시대적 사건에 대한 것들을 일일이 고증할 수 없다고 하는 편의를 이용한 것이다.

아무튼 이 작품은 영웅 유충렬이 간신들로부터 받은 모멸과 중원을 침공하는 변방 오랑캐들을 무찌르고 황제를 구원하는 통쾌한 고전소설인 것만은 사실이다. 그러기에 한 영웅에 대한 무용담일 뿐이지, 세속적 사랑 같은 것은 너무도 비중이 적다.

더러 고전소설이 그렇듯, 주인공을 얻는 데는 고통이 따른다. 유충렬 역시 입산 수도한 끝에 난세를 구해 내는 청절의 영웅으로 부각시켰는데, 가족들 또한 부처의 가호 속에서 생명을 보전한다. 그렇다고 〈홍길동전〉이나 〈전우치전〉처럼 도술을 부리지 않는 것만으로도 작품의 치밀성은 성공하고 있다.

● 줄거리

명나라 때에 개국공신이었던 유심이라는 사람이 있었다. 그가 늦도록 자식이 없어 한탄하다가 남악 형산에서 치성을 드려 신기한 태몽을 꾼 후 귀한 아들을 낳는다. 충렬이라 이름짓고 잘 키운다.

이때 조정의 신하들 중에 역심을 품은 정한담과 최일귀 등이 정적인 유심을 모함하여 귀양 보내고, 유심의 집에 불을 놓아 충렬 모자마저 살해하려 한다. 그러나 충렬은 천우신조로 살아나 많은 고난을 겪게 되나 퇴재상 강희주를 만나 사위가 된다.

강희주는 유심을 구하려고 상소를 올렸으나 오히려 정한담의 모함을 받아 귀양가게 되고, 강희주의 가족들은 난을 피하여 모두가 흩어진다. 충렬은 아내와 작별하고 백룡사에서 노승을 만나 무예를 배우며 때를 기다린다.

이때 남적과 북적이 반기를 들고 명나라에 쳐들어오자, 정한담은 자원 출정하여 남적에게 항복하고서 남적의 선봉장이 되어 천자를 공격한다. 정한담에게 여러 번 패한 천자가 항복하려 할 즈음, 유충렬이 등장하여 남적을 무찌르고 천자를 구한다.

이렇듯 유충렬은 거의 단신으로 반란군을 쳐부수어 정한담을 사로잡고, 호왕에게 잡혀간 황후, 태후, 태자를 구출한다. 물론 유배지에서 고생하던 아버지 유심과 장인 강희주를 구하여 개선한다. 그러나 유충렬는 어머니와 아내 생각에 마음이 무겁던 중 영릉땅에 이르러 아내와 어머니를 찾아 입성한다.

천자를 비롯하여 문무백관의 영접을 받은 그는 높은 벼슬에 올라 부귀영화를 누린다.

● 독서 토론

한 사람의 영웅을 부각시키기 위해서는 경우에 따라서 황당무계하고 사실무근한 비약을 하기도 한다. 그러기에 상대의 두령은 차하급으로 취급하는 것이 보통이다. 무릇 고전소설이 그렇듯이, 주인공이 하는 일은 모두가 선이며, 상대역이 하는 일은 시종 악의 표본이 된다.

또한 우리 나라 고전소설의 맥이 그러하듯, 유충렬은 명산에 빌어 부처의 영험으로 낳게 되고, 도승의 가르침을 받아 출세한다는 불교 사상이 깔려 있다. 또 한편으로는 목숨을 초개같이 생각하고 천군만마 사이를 드나들며 천자를 구원한다는 것은 유교의 윤리 사상의 발원이다.

임진왜란과 병자호란을 겪은 이후 무기력한 선비들과 양민들은 현실의 좌절감 내지 울분 등을 주인공이 좌우 종횡무진하는 〈유충렬전〉에서 마음의 위안을 받았을지도 모른다. 그러기에 화려하고 다채로운 군담軍談을 지닌 〈유충렬전〉은 가장 많이 읽힌 전쟁 영웅소설이었던 것이다.

● 비교 작품

창작 군담소설로 〈소대성전蘇大成傳〉과 〈장백전張伯傳〉, 〈장익선전〉, 〈김옥진전〉, 〈이태경전〉, 〈임장군전〉, 〈장경전〉, 〈조웅전〉, 〈유문성전〉 등이 있으며, 역사 군담소설로는 〈임진록壬辰錄〉, 〈임경업전林慶業傳〉, 〈박씨전朴氏傳〉 등이 있다. 한편 역대 장군전도 비교해 볼 만하다.

이춘풍전^{李春風傳}

작자 미상

　숙종대왕 즉위 초에 인화세풍하고 국태민안이라. 우순풍조^{雨順風調}하고 가급인족^{家給人足}하여 산무도적^{山無盜賊}하고 도불습유^{道不拾遺}하니 요지일월^{堯之日月}이요 순지건곤^{舜之乾坤}이라.

　이때 서울 다락골에 한 사람이 있으되 성은 이^李요 명은 춘풍^{春風}이라. 형세 가장 요부하여 장안의 거부로서 다만 혈육이 춘풍뿐이라. 부모 매양 사랑하여 교동^{嬌童}으로 길러내니 인물이 옥골^{玉骨}이요 헌헌장부^{軒軒丈夫}라, 타인과 달라 못할 것이 전혀 없더라.

　그렇듯, 지내다가 양친이 일시에 구몰^{俱歿}하니 춘풍이 망극하여 삼상을 마친 후, 강근친척^{強近親戚}이 없어 춘풍을 경계할 이 없으매, 춘풍이 외입하여 하는 일마다 방탕하고 세전지물 누만금을 남용하여 없이할 제 남북촌 외입장이와 한가지로 휩쓸려다니며 호강하여 주야로 노닐 적에, 모화관^{慕華館} 활쏘기와 장악원^{掌樂院} 풍류하기, 산영에 바둑 두기, 장기 골패 쌍륙 투전, 육자배기 사시랑이 동동이 엿방망이 하기와, 아이 보면 돈주기, 어른 보면 술대접하고 고운 양자 맑은 소리, 맛좋은 일년주^{一年酒}며 벙거짓골 열구지탕^{悅口之湯} 너비할미 갈비찜에 일일장취 노닐 적에, 청루미색 달려들어 수천금을 시각에 없이 하니 천하부자 석숭^{石崇}인들 그 무엇이 남을손가.

　티끌같이 없어지고 진토같이 다 마른다. 전에 놀던 청루미색 나를 보면 헤어진다.

　춘풍이 하릴없이 제 집에 돌아와 제 처더러 하는 말이,

"가빈家貧에 사현처思賢妻라, 옛글에 일렀건만 애고 이제 어찌할꼬."

가련하다 춘풍 아내 하는 말이,

"여보소, 내 말 듣소. 대장부 되어나서 문무간에 힘을 써서 춘당대 알성과에 문무참례하여 계수화를 숙여 꽂고 청라삼 떨쳐 입고 부모 전에 영화 뵈고 후세에 이름내어 장부의 사업을 하면 패가를 할지라도 무엄치나 아니할꼬. 그렇지 못하면 치산을 그리 말고 농업에 힘써서 처자를 굶기지 말고 의식이나 호강으로 지내다가 말년에 이르러 자식에게 전장傳庄하고 내외가 종신토록 환력평생하게 되면, 그도 아니 좋을손가. 부귀공명 마다하고 이녁이 어찌 굴어 부모의 세전지물 일조일석 다 없애고 수다한 노비 전답 뉘게 다 전장하고 처자를 돌아보지 않고 주지탐색 수투전數鬪餞 주야로 방탕하여 저렇듯이 되었으니 어이하여 사잔 말고. 마오 마오 그리 마오, 주색잡기 좋아 마오. 자고로 외입한 사람 뉘 아니 탕패蕩敗한가. 내 말 잠깐 들어보소. 미나리골 이패두李牌頭는 청루미색 즐기다가 나중에 신세 글러지고 동문 밖의 오청두吳聽頭도 투전잡기 즐기다가 말년에 걸인 되고, 남산골목 화전이도 소년의 부자로서 주색잡기 즐기다가 늙어서 그릇 죽고, 모시전 김부자金富者도 술 잘 먹고 허랑하기 장안에 유명터니 수만금을 다 없애고 기름장사 다니네. 일로 두고 볼지라도 주색잡기 다시 마오."

이렇듯 만류하니 춘풍이 대답하는 말이,

"자네 내 말 들어 보소. 사환 대실이는 술 한잔 못 먹어도 돈 한푼을 못 모으고, 이각동이는 오십이 되도록 주색을 몰랐어도 남의 집 사환을 못 면하고, 탑골 복동이는 투전 골패 몰랐어도 수천금을 다 없애고 굶어 죽었으니, 일로 볼작시면 주색잡기 하다가도 못사는 이 별로 없데. 자네 차차 내 말 잠깐 들어 보소. 술 잘 먹는 이태백은 앵무배鸚鵡杯로 백년 삼만 육천일, 하루 삼백배로 매일 장취하였어도 한림학사 다 지내고 자골전 일손이는 주색잡기하였어도 나중에 잘 되어서 일품一品 벼슬하였으니, 일로 볼지라도 주색잡기 좋아하기 남아의 상사常事로다. 나도 이리 노닐다가 일품 벼슬하고 이름을 후세에 전하리라."

이처럼 허랑하고 조석을 이룰 수 없이 탕진한지라, 춘풍이 할 일 없어

그제야 회과자책悔過自責 절로 나서 아내에게 사과하고 지성으로 비는 말이,

"자네 부디 노여 마오. 자네 부디 설워 마소. 내 마음 생각하니 각금시이작비覺今時而作非로세. 이왕지사 고사하고 가난하여 못 살겠네. 어찌하면 좋단 말고. 오늘부터 가중범사를 자네에게 맡길 것이니 자네 임의로 제가하여 의식이나 줄이지 말게 하소."

춘풍이 처 하는 말이,

"부모조업 누만금을 주색에 다 없애고 이 지경이 되었으니, 이후에 혹시 침재 길쌈 방직하여 돈푼을 모을지라도 그 무엇을 아낄손가?"

춘풍이 대답하되,

"자네 말이 내 행세를 믿지 못하니, 이후 주색잡기 않기로 수기를 써 줌세."

지필을 내어 수기를 쓰는구나.

'모년 모월 모일 기위전수기記爲傳手記라. 우수기右手記 단段은 외입 방탕하기로 선세조업 누만금을 청루잡기로 진산盡散하고, 각금시이작비하고서 회개에 막급이라. 차일 후로 가중지사를 진부어실 김씨金氏 하거온爲遺焉. 김씨 치산 후로는 누만금지 재財라도 진시眞是 김씨지재요, 가부家夫 이춘풍은 일푼전 일두속一斗粟을 불부 담당지지로 여시如是 수기하오니, 일후에 약유若有 잡기지패雜技持牌여든 지차수기持此手記하고 관변정사官卞政事라. 증필證筆에 가부 이춘풍이라.'

책명策名하여 주니, 춘풍 아내 거동 보소.

"수기 말씀이 지차수기持此手記하고 관변정사官卞政事라 하였으나, 가장 걸어 송사訟事할손가?"

춘풍이 이 말 듣고 수기를 고쳐,

'차여중此如中 김씨전수기金氏前手記라. 종금 이후로 약유잡담若有雜談이거든 가위可謂 비부지자鄙夫之子라, 지차문기 빙고사持此文記憑考事라' 하여 주니, 김씨 받아 함롱에 넣어 두고 이날부터 치가한다.

침재 길쌈 능란하다. 오푼 받고 새버선 짓기, 서푼 받고 새김 볼 박기, 두푼 받고 한삼 짓기, 서푼 받고 헌옷 깁기, 네돈 받고 장옷 짓기,

닷돈 받고 도포하기, 엿돈 받고 천익天翼 짓기, 일곱돈 받고 금침하기, 한 냥 받고 돌찌누비, 두냥 받고 바지누비, 세냥 받고 긴옷 누비, 넉냥 받고 관복지며, 겨울이면 무명나이, 여름이면 삼베 길쌈, 가을이면 염색하기, 이렇게 사시장철 주야로 쉴 새 없이 사오 년을 모은 돈을 장변이며 월수 놓아 수천금을 모았고나. 의식이 넉넉하고 가세가 풍족하여 그릴 것이 바이 없다.

이때에 춘풍이 아내 덕에 의복관망衣服冠網 치레하고 고량진미 함포고복含哺鼓腹하여 제 집 술로 매일 장취하는구나. 가래침 고두 받고 곤자소니 기름지니 마음이 교만하여 이전 행실 절로 난다.

떵떵거리고 내달아서 호조戶曹 돈 이천 냥을 대돈변으로 얻어내어 방물군자方物君子인 체하고 평양으로 장사 가려 하니, 춘풍 아내 거동 보소. 이 말 듣고 대경하여 춘풍더러 하는 말이,

"여보시오 서방님, 내 말 잠깐 들어 보소. 이십 전에 부모 조업 탕진하고 그 사이 오 년을 격단하고 앉았다가 물정도 소리疏離한데 평양 장사 가지 마오. 평양 물정 내 들었소. 번화 사치하고 분벽사창 청루미색 단순호치丹脣皓齒 반개하고 청가일곡淸歌一曲으로 교태하여 돈 많고 허랑한 자는 제 세워 두고 벗긴다는데 평양 물정 이렇다니 부디 장사 가지 마오."

지성으로 만류하니 춘풍이 하는 말이,

"나도 또한 사람이지 이십 전 패가하고 원통하기 골수에 박혔으니 천금진산 환부래千金盡散還復來라 하였으니 낸들 매양 패가할까 속속히 다녀옴세."

춘풍 아내 이른 말이,

"연전에 치패致敗하여 일푼전 일두속을 참견 아니할 뜻으로 비부지재라 수기 써서 내 함롱에 넣었거던 그사이 잊었는가. 의식을 내게 믿고, 편안히 앉아 먹고 부디부디 가지 마오."

춘풍이 이 말 듣고 대노하여 어질고 착한 아내 머리채를 선전시전縇塵市塵 비단 감듯, 상전시전 연줄 감듯, 사월 파일 등대 감듯, 뱃사공의 닻줄 감듯 휘휘 칭칭 감아쥐고, 이리 치고 저리 치며,

"천리원정 장삿길에 요망한 계집년이 잔말을 이리 하니, 이런 변 또

있는가?"

제 아내 욱지르고 집안 재물 다 털어서 말에 싣고 떠날 적에 불쌍하다 춘풍 아내 아무리 여러 말로 말리어도 무가내일러라.

이때 춘풍이 이천오백 냥 삯말 내어 실어 놓고 발행할 제 좋은 말 반부담에 갖추 차려 호피돋움 높이 하고 내려간다.

의기양양 내려갈 때 연소문延詔門 얼른 지나서 무학재 얼른 지나 평양길 내려갈 제 청석골 다다르니, 정신이 쇄락灑落하여 좌우산천 바라보니, 이때는 춘삼월 호시절이라. 고을 고을에 꽃은 날려 청파에 던지고 수양垂楊은 천만사에 황앵黃鶯이 날아들고 온갖 산수 구경한다. 황성천도 벽사월에 창오원 중 늙은 고목, 주유낙일 절벽간에 임을 그려 상사나무, 옥조 중랑 축분춘아 이월중난 계수나무, 층암절벽에 펑퍼진 반송나무, 늘어진 양류는 춘풍에 흥을 겨워 우쭐우쭐 춤을 춘다. 또 한편을 바라보니, 무슨 짐승 노닐더냐. 춘알 새랑 창경새는 피는 꽃을 따려 하고 포곡조布穀鳥는 최춘종崔春鍾을 취풍은 가는 말을 재촉하고 옥동도화玉洞桃花 만수춘萬樹春은 가지가지 봄빛이라. 피는 꽃 푸른 잎은 산책을 가리우고 나는 나비와 우는 새는 봄철을 희롱한다.

동선령洞仙嶺을 바삐 넘어 황주 병영 구경하고, 중화中和로 평양을 바라보고 형제교를 얼른 지나 십리장림을 지나 대동강에 다다라서 모란봉 쳐다보니 그 아래 부벽루 둘러 있고 물색도 좋을씨고. 대동문 연광정 제일 강산이 여기로다. 기자 단군 이천년의 보통문普通門 유전遺傳일다. 정자도 좋거니와 영명사永明寺 극히 좋다. 성내에 들어서니 인가도 번성하고 물색도 번화하다.

춘풍의 거동 보소. 최성루 돌아들어 좌우 산천 구경하고 또 한편 바라보니 옛 마음이 절로 난다. 이런 변이 또 있는가. 청루 앞을 썩 지나서 객사 동편 주인하고, 열두 바리 실어온 돈 차례로 들여놓고 삼사일 유숙하며 물정을 살피더니, 하루는 난간에 의지하여 한 집을 바라보니 집치레도 좋거니와 저 집 주인 거동 보소. 일색 추월이라. 얼굴도 일색이요 노래도 명창이요 연광은 십오세라. 성중의 호걸손과 팔도의 소년 한량 한번 보면 수삼백석 쓰기를 물같이 쓰는구나.

284

이때 서울 부상대고^{富商大賈} 이춘풍이 수천냥 싣고 와서 뒷집에 주인 했다는 말을 듣고, 추월이 넌짓 춘풍을 홀리려고 벽계수 청류상에 사창을 반개하고 표연한 교태로 녹의홍상 다시 입고 천연히 앉은 모양 춘풍이 얼른 보니 얼굴 태도 청천명월 같고, 모란화 아침 이슬에 반쯤 된 형상이요, 그 절묘한 맵시는 해당화가 그늘 속의 그림이요, 월궁의 항아^{姮娥}로다.

천새긴 태도는 앵도화가 무르녹고 아미산 반윤월^{半輪月}이 맑은 강에 비침 같고 서시가 부생이요 양귀비 다시 온 듯, 청루상에 홀로 앉아 오동복판^{梧桐腹板} 거문고를 무릎 위에 얹어 놓고, 탁문군을 꾀어 내던 사마상여^{司馬相如} 봉황곡을 둥흥동동지동당 타는 소리에 춘풍의 심신이 황홀하여 미친 마음 절로 난다. 제가 본디 계집이라 하면 화약 한 섬을 지고 모닥불에 보금자리 치고 괴발에 덮석이라. 일신의 정신 있는 대로 모다 그리 간다.

춘풍의 거동 보소. 좋은 의복 금사전의^{錦紗氈衣}에 혼반^{婚班} 찾듯, 자미시에 걸승^{乞僧} 찾듯, 삼국풍진 요란할 제 한종실^{漢宗室} 유황숙^{劉皇叔}이 와룡 선생 찾아가듯, 서왕모^{西王母} 요지연^{瑤池宴}에 주목왕 찾아가듯, 위수변^{渭水邊}의 강태공을 주문왕이 찾아가듯, 공명이 청병하러 강동으로 찾아가듯, 도연명이 심양으로 찾아가듯, 기러기 동청호로 찾아가듯, 꾀꼬리 양류목을 찾아가듯, 봉접이 꽃밭을 찾아가듯, 맹상군의 갈짓자 걸음으로 중문 안에 들어서니 추월의 거동 보소.

춘풍이 오는 양을 얼른 보고 옥안을 번듯 들어 계하에 내려서서 춘풍의 나삼을 휘어잡고 난간에 올라서서 좌우를 살펴보니 집치레도 황홀하다. 사면팔자 입구자로 육간대청 전후 퇴에 이승난간 맵시 있다.

방안을 살펴보니 각장^{角壯} 장판 소란^{小欄} 반자 국화 새긴 완자창과 산수병의 미인도가 아름답다. 묵화로 죽엽쳐서 벽창문에 붙여 두고 원앙금침 잣베개를 자리장에 개어 놓고, 분벽주련^{粉壁柱聯} 둘러보니 동중서^{董仲舒}의 책문^{策文}이며 제갈량의 출사표며, 적벽부 양양가를 귀귀마다 붙였구나. 놋촛대 광명두리 여기저기 놓여 있고 요강과 재떨이며, 청동화로 수박화로 삼층들이 화류장은 드문듬성 벌려 놓고, 벼루상의 양무머리 장목비며 용담 백담 화문석에 계자다리 옷걸이, 좋은 의상 내려 두고 추월의 거동 보소.

추파를 반만 들어 영접하여 앉은 모양 아리땁고, 고운 태도 팔자청산^{八字靑山} 두 눈썹에 반분대^{半粉黛}를 다스리고, 삼단 같은 머리채를 휘휘슬슬 흘려빗겨 금봉채^{金鳳釵}로 단장하고 의복치레 볼작시면 백방사^{白紡紗} 수화주^{水禾紬}로 장바지, 무명 주단 단속곳, 세백 수화주 너른바지, 통명주 깨끼적삼, 남대단 홑단치마 잔살 잡아 떨쳐 입고, 노리갠들 범연할까. 이궁전 인물 향과 밀화^{密花} 불수^{佛手} 금도끼를 줄룩줄룩 얽어차고 백주^{白紬} 화주^{禾紬} 겹버선에 도리불숙꽃 당혜^{唐鞋}를 날출자로 제법 신고, 단순호치 반개하여 웃는 양은 춘풍도리 화개시에 반만 핀 홍련^{紅蓮}이다.

섬섬옥수로 전라도 진안초^{鎭安草}에 평안도 삼등초^{三登草}를 설설 펴서 얼른 담아 청동화로 백탄 숯불 불 붙여서 춘풍전에 드릴 적에 향내가 진동하니 춘풍이 받아들고 하는 말이,

"나도 경성에 생장하여 청루미색 결연하다가 여기를 나려와서 객회가 적막키로 가련금야 숙창가^{可憐今夜宿倡家}요, 창가소부 불수빈^{倡家少婦不羞賓}하라 동작의 생황진을 네 들을소냐."

추월이 잠깐 웃고 여쭈오되,

"원로 경성에서 평안히 오시니까 뒷집에 사처하여 사오일 유숙하되 어이 그리 더디던고."

이 말 저 말 다 버리고 추월이 분부하되 주찬을 차려 올 제 국화 새긴 통영반^{統營盤}에 주전자 들이놓고, 조로록 엮은 홍합 생선찜 오화탕^{五花糖} 사탕 귤병 당대추며, 반달 같은 계피떡과 먹기 좋은 꿀합떡과 보기 좋은 화전에 산승웃기로 고여 놓고, 꺽꺽 우는 생치 들여 정월 만배 영계찜을 곁들이고, 대모^{玳瑁} 양각^{羊角} 큰 접시에 현초초 전복을 갖추어 곁들이고, 어히 겨자 초장 생청을 틈에 끼워 놓고 청실레 홍실레 벗긴 생율접은 준시^{蹲柿} 은행 대추 청포도 흑포도며, 머루 다래 유자 석류 감자 능금 참외 수박을 갖추어 왔구나.

병치레를 볼작시면 벽해상^{碧海上}의 거북병과 목 옴츠라진 자라병과 만경창파 오리병, 왜화병, 당화병, 일출병월 출병을 갖추어 벌려놓고, 술치

레를 볼작시면 이태백의 포도주며, 도연명의 국화주며, 안기생安期生의 과하주過夏酒며, 석달 열흘 백일주며, 소주 황소주黃燒酒 일년주, 계당주桂當酒, 감홍로甘紅露, 향기로운 연엽주蓮葉酒, 산종처사 송엽주를 갖추갖추 놓았는데, 노자작 앵무배에 섬섬옥수로 졸졸 풍풍 가득 부어 춘풍에게 드리거늘, 춘풍이 하는 말이,

"평양이 소강남小江南으로 들었으니 권주가나 들어 보세."

추월이 단순을 반개하여 청가일곡으로 권주가를 부를 적에,

"잡으시오 잡으시오, 이 술 한잔 잡으시오. 백년 삼만 육천일 살아서도 우락중분 미백년憂樂中分未百年이니 권할 적에 잡으시오. 일생 백년 못살 인생 아니 놀고 어이할까. 이 술은 술이 아니라 한무제의 승로반承露盤에 이슬받은 것이오니, 쓰나 다나 잡으시오. 역려逆旅의 건곤에 초로 같은 우리 인생 한번 돌아가면 뉘라 한번 먹자오리, 살았을 제 먹사이다."

춘풍이 받아 먹고 흥에 겨워 노는구나.

"추월 춘풍 연분 맺어 한가지로 놀아 볼까."

추월이 대답하되,

"이백도홍 유록시李白桃紅柳綠時에 춘풍도 좋거니와 노백풍청 황국시露白風淸黃菊時에 추월이 밝았으니, 춘풍이 좋을씨고. 진실로 그럴 양이면 추월 춘풍 연분 맺어 놀아 볼까."

춘풍이 추월 두고 차운次韻하였으되,

"아미산 반윤월峨眉山半輪月, 도기영문 양추월到記迎門良秋月, 북당야야 인사월北堂夜夜人事月, 동정월同庭月, 관산월關山月, 황산릉명월黃山陵明月, 오주吳州에 여견월如見月, 이월 삼월뿐이로다. 월백풍청月白風淸 여차양야如此良夜에 나는 춘풍 너는 추월 우리들이 배필되면 천지가 변하기로 풍월이야 변할소냐."

추월이 대답하되,

"서방님은 월자운月字韻을 달았으니 나는 풍자운風子韻을 달아볼까. 수수산에 서북풍, 낙양성에 견추풍見秋風, 만국병전萬國兵前 초목풍, 무협장취 만리풍, 양류수사楊柳垂絲 만강풍滿江風, 취적강산吹笛江山 낙원풍樂園風, 삼월에 화신풍, 동지섣달 설한풍, 이제 풍자 풍자 다 버리고 추월 춘풍 배필되어 대동강이 마르도록 추월이야 변할손가. 좋을씨고 청풍명월 야삼경에 양인심사

兩人心事 양인지兩人知라. 화류봉접花柳峰蝶 좋은 연분 어이 인제 만났는고.”

춘풍이 대희하여 생증장액 수고란 호취개렴 접쌍연이라. 허랑한 이춘풍이 장사에 뜻이 없고 이날부터 이천오백 냥을 마음대로 쓰는구나. 장취불성長醉不醒 맑은 소리로 일삼으며 주야로 노닐거늘 추월이는 수천 냥을 홀리려고 교태하여 이른 말이,

“통한단 쌍문초雙文綃, 도리 불수佛手 능라단, 초록 저고리감만 날 사주오. 은죽절 금봉채 가진 노리개 날 해주오. 두리소반 주전자 화로 양푼 대야 날 사주오. 동래반상, 안성유기 구첩반상 실굽다리 날 사주오. 요강 타구 새옹 남비 청동화로 날 사주게. 백통대 은대 금대 수북 담뱃대 날 사주오. 문어 전복 편포 안주하게 날 사주오. 연안배천 상상미로 밥쌀하게 팔아 주오. 동래 울산 장곽해의 날 사주오.”

온가지로 헤어내니 허랑한 이춘풍이 일호一毫나 사양할까. 수천여 냥 돈을 비일비재 내어주니 청산유수 아니어든 오랠손가. 일년이 못다 가서 낭탁이 비었구나.

추월의 거동 보소. 춘풍의 재물을 빼앗고 괄시하여 내쫓으니 춘풍의 슬픈 거동 가련하다.

“내 눈에 보기 싫다.”

석경 면경 획 던지고 생증내어 구박할 제, 성외성내 한량에게 의논하되 즐경막의 장작인가, 전당典當집의 은촛댄가, 썩은 나무 박힌 뿌리런가. 이러할 줄 몰랐던가.

“어디로 갈랴시오. 노자가 부족하면 한때나 보태지요.”

돈 한돈 내어주며 바삐 나가라 재촉하니, 춘풍의 거동 보소. 분한 마음 폭발하여 추월더러 하는 말이,

“우리 둘이 갓 만나서 원앙금침 마주 누워, 불원상리不願相離 굳은 언약 태산같이 언약하여, 대동강이 마르도록 떠나가지 마자더니, 이렇듯 깊은 맹세 농담인가 진정인가. 이제 이 말 웬말인가.”

추월이 이 말 듣고 변색하여 하는 말이,

“이 사람아, 내 말 좀 들어 보소. 청루물정 몰랐던가. 장난부 이낭청도 동가식 서가숙東家食西家宿하고, 노류장화路柳墻化는 인개가절人皆可折이라 평양기

생 추월 성식 몰랐던가. 자네가 가져온 돈냥 혼자 먹던가."

이같이 구박하여 등 밀치며 어서 바삐 가라 하니, 춘풍이 분한 중에 탄식하며 전면 기둥 비켜서서 이리저리 생각하니 한심하고 가련하다. 집으로 가자하니 무면 도강동無面渡江東이요, 처자도 부끄럽고, 또한 막중 호조돈 이천 냥을 내어다가 한푼 없이 돌아가면, 금부옥에 가두고 주장 대로 지르면 속절없이 죽겠으니 서울로도 못 가겠고, 불원천리 가자 하되 노자 한푼 없으니 그도 또한 못하겠다. 이를 장차 어찌하리. 이럴 줄 몰랐던가. 후회막급 창연하다. 대동강 깊은 물에 풍덩 빠져 죽자 하니, 그도 차마 못하겠고, 석 자 세 치 지자수건 목을 매어 죽자 하니 이도 차 마 못하겠네. 답답한 이내 일을 어찌하면 옳단 말고.

평양성 내 걸인 되어 이 집 저 집 빌자 하니 노소인민老少人民 아동주졸 이놈 저놈 꾸짖으니 걸식도 못하리라. 어디로 가잔 말가. 이리저리 생각 하다가 추월 앞에 나가 앉아 잔생이 비는 말이,

"추월아 추월아, 내 말 잠깐 들어 봐라. 우리 조선이 인정지국이어든 어찌 그리 박절한가. 날 살리게 날 살리게. 내가 자네 집에 도로 있어 물 이나 긷고 불 사환使喚이나 하고 있으면 어떠할꼬."

추월이 거동 보소. 눈을 흘겨보면서,

"여보소, 이 사람아. 자네가 전 행실을 못 고치고 '하게 소리' 하려면 내 집 다시 오지 마소."

이렇듯이 구박하니 춘풍이 하릴없이 '아가씨' 말이 절로 나고 존대가 절로 난다.

춘풍이 이날부터 추월의 집 사환하는 일, 생불여사라 가련하다.

누더기 차림으로 이리저리 다닐 적에 거동 볼작시면 종로의 상거지 라. 조석 먹는 거동 보면, 이 빠진 헌 사발에 누른밥에 토장덩이 제격이 라. 수저도 없이 뜰아래나 부엌에서 먹는 거동, 제 신세 스스로 생각하 니 목이 메어 못 먹겠네.

주야로 한량들은 청산에 구름 모이듯 수륙재水陸齋에 노승 되듯, 개성부 에 장사 모이듯, 추월의 집으로 모여와서 온갖 희롱 다하면서, 좋은 술 별 안주에 배반杯盤이 낭자하며 청가일곡 화답하여 한창 이리 노닐 적에

이때 춘풍의 거동 보소. 뜰아래서 방안을 엿보니 눈에는 풍년이요, 입에는 흉년이라. 제 신세를 생각하고 노래하되,

'세상사 가소롭다. 나도 경성 장부로 왈자벗님 취담하여 청루미색 가무 중에 수만금을 허비하고, 또 왜시골 내려와서 주인을 작첩하여 불원상리하쟀더니 이 지경이 되었으니 세상사 가소롭다.'

이때는 엄동이라 일락서산하고 바람은 솔솔하고 월색은 조용한데,

"울고 가는 저 기러기야, 내 전정을 들어 보고 내 고향에 전하여라. 우리 처자 그리워라. 나를 그려 죽었는가 말았는가. 이리저리 생각하니 대장부 일촌간장 봄눈 슬듯 하는구나. 그런 정 저런 정 다 버리고 전에 하던 가사나 하여 보세."

매화타령을 한다.

'매화야 옛 등걸에 봄철이 돌아온다. 피엄즉도 하다마는 백설이 분분하니 필지 말지, 어화 세상사 가소롭다.'

이때 추월의 방에 놀던 한량들이 노래를 듣고 의심하니 추월이 무색하여 하는 말이,

"내 집의 사환하는 놈이, 서울 이춘풍이라 하는 놈이 소리를 하니 신청치 마소서."

한량들이 이 말 듣고 하는 말이,

"서울 산다 하니 불쌍하다."

술 한잔 가득 부어 주니, 춘풍이 갈지우갈渴之又渴하여 받아먹으니 가련하더라.

각설 이때 춘풍의 처, 가장을 이별하고 백가지로 생각하며 주야로 탄식하는 말이,

"멀고 멀은 큰 장사에 소망 얻어 평안히 돌아오기 천만 축수 기다리오."

하되 춘풍이 아니 오고 풍편에 오는 말이 서울 사는 이춘풍이 평양장사 내려가서 추월을 작첩하여 호강으로 노닐다가, 수천금 재물 다 없애고서 추월에게 구박맞아 사환한단 말을 듣고, 가슴을 두드리며 통곡하는 말이,

　"애고 애고 이 말이 웬말인고. 슬프다, 가장 나와 같이 만났건만, 어이 그리 허랑한고. 청루미색에 한번 치패도 어렵거던 천리타향에 막중국전莫重國錢을 대돈변으로 내어 가지고 또 낭패하단 말가. 애고 답답스런지고, 뉘를 바라고 산단 말가. 전생에 무슨 죄로 여자가 되어나서 가장 한번 잘못 만나 평생 고생하는구나. 이내 팔자 이렇도록 되었는가. 어찌하여 사잔 말가. 박명한 이내 팔자 도망하기 어렵도다. 종남산 다다라서 물명주 질긴 수건 한 끝은 낡에 매고 한 끝은 목에 매어 죽고지고. 여자가 되어나서 이런 팔자 또 있는가. 염마국 십전대왕十前大王 아귀사자餓鬼使者 빨리 보내어 내 목숨을 잡아가오."

　악을 내어 울다가 도로 고쳐 생각하되,

　"이리도 못하리라. 어이하여 사잔 말가. 내 가장을 경성으로 데려다가 살리재도 어찌 하리요. 아무리 생각하여도 할 수가 전혀 없다. 소년에 패가하여 일신을 돌아보지 아니하고, 주야로 품을 팔아 전곡 빚을 갚은 후에 의식 걱정 아니하고 우리 양주 백년화락하겠더니, 원수로다. 평양 장사 원수로다."

　이렇듯이 지내는데 뒷집의 참판댁이 있어, 노대감은 돌아가고 맏자제 문장으로 소년급제하여 갖은 청환淸宦 다 지내고 참판으로 근년에 평양감사 부망副望으로 불구不久에 평양감사 한단 말 듣고 춘풍의 처 계교를 생각더니, 그 댁이 빈한하여 국록을 타서 수다식구 사는 중에, 그 대부인 있단 말을 듣고 침재품針才品을 얻으려고 그 댁에 들어가니, 후원별당 깊은 곳에 참판의 대부인이 평상에 누워 행세 가난키로 식사도 부실하고 초췌하다.

　춘풍 아내 생각하되 이 댁에 부치어서 가장을 살려내고 추월을 설치하여 보리라 마음을 단단히 먹고 침재품을 힘써 팔아 얻은 돈냥 다 들여서 참판댁 대부인 조석진지 차려 가니, 부인이 이외에 때마다 받아먹고 감지덕지하여 생각하되,

　'이 깊은 은혜를 어찌할꼬.'

　주야로 근심하더니, 하루는 춘풍의 처더러 이르는 말이,

　"네가 형세도 어렵고 침재품으로 살아간다 하는데, 날마다 차담상茶啖床

을 지어 오니 먹기는 좋다마는 도리어 불안하다."

춘풍 아내 여쭈오되,

"소녀집에 음식 있어 혼자 먹기 어렵삽기로, 마누랏님 잡수실까 하와 드린 것이옵나니 황송하여이다."

대부인이 이 말 듣고 매일 사랑하고 기특히 여겨, 못내 생각하시더라. 하루는 참판영감 문안하고 여쭈오되,

"요사이 무슨 좋은 일이 계신지 화기 만안滿顔하시니까?"

대부인 말씀하되,

"앞집의 춘풍의 처가 좋은 음식 차담상을 연일 차려 오니 내 기운 절로 나고, 그 계집의 정성 감격하다."

참판이 이 말 듣고 춘풍의 처를 청하여 보고 치사하니 더욱 기특히 보고 매일 사랑하더라.

천만의외의 참판영감이 평양감사를 하였구나. 희희낙락 즐길 적에, 춘풍의 처 대부인께 온공히 여짜오되,

"이번에 천은으로 평양감사 하셨으니 이런 경사 없사이다."

대부인이 말씀하되,

"나 평양 가려 하니, 너도 함께 내려가서 춘풍이도 찾아보고 구경이나 하는 것이 어떠하뇨?"

춘풍의 처 여쭈오되,

"소녀는 고사하고 오래비 있사오니, 비장裨將 한몫 주십시오."

대부인 이 말 듣고,

"네 청이야 아니 들을소냐?"

감사께 통기하니 감사 허락하고,

"제가 비장할 양이면 바삐 거행하라."

춘풍의 처 없는 오래비 있다 하고, 제가 손수 가려고 여자 의상 벗어 놓고 남자 의복 치장한다.

외올 망건 대모관자 당줄 졸라 질끈 쓰고, 깨알 같은 제주탕건, 삼백 쉰돌임 계양태 제모립에 엿돈 오푼짜리 은귀영자銀鉤纓子 산호격자 두 귀밑에 달아놓고 통해전通海氈의 삼승 버선, 쌍코신에 쥐눈징을 다문다문 그어

서 맵시 있게 지어 신고, 양색단兩色緞 윗저고리 자개묘초 양등거리, 양피 두루마기 희천주熙川紬 겹 창의에 갑사쾌자 장패띠로 융랑을 눌러 띠고 서피黍皮 돈피만 선두리 두 귀 담쑥 눌러쓰고 대모장도 내외고름 비껴 차고, 소상반죽瀟湘斑竹 왜금선을 이궁전선 초달과 한삼소매 늘어지게 쥐고 흐늘흐늘 걸어가는 거동 황홀한 귀남자라.

감사댁에 들어가서 하인을 단속하고, 황혼을 기다려서 차담상 별로 차려 대부인께 드릴 적에 복지하여 여쭈오되,

"춘풍의 처 문안드리나이다."

부인이 경악하여 말하되,

"춘풍의 처면 남복은 무슨 일인고."

비장이 여쭈오되,

"소녀 지아비 방탕하여 청루에 외입하여 두세 번 패가하고, 호조돈 이천 냥을 대돈변으로 얻어내어 평양장사 가서 추월을 작첩하여 주야로 즐기다가, 이천오백 냥 돈을 달리 한푼 아니 쓰고, 추월에게 다 없애고 추월의 집 사환되었다 하옵기로 소녀의 마음이 매양 절통하옵더니, 천행에 사또 덕택으로 비장이 되어 내려가서 추월도 설치하고 호조돈 수쇄收刷하고 지아비 다려다가 백년동거하게 되면 마누랏님 덕택이니 의심없이 하옵소서."

대부인 청필聽畢에 크게 웃어 말하기를,

"네 말이 그러하니 불쌍하고 가련하다. 소원대로 하여 주마."

이때 마침 감사 안에 들어오다가 이 거동 보고 대노하여 호령하되,

"이놈이 어떤 놈이관대 임의로 대청에 출입하니, 저놈을 바삐 결박하라."

천둥같이 분부하니, 대부인이 웃으며 감사더러 춘풍의 처 소관사를 자세히 이르시니, 감사 대소하고 당장에 불러들여 기특하다 칭찬하고 좌우를 불러 구외불출口外不出하라 하고, 삼일 잔치 연후에 현신하니 감사 하나밖에 다 초면이라. 수군수군하는 말이,

"회계비장 잘도 났다마는, 수염이 없으니 그것이 흠이로다."

뉘 아니 칭찬하리요.

명일 발행하여 떠날 적에 기구도 찬란하고 위엄도 엄숙하다. 빛좋은 백마등에 쌍교 독교 사인교며, 좌우청장 호강 있게 내려갈 제, 전배비장前陪裨將 후배비장 책방까지 치레하고, 호피 돋움 높이 타고 금선의 이군전은 일광을 가리우고 평양을 내려갈 제, 호사도 장할씨고. 이방 호방 예방 수배首陪 인배引陪 통인通引 관노역마부官奴驛馬夫며 각청 방자 군노 나장이 좌우에 늘어서서 홍제원을 바라보고, 구파발 막 숫돌고개 얼른 넘어 파주읍에 숙소하고 임진강 다다라서 전후 창병 둘러보니 보던 바 제일이라. 임술지추 칠월기망에 소자첨蘇子瞻 놀던 적벽강산 수한경水閒境 여기저기 구경하고, 동파역 얼른 지나 장단읍에 중화中火하고 취석교 건너가서 소파가서 숙소하고, 청석골 다다라서 좌우 산천 구경하니 벽제辟除 소리 권마성勸馬聲에 산천이 다 울린다.

금천읍에 중화하고 도저울 지나서서 웃고개 넘어서니 평산땅이라. 앞고개 넘어서서 태백산성 바라보고 남창역에 말을 먹여 총수관葱秀館에 숙소하고, 홍주원 다다라서 병풍바위 말을 몰아 구월산에 다다르니 산세도 기묘하다.

봉산읍에 중화하고 동선령洞仙嶺 넘어서서 정방산성 바라보니 좌우 산성 경개 좋다. 수목이 우거지고 비금飛禽은 날아들고 취타 소리 더욱 좋다. 황주병영 숙소하고 진동에 말을 몰아 중화읍에 숙소하고 형제교兄弟橋를 다다르니, 영본부營本部 관수官守들이 읍정邑庭에 지대하여 도임차로 들어간다.

작대 대소관 현신하고 전배비장 후배비장 전후로 뫼시는데 천총千摠 파총把摠이 장대하여 군문에 늘어서서 좌청룡 우백호에 동서남북 청홍흑백 어즈러이 늘어섰고, 길 나장군 악대 새면치는 소리 산천을 진동하고 육각 풍류 취타 소리 더욱 좋다.

아름다운 미색들은 녹의홍상으로 좌우에 늘어섰고, 전배 후배 비장들은 좋은 말에 높이 앉아 법제 있게 들어갈 제 장임을 다 지나서 대동강변 다다르니 녹수청파 두교산은 적병강 큰 싸움에 방사원龐士院의 연환계連環計로 육지같이 모았는데, 대동문 들어갈 제 전후 좌우 구경꾼은 성지 위가 무너질 듯 초성루를 지나 객사에 현알하고, 문에 들어가서 선화당宣化堂

에 좌기坐起하고 방포삼성放砲三聲 후에 백여 명 기생들이 낱낱이 현신한다. 사또 분부하되,

"비장 책방 다 현신하라."

하루는 사또께서 회계비장더러 농담으로 조롱하되,

"각처 비장 책방까지 수청을 두었으되, 자네는 어이하여 평양 같은 물색에 독수공방한다 하니 그 말이 참말인가?"

회계비장 여짜오되,

"소인은 소첩으로 사오 년을 단방하와 색에 뜻이 없나이다."

회계비장 숨은 회포 사또밖에 뉘 알손가. 기특히 여기더라. 백사 더욱 진실하고 사또 날로 사랑하여 일마다 미루어 맡기어 수삼 삭에 수만 냥을 상급하니 뉘 아니 칭찬하리.

이때 회계비장이 춘풍·추월의 일을 염탐하여 자세히 듣고, 하루는 비장이 추월의 집을 찾아갈 제 사또께 귓속하고, 그년의 집 찾아가서 중문에 들어가니, 물통 진 춘풍 저놈 형용도 참혹하고 모양도 가련하다. 봉두난발 협수룩한 놈 낯조차 못 씻던가, 추잡하기 그지없다.

삼 년이나 아니 빤 옷 주루룩이 누덕여서 얽어입고 앉은 것이 제 서방인 줄 알았으되, 춘풍이야 제 아내인 줄 어찌 알랴. 비장이 슬프고 분한 마음 서려담고 추월의 방에 들어가서 간사한 추월이 회계비장 또 홀리려고 교태하여 수작하다가 각별히 차담상을 만반진수로 차려 드리거늘, 비장이 약간 먹는 체하고 사환하는 걸인을 내어주며,

"불쌍하다. 네가 본디 걸인이냐? 네 어찌 이 지경이 되었느냐?"

춘풍이 엎드려 크게 말하기를,

"소인도 경성 사람으로 이리 온 사정이야 어찌 다 여짜오리까? 나으리 잡수시던 차담상을 소인같이 천한 몸을 주시니 은혜 감사무지하여이다."

비장이 미소하고 처소에 돌아와서 수일 후에 사령을 불러 분부하되, 춘풍을 잡아들여 형틀에 올려매고,

"이놈 네 들으라. 네가 이춘풍이냐?"

춘풍이 대답하되,

"과연 그러하오이다."

"막중 호조돈 수천 냥을 가지고 사오 년이 되도록 일푼 상납 아니하니, 호조관자戶曹官子 내어 너를 잡아 죽이라 하였으니, 너는 그 돈을 다 어찌하였는가. 매우 치라."

분부하니 사령놈이 매를 들고 십여 개를 중타하니 춘풍의 다리에 유혈이 낭자하거늘, 비장이 보고 차마 더 치진 못하고,

"춘풍아, 네 그 돈을 어디다 없앴느냐? 바로 아뢰라."

춘풍이 대답하되,

"호조돈을 가지고 평양 와서 일년을 추월과 놀고 나니 일푼도 남지 않고, 달리 한푼 쓴 일이 없삽나이다."

비장이 이 말 듣고 이를 갈고 사령에게 분부하여 추월을 바삐 잡아들여 형틀에 올려매고 별태장別笞杖 골라 잡고,

"일분도 사정없이 매우 쳐라."

호령하여 십여 장을 중치重治하고,

"이년 바삐 다짐하라. 네 죄를 모르느냐?"

추월이 정신이 아득하여 겨우 여쭈오되,

"춘풍의 돈은 소녀에게 부당하여이다."

비장이 대노하여 분부하되,

"네 어찌 모르리요. 막중 호조돈을 영문에서 물어주랴. 본부에서 물어주랴? 네 먹었는데 무슨 잔말 아뢰느냐? 너를 쳐서 죽이리라."

주장朱杖대로 지르면서,

"바삐 다짐하라."

50대를 중히 치며 서리같이 호령하니, 추월이 기가 막혀 질겁하여 죽기를 면하려고 아뢰되,

"국전國錢이 지중하고 관령이 지엄하니, 영문 분부대로 춘풍의 돈을 다 물어 바치리이다."

비장이 이르되,

"호조에 관자하여 너를 죽이라 하였으되, 네가 먼저 죄를 알고 돈을 무수히 바치마 하니 그런고로 너를 살리나니 호조돈을 지체 말고 오천

냥을 바치라.”

추월이 여쭈오되,

“십일 말미만 주시면 오천 냥을 바치리다.”

다짐 써 올리니 춘풍과 추월을 형틀에서 내려놓고 춘풍더러 이르되,

“십일 내에 오천 냥 받아가지고 서울로 올라오라. 내가 유고하여 먼저 올라가니 내 뒤를 미처 올라와 집을 찾아오라.”

춘풍이 황황하여 아뢰되,

“나으리 덕택으로 호조돈을 다 수쇄하오니 은혜 백골난망이로소이다. 서울 가서 댁에 먼저 문안하오리다.”

비장이 사또께 여쭈오되,

“추월 설치雪恥하고 춘풍도 찾삽고 호조돈도 수쇄하오니, 은혜 감축무지하온 중 소인 몸이 외람되이 존중한 처소에 오래 있삽기 죄송하와 떠날 줄로 아뢰나이다.”

감사 그러히 여겨 허락하니, 이튿날 감사께 하직하고 상급한 돈 오만 냥을 환전 부쳐 놓고, 떠나서 여러 날 만에 집에 와 정돈보고 환전도 찾은 후 남복은 벗어 놓고 춘풍 오기 기다리더라.

이때 사또 평양비장에게 회계비장을 겸하고 분부하여 추월을 잡아들여 돈 오천 냥 바치라 하시니 뉘 영이라 거절할까? 성화같이 재촉하여 불일 내에 받아 가니 춘풍이 비장 덕에 돈 받아 실어 놓고 갓 망건 의복 치레하여 은안준마銀鞍駿馬 높이 타고 경성을 올라와서 제 집을 찾아가니, 이때 춘풍의 처 문밖에 썩 나서서 춘풍의 소매 잡고 깜짝 놀라며 하는 말이,

“어이 그리 더디던고. 장사에 소망 얻어 평안히 오시니까?”

춘풍이 반기면서,

“그새 잘 있던가?”

춘풍이 이십 바리 돈을 여기저기 벌이고 장사에 남긴 듯이 의기양양하니 춘풍 아내 거동 보소. 주찬을 소담히 차려 놓고,

“자시오.”

저 잡놈 거동 보소. 없던 교태 지어 내어 제 아내 꾸짖으되,

“안주도 좋지 않고 술맛도 무미하다. 평양서는 좋은 안주로 매일 장취하여 입맛이 높았으니, 평양으로 다시 가고 싶다. 아무래도 못 있겠다.”

젓가락을 그릇에 던져 박고 고기도 씹어 뱉아 버리며 하는 말이,

“평양일색 추월이와 좋은 안주 호강으로 지냈더니 집에 오니 온갖 것이 다 어설프다. 호조돈이나 다짐하고 약간 전량을 수쇄하여 전 주인에게 환전 부치고 평양으로 내려가서, 작은 집과 한가지로 음식을 먹으리라.”

그 거동은 차마 못 볼러라. 춘풍 아내 거동 보소. 춘풍을 속이려고 상을 물려 놓고 황혼시에 밖에 나가 비장복색 다시 하고, 오동수복烏銅壽福 화간죽花竿竹을 한발이나 빼쳐 물고 대문 안에 들어서서 기침하고,

“춘풍아, 왔느냐?”

춘풍이 자세히 보니 평양서 돈 받아주던 회계비장이라 춘풍이 황겁하여 버선발로 뛰어 내달아 복지하여 여쭈오되,

“소인이 오늘 와서 날이 저물어 명일에 댁 문안코자 하옵더니, 나으리 먼저 행차하옵시니 황공만만하외다.”

“내 마침 이리 지나가다가 너 왔단 말 듣고 제 집에 잠깐 들렀노라.”

방안에 들어가니 춘풍이 아무리 제 안방인들 어찌 들어올까? 문밖에 섰노라니,

“춘풍아, 들어와서 말이나 하여라.”

“나으리 좌정하신 데를 감히 들어가오리까?”

“잔말 말고 들어오라.”

춘풍이 마지못하여 들어오니 비장이 가로되,

“그때 추월에게 돈을 진작 받았느냐?”

“나으리 덕택에 즉시 받았나이다. 못 받을 돈 오천 냥을 일조에 다 받았사오니, 그 덕택이 태산 같사이다.”

“그때 맞던 매가 아프더냐?”

“소인에게 그런 매는 상賞이로소이다. 어찌 아프다 하리이까?”

“네 집에 술이 있느냐?”

춘풍이 일어서서 주안을 들이거늘 비장이 꾸짖어 말하되,

“네 계집은 어디 가고 네게 일을 시키느냐? 네 계집 불러 술 준비 못 시킬까?”

춘풍이 황겁하여 아무리 찾은들 있을소냐? 들며나며 찾아도 무가내라 제 손수 거행하니 한두 잔 먹은 후에 취담으로 하는 말이,

“네 평양에서 추월의 집 사환할 제 형용도 참혹하고 걸인 중 상거지라, 추월의 하인 되어 봉두난발 헌 누더기 감발버선 어떻더냐?”

춘풍이 부끄러워 제 계집이 문밖에서 엿듣는가 민망하건마는, 비장이 하는 말을 제가 어찌 막을손가. 좌불안석하는 꼴은 혼자 보기 아깝더라. 비장 말하되,

“남산 밑 박승지 댁에 갔다가 술이 대취하여 네 집에 왔더니 시장도 하거니와 해갈이나 하게 갈분이나 한 그릇 하여 오너라.”

춘풍이 황공하여 밖으로 내달아서 아무리 제 계집을 찾은들 어디 간 줄 알리요. 주적주적하더라.

비장이 꾸짖어 말하기를,

“네 계집을 어디 숨기고 나를 아니 뵈는고?”

차왈피왈 하니,

“너는 벌써 잊었느냐? 평양 일을 생각하여 보라. 네가 집에 왔다고 그리 체중한 체하느냐?”

춘풍이 갈분을 가지고 부엌에 내려가 죽쑤는 꼴은 차마 볼 수 없더라. 한참 꿈적여서 쑤어들이거늘, 비장이 조금 먹는 체하고 춘풍을 주며,

“먹으라. 추월의 집에서 깨어진 헌 사발에 누른밥 토장덩이에 이지러진 숟가락도 없이 먹던 생각 하고 먹으라.”

춘풍이 받아먹으며 제 아내가 밖에서 다 듣는가, 속으로 민망히 여기더라. 비장이 말하되,

“밤이 깊었으니 네 집에서 자고 가리라.”

의복 벗고 갓 망건을 벗으니, 춘풍이 감히 가란 말은 못하고 속마음으로 해포만에 그리던 아내 만나서 잘 잘까 하였더니, 비장이 잔다 하니 속으로 민망히 여기더라.

관망탕건 벗어 놓고 윗옷을 훨훨 벗은 후 일어서니 완연한 제 계집이

라. 춘풍이 깜짝 놀라 자세히 보니 분명한 제 계집이라. 춘풍이 어이없이 묵묵무언 앉았으니 춘풍의 처 달려들며,

"여보소, 아직도 나를 모르시오?"

춘풍이 그제야 아주 깨닫고 깜짝 놀라며 두 손을 마주잡고,

"이것이 웬일인가? 평양 회계비장으로서 지금 내 아내 될 줄 어이 알리. 이것이 생신가 꿈인가, 태중인가, 귀신이 내 눈을 어리어 이러한가?"

파경이 부합附合하여 원앙금침에 구정을 다시 이뤄 은근한 정이 비할 데 없더라. 춘풍 하는 말이,

"어떻게 평양비장으로 내려왔으며, 또 내가 아무리 잘못하였기로 가장을 형틀에 올려매고 볼기를 친들 그다지 몹시 치니 그때 자네 마음이 상쾌하던가?"

춘풍 아내 말하기를,

"그때 자청하여 일푼전 일두속을 불부착수할 뜻으로 맹세하고 수기를 써서 내 함롱에 넣어 놓고, 무슨 미친 마음으로 호조돈 수천 냥을 내어 가지고 평양장사 갈 제 말린다고 이리 치고 저리 치고, 가계도 한푼 없이 거지꼴 되었으나, 그 후 저는 참판댁과 친근하여 참판댁 대부인께 침재품 판 돈으로 차담상을 자주 차려 정성으로 대접하고 비장으로 내려갈 제는 임자를 보게 되면 반만 죽이려 하였더니 만나 보니 차마 불쌍하여 더 치지 못하고 용서하였거던, 사오 년 내 고생하던 생각하면 그때 맞던 매가 깨소금이오."

내외가 서로 웃고 전후사를 서로 타이르며 호조돈을 다 수보하고 춘풍이 개과하여 주색잡기 전폐하고, 치가治家를 일삼아 형세도 요부하고 유자생녀하고, 감사가 과만瓜滿하여 올라온 후 안팎없이 다니며 평생 신信을 끊지 않고 대대손손이 섬기더라. 이에 춘풍의 아내를 여중호걸이라 하더라.

작가 소개와 작품해설

● 저자 소개

작자와 연대를 알 수 없는 조선 말기의 풍자소설이자 가정소설이다. 서민문학이요 해학문학이라는 점에서 국문학사상 중요한 문학 작품이다.

8·15 해방 후 금련문고에서 1책이 번안되어 발간된 일이 있다. 이 작품은 필사본으로 세 가지가 전해 오나 내용은 같다.

● 주제

주색잡기로 재산을 탕진하는 것과 현처의 역할

● 작품 해설

시대적으로 보통이거나 보통 이하 인물들의 인간성을 솔직히 보여주고 있다. 물론 주색잡기로 재산을 탕진하는 표본이기도 하다.

이와 같이 이 작품은 이춘풍의 방탕한 생활을 통해 조선 말기 몰락해 가는 양반들의 위선적인 행위와 매관매직을 적나라하게 해학과 풍자를 섞어 다루고 있다.

물론 〈이춘풍전〉은 시대를 조선 중엽 하로 하고 있으나 쓰여진 것은 조선 말기이다. 조선 말기 판소리가 한창일 때 본 작품도 그 영향을 받았거나 판소리로 불리어졌을 법하다. 문장의 흐름이 계속 가사를 연상케 하고 있다.

다만 한 가지, 고사성어들을 집대성하여 읽기에 불편하다는 점이다. 고전이 고전인 탓에 흠은 아니겠으나, 유독 어려운 낱말들을 수록하여 읽는 이로 하여금 채증을 준다.

본문 중에 이춘풍이 다시는 주색잡기를 않기로 서약서를 쓴다. 그러나 그것이 3일이 아니 간다. 다시금 고량진미에 함포고복하며 매일 취한다. 드디어는 호조^{戶曹}에서 돈을 빌려 장사한답시고 가지고 나가 탕진한다.

하긴 작자의 의도이겠으나, 제 버릇 개 못 준다. 끝내는 부인의 힘을 빌어 제자리로 돌아가는 남정네의 미련함과 병적 타락성이 너무도 선명하다. 이춘풍은 그의 이름만큼이나 방탕했다.

● 줄거리

조선조 숙종 때 서울 사는 이춘풍^{李春風}은 장안의 부자로 살았다. 졸지에 양친이 일시에 돌아가시어 삼년상을 마친 후 외로워 방탕한 생활을 했다.

연일 주색잡기로 가산을 탕진하였으나, 부지런한 아내의 힘으로 다시 유족해졌다. 아내에게 다시는 그러지 않기로 서약서까지 썼으나 병적 생활이 다시 도졌다.

염치가 없었던 이춘풍은 어느 날 호조^{戶曹}의 돈 2천 냥을 빌려가지고 장사를 하겠다고 평양으로 떠난다. 역시 난봉꾼인 이춘풍은 평양 기루에서 추월이라는 기생에게 빠져 가지고 간 돈을 몽땅 날린다. 아니나, 돈을 긁어모은 추월은 다른 남자에게 정을 준다. 빈털터리가 된 이춘풍은 집에 갈 수도 없고 해서 추월의 집에서 하인 노릇을 한다.

이 소식을 들은 부인은 이웃에 살아 평안감사로 부임해 가는 김인수의 비장이 되어 함께 떠난다. 드디어 평양에 도착한 부인은 추월의 행동을 꾸짖고 이춘풍을 질책하여 돈을 찾게 해준다. 그리고는 빨리 서울로 올라가라고 호통을 친다. 그리고서 부인은 남편보다 빨리 집에 돌아온다.

춘풍은 돈을 가지고 가서 장사해서 모은 돈이라며 의기양양해 한다. 부인은 터져 나오는 웃음을 참고 홀연히 남편을 맞이한다. 이후 회포를 풀고 다복하게 살았다.

● 독서 토론

아니할 말로 춘풍春風과 추월秋月이 만났으니 죽이 맞았겠다. 옛 선조들은 그저 풍월한답시고 정자에서 글이나 읽다가 이원梨園으로 내려가 논나니들의 속옷가래나 들치며 유유자적했다. 나라야 어떻게 되든…….

우리 고전 문학사에서 방자房子와 비장裨將의 존재는 때에 따라 중요한 배역으로 등장하는 것이 관례이다. 그러나 〈이춘풍전〉에 와서 방자는 사라지고 없다. 그만큼 시대적으로 방자의 존재가 필요없었기 때문이다.

아무튼 〈이춘풍전〉에서 우리가 배울 수 있는 것은, 한 사람의 자기 상실이 얼마나 많은 사람들을 괴롭히게 되느냐 하는 것을 이해하게 된다. 다행히 옆에 현처가 있어 쇠스랑탕에서 빠져나올 수 있었던 것이다.

● 비교 작품

외도소설로서 〈이진사전〉, 〈배비장전〉, 〈권용선전〉, 〈변강쇠전〉 〈호질〉 등이 있다.

인현왕후전

작자 미상

숙종대왕의 계비 인현왕후의 성은 민씨요, 본은 여흥이니 병조판서 여양부원군 둔촌^{鈍村} 민공의 따님이시며 영의정 우암 송선생의 외촌이셨다.

어려서부터 남달리 재주가 뛰어나시고 인물이 훤칠하여 고금에 비할 데가 없을 뿐더러, 길쌈 바느질이며 거동 하나하나가 민첩하기 이를 데 없어 마치 귀신이 돕는 듯하고, 마음 쓰심이 언제나 한결같이 변동이 없어 기쁘고 성나심을 타인이 알지 못하고 무심무념한 듯하시며 성질이 유한^{幽閑}하시고 덕도가 밝으시며, 효성이 지극하시고 마음됨이 겸손하시어, 종일 단정히 앉아 계시는 모습이 위연한 화기 봄볕과 같으시되 단엄 침중하신 기상이 감히 우러러뵈옵기 어렵고, 맑고 깨끗한 골격은 눈 속의 매화 같으시고, 높고 곧은 절개는 한 겨울 소나무 같으시니 부모와 집안 어른들이 사랑하고 소중히 여기며 원근 친척이 다 기이함을 놀라고 탄복하여, 어릴 적부터 동경치 않은 이 없어 꽃다운 이름이 세상에 널리 알려졌었다.

어느날 그의 세숫물 위에 붉은 무지개가 찬란하게 비침을 보신 아버님께서 후일에 반드시 귀히 될 줄 짐작하시고 심중에 염려하여, 매사 교훈함을 각별히 하시니 둘째 아버님 되시는 노봉 인선생이 지극히 사랑하여 이르기를 제 자질이 뛰어나 항상 변함이 없지만 인물이 지나치게 훌륭하면 귀신이 시기를 하여 싫어하는 법이니, 저 애가 과연 현명하고 아름다우나 수명이 길지 못할까 근심이 되노라고 하시었다.

경신년에 인경왕후 승하하시니 대왕대비께옵서 곤위 비었음을 근심하사 간택하는 영을 내리셔 숙녀를 구하실새, 민씨 세상에 칭송이 자자하고, 영의정 우암 송선생이 상전에 아뢰오니 상감께서 청선하시고 대비께 아뢰시니 대비께서 크게 기뻐하시어 비망기를 내리시었다. 길일이 이르매 민공이 위의를 갖추어 대례를 행하시니 이때 상감의 춘추가 이십일 세라. 농봉 기치와 황금절월이며 만조백관이 시위하고 칠보단장한 궁인 시녀 큰 길을 덮어 십리에 즐비하고, 향취 은은하고 풍류 소리 흉류하니 웅장 화려함은 가히 짐작키 어려울 정도이니 성안 백성들이 길을 메워 천만세를 축원하더라.

후께서 즉위하신 뒤 두 분 전 대비마마를 효양하심에 하늘에 빼어난 효성과 상감을 받들어 궁안을 다스리심에 덕으로써 인도하여 유순하시고 정정宗社하시며, 비빈궁녀를 거느리시는 데 있어서도 은애가 병행하시어 선악과 친소를 가리지 않으시고 사람을 아끼고 사랑하는 화기가 봄동산 같으시어 만물이 다시 살아나는 듯하니 대궐 안이 모두 성덕을 흠선하고 두 분 대비께서 극진히 애중하시어 국가의 복이라 축수하시고 상감께서도 공경 중대하시며 조야가 모두 흠복하더라.

이때 궁인 장씨 비로소 후궁에 참예하여 희빈을 봉하시니 간교하고 민첩하여 임금 뜻을 잘 영합하니, 상감께서 극히 총애하시더니 무진년 정월에 상감 춘추가 삼십이 거의 되었건만 아직 왕자 없음을 근심하시는지라, 후 깊이 염려하사 조용히 상감께 아뢰어 어진 후궁을 뽑으시어 자손 보심을 원하시나, 상감이 처음에는 허락지 않으시더니 후가 날마다 힘써 권하여, 한 여자의 출산을 기다리노라고 막중한 종사宗社를 가벼이 못할 것으로 간절히 아뢰니, 정정한 덕과 유화한 말씀이 진정에서 우러나온 것임이 분명하였다. 상감께서 감탄하시고 드디어 숙의 김씨를 뽑아 후궁에 두시니 후께서 예로 대접하시고 은혜로 거느리시니 덕학이 그 전날과 하나도 다르지 아니하였다.

무진년 시월에 희빈 장씨 처음으로 왕자를 낳으니, 상감이 지나치게 사랑하심은 이를 것도 없고 후도 크게 기뻐하시어 어루만져 사랑하심을 당신이 낳으신 친자식과 같이 하시니 장씨 자기 분수를 지키고 있었더라

면 영화가 가득할 것이로되 문득 참람한 뜻과 방자한 마음이 불 일어나
듯 하니, 중궁의 성덕과 아름다운 자태가 일국에 솟아나고 인망이 다 돌
아가고 있음을 시기하여, 가만히 남몰래 제거하고 대위大位를 엄습코자
하더니, 그 참담한 반역의 마음이 더하여 날마다 기색을 살펴 궁중전을
참소하기를, 새로 태어난 왕자를 숨을 막아 죽이려 한다느니, 희빈을 저
주한다느니 하여 국모를 헐뜯고 모함하지 아니함이 없어, 간악한 후빈
들을 힘을 합하게 하여 소문을 퍼뜨리고, 자취를 드러내어 상감이 보시
고 들으시게 하니, 예로부터 악인이 의롭지 않으나 돕는 자가 있다더니
과연 그러한가 보더라.

　중궁을 간해하는 말이 날이 갈수록 심해지니 상감이 점점 의심하시게
되어 중궁을 아주 박대하시고, 장씨는 악한 교태로 천심天心을 영합하여
왕자를 방패삼아 권세가 대단하니 상감이 점점 장씨의 사랑에 빠지시어
능히 흑백을 분별하지 못하시니, 전날에 엄숙하고 광명하시던 성심聖心이
아주 변하시어 어진 신하는 모두 물리치고 간신을 반겨 쓰시니, 조정이
그윽히 의심하고 후께서는 깊이 근심하시어 장씨의 사람됨이 반드시 변
괴를 낼 줄 아시나, 왕자의 당당한 상이 있는고로 깊이 생각하시고 만행
이 여기시어 사색을 나타내지 아니하시고 갈수록 현숙한 덕과 정성스러
운 마음씨를 드러내시되 상감의 마음은 더욱 멀어지시니 기사년 사월 이
십삼일 드디어 폐비의 전교가 나리니라. 좌승지 이이만이 불가함을 간
하니 상감께서 크게 노하시어 승지 이이만을 파직하시고, 수찬 이만원
이 또 간하니 상감께선 더욱 노하시어 멀리 귀양 보내라 하시니, 이렇듯
대신 중신 사십여 인을 먼 고을로 정배定配하시고 또 비망기를 나리시니
간신의 간사한 말이 상감의 뜻을 영합하고 후궁의 간사한 기운이 상감의
총명을 가리우니, 양과 같이 선량한 충신의 간언이 무슨 효험이 있으리
요.

　이때 응교 벼슬에 있는 박태보 여러 동지들과 합소하여 상소문을 올리
고 폐비의 불가함을 간했다가 잡혀 들어가니 상감이 어좌에 앉으시어 소
리지르사 응교더러 말씀하시기를,

　"내 네놈을 자식처럼 어여삐 여긴 지 오래거든 네 어찌 이렇듯이 하는

고. 전부터 나를 범하여 독살을 부리더니 이제 나를 배반하고 간악한 부인을 위하여 무슨 뜻을 받아 간특 흉악한 노릇을 하는고?"

응교 엎드려 아뢰기를,

"전하, 어이 이런 말씀을 차마 하시나이까? 군신 부자 일체라 하오니 아비 성품이 과하여 애매한 어미를 내치고자 하면 자식이 어이 살고 싶은 뜻이 있사오리까? 이제 전하께서 연고없이 무고한 처사를 하오셔 곤위坤位 장차 편안치 못하시게 되오니 의신義臣이 망극하와 오늘날 죽사옴을 정하와 상소를 드리오니 어찌 전하를 반대하올 뜻이 있사오리까? 중궁을 위하온 일이 정히 전하를 위하온 일이오니 전하를 모셔온 중궁이 아니시니이까?"

상감께서 더욱 노하시어 이르시기를,

"급히 결박하라. 이놈아, 네 갈수록 나를 욕하는도다. 내 너를 형문 치려니와 압슬과 화형 기구를 차리어라."

되게 매질하시니 대궐 안에서 매질하는 소리가 천지를 진동하여 향교동까지 들리었다. 피가 낭자하게 튀기고 살이 헤어지되 응교는 앓는 소리 한번도 아니하고 움직이지도 않으며 낯도 변치 않으니 마치 헛것을 치는 것 같았다. 부동한 자를 대라 거듭거듭 이르시되 끝내 대지 아니하고 홀로 맡아 충절로써 간하니 상감께서는 더욱 노하시어 압슬 기구를 차려 압슬을 하고, 큰 나무에 거꾸로 매달고 온몸을 지지니 살이 다 녹아 온전한 데가 없고 검기가 숯덩이 같고 힘줄이 오그라져 보기에도 참혹했으니 어찌 살기를 바랄소냐. 이와 같이 하여 많은 충신들의 충간도 무릅쓰고 기어이 중궁을 내치게 되니 온 백성 차탄 않는 이가 없었다.

이때 후께서는 부원군 장례 후 지나치게 애통하셔 옥체 불편하시더니, 좌우에 모시는 상궁이 이 말씀을 듣고 대성통곡하며 바삐 들어와 후께 아뢰니 후께서는 안색도 변치 않으신 채 크게 탄식하여 이르시기를,

"이 또한 하늘이 주시는 재앙이로다. 누구를 원망하리요. 그대들은 모두 명을 받들어 거행토록 하라."

조금도 마음에 흔들림이 없으셨다. 명안공주 이 변을 들으시고 크게 놀라 후께 비옵고 오열비탄하여 옷을 잡고 흐느껴 우시며 능히 말씀을

이루지 못하니 후께서 탄식하고 위로하여 말씀하시되,

"화와 복이 하늘의 뜻에 달려 있으니 나의 복이 없고 천한 탓인즉 다만 어명대로 받들어 모실 따름이라. 누구를 원망하리요마는 공주 이렇듯 동정하시니 은혜 잊을 길이 없소이다."

공주 그 덕망을 새삼 탄복하며, 차마 놓지 못하여 후를 붙들고 눈물이 비오듯 하니 무수한 궁녀가 다 울고 차마 떠나지 못하더니, 이튿날 감찰 상궁이 상명을 받자와 침전에 이르러 중궁께 내리신 전교를 아뢰니, 후 천연히 일어나서 예복을 벗고 관잠을 끄르시고 중계에 내려오셔 전교를 듣삽고 즉시 대내를 떠나 본가로 나오실새 중궁이 통곡하여 곡성이 낭자하더라.

이때 선비 오십여 명이 요금문 앞에 대령하였고 백이 명은 구파문 앞에 엎디어 상소를 드리고 소리쳐 울더니 후의 출궁하심을 보고 깜짝 놀라 미처 신도 신지 못한 채 버선발로 따라와 모여 일시에 크게 소리내 우니 천지가 진동하고 백성들은 남녀 노소 할 것 없이 길을 막고 통곡하며 각종 상인들은 저자를 파하고 서러워하니 수심띤 구름이 하늘에 가득하고 하늘의 해도 빛을 잃은 것 같았다.

후 본가로 나오시니 부부인(어머니)이 마주 나오시어 붙들고 통곡하시니 후도 부원군 옛 자취를 느끼사 애원 통곡하시고 이윽고 부부인께 고하여 이르시되,

"죄인의 몸으로 친족을 보는 것이 옳지 못할 것이니 나가소서."

전하시니 부인과 다른 이들도 통곡하여 마지못해 나가신 후, 당일로 명하사 안팎 문들은 모두 봉쇄하고 본가 비복들은 한 사람도 두지 않으시고 다만 궁녀만 두시며 정당正堂은 폐하시고 아래채에서 거처하시었다. 집은 크고 사람은 적어 각 방이 다 비어 휘휘 고적한데 창과 벽을 바르지 않으시고 넓은 동산과 집에 풀을 매지 않으니, 키 한 길만큼 자라 인적이 끊겼으니 귀신과 망령이 날고, 저물면 예사 사람과 같이 다니니 궁인이 움직이지 못하고 두려워하더니, 하루는 난데없는 큰 개 한 마리가 들어오니 거동이 추한지라 궁인들이 쫓으되 또 들어오고 다시 쫓으되 또 들어오니 후께서 이르시기를,

"그 개 출처없이 들어와 쫓아도 가지 않으니 고이한지라. 내버려 두어 그 하는 양을 보라."

궁인들이 밥 먹이며 두었더니 십여일 뒤 새끼 셋을 낳으니 가장 크고 모진지라. 이 후는 날이 저물어 망령의 불 도깨비의 자취 있으면 네 마리의 개가 함께 짖으니 잡귀 급히 물러나가 종적을 감추니 그로 인하여 집안이 편안한지라. 무지한 짐승도 도움이 있거든 하물며 신민이 잊으랴만 후 폐출하신 뒤로 조정에선 기뻐하는 소인이 많으니 도리어 금수만 못하리로다.

이때에 상감께서 민후를 폐출하시고 희빈 장씨를 왕비로 책봉하여 궁중의 조하^{朝賀}를 받게 하니 궁내 모든 사람들이 서러워하고 장씨의 처사를 분하게 생각하되 조정에 어진 사람이 없으니 누가 감히 말을 할 것인가. 그윽히 원분과 눈물을 머금고 조하를 마치니 희빈의 아비를 옥산부원군을 봉하고 빈의 오라비 장희재를 훈련대장을 시키시니 백성들이 모두 한심하게 여기고 기강이 흩어져 팔도의 인심이 산란하여 별의별 소문이 다 도니 대개 예로부터 어진 임금이라도 한번은 참소의 말을 귀담아 듣기가 쉬운 법이거니와 숙종대왕과 같은 문무 겸전하신 어진 임금으로도 장씨에게 이대도록 하사 국가의 체면을 손상하심은 실로 뜻밖의 일이 아닐 수 없었다.

이듬해 경오년에 장씨의 생자로써 왕세자를 책봉하시니 장씨 양양하여 방약무인하니 이러므로 발악을 일삼아 비빈을 절제하며 궁녀를 엄형하고 포악한 말과 교만한 행실은 말로 할 수 없었다. 한편, 궁중에 기강이 없어지고 원망은 하늘을 찌르고 장희재 욕심이 많고 포악하여 팔도에서 재물을 긁어들이나 아무도 말할 이가 없었다.

이렇듯 삼사 년이 지나니 천운이 순환하여 흥진비래에 고진감래라, 구름이 점점 걷힘에 태양이 다시 밝아 오니 성총이 깨달음이 계셔 민후의 억울하심을 알고 장빈의 간악함을 깨치시어 의심이 가득하시니 대하시는 기색이 전과 다르시고, 선인들이 후의삼촌 숙질을 다 처벌하시라고 날마다 아뢰기를 수년에 이르렀으되 상감께서 끝내 허락지 않으시니 이럼으로써 민씨 일문이 보존이 되었던 것이다.

　장씨 상의^{上意}를 스치고 크게 두려워 오라비 희재로 더불어 꾀하여 갑술년에 무옥을 다시 일으켜 무술이를 죽이고 폐비에게 사약을 하려고 하니 상감께서 짐짓 그 하는 양을 보시고 궁중 기색을 살피사 망연히 간사한 장씨의 흉모를 깨달으시어 즉일로 조정을 살피시어, 비위만 맞추는 신하들을 다 물리시고 옛 신하를 불러 쓰실새 갑술년 사월 초구일에 비망기를 나리시어 폐하신 중궁의 무죄하심을 밝히시고, 별궁으로 모시게 하라 하시어 어찰을 나리사 상궁 별감과 중사를 보내시니 후께서 이르시기를,

　"죄인이 어찌 외인을 인접하여 감히 어찰을 받으리요."

　문을 열지 않으시더니 연 삼일을 갖가지로 청하니 후 다시 이르시기를,

　"죄인이 천은을 입어 일명이 살았은즉 이 집이 죄인이 뼈를 감출 곳이라, 어찌 국명을 받자오며 번화히 사람을 인접하리요. 사명이 여러 번 나리시니 더욱 불안하여이다."

　굳게 사양하시고 예물을 받지 않으시니 상감께서 엄지를 민부에 내리시고 대신이며 중신들이 문밖에 청대하고 어찰을 하루에도 사오 차례씩 내리시니 후께서 마지못해 예복을 입으시고 입대하실새 사람들이 대로를 덮어 칠보단장한 궁녀 별여 섰고 각 국문대장이 어림군 수천을 거느려 호위하고 대신과 백관이 시위하여 입궐하시니 예의규모 존중하여 향취 웅비하고 광채 찬란하며 천기 화창하여 혜풍이 일고 상운이 피어나니 장안 백성이 영락하여 굿보는 이 길을 메워 한편 즐기고 한편 옛일을 생각하여 눈물을 흘리니 도리어 가례하실 때보다 더 하고, 가마에 흰 보 덮고서 나오실 때 궁인과 선비 통곡하고 따라가던 일을 생각하고 어찌 오늘날이 있을 줄 알았으리요. 이는 전혀 민후의 원려와 덕망으로 본디 덕을 깊이 쓰시고 고초중 처신을 아름답게 하사 하늘이 감동하심이라. 여러 부인네들 기쁘고 한편 슬퍼 혹 울고 웃더란다.

　상감께서 몹시 반기시나 옛일을 생각하시고 감창하심을 이기지 못하사 용안에 눈물이 떨어져 용포 소매를 적시니 좌우 일시에 눈물 흘려 감히 우러러뵈옵지 못하였다.

이때에 희빈이 오래 위를 차지하여 천만 세나 누릴 줄로 알았다가 홀연히 상감께서 뜻밖에 변하여 폐후를 모셔 들이고 복위하심을 듣고, 청천벽력이 일신을 분쇄하는 듯 놀랍고 앙앙 분통함이 흉중에 일천 잔나비 뛰노니, 스스로 분을 이기지 못하여 시녀에게 전하여 말하되,

"내 오히려 곤 위에 있거늘 폐비 민씨 어찌 문안을 아니하리요. 크게 실례하며 방자함이 심하도다."

궁녀 이 말을 아뢰니 후께서 어이없이 못 들으신 듯 사기 태연하시고 안색이 정정하사 답언이 없으시더니, 이때 상감 후로 더불어 나란히 앉아 계시다가 후의 기색을 살피시고 지난날이 다 맹랑하여 스스로 혼암함을 부끄럽게 여기시고, 장씨의 방자함을 통한하사, 즉시 외전에 나오사 그날로 전지하셔 여양 부원군을 복관작하시고, 후의 삼촌 좌의정 벽동 귀양지에서 죽은고로 벼슬을 추증하시고 그 자손에 옛 벼슬을 주시고 새 벼슬을 높이시며 장씨 아비는 삭탈 관직하시고, 빈의 옥책을 깨치시고, 장희재를 제주도로 귀양 보내라 하시고, 내시에게 전교하사 빈을 작은 집으로 내려오게 하시고 큰 전각을 수리하라 하시니 궁인과 중시가 전지를 전하고 바삐 나리라 하니, 장씨 대노하여 크게 꾸짖어 말하되,

"내 만민의 어미요 세자 있거늘 어찌 너희가 무례히 굴리오. 내 기어이 폐비의 절을 받고 말리라."

악독을 이기지 못해 세자를 난타하니, 상감께서 들으시고 친히 납시니, 바야흐로 장씨 밥상을 받았다가 상감을 뵈옵고 독악이 표동하여 얼굴이 푸르락붉으락 하여 말하기를,

"하루라도 내 위^位에 있거늘 폐비 문안을 아니하며 내 무슨 죄로 하당에 나리라 하시나이까?"

상감께서 진노하사 이르시기를,

"어찌 감히 문안 받으며 또 어찌 이 자리를 길게 누리리오."

장씨 문득 밥상을 박차고 발악하여 말하되,

"세자 있으니 내 어찌 이 자리를 못 가지리오. 나리도 부디 민씨의 절을 받고 나리리다."

수라상이 산산이 해쳐 방안에 흩어지니 상감께서 대노하시어,

"빨리 장씨를 끌어내리라."

중궁이 다 상감의 뜻을 알고 황황히 달려들어 장씨를 끌어업고 총총히 단에 내려 소당으로 가니 장씨 발악하며 중궁전을 욕함을 마지 않으니, 상감께서 즉시 내치시고 싶으되, 세자의 낯을 보아 내버려 두시니라. 장씨 외람히 곤위에 있어 일국의 존경을 받고 상감의 총애를 받다가 졸지에 폐출하여 희빈으로 나리니 앙앙 분노하고 중궁을 원망하니 불순한 언사 포악하고 화를 이기지 못하여 세자를 볼 적마다 무수히 난타하여 마침내 골병이 드니 상감께서 대노하사 세자를 영숙궁에 가지 못하게 하시고 경전에서 놀게 하시나 후께서 지극히 사랑하시는 고로 희빈을 생각지 않으시었다.

장씨 오매로 교아 절치하여 원수를 갚으리라 하고 요사스런 무녀와 흉악한 술사를 얻어 주야로 모의하여 영숙궁 서편에 신당을 배설하고 각색 비단으로 흉악한 귀신을 만들어 앉히고 후의 성씨 생월 생시를 써서 축사를 만들어 걸고 궁녀에게 화살을 주어 하루 세 번씩 쏘아 종이가 헤지면 비단으로 염습하여 중전 신체라 하고 못가에 묻고, 또 다른 화상을 걸고 쏘아 이리 한 지 삼 년이 되나, 후의 신상이 반석 같으시니 더욱 앙앙하더니, 희재의 첩 숙정과 의논하여 흉한 해골을 얻어들여 오색 비단으로 귀신을 만들어 밤중에 정궁正宮 북쪽 섬돌 아래 가만히 묻고 채단으로 중진의 옷 일습을 지어서 해골을 가루로 만들어 솜에 뿌려 가지고 거짓 공손한 체하고 중전께 드리며 날마다 신당 축원과 요술 방정이 천만 가지로 그칠 적이 없었으니, 예로부터 사불범정이요 요불 승덕이라 하였으되 액운 불행한 때를 당하여 요얼이 침노하니 중전께서는 경진년 중추부터 홀연히 옥체 편찮으시어 각별히 극중하심도 없고 때로 한열이 왕래하고 밤중이면 골절을 진통하시다가는 명석 같은 때도 있고 진퇴무상하신 것이었다.

궁중이 크게 근심하고 상감께서 깊이 염려하사 치료하심을 극진히 하시되 조금도 효험이 없고 겨울을 지내고 다음해 봄이 되니 후의 백설 같은 기상이 많이 손색되시니 상감께서 전일에 마음 상한 것이 고질이 되심인가 하시어 더욱 뉘우치시고 슬퍼하시며 한편 후의 기상이 너무 맑고 빼어나시니 행여 단명하실까 염려하사 마음이 편치 못하시니 후께서 불안하시어 매양 아픈 것을 굳이 감추시고 나타내지를 않으시더라.

후께서 장씨가 드린 옷을 입지는 않으시나 집안에 두고 있는지라 요얼이 밖으로 침노하고 또 방안에 살기가 성하니 이해 오월부터 병환이 중하게 되시어 옥체를 가누지 못하시니 상감께서 크게 근심하사 약청을 배설하고 지성으로 치료하되 추호도 효험이 없고 점점 더하시니 이는 신상으로 솟아나신 병환이 아니기 때문이다.

낮이면 맑은 정신이 들으셨다가도 밤마다 더욱 중하시어 헛소리를 무수히 하시니 증세 고이하나 그 연유를 알지 못하더니 칠월에 병증 더하여 명이 조석에 달려 있는지라 궁중이 진동하고 슬프기 그지없어 천신께 빌며 사찰에서 재를 올리되 세자께서 친히 임하시니 이토록 정성이 아니 미친 곳이 없으나 병환은 더욱 중해질 뿐이었다. 상감께서 침식을 폐하시고 근심하사 용안이 초췌하시니 후 미령하신 경황 중에도 몹시 염려하사 도리어 상감을 위로하시더라.

후 스스로 회춘하지 못할 줄 아시고 의원을 물리치시고 좌우 시탕하던 시녀를 돌아보아 이르시기를,

"내 이제 살지 못하리니 너희 지성을 무엇으로 갚으리오. 너희들은 내 삼년상 후 각각 돌아가 부모 동생을 보고 인륜을 갖추어 살다가 타일에 지하에서 만나기를 기약하자."

좌우 천만 뜻밖의 하교를 듣고 망극하여 일시에 낯을 가리고 체읍하니 눈물이 쏟아지고 목이 메어 능히 대답을 못하더라. 후께서 명하사 전각을 소쇄하며 향을 피우고 궁인에게 붙들려 세수를 정히 하시고 양치질을 하시고 새 옷과 새 금침을 갈아입으시고 궁녀를 시켜 상감을 청하시니, 상감께서 들어오시매 후께서 의상을 정돈하시고 좌와로 붙들려 앉아 계시매 궁인들이 다 망극하여 슬퍼 마지 않더라.

상감께서 당황하사 후 곁에 가까이 다가앉으시며 이르시기를,

"어이 이렇듯 실섭하시느뇨?"

후께서 문득 눈물을 흘리며 아뢰기를,

"신이 곤 위에 있어 성상 은혜로 영복이 극진하오니 한하올바 없사오

나 다만 슬하에 혈육이 없이 그림자 외롭고 성상의 큰 은혜를 만분지 일
도 갚지 못하고 오히려 천심을 손상케 하고 오늘날 영결을 짓사오니 구
천지하에서도 눈을 감지 못하리오니 원하옵건대 성상께서는 박명한 신
을 생각지 마시고 길이 평안하소서.”

상감께서 크게 설워하셔 눈물을 줄줄 흘리며 이르시기를,

“후께서 어찌 이런 말씀을 하시느뇨.”

말씀을 이루지 못하사 용포 소매를 적시니 후께서 눈물을 흘리시고 길
게 한숨지며 말씀하시기를,

“성상은 옥체를 보중하사 돌아가는 첩심을 평안케 하시고 만민의 폐
를 덮으소서.”

세자와 왕자를 어루만지시고 후궁과 비빈을 나오라 하사 가로되,

“내 명운이 불행하여 육년 고초를 겪고 다시 성은이 망극하사 곤 위에
올라 세자 왕자와 더불어 조용히 여생을 마칠까 하였더니 오늘날 돌아가
니 어찌 박명하지 않으리오. 그대들은 나의 박명을 본받지 말고 성상을
모셔 만수무강하라.”

겨우 팔 세 되신 연인군의 손을 잡고 이르시기를,

“이에 영특하여 내 극히 사랑하였더니 장성함을 보지 못하니 한이로
다.”

비빈을 물러가게 하시고 오라버님 내외와 조카 내사촌들을 인견하사
오열 비창하심을 금치 못하시니 민공 등이 엎드려 슬피 울며 말을 못하
는지라. 상감께서 이 거동을 보시고 가슴이 미어지고 꺾어지는 듯 차마
보지 못하시더라. 좌우 미음을 올리니 상감께서 친히 받아 눈물을 머금
고 권하시니 후께서 크게 탄식하시며 두어 번 받아 마시고, 상감께서 친
히 부축하여 베개를 바로 누이시니 이윽고 창경궁 경춘전에서 엄연승하
하시니 때는 팔월 사십사일 사시요, 복위하신 지 팔 년이요, 춘추 삼십
오세이셨다. 궁중에 곡성이 진동하여 귀신이 우는 듯 궁녀 서로 머리를
맞대어 망망히 따르고자 하니 하물며 상감께서랴 손으로 난간을 두드리
시며 하늘을 우러러 방성통곡하시니 용안에 두 줄기 눈물이 비오듯 하사
용포가 물을 부은 것같이 젖었으니 궁중이 차마 우러러뵈옵지 못하더

라.

　사람의 명이란 인력으로 못한다. 하지만 후의 현철한 성덕으로도 마침내 간인의 참화를 입으사 이토록 단명하셨으니 하물며 악인이 종시 평안함을 바라리요. 장희빈이 중궁 승하하심을 크게 기뻐하여 합수축원하고 의기양양하여 신당을 폐하려 하되, 여러 해 동안 위하였다가 갑자기 없애는 것이 세자와 빈에게 해롭다 하니 무당 점장이와 상의하여 구월 초이렛날 굿하고 폐하려 그대로 두었더니 이 또한 제 인력으로 못할 일이었던가 한다.

　이때 상감께서 왕비를 생각하시고 지나치게 슬퍼하사 조석으로 애통하시더니 구월 초이렛날 불전에 참례하시고 돌아오시니 가을 바람은 서늘하고 초생달이 희미한데 귀뚜라미 소리 처량하니 심사 더욱 애절하시어 눈물을 흘리시다가 안석을 의지하여 잠깐 조시니 비몽사몽간에 죽은 왕비 나타나시어 통곡하시며 상감께 고하여 말씀하시기를,

　"신의 명이 비록 짧사오나 아직 죽을 것이 아니로되 장녀 천백 가지로 저주 방자하여 요얼의 해를 입어 비명 원사하니 장녀는 불공대천의 원수라. 원혼이 한을 품었으니 성상께서는 친히 분별하사 흑백을 가려 원수 갚아 주심을 바라나이다."

　상감께서 크게 반기사 옷을 붙들려 하시다가 놀라 깨시니 침상 일몽이라.

　상감께서 즉시 옥교를 타시고 영숙궁으로 가시니 이날이 장희빈 생일이라. 숙정이 들어와 하례하고 중궁 죽음을 치하하며 궁인들이 공을 다투어 옛말을 이르고 신당에서 무당 점장이들이 촛불을 밝히고 설법하더니, 뜻밖에 상감의 옥교 이르사 들어오시니 궁녀들이 놀라 급히 일어나 맞되 어찌할 줄을 모르더라. 상감께서 짐작이 드시고 더욱 의심이 동하사 맞은편 병풍을 치우라 하시니 궁녀 황겁하였으나 할 수 없이 걷으니 벽상에 한 화상을 걸었는데 자세히 보니 완연한 민후로 다름이 없는데 화상을 맞은 구멍이 무수하여 다 떨어졌는지라, 물어 이르시기를,

　"저것은 어인 것이뇨?"

　좌우 당황하여 아무 말도 못하거늘 장씨 내달아 고하되,

“이는 중궁전 화상이라 그 성덕을 격감하여 화상을 그려 두고 시시로 생각하나이다.”

상감께서 진노하사 이르시기를,

“후를 생각하여 그랬으면 저렇듯 화살 맞은 곳이 많으냐?”

장씨 대답을 못하거늘 친히 서넌당에 가 보시니 흉악한 신당이라 상이 진노하사 청사에 앉으시고 궁노를 불러 모든 궁녀를 다 잡아내어 결박하고 임중 문초하사 이르시기를,

“내 벌써부터 짐작하고 알았으니 궁중의 요악한 일을 추호라도 숨기면 경각에 죽으리라.”

어떻게 감히 은휘하리오마는 간악한 궁녀 처음은 모르노라 하더니 문초 엄하사 마침내 절후 사인을 역력히 다 아뢰니 상감께서 모골이 송인하여 이르시기를,

“범을 길러 화를 받는다는 말이 과연 이번 일 같도다. 내 장녀를 내치지 않고 두었다가 큰 화를 자취하였으니 누를 원망하리오.”

즉일로 장희빈을 본궁에 가두고 이르시되,

“네 대역무도의 죄를 짓고 어찌 살기를 바라리요. 오형지참을 할 것이로되 동궁의 낯을 보아 형체를 온전히 하여 죽음이 네게는 영화라. 한 그릇의 독약을 내리노니 빨리 죽어 요괴로운 자취로 일시도 머무르지 말라.”

장씨는 이때 온갖 죄상이 다 탄로나서 온 나라가 들석하되 조금도 두려워하는 빛과 부끄러워함도 없고 중궁을 모살한 것만 쾌하여 세자의 형세를 믿고 설마 죽기야 하랴, 두 눈이 말똥말똥하여 주살만 부리더니 사약을 보고 고성을 발악하며,

“내 무슨 죄가 있어 사약하리요. 나를 죽이려거든 내 아들을 먼저 죽이라.”

약그릇을 엎고 궁녀를 호령하니 상감께서 진노하사,

“내 앞에서 죽일 것이로되 네 염치 있을진대 스스로 죽어 남의 손에 죽지 않음이 옳거늘 자식을 유세하여 뉘게 발악을 하느뇨? 이 약이 네게는 상인 줄 알고 죄 위에 죄를 더하여 삼척지율을 받지 말라.”

궁녀가 어명을 전하니 장씨 발을 구르며 손뼉을 치고 발악하여 말하기를,

"민씨 단명하여 죽음이 내게 아랑곳이냐. 너희들이 감히 나를 죽이고 세자 손에 살까 싶으냐?"

불순 포악한 소리가 악착 같으니 상감께서 들으시고,

"옥교를 가져오라."

영숙궁으로 친림하사 청사에 앉으시고 좌우를 호령하사 장씨를 끌어내 당에 내리우시고 꾸짖어 가라사대,

"네 중궁을 모살하고 대역무도함 극에 달하니 반드시 네 머리와 수족을 베어 천하에 효시할 것이로되 자식의 낯을 보아 특은으로 경벌을 쓰거늘 갈수록 방자하여 죄 위에서 죄를 짓느뇨?"

상감께서 더욱 노하사 좌우에게 "붙들고 먹이라" 하시니 여러 궁녀 달려들어 팔을 잡고 허리를 안고 먹이려 하나 입을 다물고 뿌리치니 상감께서 내려보시고 더욱 대노하사 분연히 일어나시며 "막대로 입을 벌리고 부으라" 하시니 여러 궁녀 숟가락 칭으로 입을 벌리니 장씨 이제는 위급한지라 실성 애통하여 말하되,

"전하, 내 죄를 보지 마시고 옛날 정과 자식의 낯을 보아 목숨만은 살려 주소서."

상감께서 들은 체도 않으시고 먹이기를 재촉하시니 장씨는 눈물을 비같이 흘리며 상감을 우러러 비참한 소리로 빌며 말하기를,

"이 약을 먹여 죽이려 하시거든 자식이나 보아 구원의 한이 없게 하여 주소서."

간악한 소리로 슬피 우니 요악한 정리는 사람의 심장을 녹이고 불쌍한 마음이 있으되 상감께서는 조금도 측은한 마음이 아니 계시고 "빨리 먹이라" 하여 연이어 세 그릇을 부으니 경각에 크게 한번 소리를 지르고 섬돌 아래 고꾸라져 유혈이 샘솟듯 하니, 한 그릇의 약으로도 오장이 다 녹거든 하물며 세 그릇을 함께 부었으니 경각에 칠규로 검은 피가 솟아나 땅에 고이니 슬프다, 자그마한 궁인의 몸으로 천상 국모를 모살하고 여러 인명이 모두 검하에 죽게 되니 하늘이 어찌 앙화를 나리지 않으리

요. 상감께서 그 죽은 모습을 보시고 외전으로 나오시며, "시체를 궁 밖으로 내라" 하시고 장희재를 극형에 처하여 육신을 갈라서 죽이시고 가재를 몰수하시니 나라 안의 백성들이 상쾌히 여겨 아니 즐기는 이가 없더라.

장씨의 죽음을 뉘라서 정성으로 슬퍼하리요. 피묻은 옷의 사이마다 소금장을 덮어 궁 밖으로 내어 방안에 누이고 상감의 명을 기다리더니 "염장하라" 하시매 들어가 입관하려고 하니 하룻밤 사이에 신체가 다 녹아 검은 피가 방안에 가득하고 흉악한 냄새는 차마 맡지 못하니 차라리 형벌로 죽는 것만 같지 못하니 보는 이가 차탄하여 윤회 응보를 눈앞에 본다고 하더라.

작가 소개와 작품해설

● 저자 소개

작자 연대 미상이나, 22대 정조 때 어느 궁녀가 쓴 것으로 판단하는
사람도 있다. 당시의 궁중생활을 아는 데에 좋은 자료이기도 하다. 〈인
현왕후덕행록〉이라고도 한다.

● 주제

왕후를 둘러싼 궁중의 비사

● 작품 해설

인현왕후란 조선조 19대 왕인 숙종의 계비를 말한다. 병조판서 민유중
의 딸로 숙종 7(1681)년에 왕비가 되었으나 궁녀 장희빈의 무고로 폐위
되었었다. 그러나 갑술옥사甲戌獄事 후 복위되었다.

첫 왕비 인경왕후는 서른의 젊은 나이로 자식도 없이 죽었다. 계비로
인현왕후가 왕비가 되었으나 6년이 지나도록 태기가 없었다. 이에 후사
를 위해 궁녀 장씨를 택해 희빈을 삼은 데서부터 갖가지 비극이 일어난
다.

구중심처에서 왕을 중심으로 일어나는 갈등과 모해와 시기가 엉키어
있다. 그러나 정열적인 사랑과 모험들이 뒤섞여 있어 충분히 소설적이
다.

아무튼 궁중의 비극을 소상하고도 적절하게 묘사했으며, 우아한 문체
로 생생하게 그려 놓았다. 이처럼 폐비사건 전후사를 소상히 밝히고 있
기에 역사소설 혹은 궁중소설이라고도 한다.

● 줄거리

조선조 숙종대왕의 계비 인현왕후 민씨는 병조판서 민공의 딸이었다. 첫 왕비 인경왕후가 서른의 나이로 자식도 없이 경신년에 승하하여 계비가 된 것이다.

민비는 단정하고 겸손하며 어질기가 이루 말할 수 없었다. 궁중의 공신에서 궁인에 이르기까지 송송해 마지않는 이가 없었다. 숙종도 처음엔 매우 기뻐하였다.

그러나 민비는 불행히도 6년이 지나도록 자식을 두지 못했다. 숙종이 근심하매 빈미가 궁인에게서 후사를 찾으라고 여러 번 권하였다. 이에 숙종께서 궁녀 장씨를 택하여 희빈으로 삼았다.

그런데 장희빈은 곧 태기가 있어 왕자를 낳게 되자 숙종은 희빈을 매우 총애하였다. 이에 장씨를 중심으로 하는 세력이 커지고, 희빈 역시 왕후가 되려는 욕망으로 민비에 대한 모해가 심하였다. 결국 장씨에게 빠져든 숙종은 이성을 잃고 만다.

기사년 4월 숙종이 독단으로 인현왕후를 폐하여 본가로 보냈다. 여러 충신이 만류했으나, 오히려 죽이고 귀양 보냈다. 이를 아는 궁인과 백성은 길가에 나와 대성통곡하였다.

숙종이 드디어 장씨를 왕후로 삼으니, 자기의 분수를 모르는 희빈 장씨는 더욱 간악하여 궁중을 어지럽혔다. 뒤늦게 성총이 밝아져 민비의 억울함을 알고 희빈을 멀리하였다.

민비를 입궐시키려 하니 민비가 나는 죄인이라며 한사코 거절했다. 이에 중신들이 문 밖을 떠나지 아니하고, 하루에도 수차례씩 어찰이 내리시니 마지못해 민비가 정장을 하고 입궐하였다. 하당으로 쫓겨난 희빈이 무당의 힘을 빌어 민비가 빨리 죽도록 별별일을 다했다.

어쨌거나 몸이 쇠약해진 민비가 복위된 지 8년, 35세로 승하하니 나라 안에 곡성이 진동했다. 숙종의 꿈에 모든 것이 장희빈의 모략과 저주에 의해 되어진 것임을 안 숙종은 장희빈이 있는 곳으로 가서 그 해괴한 못된 짓을 보게 되었다. 그리하여 독약으로 처형하였다.

만감이 교차한 숙종은 자기의 불찰과 덕 없음을 한탄했다. 임금은 몇

번이나 돌아서서 눈물을 흘리며, 범을 길러 화를 받게 되었다고 크게 후
회하였다.

● 독서 토론

이 작품은 〈한중록〉과 〈계축일기〉처럼 독특한 궁중용어와 궁중문체로
되어 있어 우리 고전 중에서 궁중비사 3대 작품으로 인정받고 있다. 더
욱이 비참함의 표현이 너무도 생생하여 독자의 심금을 울리는 작품으로
유명하다.

서포 김만중의 〈사씨남정기〉가 숙종과 장희빈의 관계를 풍자해서 썼
다는 설도 있다. 〈사씨남정기〉가 가공의 작품이기는 하나 이 〈인현왕후
전〉과 구성상의 흐름이 같은 데가 있다.

본문 중에서 '예로부터 악은 의롭지 않은 데에도 돕는 자가 있다'는
서술이 격에 맞는 말이다. 물론 넓게 보아 권선징악의 소설이기도 하다.

● 비교 작품

조선조의 궁중소설로 〈한중록〉과 〈계축일기〉 또는 〈운영전〉이 있으
며, 이미지 구성이라는 당위성으로 보아 〈사씨남정기〉가 있다.

임진록王辰錄

작자 미상

최일령崔一令

　각설, 이때 조선 대황께옵서 몽사夢事를 얻었으니, 어떠한 계집이 기장黍을 자루에 넣어 이고 완연히 들어와 내려놓거늘, 상上이 놀라 깨달으시니 일장춘몽一場春夢이라. 상이 제신을 불러 몽사를 설화說話하고 제신을 돌아보아 왈,

　"경 등은 이 몽사를 해득解得하라."

　영의정 최일령이 주奏 왈,

　"신이 해득하오니, 가장 불길하여이다."

　상이 가라사대,

　"길흉간에 설화하라."

　일영이 복지伏地 주 왈,

　"신이 잠깐 해득하오니, 인人변에 벼 화禾하고 그 아래 계집 여女자 하였으니 이 글자는 왜倭자오매, 아마도 왜놈이 들어올 듯하여이다."

　상이 대로大怒하사 꾸짖어 왈,

　"시절이 태평하거늘, 경은 어찌 요망한 말을 하여 인심을 요란케 하고 짐朕의 마음을 불안케 하느뇨? 일령을 원찬(멀리 귀양 보냄)하라!"

　하시니 일령이 복지 사죄왈,

　"소인이 지식이 없사와 요망한 말을 하였사오니, 그 죄 만사 무석萬死無惜이오나 복원伏願 폐하는 죄를 용서……."

돈수頓首 애걸哀乞하니, 상이 대로하사 왈,

"잔말 말고 바삐 적소適所로 가라."

일령이 하릴없이 적소로 가서 주야로 임군과 처자를 생각하고 탄식을 마지 아니하더니, 이때는 임진년 춘삼월이라. 백화百花는 만발하고 방초芳草는 요요한데 고향을 생각하고 마음이 산란하여 누각에 올라 산천을 구경하더니, 문득 광풍이 일어나며 삼척 돛대 단 배 천여 척이 해상에 떠 들어오거늘, 일령 대경하여 동래 부사를 불러 왈,

"적선賊船이 들어오니, 그대는 바삐 군사를 거두어 도적을 막으라." 하니 부사 황급하여 일변 군사를 거두며 일변 장계狀啓하더니, 벌써 왜적이 배를 강변에 대고 왜장倭將 소서(원문에는 소섭)가 칼을 들고 강변에 뛰어나와 소리를 벽력같이 지르며 외워 왈,

"조선 동래 부사는 빨리 나와 내 칼을 받으라."

달려들어 부사 이순경을 버혀 들고 칼춤 추며 재조를 부리어 이렇듯이 희롱하니, 왜국 대장 청정淸正이 대희大喜하여 북을 울리고 억만 장졸이 물 끓듯 하며 살같이 들어오니, 군사가 칠십만이요 용장勇將이 수만여원員이라.

청정이 장대에 앉아 제장 군졸에 각각 소임을 맡길새 소서로 하여금,

"강원도 원주를 치고 평안도를 치라."

동경청東京淸으로 하여금 정병 일만과 용장 천여 원을 주며 왈,

"그대는 전라도를 치고 김해 군량을 수운輸運하라."

문경文京을 불러 정병 오만과 용장 수천여 원을 주며 왈,

"충청도(원문에는 강원도로 표기됨) 영동永同을 치고 함경도 이십육 주를 치라."

부경府京을 불러 정병 이십만과 용장 삼천여 원을 주며 왈,

"그대는 강원도 십팔 주를 치고 군량이 진盡하거든 강원도로 군량을 수운하라."

마룡馬籠을 불러 정병 일만과 용장 천여 원을 주며 왈,

"그대는 전라도로 가서…… 황해도를 치라."

평수길平秀吉을 불러 군사 오만과 명장名將 수천여 원을 주며 왈,

"경상도를 치라. 청정은 남은 장졸을 거느리고 경상 우도를 짓치고 충청 좌도를 치고, 소서는 충청 우도를 치고 경기도로 득달하여 조선 왕을 항복받은 후에, 내가 스스로 조선왕이 되어 그대 등을 일품(一品) 벼슬을 주리라."

제장 군졸이 일시에 영을 받을새,

"만일 군중(軍中)에 영을 어기는 자 있으면 군법으로 시행하리라."

수만여 원 제장이 청령(聽令)하고 군사를 반분하여 팔도에 헤어져서 짓치니, 고각함성(鼓角喊聲)은 천지에 진동하고 기치창검(旗幟槍劍)은 햇볕을 희롱하니, 어찌 망극치 아니하리요."

팔도 백성이 난(亂)을 보지 못하다가 뜻밖에 난을 당하니, 남녀 노소 없이 서로 붙들고 통곡하며 피란하니, 어찌 살기를 바라리요. 이러한 울음소리 산처에 낭자하니, 가련하고 불쌍한 경상(景狀)은 차마 보지 못할러라.

각설, 이때 왜장 소서가 바로 군사를 몰아 강원도로 향하더니 왜국에서 소서의 매씨(妹氏)(남의 누이를 높여 부르는 말) 편지가 왔거늘, 하였으되,

"제번(除煩)하고, 소나무 송(松)자 있는 곳을 가지 말라. 송자 있는 곳을 가면 대패(大敗)할 것이니, 부디 가지 말라."

청송(靑松)과 송도(松都)를 가지 않고 강원도로 들어가 강원 감사 이래(李來)와 평안 감사 이공태(李公太)를 버히고, 그 골 기생 월천(月川)은 천하의 절색이라 죽이지 않고 첩을 삼아서 주야로 연관정에 놀아 풍류로 세월을 보내더라.

이때 왜장 등이 군사를 몰아 좌충우돌하더라. 선봉장 청정이 경상도를 치고 조령(鳥嶺)을 넘었으나 조령 별장(別將)이 방비치 못하여 청정의 칼에 죽으니, 그 위험을 막을 자 없더라.

이순신(李順臣)

이때 퇴재상(退宰相) 이순신이 이런 변고를 당할 줄 알고 거북배 수천 척을 물에 띄우고, 그 안에 수만여 군사를 용납케 하고 배 위에 구멍을 무수히 뚫고, 배 안에서 밥을 지어 먹게 하고 연기는 배 입으로 나오게 하니,

324

완연한 큰 거북이 물에서 떠다니며 흡사한 안개를 토하게 하였거늘, 왜
장 등이 바라보고 대경하여 활과 총으로 무수히 쏘니, 거북 등이 살이
무수히 박혔으되 안은 뚫지 못하는지라.

수천 척 거북이 창망 해상에 떠다니며 방포^{放砲} 소리 나며 살이 비오듯
하며 군사가 무수히 죽으니, 청정이 대경하여 활과 총이 빗발치듯 하되,
거북은 달려들어 입으로 안개를 토하며 살이 비오듯 하며 군졸이 분분이
넘어지니, 왜장이 당치 못할 줄 알고 적기를 두르며 또한 산으로 올라가
니, 순신이 급히 좇아 군사와 배를 재촉하여 적진을 좇아 조선 한산도<sup>閑山
島</sup>(원문에는 한산동)에 다다르니, 좌우 산세는 울울한데 반석…… 상에
철쭉, 진달래, 두견화는 반만 웃고 반기는 듯하고, 왼갖 비조 날아들어
춘몽을 희롱하니 슬픈 마음 절로 난다. 경개^{景槪}를 구경타가 홀연 깨달아
좌우 산천을 바라보니, 산세가 험악하여 갈 길이 없거늘, 제장 군졸이
함지^{陷地}에 빠져 죽는 줄 알고 서로 붙들고 통곡하며 살펴보니, 벌써 죽은
자 태산 같고 피 흘려 성천^{成川}한지라.

이순신 중군^{中軍}에 분부하여 남은 군사를 매복하였다가 급히 내려가 적
진을 짓치니 적졸^{敵卒}의 주검이 태산 같거늘, 순신이 승전고를 울리며 본
진으로 들어갈새 한 군사 보^報하되,

"적병이 무수히 온다."

순신이 군사를 재촉하여 급히 들어 대적하더니, 적진으로서 방포 소
리 나며 화살이 순신의 어깨를 맞히니 순신이 황급하여 선창 밖에 나와
하늘께 축수하고, 왜전^{矮箭}(짧은 화살)을 먹여 종일토록 쏘다가 기운이 쇠
진하여 살에 맞아 죽으니, 제장 등이 군중에 전령하되,

"순신의 죽은 기색을 내지 말라."

하고 대장의 기를 뱃머리에 세우고 적진을 좇아가며 고함하니, 왜장 등
이 배를 물에 띄우고 달아나거늘, 인하여 순신의 시체를 빈^殯(시체를 관
에 넣음)하고 이 연유를 나라에 상달코자 하더니, 도리어 왜적이 침노하
기로 상달치 못하더니, 왜장이 순신이 죽었단 말을 듣고 대희하여 왈,

"이제는 조선에 명장이 없으니, 조선을 함몰시키리라."

바로 경성으로 향하니라. 당초에 청정이 십만 대군을 거느려 경상도

를 칠새, 진주 병사 양익태梁益台와 경상 감사 이짐李朕을 항복받고 선봉을 삼아 길을 갈라 치게 하고, 청정은 우도를 치고 상주를 치니, 상주 목사 牧使 남덕천南德天이 방비치 못하여 청정의 칼에 죽은지라.

경상도를 파破하고,

"칠십일 주 수령으로 군량을 수운하라."

조령을 넘어 충청도를 치니, 이때 신립申砬 장군이 충청도 군사를 거두어 조령 산성에 유진留陳코자 하다가 계집의 간계에 빠져 군사를 퇴진하여 탄금대彈琴臺(충주 달천강가)에 유진하고 기다리더니, 청정이 조령을 넘어 신립의 진을 바라보고 대희하여 왈,

"조선에 명장이 없음을 과히 알겠도다. 신립이 우리를 막지 아니하고 강변에 배수진을 쳤으니 우습도다. 옛날 한신韓信(한 고조의 장수)은 배수진을 쳐 조군趙軍을 파하였거니와, 이제 신립이 배수진을 치고 어찌 나를 당하리요."

하고 일시에 군사를 재촉하여 짓치니, 신립이 미처 손을 놀리지 못하여 십만 대병이 순식간에 함몰되고, 신립은 하릴없어 하늘을 우러러 탄식하고 물에 달아들어 빠져 죽으니, 주검이 강수江水를 막아 물이 흐르지 못하는지라. 청정이 승전고를 울리며 군사를 퇴진하여 충주 목사 지군池君을 버히고 병사 문명文名을 버히고 제장이 순신을 탐지하고 경기도로 향하니, 그 형세를 당할 자 없더라.

정출남鄭出男

각설, 이때는 임진년 사월이라. 충청도에서 장계를 올리거늘 개탁(봉한 편지나 서류를 뜯어 봄)하니 하였으되,

"왜적이 강성하여 칠십만 대병을 총독하여 동래 부사를 죽이고 각도를 짓치니, 청정과 소서는 삼국 조자룡趙子龍이라도 당치 못한다. 경상도 칠십일 주를 항복받고 충청도로 와서 신립과 합전合戰하여 신립의 십만 대병을 함몰하고 신립도 물에 빠져 죽사오니, 왜적이 승전하여 충주 목사와 병사를 죽이고 경도京都로 향하오니, 복원 전하는 급히 도적을 막으소

서.”

상이 대경하사 최일령의 몽사 해득한 것을 그제야 아시고 원찬 보내신 것을 한탄하시며, 더욱 생각하시며 좌우 제신을 둘러보아 왈,

“뉘 능히 왜적을 대적하리요.”

“안으로 용장이 없고 밖으로 적세 위급하니, 뉘라서 도적을 함몰하고 종묘 사직宗廟社稷과 도탄塗炭에 든 백성을 구하여……짐의 근심을 없게 하리요.”

포도 대장 정출남이 출반出班 주 왈,

“신이 비록 재조 없사오나 한칼로 왜적을 함몰하고 전하의 근심을 덜리다.”

상이 대희하사 군사 오만과 용장 오십여 원을 주며 왈,

“경이 나가 조심하여 왜적을 함몰시키고 짐의 근심을 없게 하라.”
하시되, 출람이 수명受命하고 남대문을 나와 제장을 불러 소임을 맡길새, 김여철金如喆로 중군장을 삼고 남익신南益信으로 우익장을 삼고 양희발梁喜勃로 좌선봉을 삼고 김치운金治雲으로 후군장을 삼고, 그 남은 장졸을 각각 소임을 정한 후에 정출남은 청총마靑驄馬를 타고 칠십 근 장창을 좌우에 갈라들고 군중에 하령下令 왈,

“군중에 만일 영을 어기는 자 있으면 군법으로 시행하리라.”
하고 행군하여 충주로 나려와 적진을 살펴보니 진세 웅장커늘 출남이 싸움을 도도니, 청정이 운천동雲天東으로 좌익장을 삼고 제장의 소임을 각각 맡긴 후에 방포 소리 나며 팔만금사진八萬禁巳陳(진법의 한 가지)을 치거늘, 정 원수元帥 또한 방포 일성에 오행진五行陳을 치고 중군장 백여철로 하여금 진세를 지키게 하고 병창立唱 출마하여 크게 외어 왈,

“적장은 들으라. 네 아모리 무도無道한들 천의天義를 모르고 외람히 남의 예의지국을 침범하여 불쌍한 백성만 죽이지 말고 빨리 나와 내 칼을 받으라. 우리 전하께옵서 나로 하여금 너희들을 함몰하라 하옵기에 왕명을 받자와 왔으니, 빨리 나와 내 칼을 받으라.”

적진에서 한 장수 내달아 외어 왈,

“조선 출람은 들으라. 나는 왜국 선봉장 청룡淸龍일러니, 조고마한 네

가 당돌히 우리를 능욕하여 우리 대군을 희롱하기로 네 목을 버혀 분함을 풀리라" 하고 달아들어 합전하니, 양진兩陳의 고각 함성은 천지를 흔드는 듯, 분분한 창빛은 일원을 희롱하더라.

이십여 합에 승부를 결단치 못하여 양장 싸우는 양은 두 범이 밥을 다토하는 듯, 청황룡靑黃龍이 여의주를 다토는 듯하는지라. 출남이 기운을 도도와 소리를 지르며 칼을 날리어 청룡을 치니, 청룡의 머리 마하馬下에 날려지거늘, 칼 끝에 꿰어 들고 크게 외어 왈,

"청정도 빨리 나와 내 칼을 받으라."

청정이 제 아우 주검을 보고 분기 충천하여 내닫거늘, 바라보니 신장이 구 척이요, 보신갑保身甲을 입고 일백 근 철주를 들고 우수右手에 일백 근 명천검鳴天劍(중국의 명검 이름)을 들고, 적토마를 타고 살같이 들어오는지라.

정출남이 한번 바라보니 정신이 아득하여 말 머리를 돌리어 본진으로 들어오더니, 청정이 천둥같이 달려오며 외어 왈,

"조선 장군 정출남은 닫지 말고 내 칼을 받으라. 네가 내 아우를 죽였구나!"

오른손의 명천검으로 정출남을 치니 출남의 머리 마하에 떨어지는지라. 명천검으로 꿰어 들고 십만 대병을 한칼로 순식간에 함몰하고 횡행하여 버리니 주검이 태산 같고 유혈이 강수 되었는지라. 청정이 승승하여 승전고를 울리며 본진에 들어오니 제장이 치하하여 왈,

"장군 용맹곤 아니면…… 귀신이로다."

청정이 소笑왈,

"대장부 세상에 나서 용맹이 없으면 만리 타국에 나와 남의 나라를 어찌 치리요."

군사를 총독하여 도성으로 향하여 치니 그 형세를 당할 자 없더라.

각설, 이때 전하께옵서 출남을 전장에 보내시고 십여 일토록 소식을 근심하시더니, 뜻밖에 양주 땅에서 장계가 왔거늘 급히 개탁하여 보시니 하였으되,

"정출남은 양주에서 왜전과 합전하여 왜장 청룡을 버히고 도리어 청

정의 칼에 죽삽고, 인하여 십만 대병을 함몰하옵고 또 적이 도성을 범하오니, 복원 전하는 급히 도적을 막으소서."

상이 놀라사 제신을 모아 탄식하여 가라사대,

"적세가 위급하니 무삼 계교를 내어 종묘 사직을 안보하리요."

용안에 눈물을 흘리시니, 좌우 제신이 황급하여 어찌할 줄을 모르더라.

수문장이 급히 고하되,

"도적이 벌써 한강을 건넜다!"

상이 망극하사 어영 대장御營大將 최달성催達性과 금위 대장禁衛大將 백수문白壽文을 불러 왈,

"성중의 백성이나 총독하여 동서남북 사대문을 굳게 지키게 하라."

남문으로 나와 갈 바를 알지 못하시더니 김원동金元東이 주 왈,

"평안도는 아직 도적이 아니 들어왔다 하오니 복원 전하는 그리로 가사이다."

전하를 모시고 평안도로 가니라.

이때 도적은 조선 왕이 피란한 줄 모르고 도성만 지키고 둘러싸고 크게 외어 왈,

"조선 왕은 빨리 나와 항복하라."

도성이 무너지는 듯하니, 성중에 있는 사람이야 그 아니 망극할까. 서로 붙들고 통곡하며 물끓듯 하더니, 문득 남대문으로 오색 구름이 일어나며 일원一員 대장이 억만 대병을 거느리고 왜진을 헤쳐 우뢰 같은 소리를 지르며 청정을 불러 왈,

"우리 조선국 사직이 사백 년이 넉넉하거늘 너는 방자히 천운天運을 모르고 불쌍한 백성만 죽여 시절을 요란케 하느뇨? 바삐 물러가라. 나는 삼국적 관운장關雲長이라."

청정이 대경하여 바라보니 일원 대장이 적토마를 타고 삼각수三角鬚를 거사리고 봉의 눈을 부릅뜨고 청룡도를 비껴 들고 천병 만마를 거느리고 섰으니 완연한 관운장이라. 황급하여 말께 날려 평안으로 행하니라.

김덕령金德齡

이때 평안도 평강平康(사실 평강은 강원도에 있음) 땅에 김덕령(원문에는 김덕양으로 표기되어 있음)이라 하는 사람이 있으되, 연광年光 이십오 세요, 힘은 능히 천 근을 들고 일 두斗 밥을 먹고 둔갑 장신遁甲藏身은 삼국적 제갈양諸葛亮에 더한다 하되, 시절이 태평하기로 농사를 일삼더니 가운이 불행하여 부친 상사를 당하매 애통으로 세월을 보내더니, 뜻밖에 왜적이 조선을 둘러싼단 말을 듣고 모친 앞에 나가 여짜오되,

"소자가 듣사오니 왜적이 가까이 왔다 하오니 복원 모친은 허락하옵소서. 부친 상복을 벗어 상문에 사르고 왜적을 쳐 물리치고 국가의 근심을 덜고, 시절이 태평하오면 소자의 일흠이 죽백竹帛에 올라 부모에 영화를 뵈압고 복록福祿을 받을 듯하오니, 모친은 허락하옵소서."

모친이 꾸짖어 왈,

"우리 집 사람은 너 하나뿐이라. 선영先塋 향화香火를 받들 것이어늘, 어찌 이런 말을 하느뇨? 옛날 명나라 호왕胡王이 둔갑을 이루어 소대성蘇大成(군담 소설 〈소대성전〉의 주인공)을 유인하여 강운동에 불을 질렀으되, 소대성을 잡지 못하고 도리어 대성의 칼을 면치 못하여 죽고, 초패왕楚覇王(항우)의 역발산力拔山 기개세氣蓋世로도 오강烏江을 못 건너서 머리를 버혀 정장亭長(유방)을 주었으니, 너 무슨 재조로 왜적을 물리치리요. 속절없이 전장 백골이 될 것이니 이런 말 내지 말고 농업이나 힘쓰라."

하니 덕령이 모친의 영을 거역치 못하여 탄식만 하더니, 도적이 가까이 왔단 말을 듣고 모친 모르게 상복을 벗어 상문에 걸고 집을 떠나 순식간에 왜진에 들어가니, 청정이 김덕령을 보고 놀래어 수문장을 불러 호령 왈,

"진문陳門을 허수히 하여 조선 사람을 들어오게 하느뇨?"

군중에 하령 왈,

"활과 총으로 쏘아 잡으라."

활과 총이 비오듯 하거늘, 김덕령이 몸을 피하였다가 총과 화살이 그친 후에 다시 진중에 들어가 청정을 보고 불러 왈,

"나는 평안도 평강 땅에 사는 김덕령일러니, 네가 천운을 모르고 외람한 뜻을 가져 의기양양하기로 내 왔으니, 내 재조를 보라. 내일 오시午時에 내 수만 명 군사 머리에 백지 일 장씩을 붙일 것이니 그리 알라."

문득 간데없거늘, 청정이 괴이 여겨 제장에서 분부 왈,

"내일 총과 활을 많이 준비하였다가 사시巳時 말 오시 초 되거든 짐승이라도 일시에 쏘아 죽이라."

그 이튿날 사시 말 오시 초녘 되어 사면에서 채색 구름이 일어나며 지척을 분별 못하고 눈을 뜨지 못하더니, 이윽고 하늘이 청명하며 덕령이 들어와 청정을 불러 꾸짖어 왈,

"나의 재조를 보라."

백지를 던지니 억만 군사 머리에 올라 감기거늘 억만 군사가 백화百花밭이 되었는지라.

청정이 그 재조를 보고 크게 질색하여 왈,

"내 재조 팔 년을 공부하였으되 저러한 재조를 배우지 못하였으니 어찌하리요. 아마 저 사람을 유인하여 선봉을 삼으면 염려없이 대사를 이루리라."

자탄하더니, 덕령이 머리에 달린 백지를 일시에 걷어치우고 청정을 불러 왈,

"나도 운수 불길하기로 재조만 뵈었으니 빨리 돌아가라. 만일 듣지 아니하면 부친 상옷을 상문에 사르고 너희를 한칼로 무찌를 것이니, 부디 잔명殘命을 보전하여 급히 돌아가라."

간데없거늘, 청정이 의심하여 급히 성중으로 돌아가니라.

각설, 이때 전하께옵서 영의정 정현덕鄭玄德을 다리시고 평안도로 행하시더라. 이때 소서가 평양 성중을 함몰시키고 근처에 온단 말을 들으시고 평안도 토곡土谷 성중에 유하시더니, 십구 세 된 아이가 있으되 힘은 천 근을 들고 재조와 용맹이 무궁하나 기개가 없기로 소서를 대적치 못하였더니, 일일은 한 양반이 들어와 그 아이를 보며 왈,

"네 기상을 보니 재조를 미간에 나타낸지라. 군사를 거느려 도적을 멸하고 대공을 세움이 네 마음에 어떠하뇨?"

그 아이 생각하되,

'이 양반이 혹시 누구신가?'

복지 주 왈,

"소신이 재조는 없사오나 국병이 이러하온데 어찌 노약한들 도적을 치지 아니하리까."

전하 가라사대,

"네 성명은 뉘라 하느뇨?"

그 아이 주 왈,

"소신의 성은 김이요, 명은 고원古元이로소이다."

상이 즉시 편지를 써 주며 왈,

"내 말을 타고 곧 관에 가 부윤府尹 한성록韓成錄을 주라."

고원이 봉명奉命하고 곧 관에 가 부윤을 보고 편지를 드리니, 부윤이 대경황망大慶遑忙하여 즉시 떠나 평안도 토곡 성중으로 들어와 복지 사배謝拜하되, 상이 반기사 용안에 용루龍淚를 흘리시며 탄식하며 가라사대,

"국운이 불행하여 왜적이 헤어 짓치니 선조 대왕의 종묘를 어찌 안보하리요. 평양으로 향하였으되, 소서가 평양 성중에 웅거雄據하였기로 이곳에 유한다."

통곡하시더니, 한성록이 복지 주 왈,

"소신은 국변國變이 이러하였으되, 대왕께옵서 이리 와 계신 줄 아지 못하옵고 태만히 있삽다가 조서詔書를 받자와 왔사오니, 신의 죄는 만사 무석이로소이다. 복원 전하는 근심치 말으소서."

상이 눈물을 거두시고 한성록에게 장계하사,

"군사 모아 도적을 막으라."

이때 조선의 삼백육십 주에 삼백 주는 왜놈의 땅이 되고 육십 주만 남았으되, 함경도 천북 군사만 남았으니 길이 막혀 왕래치 못하고, 황해도 군사는 산곡으로 피란 가고 경기도 군사 팔십 명은 도성을 지키게 하고 다만 평안도 군사만 거두니 겨우 일만 명일러라.

상이 가라사대,

"군사도 부족하거니와 장수도 없으니 도적을 어찌 막으리요?"

최일령을 생각하시며, 제신을 둘러보시고 탄식하더라.

각설, 이때 귀양갔던 최일령이 동래 적소에서 생각하되,

'이제 왜적이 사방에 헤어 짓치니 어찌 길을 통하며 왕명을 구하리오.'

즉일 길을 떠나 몸을 감추어 경성으로 향할새, 도적에게 잡힐까 하여 낮이면 숨어 가고 밤이면 행하여 십여 일 만에 도성에 득달하니, 대왕은 피란하시고 장안에 들어선즉 장안이 적적하고 국궐國闕이 소슬하매, 문득 전하께옵서 평안도로 피란하시었던 말을 듣고 토곡성에 득달하여 전하께 뵈옵고 복지 통곡하니, 상이 대경 대희하사 일령의 손을 잡으시고 눈물을 흘려 왈,

"짐이 경의 말을 들었으면 이런 환患을 아니 당할 것을 도시 짐이 불명하여 경을 원찬하였더니, 경은 옛일을 생각지 아니하고 지금 짐을 찾아오니, 더욱 불인不忍하도다. 경은 연전사年前事를 생각지 말고 선조 공 창건하신 나라를 위하여 도적 막을 묘책을 가르치라."

최일령이 복지 주 왈,

"본도에 김응서金應西라 하는 사람이 있으되, 힘은 삼천 근을 들고 재조와 용맹은 삼국 적 조자룡을 압도한다 하오니, 급히 그 사람을 명초命招하여 도적을 막으소서."

전하 기꺼하사 사신을 보내시더라.

김응서金應西

각설, 이때 김응서는 본도에 있어 왜란을 당하여도 왕명이 없기로 사직을 받들지 못하여 탄식을 마지않더니, 일일은 사신이 와서 왕명을 받자와 전하거늘, 김응서 즉시 갑주甲冑를 갖추고 천리 준총마를 달려 토곡성에 득달하여 전하께 뵈오니, 상이 대희하사 바라보니 눈은 소상강瀟湘江 물결 같고 신장 팔 척이요, 황금 투구에 순금 갑을 입고 구십 근 장창을 좌수에 들고 팔십 근 철추를 우수에 들었으니, 짐짓 영웅이라.

상이 만심 화이하사 또 대희하여 일령더러 왈,

"이제 명장을 얻었거니와 군사가 부족하니 어찌하리요?"

일령이 주 왈,

"조선 군사로서는 당치 못할 것이옵고 조선 장수 김응서는 왜적을 당케 못할 것이오니, 복원 전하는 중국 청병請兵을 보내옵소서."

상이 옳게 여겨서 청병 사신使臣을 택출擇出하라 하실 즈음에 병조판서 유성룡柳成龍(원문에는 유석룡柳石龍)이 복지 주 왈,

"신이 청병 사신으로 가리이다."

상이 대희하사 즉시 유성룡으로 청병 사신을 정하여 보내더라.

일령이 응서더러 왈,

"왜적 소서가 평양 기생 월천을 첩으로 삼았다 하오니, 월천과 약속을 하면 소서를 죽이기는 그대 장중掌中에 있거니와, 연관정 높은 뜰에 방울로 진을 쳤으니 소리 막을 재조 있느뇨?"

응서 대 왈,

"방울 소리는 둔갑으로 막으려니와 월천과 약속할 묘책을 가르치소서."

일령 왈,

"당태(중국에서 나는 솜) 한 근과 독한 술 백여 병을 가지고 십여 장 성을 넘어가서 당태로 방울 소리를 막은 후에 연관정에 들어가면 자시子時 초가 되어 월천이 나올 것이니, 월천의 손을 잡고 입을 귀에 대고 일일이 약속을 단단히 정하고 술을 먹인 후에 장군이 조심하여 소서를 버히고 즉시 정하庭下에 엎드려서 소서에게 죽기를 면하라."

응서 대답하고 당태 한 근과 독한 술 백여 병을 가지고 평양 팔십 리를 진시辰時 초에 떠나 유시酉時 말에 득달하여 말을 문외門外에 매고 밤을 살펴보니 초경이 되었는지라.

몸을 날려 십오 장 성을 뛰어넘어 가서 신장神將을 불러 당태를 주며 왈,

"방울 소리를 막으라."

연관정에 들어가니 소서가 등촉을 밝히고 월천을 다리고 노래도 부르며 이렇듯이 희롱하거늘, 응서 몸을 날려 감추고 월천이 나오기를 기다

리더니, 자시 초는 하여 월천이 나오거늘 응서 월천의 손을 잡고 왈,

"너는 비록 기생이나 조선 국록國祿을 먹고 왜놈을 섬겨 부부지례夫婦之禮를 행하는가? 나는 왕명을 받자와 소서를 죽이러 왔으니 너의 뜻이 어떠하뇨?"

월천이 왈,

"소녀는 비록 계집이오며 소서의 첩이 되었사오나 장군 같은 영웅을 만나지 못하여 주야로 원이 되옵더니, 명천이 감동하사 장군님을 만났사오니 어찌 반갑지 아니하리오. 장군님의 약속을 가르쳐 주옵소서."

응서 대희하여 독한 술병을 내어 주며 왈,

"이리이리 하라."

소서의 거동을 낱낱이 물으니 월천이 대답하여 왈,

"소서가 반잠 들면 한 눈만 뜨고 잠이 다 들면 두 눈을 다 뜹니다."

방으로 들어가 소서더러 말하여 왈,

"소녀의 오래비가 있삽더니, 지금 장군님을 뵈러 왔나이다. 문 밖에 있삽나이다."

소서가 반겨 왈,

"너의 오래비 왔다 하니 나와 남매간이라 어찌 반갑지 아니하리요."

월천이 즉시 문밖에 나와 응서를 청하니, 응서 들어가 예필豫畢 좌정座定 후에 소서가 김응서의 상을 보고 대희 왈,

"재조 있고 여러 장수 죽일 재조 가졌으니 실로 영웅이로다. 그대가 나를 도우면 조선 장수 팔장을 버힌 후에 나는 청정의 부장副將이 되고 청정은 조선 왕 되고, 우리 둘이 대공을 이룬 후에 일등 공신이 되어 국록을 먹고 이름을 후세에 빛낼 것이니, 그대는 나를 도움이 어떠하뇨?"

응서 거짓 기꺼하며 허락하더라.

이때 월천이 주 왈,

"소녀의 오래비가 주효酒肴를 가지고 왔으니 장군님과 분배하여 잡수실까 바라나이다."

소서가 허락하여 왈,

"너의 오래비가 제 뉘를 위하여 주효를 가지고 왔다 하니 더욱 반갑도

다.”

잔 잡고,

“술 부어라.”

월천이 거동 보소. 홍상紅常 치마 후리쳐 꿰고 술 부어 들어 두 손으로 한 잔 권코 두 잔 권코 일배 일배 부일배復—盃라. 한 병 술을 다 먹으니 술이 대취하여 자리에 넘어지거늘, 응서가 월천을 다리고 문 외로 나와,

“다른 의심은 없느뇨?”

월천 대 왈,

“다른 의심은 없사오니 급히 처치하옵소서.”

응서 문을 열고 보니 소서가 눈을 부릅뜨고 이수履修(턱수염)를 거사리고 잠이 깊이 들었거늘, 응서 칼을 들고 칼춤 추며 들어가니, 소서의 칼 명천검 빛난 칼이 벽상에 걸렸다가 응서 들어옴을 보고 몸을 솟구어 치려 하다가, 칼 임자가 잠이 깊이 들었기로 응서에게 월천이,

“입으로 침 세 번만 뱉고 달려들어 치소서.”

응서 그대로 시행하고 후리쳐 치니 소서의 머리 검광劍光을 좇아 떨어지는지라. 응서 칼을 던지고 즉시 땅에 엎드려서 엿보더니, 문득 목 없는 소서가 일어나며 벽상에 걸린 칼을 들고 휘휘 두르며 한 번 들어 연관정 대들보를 치고 넘어지거늘, 응서 그제야 소서의 목을 칼 끝에 꿰어 들고 월천을 옆에 끼고 십오 장 성을 넘어가 월천더러 왈,

“시운이 불행하여 너도 소서의 첩이 되었으나 잠시라도 부부지례는 일반이라. 너로 하여금 소서를 죽였으나 너를 살려 두면 나도 소서같이 환을 당하리라.”

마지못하여 월천의 머리를 버혀 가지고 통곡하며 토곡성에 득달하야 전하께 소서의 머리를 드린 후에 또 월천의 머리를 올리니, 상이 일변 대희하시며 일변 애련히 여기사 응서의 손을 잡고 칭찬하여 가라사대,

“월천이 비록 미천한 계집이나 일단 충성만 생각하고 소서를 죽이고 또 저도 죽었으니 월천은 천추 만대千秋萬代에 이름이 빛나리라.”

각설, 이때 유성룡이 중국 청병 사신으로 들어가 황제께 뵈온대 황제 문問 왈,

"조선에 무슨 연고 있기로 짐의 나라에 들어왔느뇨?"

성룡이 복지 주 왈,

"소신 나라에 운수 불길하와 왜란을 당하와 종묘 사직이 조모^{朝暮}에 위태하옵고 중지^{重地}를 뺏기어 소신의 국왕이 평안도 토곡 성중으로 피란하옵고 적세가 위급하옵기에 들어왔나이다."

하고 패문^{牌文}을 올리거늘, 천자 보시고 대경하사 만조^{萬朝} 제신을 모아 가라사대,

"조선 국왕이 왜란을 만나 구원병을 청하였으니 경 등의 뜻이 어떠하뇨?"

좌승상 유필^{柳畢}이 주 왈,

"하교^{下敎} 지당하오나 이때는 농절^{農節}이오니 청병 보내기 불가하여이다."

천자 혼자 임의로 결단치 못하여 허락치 아니하시거늘, 성룡이 그저 돌아와 그 연유를 상달하니 상이 일령을 불러 왈,

"청병 사신이 그냥 왔으니 어찌하리요?"

일령이 주 왈,

"전하는 근심치 말으소서. 청병은 스스로 오리이다."

상이 청병 오기만 기다리더라.

각설, 이때 왜장 평수길^{平秀吉}이 삼만 군졸을 거느려 경상 우도를 짓쳐 진주^{晉州}(원문에는 진주^{陳州})에 웅거하였더니, 이때 본읍 기생 모란^{牡丹}(논개를 이르는 듯함)이라 하는 기생 있으되, 한갓 충성만 생각하고 한 꾀를 내어, 왜장 평수길을 데리고 촉석루^{矗石樓}에 올라가 잔치를 배설^{排設}하고 즐겨 하니, 분분한 풍류 소리는 바람을 좇아 반공^{半空}에 자자^{藉藉}하고 불빛 같은 홍상 치마는 누강에 비쳤는데 향기는 십 리에 진동하니, 왜장이 묘함을 탐하는 중에 술이 대취하였는지라.

모란이 군졸 없는 때를 승시^{乘時}하여 거문고를 놓고 섬섬옥수를 넌짓 들어 탁문군^{卓文君}(한나라 때 여자로, 과부가 되었다가 사마상여와 다시 결혼함)의 봉^鳳이 황^凰을 구하는 곡조를 타더니 춤추며 홍상 치마를 걷어쳐 안고 처량한 곡조와 슬픈 소리 부르니, 그 소리 처량하여 단산^{丹山} 봉황이

우는 듯하더라. 모란이 한갓 충성만 생각하고 생사를 둘러보지 아니하고 일평생에 이름만 빛내고자 함을 뉘 알리오. 그 모란의 태도는 사람의 정신이 아득하고 간장이 녹는 듯한지라.

평수길이 흥을 이기지 못하여 모란을 안고 칼춤 추며 즐길 즈음에 모란이 덥석 안고 촉석루 난간에 뚝 떨어져 만경창파 깊은 못에 속절없이 죽는지라. 왜장이 대경하여 즉시 평수길의 시체를 건지고 즉시 또 모란의 시체를 건져 놓고 군사를 몰아 즉시 청정의 진으로 가더라.

각설, 이때 대왕이 청병 오기만 기다리시더니, 진주 목사 장문壯聞이 왔거늘 즉시 개탄하니 하였으되,

"퇴재상 이순신이 왜장을 대적할새, 괴이한 묘책을 내어 한산도의 왜장을 무수히 죽이옵고 성공하여 돌아오다가 왜장 살에 맞아 죽삽고, 본읍의 모란이라 하는 기생이 있으되, 다만 충성만 생각하고 왜장을 다리고 촉석루에 올라 춤추다 왜장을 안고 물에 빠져 죽사오니, 과연 이런 충성은 전고前古에 없을까 하나이다."

상이 보시고 대경 칭찬 왈,

"시절이 태평하거든 순신은 충무공忠武公(원문에는 충렬공忠烈公)을 봉하여 서원 짓고 춘추로 제향을 받게 하고, 모란은 촉석루 앞에 비를 세워 충렬을 표하라."

이여송李如松

이때 대국 천자께옵서 청병 사신을 그냥 보내고 주야로 염려하시더라. 한날 밤에 동대東岱, 東黛(중국 태산의 딴 이름)에서 일원 대장이 나려와 탑전榻前(임금의 자리 앞)에 복지 주왈,

"형님은 어찌 청병을 보내지 아니하나이까?"

천자 대경하여 문問 왈,

"그대가 귀신인가, 사람인가. 어찌 날더러 형님이라 하느뇨?"

장수 왈,

"소장小腸은 삼국 적 관운장關雲長이옵고, 형님은 유현덕劉玄德이 환생하여

천자가 되고, 장비張飛는 환생하여 조선 왕이 되고 소장은 미 부인糜夫人을 모시고 조조曹操에게 갔삽다가 무죄한 사람을 죽이므로 환생치 못하옵고 조선 지경을 지키옵더니, 지금 왜적이 조선을 덮어 거의 땅을 다 뺏기옵고 종묘 사직이 조모간에 망케 되옵고 조선 왕 명命이 시각에 있삽거늘, 형님은 어찌 청병을 아니 보내시니이까?"

천자 그 말을 들으시고 마음이 비창悲愴하여 대경 통곡하시고 그 장수를 살펴보니 신장은 구 척이요, 손에 청룡도를 비껴 들고 봉의 눈을 부릅뜨고 삼각수를 거사리고 왔으니, 분명한 운장일러라.

천자 용상에 나려와 재배 왈,

"장군은 누구를 보내라 하시나이까?"

운장이 왈,

"청병은 팔십만만 보내고 장수는 당나라 이여송을 보내시면 왜적을 물리치고 조선을 구하고 오리이다."

뜰 아래 나려서 왈,

"형님이 내 말을 아니 들으면 무사치 못하리이다."

문득 간데없거늘, 천자 대경하여 공중을 향하여 재배하고 이튿날 조회朝會에 백관百官 모아 의논 왈,

"짐이 간밤에 일몽을 얻으니, 조선 관운장이 와서 여차여차 하고 저리저리 하고 청병을 보내라 하기로 청병은 못 보낸다 하였으나 제경諸卿들의 뜻이 어떠하뇨?"

제신이 주 왈,

"운장은 본디 충절이 있는 장수오니 지휘대로 하옵소서."

천자 즉시 조서를 하여 익주益州에 나리사,

"군사 팔십만 명을 거두라."

당나라 이여송을 명초하사 왈,

"짐이 경의 재조를 아는지라. 조선에 나가 왜놈을 물리치고 공을 세워 이름을 빛내고 들어오면 이름을 죽백에 올려 대국의 일등 공신이 되리라."

이여송이 복지 주 왈,

"소신이 재조 없사오나 동국東國(조선)에 나가 왜적을 함몰시키고 들어오리이다."

천자 대희하사 대원수大元帥에 대장 절월節鉞(특별히 임명하는 자에게 지방 관리가 부임할 때 왕이 내주던 절과 부월)을 주더라.

이여송이 하직 숙배肅拜하고 행할새 만조 백관이 사십 리에 나와 전송 왈,

"장군이 만리 밖의 동국에 나가 대공을 세우고 들어오면 그 공을 치사致謝하리이다."

이여송이 왈,

"조고마한 왜놈을 어찌 근심하리요."

익주로 행하여 팔십만 대병을 거느려 제장을 불러 소임을 맡길새, 그 아우 이여백李如柏으로 선봉을 삼고 이여월李如月(이여오인 듯함)로 후군장을 삼고 호령하여 왈,

"만일 군중에 태만한 자 있으면 군법으로 시행하리라."

천리 준총마를 타고, 머리에는 구룡 군관九龍軍冠이요, 몸에는 홍황단 전복紅黃緞戰服이요, 우수에 팔각도八角刀를 들고 좌수에는 우모 단수기羽毛緞繡旗(새 깃으로 짠 기)를 들었으니 황금 대자로 썼으되, '대사마 대장군 당나라 이여송'이라 하였더라.

즉시 발행하여 조선으로 향하니 기치 창검은 일월을 가리웠고 고각 함성은 천지를 뒤흔드는 듯하여, 물결은 출렁출렁 압록강 건너와서 탐지를 보내니, 조선 왕이 제신을 거느려 백리 밖에 나와 맞을새, 상이 두 번 절하고 좌정 후 가라사대,

"장군님이 황상의 명을 받자와 원로에 수고를 하시니 과인의 마음이 불안하여이다."

이여송이 두 번 절하고 가로되,

"대왕은 뜻밖에 왜난을 당하오니 오죽 근심하시리까. 황상의 명을 받자와 왔사오되 대왕을 보오니 대왕의 지성이 없사오니, 아무리 생각하여도 도웁지 못하고 그저 돌아가겠나이다."

상이 근심하사 일령더러 이여송의 하던 말을 낱낱이 이르시니, 일령

이 주 왈,

"전하는 근심치 말으소서. 당장唐將 있는 뒤에 칠성단을 모시고 독을 머리에 쓰고 축문을 읽으시고 우시면 당장이 듣고 용서할 도리가 있사오니 그대로 하사이다."

상이 즉시 영을 나려,

"단을 모으라."

단에 올라 독을 쓰고 슬피 통곡하시니, 이여송이 듣고 문 왈,

"우는 소리 어디서 나느뇨?"

군사 고하되,

"조선 왕이 이 장군님이 그저 회군하신단 말을 들으시고 우시나이다."

이여송이 탄식하여 왈,

"슬프다. 상像을 보니 왕후의 기상이 아니옵더니, 울음 소리를 들으니 용의 울음 소리 분명하도다. 사백 년 사직이 넉넉하다."

즉시 제장을 불러 소임을 맡길새, 조선 장수 구름 모이듯 하더라.

평안도 평강 땅에 사는 김응서와 전라도 전주 사는 강홍엽姜弘葉, 황해도 사는 김승태金勝台와 함경도 사는 유홍수柳弘守, 강원도 사는 백철남白鐵南과 경기도 사는 문두황文頭黃, 이 여러 사람들이 …… 범 같은 장수라. 각각 갑주를 갖추고 이여송에 뵈온대 이여송이 보시고 칭찬 왈,

"조선 같은 편소지국偏小之國에 저러한 영웅호걸이 많거든 어찌 요란치 아니하리오."

그 중에 재조를 보려 하고 높은 깃대 끝에 황금 일만 냥을 달고 일러 왈,

"제장 중에 저기 달린 황금을 떼어 오는 자 있으면 선봉을 삼으리라."

제장이 영을 듣고 한 장수 내달아 춤추며 몸을 날려 솟구어 황금을 철추로 치니 황금이 떨어지는지라. 또 한 장수 내달아 몸을 솟구어 남은 황금을 떼어 가지고 들어왔거늘, 이여송이 문 왈,

"그대는 성명을 뉘라 하느뇨? 또 먼저 뗀 장수도 뉘라 하느뇨?"

장졸이 대 왈,

"먼저 장수는 김응서요, 두 번째 뗀 장수는 강홍엽이로소이다."

응서로 선봉을 삼고 홍엽으로 후선봉을 삼고, 유홍수로 좌익장을 삼고 백철남으로 우익장을 삼고, 김일관金一官으로 군량장軍糧將을 삼고 그 남은 제장은 다 후군장을 삼을새, 제장이 군사를 몰아 강원도 왜장 청정의 진으로 행하니라. 이때 대왕께옵서 유성룡을 불러 가라사대,

"조선 군사와 대국 군사의 군량장을 맡아 수운하라."

각설, 이때 이여송이 왈,

"좋은 술 천 독만 내일 식전에 대령하라."

응서 대답하고 나와 군중에 전령하되, 땅 밑을 깊이 파고 술 천 독을 하여 묻고 그 위에 백탄 숯을 피워 밤새 그렇게 하고 그 이튿날 술 천 독을 대령하니, 이여송이 보고 칭찬 왈,

"조선에도 명인이 있도다."

또 분부하여 왈,

"내일 조시朝時에 용탕龍湯을 대령하라."

응서 능히 대답하고 나와 서천西天을 바라보고 슬피 우니 어떠한 용이 시냇가에 죽었거늘 즉시 용탕을 지어 올리니, 이여송이 또 가로되,

"소상 반죽瀟湘班竹(중국 소상 지방에서 나는 아롱진 무늬가 있는 대) 젓갈을 들이라."

응서 능히 대답하고 나와 전하께 상달하니 상이 가라사대,

"그 전 선조 시에 신하 어떠한 양반이 일후에 써 먹을 일이 있다 하고 전하여 온 것이 있으니 급히 가져가라."

응서 반겨 듣고 젓갈을 갖다 올리니, 이여송이 칭찬 왈,

"천재로다, 천재로다. 이런 사람은 세상에 없도다."

또 분부 왈,

"내일 조시 초에 백마白馬 백 필을 대령하라."

응서 능히 대답하고 군중에 전령하되,

"분칠도 하고 흰 가루칠도 하여 백마 백 필을 대령하라."

이여송이 대소大笑 왈,

"임시 체면이라도 저렇듯 하니 어찌 그대의 재조 없으리오."

인하여 유성룡으로 군량장을 삼고 군량을 수운하게 하고 청정의 진으

로 향하더라.

이때 청정이 강원도 원주 성중에 웅거하였더니 군사가 고하되,

"이여송이 군사를 거느려 오고 있습니다."

청정이 대경하여 각 도에 헤어진 장졸을 거두니 명장이 팔백여요, 정병이 십만여 명이라. 청정이 복을 울리며 방포 일성에 팔만 군사 진을 치는지라.

이여송이 원주에 득달하여 적진을 살펴보니, 진세를 가히 알더라. 이여송이 북을 치며 싸움을 돋우니 적진에서 한 장수 내달아 외어 왈,

"당장唐將 이여송은 들으라. 우리 대왕께옵서 조선을 거의 다 얻었거늘, 너는 무삼 재조 있건대 망케 된 조선을 구하고자 하여 우리를 치려 하느냐. 네 진중에 내 적수 있거든 빨리 나와 내 칼을 받으라."
하거늘 선봉 김응서 병창 출마하여 크게 외어 왈,

"우리 진중에 영웅호걸이 구름 모이듯 하였거늘, 너는 어찌 죽기를 재촉하는가?"

싸워 삼십여 합에 이르러 응서의 칼이 번듯하며 왜장 마원태馬元台의 머리 땅에 떨어지는지라. 응서가 칼끝에 꿰어 들고 좌충우돌하니 적진에서 마원태 죽음을 보고 번개같이 날랜 오장五將이 내달아 외어 왈,

"조선 장수 김응서는 어찌 우리 장수를 죽이는가?"

천둥같이 달려오거늘, 응서 말 머리를 돌려 우뢰 같은 소리를 지르며 한칼로 오장을 대적하여 십여 합에 이르러 기운이 쇠진하여 본진으로 돌아오고자 하더니, 이때 청정이 오장이 응서를 잡지 못함을 보고 분기충천하여 벽력 같은 소리를 지르며 방포 소리 나며 방패를 갖고 명천검을 들어 응서의 말 머리를 깨치니 말이 엎드려지는지라, 응서의 급함이 경각에 있는지라.

이여송이 보고 대경하여 당장 삼 인을 명하여 응서를 급히 구하니 응서 본진으로 와 이여송께 치하하여 왈,

"장군의 명곧 아니면 어찌 소장의 잔명을 보전하였으리이까."

이여송의 말을 얻어 타고 급히 들어가 싸우니, 당장唐將은 구 인이요, 왜장倭將은 오 인이라. 양진의 고각 함성은 천지 진동하고 분분한 칼빛은

하늘에 덮였는지라. 산중 맹호가 밥을 다토는 듯하고 벽해수碧海水 잠긴 용이 굽이를 치는 듯한지라.

십여 합에 이르러 적장의 칼이 번듯하며 당장 이여월의 머리가 떨어지고, 선장鮮將 강홍엽의 칼이 번듯하며 왜장 한업韓業의 머리 떨어지고, 김승태의 칼이 번듯하며 왜장 문경의 머리 떨어지니, 청정이 오장의 죽음을 보고 분기를 이기지 못하여 말께 올라 나는 듯이 내달아 우뢰같이 소리를 질러 왈,

"당장은 무삼 일로 나의 아장亞將을 다 죽였는가?"

달려들거늘, 바라보니 신장이 구 척이요 일백 근 투구를 쓰고 몸에 구리 갑을 입고 우수에 일백 근 철추를 들고 좌수에 일백 근 명천검을 들고, 한 자 입을 벌리고 달려들어 삼십 합에 청정의 칼이 번듯하며 태경의 머리 떨어지거늘,

이여송이 당장에 죽음을 보고 병창 출마하여 왈,

"적장 청정은 어찌 나의 아장을 죽였는가? 너의 근본을 들으라. 너희 놈이 옛날 진시황을 속이고 동남童男 동녀童女 오백인을 거느리고 들어가 나오지 아니하여 씨를 퍼쳐 자칭 황제라 하고 강포强暴만 믿고 조선국 같은 예의지국을 침범하니 어찌 분하지 아니하리요. 너는 나를 당치 못하거든 내 칼을 받으라."

천지가 진동하더라.

청정이 듣고 대로하여 왈,

"조선을 거의 다 얻었거늘, 너는 청병으로 와서 어찌 나를 당하리오."

명천검으로 이여송을 대적코저 하니, 고각 함성은 천지 진동하여 천붕지탁하는 듯하여, 십여 합에 승부를 결단치 못하고 청정이 기운이 진하여 말 머리를 돌려 본진으로 들어가거늘, 명장 칠 인이 합세하여 청정을 좇아가며 호통하는 중에 청정이 전면을 바라보니 억만 대병이 내달아 길을 막으며 일원 대장이 외어 왈,

"망발생의妄發生意하였으니, 어찌 천신天神인들 무심하랴. 청정은 닫지 말고 내 칼을 받으라."

청정이 눈을 들어 보니 일전 보던 바 관운장이라.

　대경하여 운장과 더불어 십여 합에 기운이 쇠진하여 칼빛이 점점 둔한지라. 명장 칠인이 달려들어 싸우니, 청정은 그물에 든 고기요, 쏘아 놓은 범이라. 이여송의 칼이 공중에 번개 되어 운무雲霧 중에 빛나더니, 청정의 머리 검광을 좇아 떨어지는지라. 슬프다. 청정의 용맹이 속절없이 죽으니, 천신도 애닯도다. 웅서 달려들어 칼끝에 꿰어 들고 본진에 들어와 춤추며 이여송에게 치하하여 왈,

　"장군의 용맹은 왜국에 진동하고 천추에 유전流轉하리이다."

　각설, 이때 전라도 갔던 동철同鐵이 일시에 진을 파하고 청정의 진에 합세코자 하다가, 청정이 죽었단 말을 듣고 대경실색하여 일시에 달려들어 외어 왈,

　"당장 이여송과 조선 장수 김웅서와 강홍엽은 어찌 우리 대장을 죽였는가? 우리 등이 네 머리를 버혀 우리 대왕께 원수를 갚으리라. 닫지 말고 내 칼을 받으라."

　이여송이 듣고 분기를 이기지 못하여 칼을 들고 내닫고자 하거늘, 웅서와 강홍엽이 만류 왈,

　"장군은 노함을 참으소서. 소장 등이 나가 왜장을 버혀 장군의 노함을 풀리라."

　일시에 병창 출마하여 벽력같이 외어 왈,

　"너는 김웅서와 강홍엽을 아는가, 모르는가? 두렵지 아니하면 빨리 나와 우리 칼을 받으라."

하되, 왜장이 일시에 달려들어 십이 합에 웅서의 칼이 반공중에 번개 되어 마웅태를 치니 그 머리 땅에 떨어지니, 문경이 대경하여 크게 외어 왈,

　"적장은 어찌 우리 장수를 해하는가? 내 명심코 너를 죽여 우리 장수의 원수를 갚으리라."

　십여 합에 거짓 패하여 웅서와 홍엽이 본진으로 향하니, 문경이 분기를 이기지 못하여 크게 외어 왈,

　"너는 잔말 말고 내 칼을 받으라."

　급히 쫓아오거늘, 웅서와 홍엽이 본진에 들어와 방포 일성에 삼겹三重

오행진을 굳게 치니 나는 제비라도 벗어날 길이 없었는지라.

왜장 문경이 진중에 들어와 벗어날 길이 없어 하릴없어 주저하거늘, 응서 달려들어 문경의 말 머리를 깨치니 말이 엎드러지거늘, 문경을 사로잡아 장대 아래 앉히고……죄 왈,

"네가 감히 예의지국을 침범하느뇨?"

문경이 살기를 원하여 항복 애걸하거늘 이여송이 호령하여 왈,

"네놈 천륜을 모르고 외람한 뜻을 두어 조선 같은 예의지국을 침범하는가? 조선에 영웅호걸이 구름 모이듯 하여 너의 대장 청정과 소서, 평수길도 우리 칼에 혼백이 되었거든 너희놈은 방자하여 범람한 뜻을 두니 두렵지 아니하냐? 그럴수록 방자하여 감히 내 진중에 들어왔는가? 이제 너희를 버힐 것이로되 이미 항복하기로 그냥 놓아 보내니 빨리 돌아가 차후는 다시 외람된 뜻을 두지 말라."

차설且設, 진을 파破하매 왜인이 주검이 태산 같고 피 흘러 강수 되었더라.

이여송이 칭찬 왈,

"조선 대왕이 벌써 저러한 영웅을 두었도다."

탄식하더라.

각설, 이때 대왕이 전장 소식을 고대하던 차에 날로 기다리더니 승전 패문을 보시고 불승 환희不勝歡喜하사 최일령을 불러 왈,

"군량이 진하여지니 어찌하리요."

일령이 주 왈,

"신이 듣사오니 평안도 삭주 땅에 사는 김수업金守業이라 하는 부자가 있으되, 곡식이 이십육만 석이 있다 하오니 수업을 명초하사 군량을 당케 하옵소서."

상이 수업을 패초牌招(조선왕조 때 승지를 시켜 왕명으로 좌하座下를 부르던 것)하시되, 수업이 명을 받자와 복지 사배하니 상이 가라사대,

"군량이 진하였으니 너의 곡식을 취取하여 쓰고 시절이 태평하거든 갚고자 하노라."

수업이 주 왈,

"소신의 곡식이 전하의 곡식이오니 쓰실 대로 쓰기를 바라나이다."

상이 즉시 수업으로 군량장을 삼아 군량을 수운하게 하고 단을 모으고 백리 외에 나와 이여송을 맞을 새, 이여송이 군사를 거두어 회군하고 중국의 군사를 점고點考하니, 삼십만 대병이 다 죽고 장수 백여 원이 또 죽었는지라.

이여송이 탄식하여 왈,

"부모 처자, 일가 친척 다 버리고 만리 타국에 나와 전장 고혼孤魂이 되었으니 가련하고 불쌍하다."

즉시 밥을 지어 모든 귀신을…… 할새,

"너희 혼백은 들으라. 부모와 동생, 처자를 이별하고 만리 타국에 왔다가 배도 오죽 고플 때 있으며 슬픈 마음도 오죽 있으며, 고국을 생각하다가 전장 혼백이 되었으니 불쌍하고 가련하기로 밥을 지어 위로하니, 착실히 흠향歆饗(신명이 제물을 받음)하라."

이때는 정유년丁酉年 삼월이라. 이여송의 철비鐵婢를 세워 천추에 유전케 하고, 홍비단 백 필로 승전기를 만들어 세우고 승전고를 울리며 토곡성에 들어와 전하께 뵈오되, 전하 대희하사 대연大宴을 배설하고 즐기실새, 이때 친히 잔을 잡아 이여송에게 권하시니 이여송이 부복 칭찬하더라. 인하여 잔치를 파하고 이여송이 이여백으로 중군장을 삼아 군사를 거느리고 중국으로 돌아가게 하고, 무사 백여 명을 거느리고 각 읍으로 다니며 명산 대천 혈맥을 다 자르고,

"조선 같은 편소지국에 영웅호걸이 많은 탓이라."

김덕령

이때 대왕이 제신과 군사를 거느려 태평곡泰平曲을 울리며 환궁還宮하시고 문무 제신을 차례로 봉封하실새, 최일령으로 태부太傅(왕세자의 스승)를 삼으시고 강홍엽으로 선봉先鋒을 삼으시고, 유성룡으로 우의정右議政을 삼으시고 유홍수로 좌의금左義禁을 삼으시고, 문두황으로 부원수를 삼으시고 정태경鄭太京으로 좌도령左都令을 삼으시고, 그 남은 제장은 각 도 각 읍의 방백

·수령을 봉하시고 백성 조세를 삼 년을 탕감하시고 각 도에 학업과 검술을 숭상하니, 세화 연풍^{歲和年豊}하고 노소 백성이 처처에 격양가라. 인인^{仁人} 순시^{舜時}(중국 고대의 성군 순임금 시대, 즉 태평세월이란 뜻)라. 정출남으로 충렬공을 삼으시고 서원을 사역^{使役}하사 춘추로 제향을 받게 하시니라.

각설, 이때 무술년^{戊戌年}이라. 김덕령의 소문을 들으시고 금부 도사를 명령하여,

"덕령을 잡아 올리라."

도사 수명^{受命}하고 나려가 덕령을 보고 왕명을 전하니, 덕령이 보고 대경하여 모친께 들어가 그 연유를 고하니 그 모자지생^{母子之生}의 거스름을 어찌 다 측량하리오. 인하여 덕령이 하직하고 나오니 도사 철망으로 씌워 갈새, 철원 땅에 이르러서 덕령이 도사더러 왈,

"여기 친한 사람이 있으니 잠깐 놓아 주면 가서 보고 감이 어떠하뇨?"

도사 왈,

"공^公에 사정^{私情}이 없으니 어찌 잠시인들 놓아 보내리오."

덕령이 꾸짖어 왈,

"아무리 왕명이 지엄하신들 잠깐 사정이야 없으리오."

하며 몸을 요동하니 철망이 썩은 새끼 떨어지듯 하거늘, 칼을 들고 공중에 솟아 십여 장이나 넘은 나무 끝을 번개같이 다니며 나무를 무수히 작벌^{作伐}하니, 도사가 아무 말도 못하고 구경만 할 뿐일러라.

문득 공중으로서 한 사람이 날아와 덕령의 손을 잡고 왈,

"내 아니 그렇다더냐…… 환을 당하였으니 바삐 가 천명을 순수^{順受}하라. 뉘를 원망하며 뉘를 한하리오. 이제 운수 불길하여 이런 환을 당하였으니 나는 다시 세상에 나오지 아니하리라. 내 그대를 위하여 입신 양명하잤더니 성공치 못하고 비명에 죽게 되니 내 마음이 도리어 슬프도다."

간데없거늘, 덕령이 도로 철망을 쓰고 전하게 뵈오매 상이 가라사대,

"너는 어찌 대환을 당하여 시절이 불안한데 국가를 받드는 것이 고금

의 당연한 일이려니와, 너는 무삼 뜻으로 국가를 돕지 아니하고 도적의 진에 들어가 술법만 배우고 종묘 사직이 조석에 망케 되어도 종시 돕지 아니하는가?"

무사를 명하여,

"내어 버히라."

무사 일시에 달려들어 칼춤 추며 덕령을 치니 칼이 덕령에 맞지 아니하고 세 동강이 나는지라. 무사 등이 대경하여 그 연유를 탑전에 상달하니 상이 대로하사,

"큰 매로 치라."

덕령이 주 왈,

"신이 죄는 없사오나 전하께옵서 신을 죽일 마음이 계시거든 '만고 효자 충신 김덕령'이라 현판에 새겨 주시면 신이 죽사오되, 그렇지 아니하면 여한이 되겠나이다."

즉시 하령하자 현판에 새기시고,

"죽이라."

덕령이 주 왈,

"신은 그저는 죽지 아니하오니 왼쪽 다리 아래 비늘이 있사오니 비늘을 떼고 치오면 죽으리라."

무사 일시에 달려들어 비닐을 떼고 한 번 치니 그제야 죽거늘, 상이 덕령의 죽음을 보시고 시체를 본가에 보내게 하시니라.

슬프다. 덕령의 모친이 덕령을 보내고 주야로 슬퍼하더니 일일은 덕령의 죽은 시체가 왔거늘, 내달아 덕령의 시체를 안고 뒹굴며 얼굴을 대고 슬피 통곡하여 왈,

"이것이 너의 죄가 아니라 내가 보내지 아니한 죄로다. 다만 모자^{母子} 있어 의탁하고 세월을 보내더니 이렇듯 죽었으니 내 혼자 살아 뉘를 의탁하여 살리오."

슬피 통곡하니, 애원한 울음 소리 원근 산천에 사모쳐 자자하니 뉘 아니 슬퍼하리오. 선산지하^{先山之下}에 안장하니라.

김응서·강홍엽

각설, 이때 대왕께옵서 제신을 모아 의논 왈,
"왜장이 다 죽였으되 부자지국父子之國 항서降書를 아니 받으면 후환이 될 것이니, 군사를 조발早發하여 다시 왜국에 들어가 항서를 받으면 어떠하리오?"
제신이 주 왈,
"하교 마땅하여이다."
상이 즉시,
"김응서, 강홍엽을 보내라."
서로 선봉을 다토거늘 상이 가라사대,
"선봉 제비를 집으라."
홍엽이 선봉에 치였는지라. 홍엽과 응서가 군사 이십만…… 을 거느려 즉시 발행할새, 상이 양장兩將의 손을 잡으시고 가라사대,
"경 등을 만리 타국에 보내고 일시라도 염려할 터이니, 경 등은 충성을 다하여 들어가 남을 수이 여기지 말고 공을 세워 돌아오라."
두 장수 수명 하직하고 나와 행군할새, 호령이 추상 같고 군령이 엄숙하더라.
이때는 무술년 동시월冬十月이라. 삼남三南을 지나 동래에 득달하여 행선할새, 응서의 진 뒤에서 크게 외어 왈,
"장군은 잠깐 군사를 머무르고 내 말을 들으소서."
놀래어 돌아보니 어떠한 사람이 옷도 벗고 발도 벗고 군중에 들어와 뵈옵거늘, 응서 문 왈,
"그대 어떠한 사람이관대 진중에 들어와 무삼 말을 이르고자 하느뇨?"
그 사람이 가로되,
"나는 조선 땅에 있는 왜덩강이라 하는 귀신일러니 장군님이 군사를 급히 행군하시기로 왔나이다. 군사를 삼일만 유하여 가면 반드시 공을 이룰 것이요, 급히 행군하면 대패하리라."

문득 간데없거늘 응서 크게 괴이히 여겨 홍엽더러 왈,

"군중에 괴이한 일이 있으니, 삼일만 유하고 감이 어떠하뇨?"

홍엽이 왈,

"군중에는 사정이 없다 하니, 대병을 어찌 유하리요."

북을 쳐 군사를 총독하니, 또 귀신이 와서 앙천 탄식 왈,

"장군을 위하여 이르되 종시 듣지 아니하니 환을 면치 못하리라."

응서 쟁鉦을 쳐 군사를 거두고자 하니, 홍엽이 대로 왈,

"장군은 병법을 아는가, 모르는가? 병법에 하였으되, 허즉실虛則實이요 실즉허實則虛라 하였으니, 나는 군중의 도원都元이요 그대는 나의 아장亞將이라. 어찌 내 말을 듣지 않느뇨?"

응서 탄식하여 왈,

"장군이 만일 갔다가 무삼 패가 있어도 소장을 원망치 말라."

행군하여 여러 날 만에 일본에 득달하니 동설령冬雪嶺에 다다른지라.

각설, 이때에 왜장이 대병을 조발하여 조선 나와 함몰함을 생각하고 분기를 이기지 못하여 군병을 주야로 연습시키더니, 일일은 천기를 보니 조선 대병이 왜국을 해코자 하거늘, 제신을 모아 의논 왈,

"내가 천기를 보니, 조선 대병이 우리 나라를 침범코자 하니 멀리 방비하라."

연광도의 팔낙八樂을 명하여 군사 이만을 주며 왈,

"그대 군사를 거느려 동설령에 매복하였다가 모월 모일 모시에 적병이 당하거든 일시에 달려들어 치고 만일 적병이 지나지 않거든 회군하라."

팔낙이 수명하고 군사를 거느려 동설령 좌우편에 매복하였더라.

각설, 조선 대왕이 왜국에 들어갈 때 응서·홍엽더러 왈,

"동설령은 험하여 군사가 행보行步치 못할 것이다."

홍엽이 의심치 아니하고 군사를 재촉하여 동설령을 향하더니, 불의에 복병伏兵이 내달아 치니 만리 원로에 기운이 노곤하여 군사를 어찌 당하리요. 홍엽과 응서 불의의 난을 당하와 미처 수습치 못하여 이십만 대병이 함몰되니 주검이 태산 같고 유혈 성천하니, 응서 하늘을 우러러 탄식하

여 왈,

"만리 타국에 들어와 이십만 대병을 함몰하여 본국으로 들어간들 무삼 면목으로 전하를 보오리오. 예서 군사와 한가지로 죽느니만 같지 못하다."

홍엽을 꾸짖어 왈,

"이것이 뉘 탓이야, 장군의 탓이로다."

하늘을 우러러 탄식 왈,

"명천은 살피소서."

각설, 이때 왜장 홍대성洪大成이 왜왕께 주 왈,

"조선 장수가 군사를 함몰하였으니, 이제 장수를 모아 검술로 조선 장수를 죽이사이다."

왜왕이 즉시 연광도 팔낙을 명하여 왈,

"임진년 원수를 갚고자 하니 그대 등은 힘이 다하여 원수를 갚으라."

팔낙과 홍대성이 수명하고 나오니 두 장수 검술은 옛날 초패왕이라도 당치 못한다 하더라. 즉시 백사장에 나와 진을 치고 양장이 진 전에 나서며 외어 왈,

"적장은 오늘날 검술로 결단하자."

응서 듣고 분기를 이기지 못하여…… 적장이 검술로 결단하자 하니, 홍엽이 만류하여 왈,

"적장이 검술을 보니 천인天人 같다 하니 장군이 당치 못할 듯하니 어찌 승부를 다투고자 하리오."

응서 더욱 분기를 이기지 못하여 홍엽을 꾸짖어 왈,

"저런 것이 장수라 하고 출반주하니, 어찌 우습지 아니하리오."

십 척 장검을 들고 외어 왈,

"적장은 물러서지 말고 가까이 오라."

적장이 의기양양하여 나오거늘 응서 크게 꾸짖어 왈,

"너는 우리 군사 없음을 업수이 여기느냐?"

칼춤 추며 달려들어 재주 없는 체하고 눈을 반만 감고 섰으니, 또한 적장 양인이 칼춤 추며 달려들어 응서의 몸을 자주 범하거늘, 응서 칼을

놓고 넌짓 들어 춤추니 적장 등이 승시乘時하여 칼이 자주 범하거늘, 응서 기운을 돋우어 벽력 같은 소리를 지르며 우뢰같이 달려들어 적장의 칼을 뺏아 가지고 공중에 솟아나는 듯이 양장을 치니 양장의 머리 일시에 날려지니, 응서 눈을 부릅뜨고 왜장을 불러 왈,

"너희놈이 우리 군사 없음을 경솔히 여겨 감히 희롱하느뇨? 방자함이 이렇듯 하니 한칼로써 너를 없이하고 너의 임군을 버혀 우리 전하에게 바치리라."

왜장이 듣고 대경하여 제신을 모아 의논 왈,

"조선 장수의 재조를 보니 모책이 없으니 어찌하리오."

제신이 주 왈,

"팔낙과 홍대성의 검술을 당할 자 없을까 하였더니, 이제 적장 응서의 재조를 보니 우리 나라에는 없을 듯하니 적장을 달래어 화친和親하느니만 같지 못하여이다."

왜왕이 옳게 여겨 즉시 사신을 보내어 응서와 홍엽을 청하니, 이때 응서 적장을 버혀 들고 본진에 들어갔더니 어떤 사람이 와 일봉서一封書를 올리거늘, 받아 보니 하였으되,

"그대가 짐의 나라에는 역적이요, 그대 나라에는 충신이라. 어찌 남의 충신을 해하리오. 오늘날 연석宴席에 한가지로 놀기를 바라노라."

홍엽이 응서를 돌아보아 왈,

"이제 왜왕이 우리를 해코저 하니 어찌하리오?"

응서 왈,

"장군은 무삼 뜻으로 아느뇨? 나는 어찌하든지 종말을 보리라."

사관使官을 따라가니 왜왕이 반겨 나와 예필 후에 가로되,

"과인의 나라가 이 지경이 되었으니 어찌 소소小小하리오. 조선과 화친코자 하여 …… 임진년에 외람된 마음을 내었더니 하늘이 밝으사 칠십만 대병을 함몰하고 들어오지 아니하옵고, 또 과인이 밝지 못하여 하늘을 거역하와 동설령에 매복하여 장군을 쳤삽더니, 장군은 천하의 영웅이요 만고의 충신이라. 하오나 십만 대병을 함몰하고 하면목何面目으로 본국에 돌아가 전하를 뵈오리오. 차라리 과인을 도와 만종록萬鍾錄(아주 두터운 봉

록)을 받음이 어떠하뇨?"

응서와 홍엽이 대답지 못하니 왜왕이 가로되,

"옛날 한신은 천하 영웅이로되 초나라 배반하고 또 초나라를 멸하였으나 세상이 다 그르다 아니한다 하니, 장군은 깊이 깊이 생각하시오."

응서, 홍엽이 서로 돌아보며 대답지 아니하니, 왜왕이 다시 말이 없고 대접이 극진하더라.

왜왕이 제신을 모아 의논 왈,

"응서의 마음이 철석 같으니, 어찌 감憾케 하리오."

제신이 주 왈,

"전하가 두 장수에게 마음을 주어 안정하여 각별히 접대하시면 저도 생각하는 도리가 있으리다."

왜왕이 옳게 여겨 대연을 배설하고 두 장수를 청하여 즐길새, 왜왕이 잔을 들어 권하여 왈,

"장군이 만리 타국에 들어와 회심하는 마음이 있을까 하여 권하노라. 내 정숙히 할 말이 있으니, 허락하소서."

응서 대 왈,

"왕은 말을 하소서."

왜왕이 가로되,

"과인이 누이가 있으되 나이 십오 세요, 인물과 태도는 서시西施, 양귀비라도 미치지 못하옵고 재조와 덕행은 천하에 제일가기로 영웅을 구하더니, 이제 장군으로 배필을 정하고자 하니 응서는 허락하소서. 또 공주의 나이 십오 세라 홍엽으로 부마를 삼고자 하니, 사양 말고 허락하라."

홍엽이 뜰 아래 내려서며 세 번 절하고 가로되,

"패한 장수를 위하여 달빛 같은 옥랑자를 허락하시니, 백년 동락할 사람을 어찌 사양하리오."

응서 심사 불편하나 마지못하여 허락함을 보더라. 왜왕이 대희하여 즉시 좋은 날로 택일 행례할새, 신부의 찬란한 모양과 신랑의 황홀한 모양을 어찌 다 측량하리오.

세월이 여류如流하여 왜국에 들어온 지 벌써 삼 년이 되었는지라. 일일

은 밤중에 추월색이 창 밖에 은은히 비치어 사람의 정신을 놀래는 듯한지라. 적적한 방 안에 홀로 생각하되,

'홍엽이 나와 만리 타국에 들어와 사생을 같이하자고 금석같이 언약하고 조선 임군의 전교를 받자와 후일을 보자 하였더니…….'

"이제 이 지경을 당하였으니 장군은 어찌하려 하시느뇨?"

홍엽이 변색하여 가로되,

"부귀 영화를 보라. 왜왕이 우리를 극진히 대접하니 차마 들어갈 마음이 없노라."

응서 홍엽의 말을 듣고 분기를 이기지 못하여 대로 왈,

"고서에 하였으되 충신은 불사 이군이요, 열녀는 불경 이부라 하였으니, 나는 왜왕의 머리를 버혀 가지고 고국에 들어가 전하께 드리고 남의 웃음을 면하리라."

하니, 홍엽이 부끄러워 대답지 아니하고 종시 고국에 돌아갈 뜻이 없어 왜왕더러 응서의 하던 말을 낱낱이 하니, 왜왕이 듣고 대로하여 만조 백관을 모아 의논할새, 응서를 잡아들여 꾸짖어 왈,

"그대를 위하여 작첩을 구비코 마음을 위로하였거늘, 무엇이 부족하여 나를 해코자 하느뇨? 나를 바리고 고국에 들어가 네 임군을 섬기는 것은 충성이려니와 무삼 뜻으로 나를 해코자 하느뇨? 너를 죽여 후환을 없이 하리라."

무사를 명하여,

"죽이라."

응서 눈을 부릅뜨고 왜왕을 꾸짖어 왈,

"네가 천운을 모르고 강포만 믿고 외람한 뜻을 두었으니 네 머리를 버혀 우리 전하의 분함을 덜까 하였더니, 하늘이 도웁지 아니하사 또 강홍엽의 간계에 빠져 여기서 죽게 되니 슬프도다, 슬프도다. 우리 임군을 배반하고 여기 온 지 이미 삼 년이 되도록 성공치 못하니 지하에 들어간들 불충지죄不忠之罪를 어찌 면하리오. 홍엽을 버힌 후에 후사를 보리라. 만리 타국에 와서 죽으니 천지도 무심하다. 지하에 들어가서 우리 전하께 뵈옵고 설원雪寃하리라."

칼을 들어 홍엽을 치니 머리 땅에 떨어지는지라.

응서 하늘을 우러러 탄식하여 왈,

"명천은 살피소서. 조선 장수 김응서는 대왕의 명을 받자와 만리 타국에 와서 성공치 못하고 이곳에서 죽사오니 명천은 살피소서."

하며 무수히 통곡하다가 제 칼로 목을 버히니, 응서의 말이 제 장수 죽음을 보고 달려들어 머리를 물고 비룡飛籠같이 천리 해고를 건너와서 평양을 바라보고 살같이 가는지라.

각설, 이때 응서의 부인이 낭군을 만리 타국에 보낸 지 이미 삼 년이 되도록 소식을 몰라 주야로 바라던 차에 문 밖에 난데없는 말방울 소리 나거늘, 반겨 나가 보니 낭군의 말이 왔거늘 고삐를 잡고 보니 …… 낭군은 어데 가고 머리만 물고 왔느냐? 부인이 대경하여 왈,

"말은 비록 짐승이로되 만리 타국에서 집을 찾아왔거니와 낭군은 오시지 않고 어찌하여 머리만 왔는고 !"

슬피 통곡하니, 노소 없이 뉘 아니 슬퍼하며 금수도 슬퍼하며 산천초목이라도 다 슬퍼하는 듯하더라.

부인이 낭군을 생각하며 슬피 통곡하다가 기절하더니, 양구良久(조금 있다가)에 정신을 진정하여 낭군의 머리를 옥함玉函에 넣어 말 태우고 눈물을 흘리며 경성으로 올라갈새 무지한 말이라도 눈물이 흐르고 몸에 땀이 나는지라. 말을 대궐 앞에 매고 탑전에 들어가 복지 주 왈,

"소녀의 지아비 머리를 말이 물고 왔사오니, 어찌 슬프지 아니하리오."

통곡하거늘, 전하 대경하사 옥함을 열고 보시고 용안에 용루를 흘리시며 축祝 지어 제사할새, 축문에 하였으되,

유세차維歲次 모월 모일에 조선 국왕은 감소 고우敢招告于(감히 밝혀 알리건대) 경의 충성은 하늘이 도우신 충신이라. 김응서가 만리 타국에 들어간 지 삼 년이 되도록 소식이 돈절하매 때로 오기를 바라더니, 과인의 덕이 적어 만리 타국에 가 원혼이 되어 왔으니, 지하에 들어간들 어찌 경의 충성을 갚지 아니하리오. 탁국에서 죽은 원혼이라도 짐의 지성을 감동히 여기어 ……

356

하시고 제사를 파한 후에,

"장군의 머리를 채단으로 염습하여 옥함에 넣고 확실 흠향하라. 이 연유로 각 도 각 읍에 행관하라."

부인에 직첩職牒(사령서)을 주시니, 부인이 천은天恩을 축수하고 행장을 수운하고 고향에 돌아가 예를 마친 후에 삼 삭 만에 선산에 안장하고 눈물로 세월을 보내더라.

각설, 이때 상이 타국에 가 죽은 장수를 위로하여 경상도 대동 만 석을 허급許給하시고 또 각 읍에 모든 소를 잡기를 신칙申飭하더라. 이때 전하 한 몽사를 얻으시니, 김응서 복지 주 왈,

"소신이 힘을 다하여 왜왕의 머리를 버혀 전하께 드리옵고 국은을 만분지 일이나 갚고자 하였삽더니, 홍엽이 소신의 말을 듣지 아니하여서 중로에서 이십만 대병을 함몰하옵고 그 길로 왜국에 들어가 왜왕의 머리를 버혀 가지고 돌아올까 하였삽더니, 강홍엽이 부귀만 생각하고 의리를 생각지 아니하고 왜왕과 친근하기로 홍엽을 죽이고 신은 자사自死하였사오니, 그 죄 만사 무석이오나 신이 비록 황천에 돌아간들 원혼이 …… 되었사오나 어찌 천하를 돕지 아니하리이까. 복원 전하는 만세무양萬世無恙하옵소서. 소신은 어찌 원한을 다 풀리이까."

간데없거늘, 전하 깨달으시고 몽중에 용서하는 말이 귀에 쟁쟁한지라, 제신을 모아 몽사를 설화하시고 응서 충절을 못내 칭찬하시더라.

사명당泗溟堂

각설, 이때는 경자년庚子年 삼월일러라. 평안도 안빈낙사安貧樂寺에 있는 서산대사라 하는 중이 있으되, 육도삼략六韜三略과 천문지리天文地理와 오행 술법을 무불 통달하기로 산중에 처하여 세상 풍진을 모르더니, 일일은 청천명월이 밝았는데 자연 탄식 왈,

"왜인이 임진년 원수를 갚고자 하니 이제 왜인이 조선을 침범하면 종묘 사직이 위태하고 우리 불도佛徒도 위태하리라. 내가 산중에 있으나, 조선 수토水土를 먹으니 어찌 조선을 돕지 아니하리오."

즉시 가사[袈裟]를 착복하고 육환장[六環杖]을 짚고 경성에 올라가 좌승상을 보고 전하께 뵈옵기를 청하니, 승상이 그 연유를 물은 후에 탑전에 들어가 아뢰되 즉시 명초하시니, 대사가 관내에 들어가 복지하되, 상이 문 왈,

"무삼 연고로 짐을 보고자 하느뇨?"

대사 주 왈,

"소승은 평안도 안빈낙사에 있삽더니, 임진년에 대왕께옵서 왜난을 당하였으되 진작 나와 도웁지 못한 죄는 만사 무석이로소이다."

상이 가라사대,

"노승은 국가를 생각하니 가장 반갑도다. 그러나 무삼 일이 있느뇨?"

대사 주 왈,

"소승이 천기를 보오니 왜놈이 임진년 원수를 생각하고 조선을 침노코자 하기로 올라와 이 사연을 상달코자 하여 불원천리 왔사옵고, 이제 김응서·강홍엽은 다 죽삽고 다른 장수 없사오니 뉘라서 왜놈을 당하리이까. 이제 왜놈을 나오지 못하게 할 묘책이 있삽나이다."

상이 놀래어 가라사대,

"그러하면 어찌하리오."

대사 주 왈,

"소승의 상좌[上佐] 사명당[四溟堂](원문에는 사명당[士溟堂]으로 표기됨)이라 하는 중이 있으되, 육도삼략을 통달하옵고 팔만대장경과 둔갑 장신지술이 능통하오니, 그 중을 명초하사 왜국에 사신을 보내옵소서."

하거늘, 상이 즉시 유성룡으로 하여금 명초하시니, 사명당이 봉명하고 경성에 득달하여 전하께 뵈오매, 상이 가라사대,

"대사의 말을 들으니 그대가 측량치 못하는 재조를 가졌다 하니, 한번 수고를 아끼지 말고 일본국에 들어가 항복받아 후환이 없게 하고 돌아오기를 바라노라."

사명당이 주 왈,

"소승이 비록 산중에 있으나, 조선 수토를 먹사오니 어찌 그만한 수고를 아끼리까."

하되, 상이 대희하사 사명당으로 봉명 사신奉命使臣을 정하시니 사명당이 전로全路에 노문路文 놓고 탑전에 하지 숙배肅拜하니, 비록 중이라도 사신의 위의를 갖추고 행장을 수습하여 십여 일 만에 경상도 동래에 득달하여 삼일을 유하되, 동래 부사 송경宋卿이 나와 보지 않고 가로되,

"조선 사람이 허다하거늘, 하필 중놈을 보내는고."

나와 보지 않거늘, 사명당이 준함을 이기지 못하여 무사를 명하여,

"부사를 나입拿入(잡아들임)하라."

무사가 일시에 부사를 나입하니 사명당이 꾸짖어 왈,

"명색이 비록 중이려니와 왕명을 받자와 사생을 생각지 않고 만리 타국에 들어가거늘, 너는 왕명을 생각지 아니하고 중이라 수이 여겨, 너는 근본만 생각하고 대령待令치 아니하니 국가의 만고 역적이라. 어찌 죄를 용서하리오."

무사를 명하여,

"급히 처참하라."

동래 부사 죄를 장계하여 전하께 상달하고 행군하여 배를 타고 일본에 득달하여 패문 보내니라.

왜왕이 개탁하니 하였으되,

"조선 사명당 생불生佛이 들어온다."

왜왕이 대경하여 제신을 모아 의논 왈,

"조선 같은 편소지국에 어찌 생불이 있으리오만 생불이라 하였으니 어찌하리오?"

제신이 주 왈,

"좋은 묘책이 있으니 심려치 마사이다. 삼백육십 간 병풍을 만들어 일만일천 구句 글을 지어 병풍에 써서 남대문 밖에 동편으로 두르고 사신을 청하여 천리마를 급히 몰아 사처에 오거든 글을 외라 하여 만일 외지 못하거든 죽이사이다."

즉시 실시하여 삼백육십 간 병풍에 일만일천 구句 글을 써서 동편에 두르고 사신을 청하니 말을 타고 급히 몰아 오니, 조선 생불이란 말을 듣고 남녀 노소 없이 구경하는 사람이 백리에 연하였더라.

사처에 좌정한 후에 왜왕이 예필 후에 가로되,

"사신이 생불이라 하니 들어오는 길에 병풍의 글을 보았느뇨?"

사신이 왈,

"보았노라."

왜왕이 왈,

"글을 보았다 하니외라."

사신이 왈,

"어찌 그만한 글을 연송蓮誦치 못하리오."

삼경三更에 시작하여 이튿날 오시午時까지 연송하니 일만 구백구십구를 연송하거늘, 왜왕이 왈,

"어찌 열 구는 연송치 아니하느뇨?"

사명당이 왈,

"없는 글도 외라 하느뇨?"

왜왕이 괴히 여겨 사관으로 하여금,

"가서 보라."

"과연 병풍 두 칸이 닫혔다."

왜왕이 그제야 고개를 숙이고 대답지 못하더라.

사명당이 별당으로 나오니 왜왕이 밥을 지어 올리거늘, 사명당이 왈,

"일본 음식을 먹지 못한다."

왜왕이 제신을 모아 의논 왈,

"조선 사신이 생불이 분명하니 어찌하리오."

제신이 왈,

"일백오십 자 구리 방석을 만들어 물에 띄우고 앉으라 하면 제 아모리 부처라도 죽사오리다."

왜왕이 옳게 여겨 구리 방석을 만들어 물가에 나와 사신을 청하여 왈,

"그대가 생불이라 하니 방석을 타라."

방석을 물에 띄우고 팔만대장경을 외니 동풍이 불면 서으로 가고 서풍이 불면 동으로 가며 완연히 떠다니며 일엽주를 임의로 타고 만경창파 대해 중에 다니며,

"호사로다. 호사로다."

왜왕이 보고 대경하여 제신께 의논 왈,

"조선 사신을 어찌하리오."

한 신하 주 왈,

"내일은 잔치를 배설하고 채단彩緞 방석을 놓고 오르라 하여 채단 방석에 앉으면 필연 오물娛物이요, 백목白木을 취하면 부처려니와 그렇지 아니하옵거든 죽이사이다."

이튿날 채단 방석을 놓고 사신을 청하여,

"방석에 앉으라."

사명당이 백팔염주를 손에 들고 백목에 앉거늘, 왜왕이 왈,

"그대가 부처면 어찌 비단을 취치 아니하고 백목에 앉았느뇨?"

사명당이 왈,

"부처가 백목을 취하느니, 어찌 비단을 취하리오. 백목은 목화나무에 핀 꽃이요, 비단은 버러지 집으로 나오는 것인고로 취치 않노라."

왜왕이 다시 말이 없이 잔치를 파하고 제신을 모아 의논 왈,

"조선 사신이 생불이 분명하니 어찌하리오?"

제신이 주 왈,

"내일은 구리로 한 칸 집을 짓고 생불을 청하여 구리 집에 들어가거든 문을 잠그고 사면으로 숯을 피우면 제 아무리 생불이라도 그 안에서 죽으리라."

왜왕이 옳게 여겨 구리 집을 짓고 사신을 청하여 방안에 앉힌 후에 문을 잠그고 사면으로 숯을 쌓고 대 풀무를 놓아 부니, 불꽃이 일어나며 겉으로 구리가 녹아 흐르니 아무리 술법 있는 생불인들 어찌 살기를 바라리오.

사명당이 그 간계를 알고 사면 벽상에 서리 상霜자를 써붙이고 방석 밑에는 얼음 빙*자를 써놓고 팔만대장경을 외니 방안이 빙고氷庫 같은지라. 왜왕이 왈,

"조선 생불의 혼백이라도 남지 못하였으리라."

사관을 명하여 문을 열고 보니, 생불이 앉았으되 눈썹에는 서리가 끼

고 수염에는 고두래미(고드름)가 달렸는지라.

사명당이 사관을 보고 꾸짖어 왈,

"왜국이 남방이라 덥다 하더니 어찌 이러하게 차냐?"

사관이 혼이 나서 그 사연을 왕께 고하니 왜왕이 대경하여 왈,

"분명한 생불을 죽이지 못하고 쓸데없이 재물만 허비하였노라. 달래어 화친하느니만 같지 못하다."

하고 한 꾀를 생각하고 무쇠 말을 달궈 놓고 사신을 청하여 왈,

"그대가 부처라 하니 저 쇠말을 타고 다니라."

사명당이 그 간계를 알고 밖에 나와 조선을 바라보며 팔만대장경을 외니 사방에서 난데없는 구름이 모여들어 뇌성이 진동하며 소나기가 끊이지 아니하고 오니, 성중에 물이 고여 여강 여해^{如江如海}하여 인민이 무수히 빠져 죽는지라.

사명당이 호령 왈,

"간사한 왜왕은 종시 깨닫지 못하고 여러 가지로 나를 죽이려 하거니와 내 어찌 간계에 빠지리오. 이제 왜국을 함몰하려 하니, 만일 잔명을 보전하려거든 급히 항서^{降書}를 올리면 비를 그치게 하려니와 그렇지 아니하면 너희 일본은 동해를 만들리라."

삼룡^{三龍}을 불러,

"비를 주며 왜왕을 놀라게 하라."

삼룡이 일시에 귀비(굽이)를 치며 소리를 지르니 천지가 무너지는 듯하거늘, 왜왕이 대경 망극하여 어찌할 줄을 모르더라.

구중궁궐이 다 바다가 되어 물결이 태산같이 점점 뜰에 들어오니, 왜왕이 하릴없이 인끈을 목에 매고 용포^{龍袍}를 벗어 땅에 깔고 두 무릎을 공손히 꿇고 두 손길을 마조 잡고,

"비나이다, 비나이다. 하늘을 우러러 조선 사신 사명당 전에 비나이다. 제발 적선^{積善} 살려 주옵소서. 소왕의 나라 인민이 다 함몰하게 되니 살려 주옵소서. 부처님 전에 비나이다. 소왕이 무도하와 부처님인 줄 모르고 무수히 희롱하였사오니 그 죄는 죽어도 마땅하거니와 제발 적선 살려 주옵소서."

부자지국 항서를 올리거늘,

사명당이 받지 아니하고 왈,

"너의 잔명을 보전하려거든 연년에 인피人皮 삼백 장씩 하여 바치되, 십오 세, 십육 세 된 규녀閨女 가죽으로 바치고, 또 불알 삼 두씩 바치되, 십오 세, 십육 세 된 유아幼兒로 하라."

왜왕이 왈,

"부처님께 명을 바칠지라도 인피와 불알을 바칠 수 없나이다."

사명당이 왈,

"연년이 인피 삼백 장과 불알을 삼 두씩 바치는 항서와 부자지국 항서를 바삐 써 올리고 그렇지 아니하면 비를 더 주어 함몰케 하리라."

삼룡을 호령하니, 비가 우박 퍼붓듯 하는지라.

왜왕이 하릴없이 급히 써 올리거늘 사명당이 항서를 받은 후에 왜왕을 꾸짖어 왈,

"너는 무삼 욕심으로 청정과 소서와 평수길을 내보내어 우리 조선을 요란하게 한 죄목을 묻고자 하사 전하께옵서 나를 보내시니, 아모리 한들 우리 예의지국을 해하리오. 그 죄를 생각하고 씨 없이 다 죽이고자 하였더니 인명이 지중하기로 십분 용서하였거니와, 차후는 다시 외람된 마음을 두지 말고 조선을 잘 섬기라. 우리 나라에 영웅 호걸이 구름 모이듯 하고 나라가 비록 편소지국이나 천하에 제일이요, 남경 천자라도 미치지 못할 것이요, 타국이 다 범람한 뜻을 내지 못하고 각보일우各保一隅하느니, 우리 나라에 나 같은 생불이 연년 수천여 명이라. 이번에 나를 보내시며 그대 나라에 들어가 부자지국 항서를 받으라 하시기로 왔느니, 일후에는 다시 범람한 뜻을 두면 우리 일천 부처가 일시에 들어와 너희 일본은 동해를 만들 것이니, 차후는 반反치 말라."

왜왕이 고두 사죄 왈,

"소왕이 아모리 무지하온들 부처님 가르치시는 걸 어찌 거역하리이까. 지위知委하시는 대로 시행하리이다."

하고 즉시 잔치를 배설하고 즐기다가 이튿날 사명당이 회환回還할새, 일본 인민은 조선 생불이 환기 고국換其故國한단 말을 듣고 다투어 구경하더

라.

왜왕이 백리 외에 나와 전송하여 진보珍寶를 무수히 드리거늘, 사명당이 본래 탐욕이 없는지라 진보를 물리치고 왈,

"불알 삼 두씩, 인피 삼백 장씩 바치되, 연년히 삼백장 내에 일 개, 일 장이라도 덜 바치면 또 건너와 일본을 함몰시킬 것이니 각별 조심하라."

길을 떠나 물가에 다다르니, 삼룡이 배를 대이고 순식간에 건너서 삼 일 만에 조선 지경에 득달하여, 왜왕에게서 받은 항서를 봉하여 경성으로 보내고 인하여 길을 떠나니, 위풍과 이름이 일국에 진동하더라.

각설, 이때 대왕이 일본 항서를 보시고 대희하사 왈,

"사명당의 공로는 천추에 제일이로다."

못내 칭찬하시며 들어오기를 고대하던 차에 사명당이 경성에 득달하여 탑전에 복지 사배하되 왕이 손을 잡고 칭찬불이稱讚不已하사 왈,

"그대가 만리 타국에 들어가 빛난 이름을 세우고 무사히 들어오니 그 공로는 천구에 없도다."

사명당과 서산대사를 벼슬을 주실새, 서산대사는 병조판서 호위대장을 삼으시고, 사명당은 금부도사를 삼으시니, 두 대사 복지 주 왈,

"비록 조고마한 공로가 있사오나 중대한 벼슬을 주시니 국은이 망극하여이다."

벼슬에 있을 제 칠 삭 만에 두 대사 복지 주 왈,

"승 등의 벼슬을 갈아 주시면 산중에 들어가 불도를 숭상하여지이다."

상이 창연함을 마지못하여 가라사대,

"경의 소원이 그러할진대 임의로 하라."

벼슬을 갈아 주시니, 두 대사 숙배하고 물러나오니 만조 백관이 멀리 나와 전송하더라.

이때 왜왕이 인피 삼백 장과 불알 삼 두씩을 연년에 바치니, 이로 당치 못하여 동래 땅에 왜관倭館을 짓고 구리쇠 삼백육십 근과 주석쇠 삼만 육천 근, 통쇠 삼만육천 근과 사우쇠 삼만육천 근을 연년이 조공朝貢 ······ 부자지국 조공을 연년이 하더라.

이때 대명大明 천자, 조선의 일왕一王께 금자 광록 대부金紫光祿大夫 가자加資를 보내서 덕택德澤을 사해에 빛나게 하시더라.

작가 소개와 작품해설

● 저자 소개

작자 연대 미상이다. 임진왜란을 배경으로 한 군담소설로 조선조 인조 이후의 작품인 듯하며, 한문본과 국문본이 목판본과 필사본 등으로 30여 종이나 된다.

● 주제

외적의 침입에 대한 민족적 자부심 고취 및 임전 의지

● 작품 해설

〈임진록〉은 임진왜란을 배경으로 한다. 도처에서 싸워 이기는 우리 군사의 용맹과 저하된 민족의 사기를 진작시키고 있다.

사명대사와 서산대사, 이순신, 권율 등 여러 인물들이 전략과 도술의 힘으로 적군을 물리칠 뿐 아니라, 일본까지 쳐들어가 일본 왕의 항복을 받고 개선한다. 패전으로 인한 수모를 정신적으로 보상받고자 한 내용이다.

임진왜란은 우리 민족에게 큰 시련을 안겨 준 전란이었다. 그만큼 우리 민족은 일본에 대한 적개심을 가지고 있다. 그러므로 〈임진록〉은 우리 민족이 왜적에게 비참하게 패한 나머지 그들에 대한 울분과 복수심을 표출해 보고자 지은 것으로 추정한다.

물론 전개되는 사건은 거의 모두가 허구적이며 등장 인물도 반 이상이 가공 인물이다. 작품적인 가치는 보잘것이 없으나 민족적인 주제가 강한 작품이다. 또한 당시 중앙정부의 당쟁에 의한 허점을 드러내 왜적의 침략을 자초했던 뼈아픈 참회와 반성의 역사의식을 표출해 내고 있다.

한마디로 이 작품은 민족적 자부심 고취 및 민족적 임전 의지를 주제로 하고 있다. 중국 소설인 〈서유기〉나 〈수호지〉의 도술적인 용병술을 모방하여 임진왜란이라는 역사적 아픔을 형상화함으로써 패전의 쓰라림을 자위하려는 정신적 승리를 보여준다.

● 줄거리

최위공의 부인이 남방으로 큰 별이 떨어져 광채를 발하는 태몽을 얻어 일령을 낳는다. 최일령崔一令은 자라서 벼슬에 올라 어느 날 선조의 꿈을 해몽하여 왜군이 쳐들어올 것이라고 주장해 귀양을 가게 된다.

이순신李舜臣은 난이 일어날 줄을 미리 알고 거북배 수천 척을 만들어 놓고 있었다. 임진왜란이 일어나자 이순신은 수많은 적선을 쳐부수고 적군을 죽여 큰 전공을 올린다. 그러나 그는 난이 평정된 후에 세상을 보지 못하고 전함에서 왜군의 화살에 맞아 숨을 거둔다.

이때 정출남鄭出男은 왜장 청룡의 목을 베고 자신은 청정의 칼에 죽는다. 김덕령金德齡은 부친 상중에 있는데도 왜군이 쳐들어왔단 소식을 듣고 출전하여 묘술을 발휘하지만 억울하게 죽음을 당한다.

명나라 무장 이여송李如松은 청병으로 들어왔다가 그냥 돌아가려고 한다. 이때 최일령이 지략으로 이를 막는다. 그리하여 이여송은 왜군 청정의 머리를 베어 큰 전공을 남긴다.

김응서金應西는 강홍엽과 함께 일본에 들어가 일왕의 항서를 받아 나오려고 했지만, 일왕의 환대를 받으며 일본에서 살게 된다. 김응서가 고국으로 돌아가려 하지만 강홍엽이 반대하여 그의 목을 베고 자신은 온데간데없이 사라진다.

사명당은 일본으로 들어가 여러 가지 신통력을 발휘하여 일왕으로부터 항서를 받아 온다. 이에 일왕은 많은 재물을 조선에 조공으로 바치게 된다.

● 독서 토론

우리 민족이 일찍이 겪어 보지 못한 대전란 이후 떨어진 민족의 사기를 진작시키고, 왜적에 대한 민족적 적개심을 고양시키기 위하여 이 작품은 부득이 허구적 사실을 삽입해 만들어졌다. 그러므로 내용이 사실과 어긋난다든가, 인명·지명 등이 틀린다든가 하는 것은 크게 문제가 되지 않는다.

더구나 작중 인물들에게 거의 모두 초인적인 도술을 갖게 하였으며, 광해군 때에 중국에 출전한 일이 있었던 김응서, 강홍엽 두 장군을 등장시킨 것 등도 의도적인 허구였던 것이다. 비록 그것이 표현상 문학의 영역이라지만 정신적 승리를 표방한 전형적인 작품이 아닐 수 없다.

이러한 군담소설이 민중 사이에 널리 읽혀지고 받아들여지는 것은, 대개 문화는 발달하였으나 국력이 이를 따라가지 못하여 주변의 야만적인 민족에게 늘 위협을 받는 민족에게 공통되는 사실이다. 이것은 동서를 막론하고 약소민족의 문학이 갖는 특징이라고 할 수도 있을 것이다.

특히 우리 민중은 〈임진록〉을 통하여 민족적 영웅의 출현을 갈망하였다. 이순신, 곽재우, 김덕령, 정문부, 조헌, 김응서, 논개, 계월향 등의 부각과 존경은 이를 입증하고 있다. 이러한 의식은 그 후 임진왜란 뒤 병자호란으로 이어져 잇달은 군담소설의 출현을 낳는다. 그러나 일제 관헌에 의해 금기의 책으로 많은 박해를 받기도 했다.

● 비교 작품

구성상 비슷한 작품으로는 〈남윤전南允傳〉이 있다. 또한 중국의 〈삼국지연의三國誌演義〉도 있다. 그러나 무엇보다도 병자호란을 소재로 한 〈박씨전朴氏傳〉은 너무도 많은 유사점을 찾을 수 있다.

장국진전 張國振傳

작자 미상

대명 성화연간에 명나라 강임이란 곳에 한 재상이 있었으니, 성은 장이요, 이름은 경구라 했다. 장경구는 일찍 용문에 올라 벼슬이 좌승상 복야에 이르렀으나, 시운이 나빠서였던지 간신의 참소를 당하여 고향으로 돌아와 버리었다.

고향에 돌아와서는 농업에 힘쓰고 가사를 살피며 지냈다. 이렇게 해서 세상에 바랄 것도 아무것도 없었으나, 다만 슬하에 일줄 혈육이 없어서 그것이 매양 그의 마음을 슬프게 해주었다.

그러던 어느 날 한 중이 찾아와 장승상에게 말하기를,

"소승은 사해 팔방을 집을 삼아 거처 없이 다니는 빈승이옵더니, 상공께서 자손이 없어 한탄하시기를 귀공자를 점지코자 왔나이다."

이렇게 반가운 말을 하더니 다시 이어서 말하기를,

"적선지가에 필유여경이라 하오니, 상공께서도 적선하옵소서. 지성이면 감천이라 하오니, 명산대천에 정성껏 발원하옵소서. 혹 귀자를 보실 것이오니 부디 소승의 말을 허하게 여기지 마옵소서."

물러갔다.

장경구는 이날도 금화산에 들어가 퇴락한 절을 중수하고, 목욕재계해서 재물을 차려 놓고 부처님 앞에 정성껏 빌었다. 이날 밤에 장경구는 청룡이 내려와 입을 벌리고 그에게 덤벼드는 태몽을 꾸었는데, 장경구의 부인 왕씨는 이날부터 태기가 있었다. 만삭이 되어 이윽고 아들을 낳으니 과연 기남자였다.

장경구는 이 기특한 아들에게 이름을 국진이라 지어 주고 애지중지 귀엽게 길렀더니 세 살 때 벌써 장래를 알아볼 수 있었고 일곱 살이 되자 기상과 풍채가 어른다울 정도였다.

이때에 불행히도 부쩍 강성해진 달마국이 명나라를 침노했다. 장경구는 부인과 어린 아들을 데리고 산중으로 난을 피해서 도망쳤다. 적병은 그들을 추격해 왔다. 이럴 때 특별한 사정으로 장경구와 왕씨는 아들과 갈라졌다. 그들이 한참 정신없이 달려가다가 놀라서 뒤를 돌아보았을 때에는, 아들 국진은 적병들에게 잡혀 저만큼 시야에서 사라져 가고 있는 중이었다. 장경구와 왕씨는 그 자리에 털썩 주저앉아 땅을 치며 통곡했으나, 그것은 아무 소용 없는 일이었다.

적병의 선봉장 은통은 첫눈에 국진의 비범함을 간파하고 달마왕에게 바쳤다.

달마왕 역시 국진의 뛰어남을 보고 당시 천문 지리에 능통하고 육도삼략을 무불통지하고, 게다가 구궁팔괘니 육정육갑이니 하는 따위, 천지간의 오묘한 진리에 아니 통하는 것이 없는 백원도사를 불러 그의 의견을 들어 보기로 했다.

백원도사는 국진을 한번 쑥 훑어보았다. 그리고 놀라면서 이렇게 말했다.

"천상 벼락성이 대명이 떨어져 자취를 모르더니, 이제 보오니 이 아이가 이십팔수를 응하고, 칠성을 타고 낳았으니 만고 충신이 될 것이오. 백이숙제의 충성을 가졌으니 아무렇게나 남에게 항복하지는 않을 것이오. 살려 두면 목전에 큰 환을 볼 것이니 빨리 내어다가 베소서."

달마왕은 즉시 은통에게 이 끔찍한 소년을 어서 빨리 내 앞에서 내쳐다가 문전에서 참하라고 엄명을 내렸다.

은통은 국진을 끌고 나가 칼을 뽑아 치려고 할 때 국진은 그에게 매어달려 죽이기 전에 내 소원을 들어달라고 애걸하였다.

"부모 골육이 소인뿐이오니 장군은 대은을 배푸셔서 죽어도 육신만이나 완전하게 물에 넣어 주옵소서."

은통은 들었던 칼을 못마땅한 듯이 그대로 그 손을 내리었다. 그는 어린 국진의 애걸이 측은하게 생각되어서 동료 장수와 상의해서 소원대로 강변으로 끌고 가서 결박을 풀고 깊은 물 속에 집어 넣었다. 그러자 참으로 신기한 현상이 다음 순간에 일어났다. 은통은 놀라서 그대로 거기에 선 채 그 광경을 지켜보고 있었다.

물 속에서 별안간 꺼먼 물체 하나가 솟아올랐다. 다음 순간 은통은 그것이 배라는 것을 깨달았다. 배 위에는 청의동자가 노 같은 것을 가지고 있다가 국진을 받아서 자기 배에 싣고, 그대로 말없이 사라져 버렸다. 그 배는 섬인 성싶은 육지에다 국진을 내려놓고 없어졌다.

국진은 외로운 처지에서 무언가 찾으려는 막연한 기대를 가지고 섬 깊숙한 곳으로 한없이 들어갔더니 이윽고 전면 높직한 바위 위에서 한 손에는 오현금을 들고 또 한 손에는 청학선을 들고 서 있는 여학도사를 만나게 되었다.

여학도사는 국진에게,

"천상에서 득죄하고 인간에 내려와 고락이 어떠하며 달마왕에게 잡혀 욕을 보고, 삼만리 동정호를 무사히 건너왔느냐?"

국진이 감격하여,

"무지한 인간 아이가 선경에 들어와 존안을 뵈오니 소인의 죄는 만사유경이로소이다. 천상의 사정을 살피오니 황공 감사하여이다."

다시 도사가 말하기를,

"이제 칠년 후면 부모도 만나 영귀를 볼 것이니……."

도사는 여전히 교훈조로 말을 계속했다.

"남아가 세상에 나매, 태평시절에는 학업에 힘써서 용문을 올라 국정을 다스리고, 난시를 당하매 육도삼략과 손오병서를 배워 절월을 앞세우고 손에 창검을 잡아 적병을 물리치고 천자의 근심을 덜고 이름을 기린각에 올려 천추에 전함이 장부의 소임이라."

"선생이 이런 소임을 소인더러 배우라 하시니 황공하옵고, 부모를 다시 만난다 하시니 미련한 마음이 황감하오이다!"

장국진은 또 감동해서 절을 올리었다.

이튿날부터는 도사의 특별하고 엄격한 교육이 육도삼략, 육접육각,

천문지리, 둔갑장신, 풍운조화, 육출기계 등등이 순서로 진행되어 나갔다. 국진은 하나를 가르치면 열 가지를 아는 총명을 가지고 어려운 병서 무예와 변화 술법을 익혀 나가고 있었다.

이때 장승상 부부는 겨우 피란하였다가 평란이 되어 돌아오니 집은 병화에 타고 의거할 곳이 없었다. 할 수 없이 방황하다가 변성명하고 옷도 거지처럼 차리고 강주江州지방으로 가서 김성金成이란 사람의 주점에서 말을 먹여 주며 붙어 살면서도 아들을 만날 것을 유일의 희망으로 삼았다.

이렇게 세월은 흘러 칠년이 지났을 때에는 그들 부부는 아예 딴 사람이 되어 알아볼 수도 없을 정도였다. 국진은 이런 동안 그의 교육이 완성되어 이제는 세상으로 다시 나올 때가 되었다.

여학사도는 국진을 불러 이렇게 말했다.

"네가 이제 도학을 통하였으니 세상에 나갈 때라. 네 운수도 진하고 부모와 만날 때가 되었으니, 나가서 평생 배운 재주를 베풀고 부모 거치를 찾으며 부디 남을 업신여기지 말라."

당부를 받고 곧 하직하여 고향집을 찾아갔으나 폐허가 되어 버린 집터를 보고 한없이 울고 있을 때, 옆을 지나던 노인에게서 부모님의 소식을 듣고 곧 강주 돌이원 김성의 집을 찾아가 칠 년 만에 감격의 해후를 하고, 김성의 주선에 의해 편안하게 집을 갖출 수도 있었다.

행복은 다시 이 세 사람에게로 돌아왔다. 아들이 믿음직하게 자라고 공부도 많이 했으니, 이제는 부모에게 소원이 있다면 아들에게 적합한 며느리를 얻자는 일이었다. 며느리를 얻고 또 때가 와서 과거를 치르고 장원급제를 한다면 부귀영화는 저절로 찾아드는 것이 아닌가. 장승상 내외는 그것만을 바라고 있었다.

하루는 장승상 부인이 죽는 것을 보자 부인도 절망해서 자살해 버렸기 때문에 조실부모하고 시비 춘운과 외로이 살고 있는 병부상서 이창옥의 딸 이소저李小姐를 한번 보고는 돌아와서 장승상과 국진의 혼사를 의논하였다. 국진이 여복으로 변장하고 이소저를 가보고 돌아와서는 그 어질고 아름다움을 알고 매파를 보내어 구혼하였다. 매파가 거절을 당하고 돌아오니 장승상 부부와 국진이 못내 애달아 하였다.

그 후 국진은 장원급제하였다. 국진은 천자에게 이소저와의 혼사를 상의하였다. 이에 천자가 중매를 서서 국진과 이소저와의 결혼을 성립시켰다. 그들은 금슬의 낙이 지극하였다. 이때 병부상서 유봉이 한 현숙한 무남독녀를 두고 장원급제한 소년을 사위로 삼으려고 하다가 실패하고는 국진이 이소저와 결혼하였는데도 불구하고 천자를 움직여 국진을 사위로 삼으니, 국진은 양처를 거느리고 아무 싸움 없이 화락하게 살았다.

천자는 국진에게 서주어사를 제수하고 백성을 안무하라 하시었다. 국진의 즐거움은 한이 없었다.

어전을 물러나온 그는 집으로 돌아와 부모전에 하직하고, 부인 둘과도 각각 이별한 다음 지체없이 서주로 향해서 떠났다. 서주에 도착한 것은 그로부터 며칠이 지난 날이었다. 밤이 어두워 그는 가까운 주점을 찾아들었다.

이날 밤 국진은 이상한 꿈을 꾸었다. 한 젊은 여자가 들어와 그에게 엎드리며 이렇게 말했다.

"첩은 황성 황어사 딸이옵더니, 모월 모일에 도적이 돌입하여 나를 업어다가 제 계집을 삼으려고 탈취하여 가옵기로 첩이 자수하여 죽었사오며 명찰하신 어사께 상달하오니, 원수를 갚아 주옵소서."

국진은 이튿날 사정을 알아보고 본주에 특별 발령하여 부중의 도적을 오늘 중으로 죄다 잡아서 죽이라고 했다. 부중이 온통 뒤집혀 버리었다.

누구의 명령이라고 잠시나마 게을리할 수 있겠는가? 공명을 노리는 장교들은 날이 저물기 전에 저마다 몇 놈씩 잡아서 죽였다. 그 속에 예의 여자의 원수가 들어 있는지는 알 수 없다.

국진은 보고를 받고 만족해서 이날 밤 잠을 청했다. 그러나 예의 여자가 또 꿈속에 나타났다.

"신명하신 어사 덕택으로 원수를 갚아 주셨으니 은해 백골난망이로소이다."

여자는 갑주 한 벌을 그에게 내놓았다.

이렇게 해서 황소저의 원혼을 풀어 주고 그로부터 풍운갑을 얻었고,

각 도 각 읍의 정사를 살피며, 백성들을 위해 창고를 헐고, 가엾은 백성들을 위해 온갖 노력을 아끼지 아니했다.

이때 달마왕이 도술에 능한 백원도사를 군사로 삼고 선봉장 은통을 비롯한 용장 천여 명과 군사 수십만을 거느리고 그 자신 용력이 과인한 무서운 달마왕은 몇 년 전보다 몇 배의 강력한 힘으로 명나라에 쳐들어온 것이었다. 명나라 조정에서는 상양이란 장수가 자원하여 천자에게 승낙을 받고 명장 수천 명과 군사 수십만을 거느리고 나가 달마왕과 싸웠으나 백원도사의 도술에 의해서 그야말로 추풍낙엽처럼 쓰러지고, 이어서 달마국의 무서운 수십만 군사가 일시에 밀어닥쳤을 때, 천자와 제신들의 놀라움은 실로 이만저만이 아니었다. 누구 하나 내가 나가서 적을 물리치리라 하고 아뢰는 자도 없을 정도였다.

국진은 깊어 가는 밤하늘을 올려다보았다. 구름은 한 점 없고 별은 반짝반짝 빛나기 시작했다. 그러자 그의 눈이 별안간 빛나며 입에서는 앗! 하고 금시 숨이 끊어지는 듯한 경악의 한숨이 새어 나왔다. 여학도사에게서 배운 천문의 지식은 하늘을 바라다보는 그의 눈에 실로 중대한 위협을 가르쳐준 것이다.

황성에 병란이 일어났다. 살기가 등등하고, 천자는 피신을 한 모양이다. 국진은 재빨리 방으로 들어와 무장을 갖추었다. 머리에 황금투구를 쓰고, 몸에 풍운갑을 입고, 좌수에 절륜도, 우수에 청학선 이러한 식으로 그는 무장을 갖추자 잠시도 지체없이 말에 뛰어올랐다. 그리하여 필마단기로 나는 듯이 달리었다. 그는 달리면서도 자기의 중대한 임무를 잊지 않았다. 그의 준마는 순식간에 그를 황성으로 운반해 주었다.

적은 어느새 도성에 육박하고 도성의 백성들은 아우성을 치며 지옥의 파멸을 상상케 해주고 있었다. 그것은 전혀 구할 도리가 없는 완전한 파멸인 듯했다. 아! 이것을 어느 누가 구원하여 밝은 태양의 빛을 뿌려줄 것인가.

바로 이때 장국진은 한 손에 절륜도를 또 한 손엔 청학선을 흔들며 물밀듯 밀려오는 수십만 적군의 진영으로 비호처럼 달려갔다. 그의 절륜도가 닿는 곳마다 번갯불이 번쩍 일며 적장과 적군사는 그야말로 추풍낙엽같이 쓰러져 갔다.

달마왕과 백원도사는 도술의 온갖 재주를 부려 이 용감무쌍한 장군을 막고 또 사로잡으려고 했으나 모두 실패로 돌아갔다.

적장 백원도사는 대패하고 달마왕을 권하여 본국으로 회군하고 다시 명나라를 칠 계획을 세웠다. 백원도사는 달마왕에게 자기보다 도술이 몇 곱절 더 나은 황도사를 추천하여 함께 의논한 끝에 수천년 묵은 구미고를 불러 명나라로 들여보내어 공주를 죽이고 구미고가 공주의 탈을 쓰고 천자를 움직여 국진을 죽이려 하였다. 그러나 구미고는 명나라로 들어오자마자 국진에게 발각되어 사살되었다. 이에 크게 성난 달마국의 황도사가 친히 명나라로 들어가서 도술로써 국진을 죽이려고 하였다. 국진의 부인 이씨가 이것을 알고 풀로 사람을 만들어 침방에 눕혀 놓았다. 황도사는 그 풀로 만든 사람을 국진인 줄 알고 죽이고 돌아갔다. 황도사는 국진을 죽였으므로 마음놓고 명나라를 쳐들어 왔다. 의외에도 죽은 줄 알았던 국진이 나타나므로 황도사는 크게 놀래어 후퇴하고, 본국으로 돌아가서 국진의 시운이 쇠하기를 기다려 명나라를 치기로 하였다.

명나라 조정에서는 천자가 돌아가시고 새 천자가 등극하자 조정에 간신이 들어와서 장원수의 공을 시기하는 무리가 있어, 천자에게 참소하여 장원수를 멀리 귀양보내고 권세를 마음대로 부리었다.

이때 달마왕이 장원수가 멀리 귀양갔다는 소문을 듣고 다시 명나라를 쳐들어왔다. 명나라 조정에는 간신들만 있었기 때문에 출전할 장수가 없었다. 천자는 위경에 빠졌다. 장원수가 귀양간 곳에서 천자의 위경을 듣고 필마단기로 달려와서 적병을 격퇴하고 천자를 구출하였다.

장원수가 적군을 추격하다가 진중에서 병을 얻어 위태롭게 되었다. 집에 있는 이씨부인이 알고 도술로써 선녀를 거느리고 진중으로 가서 선녀를 시켜 남편의 병을 고치게 하고, 도술로써 적군을 격파하고 남편을 구출하고 돌아왔다. 이와 같은 신기한 일을 아무도 몰랐다. 장원수는 회복하여 적군을 완전히 격파하고 달마왕의 항서를 받아 가지고 개선하니, 장원수의 명성이 천하를 떨치게 되었다는 것이다.

작가 소개와 작품해설

● 저자 소개

작자와 연대를 알 수 없는 조선 후기의 군담소설이다. 일명 목란정기[*]
蘭亭記라고 한다.

● 주제

국가와 군주에 대한 충성과 무공

● 작품 해설

이 작품은 명나라 시대를 배경으로 설정한 영웅 군담소설이다. 전반
부에는 주인공의 결혼담을 표현하였고, 후반부에서는 주인공의 무용담
을 그려 놓았다.

환상소설 〈구운몽〉과 비슷한 점이 많은 선계에서 주인공 장국진이 실
재 무술과 도술을 익힌다. 그런데 장국진은 양처에다가 여학도사 스승
등 여복이 많은 것으로 표현된다.

전반부 도술 수련과 후반부 전쟁 영웅담이 선계의 도움으로 이루어진
다. 결국 무용도 좋지만, 너무 지나친 선도소설이 된 감이 없지 않다.

● 줄거리

명나라 성화 연간 강임이란 곳에 어진 재상이 살았다. 불공으로 늦게
서야 아들을 낳으니 기남자였다. 아들 장국진은 자랄수록 풍채가 좋고
지혜로웠다.

이때 부쩍 강해진 달마국 병사들이 쳐들어와 피난중 국진은 부모와 헤

어지게 된다. 적진에 잡혀간 국진은 목숨이 경각에 달렸으나 선계의 도움으로 살아나, 여학도사로부터 여러 무예와 도술을 익힌다.

국진이 도학 병술을 마치고 고향에 돌아가 보니 집은 병화에 타 의거할 곳이 없었다. 물어 물어 부모님이 계신 강주 지방 김성이란 사람의 주점에 가서 고생하고 있는 부모를 만난다. 부모님은 그곳 김성의 집에서 말을 먹이는 등의 잡일을 하고 있었다.

행복이 찾아왔다. 장승상 부부는 적합한 며느리를 얻고자 하니, 전에 병부상서였던 이창옥의 딸이 좋아 보였다. 국진이 여복을 하여 가보고 청혼을 하였으나 거절당하였다.

그 후 국진은 과거에 장원급제하였다. 국진은 천자 앞에서 이소저와의 결혼을 청하였다. 이에 천자가 중매를 서서 국진과 이소저와의 결혼이 성사되었다. 그러자 당시 병부상서인 유봉이 딸을 주어 양처를 거느리게 되었다.

어사가 되어 서주에 이르자, 꿈에 황소저가 도둑에게 억울하게 죽어 원한을 풀어 달라고 했다. 다음날 내력을 자세히 알아보고 도적들을 잡아 죽이었다. 그리하여 황소저의 원한을 풀어 주니, 황소저는 다시 꿈에 나타나 감사하다며 〈풍운갑〉이라는 갑옷을 주었다.

이때 강성해진 달마왕이 군사 수십만을 이끌고 명나라에 쳐들어왔다. 황성이 위기에 처하자, 국진은 필마단기로 적병을 향하여 달렸다. 준마와 함께 비호처럼 달려가 적군을 치니 적병은 추풍낙엽이었다.

뒤에 다시 달마왕이 군사를 일으켜 쳐들어왔으나 국진이 이를 다 막아냈다. 급기야 장국진은 달마왕의 항복서를 받아내 황제에게 바쳤다. 그리하여 장원수는 명성을 천하에 떨치게 되었다.

● 독서 토론

소설의 전반부 출생에서 무예를 익히기까지, 또는 전란에 구출되는 것 등이 선계와 연결되어 있다. 후반부에서도 풍운갑을 꿈속에서 얻고, 필마단기로 적병을 이기며, 격전지에서의 병을 선녀들이 구완한다는 것 등으로 환상적인 것이 조금은 지나친 것으로 보인다.

 또한 후반부에도 중국의 설화에 나오는 무장 목란(木蘭)의 종군 행장과 너무도 닮은 점을 가지고 있다. 그러기에 작품의 배경을 중원으로 했는지도 모른다.

 이 작품도 〈유충렬전〉과 같이 부처님의 가호를 받아 주인공이 태어나 출세하게 된다. 또한 유교의 공명사상을 뒷받침으로 전쟁을 통하여 이루어지는 부귀와 공명을 표현하고 있다.

 전편을 통하여 홍미진진하기는 하나, 어려울 때마다 선계의 도움이 홈이라고 하겠다. 필마단기로 용맹을 떨치는 영웅의 생애를 표현한 소설로서 구성상에는 수작이라고 하겠다.

● 비교 작품

 선도소설계로는 〈박씨전〉, 〈장화홍련전〉, 〈금령전〉 등이 있고, 군담소설계로는 〈유충렬전〉, 〈장익선전〉, 〈김옥진전〉, 〈이태경전〉, 〈임장군전〉, 〈유문성전〉, 〈조웅전〉, 〈장경전〉 등이 있다.

장끼전

작자 미상

하늘과 땅이 비롯할 제 만물이 번성하니, 귀한 것은 인생이며 천한 것은 짐승이다.

날짐승도 3백이고 길짐승도 3백인데, 꿩의 모습 보게 되면 의관은 오색이고 별호는 화충華蟲이다. 산금야수山禽野獸의 천성으로 사람을 멀리해서 푸른 숲속 시냇가에 낙락장송을 정자삼고, 위아래로 펼쳐진 밭과 들 가운데 널려 있는 곡식을 주워 먹고 살아간다.

그러나 임자 없이 생긴 몸이라 관포수와 사냥개에게 툭하면 잡혀가서 삼태 육경三台六經 수령방백守令方伯 새와 들짐승과 다방골 제갈동지들이 싫도록 장복長服하고 좋은 깃羽 골라내서 사령기使令旗에 살대 장식과 전방 먼지털이며 여러 가지에 두루 쓰여지니 그 공적 적다 하랴.

평생을 두고 숨어 있는 자취와 좋은 경치를 보고자 하매, 백운 상상봉에 허위허위 올라가니 몸 가벼운 보라매는 예서 떨렁 제서 떨렁 하고, 몽치를 든 몰잇군은 예서 위에! 제서 위에! 하며, 냄새 잘 맡는 사냥개는 이리 컹컹 저리 컹컹 속새포기 떡갈잎을 뒤적뒤적 찾아드니 살아날 길 바이 없다. 사잇길로 가자 하니 하도 많은 포수들이 총을 메고 둘러섰으니 엄동설한 굶주린 몸이 어디로 가야 된단 말이냐?

진종일 푸른 산 더운 볕에 뉘 아래로 펼쳐진 밭이며 너른 들에 혹간 콩알이 있을 법하니 주우러 가 볼거나.

이때 장끼 한 마리 당홍대단唐紅大緞 두루마기에 초록 궁초宮綃 깃을 달아 흰 동정 씻어 입고 주먹 같은 옥관자에 꽁지깃털 만신풍채滿身風采 장부 기상이 역연했다.

또 한 마리의 꿩 까투리의 치장을 보면 잔누비 속저고리 폭폭이 잘게 누벼 위아래로 고루 갖춰 입고 아홉 아들과 열둘의 딸을 앞세우고 뒤세우며,

"어서 가자, 바삐 가자. 질펀한 넓은 들에 줄줄이 퍼져서 너희는 저 골짜기 줍고 우리는 이 골짜기 줍겠다. 알알이 콩을 줍게 되면 사람의 공양을 부러워 무엇하랴? 천생만물이 제따라 녹祿이 있으니 일포식一飽食도 제 재수라."

장끼와 까투리가 들판에 떨어져 있는 콩알을 주으러 들어가다가, 붉은 콩 한 알이 덩그렇게 놓여 있음을 장끼가 먼저 보고 눈을 크게 뜨며 반가워한다.

"어화, 그 콩 먹음직하다! 하늘이 주신 복을 내 어찌 마다하랴? 내 복이니 먹어 보자."

옆에서 이 모양을 본 까투리는 어떤 불길한 생각이 들어서,

"아직 그 콩 먹지 마소. 눈 위에 사람 자취가 수상하오. 자세히 살펴 보매 입으로 훌훌 불고 비로 싹싹 쓴 자취가 심히 괴이하니, 제발 덕분 그 콩 먹지 마소."

까투리 말을 들은 장끼란 놈 그대로 있지 않았다.

"네 말이 미련하다. 이때를 말하자면 동지 섣달 눈덮인 겨울이라 첩첩이 쌓인 눈이 곳곳에 덮여 있어 천산에 나는 새 그쳐 있고, 만경에 사람의 발이 끊겼는데 사람의 발자취 있을까 보냐?"

까투리도 잠자코 있지 않고 입을 연다.

"사리는 그럴 듯하오마는 간밤 꿈이 크게 불길하니 자량하여 처사하시오."

장끼가 또 하는 말이,

"내 간밤에 한 꿈을 얻으니 황학을 빗겨 타고, 하늘에 올라가 옥황상제께 문안드리니 상제께서 나를 산림처사山林處士를 봉하시고, 만석고萬石庫에서 콩 한 섬을 내주셨으니, 오늘 이 콩 하나 그 아니 반가우냐? 옛글에 이르기를 '주린 자 달게 먹고 목마른 자 쉬 마신다' 하였으니 주린 배를

채워 봐야지."

까투리 또 말하기를,

"그대의 꿈은 그러하나 이내 꾼 꿈 해몽해 보면, 어젯밤 2경초에 첫잠
이 들어 꿈을 꾸니, 북망산 음지쪽에 궂은비 흩뿌리며 청천에 쌍무지개
가 홀연히 칼이 되어 그대의 머리를 뎅경 베어 내리치니, 그대가 죽을
흉몽에 틀림없으니 제발 그 콩은 먹지 마소."

장끼 또한 그대로 있지 아니한다.

"그 꿈 염려마라! 춘당대 알성과謁聖科에 문관 장원으로 참례하여 어사
화御賜花 두 가지를 머리 위에 숙여 꽂고 장안 큰 거리로 왔다갔다할 꿈이
로다. 과거에나 힘써 보세나."

까투리가 다시 하는 말이,

"3경야에 또한 꿈을 꾸니 천근들이 무쇠가마 그대 머리 흠뻑 쓰고 만
경창파 깊은 물에 아주 풍덩 빠졌기로, 나 홀로 그 물가에서 대성통곡하
였으니, 이 아니 그대가 죽은 꿈이 아니겠소. 부디 그 콩 먹지 마소."

장끼 또 하는 말이,

"그 꿈은 더욱 좋구나! 명나라가 중흥할 때, 구원병 청해 오면 이 몸
이 대장 되어 머리 위에 투구 쓰고 압록강 건너가서 중원을 평정하고 승
전대장 될 꿈이로다."

까투리는 또 말한다.

"그는 그렇다 하려니와, 4경에 꿈을 꾸니 노인은 당상에 있고 소년이
잔치를 하는데, 스물두 폭 구름 차일을 바쳤던 서발 장대가 별안간 우지
끈 뚝딱 부러지며 우리들의 머리를 흠뻑 덮어 버렸으니 어찌 답답한 일
을 볼 꿈이 아니리까? 5경초에 또 꿈을 꾸었는데 낙락장송이 뜰앞에 가
득한데 삼태성三台星 태을성太乙星이 은하수를 둘렀는데, 그 중 별 하나가 뚝
떨어져 그대 앞에 걸려졌으니 그대 별이 그리 된 듯 삼국 때의 제갈무후
諸葛武侯가 오장원五丈原에서 운명할 때도 장성長星이 떨어졌다 하옵니다."

"그 꿈도 염려할 게 없느니라. 차일이 덮여 보인 것은 일모 청산 해 저
물어 밤이 되면 화초병풍 둘러치고, 잔디 장판에 등걸로 베개삼아 칡잎
으로 요를 깔고 갈잎으로 이불삼아 너와 나와 추켜 덮고 이리저리 궁글

을 꿈이요, 별이 떨어져 보인 것은 옛날 헌원씨^{軒轅氏} 대부인이 북두칠성 정기 타서 제일 생남하였고, 견우직녀성은 칠월칠석 상봉이라, 네 몸에 태기 있어 귀한 아들 낳을 꿈이로다. 그런 꿈만 많이 꾸어라."

까투리는 또 다른 꿈이야기를 한다.

"닭 울 때 꿈을 꾸니, 색저고리 색치마를 이내 몸에 단장하고 청산녹수 노니는데, 난데없는 청삽살이 입술을 악물고 와락 뛰어 달려들어 발톱으로 허위치니 경황실색 갈 데 없이 삼밭으로 달아날 때, 긴 삼대 쓰러지고 굵은 삼대 춤을 추며 잘룩 허리 가는 몸에 휘휘친친 감겼으니 이내 몸 과부 되어 상복 입을 꿈이오니, 제발 덕분 먹지 마소. 부디 그 콩 먹지 마소."

이 말을 들은 장끼란 놈은 매우 노해서 까투리를 이리 차고 저리 차며 하는 말이,

"화용월태^{花容月態} 저 간나위년 기둥서방 마다하고, 타인 남자 즐기다가 참바, 올 바, 주황사로 뒤쭉지 결박해서 이 거리 저 거리 종로 네거리를 북치며 조리 돌리고, 삼모장과 치도곤으로 난장^{亂杖}맞을 꿈이로다. 그런 꿈 얘기란 다시 말라! 앞정강이 꺾어 논다."

그래도 까투리는 장끼를 아끼는 마음에서 입을 다물지 않는다.

"기러기 물가를 울어 옐 제 갈대를 물고 날음은 장부의 조심이요, 봉이 천길을 날을 수 있으되 주려도 좁쌀을 쪼아먹지 아니함은 군자의 염치로다. 그대 비록 미물이나 군자의 본을 받아 염치를 알 것이며, 닷소를 낙으로 삼고 백이숙제 주속^{周粟}을 아니 먹고, 장자방의 지혜 염치 사병벽곡^{辭病辟穀}하였으니 그대도 이런 것을 본을 받아 근신을 하려거든 부디 그 콩 먹지 마소."

장끼 또한 그대로 있지 아니한다.

"네 말이 무식하다. 예절을 모르거든 염치를 내 알소냐? 안자^{顔子}님 도학염치^{道學廉恥}로도 삼십밖엔 더 못 살고, 백이숙제의 충절 염치로도 수양산에서 굶어 죽었으며, 장량의 사병벽곡으로도 적송자^{赤松子}를 따라갔으니 염치도 부질없고 먹는 것이 으뜸이다. 호타하 보리밥을 문숙^{文叔}이 달게 먹고 중흥천자^{中興天子} 되었고, 표모^{漂母}의 식은 밥을 달게 먹은 한신^{韓信}도 한

국대장 되었으니, 나도 이 콩 먹고 크게 될 줄 뉘 알 것이랴?”

까투리는 그래도 잠자코 있어선 안 되리라 여겨서,

“그 콩 먹고 잘 된단 말은 내가 먼저 말하리다. 잔디 찰방수망察訪首望으로 황천부사黃泉府使 제수하여 청산을 생이별하오니 내 원망은 부디 마소. 옛글을 보면 고집이 과하다가 패가망신한 자 그 몇이요. 최고의 진시황秦始皇의 몹쓸 고집 부소扶蘇의 말을 듣지 않고 민심 소동 사십년에 이세二世 때 나라를 잃고 초패왕의 어린 고집 범증范增의 말 듣지 않다가 팔천명의 제자를 다 죽이고 면목이 없어져 자살하고 말았으며, 굴삼려屈三閭의 옳은 말도 고집불통하다가 진문관에 굳이 갇혀 가련공산 삼혼三魂 되어 강 위에서 우는 새 어복충혼魚腹忠魂 부끄럽다. 그대 고집 과하다가 오신명誤身命하오리다.”

그렇지만 장끼는 고집을 버리지 아니한다.

“콩 먹고 다 죽으랴. 옛글을 보면 콩탯자太 든 사람은 모두 귀하게 되었더라. 태고적의 천황씨는 일만 팔천살을 살았고, 태호복희씨는 풍성이 상승하여 십오대를 전했으며, 한태조 당태종은 바람과 티끌이 이는 세계에서 창업지주創業之主가 되었으니 오곡 백곡 잡곡 가운데 콩탯자가 제일이다. 강태공姜太公은 달팝십達八十을 살았고, 시중 천자詩中天子 이태백은 기경 상천騎鯨上天하였고 북방의 태을성은 별 가운데 으뜸이다. 나도 이 콩 달게 먹고 태공같이 오래 살고 태백같이 상천해서 태을선관太乙仙官 되리라.”

장끼가 끝끝내 고집을 세우니 까투리 하릴없이 물러섰다. 그러자 장끼는 얼룩 장목 펼쳐 들고 꾸벅꾸벅 고갯짓하며 조츰조츰 콩을 먹으러 들어간다. 반달 같은 혓부리로 콩을 꽉 찍으니 두 고패 둥그러지며 머리 위에 치는 소리 박랑사중博浪沙中에 저격시황狙擊始皇하다가 버금수레 맞치는 듯 와지끈 뚝딱 푸드드득 푸드드득 변통없이 치었구나.

이 꼴을 본 까투리 기가 막히고 앞이 아득해서,

“저런 광경 당할 줄 몰랐던가. 남자라고 여자 말 잘 들어도 패가하고 계집의 말 안 들어도 망신하네.”

위아래 넓은 자갈밭에 자락머리 풀어놓고 당글당글 뒹굴면서 가슴 치고 일어나 앉아 잔디풀을 쥐어뜯어 가며 애통해 하고 두 발을 땅땅 구르면서 성을 무너뜨릴 듯 대단히 애통해 한다.

아홉 아들 열두 딸과 친구 벗님네들이 불쌍하다 말하면서 조문 애곡하니 가련공산 낙목천落木天에 울음소리뿐이었다. 까투리는 슬픈 가운데서도,

"공산야월 두견성은 슬픈 회포 더욱 섧다. 통감에 이르기를 좋은 약이 입에는 쓰나 병에는 이롭고, 옳은 말은 귀에는 거슬리나 행실에는 이롭다 하였으니, 그래도 내 말을 들었으면 이런 변 당할 리 없지, 답답하고 불쌍하다. 우리 양주 좋은 금실 누구에게 말할손가. 슬피 서서 통곡하니 눈물은 못이 되고 한숨은 비바람 된다. 가슴에 불이 붙네. 이내 평생 어이할꼬."

아직 숨이 끊어지지 않는 장끼는 그래도 차위 밑에 엎디어서 하는 말이,

"에라, 이년 요란하다! 호환虎患을 미리 알면 산에 갈 사람 어디 있겠느냐? 미련은 먼저 오고 지혜는 누구나 그 뒤의 일이니라. 죽는 놈이 탈없이 죽으랴. 그것은 그렇거니와 사람도 죽고 삶을 맥脈으로 안다 하니 나도 죽지는 않겠나 맥이나 짚어 봐라."

까투리는 장끼의 말을 듣고 그대로 장끼의 맥을 짚어 보다가,

"비위맥은 끊어지고, 간맥은 서늘하고, 태충맥太衝脈은 굳어 가고 명맥은 떨어지오. 아이고 이게 웬일이오. 원수로다 원수로다. 고집불통 원수로다."

장끼란 놈 또 하는 말이,

"맥은 그러하나 눈청을 살펴보오. 동자瞳子부처 온전한가."

까투리는 장끼의 눈청을 살펴보고는 한숨을 쉬면서,

"이제는 속절없네. 저편 눈의 동자부처 첫새벽에 떠나가고 이편 눈의 동자부처는 지금 떠나려고 파랑보에 봇짐 싸고 곰방대 붙여 물고 길목버선 감발하네. 애고애고, 이내 팔자 이다지도 기박한가. 상부喪夫도 자주 한다. 첫째 낭군 얻었다가 보라매에게 채여 가고, 둘째 낭군 얻었다가 사냥개에 물려가고, 셋째 낭군 얻었다가 살림도 채 못하고 포수에게 맞아죽고, 이번 낭군 얻어서는 금실도 좋거니와 아홉 아들 열두 딸을 남겨

놓고 남혼 여가男婚女嫁 채 못해서 구복口腹이 원수로 콩 하나 먹으려다 차위에 덜컥 치었으니 속절없이 영이별하겠구나. 도화살을 가졌는가 상부살을 가졌는가, 이내 팔자 험악하다. 불쌍토다 우리 낭군, 나이 많아 죽었는가, 병이 들어 죽었는가. 망신살을 가졌는가, 고집살을 가졌는가. 어찌하면 살려낼까. 앞뒤에 섰는 자녀 뉘라서 혼취婚娶하며 뱃속에 든 유복자 해산구완 누가 할까. 운림초당雲林草堂 넓은 들에 백년초를 심어 두고 백년해로 하잤더니 단 삼 년이 못 지나서 영결종천 이별초가 되었구나. 저렇게도 좋은 풍신 언제 다시 만나 볼까. 명사십리 해당화야 꽃진다고 한탄 마라. 너는 명년 봄이 되면 또다시 피려니와 우리 낭군 이번 가면 다시 오기 어려워라. 미망未亡일세 미망일세, 이 몸이 미망일세.”

한참 동안 통곡을 하니 장끼는 눈을 반쯤 뜨고,

“자네 너무 서러워 말게. 상부喪夫 잦은 네 가문에 장가 간 게 내 실수라. 이 말 저 말 잔말 말라. 죽은 자는 불가부생이라, 다시 보기 어려우리니 나를 굳이 보겠으면 내일 아침 일찍 먹고 차위 임자 따라가면 김천장金泉場에 걸렸거나, 전주장에 걸렸거나, 청주장에 걸렸거나, 그렇지 아니하면, 감령도監令道나 병영도兵營道나 수령도守令道나 관청고官廳庫에 걸렸든지 봉물짐에 얹혔든지 사또 밥상에 오르든지, 그렇지도 아니하면 혼인집 폐백 건치乾雉되리로다. 내 얼굴 못 보아 서러워 말고 자네 몸 수절하여 정렬부인 되어 주게. 불쌍하다 불쌍하다. 이내 신세 불쌍하다. 우지 마라 우지 마라. 내 까투리 우지 마라. 장부 간장 다 녹는다. 네 아무리 슬퍼해도 죽는 나만 불쌍하다.”

그러고는 장끼는 기를 쓴다. 아래 고패 벋드디고 윗고패 당기면서 버럭버럭 기를 쓰나 살 길은 전혀 없고 털만 쑥쑥 다 빠진다.

이때 차위 임자인 탁첨지가 망을 보고 있다가 만신드리 서피鼠皮 휘양모자 우그려 쓰고 지팡이를 걷어 짚고 허위허위 달려들어, 장끼를 빼어들고 희희낙락 춤을 추며,

“지화자 좋을씨구, 안남산 벽계수에 물 먹으러 네 왔더냐? 밖 남산 작작도화灼灼桃花 꽃놀이 하러 네 왔더냐? 탐식몰신貪食沒身 모르고서 식욕이 과하기로 콩 하나 먹으려다가 녹수청산에 놀던 너를 내 손으로 잡았구

나. 산신님께 치성 드려 네 구족九族을 다 잡으리.”

장끼의 빗문 혀를 빼내어 바위에 얹어 놓고 두 손 합장하고 빈다.

“아까 놓은 저 차위에 까투리마저 치옵소서. 나무아미타불 관세음보살.”

꾸벅꾸벅 절하며 빌고 난 탁첨지는 어깨마저 들먹이며 내려간다. 까투리는 뒤미처 밟아서 가 바위에 얹힌 털을 울며불며 찾아다가 갈잎으로 소렴하고 댕댕이로 매장하고 원추리로 명정 써서 어린 소나무에 걸어놓고 밭머리 사태난 데 금정金井 없이 산역하여 하관하고 산신제와 불신제 지내고 제물을 차린다.

가랑잎에 이슬받아 도토리잔에 따라 놓고, 속샛대로 수저를 삼아 친가 유무 형세대로 그렁저렁 차려놓고, 호상의 소임대로 집사執事를 나누어 정하니, 의관이 좋은 두루미는 초헌관이 되었고, 몸이 가벼운 제비는 접빈객이 되었으며, 말 잘하는 앵무새는 진설陳設을 맡았다. 따오기는 제상 앞에 꿇어앉아 축문을 읽는다.

유세차 모년 모월 모일 미망 까투리 감소고우 현벽 장끼 학생 부군 혼귀둔석 신반실당 신주기성 복유존령 사구종인 시빙시의.

따오기의 축문이 끝난 뒤 제물을 철상할까 말까 하는 때 소리개 한 마리 떠오다가 주린 배를 생각하고 내려다보며,

“어느 놈이 만상제냐? 내 한 놈 데려가리라.”

주루룩 달려들어 두 발로 꿩새끼 한 마리를 툭 차가지고 공중에 높이 떠서 층암절벽 상상봉에 너울 덤썩 올라앉아 이리저리 뒤적뒤적하면서,

“감기로 몸도 불편하여 십여일 굶주려 입맛이 떨어졌더니 오늘에야 인간 제일미를 얻었구나. 문어 전복 해삼찜은 재상의 제일미요, 전초자반 송엽주는 수재중秀才中의 제일미요, 십년일경 해궁도海宮桃는 서왕모西王母의 제일미요, 일년장춘 약산주는 상산사호 제일미요, 저절로 죽은 강아지와 꽁치 안 난 병아리는 연장군의 제일미라. 굵으나 작으나 꿩새끼 하나 생겼으니 배고픈 김에 먹고 보자.”

너울너울 춤을 추다가 아차하고 돌아보니 꿩새끼는 바위 아래로 떨어져 어디론지 자취없이 숨어 버렸다.

소리개는 어안이 벙벙하고 어처구니가 없어 탄식을 한다.

"삼국명장 관공關公님이 화용도華容道 좁은 길에서 잡은 조조를 놓아 주었음은 대의大義를 생각하심이다. 험악한 연 장군도 꿩새끼 놓아 주었으니 이는 또한 선심이라, 자손 창성하리로다."

이때 태백산 갈가마귀 북악을 구경하고 도중에서 배가 고파 요기를 하고서 까투리에게 조상하고 과실을 나눠 먹고 나서 탄식하기를,

"그 친구 풍신 좋고 심덕 좋아, 장수할 줄 알았더니, 붉은 콩 하나 잘못 먹고 비명횡사한단 말인가. 가련하고 불쌍하다. 우리야 그런 콩 보기로 먹을소냐. 여보, 까투리 마누라님 들어보소. 오늘 이 말씀하는 것은 체면으로는 틀린 일이나, 고담에 이르기를 장수 나면 용마가 나고 문장이 나면 명필이 난다 하였으니, 당신은 상부하고 나는 상처하여 오늘 여기 오게 되니 삼물조합三物組合이 맞음이라. 꽃본 나비가 불을 주저하며 물본 기러기 어옹魚翁을 어려워하겠소. 그 성세聲勢와 그 가문 내가 알고 내 형세와 내 가문 그대 알 터이니 우리 둘이 자수성가할 셈잡고 백년동락 어떠하오."

말하면서 함께 살자고 청한다.

이 말을 들은 까투리는 하도 한심스러워 한마디를 쏘아붙인다.

"아무리 미물인들 삼년상도 못 마치고 개가하는 법을 누구의 예문에서 보았소? 옛말에 운종용雲從龍하고 풍종호風從虎라 하였고 여필종부라 하였는데 임마다 따라가겠소?"

까투리의 말을 들은 까마귀 자기의 경솔함은 생각지 않고 크게 노해서,

"네 말이 가소롭다. 시전 개풍장凱風章에 이르기를 유자칠인有子七人하되 막위모심莫慰母心이라 하였으니 이는 사람도 일곱 아들을 두고 개가해 갈 때 탄식한 말이다. 삶도 그렇거늘 하물며 너 같은 미물에게 수절이 당할 말이냐? 자고로 까투리의 열녀 족문烈女族門을 본 일이 없다."

이때 부엉이가 들어와 조상을 끝내고 까마귀를 돌아보며,

"몸뚱이도 검거니와 주둥이도 고약하다. 어른이 오게 되면 몸을 일으켜 인사를 할 일이지 기거도 아니하고 그대로 앉았느냐?"

까마귀를 책망한다. 까마귀 그대로 있을 리가 없다.

"완만한 부엉아! 눈은 우묵하고 귀가 쫑긋하면 어른이냐. 내 몸 검다 웃지 마라. 거죽은 검지만 속까지 검은 줄 아느냐? 우연비과偶然飛過 산음山陰하다가 이내 몸 검어진 것이다. 내 부리를 비웃지 마라. 남월왕南越王 구천이도 내 입과 방불하나 삼시로 장복하고 십년을 돌아들어 제후왕 되었느니라. 옛글도 모르면서 어찌 진정 어른을 홀대하느냐. 내일 식후에 통문通文 놓아 대동회大洞會 방 붙이고 양안에서 제명하리라."

이렇게 까마귀와 부엉이가 다투고 있을 때 청천의 외기러기 운간에 떠올라가 우연히 내려와서 목을 길에 늘이고 좌우를 크게 책망하기를,

"너희들 무슨 어른이냐? 한나라 소자경이 북해상에 십구년을 갇혀 있을 때 고국의 소식을 몰라 하기로 한장 서간 맡아다가 한나라 천자에게 바쳤으니, 이런 일을 보면 내가 먼저 어른이지 너희들이 무슨 어른이냐?"

이때 앞 연당 물오리가 일곱 번 상처하고 남녀간 혈육이 없어 후처를 구하더니, 까투리가 상부했다는 소식을 듣고 통혼도 아니하고 혼인잔치를 하겠다고, 옹옹 명안鳴雁 기러기로 안부장이를 삼고 관관저구鳩 진경으로 함진 아비를 하고 쾌활 좋은 황새는 후행을 삼았으며, 소리가 큰 왜가리로는 길잡이로 삼았고 맵시 있는 호반새는 전감 하인을 삼았다.

이날 전감 하인 호반새가 들어와 이르기를,

"까투리 신부 계신가? 우리 신랑 들어가네."

이 모양을 당하게 된 까투리는 울던 울음을 그치고,

"아무리 과부가 만만타고 하지만 궁합도 아니 보고 이런 억지 혼인을 하자는 법이 어디 있노?"

뒤따라오던 오리가 나서서 하는 말이,

"과부 홀아비 만났는데 예절 보고 사주 볼까? 신부 신랑 둘이 자연 궁합되느니라. 그럴 것 없이 택일이나 하여 보세. 일상생기一上生氣, 이중천의二重天宜, 삼하절체三下絶體, 사중유혼四中遊魂, 오상화해五上禍害, 육중복덕일六中福德日

이요, 천덕일덕天德日德이 합하였으니 오늘밤이 으뜸이라. 이성지합은 백복의 근원이니 잔말 말고 조금 자세."

울고 있던 까투리 얼굴에 웃음이 번진다.

"자네가 남아라고 음흉한 말 제법 하네."

오리가 또 입을 연다.

"이내 호강 들어 보오. 영주 봉래 청강수에 모든 신선 배를 타고 완월장취하는 양을 역력히 구경하고, 소상 동성 넓은 물에 홍요백민 집을 삼아 오락가락 노닐면서 은린옥척 좋은 생선 식량대로 장복하니, 천지간에 좋은 생애 물밖에 또 있는가?"

물에서 사는 오리의 자랑을 듣고, 까투리도 잠자코 있지 아니한다.

"물 생애가 좋다한들 육지 생애 같을손가. 육지 생애 이를테니 우리 생애 들어 보소. 평원광야 넓은 들에 오락가락 노닐다가 충암절벽 높은 봉에 허위허위 올라가서 사해 팔방 구경하고 춘삼월 늦은 봄 객사청청 버들잎 새로울 때 황금 같은 꾀꼬리는 양류간에 오락가락 춘풍도리 꽃핀 밤에 초혼조楚魂鳥 슬피 울어 불여귀 하는 소리 초목과 금수라도 심회가 산란하니 그도 또한 경景이로다. 추팔월 누런 국화 피었을 때 만산에 있는 실과 주워다가 앞뒤로 쌓아 놓고 치장군雉將軍의 좋은 옷과 춘치자명春雉自鳴 우는 소리 고금에 비길 데 없다. 수궁생애가 좋다 한들 육지생애를 당할소냐."

할말이 없는 양, 오리가 잠자코 있는데 그 옆에 조상 왔던 장끼란 놈이 썩 나와서 하는 말이,

"이내 몸 환거한 지 삼 년이 되었으되 마땅한 혼처가 없더니 오늘 그대 과부 되자 내가 조상하러 왔음은 천정배필을 하늘이 도우심이라. 우리 둘이 짝을 지어 유자 생녀하고 남혼여가시켜 백년해로함이 어떠한고?"

이 말 들은 까투리 하는 말이,

"죽은 낭군 생각하면 개가하기 야박하나, 내 나이를 꼽아 보면 늙도 젊도 아니한 중늙은이라. 숫맛 알고 살림할 나이로다. 오늘 그대 풍신보니 수절할 마음 전혀 없고 음란지심淫亂之心 발동하네. 허다한 홀아비가 예

서 제서 통혼하나 유유상종이라 하였으니 까투리가 장끼 신랑 따라감이 의당 당한 상사로다. 아무러나 살아 보세."

장끼의 통혼을 받아들이는 까투리였다. 까투리의 허락을 받은 장끼란 놈은 껄껄 뿌드득 하더니 벌써 이성지합이 되었다.

이 모양을 보게 된 통혼하던 까마귀, 부엉이, 물오리들은 무안에 취해서 훨훨 날아가 버린다. 이 뒤를 따라 각색 손님들도 다 날아간다. 깜장새 호루룩, 방울새 딸랑, 앵무, 공작, 기러기, 왜가리, 황새, 뱁새 다들 돌아가 버린다. 이러자 까투리는 새 낭군 앞세우고, 아홉 아들 열두 딸을 뒤세우고 백설풍 무릅쓰고, 운림벽계雲林碧溪로 돌아갔다.

다음 해 삼월 봄이 되매 남혼여가, 아들딸 다 여의고 자웅이 쌍을 지어 명산대천으로 노닐다가 시월이라 십오일에 양주부처 내외자웅과 함께 큰 물속으로 들어가 조개가 되었다. 세상 사람들이 이를 치입대수위합堆入大水爲蛤이라 하여 치위합이라 하였다.

작가 소개와 작품해설

● 저자 소개

작자와 연대를 알 수 없다. 꿩을 의인화하여 쓴 우화로 일종의 풍자소설이다.

일명 〈웅치전〉이라고도 하는데, 일찍이 조선조 영조 시대에 창극의 각본으로 쓰여 그 각본과 소설은 내용이 비슷하다. 따라서 창극의 대본이 소설화된 것으로 보인다.

그러나 〈장끼전〉은 두 종류여서 내용이 완전히 다르다. 어느 한 군데에서도 같은 내용을 찾아볼 수가 없다. 그리하여 콩알을 놓고 장끼와 까투리 부부가 다투는 내용을 취하고, 장끼 한뫼도령과 까투리 공주 이야기는 버리기로 한다.

● 주제

경망스런 장끼와 심중한 까투리의 일생

● 작품 해설

콩알을 잘못 먹어 죽게 된 장끼에 의해서 여러 가지 상황 변화가 발생한다. 거기에다 〈장끼전〉에서 주목되는 사상으로는 여자의 절개에 대해서 시사한 점이다. 이 〈장끼전〉에서는 개가문제가 작품의 주제의식을 이루고 있기 때문이다.

이른바 조선사회에서 충신은 두 임금을 섬기지 아니하고, 열녀는 두 지아비를 바꾸지 않는다는 유교윤리가 철저하게 지배했던 사회였다. 그러한 윤리가 본 작품에서는 대담하게 무시되고 있다. 아들 아홉과 딸 열둘을 가졌더라도 개가를 하고 싶으면 해야 한다는 것이다. 당시로서는 감히 생각할 수도 없는 진보적 사상이 곁들여 있다.

또 하나의 중요한 주제는 누구든 분수에 맞는 배필을 만나 살아야 한다는 것이다. 그리고 아무리 소견이 좁고 어리석은 여자의 말이라 할지라도 사리에 맞는 충분한 이유가 있을 때에는 존중해야 한다는 것이다.

● 줄거리

어느 겨울날 아들 아홉과 딸 열둘을 거느린 장끼와 까투리 부부가 먹이를 구하러 산기슭으로 갔다.

장끼 앞에 먹음직스런 콩알 하나가 있어 좋아라 한다. 그러나 옆에 있던 까투리가 수상쩍다고 한사코 먹기를 말린다. 장끼가 말을 듣지 않자 어젯밤 여러 가지 불길한 꿈 이야기를 들려주면서 말린다.

그러나 경망스런 장끼는 여자의 말이라고 무시한다. 심중한 까투리가 옛날 현인들의 지혜까지 동원하여 말려도 장끼는 막무가내다.

장끼 하는 말, "콩 먹고 다 죽으랴. 옛글을 읽어 보면 콩태 자(太) 든 사람은 모두가 귀한 자라. 태고적 천황씨는 일만 팔천 살을 살았고, 태호 복희씨는 풍성히 승하여 십오 대를 전했으며, 한태조 당태종은 중원의 창업지주가 되었고, 강태공은 달팔십을 살았으며, 시중천자 이태백은 월궁 항아와 놀았으며, 북천의 태을성은 별 가운데 으뜸이니, 나도 콩알 달게 먹고 태을선관(太乙仙官) 되리라" 한다.

장끼가 끝끝내 고집을 버리지 아니하니 까투리가 포기한다. 장끼 좋아라 콩알 먹고 퍼득거리며 죽고 만다.

장끼 죽어 까투리의 초상집에 여러 잡새들이 조문을 와서 수작한다. 까투리의 과부타령이 심금을 울린다. "상부(喪夫)도 자주 한다. 첫째 낭군 얻었다가 보라매에 채여 가고, 둘째 낭군 얻었다가 사냥개에 물려가고, 셋째 낭군 얻었다가 포수총에 맞아 죽고, 이번 낭군 얻어서는 콩알이 원수로다. 이내 팔자 험악하다."

결국 까투리는 꿩 이외의 족속에서 남편감을 찾으려다 단념하고 동류인 홀아비 장끼에게 개가하여 다음해 아들 딸 다 시집 장가 보내고 잘 살았다.

● 독서 토론

무릇 인간 세상에서 남자가 여자 말 잘 들어도 패가하고, 안 들어도 망신한다. 장수 나면 명마 나고 문장 나면 명필 난다고 했으니, 부부는 천생배필이라 서로 아끼고 사랑함이 있어야 마땅하다.

장끼의 경솔함을 보고 까투리의 안타까워하는 말과 모습이 너무도 적절하다. 또한 과부 된 까투리에게 여러 종류의 새들이 문상 와서 위로하며 수작하는 말들이 가관이다.

이렇듯 가전체 소설이 때로 돋보이는 것은 해학적 비유가 너무도 자유스럽기 때문이다. 옛 선인들의 장난기가 없는 것도 아니나, 문학이 주는 정서와 지혜의 폭을 넓힐 수 있어 좋은 것 같다. 인간 심성을 파고드는 데는 오히려 숭고하기까지 하다.

조선조 중엽 유몽인의 〈어우야담〉에 이와 비슷한 이야기가 전하고 있다. 그런데 거기서는 꿩이 아닌 쥐가 그 주인공이다. 꿩과 쥐의 차이가 있을 뿐 그 내용은 같다.

● 비교 작품

가전체 소설로서 특히나 동물을 의인화한 것으로는 〈호질〉, 〈토끼전〉, 〈현부전〉, 〈가치전〉, 〈서동지전〉, 〈이화전〉, 〈두껍전〉 등이 있다.

장화홍련전

작자 미상

　세종대왕 시절에 평안도 철산군에 한 사람이 있었는데, 성은 배씨요 이름은 무룡이었다. 그는 본디 향족으로 좌수를 지냈을 정도로 성품이 순후하고 가산이 넉넉하여 그리울 것이 없었지만, 다만 슬하에 일점 혈육이 없으므로 부부가 그 일을 슬퍼하였다.

　그러던 중 하루는 부인 장씨가 몸이 곤하여 침상에 의지하고 졸고 있으려니, 문득 한 선관이 하늘에서 내려와 꽃 한 송이를 주었다. 부인이 이것을 받으려 하니 홀연 광풍이 일어나더니 그 꽃이 변하여 한 선녀가 되어 완연히 부인의 품속으로 들어와 부인이 깜짝 놀라 깨어 보니 남가일몽이었다. 부인이 좌수를 향하여 꿈 이야기를 하며 괴이하게 여겼다. 좌수가 이 말을 듣고,

　"우리의 자식 없음을 하늘이 불쌍히 여기어 귀자를 점지하심이라."
하며 서로 기뻐하였더니 과연 그 달부터 태기가 있어 열 달이 차매, 하루는 밤중에 향기가 진동하면서 옥녀를 낳았다. 그 아기의 용모와 기질이 특이하여 좌수 부부는 크게 사랑하며 이름을 장화薔花라 짓고 장중보옥같이 길렀다.

　장화가 두어 살이 되면서 장씨 또한 태기 있어 열 달이 되어 가니 좌수 부부는 주야로 아들 낳기를 바랐지만 역시 딸을 낳았다. 그들은 마음이 서운하지만 어쩔 수 없어 이름을 홍련紅蓮이라 하였다. 장화의 자매가 점점 자라 갈수록 얼굴이 화려하고 기질이 기묘할 뿐더러 효행이 특출하니, 좌수 부처는 자매의 자라 감을 보고 사랑함이 비할 데 없었다. 그러

던 중 너무 성숙함을 매양 염려하더니, 시운이 불행하여 장씨가 홀연히 병을 얻어 병세가 위중하여 자리에 눕게 되었다.

좌수와 장화가 정성을 다하여 주야로 약을 썼지만, 증세가 날로 위중할 뿐이요, 조금도 효험이 없었다. 장화가 초조하여 하늘에 축수하며, 모친이 회춘하기를 바랐지만, 이때 장씨는 자기의 병이 낫지 못하리라 생각하고, 두 자매의 손을 잡고 좌수를 청하여 슬퍼하며 말하되,

"첩이 전생에 죄가 많아 이 세상에 오래 살지 못할 것입니다. 죽는 것은 슬프지 않지만, 장화 자매를 기를 사람이 없으니, 지하에 가더라도 눈을 감지 못할 만큼 슬픕니다. 이제 골수에 맺힌 한을 가슴에 품고 죽으려 합니다. 외로운 혼백이라도 바라는 바는 다름이 아니오라 첩이 죽은 후에 다른 여인을 취하실진대 낭군의 마음이 자연 변키 쉬울 것이므로 그것을 두려워합니다. 바라건대 낭군은 첩의 유언을 저버리지 말으시고 전일의 정의를 생각하시고 이 두 딸을 어여삐 여겨 장성한 후에 좋은 가문의 배필을 얻어 봉황의 짝을 지어 주신다면, 첩이 비록 저승에 가서라도 낭군의 은택을 감축하여 결초보은하겠습니다."

길게 탄식한 후 이내 숨을 거두었다. 장화는 동생을 안고 하늘을 우러러 통곡하니, 그 정경은 간장이 녹아내리는 듯하였다.

그럭저럭 장삿날을 당하여 선산에다 안장하고, 장화 자매는 효심을 다하여 조석으로 상식을 받들며 주야로 과상하였다.

세월이 여류하여 어느덧 삼상이 지나갔으니, 장화 자매의 망극함은 더욱 새로웠다.

이때 좌수는 비록 망처의 유언을 생각하였지만 후사를 안 돌아볼 수도 없어서 이에 혼처를 두루 구하나, 원하는 여인이 없으므로 부득이 허씨에게 장가들었다.

허씨의 그 용모를 의논할진대 두 볼은 한 자가 넘고, 눈은 퉁방울 같고, 코는 질병 같고, 입은 메기 같고, 머리털은 돼지털 같고, 키는 장승만하고, 소리는 이리 소리 같고, 허리는 두 아름이나 되는데다가 곰배팔이요, 수종다리에 쌍언청이를 겸하였고, 그 주둥이를 썰어 내면 열 사발은 되겠고, 얽기는 콩멍석 같으니 그 형상은 차마 바로 보기 어려운데다

가 그 심사가 더욱 불량하여 남이 못할 노릇만을 골라 가며 행하였다. 그러므로 집에 두기가 단 한시인들 난감하였다.

그래도 그것이 계집이라고 그 달부터 태기가 있어 연달아 아들 삼 형제를 낳았다. 좌수는 그로 말미암아 어찌할 바를 모르니 매양 딸과 더불어 장부인을 생각하였다. 그리고 일시라도 두 딸을 못 보면 삼추같이 여기고, 들어오면 먼저 딸의 침소로 들어가 손을 잡고 눈물을 흘리며,

"너희 자매들이 깊이 규중에 있어, 어미 그리워함을 늙은 아비도 매양 슬퍼한다."

가련히 여기는 것이었다. 그러므로 허씨 시기하는 마음이 대발하여 장화와 홍련을 모해하고자 꾀를 생각하였다. 이에 좌수는 허씨의 시기함을 짐작하고 허씨를 불러 크게 꾸짖어 말하길,

"우리는 본래 가난하게 지내다가, 전처의 재물이 많아 지금 풍부히 살고 있는데 그대의 먹는 것이 다 전처의 재물이라 그 은혜를 생각하면 크게 감동해야 마땅한데, 저 어린것들을 심히 괴롭게 하니, 다시는 그러지 마오."

조용히 타일렀지만 사랑 같은 그 마음이 어찌 뉘우치겠는가. 그 후로는 더욱 불측하여 두 자매 죽일 일만 주야로 생각하였다.

하루는 좌수가 외당에서 들어와 딸의 방에 앉으며 두 딸을 살펴보니, 두 아이가 서로 손을 잡고 슬픔을 머금고 눈물을 흘려 옷깃을 적시고 있었다. 좌수가 이것을 보고 탄식하며 이르기를,

"이는 분명히 죽은 너희 모친을 생각하고 슬퍼함이로다."

역시 눈물을 흘리며 이르되,

"너희가 이렇게 장성하였으니, 너희 모친이 살아 있었다면 오죽이나 기쁘겠느냐. 그러나 팔자가 기구하여 허씨 같은 계모를 만나 구박이 자심하니, 너희들의 슬퍼함을 짐작하겠다. 이후에 이런 연고가 또 있으면 내가 처치하여 너희 마음을 편케 하리라."

이때 흉녀 허씨가 창 틈으로 이 광경을 엿보고 더욱 분노하여 흉계를 생각하다가 문득 깨닫고, 제 자식 장쇠를 불러 큰 쥐 한 마리를 잡아오게 하였다. 그리고는 그것의 껍질을 벗기고 피를 발라, 낙태한 형상을

만들어 가지고는 장화가 자는 방에 들어가 이불 밑에 넣고 나왔다. 좌수가 괴이하게 여겨 그 연고를 물었더니 허씨가 가로되,

"집안에 불측한 변이 있으나, 낭군이 반드시 첩의 모해라 하실 듯하기에 처음에는 감히 발설치 못하였습니다. 낭군은 친어버이라, 나오면 이르고 들어가면 반기는 정을 자식들이 전혀 모르고 부정한 일이 많으나, 내 또한 친어미가 아니므로 짐작만 하고 잠잠하였습니다. 그런데 오늘은 늦도록 기동치 아니하기로 몸이 불편한가 염려하여 들어가 보니, 과연 낙태하고 누웠다가 첩을 보고 미처 수습지 못하여 쩔쩔매는 것이었습니다. 그래서 첩의 마음에 놀라움이 컸지만, 저와 나만 알고 있거니와 우리는 대대로 양반이라 이런 일이 누설되면 무슨 면목으로 세상을 살아가겠습니까."

좌수가 크게 놀라 이에 부인의 손을 이끌고 여아의 방으로 들어가 이불을 들쳐 보았다. 이때 장화 자매는 잠이 깊이 들어 있었는데, 허씨가 그 피묻은 쥐를 가지고 여러 가지로 비아냥거리거늘 용렬한 좌수는 그 흉계를 모르고 가장 놀라며 이르되,

"이 일을 장차 어찌하리오."

애를 쓰거늘, 이때 흉녀가 하는 말이,

"이 일이 가장 중난하니, 이 일을 남이 모르게 죽여 흔적을 없애 버리면, 남은 이런 줄을 모르고, 첩이 심하여 애매한 전실 자식을 모해하여 죽였다 할 것이오. 남이 이 일을 알면 부끄러움을 면치 못하리니, 차라리 첩이 먼저 죽어 모르는 게 나을까 합니다."

거짓 자결하는 체하니, 저 미련한 좌수는 그 흉계를 모르고 급히 붙잡고 빌어 가로되,

"그대의 진중한 덕은 내 이미 아는 바이니, 빨리 방법을 가르치면 저 아이를 처치하겠소."

하고 울었다. 흉녀는 이 말을 듣고,

'이제는 원을 이룰 때가 왔다.'

마음에 기꺼워하면서도 겉으로 탄식하여 하는 말이,

"내 죽어 모르고자 하였더니, 낭군이 이토록 과념하시매 부득이 참거

니와 저를 죽이지 않으면 문호에 화를 면치 못할 것입니다. 기세양난이
니, 빨리 처치하여 이 일이 탄로치 않게 하십시오.”
하였다. 좌수는 망처의 유언을 생각하고 망극하였지만 일변 분노하여
처치할 묘책을 의논하였다. 흉녀가 기뻐하여 말하길,
  “장화를 불러 거짓말로 속여 저의 외삼촌 집에 다녀오라 하고, 장쇠를
시켜 같이 가다가 뒤 연못에 밀쳐 넣어 죽이는 것이 상책일까 합니다.”
  좌수가 듣고 옳게 여겨 장쇠를 불러 이러저러하라 하고 계교를 가르쳐
주었다.
  이때 두 소저는 죽은 어머니를 생각하고 슬픔을 금치 못하다가 잠이
깊이 들었으니, 어찌 흉녀의 이런 불측함을 알 수 있었을까. 장화가 잠
을 깨어 심신이 울적하므로 십분 괴이하게 여겨 다시 잠을 이루지 못하
고 일어나 앉아 있는데, 부르시기에 깜짝 놀라서 즉시 나아가니, 좌수가
이르기를,
  “너의 외삼촌 집이 여기서 멀지 않으니 잠깐 다녀오너라.”
하였다. 장화는 너무도 의외의 영을 들었으므로 일변 놀라우며 일변 슬
퍼 눈물을 머금고 말씀드리되,
  “소녀 오늘까지 문밖을 나가 본 일이 없었는데, 부친은 어찌하여 이
깊은 밤에 알지 못하는 길을 가라 하시나이까 ?”
  좌수가 대로하여 꾸짖기를,
  “네 오라비 장쇠를 데리고 가라 하였거늘 무슨 잔말을 하여 아비의 영
을 거역하느냐.”
  장화 이 말을 듣고 방성대곡하여 여쭈되,
  “부친께서 죽으라 하신들 어찌 영을 거역하겠습니까마는 야심하였기
로 어린 생각에 사정을 아뢸 따름이요, 분부 이러하시니 황송하지만, 다
만 부탁이오니 밤이나 새거든 가게 하시옵소서.”
  좌수 비록 용렬하나, 자식의 정에 끌려 망설였다. 흉녀는 이렇게 수작
하는 말을 듣고 문득 문을 발길로 박차며 꾸짖어 말하되,
  “너는 어버이 영을 순순히 따라야 마땅하거늘, 무슨 말을 하여 부명을
어기느냐.”

호령하므로, 장화 더욱 서러우나 하릴없이 울며 말하길,

"아버님의 분부가 이러하시니, 다시 여쭐 말씀이 없사오며 분부대로 하겠나이다."

침방으로 들어가 홍련을 불러 손을 잡고 울며 말하길,

"부친의 뜻을 알지 못하거니와 무슨 연고가 있는지 이 심야에 외가에 다녀오라 하시므로 마지못해 가긴 가지만, 이 길이 아무래도 불길하구나. 시급하여 사정을 못다 하거니와 가장 망극하구나. 다만 슬픈 마음은 우리 자매가 모친을 여의고 서로 의지하여 세월을 보내되, 일각이라도 떠남이 없이 지내더니, 천만 뜻밖에 이 길을 당하여 너를 적적한 빈방에 혼자 두고 갈 일을 생각하면 가슴이 터지고 간장이 타는 내 심사는 청천이 일장이라도 다 기록지 못할 것이다. 하여간 내 길이 좋지 못할 듯하지만 만일 순하면 쉬이 돌아올 것이니, 그 사이 그리운 생각이 있어도 참고 기다려라. 옷이나 바꾸어 입고 가야겠다."

옷을 바꾸어 입은 후 자매 다시 손을 잡고 울며 아우를 경계하여 말하길,

"너는 부친과 계모를 극진히 섬겨 득죄함이 없게 하고 내가 돌아오기를 기다리면, 내가 가서 오래 있지 않고 수삼일에 다녀오겠다. 그 동안 그리워 어찌하며 너를 두고 가는 언니의 마음 측량 없나니, 너는 슬퍼 말고 부디 잘 있거라."

말을 마치매 대성통곡하며 다만 손을 붙잡고 서로 헤어지지 못하니, 슬프다! 생시에 그지없이 사랑하던 그 모친은 어찌 이런 때를 당하여 저 자매의 형상을 굽어 살피지 못하는가.

이때 흉녀 밖에서 장화의 이렇듯 함을 듣고는 들어와, 사랑 같은 소리를 지르며 말하길,

"네 어찌 이렇게 요란히 구느냐?"

장쇠를 불러 이르되,

"네 누이를 데리고 빨리 외가에 다녀오너라 하였거늘 그저 있으니 어쩐 일이냐?"

돼지 같은 장쇠는 바로 염라왕의 분부나 받은 듯이 소리를 벼락같이

질러 어깨춤을 추며 삼간 마루를 떼구르며 소리치기를,

"누님은 빨리 나와요. 부명을 거역하여 공연히 나만 꾸지람 듣게 하니, 이 아니 원통하오."

재촉이 성화 같으므로 장화는 어쩔 수 없이 홍련의 손을 떨치고 나오려 하였다. 홍련이 언니의 옷자락을 잡고 울며 말하길,

"우리 자매 일시도 떠날 적이 없더니 갑자기 오늘은 나를 버리고 어디로 가려 하오?"

쫓아 나오니, 장화는 홍련의 자진하는 형상을 보매, 간장이 마디마디 끊어지는 듯하지만, 하릴없어 홍련을 달래어 말하길,

"내 잠깐 다녀오겠으니 울지 말고 잘 있어라."

말을 이루지 못하니, 노복들도 이 정상을 보고 눈물 아니 흘리는 자 없었다. 홍련이 형의 치마를 굳이 잡고 놓지 않거늘, 흉녀가 들이닥쳐 홍련의 손을 뿌리치며,

"네 형이 외가에 가는데 네 어찌 이처럼 요망스럽게 구느냐."

꾸짖으므로, 홍련이 부득이 물러섰다. 흉녀가 장쇠에게 넌지시 눈주며 장쇠의 재촉이 성화 같으니, 장화 마지못해 홍련을 이별하고, 부친께 하직하고 말 위에 올라 통곡하며 가는 것이었다.

장쇠가 말을 급히 몰아 산곡중으로 들어가 한 곳에 다다르니 산은 첩첩천봉이요 물은 잔잔백곡이라, 초목이 무성하고 송백이 자욱하여 인적이 적막한데 달빛만 휘영청 밝아 있고, 구슬픈 두견 소리가 일촌간장 다 끊어 놓는다.

장화가 굽어보니, 송림중에 한 못이 있는데, 크기가 사십여 리요, 그 깊이는 알지 못할레라. 한번 보니 정신이 아득한 중 물소리만 처량한데, 장쇠 말을 잡고 내리라 하니 장화가 크게 놀라 말하되,

"이곳에 내리라 함은 어쩐 말이냐."

장쇠 대답하여 가로되,

"누이의 죄로 알 것이니 어찌 묻느냐? 그대를 외가에 가라 함이 정말이 아니라. 그대 실행함이 많으되, 계모 착하신 고로 모르는 체하시더니, 이미 낙태한 일이 나타났으므로 나를 시켜 남이 모르게 이곳에 넣고

오라 하기에, 이곳에 왔으니 속히 물에 들어가라.”

잡아 내리는 것이었다. 장화가 이 말을 듣고는 청천백일에 벼락 내리는 듯, 넋을 잃고 소리를 질러 말하되,

“하늘도 야속하오. 이 일이 웬 일이오. 무슨 일로 장화를 내시고 또 원고에 없는 누명을 쓰고 이 깊은 못에 빠져 죽어 속절없이 원혼이 되게 하시는고. 하늘은 굽어 살피소서. 장화는 세상에 난 후로 문밖을 모르는데도 오늘날 애매한 누명을 얻었으니, 전생 죄악이 이같이 중하던가. 우리 모친 어찌 세상을 버리셨나. 슬픈 인생을 끼쳤다가 간악한 사람의 모해를 입어 단불에 나비 죽듯 죽는 것은 슬프지 않지만, 원통한 이 누명을 어느 시절에 씻사오며 외로운 저 동생은 장차 어찌되는 것인가.”

통곡하며 기절하니 그 정상은 목석 간장이라도 서러워하겠지만, 저 불측하고 무정한 장쇠놈은 서서 다만 재촉하여 말하길,

“이 적막한 산중에 밤이 이미 깊었는데 아무래도 죽을 인생 발악해야 무엇하나. 어서 바삐 물에 들라.”

장화 정신을 진정하고 말하길,

“나의 망극한 정지를 들어라. 우리가 비록 이복이지만 아비 골육은 한 가지라. 전일 우애하던 정을 생각하여 영영 황천으로 돌아가는 인명을 가련히 여겨 일시 말미를 주면, 삼촌집에 가 망모의 가묘에 하직이나 하고 외로운 홍련을 부탁하여 위로코자 함이니, 이는 결단코 내 목숨을 보존코자 하는 게 아니라 변명하면 계모의 시기가 있을 것이요, 살고자 하면 부명을 거역하는 것이니 일정한 명대로 하려니와, 바라건대 잠깐 말미를 주면 다녀와 죽음을 청하겠다.”

비는 소리, 애원이 처절하나 목석 같은 장쇠놈은 조금도 측은한 빛이 없어 마침내 듣지 않고 재촉이 성화 같았다. 장화는 더욱 망극하여 하늘을 우러러 통곡하여 말하길,

“명천은 이 장화의 사정을 살피십시오. 장화의 팔자가 기박하여 칠 세에 모친을 여의고, 자매가 서로 의지하여 서산에 지는 해와 동령에 돋는 달을 대하며, 간장이 슬퍼지고 후원에 피는 꽃과 옥계에 나는 풀을 보면, 비감하여 눈물이 비오듯 지냈습니다. 삼 년 후에 계모를 얻었는데

성품이 불측하여 구박이 자심하므로, 서러운 간장, 슬픈 마음을 이기지 못하였습니다. 그러나 낮이면 부친을 바라고 밤이면 망모를 생각하며 자매가 서로 손을 잡고 장장하일과 긴긴추야를 탄식으로 보내더니, 궁흉극악한 계모의 독수를 벗어나지 못하고 오늘날 물에 빠져 죽사오니, 이 장화의 천만 애매함을 천지·일월·성신은 헤아려 주십시오. 홍련의 일생을 어여삐 여기셔서 저 같은 인생을 본받게 하지 마옵소서."

장쇠를 돌아보며 말하길,

"나는 이미 누명을 쓰고 죽거니와, 저 외로운 홍련을 어여삐 여겨 잘 인도하여 부모에 득죄함이 없게 하고, 부모를 모셔 백세 무량함을 바란다."

왼손으로 홍상을 잡고 오른손으로 월귀탄을 벗어 들고 신발을 벗어 못가에 놓고는, 발을 구르며 눈물을 비오듯 흘리며 오던 길을 향하여 실성통곡하는 말이,

"불쌍하구나, 홍련아. 적막한 깊은 규중에 너 홀로 남았으니, 가엾은 네 인생이 누구를 의지하고 살아간단 말인가. 너를 두고 죽는 나는 쓰라린 이 간장이 굽이굽이 다 녹는다."

말을 마치고 만경창파 나는 듯이 뛰어드니 진실로 가련하다. 문득 물결이 하늘에 닿으며 찬바람이 일어나고 일광이 무색하며, 산중에서 대호가 내달아 꾸짖기를,

"네 어미 무도하여 애매한 자식을 모해하여 죽이니, 어찌 하늘도 무심하시겠느냐."

달려들어 장쇠놈의 귀와 한 팔, 다리를 떼어 먹고 온데간데 없어지니 장쇠는 기절하여 땅에 거꾸러지니 장화가 탔던 말이 크게 놀라 집으로 돌아왔다.

흉녀는 장쇠를 보내고 밤이 깊도록 안 오므로 가장 이상하게 여기고 있는데, 문득 장화가 탔던 말이 소리를 지르며 달려오기에 흉녀가 생각하기를, 장화를 죽이고 온 줄 알고 내달아 보니, 그 말이 온 몸에 땀을 흘리며 들어오되 사람은 없는지라. 흉녀 크게 놀라 이에 노복을 불러 불을 밝히고 말 오던 자취를 찾아가게 하였다.

한 곳에 장쇠가 거꾸러졌거늘, 놀라 자세히 보니, 한 팔, 한 다리와 두 귀가 없고 피를 흘리며 인사불성되어 있었음에 모두가 놀라 어찌할 줄을 몰랐다. 그때 문득 향내가 진동하며 냉풍이 소슬하므로 괴이하게 여겨 두루 살펴보니 향내가 못 가운데서 나는 것이었다.

노복이 장쇠를 구하여 오니, 그 어미 놀라 즉시 약을 먹이고 상한 곳을 동여 주니, 장쇠 비로소 정신을 차렸다. 흉녀가 크게 기꺼하여 그 연고를 물으니, 장쇠는 전후 사연을 다 말하였다. 그 말을 들은 흉녀는 더욱 원망하여 홍련을 마저 죽이려고 주야로 생각하였다.

그러던 중 홍련이 또한 집안 일을 전혀 모르다가 집안이 요란함을 보고 가장 괴이하게 여겨 계모에게 그 연고를 물었다.

그러자 흉녀는 눈을 흘기며,

"장쇠가 요괴로운 네 형을 데리고 가다가 길에서 범을 만나 물려 병이 중하다."

홍련이 다시 사연을 물으니 흉녀가 눈을 흘기며,

"네 무슨 요사스런 말을 이렇게 하느냐."

떨치고 일어나므로, 홍련이 이렇듯 박대함을 보고 가슴이 터지는 듯하며 일신이 떨려, 제 방으로 돌아와 형을 부르며 통곡하다가 홀연 잠이 들었다.

비몽사몽간에 물 속에서 장화가 황룡을 타고 북해로 향하거늘, 홍련이 내달아 물으려 하니 장화가 본 체도 안하는 것이었다.

홍련이 울며 가로되,

"언니는 어찌 나를 본 체도 안하시고 혼자 어디로 가십니까?"

그제서야 장화가 눈물을 뿌리며 말하길,

"이제는 내 몸이 길이 달라서 내 옥황상제께 명을 받아 삼신산으로 약을 캐러 가는데, 길이 바쁘기로 정회를 베풀지 못하지만 너는 나를 무정타고 여기지 말아라. 내 장차 때를 보아 너를 데려가마."

수작할 즈음에 장화가 탄 용이 소리를 지르거늘, 홍련이 깨달으니 침상일몽이었다. 기운이 서늘하고 일신에 땀이 나고 정신이 아득해져서 이에 부친께 이 사연을 말하며 통곡하여 말하기를,

"오늘을 당하매, 소녀의 마음이 무엇을 잃은 듯하여 자연 슬프니, 언니 이번에 가매, 필경 무슨 연고 있어 사람의 해를 입었나 봅니다."

실성 통곡하였다. 좌수가 여아의 말을 들어 보니, 숨통이 막혀 한 말도 이루지 못하고 다만 눈물만 흘리는 것이었다. 흉녀가 곁에 있다가 왈칵 성을 내며 말하길,

"어린 아이가 무슨 말을 해서 어른의 마음을 무단히 슬프게 하여 이렇듯 상케 하느냐."

등을 밀어내기에, 홍련이 울며 나와 생각하기를,

'내 꿈 이야기를 여쭤온즉 부친은 슬퍼하시며 아무 말도 못하시고, 허씨는 변색하고 이렇듯 구박하니, 이는 반드시 이 가운데 무슨 연고가 있다.'

그 허실을 몰라 애쓰더니, 하루는 흉녀가 나가고 없기에 장쇠를 불러 달래며 장화의 거취를 탐문하였다.

그러자 장쇠는 하는 수 없이 속이지 못해 장화의 전후 사연을 설파하는 것이었다.

그제서야 홍련은 제 언니가 애매하게 죽은 줄 알고 깜짝 놀라 기절하였다가 겨우 인사를 차려 언니를 부르며 가로되,

"어여쁘다, 언니 우리 언니여, 불측하다 흉녀로다. 가련한 우리 언니 이팔 청춘 꽃다운 시절에 불측한 누명을 몸에 쓰고 창파에 몸을 던져 천추 원혼이 되었으니, 뼈에 새긴 이 원한을 어찌하여 풀어 볼까. 참혹하다 우리 언니, 가련한 이 동생을 적막한 공방에 외로이 남겨 두고 어디 가서 안 오시나. 구천에 돌아간들 이 동생이 그리워서 피눈물 지으실 제 구곡간장이 다 녹았을 것이로다. 고왕금래에 이런 원통한 일이 또 어디 있으오리까. 하늘이시여 살피시옵소서. 소녀 삼 세에 어미를 잃고 언니를 의지하여 지내왔는데, 몸의 죄가 지중하여 모진 목숨 외로이 남아 이런 변을 또 당하니, 언니와 같이 더러운 욕을 보지 말고 차라리 이내 몸이 일찍 죽어 외로운 혼백이라도 언니를 따라 지옥에 놀고자 하나이다."

말을 마치고 옥루만면하여 정신이 아득한지라 아무리 언니의 죽은 곳을 찾아가고자 하나 규중 처녀의 몸으로 문 밖 길을 모르니 어찌 그곳을

능히 찾아갈 수 있을까. 침식을 전폐하고 주야로 한탄할 뿐이었다.

하루는 청조 한 마리가 날아와 백화만발한 사이를 오락가락하여, 홍련이 심중에 헤아리기를,

'내 언니 죽은 곳을 몰라 주야로 궁금하여 한이 되었는데, 저 청조 비록 미물이지만 저렇듯 왕래하니 나를 데려가려 왔나 보다.'

슬픈 정회를 진정치 못하여 좌불안석하였다. 그러다가 문득 보니 간 곳이 없거늘, 마음이 서운하지만 하릴없었다. 날이 다시 밝으매 홍련이 또 청조 오기를 기다리다 종내 오지 않으므로 슬픔을 이기지 못해 종일 통곡하였다. 그러다가 날이 저물어 창을 의지하고 혼자 생각하기를,

'이제 청조가 오지 않아도 언니 죽은 곳을 찾아가려니와, 이 일을 부친께 말씀하면 못 가게 하실 테니, 이 사연을 기록하여 두고 가야하겠다.'

즉시 지필을 꺼내어 유서를 썼다. 그 글에 아뢰기를,

'슬프다. 일찍이 모친을 여의고 자매가 서로 의지하여 세월을 보내더니, 천만 뜻밖에 언니가 사람의 불측 모해를 입어 무죄하나 몹쓸 누명을 입어 마침내 영혼이 되니, 어찌 슬프지 않으며 어찌 원통하지 않은가. 홍련은 부친 슬하에 이미 십여 년을 모셨다가 오늘날 가련한 언니를 쫓아가매, 지금 이후로는 부친의 용모를 다시 뵙지 못하고 목소리조차 들을 길이 없습니다. 이런 일을 생각하면 눈물이 앞을 가려 가슴이 어색한지라, 바라건대 부친은 불초녀를 생각지 마시고 만수무강하십시오.'

하였다. 이때는 오경이라 월색이 만정하고 청풍이 서슬하였는데, 문득 청조 한 마리가 날아와 나무에 앉으며 홍련을 보고 반기는 듯 지저귀는 것이었다. 그래서 홍련이 이르기를,

"네 비록 짐승이로되 우리 언니 계신 곳을 가르쳐 주러 왔느냐?"

그 청조 듣고 응하는 듯해서 홍련이 다시 말하되,

"네 만일 나를 가르치러 왔거든 길을 인도하면 너를 따라가겠다."

청조가 고개를 조아려 응하는 듯하기에 홍련이 말하길,

"그러면 네 잠깐 머물러 있어라. 함께 가자."

유서를 벽상에 붙이고 방문을 나오며 일장 통곡하여 말하길,

"가련하다, 나의 팔자여, 이 집을 나가면 언제 다시 이 문전을 보겠는가."

청조를 따라갔다. 몇 리를 못 가서 동방이 밝아오므로 점점 나아가매, 청산은 중중하고 장송은 울울한데 백조는 슬피 울어 사람의 심회를 돋우었다.

청조가 한 못가에서 주저하기에 홍련이 좌우를 살펴보았다.

그러자 물 위에 오색구름이 자욱한 가운데에서 슬픈 울음 소리가 나며 홍련을 불러 말하길,

"너는 무슨 죄가 있길래 천금같이 귀중한 목숨을 속절없이 이곳에다 버리려고 하느냐. 사람이 한 번 죽으면 다시 살지 못하나니, 가련하다 홍련아. 세상 일은 헤아리기 힘드니 이런 일일랑 다시 생각지 말고 어서 돌아가 부모 봉양을 극진히 하고 성현 군자를 만나 유자생녀하여 돌아가신 어머님 혼령을 위로하여라."

홍련이 이것이 언니의 소리인 줄 알고 급히 소리질러 불러 말하길,

"언니는 전생에 무슨 죄로 나를 두고 이곳에 와 외로이 있으며, 나는 언니를 버리고 혼자 살길이 없으니 한 가지로 돌아다니고자 합니다."

공중에서 울음 소리가 그치지 않고 슬피 울거늘 홍련이 더욱 서러워 정신을 차리지 못하였다. 그러다가 겨우 진정하여 하늘에 절하며 축수하여 말하길,

"비나이다 비나이다. 빙옥 같은 우리 언니 천추에 몹쓸 누명 설원하여 주십시오. 황천은 이 홍련의 지원 극통한 한을 밝게 굽어 살피십시오."

방송대곡 슬피 울 때에, 공중에서 홍련을 부르는 소리에 더욱 비감하여 오른손으로 치마를 휘어잡고 나는 듯이 물 속으로 뛰어드니, 슬프고 애달프다.

일광이 무색하고 그 후로는 물 위의 안개 자욱한 속으로 슬피 우는 소리가 주야로 연속하여 계모의 모해로 애매하게 죽은 죽음을 사설하였다. 이는 원근 사람을 다 알게 하기 위해서였다.

장화 자매의 애원한 한이 구천에 사무쳐 매양 설원雪寃코자 하매, 철산 부사 아문衙門에 들어가 지원극통至寃極痛한 원정을 아뢰려 하였다.

그래서 부사들이 놀라 기절하여 죽어갔다. 이렇듯이 철산 부사로 오는 사람은 도임한 이튿날이면 죽으므로, 그 후로는 부사로 오는 사람이 없어 철산군은 자연 폐읍이 되었다.

그리하여 해마다 흉년이 들어 사람이 아사 지경에 이르니 백성들이 사방으로 헤어져 한 고을이 텅 비게 되었다.

이러한 사연으로 여러 번 장계를 올리니, 임금이 크게 근심하여 조정에서 의논이 분분하였다.

하루는 정동우鄭東祐라 하는 사람이 부사로 가기로 자원하였다.

이는 성품이 강직하고 체모가 정중한 사람이라 임금이 들으시고 의견하여 가로되,

"철산읍에 이상한 변이 있어 폐읍이 되었다 하므로 매우 염려하던 중 경이 이제 자원하니 심히 다행하고 아름다우나 또한 근심이 된다. 그러니 십분 조심하여 인민을 잘 안돈하라."

철산 부사를 제수하셨다. 부사 사은하고 물러나와 즉시 도임하여 이방을 불러 가로되,

"내 들으니, 네 고을에 관장이 도임한 후면 즉시 죽는다 하니 과연 옳으냐."

이방이 여쭈되,

"아뢰기 황송하나 오륙 년 이래로 등내等內마다 밤이면 비몽사몽 간에 꿈을 깨닫지 못하고 죽으니 그 연고를 알지 못하겠나이다."

부사가 듣기를 다하고 분부하여 가로되,

"너희들은 밤에 불을 끄고 잠을 자지 말며 고요히 동정을 살피라."

이방이 청령하고 나아갔다.

부사가 객사에 가 등촉을 밝히고 〈주역〉을 읽고 있었는데, 밤이 깊은 후에 홀연히 찬바람이 일어나며 정신이 아득하여 어찌할 줄 모르더니 난데없는 한 미인이 녹의홍상으로 완연히 들어와 절하는 것이었다. 부사가 정신을 가다듬어 물어 가로되,

"너는 어떠한 여자인데 이 깊은 밤에 와서 무슨 사정을 말하려 하느냐?"

그 미인이 고개를 숙이고 몸을 일으켜 다시 절하며 아뢰길,

"소녀는 이 고을에 사는 배좌수의 딸 홍련이옵나이다. 소녀의 언니 장화는 칠 세 되었고 소녀는 삼 세 되던 해에, 어미를 여의고 아비를 의지하여 세상을 보내더니, 아비가 후처를 얻었나이다. 후처의 성품이 사납고 시기가 지극하던 중 공교히 계속하여 삼자를 낳았나이다. 그래서 아비는 혹해서 계모의 참소를 신청하고 소녀의 자매를 박대 자심하였지만, 소녀의 자매는 그래도 어미라 계모 섬기기를 극진히 하였사옵니다. 계모의 박대와 시기는 날로 심해졌사옵니다. 이는 다름 아니라 본디 소녀의 어미가 재물이 많아 노비가 수천 구요, 전답이 천여 석이었나이다. 그러니 보화는 거재 두량이라, 소녀의 자매가 출가하면 재물을 다 가질까 보아 시기심을 품고 소녀의 자매를 죽여 재물을 빼앗아 제 자식을 주고자 하여 주야로 모해할 뜻을 두었나이다. 그리하여 스스로 흉계를 꾸며 큰 쥐를 튀하여 피를 많이 바르고 낙태한 형상을 만들어 언니의 이불 밑에 넣었나이다. 그리고 아비를 속여 죄를 이룬 후에 거짓 외삼촌 집으로 보낸다 하고, 불시에 말을 태워 그 아들 장쇠놈으로 하여금 데려다가 못 가운데 넣어 죽였사옵니다. 소녀가 이 일을 알고, 지원극통하여 스스로 생각한 끝에 소녀 구차히 살았다가 또 흉계에 빠질까 두려워, 마침내 언니 빠져 죽은 못에 빠져 죽었나이다. 죽음은 섧지 않사오나 이 불측한 누명을 설원할 길이 없겠기에, 더욱 원통하여 등내마다 원통한 사정을 아뢰고자 하였나이다. 그러나 모두 놀라 죽으므로 뼈에 맺힌 원한을 이루지 못하였나이다. 이제 천행으로 밝으신 사또를 맞아 감히 원통한 원정을 아뢰는 바이오니 사또께서는 소녀의 슬픈 혼백을 어여삐 여겨, 천추의 원한을 풀어 주시고 언니의 누명을 벗겨 주시옵소서."

말을 마치고는 일어나서 하직하고 나갔다. 부사가 괴이하게 여겨 생각하기를,

'당초에 이런 일이 있어 폐읍이 되었도다.'

이튿날 아침에 동헌에 나아가 이방을 불러 묻되,

"이 고을에 배좌수라 하는 사람이 있느냐."

"과연 배좌수 있사옵니다."

“좌수 전후처의 자식이 몇이나 있느냐?”

“두 딸은 일찍 죽사옵고 세 아들이 살아 있나이다.”

“두 딸은 어찌하여 죽었다 하더냐?”

“남의 일이오라 자세히는 알지 못하오나, 대강 듣사온데 그 큰딸이 무슨 죄가 있삽던지 못에 빠져 죽은 후 그 동생이 있어 자매의 정이 중하므로 주야로 통곡하다가 필경 제 언니의 죽은 못에 빠져 죽어 한 가지로 원혼이 되어 날마다 못가에 나와 앉아 울며 말하길, ‘계모의 모해를 입어 악명을 쓰고 죽었노라’ 하며 허다한 사연을 하여 행인들이 듣고 눈물 아니 흘리는 사람이 없다 하옵니다.”

부사는 듣기를 다하고 즉시 관차를 놓아 분부하되,

“배좌수 부처를 잡아들여라.”

관차는 영을 듣고 경각에 잡아왔다. 부사가 이에 좌수에게 묻되,

“내 들으니 전처의 두 딸과 후처의 세 아들이 있다 하는데 분명하냐?”

“그러하옵나이다.”

“다 살았느냐?”

“두 딸은 병들어 죽었고 다만 세 아들만 살았나이다.”

“두 딸이 무슨 병으로 죽었는지 바른대로 아뢰면 죽기를 면하려니와, 그렇지 않으면 장하杖下에 죽으리라.”

좌수 얼굴이 흙빛이 되어 아무 말도 못하나 흉녀 이 말을 듣고 크게 놀라 아뢰되,

“안전에서 이미 아시옵고 묻사온대 어찌 일호라도 기망함이 있겠나이까. 전실에 두 딸이 있어 장성하더니 장녀 행실이 바르지 못하여 잉태하여 장차 누설케 되었기로, 노복들도 모르게 약을 먹여 낙태하였사오나 남은 실로 이러한 줄도 모르고 계모의 모해인 줄 알 듯하기에 저를 불러 경계하기를, 네 죄는 죽어 아깝지 않지만 너를 죽이면 남이 나의 모해로 알겠기로 짐작하여 죄를 사하겠으니, 차후로는 다시 이러한 행실을 말고 마음을 닦아라. 만일 남이 알면 우리 집을 경멸히 여길 것이니, 그러면 무슨 면목으로 사람을 대하겠느냐 하고 경계하여 꾸짖었나이다. 그

랬더니 저도 죄를 알고 부모 보기를 부끄러워하여 스스로 밤에 나가 못에 빠져 죽었습니다. 그 아우 홍련이 또한 제 언니의 행실을 본받아 밤에 도주한 지 격년이 되었지만, 그 종적을 모를 뿐 아니라, 양반의 자식이 실행하여 나갔다고 해서 어찌 찾을 길이 있겠나이까? 이러므로 나타나지 못하였나이다."

부사가 듣기를 다하고 물어 가로되,

"네 말이 그러할진대, 낙태한 것을 가져오면 가히 알겠다."

흉녀 대답하여 여쭙기를,

"소녀의 골육이 아닌고로 이런 일을 당할 줄 알고 그 낙태한 것을 심심 장지하였다가 가져왔나이다."

즉시 품속에서 내어드리니 부사가 본즉, 낙태한 것이 분명하므로 이에 분부하되,

"말과 일이 방불하나, 죽은 지 오래되어 분명한 증거가 없으매, 내가 생각하여 처치할 테니 그냥 물러가 있거라."

방송하였다. 그러자 이날 밤에 홍련의 자매가 완연히 부사 앞에 나타나 와 절하고 여쭈되,

"소녀 등이 천만 의외에 밝으신 사또를 만나서 소녀 자매의 누명을 설원할까 바랐었는데, 사또께서 흉녀의 간특한 꾀에 빠지실 줄 어찌 알겠나이까."

슬피 울다가 다시 여쭈기를,

"일월같이 밝으신 사또는 깊이 통촉하시옵소서. 옛날에 순임금도 계모의 화를 입었다 하거니와, 소녀의 각골지통은 삼척동자라도 다 아는 바입니다. 그런데도 이제 사또께서 간악한 계집의 말을 곧이들으셔 깨닫지 못하시니, 어찌 애닯지 않겠나이까. 바라건대 사또께서는 흉녀를 다시 부르셔서 낙태한 것을 올리라 하여 배를 가르고 보시면, 반드시 통촉할 바가 있을 것이옵니다. 그러니 소녀 자매를 천만 긍축히 여기셔서 법을 밝혀 주시고, 소녀의 아비는 본성이 착하고 어두운 탓으로 흉녀 간계에 빠져 흑백을 분별치 못하는 것이니 십분 용서하여 주시기를 바라겠나이다."

말을 마치고 홍련 자매는 일어나 절하고 청학을 타고 반공을 솟아갔다. 부사는 그 말을 듣고는 분명히 자기가 흉녀에게 속았음을 깨닫고 더욱 분노하였다. 그는 날이 밝기를 기다려 새벽에 좌기를 베풀고 좌수 부처를 성화같이 잡아들여 다른 말은 묻지 않고 그 낙태한 것을 바삐 들이라 하여 그것을 살펴본즉 낙태가 아닌 줄 분명히 알겠으므로 좌우를 명하여 그 낙태한 것을 배를 가르라 하니, 그 호령이 서리 같았다. 좌우가 청령하고 칼을 가져와 배를 갈라 보니 그 속에 쥐똥이 가득하였다. 허다한 관속들이 이를 보고, 모두 흉녀의 간계를 알고 저마다 침을 뱉아 꾸짖으며, 홍련 자매의 애매한 죽음을 불쌍히 여겨 눈물을 흘리는 것이었다.

부사가 이를 보고 크게 노하여 큰 칼을 씌우고 소리를 높여 호령하여 가로되,

"이 간특한 것아, 네 천고불측한 죄를 짓고도 방자히 공교한 말로 속이기로 내가 생각하는 바 있어 방송하였더니, 이제 또한 무슨 말을 꾸며 발명코자 하느냐? 네 국법을 가볍게 여기고 못할 짓을 행하여 무죄한 전실 자식을 죽였으니, 그 연고를 바른대로 아뢰어 형벌의 괴로움을 받지 말라."

좌수가 이 광경을 보고는 애매한 자식이 원통히 죽음을 뉘우치는 것이었다. 눈물을 흘리며 아뢰기를,

"소생의 무지한 죄는 성주 처분에 있사옵니다만, 비록 하방의 용렬한 우맹인들 어찌 사리와 체모를 모르겠나이까. 전실 장씨 가장 현숙하더니 불쌍히 죽고 두 딸이 있었사옵는데, 부녀가 서로 의지하여 위로하며 세월을 보내었나이다. 그러나 후사를 아니 보지 못하여 후처를 얻어 삼자를 낳았으므로 가장 기꺼워하였나이다. 그런데 하루는 소생이 내당에 들어가니 흉녀가 문득 발연변색하여 가로되, '영감이 매양 장화를 세상에 없이 귀히 여기시더니 제 행실이 불행하여 낙태하였으니 들어가 보라' 하고 이불을 들치기로 소생이 놀라 어두운 눈에 본즉 과연 낙태한 것이 적실하였나이다. 미련한 소견에 암연히 깨닫지 못하는 중 전처의 유언을 잊고 흉계에 빠져 죽을 죄 분명하니, 그 죄 만번 죽어도 사양치

않겠나이다.”

　말을 마치자 통곡하는 것이었다. 부사가 곡성을 그치게 하고 이에 흉녀를 형틀에 올려 매고 문초를 받으니, 흉녀 매를 이기지 못해 여쭈되,

　“소첩은 몸이 대대 거족으로 문중이 쇠잔하고 가세가 탕진하던 차, 좌수가 간청하므로 그 후처가 되오니, 전실의 양녀 있사와, 그 행동거지가 심히 아름다웠나이다. 그리하여 내 자식같이 양육하여 이십에 이르니, 제 행사가 점점 불측하여 백 말에 한 말도 듣지 않고 성실치 못한 일이 많아 원망이 심하였나이다. 그래서 때때로 저희를 경계하고 귀여워하여 아무쪼록 사람이 되도록 하였사옵는데, 하루는 저희 자매의 비밀한 말을 우연히 엿들었나이다. 그 말을 듣고 보니 과연 소첩이 매양 염려하던 바와 같이 불미한 일이므로 마음에 가장 놀랍고 분하지만, 아비더러 이르면 반드시 모해하는 줄로 알겠으므로 부득이 가부를 속이고 쥐를 잡아 피를 묻혀 장화의 이불 밑에 넣고 낙태하였다 하였나이다. 그리고 소첩의 자식 장쇠에게 계교를 가르쳐 장화를 유인하여 연못에 넣어 죽였사옵는데, 그 아우 홍련이 또한 화를 만날까 두려워 밤중 도주하였사와, 법대로 처분을 기다리려니와, 첩의 아들 장쇠는 이 일로 천벌을 입어 이미 병신이 되었사오니 죄를 사하여 주옵소서.”

　장쇠 등 삼형제가 일시에 여쭈어,

　“소인 등은 다시 아뢸 말씀이 없사오나 다만 늙은 부모를 대신하여 죽고자 바랄 뿐이옵니다.”

　부사는 좌수의 처와 장쇠 등의 초사를 듣고 일변 흉녀의 소위를 이해하며, 일변 장화 자매의 원통한 죽음을 불쌍히 여겨 가로되,

　“이 죄인은 남과 다르니, 내 임의로 처치 못하겠다.”

　감영에 보고하였더니, 감사는 이 말을 듣고 크게 놀라 가로되,

　“이런 일은 고금에 없는 일이라.”

　즉시 이 뜻을 조정에 장계하였더니 임금이 보시고 홍련의 자매를 불쌍히 여기시어 하교하여 가로시되,

　“흉녀의 죄상은 만만불측하니, 흉녀는 능지처참하여 후일을 징계하며, 그 아들 장쇠는 목매어 죽이고 장화 자매의 혼백을 신원하여 비를

세워 표하여 주고 제 아비는 방송하여라.”

감사는 하교를 받고 그대로 철산부에 전달하였다. 부사는 즉시 좌기를 베풀고 흉녀를 능지처참 효시하고, 아들 장쇠는 목매어 죽였으며, 좌수는 뜰 아래 꿇리고 꾸짖어 가로되,

“네 아무리 불명하기로서니 어찌 그 흉녀의 간계를 깨닫지 못하고 애매한 자식을 죽였으니 마땅히 네 죄를 다스릴 것이로되, 홍련 자매의 소원이 있고 하교 또한 그러하시므로 네 죄를 특별히 사하겠노라.”

좌수는 천은을 사례하고 두 아들을 거느리고 나갔다.

부사가 친히 관속을 거느리고 장화 자매 죽은 못에 나아가 물을 치우고 보니 두 소저의 시체가 옥평상에 자는 듯이 누워 있었다. 그 얼굴이 조금도 변치 않아 산 사람 같은지라. 부사가 보고 기이하게 여겨 관곽을 갖춰 명산을 가려 안장하고 무덤 앞에 석자 길이의 비석을 세웠다. 그 비석에 새겼으되, ‘해동 조선국 평안도 철산군 배무룡의 딸, 장화홍련의 불망비’라 하였다.

부사가 장사를 마치고 돌아와 정사를 다스리더니, 하루는 부사 몸이 곤하여 침석을 의지하여 졸 때에 문득 장화 자매 들어와 절하고 사례하여 가로되,

“소녀 등은 일월같이 밝으신 사또를 만나 뼈에 사무친 한을 풀었고 또 해골까지 거두어 주시며, 아비의 죄를 용서하여 주시니, 그 은혜는 태산이 낮고 황해가 얕아서 명명지중이라도 결초보은하겠나이다. 미구에 관작이 오를 것이니 두고 보시옵소서.”

간데가 없거늘 부사가 놀라 깨달아 몽사를 기록하여 그 후 증명하여 보았다. 과연 그 달부터 차차 승진하여 통제사에 이르니 가히 장화 홍련의 음덕이 아닌가.

배좌수는 나라의 처분으로 흉녀를 능지하여 두 딸의 원혼을 위로하였지만, 오히려 마음에 쾌함이 없고 오직 두 딸이 애매하게 죽음을 주야로 슬퍼하매 그 형용이 보이는 듯, 음성이 들리는 듯, 거의 미칠 듯하였다. 다시 이 세상에서 부녀지의를 맺어 남은 한을 풀고자 매양 축원하는 중 더욱 집안에 조석 공양할 사람조차 없어 마음 둘 곳이 없으므로 부득이

혼처를 구하였다. 그리하여 향속 윤광호의 딸로 장가드니 나이 십팔 세요, 용모와 재질이 비상하고 성정이 또한 온순하여 자못 숙녀의 풍도가 있으므로 좌수는 크게 기꺼워 금실이 자별하였다.

하루는 좌수가 외당에 있어 두 딸의 생각이 간절하여 능히 잠을 이루지 못하고 전전반측하고 있는데, 홀연히 장화의 자매가 황홀히 단장하고 완연히 들어와 절하며 가로되,

"소녀의 팔자가 기구하여 모친을 일찍이 여의고 전생 업원으로 모진 계모를 만나 마침내 애매한 누명을 쓰고 부친 슬하를 이별하였으니, 지원극통함을 이기지 못해 이 원정을 옥황상제께 아뢰었나이다. 그랬더니 상제가 통곡하여 가라사대 '너의 정상이 가긍하나 이 역시 너희 팔자이니 누구를 원망하겠느냐. 그러나 너의 아비와 세상 인연이 미진하였으니, 다시 세상에 나가 부녀지의를 맺어 서로 원한을 풀어라' 하시고 물러가라 하셨는데 그 의향을 모르겠나이다."

좌수가 그를 붙잡고 반길 때에 닭소리에 놀라 깨어 보니, 무엇을 잃은 듯 여취여광하여 심신을 가누지 못하였다.

후취인 윤씨 또한 인물을 얻었는데 선녀가 구름을 타고 내려와 연꽃 두 송이를 주며 하는 말이,

"이는 장화와 홍련이니, 그 애매하게 죽음을 옥제께서 불쌍히 여기시어 부인께 점지하니, 귀히 길러 영화를 보아라."

하고 간데가 없었다. 윤씨가 깨어 보니, 꽃송이가 손에 쥐여 있고 향기가 방안에 가득하였다. 윤씨가 크게 괴이하게 여겨 좌수를 청하고 몽사를 전하며,

"장화 홍련이 어찌된 사람이나이까?"

좌수가 이 말을 듣고 꽃을 본즉 꽃이 넘놀며 반기는 듯하므로 두 딸을 다시 만난 듯해서 눈물을 흘리고 딸의 전후 사연을 말해 준 후에,

"내 전일에 그러한 몽사가 있더니, 오늘 부인이 또 그런 몽사를 얻었음에 이는 반드시 두 딸이 부인께 태어날 징조인가 하오."

서로 기꺼워하여 꽃을 옥병에 꽂아 장 속에 넣어 두고 때때로 상대하여 사랑하니, 자연 슬픈 마음이 사라지는 것이었다.

　윤씨는 그 달부터 태기가 있어 열 달이 되어 갈수록 배 부르기 유별하여 쌍태가 분명하였다. 달이 차매 몸이 피곤하여 침상에 의지하였더니, 이윽고 순산하여 쌍태에 두 딸을 낳았다. 좌수가 밖에 있다가 급히 들어와 부인을 위로하며 산아를 보니, 용모와 기질이 옥으로 새긴 듯, 꽃으로 모은 듯 짝이 없게 아름다워 그 연꽃과 같았다.

　좌수 부부는 기꺼워하며 그 꽃을 돌아보니 벌써 간데가 없었다. 그들은 이것을 기이하게 여겨 '꽃이 화하여 여아가 되었다'고 하며 이름을 다시 장화 홍련이라 짓고 장중보옥으로 길렀다.

　세월이 여류하여 사오 세에 이르매, 두 소저의 골격이 비상하고 부모를 효성으로 받들었다. 그들이 점점 자라 십오 세에 이르자, 덕을 구비하고 재질이 또한 출중하므로 좌수 부부의 사랑함이 비할 데 없었다. 좌수 부부는 그와 같은 배필을 구하고자 매파를 널리 놓았지만, 마침내 합당한 곳이 없어 매우 근심하던 중, 이때 평양에 이연호라 하는 사람이 있는데, 재산 누거만이 있으나 다만 슬하에 일점 혈육이 없어 슬퍼하다가 늦게야 신령의 현몽을 얻고 쌍태에 아들 형제를 두었다. 그 아들의 이름은 윤필·윤석이라 하는데, 이제 나이 십육 세로 용모가 화려하고 문필이 출중하여 도내의 딸 둔 사람이 모두 탐내어 매파를 보내 청혼하는 것이었다.

　그 부모도 또한 자부를 선택하는 데 심상치 않던 중, 배좌수의 딸 쌍동 자매가 비상히 특이함을 듣고 크게 기뻐하여 혼인을 청하였다. 이리하여 양가가 서로 합의하여 즉시 허락하고 택일하니, 때는 구월 보름께였다.

　이때 천하 태평하고 나라에 경사가 있어 과거를 보일새, 윤필의 형제가 과거에 참여하여 장원 급제를 하였다. 임금이 그 인재를 기특히 여기시어 즉시 한림학사를 제수하시니, 한림 형제는 사은하고 인하여 말미를 청하였더니 임금이 허락하시었다.

　그리하여 한림 형제가 바로 떠나 집으로 내려오니, 이공이 잔치를 배설하고 친척과 친구들을 청하여 즐기는 것이었다. 본관 수령이 각각 풍악과 포진을 보내고 감사와 서윤이 신래新來를 불리며 잔을 나눠 치하하니, 가문의 영화는 고금에 드물었다.

이러구러 혼일을 당하매, 한림 형제는 위의를 갖추고 풍악을 울리며 혼가에 이르러 예를 마치고 신부를 맞아 돌아와 부모께 헌신하였다. 그 아름다운 태도는 가위 한 쌍의 명주요, 두 낱의 박옥이라 부모 기꺼움을 측량치 못하였다.

신부 형제가 부모를 효성으로 받들고 군자를 승순하며 장화는 이남일 녀를 낳았다. 그의 장자는 문관으로 공경 재상이 되었고, 차자는 무관으로 대장이 되었다. 홍련도 이남을 두었는데, 장자는 벼슬이 정남에 이르렀고, 차자는 학행이 높아 산림에 숨어 풍월로 벗을 삼고 거문고와 서책을 즐겼다.

그러므로 배좌수는 구십이 되매, 나라에서 특별히 좌찬성을 제수하시었다. 그는 이것으로 여년을 마치고 윤씨 또한 세상을 버리니, 장화 자매가 슬퍼하는 것이었다. 한림 형제도 부모가 돌아가니 형제가 한 집에 동거하여 자손을 거느리고 지내었다.

장화 자매는 칠십삼 세에 한 가지로 죽고 한림 형제는 칠십오 세에 죽었다. 그 자손이 유자생녀하여 복록을 누리며 자손이 창성하였다.

작가 소개와 작품해설

● 저자 소개

작자 연대 미상이다. 다만 이 작품의 무대는 평안도 철산이다. 요컨대, 〈장화홍련전〉은 조선조 17대 효종 연간 평안도 철산지방에서 일어난 계모 슬하의 비극을 소재로 한 것이다. 따라서 이 작품은 백성들이 억울한 일을 당하였을 때, 관부官府에 호소하여 해결을 바라던 것을 소재로 한 공안소설公案小說이며, 동시에 계모소설의 대표작이다.

● 주제

악한 계모의 학대와 복수 뒤의 영화

● 작품 해설

이 소설은 평안도 철산지방의 설화를 소재로 작가의 창작성을 발휘한 작품이다. 그러나 이 소설은 조선명신록朝鮮名臣錄에 전동흘全東屹이라는 철산 부사의 활약상이 기록되어 있는데, 〈장화홍련전〉의 작가는 실제적인 사실을 비현실적인 전기체 형식으로 작품을 구성해 놓았다. 실화는 비극으로 끝나지만 이 작품은 파란곡절 끝에 모든 일이 잘 되어 해피엔드로 끝맺는다.

대체로 작품의 구성은 전처 소생인 장화와 홍련이 계모 허씨의 학대를 받다가 끝내는 허씨의 흉계로 죽는다는 전반부와, 장화와 홍련의 원혼이 부사의 동헌에 나타나서 신원伸寃한다는 후반부다. 이러한 신원설화는 경상도 밀양의 아랑전설과 너무도 흡사하다.

이와 같이 계모로 인하여 일어나는 가정의 비극은 흔히 주위에서 볼 수 있는 일이다. 그래서 계모라면 처음부터 좋지 않은 인상을 준다. 뿐만 아니라 악의 상징처럼 고정화한 동양적인 가족제도에 연루된 비극의 원산이며, 가족제도가 붕괴되어 가는 오늘날에도 종종 벌어지는 비극의 산실이다.

● 줄거리

평안도 철산지방에 배무룡裵武龍이란 좌수座首가 있었다. 그는 슬하에 자녀가 없다가 부인이 늦게서야 선녀의 태몽을 얻어 딸 형제를 낳았다. 장화와 홍련 자매는 자랄수록 재모가 뛰어나고 효행이 특출했다. 그러나 부인 장씨는 병을 얻어 일찍 죽게 된다.

배 좌수는 부득이 허씨를 후실로 맞는다. 허씨는 용모가 추할 뿐 아니라 심성이 사나웠다. 허씨는 자기의 소생이 생긴 뒤 전실의 딸들을 학대하기 시작하였다. 장화가 정혼을 함에 혼수를 많이 준비하라는 좌수의 말에 재물이 축날 것이 아까워 장화를 죽이기로 흉계를 꾸민다.

허씨는 큰 쥐를 잡아 죽여 껍질을 벗긴 후 장화의 이불에 넣어, 장화가 부정을 저질러 낙태했다고 속여 아들 장쇠로 하여금 연못 속에 빠뜨려 죽인다. 그 순간 범이 나타나 장쇠의 두 귀와 한 팔과 한 다리를 잘라가 장쇠는 병신이 된다. 이에 계모 허씨는 홍련까지 학대하고 죽으려고 한다.

홍련은 이렇게 언니 장화가 죽은 것을 알았고, 또 꿈에 현몽하여 원사한 사실을 알았다. 견디다 못한 홍련도 장화가 죽은 못을 찾아가 물에 뛰어들어 죽는다. 그로부터 그 못에서는 주야로 곡성이 들렸으며, 원사한 두 자매가 원정을 호소하려고 부사에게 가면 부사는 놀라서 죽었다. 이런 변고로 그곳에 부사로 오려는 사람이 없었는데, 마침 정동우鄭東祐란 사람이 자원하여 부사로 부임하였다.

도임 초야에 장화와 홍련의 원귀가 나타나 원사하게 된 사유를 소상하게 아뢰었다. 부사는 계모 허씨를 철저히 문초하여 죄상을 밝힌 다음 처형하였다. 그리고 못에 가서 자매의 시신을 건져 안장하고 비를 세워 혼령을 위로하였다. 이후 부사는 승직하였다.

한편 배좌수는 다시 부인을 맞아 죽은 두 딸의 현신인 쌍둥이를 낳아

418

길렀다. 자매는 자라서 평양의 거부 이연호李蓮浩의 아들 쌍둥이 윤필, 윤석과 결혼하여 부귀영화를 누리며 행복하게 살았다.

● 독서 토론

〈장화홍련전〉은 지금까지의 계모형 가정소설의 표본이라고 말할 수 있다. 전처 소생에 대한 동정과 연민의 눈물을 흘리게 하기에 충분하다. 이를테면 〈장화홍련전〉은 선과 악이 대립되어 전개되는 인간생활의 일면을 소재로, 어느 정도의 현실성을 가지고 표현한 윤리소설이기도 하다.

물론 이 소설도 등장하는 인물들에 있어서 다른 조선조 소설과 마찬가지로 선인은 어디까지나 선인으로, 악인은 철저한 악인으로 표현한 전형적인 인물들로 구성했다. 그러한 유형적인 인물 설정에 있어서도 배좌수의 무능이며, 흉악하고 지능적인 계모며, 온순하면서도 개성이 강한 딸, 계모의 우악스런 아들, 서슬이 번쩍이는 사또 등이 그것이다.

이 작품 역시 한문본, 국한문본, 한글본으로 전해지고 있으며, 지방에 따라 유사 설화가 많다. 〈춘향전〉의 소재가 되었던 전라도 남원지방의 전설과 경상도 선산 및 밀양지방에 전해 오는 이야기 등 전설 따라 구전된 설화가 많기도 하다.

● 비교 작품

계모의 비인간적 행위를 주제로 한 계모소설류로 〈콩쥐팥쥐〉와 〈김인향전〉이 있으며, 공안소설로는 〈진대방전陳大方傳〉이 있다.

전우치전田禹治傳

작자 미상

　조선초에 송경松京 숭인문 안에 한 선비가 있으니 성은 전이요, 이름은 우치였다.

　일찍 높은 벼슬을 좇아 신선의 도를 배우되, 본래 재질이 준일하고 겸하여 정성이 지극하므로 마침내 오묘한 이치를 통하고 신기한 재주를 얻었으니 소리를 숨기고 자취를 감추어 지내므로 비록 가까이 노는 이도 알 수가 없었다.

　이때 남방 해변에 있는 여러 고을에 해적이 침입하여 약탈하는 데다가 흉년이 계속되어 비참한 생활을 본 우치는 옥황상제의 선관仙官으로 변신하여 공중으로부터 조정에 나타나 말하되,

　"태화궁을 지어 황금 들보를 하나씩 구하니 모일 모시까지 만들어 두면 가져가겠노라."

　국왕에게 거짓으로 고하고 사라졌다. 국왕은 그대로 믿고 국내의 황금을 전부 거둬들이어 황금으로 들보를 만들어 놓고 기다리는데, 과연 그날 위로부터 선관이 내려와서 황금 들보를 구름에 싣고 올라갔다.

　우치는 이와 같이 국왕을 속여 그 들보를 가져다가 이 나라 안에서는 처치하기가 어려운지라 그 길로 구름을 멍에하여 서공지방으로 향하여 먼저 들보 절반을 베어 헤쳐 팔아 쌀 십만 석을 사고 다시 배를 마련하여 나눠 싣고 순풍을 타고 가져가 십만 빈호貧戸에 골고루 갈라 주고 당장 굶어 죽는 어려움을 건지고 이듬해의 농량과 종자로 쓰게 하니 백성들은 너무나 기쁜 나머지 다만 손을 마주 잡고 하늘 같은 덕을 칭사하였다.

백성들이 쌀의 내력을 궁금히 여기는지라, 그 사실을 써서 동구에 방을 붙여 두었다. 국왕이 이러한 소문을 듣고 대노하여 임금을 속인 죄를 엄벌하려고 전국에다 체포명령을 내렸다.

우치는 자기를 잡으러 온 포도관을 도술로써 욕을 보이다가 국왕의 명을 어길 수 없어 병 속에 들어가 조정으로 올라와서 국왕 앞에 나섰다. 우치가 병 속에서 국왕을 보고 말을 하니, 국왕이 크게 노하며 여러 신하에게 어떻게 처치할 것인가를 물으시니 여러 신하가 말하기를,

"그놈이 요술이 용하오니 가마에 기름을 끓이고 병을 넣게 하소서."

상이 옳게 여기사 기름을 끓이라 하시고 병을 잡아 넣으니 병 속에서 말하기를,

"신의 집이 가난하여 추워 견딜 수 없삽더니, 천은이 망극하사 떨던 몸을 녹여 주시니 황감하여이다."

상이 진노하여 그 병을 깨어 여러 조각을 내니 아무것도 없고 병조각이 뛰어 어전에 나아가 가로되,

"신이 전우치거니와 원컨대 군신간의 죄를 다스릴 정신으로 백성이나 편안케 함이 옳을까 하나이다."

조각마다 한결같이 하거늘 상이 더욱 진노하사 도부수로 하여금 병조각을 빻아 가루를 만들어 다시 기름에 끓이라 하시고 전우치의 집을 불지르고 그 터에 연못을 만드시고 여러 신하와 더불어 우치 잡기를 의논하시자 여러 신하가 말하기를,

"요적 전우치를 위엄으로 잡을 수 없사오니 마땅히 사대문에 방을 붙여 우치가 스스로 나타나면 죄를 사하고 벼슬을 주리라 하여 만일 나타나거든 죽여 후환을 없이함이 좋을까 하나이다."

상이 그 말을 좇으사 즉시 사대문에 방을 붙였다.

이때 전우치는 구름을 타고 사방으로 다니며 더욱 어진 일을 행하고 있던 중, 한 곳에 이르러 백발 노옹이 슬피 울고 있는 것을 보고 그 사연을 물어서 그 아들의 억울한 살인죄의 누명을 벗게 해주었다. 또 관원이 빼앗아 가는 돼지를 주인에게 찾아 주기도 하고 또 풍악 소리가 요란하게 들리는 연석에 참석하여 좌객 중에 운생과 설생이란 자가 거만하게

구는 것을 괘씸하게 여겨 봄철에 승도, 포도, 수박을 내어 그들을 놀라게 했으며, 또 구름에 올라 동으로 향해 한 곳에 이르러 보니 두어 사람이 서로 이르되,

"차인이 어진 일을 많이 하더니 필경 이 지경에 이르니 참 불쌍하도다."

눈물을 흘리는지라, 우치가 구름에서 내려 두 사람에게 물어 가로되,

"그대는 무슨 비창한 일이 있어 그렇게 슬퍼하는가?"

두 사람은 대답했다.

"이곳 호조 고직이 장세창이라 하는 사람이 효성이 지극하고 심지어 집이 빈곤한 사람도 많이 구제하더니 호조문서를 그릇하여 쓰지 아니한 은자 이천 냥을 물지 못함에 형벌을 받겠기에 자연히 비참함을 금치 못해서 그러오."

우치가 이 말을 듣고 잠깐 눈을 들어 본즉 과연 한 소년을 수레에 싣고 형장으로 나아가고 그 뒤에 젊은 아내가 따라오며 슬피 우는지라. 가엾게 여겨 즉시 몸을 흔들어 일진 청풍이 되어 장세창과 그 아내를 거두어 하늘로 올라가 살려 내기도 하였으며, 또 하루는 명승지를 두루 구경하다가 한자경이란 자가 부친의 상사를 당하여 장사지낼 길이 없고 또한 겸하여 날씨가 추운데 칠십 모친을 봉양할 도리가 없어 슬피 울고 있는 것을 보고 우치는 아주 불쌍히 여겨 소매에서 족자 하나를 내어주며,

"이 족자를 걸고 '고직아' 부르면 대답할 것이니 은자 백 냥만 내라 하면 그 족자 소리를 응하여 즉시 줄 것이니 이로써 장사지내고 그 후부터는 매일 한 냥씩만 드리라 하여 자친을 봉양하라. 만일 더 달라 하면 큰 화를 입을 것이니 욕심을 내지 말고 부디 조심하오."

이렇게 부탁을 했으나 한 자경은 은자 일백 냥을 당겨 쓰려고 하다가 큰 화를 당했으나 우치의 도움으로 구원을 받았다.

이러할 때 조정에서 자기에게 벼슬을 준다 하기에 상경하여 선전관이 되었다. 그는 자기를 얕보는 동료들을 도술로써 곯려 주었으며, 함경도 가달산에 웅거하고 있는 엄준이란 적의 괴수를 체포하여 오라는 명령을 받고 가서 단신 적장과 싸워 항복을 받고, 수천 명의 적도들을 개준시켜

고향으로 돌려보내고 선량한 농민이 되게 하여 주고 돌아왔다. 국왕이 가상히 여기시고 벼슬을 돋아 주었으나 그는 받지 않았다.

이때 서호지방에서 역모하려는 일당을 잡아 왔다.

우치를 시기하는 간신이 그들을 매수하여 "우치로 왕을 삼아 만민을 평안케 하려 하였다"고 국왕께 자백토록 하였다.

역적의 자백을 들은 국왕은 격노하고 우치를 극형에 처하라 하였다.

그는 사형 직전에 다달아 국왕에게 최후의 소원을 부탁하였다.

국왕은 소원대로 그림을 그리게 하였다.

그는 산수화를 그릴새 마지막으로 나귀를 한 필 그려 놓더니 붓을 놓고 국왕께 하직을 고하면서 그림 속의 나귀를 타고 도망쳤다. 국왕이 비로소 우치에게 또 속았다고 하면서 친국을 파하였다.

우치는 조정에 있을 때 이조판서 왕연희가 자기를 시기하여 모해코자 하더니 국왕이 친국시에 필경 왕랑이 자기를 참소하였을 것임을 짐작하고 둔갑 장신하고 왕가에 가서 초인으로 왕시랑을 만들어 부인과 같이 자게 하고 왕시랑은 내쫓도록 함으로써 복수를 하였다.

그는 방랑하다가 재생들이 족자를 가지고 다투며 그림을 칭찬하는 것을 보고 자기가 가지고 있던 족자 속의 미인을 불러 술과 안주를 가져오게 해서 재생을 대접하였는데 그 중 오생이 족자를 사고자 하므로 고가를 받고 팔았다.

오생은 그 족자를 가지고 재미를 보려다가 오히려 봉변을 당하였다.

하루는 그가 어릴 때 같이 공부하였던 선비를 찾아갔다.

그 선비는 정씨라는 과부에게 반하여 상사병이 들어 죽어가고 있었다.

그는 동정하여 도술로써 그 정씨를 구름에 태워 데리고 오다가 각임도령을 만나 질책을 당하고 그 도령이 시키는 대로 정씨를 돌려보내고 다른 정씨란 처녀를 과부 정씨와 똑같이 만들어 데리고 가서 친구의 병을 낫게 해주었다.

우치는 서화담의 도학이 높다는 말을 듣고 찾아갔다.

그는 화담의 제자인 선녀와 도술을 시합하다가 승부를 보지 못하고 화담의 중개로 중지하였다.
　화담과 작별하고 고향에 와 있다가 다시 화담을 찾아갔다.
　그는 화담의 도술에 걸려 곤욕을 당하고는 화담의 제자가 되어 태백산
으로 들어가서 선도를 닦았다 한다.

작가 소개와 작품해설

● 저자 소개

작자 연대 미상이다. 조선조 때의 국문소설이다. 실재 인물 전우치에게서 취한 것으로 의협심이 잘 나타나 있다. 일명 전운치전全雲致傳이라고도 한다.

● 주제

지방 관료의 부패 척결과 백성의 곤궁한 생활 구제

● 작품 해설

전우치는 조선시대 실재했던 인물로서 전라도 담양 사람이었다. 지방에서 선비로 행세하다가 나중에 고려의 도읍지인 송도에 가서 숨어 버렸다는 설이 있다. 〈전우치전〉은 그의 생애를 소재로 하여 쓴 전기체傳奇體 소설이다. 곧 선도소설의 일종이다.

이 소설의 주인공인 전우치가 의협심을 발휘하여 지방정치의 부패성을 시정하고, 양민의 곤궁한 생활을 구제코자 종횡무진으로 활동한다. 물론 도술을 이용한다는 점에서 시비가 없지 않으나, 다분히 사회혁명 사상을 고취시키려고 쓴 것이 분명하다.

내용에 있어서 연대와 인물의 등장에 약간의 통일성을 잃고 있다. 그러나 전우치의 그 신묘한 도술과 통쾌무비한 거사는 작자의 상상력이 대단했던 것으로 이해된다. 〈홍길동전〉과 더불어 고전소설 중에서 도술을 소재로 한 것 중 대표작이기도 하다.

다만 한 가지 문장이 졸렬함도 지적이 되나, 어떤 곳은 소설의 줄거리를 읽는 그런 느낌마저 들게 한다.

● 줄거리

조선조 초 송경(송도)의 숭인문 안에 전우치라는 신묘한 재주를 가진 선비가 있었다. 자신의 자취를 잘 감추는 특기를 가진 자였다.

이때 남방에는 해적들이 횡행하는 데다 흉년이 계속되어 비참했다. 전우치는 공중으로부터 조정에 나타나, 하늘에서 태화궁을 지으려 황금 들보를 하나씩 구하니 만들어 달라고 하여 이를 가지고 가 빈민을 구제한다.

뒷날 속임을 당한 국왕이 대노하여 전우치를 엄벌하려고 전국에다 체포령을 내렸다. 전우치는 자기를 잡으러 온 포도청 병사들을 도술로써 물리친다.

그러나 국왕의 명을 어길 수 없어 병 속에 들어가 국왕 앞에 나타나니 전우치를 죽이려고 여러 방법을 썼으나 실패했다. 그리하여 정중히 나타나면 죄를 사하고 벼슬을 주겠다고 했으나 전우치는 나타나지 않았다.

전우치는 주로 구름을 타고 사방으로 다니며 더욱 어진 일을 행하였다. 가다가 억울한 사람마다 그 소원을 풀어 주고 원한도 풀어 주었다.

어느 날은 한자경이란 자가 부친상을 당하여 장사 지낼 여력이 없고, 노모를 봉양할 길이 없어 슬피 우는지라. 전우치가 족자 하나를 주고 잘 사용하라 했건만, 그가 너무 욕심을 내어 화를 당하였다.

뒤늦게 조정에 들어가 선전관이 된 전우치는 자기를 얕보는 사람은 도술로써 굻려주었다. 함경도 가달산 도적의 괴수 엄준을 잡아오니 왕이 크게 기뻐하기도 했다. 이때 서호지방의 역모들을 잡아다가 문초하니 전우치를 시기하는 간신들이 그들을 매수하여 거짓으로 전우치의 음모라고 했다. 왕이 격노하여 전우치를 극형에 처하라고 했다. 전우치는 소원을 말해 왕 앞에서 그린 그림의 말을 타고 도망해 버렸다.

도망쳐 나온 전우치는 자신이 가지고 있는 족자 속의 미인을 불러 술과 안주를 가지고 오게 해서 재생齋生들을 대접하기도 했다. 그 중에 족자를 사고자 하는 사람이 있어 고가로 팔았는데, 그는 그 족자를 가지고 재미를 보려다가 도리어 봉변을 당하였다.

전우치는 서화담이 도학이 높다는 말을 듣고 찾아갔다. 그는 화담의 도술에 걸려 곤욕을 당하고는 화담의 제자가 되었다. 이후 그는 태백산으로 들어가 계속 선도를 닦았다.

● 독서 토론

이 작품이 실재하였던 전우치를 주인공으로 하여 쓴 소설이긴 하나 그의 도술 행각을 그린 내용이 대단히 비현실적이다. 너무 초인적이며 터무니없는 엉뚱한 점이 없지 않다.

그러나 작자는 당시의 부패한 정치와 당쟁을 풍자하여 그것을 독자들에게 효과적으로 영합시키기 위해서 불가피했는지도 모른다. 아무튼 흥미 본위의 표현 형식을 취할 필요가 있었을 것으로 보인다.

그 내용이 〈홍길동전〉의 내용과 매우 흡사한 데가 있다. 그리하여 〈홍길동전〉과 〈전우치전〉의 작자는 동일인으로 허균(許筠)이 아닌가 하는 견해도 있다.

문장의 졸렬함에 비하여 통쾌함도 있어 읽는 사람으로 하여금 무릎을 치며 쾌재를 부르게 하기도 한다. 작품의 저류를 흐르는 작자의 의도에 어느덧 머리를 조아리게 한다는 것이다.

● 비교 작품

협도소설로서 〈홍길동전〉과 〈임꺽정전〉, 〈허생전〉이 있다. 또한 기인 소설계로는 〈광문자전〉, 〈삼설기〉, 〈최고운전〉 등이 있다.

주생전
권 필

　주생周生의 이름은 회檜이고, 자는 직경直卿이며, 호는 매천梅川이라 했다. 주생의 집안은 대대로 전당錢塘이라는 곳에서 살았다. 그러나 그의 부친이 촉주蜀州의 별가別駕란 벼슬살이를 하면서 촉에서 살게 되었다.

　주생은 어려서부터 총명했고 영민했다. 시도 잘 지었다. 나이 열여덟에 태학생太學生이 되었고, 동배同輩들의 추앙을 받는 바가 되었다. 주생 자신도 재주와 학문이 남에게 뒤지지 않는다고 자부하고 있었다.

　태학에 다닌 지도 수년이 흘렀다. 계속 과거에 응시했으나 번번이 낙방을 했다. 이에 주생은 탄식하며 말했다.

　"이 세상의 인생이란, 마치 티끌이 연약한 풀잎에 깃들어 있는 것과도 같은데, 어찌 명예에 얽매여 더러운 속세에서 허덕이며 아까운 청춘을 보낼까보냐."

　이때부터 주생은 과거에 대한 뜻을 포기하고 말았다. 그 대신 장사에 뜻을 두었다.

　주생이 재산을 헤아려 보니 백천 냥이나 되었다. 그 중 반으로는 배를 구입했다. 강호江湖를 오가며 남은 돈으로 잡화 장사를 시작했다. 잇속이 있어 스스로 생활을 꾸려갈 수 있었다.

　이래서 아침에는 오吳땅에 있었고 저녁이면 초楚땅에 있었다. 그는 장사에만 굳이 구애되지 않고 마음 내키는 대로 돌아다녔다.

　어느 날이었다. 악양성岳陽城 밖에 배를 매어 두고, 오래 전부터 친히 지내는 나생羅生을 찾았다. 그 또한 뛰어난 선비였다. 나생은 주생을 반갑게 맞이했다. 술을 마시며 서로 즐겼다.

주생은 취하는 줄도 모르게 대취하여 배로 돌아왔다. 날은 벌써 땅거미가 짙게 깔렸다. 둥근 달이 떠올랐다. 주생은 배를 강 가운데 띄워 놓고 돛대에 기댄 채, 어느새 곤하게 잠이 들어 버렸다. 배는 맞바람을 받아 쏜살같이 흘러갔다.

주생은 깊은 잠에서 깨어났다. 뿌연 안개 속에서 절간의 종소리가 은은히 들려 왔다. 달은 서쪽 하늘에 걸려 있었다. 강 양쪽 언덕에는 푸른 나무들만이 희미하게 보였고, 새벽 빛은 아직 어둑어둑했다. 나무 그늘 사이로 초롱불빛이 붉은 난간의 푸른 주렴 사이로 은은히 새나오고 있었다.

어딘가고 물으니, 전당錢塘이라고 했다. 즉흥시 한 구절이 문득 떠올랐다.

악양성 밖 난간을 의지한 몸,
하룻밤 바람에 흘러 꿈나라로 들었네.
두견새 두어 소리 봄달은 밝고
문득 놀라 깨니 몸은 어느덧 전당에 와 있네.

岳陽城外倚蘭將　一夜風吹入醉鄕
杜字數聲春月曉　忽駕身己在錢塘

아침이 밝았다. 주생은 고향 친구들을 찾아나섰다. 그들 태반은 벌써 세상을 떠나 버린 뒤였다. 주생은 시부詩賦을 읊조리며 배회했다. 차마 발길을 돌릴 수가 없었다.

이곳에서 기생 배도俳桃를 만났다. 주생과는 어릴 적 소꿉동무였다. 그녀는 재주나 미모에 있어 전당에서는 제일이었다. 사람들은 그녀를 배랑俳娘이라 불렀다.

배도는 주생을 집으로 모셨다. 서로 마주 대하니 몹시 기뻤다. 주생은 시 한 수를 지어 그녀에게 주었다.

하늘가 타향에서 몇 해나 지냈던가,
만 리 길 돌아오니 일마다 다르도다.
두추杜秋의 높은 명성 옛이나 다름없고,
작은 다락 구슬발은 석양에 빛나누나.

天涯芳草幾霑衣 萬里歸來事事非
依舊杜秋聲價在 小樓珠箱捲斜暉

배도는 시를 읽고 몹시 놀라 말했다.
"낭군郞君의 재주가 이다지도 훌륭하니 모든 사람에게 굽힐 데가 없구료. 어찌하여 부평초浮萍草처럼 정처없이 떠돌아다니시옵니까? 그래 장가는 드시었나요?"
"아직도 장가를 못 갔소."
배도가 웃으며 말했다.
"제 소원이옵니다. 낭군님은 이제 배로 돌아가지 마시고 저희 집에 머물러 계시와요. 그러면 낭군님을 위해 좋은 배필을 마련해 드리겠사옵니다."
배도는 주생에게 은근히 마음을 둔 터였다. 주생도 배도의 아름다운 자태에 은근히 도취되어 있었다. 그러나 주생은 웃으면서 사양했다.
"내 어찌 감히 바랄 수가 있겠소."
이렇듯 즐겁게 노는 동안, 어느덧 날이 저물었다. 배도는 어린 계집종을 불러 주생을 별실로 모셔 편히 쉬게 했다. 침실 벽에는 절구絶句 한 수가 걸려 있었다. 시의 내용이 생소한 것이었다. 주생이 계집 종에게,
"이 시는 누가 지은 것이냐?"
물으니,
"주인 아씨가 지은 것이옵니다."
그 시는 이러했다.

비파로 상사곡일랑 타지를 마오.

곡조 높아지면 이 가슴 타고 타네.
꽃은 피어 만발한데 임은 없으니,
올봄 애태우다 지샌 밤 몇몇 날인가.

琵琶莫秦相思曲 曲到高時更斷魂
花影滿簾人寂寂 春來消却幾黃昏

　주생은 벌써 배도의 곱디고운 자태에 흠뻑 취해 있었다. 그런데다 그녀의 시를 읽으니 한층 더 정이 쏠렸고, 마음은 불같이 타올라만 가지 생각이 다 사라져 버렸다. 그는 이 시의 대구對句를 지어 그녀의 뜻을 떠보려고 했다. 아무리 고심했으나 좀체 시를 이룰 수가 없었다.

　밤은 깊어만 갔다. 달빛은 뜰에 가득했고, 꽃그림자는 운치를 도왔다. 주생은 이리저리 배회했다. 홀연 문밖에서 애기 소리, 말 우는 소리가 들리더니 이윽고 사라졌다. 주생은 매우 의심쩍었다. 그 연유를 알 수 없었다.

　배도의 방은 그리 멀지 않았다. 주생은 배도의 방을 살폈다. 사창紗窓에선 촛불이 환히 비쳐 나왔다. 주생은 몰래 다가가 안을 엿보았다. 배도는 홀로 앉아 있었다. 그녀는 채운전(글을 쓰는 고운 종이)을 펴놓고, 「첩연화」란 사詞를 초草하고 있었다. 단지 전첩前疊만 지었을 뿐, 후첩은 아직 짓지 못하였다. 이에 주생은 창문을 열면서 말했다.

　"주인 아가씨의 사詞를 이 나그네가 채워 드려도 좋겠소?"

　배도는 짐짓 화난 듯이 말했다.

　"미친 손이 어찌하여 여기까지 오셨나요?"

　"내가 미친 것이 아니오. 주인 아가씨가 이 나그네를 미치게 할 따름이오."

　배도는 빙그레 미소를 지었다. 그녀는 주생으로 하여금 그 사를 완성케 했다.

　깊고 깊은 원당에 춘정 설레고 달빛은 꽃가지에 가득,

향로의 연기 향기도 높구나.
창 안의 고운 여인 근심으로 겉늙어,
꿈마저 잃고서 방초 위만 헤매누나.

선경에 잘못 들어,
번천이 방초 찾아 노닐 줄 뉘 알리.
잠깨니 새들은 가지에서 지저귀고,
푸른 발엔 그림자도 없고 붉은 난간엔 날이 밝누나.

小院深深春意鬧　月在花枝　寶鴨香煙裊
窓裏玉人愁欲老　遙遙斷夢迷花草

誤人蓬萊十二島　誰識樊川　却得尋芳草
睡覺忽聞枝上鳥　綠簾無影朱欄曉

　주생은 사를 다 지었다. 그때서야 배도는 자리에서 일어났다. 그녀는
약옥선藥玉船 술잔에다 서하주瑞霞酒를 따라 권했다. 주생은 술 생각이 전혀
없었다. 배도가 아무리 권해도 사양했다. 그녀는 주생의 뜻을 알아차리
고는 처연悽然히 말했다.
　"저의 조상은 호족豪族이었지요. 조부께서는 천주泉州의 시박사市舶司(중국
당대의 관명. 선박과 무역에 관한 사무를 맡음) 벼슬을 지내시다가 죄를
지어 서인庶人으로 쫓겨났습니다. 그 후부터는 빈곤하여 다시는 재기할
수 없었어요. 더욱이 저는 일찍 부모를 여의고 다른 사람 손에서 자라
오늘에 이르렀습니다. 비록 절개를 지켜 깨끗이 간직하려 했지만, 이미
기생의 명부에 올라 부득이 사람들과 얼려 술마시고 놀게 됐답니다. 저
는 늘 한가한 시간이면 꽃을 보고 눈물을 흘리지 않은 적이 없었고, 달
을 바라보며 넋을 잃곤 했어요. 이제 낭군님을 뵈오니, 풍채가 의젓하시
고 거동이 활달하며, 재주가 빼어나고 생각이 깊사옵니다. 제 비록 몸은
천하오나, 침석枕席에 모시고 건즐巾櫛받들기를 원하옵니다. 다만 바라는

것은, 낭군님이 후일에 입신출세하셔서 속히 높은 신분이 되시어, 저를 기생의 명부에서 빼주시와 선조의 이름을 더럽히지 않게 해주시온다면 하는 것뿐이옵니다. 그렇게만 해주신다면 낭군님이 저를 버리셔 도중에 헤어지더라도, 그 은혜를 잊지 않겠사오며 조금도 원망하지 않겠사옵니다.”

배도는 말을 마치고 비오듯 눈물을 흘렸다. 주생은 그녀의 하소연에 크게 감동했다.

그는 그녀의 허리를 끌어안고 소맷자락으로 눈물을 씻어 주며 말했다.

“그것은 남자만이 할 수 있는 일이오. 그대가 말하지 않더라도 내 어찌 생각이 없을까?”

배도는 눈물을 거두고 안색을 달리하여 말했다.

“〈시경〉에 이르기를, 여야불상女也不爽이요, 사이기행士貳其行이라 하지 않았어요. 낭군님은 이익과 곽소옥의 일을 못 보셨는가요? 낭군님이 저를 멀리하시거나 버리지 않으시겠다 하오면, 맹세의 말씀을 해주시와요.”

배도는 노魯나라에서 나는 고운 명주 한 자락을 꺼내어 주생에게 주었다. 주생은 즉석에서 붓을 들었다.

푸른 산은 언제나 푸르고, 푸른 나무는 길이 남도다.
그대 날 믿지 않는다면, 밝은 달이 하늘에 떠 있도다.

青山不老 綠木長存
子不我信 明月在天

주생이 쓰기를 마치자, 그녀는 정성껏 봉해서 치마띠 속에다 간직했다.

이날 밤, 그들은 《고당부高唐賦》를 읊으며 맘껏 즐겼다. 그것은 김생金生과 취취翠翠며 위랑魏郎과 빙빙의 재미에 견줄 바 아니었다.

이튿날이었다. 주생은 지난 밤에 들었던 사람의 말소리며 말 울음 소리에 대해 물었다. 배도가 대답했다.

"이곳에서 좀 떨어진 곳에 붉은 대문을 한 집이 물가에 면해 있사옵니다. 그것은 죽은 노승상盧丞相의 댁이옵니다. 승상은 이미 돌아가시고 노부인이 일남일녀를 거느리고 홀로 살고 있습니다. 아직 아들딸을 성사도 시키지 않고, 날마다 노래하며 춤추는 것으로 일을 삼고 있답니다. 지난 밤에도 사람과 말을 보내어 저를 데리러 왔었어요. 그러하오나, 낭군님이 와 계시어 병을 핑계대고 거절하였습니다."

이날 해질 무렵 승상 부인은 배도를 데리러 사람을 보내왔다. 그녀는 또다시 거절할 수는 없었다. 주생은 떠나는 배도를 문밖까지 나가 배웅하면서,

"밤을 새우지 말고 곧 돌아오도록 하오."

신신당부했다. 배도는 말을 타고 가버렸다. 그 모습은 산뜻한 난조鸞鳥 같고, 말은 나는 용과도 같이 꽃과 버들숲을 스치면서 염염히 사라졌다.

주생은 마음을 주체할 수 없었다. 그는 곧 뒤따라 달려갔다. 용금문湧金門을 나섰다. 왼편으로 돌아섰다. 수홍교에 이르렀다. 웅장한 저택이 구름에 닿을 듯이 우뚝 서 있었다. 주생은 곧 이 집이 물가에 면해 있는 붉은 대문 집이라는 것을 짐작할 수 있었다. 그 집은 공중에 걸려 있는 것만 같았다. 이따금 음악소리가 뚝 그치면, 사람들의 웃음소리가 낭랑하게 밖에까지 들려 왔다.

주생은 다리 위에서 방황했다. 고풍시古風詩 한 수를 지어 기둥에 적어두었다.

> 버들숲 너머 잔잔한 호수엔 누각이 걸려 있고,
> 붉은 용마루 푸른 기와엔 청춘이 비치도다.
> 웃음과 말소리 향풍 타고 들려 오건만,
> 꽃 건너 누각의 사람은 보이질 않네.
> 꽃 속을 오가는 한 쌍의 제비 부럽기만 한데,
> 정은 임의로 주렴 속을 날아드네.
> 이리저리 배회해도 발길을 돌릴 수 없어,

낙조 실은 가는 물결 나그네 시름을 더하누나.

柳外平湖湖上樓　朱甍碧瓦照靑春
香風吹送笑語聲　隔花不見樓中人
却羨花間雙燕子　任淸飛入朱簾裏
徘徊未忍踏歸路　落照纖波添客思

주생이 방황하는 사이에 어느덧 석양의 놀이 짙어졌다. 어둠이 밀려왔다. 이때 여러 무리의 여자들이 붉은 대문에서 말을 타고 나왔다. 금안金鞍과 옥륵玉勒의 광채가 휘황하게 비쳤다.

주생은 배도가 이 무리 속에 있으려니 생각했다. 그는 길가의 빈집으로 숨어들어 지나는 십여 인을 지켜보았다. 그러나 배도는 보이지 않았다. 그는 매우 의심쩍었다. 다리 위로 다시 돌아왔을 때는 날은 이미 소와 말을 분간할 수 없을 정도로 어두웠다.

이에 주생은 곧장 붉은 대문으로 들어갔다. 사람은 전혀 얼씬거리지 않았다. 이번에는 누각 밑으로 가보았다. 역시 사람의 그림자도 찾을 수 없었다. 주생은 걱정이 되어 견딜 수 없었다. 달은 희미한 빛을 내고 있었다. 누각의 북쪽으로 연못이 훤히 보였다. 수면 위에는 갖가지 꽃들이 피어 있었다. 꽃밭 사이로는 길이 굽굽이 나 있었다. 그는 계단 길을 따라 슬금슬금 걸어갔다. 꽃밭이 끝나자 집이 있었다. 그는 계단을 따라 서쪽으로 수십 보 꺾어들었다. 멀리 포도가葡萄架 아래 한 채의 집이 보였다. 규모는 작으나 아담했다. 사창은 절반이나 열려 있었고, 촛불이 높이 타오르고 있었다. 촛불 그림자 밑으로는 붉은 치마, 푸른 옷소매가 나풀거리는데, 영락없이 한 폭의 그림이었다.

주생은 몸을 숨기며 다가갔다. 숨마저 죽이고 몰래 엿봤다. 금빛 병풍이며 비단요가 눈을 부시게 했다. 승상 부인은 자색 비단옷을 입고 백옥白玉 책상에 의지하여 앉아 있었다. 나이는 50줄이나 됐을까, 조용히 뒤돌아보는데 여유가 작작했고 매우 아름다웠다. 그 옆에는 열네다섯 살쯤 되어 보이는 소녀가 앉아 있었다. 머리채는 곱게 뒤로 땋아내렸고, 얼굴은 어여쁘기 그지없었다. 소녀의 맑은 눈이 살짝 옆을 흘기는 모습은 흐르는 맑은 물결 위에 가을 빛이 비치는 것 같았다. 웃을 때면 애교가 넘쳤고, 그 입모양은 정녕 봄꽃이 아침 이슬을 함빡 머금은 듯했다. 이들 사이에 앉아 있는 배도는 그들에 비한다면 봉황과 까마귀, 구슬과 조약돌 격이었다.

주생의 넋은 구름 밖에 나앉고 마음은 허공을 맴돌았다. 지금이라도 당장 미친 듯이 소리치며 뛰어들고픈 심정을 억제하기 힘들었다.

술이 한 순배 돌아갔다. 배도는 자리에서 물러나 돌아가려고 했다. 부인이 끝내 말리려 했으나 그녀는 간절히 돌려보내 달라고 애원했다. 부인이 말했다.

"평소에는 이런 일이 없었는데 어째서 이리도 서두는가. 정든 사람과 약속이라도 있단 말인가?"

배도는 옷깃을 단정히 하고,

"마님께서 하문하시니, 어찌 사실대로 말씀드리지 않을 수 있겠습니까."

주생과 인연을 맺은 내력을 자세히 아뢰었다. 승상 부인이 미처 말할 사이도 없이, 소녀가 미소짓고 배도를 흘겨보며 말했다.

"왜 좀더 진작 말하지 않았어요. 하마터면 하룻밤 즐거운 모임을 놓칠 뻔했군요."

부인도 역시 크게 웃으며 돌아가도록 했다.

주생은 재빨리 그 집을 빠져나왔다. 한 발 앞서 배도의 집에 다다랐다. 그는 이불을 뒤집어쓰고 코까지 드르렁 골면서 자는 체했다.

배도는 이내 뒤따라왔다. 주생이 누워 자는 것을 보고는 부축해 일으키며 말했다.

"낭군님은 지금 무슨 꿈을 꾸고 계시옵니까?"

주생은 제멋대로 읊어댔다.

꿈결에 요대의 오색구름에 들어,
꽃무늬 수놓은 장막 안에서 선아를 꿈꾸었도다.

夢人瑤臺彩雲裏 九華帳裏夢仙我

배도는 몹시 불쾌해 하며,
"소위 선아라는 것은 도대체 누구인지요?"
힐문했다. 주생은 말로는 대답할 수 없어 다시 시로써 응답했다.

꿈깨어 보니 기쁘다, 선아가 예 있네.
만당한 이 그윽한 정취를 어이하리.

覺來却喜仙娥在 奈此滿堂花月何

주생은 배도의 등을 쓰다듬으며,
"그대가 내 선아가 아닌가."
배도는 웃으며 말했다.
"그렇다면 낭군님은 저의 선랑^{仙郎}이군요."
이 뒤부터 서로 선아^{仙娥}·선랑^{仙郎}으로 부르게 되었다. 주생이 배도에게
늦게 온 사연을 물으니, 배도가 대답했다.
"연회가 파한 후, 다른 기생들은 모두 돌아가게 하였으나 유독 저만
남게 했나이다. 저를 따로 선화^{仙花}의 거소에다 불러 다시 조촐한 술자리
를 벌여 놓고 붙들었습니다."
주생이 자세히 유도해 물으니 배도가 대답했다.
"선화의 자는 방경^{芳卿}이고 나이는 열다섯입니다. 용모가 빼어나 세속
사람 같지 않으며, 사곡^{詞曲}을 잘 지을 뿐만 아니라 자수도 잘 놓아 저 같
은 것은 감히 댈 수도 없어요. 어제는 〈풍입송^{風入松}〉의 사^詞를 짓고 거기에
맞춰 금현^{琴絃}을 뜯고자 했어요. 제가 음률을 안다고 머물게 하고서는 그
곡을 노래하게 했습니다."
주생이 다시,
"그럼 그 사는 어떤 것인가?"
물으니, 배도는 소리내어 죽 읊었다.

옥창에 꽃피고 봄날은 더디기만 한데,
집 안은 고요하고 주렴이 드리웠네.
모랫가의 예쁜 오리는 석양을 즐기고,
쌍쌍이 짝지어 봄 못에서 멱감으니 부럽기만 하구나.
버들숲 안개는 가벼이 엉겼고,
휘늘어진 가지마다 안개 속에 간들간들.
꽃다운 님은 잠 깨어 난간에 기댔는데,
만면엔 수심이 가득하구나.
제비는 집 지어 알을 품고 꾀꼬리는 때 가는 줄 모르고 지저귀는데,
봄날의 미색은 꿈결같이 시드니, 한스럽기만 하구나.
비파 잡아 가볍게 튕기니,
곡 중의 깊은 원한을 그 뉘라서 알리오.

玉窓花暖日遲遲 院靜簾垂
沙頭彩鴨斜照 羨一雙對浴春池
柳外輕煙漠 煙中細柳綠線
美人睡起倚欄時 翠劍愁眉
燕雛解語鶯聲老 恨韶華夢裏都哀
把琵琶輕弄 曲中幽怨誰知

  배도가 한 구 한 구 읊을 때마다 주생은 은근히 칭찬하지 않을 수 없었다. 그러나 짐짓 말했다.
  "이 사곡詞曲에는 규방의 춘회春懷가 남김없이 발휘되었구료. 소야란蘇若蘭 정도의 뛰어난 솜씨가 아니면 그만한 경지에 이르기는 좀 힘들 것 같소. 그러나 나의 선아가 꽃을 다듬고 옥을 깎는 재주만은 못하오."
  주생은 선화를 본 후로 배도에 대한 정이 엷어졌다. 응수할 때만은 억지로 웃음도 짓고 즐거운 체했으나, 마음엔 오직 선화 생각뿐이었다.
  하루는 승상 부인이 어린 아들 국영國英을 불러 말했다.
  "네 나이 벌써 열둘이 아니냐. 아직도 취학就學을 못하고 있으니, 후일

성년이 되면 어떻게 자립하겠느냐. 내 들은 바로는 배도의 남편인 주생은 글을 잘하는 선비라고 한다. 네 가서 배우기를 청하는 것이 좋겠구나.”

부인의 가법家法은 매우 엄했다. 국영은 이 말을 어길 수 없었다. 그날로 책을 챙겨 주생에게 갔다. 주생은 마음속으로 ‘이제는 됐구나’ 하고 은근히 기뻐했다. 그러나 거듭 사양하다가 마지못한 체하면서 허락했다.

어느 날, 주생은 배도가 출타한 틈을 타 국영에게 조용히 말했다.

“네 오가면서 글을 배우는 것은 번거로운 일이 아니겠느냐. 네 집에 빈 방이라도 있다면 내가 너의 집으로 옮겨갔으면 한다. 너는 왕래하는 불편을 덜 것이요, 나는 너를 가르치는 데 전력을 다할 수 있을 텐데.”

국영은 넙죽 절을 하면서,

“그러하옵기를 진심으로 바랍니다.”

그리고는 집으로 돌아가 어머님에게 말씀드려 그날로 주생을 자기 집으로 맞아들였다. 배도는 외출했다 돌아와 몹시 놀라며 말했다.

“아마도 선랑께서는 딴 마음이 있으신가 보군요. 왜 저를 버리시고 다른 곳으로 가십니까?”

“내 듣건대 승상댁에는 3만 축軸의 장서가 있다 하오. 부인은 선공先公의 유품이라 함부로 내고 들이는 것을 싫어한다지 않소. 그래서 그 집에 가 세상 사람들이 알지 못하는 책들을 읽어 보려는 욕심으로 그러는 거요.”

배도는,

“낭군님께서 학문에 정진하시는 것은 저의 복입니다.”

주생은 승상댁으로 옮겨갔다. 낮이면 국영이와 같이 있고, 저녁이면 집안의 문이란 문은 빈틈없이 잠가 버리므로 어찌할 도리가 없었다. 갖은 궁리를 다하는 동안 어느덧 열흘이 지났다. 문득 그는 혼잣말로 중얼거렸다.

“내가 이곳에 온 것은 선화를 도모하기 위한 것이었는데, 이 봄이 다 가도록 만나지도 못했구나. 황하黃河의 물 맑기를 기다린다면 몇 해나 기다려야 할지. 차라리 어둔 밤에 선화 방으로 뛰어드는 게 낫겠다. 일이 성공하면 귀한 몸이 될 것이요, 실패로 돌아가면 죽음을 당한다 해도 좋다.”

이날 저녁 따라 달이 없었다. 주생은 여러 겹의 담을 뛰어넘어 선화의 방 앞에 이르렀다. 복도에는 구부러진 큰 기둥이 있는데 염막簾幕이 겹겹이 드리워 있었다. 주생은 얼마 동안 동정을 살폈다. 인적이 없었다. 선화 혼자만이 촛불을 밝히고 곡을 뜯고 있었다. 주생은 기둥 사이에 바짝 엎드려 그 뜯는 소리를 듣고 있었다. 뜯기를 다한 선화는 소자첨蘇子瞻의 〈하신랑사賀新郞詞〉를 작은 소리로 읊기 시작했다.

주렴 밖 그 누가 와 있어 수창繡窓을 두드리나.
선경에 노니는 이 꿈을 깨웠네.
아, 이제 보니 그대는 임이 아니고 바람이 불어와 대를 쳤구나.

簾外誰來推繡戶
枉敎人夢斷瑤臺曲
又却是風敲竹

이것을 듣자 주생은 주렴 밖에서 작은 소리로 읊었다.

바람이 불어와 대를 친다 마오.
바로 그리운 임 여기 왔도다.

莫言風動竹 直是玉人來.

선화는 못 들은 체했다. 곧 촛불을 끄고 잠자리에 들었다.

주생은 방안으로 들어갔다. 함께 잠자리에 파고들었다. 선화는 나이가 어린 데다 약질이었다. 정사를 견뎌내지 못했다. 그러나 엷은 구름과 가는 비처럼, 버들과 어린 꽃처럼 교태로웠다. 울다가는 부드럽게 속삭였고, 살며시 미소짓다가는 가볍게 찡그리기도 했다.

주생은 벌이 꽃을 찾아 날듯, 나비가 꽃가루를 그리워하듯 매혹되었다. 정신은 한없이 무르녹았다.

어느덧 날은 밝아왔다. 난간 앞 꽃나무 가지에 앉은 부엉이 울음소리를 문득 들었다. 주생은 깜짝 놀랐다. 방을 급히 나갔다. 집과 연못은 고요했고, 새벽 안개는 몽롱했다. 선화는 주생을 보내느라고 방문을 나섰다가 문을 닫고 들어가며 말했다.

"이제 간 후로는 다시는 오지를 마셔요. 이 비밀이 새나가 누설된다면 사생死生이 걱정되옵니다."

주생은 기가 막혔다. 목이 매여 급히 달려들며 말했다.

"이제 겨우 좋은 인연을 이루었는데 어찌 이렇게도 박대를 하는 거요?"

선화는 방긋 미소 지으면서,

"아까 말은 농담이에요. 너무 노여워하지 마시옵고 저녁으로 만나도록 하시어요."

주생은 연신,

"응응" 하면서 급히 달려나갔다.

선화는 방으로 들어오자 조하간효앵早夏間曉鶯 시를 일 절 지어 창밖에 걸었다.

비 내렸다 갠 날은 막막하고 음산한데,
푸른 버들은 그림 같고 풀은 연기만 같구나.
봄날의 수심은 봄 따라 가지 않고,
새벽 꾀꼬리를 따라 베갯머리로 날아드누나.

漠漠輕陰雨後天　綠楊如畫草如煙
春愁不逐春歸去　又逐曉鶯來枕邊

다음 날 저녁이었다. 주생은 또 선화를 찾아갔다. 갑자기 담 및 나무 사이에서 아련하게 신발 끄는 소리가 났다. 그는 다른 사람에게 들켰나 싶어 달아나려 했다. 신을 끌던 사람이 청매青梅를 던져 주생의 등을 맞혔다. 그는 피할 곳이 없어 몹시 당황했다. 수풀 속에 납작 엎드렸다. 그런데 신 끌던 사람이 낮은 소리로 말했다.

"주랑周郎, 놀라지 말아요. 앵앵鶯鶯이가 여기 있어요."

그제서야 주생은 선화가 한 짓인 줄 알았다. 일어서서 선화의 허리를 꼭 끌어안으며,

"왜 이렇게도 사람을 놀라게 하는 거요?"

선화는 웃으며 말했다.

"어찌 감히 낭군님을 놀라게 하겠어요. 낭군님 혼자 지레 겁을 먹었을 뿐이지요."

주생은,

"향을 훔치고 구슬을 도둑질하는데 어찌 겁이 나지 않겠소."

손잡고 방으로 들어갔다. 주생은 창문 위에 걸린 절구絶句를 보았다. 마지막 구절을 손으로 가리키며 말했다.

"아름다운 선화가 무슨 근심이 있어 이런 시를 지었소?"

선화는 조용히 대답했다.

"여자의 몸은 수심과 함께 나서, 만나지 못했을 때는 서로 만나기를 원하고, 만나면 서로 헤어질 것을 두려워합니다. 이러니 어찌 여자의 몸으로서 편안하게도 근심이 없겠습니까. 하물며 낭군님은 절단지기折檀之譏를 어겼고 저는 행로지욕行露之辱을 받았습니다. 불행히도 하루아침에 우리 정사의 자취가 발각된다면 친척들에게 용납되지 못할 것이요, 동리 사람들은 천하게 여길 것입니다. 그렇게 되면, 비록 우리들이 손을 잡고 해로하려 해도 무슨 소용이 있겠습니까. 오늘의 일은 구름 속에 든 달과 같으며 숨은 꽃과도 같습니다. 설사 한때는 즐겁다 하더라도, 그것이 오래 가지 못할 테니 어찌하겠습니까?"

말을 마친 후, 눈물을 주룩 흘리며 원한 품은 태도를 보였다. 거의 자신을 억제하지 못했다. 주생은 눈물을 훔쳐 주며 위로해 말했다.

"대장부가 어찌 아녀자 하나를 얻을 수 없겠는가. 내 나중 중매의 절차를 밟아 예법대로 그대를 맞이할 것이니 너무 걱정을 마오."

선화는 눈물을 거두며 치사했다.

“낭군님의 말씀대로만 될 것 같으면, 저의 아름다운 얼굴이 비록 집안을 화목하게 할 수는 없겠지만, 나물을 캐어 정성껏 제사를 받드는 일만은 다하겠습니다.”

선화는 향합을 열었다. 조그만 화장용 거울을 꺼내어 둘로 깨뜨렸다. 한쪽은 자기가 갖고 다른 한쪽은 주생에게 주며,

“동방화촉洞房華燭의 밤을 기다렸다 다시 하나로 합하와요.”

또한 흰 깁 부채를 주면서 말했다.

“이 두 물건은 비록 하찮은 것이지만 제 마음의 간곡함을 나타내는 것이옵니다. 제 소원이오니 승란乘鸞의 처로 생각하시어 가을밤의 원한을 끼치지 마시옵고, 가사 항아姮娥가 그림자를 잃을지라도 꼭 밝은 달밤을 어여삐 여겨 아껴 주옵소서.”

이후로 그들은 밤이면 만났고 새벽으론 헤어졌다. 하룻밤도 거르는 법이 없었다.

어느 날 주생은 오랫동안 배도를 만나지 않았음을 생각했다. 그녀가 이상히 여길까 두려워 그녀의 집으로 가서 잤다. 밤 사이 선화는 기다리다 못해 주생의 방에까지 갔다. 선화는 주생이 쓰던 단장 주머니를 풀어 보았다. 그녀는 배도가 지은 시 두어 폭을 발견했다. 그녀는 화가 뿌듯이 치밀었고 질투심이 솟아났다. 그래서 책상 위에 있는 붓을 들어 까맣게 지워 버렸다. 그 밑에다 〈안아미사眼兒眉詞〉 일 절을 지어 푸른 비단에다 써서 주머니 안에 집어넣고는 나가 버렸다. 그 시는 다음과 같았다.

창 밖의 그림자 보이는 듯 사라지고,
기울어진 달은 누각 위에 높이 떴네.
우수수 대나무 소리는 풍류 이뤄 요란하고,
오동나무 그림자는 집안에 가득한데,
깊은 밤 고요는 수심을 자아내네.
이 외로운 밤 방탕한 임은 소식조차 없으니,
어디서 노니느라 나마저 잊었는가.
아서라 생각 말자 잊으려 하나,

멀리 있는 정은 답답도 해,
그래도 행여나 시간을 헤며 앉아 기다리네.

窓外疎影明復流 斜月在高樓
一階竹韻 滿堂梧影 夜靜人愁
此時蕩子無消息 何處作閑遊
也應不念 離情搢搢 坐數更籌

이튿날 주생이 돌아왔다. 선화는 조금도 질투하거나 원망스런 얼굴을 보이지 않았다. 또 주머니를 끌러 본 것도 말하지 않았다. 그녀는 주생 스스로 깨달아서 부끄러워하게 하고자 함이어서 일체 내색을 하지 않았다.

하루는 승상 부인이 술자리를 마련해 놓고 배도를 불렀다. 부인은 주생의 학행學行을 칭찬했다. 아들 글 가르치는 데 수고를 한다고 치사했다. 그리고는 손수 술을 따라 배도로 하여금 주생에게 잔을 권하게 했다.

주생은 이날 밤 술에 취해 정신이 없었다. 배도는 혼자 앉았으니 따분하기 이를 데 없었다. 그래서 주생의 주머니를 끌러 보았다. 그녀는 자신이 지은 사詞가 먹으로 지워진 것을 보았다. 마음은 자못 언짢았고 괴이한 생각이 들었다. 또한 그 밑에 '안아미사眼兒眉詞'를 보니 선화가 한 짓이 분명했다. 그녀는 몹시 화가 치밀었다. 그녀는 이 사를 소매 속에 감춘 다음 주머니를 전처럼 싸매 두었다. 앉은 채 아침을 기다렸다. 주생이 술에서 깨어나자 침착하게 물었다.

"낭군님은 이곳에서 무작정 유할 건가요? 도대체 돌아오지 않는 것은 무엇 때문입니까?"

주생은,

"국영이가 공부를 아직 다 마치지 못한 탓이오."

"그래요? 처의 동생을 가르치는 것이니 불가분 마음을 다해야겠지요."

주생은 얼굴을 붉히며,

“그게 도대체 무슨 말이오?”

배도는 얼마 동안 말이 없었다. 그럴수록 주생은 당황하여 어찌할 줄을 몰랐다. 고개를 푹 숙이고 방바닥만 응시했다. 배도는 그 사를 꺼내어 주생의 면전에 던지며 말했다.

“유장상종踰墻相從(담을 넘어가 서로 좋아함)이요, 찬혈상규鑽穴相窺(구멍을 뚫고 서로 들여다봄)구료. 이 어찌 군자가 할 짓입니까. 난 지금 곧장 들어가 부인께 말씀 올리렵니다.”

배도는 몸을 일으켰다. 주생은 황망히 그녀를 붙잡아 앉히고 사실대로 고백을 했다. 머리를 조아리며 간곡히 빌었다.

“선화는 나와 백년해로를 굳게 언약한 사인데, 어찌 죽을 곳으로 몰아넣는단 말이오.”

배도는 마지못해 뜻을 돌리고는,

“그렇다면 곧 저와 같이 돌아갑시다. 그렇지 않으면, 낭군님이 저와의 언약을 어긴 바에야 제가 무어라고 맹세를 지킬 것이오리까.”

주생은 하는 수 없었다. 부인에게 딴 핑계를 대고 배도의 집으로 돌아갔다. 배도는 선화와의 관계를 알고 난 다음부터 다시는 주생을 선랑이라 부르지 않았다. 마음속에 불평이 끓어올라서였다.

주생은 오로지 선화만을 생각했다. 몸은 나날이 여위어 갔다. 끝내는 병을 빙자해 자리에 눕고 말았다. 스무 날이 지나갔다. 돌연 국영이 병으로 죽었다는 전갈이 왔다. 주생은 제물祭物을 갖춰 영구 앞에 나아가 전을 올렸다.

선화 역시 주생과 이별한 후 상사의 병이 깊어 기거동작도 남의 손을 빌려야 했다. 문득 주생이 왔다는 소식을 듣고는 병을 무릅쓰고 억지로 일어났다. 담장소복을 하고 주렴 안에 혼자 서 있었다.

주생은 전을 끝냈다. 멀리 선화가 보였다. 눈을 찡긋해 정을 표시했다. 머리를 숙이고 서성거리다 뒤돌아보니, 그녀는 이미 사라져 보이지 않았다.

세월은 흘러 몇 달이 지났다. 배도마저 병들어 눕고 말았다. 숨을 거두기 전, 그녀는 주생의 무릎을 베고 눈물을 가득 머금은 채 말했다.

 “저는 봉비하체(여자가 젊어서는 예뻐서 사랑을 받을 수 있으나, 늙으면 미워서 버림을 받을 수 있음을 비유함)로서 그늘에만 의지하여 살아오다가 아름다운 청춘이 다 가기도 전에 시들 줄을 누가 알았겠습니까. 이제 저는 낭군님과 영원히 이별을 하게 되었으니, 비단옷이며 좋은 관현악기가 소용이 없고, 전날의 소원도 다 그만입니다. 다만 원하옵는 바는, 제가 죽은 후에 낭군님은 선화를 추하여 배필로 삼으시옵소서. 그리고 내 죽은 뒤 시신은 낭군님이 왕래하시는 길가에 묻어 주신다면 죽더라도 산 것같이 여기고, 편안히 눈을 감겠습니다.”

 배도는 말을 마치고 기절했다. 한참 만에 다시 깨어나 주생을 바라보며 말했다.

 “주랑, 주랑이여! 부디 부디 몸조심 하시어요. 몸조심 하……”

 이러기를 몇 번 하더니 숨을 거두고 말았다. 주생은 배도의 죽음을 몹시 슬퍼했다. 그는 그녀의 유언대로 시체를 호산湖山의 길가에다 고이 묻어 주었다. 제문祭文은 다음과 같다.

 모월 모일에 매천거사梅川居士는 초황·여단의 제물을 드리고 배랑俳娘의 혼백을 위로하며 제를 올리노라.

 꽃의 정기와도 같이 아름답고 달의 자태와도 같이 좋은 몸을 지녔던 그대는, 장대章臺의 버들인 양 춤을 잘도 추어 바람에 나부끼는 버들가지와 같았도다. 미색은 아름다운 골짜기의 향기로운 난초를 능가하는, 이슬 담뿍 머금은 붉은 꽃이었도다.

 회문시回文詩에 있어서는 소야란蘇若蘭이 독보함을 용납하지 않았으며, 사詞에 있어서는 담운화일지라도 명성을 다투기 어려웠도다.

 이름은 비록 기적妓籍에 들었어도 그 뜻만은 그윽했고 정절을 지켰도다. 나는 바람에 휘날리는 버들가지와 같아, 방탕한 뜻을 지녀 외로이 물에 뜬 부평초의 신세였도다. 언채말향지당言采沫鄕之唐(여자를 좋아하여 유인함)이요, 불부동문지양不負東門之揚(상봉의 약속을 어기지 않음)하여 서로가 사랑하며 길이 잊지 않기로 기약까지 두었도다. 교교한 달밤에 굳은 맹세할 적에는 창문엔 구름이 가리었고, 화원에는 봄빛이 화창했도다. 그 사이에 경장瓊漿(신선들이 마시는 간장) 마시며 난생鸞笙(선녀의 놂)함이 그 몇 번이었던가!

아아, 슬프도다! 때 가고 일 지나, 지극한 즐거움이 슬픔을 자아낼 줄 그 뉘라서 알았으리오. 비취 이불이 따뜻해지기도 전에 원앙의 단꿈이 먼저 깨어졌구료. 즐거움은 구름과 같이 사라지고, 은정恩情은 비같이 흩어져 비단치마 바라보니 색은 이미 변했도다. 옥패는 소리를 내지 않고, 일 척의 노호魯縞(중국의 유명한 비단)만이 아직도 향기롭구나.

주현녹복朱絃綠服(붉은색의 악기와 푸른색의 옷)이 은상에 헛되이 버려 있고, 남교藍橋의 옛집은 홍랑紅娘에게 내맡겼도다.

오호라! 가인佳人은 얻기 어렵고, 덕음德音은 잊기 어렵도다. 옥 같은 맑은 자태, 꽃다운 고운 맵시가 눈에 선하도다. 하늘과 땅은 영원히 변치 않으니 망망한 이 한을 어이하며, 타향에서 짝을 잃고 그 누굴 믿을손가.

이제 노를 저어 온 길을 되돌아가려 하나, 호해湖海는 넓고 험하며 세월은 덧없이 흐르기만 할 것이니, 천만 리 머나먼 길을 외로운 조각배가 가고 간들 무엇을 의지하랴.

후년에 그대의 넋 앞에 와 울리라고 기약하기는 어렵도다. 산에는 사라진 구름이 다시 돌아오고 강물은 밀렸다가 썰물 되어 오지만, 한 번 간 그대는 다시 오지 못하누나. 내 이제 그대를 마지막 하직하며 술로써 제사 지내고 글로써 이내 정을 나타내도다. 바람결에 부처 영결하노니 그대의 혼이여, 부디 흠향하시라.

주생은 제사를 마쳤다. 그는 두 계집종과 이별하며 말했다.

"너희들은 집을 잘 간수하여라. 내 후일 성공해 돌아오면 반드시 너희들을 돌봐주마."

계집종들은 섧게 울며,

"저희들은 주인 아씨를 어머니같이 우러러 받들었고, 아씨도 저희를 자식같이 사랑해 주시었어요. 이제 저희가 박복하여 아씨를 일찍 여의었으니, 오직 믿고 슬픔을 달랠 길은 서방님뿐이온데, 이제 서방님마저 가신다니 저희들은 누구를 의지하고 사오리까."

더욱 섧게 울었다. 주생은 새삼 계집종들을 달래 주고는 눈물을 뿌리며 배에 올랐다. 그러나 차마 노를 저을 수 없었다.

이날 밤 주생은 무홍교無虹橋 밑에서 묵었다. 멀리 선화의 집을 바라보니 촛대의 불빛만이 숲속에서 깜박이고 있다. 그는 좋은 시절은 이미 지나간 것을 생각했다. 이제는 다시 만날 인연이 끊어졌음을 슬퍼했다. 그는 〈장상사長相思〉 일절을 읊었다.

꽃에도 버들에도 안개는 끼었는데
춘색을 전하는 이 한밤, 늘어진 버들 숲에서 잠자도다.
좋은 인연 모질어 이 새벽녘,
임의 방 촛불은 막연도 한데, 되짚어 가는 길에 끝없는 만 리 길을 바라
보도다.

花滿煙 柳滿煙 音信初憑春色傳 綠簾深處眠
女因祿 惡因祿 曉院銀缸己惘然 歸忙雲水邊

주생은 날이 새도록 잠을 이루지 못했다. 아무리 생각해 봐도 이번 가면 선화를 영영 이별할 것만 같았다. 그렇다고 머물자니 배도도 가고 국영도 또한 죽었으니 의지할 데라곤 없었다. 백 갈래로 생각해 보았으나 한 가지도 결정을 내리지 못했다. 벌써 날은 훤히 밝아왔다. 주생은 하는 수 없이 노를 저어서 물길을 떠났다. 선화의 집이며 배도의 묘는 점점 아득해졌고, 산굽이를 돌아 강이 굽어진 곳에 이르니 홀연 시야에서 사라져 버렸다.

주생의 외가인 장張씨 노인은 호주湖州의 갑부였다. 그뿐만 아니라 화목하기로 이름이 나 있었다. 주생은 그리로 찾아가 의지했다. 장노인 댁에서는 주생을 지극히 후하게 대접했다. 주생은 비록 몸은 편안하였으나, 선화를 생각하는 정은 갈수록 더해만 갔다. 주생의 마음을 몰라주듯 세월은 흘렀다. 춘삼월 호시절을 맞았다. 이 해가 바로 만력萬曆 임진년이었다.

장씨 노인은 주생이 나날이 여위어 가는 것을 이상스럽게 여겨 까닭을

448

물었다. 그는 감히 감추지 못해 사실대로 아뢰었다. 장씨는 이렇게 말했다.

"너의 마음에 맺힌 한이 있었다면 왜 진작 말하지 않았느냐. 내 안사람과 노승상과는 동성同姓이어서 여러 대 동안 긴밀히 지냈다. 내 너를 위해 힘써 보겠으니 염려하지 마라."

이런 다짐을 둔 다음날이었다. 노인은 부인을 시켜 편지를 써, 늙은 하인을 전당으로 보내 왕사지친王謝之親을 의논했다.

선화는 주생과 이별한 후 날이면 날마다 자리에 누워 있었다. 그래서 여월 대로 여위어만 갔다. 승상 부인도 선화가 주생을 사모하다 얻은 병인 줄은 알고 있었다. 그녀의 뜻을 이루어 주려 했으나 이미 주생은 떠나 버려서 어쩔 수가 없었다. 그러던 차에 돌연 노부인의 편지를 받았다. 온 집안이 놀라며 기뻐했다. 선화도 누워 있다가 억지로 일어나서 머리도 빗고 세수도 하며 몸단장을 하는 등 전과 같았다. 이해 9월로 혼인날이 정해졌다.

주생은 날마다 포구로 나가 늙은 종이 돌아오기를 기다렸다. 아흐레가 되던 날이었다. 그 늙은 종이 돌아왔다. 정혼의 뜻을 전하고, 더욱이 선화의 편지를 전해 주었다. 주생은 급히 편지를 뜯었다. 분향 냄새가 그윽했다. 편지지에는 눈물 자국이 번져 있었다. 그는 선화의 애원哀怨을 가히 짐작하고도 남음이 있었다. 사연은 이러했다.

박복한 몸 선화는 목욕재계하고 주랑께 올리옵니다. 저는 본래 약질이어서 깊은 규방에서 수양하고 있습니다. 매양 청춘이 수이 감을 근심했고, 거울을 들여다보면서 스스로 한탄했습니다. 비록 연심을 품었다가도 사람을 만나면 부끄러움을 금할 수 없었습니다. 그러나 버들가지를 보면 춘정이 무르녹고, 나뭇가지의 꾀꼬리를 들으면 또한 연모심이 몽롱해집니다. 하루아침에 고운 나비가 소식을 전하며 산새가 길을 인도했습니다. 동방지월東方之月에 주자재달하여 낭군님이 담을 넘어 오심에 있어서 저는 몸을 아끼지 못했습니다. 선약仙藥을 다리려고 하계에 내려와 일은 마쳤지만 옥경玉京에 올라가지 못해 거울을 둘로 나누어 한 가지로 영원한 맹세를 했던 것입니다. 그러던 것이 호사다마하여 호시절을 다 놓치고 말았습니다. 마음만은 사랑하기 그지없으나 몸은 점점 여위어짐을 슬퍼하고 있습니다.

낭군님이 한 번 가신 뒤 봄은 다시 왔으나 소식은 없어, 이화에 비 내리고 황혼빛이 문을 비추어 잠 못 이뤄 전전하옵고, 낭군님 생각으로 자꾸만 여위어질 뿐입니다. 비단 장막은 낭군님이 없어 주야로 쓸쓸하옵고, 촛불을 밝힐 일 없으니 저녁으로 방안은 침침할 따름입니다.

하룻밤에 몸 망치고 백 년의 정을 품음에 이미 시들어져 가는 몸이지만 낭군님만을 생각합니다. 밤이면 달을 보고 눈물을 흘립니다. 낭군님 생각으로 간장은 녹아나고 만나 보고 싶은 마음 간절하기 그지없으니 갈 수 없는 신세이옵니다. 만약 미리 이런 일이 있을 줄을 알았던들 살아 있지 못했을 것입니다.

이제 월로月老가 소식을 보내옴에 가일佳日이 기다려지오나, 홀로 있으니 초조하여 견딜 수 없습니다. 병은 나날이 깊어져 꽃 같은 얼굴은 광채가 사라지고 구름 같은 머리에는 빛이 없어졌습니다. 이후 낭군님이 저를 본다 할지라도 다시는 전처럼 은정이 솟지 않을 것입니다.

이제 와서 아무것도 바랄 것이 없사오나, 다만 품고 있는 정성을 다하지 못한 채 문득 아침 이슬과 같이 세상에서 사라진다면 멀고 먼 황천길을 가는 넋의 한이 무궁할 것이 두렵습니다. 이제는 아침에 낭군을 뵈옵고 저의 기구한 정을 호소나 할 수 있다면 저녁에 죽어도 원이 없겠나이다.

산천은 첩첩하여 먼 구름 밑에 떨어져 있는 거리를 편지 전할 사람이 빈번히 다닐 수도 없는 일이옵니다. 이제 멀리 목을 빼어 바라보니, 뼈는 녹고 넋은 날 뿐입니다.

호주의 땅은 기후가 좋지 못하여 질병이 많습니다. 낭군님은 자중하시어 부디 몸조심 하옵소서. 끝으로 이 정겨운 편지에 할말을 다하지 못한 것은 돌아가는 기러기에 부탁하여 보내겠습니다.

모월 모일 선화 상서

편지를 읽고 난 주생은 꿈꾸다 깨어난 것만 같고, 술에 취했다 정신이 난 것만 같았다. 슬프기도 했고 반갑기도 했다. 그러나 오는 9월을 손꼽아 보니 아직도 아득했다.

주생은 혼일을 고쳐 잡으려고 장씨 노인을 찾았다. 다시 한번 늙은 종을 보내달라고 청한 후, 선화에게 보내는 답장을 썼다.

사랑하는 임, 선화 그대여! 삼생三生의 인연이 깊어 천리길에서 온 편지를 받았소. 사물을 보고 사람을 생각하니, 어찌 한시인들 잊을 수 있으리오.

지난날 나는 그대의 집에 뛰어들었소. 몸을 경림瓊林에 의탁하였다가 춘심이 발동하여, 애정을 금하지 못하고 꽃 속에서 맹약하고 달 아래 인연을 맺었소. 그때는 외람되게도 많은 은정을 입고 굳은 맹세를 하였소. 스스로 생각하기를, 이 세상에서는 깊은 은혜를 갚을 도리가 없다고 여겼소. 인간의 호사에 대한 조물주의 시샘으로 하룻밤의 이별이 해를 넘겨 원한이 되었소. 이렇게 될 줄 어찌 알았으리오.

피차 멀리 떨어진 데다 산천이 가로막혔으니, 하늘가에서 무한히 슬퍼하는 이 몸은 오吳나라 구름 속에서 우는 기러기요, 초楚나라의 산골짜기에서 우는 원숭이 같은 신세가 되었소. 이제 친척의 집에서 홀로 잠을 자니, 외롭고 쓸쓸하여 목석이 아니고는 어찌 섧지 않으리오.

아, 아름다운 그대여! 이별한 후의 이 심정은 그대만이 알 수 있으리라. 옛사람은 하루를 못 만나면 3년과도 같다 했은즉, 이것으로 미룬다면 90년이나 되오. 만약 천고마비의 가을날에나 가서 가일을 정한다면, 차라리 황산荒山의 시들어진 풀 속에서 나를 찾는 것만 못하리다. 정을 다 담지 못하고 말을 다하지 못했는데 편지지에 엎드린 채 목이 메어 눈물이 나니 더할 말을 모르겠소.

주생이 편지를 써 놓았으나 전하지 못하고 있을 무렵이었다. 조선이 왜적倭賊의 침략을 당했다는 소문이 파다하게 떠돌았다. 마침내 원병을 중국에까지 청해 왔다. 사태는 매우 급박했다. 황제는 조선이 지극히 중국을 섬기므로 불가불 구원을 해야 했고, 또 조선이 무너지면 압록강 서

부지방은 편안할 날이 없을 것임을 갈파했다. 항차 왕업의 존망계절이 달린 판국이어서 거절할 도리가 없었다. 그래서 도독^{都督} 이여송^{李如松}에게 군대를 통솔하여 적을 무찌르도록 어명이 내렸다.

이때 행인사의 행인 설번^{薛藩}이 조선을 다녀와서 황제에게 아뢰었다.

"북방 사람은 오랑캐를 잘 막아내며 남방의 사람들은 왜놈을 잘 방어하오니, 이 싸움은 남방의 군병이 아니면 어렵겠나이다."

이래서 호절^{湖浙}의 여러 고을에서 병정을 급히 모집하게 되었다. 그때 유격장군이었던 어떤 사람이 평소에 주생의 성명^{聲名}을 알고 있어, 출전하는 날에 끌어내어 서기의 소임을 맡겼다. 주생은 굳이 사양했으나 어쩔 수 없어 직책을 맡았다. 그는 조선으로 나왔다. 안주^{安州}의 백상루^{百祥樓}에 올라 고풍칠언시^{古風七言詩}를 지었다. 그 전부는 알 수 없으나, 그 결구는 다음과 같았다.

> 시름에 겨워 강 상루에 오르니,
> 누 밖에 청산은 첩첩이 싸였구나.
> 저 산은 고향을 바라보는 내 눈을 가리면서,
> 어찌하여 시름이 오는 길은 막지 못하나.

> 愁來更上江上樓　樓外靑山多幾許
> 也能遮我望鄕眼　不能隔斷愁來路

이듬해 계사년^{癸巳年} 봄이었다. 명군은 왜적을 대파하여 경상도로 몰아붙였다.

주생은 밤낮으로 선화를 생각하여 마침내 병이 중해졌다. 그는 종군해 남하할 수 없어 송경^{松京}에 머물고 있었다. 이때 나는 때마침 일이 있어 송경에 갔었다. 한 여관에서 주생을 만났다. 그러나 언어가 통하지 않았다. 그래서 글로써 의사를 통했다. 주생은 내가 글을 안다고 후하게 대접해 주었다. 나는 주생에게 병든 내력을 물어보았다. 그러나 그는 근심에 싸여 응답이 없었다.

하루는 비가 주룩주룩 내렸다. 나는 주생과 같이 불을 밝히고 늦도록 이야기를 나누었다. 주생은 〈답사행踏沙行〉의 사詞 한 수를 지어 보여주었다.

의지할 곳 없는 외로운 신세, 이별의 회포를 어이 다 쏟을까.
돌아가는 기러기는 어두운 강가 나무에 줄지어 앉았구나.
여창의 희미한 촛불은 이 마음 설레게 하고,
황혼의 빗소리는 시름을 더하누나.
낭원은 구름에 싸였고, 영주는 바다에 막혔구나.
임 있는 곳은 예서 얼마나 되나.
차라리 물 위의 부평초 되어,
하룻밤 흘러흘러 오강으로 가고자.

隻影無憑 離懷難吐 歸鴻暗連江樹
族窓殘燭已驚心 可堪更聽黃昏雨
閬苑雲迷 瀛州海阻 玉樓珠箔今何許
孤踪願作水上萍 一夜流向吳江去

나는 몇 번이나 이 사詞를 읊었다. 그리고 사 중의 정사를 탐문했다. 주생은 더 이상 감추지 못하고 처음부터 끝까지 자세하게 말했다. 그러면서 나만 알고 다른 사람에게는 일체 말하지 말라는 당부까지 하는 것이었다.

나는 그 시사詩詞를 아름답게 보았다. 그리고 이들의 기우奇遇를 한탄했고, 좋은 시일을 놓친 데 대하여 슬픈 생각이 들었다. 그래서 헤어진 후, 나는 붓을 잡아 이를 써 나가지 않을 수 없었다.

작가 소개와 작품해설

● 저자 소개

권필權韠(1569~1612) ; 조선조 선조 때의 문인으로 자를 여장汝章, 호를 석주石洲라 했다. 본관은 안동安東으로 권벽의 아들로 선조 2년 서울에서 태어났다.

정철의 문인으로 성격이 자유분방해 구속받기를 싫어하여 평생 벼슬을 않은 채 야인으로 일생을 마쳤다. 한번은 그가 동몽교관東夢敎官이란 벼슬을 받았으나, 의관을 갖추고 예조에 나아가 배알해야 한다는 말을 듣고는 결연히 사퇴했다고 한다.

광해군 때에는 세도가 이이첨의 교제를 거절할 정도로 성질이 대쪽 같았다 한다.

광해군의 비형妃兄으로 정국을 어지럽힌 유희분을 풍자하는 궁류시宮柳詩를 지어 퍼뜨렸다. 광해군이 크게 노하여 그 시를 지은 사람을 찾던 중, 광해군 4년 김직재金直哉의 무옥에 연루된 조수륜趙守倫의 집을 수색하다가 문제의 시를 발견했다. 광해군이 권필을 친히 국문하여 처형하려고 하였으나, 백사 이항복李恒福 등의 구명으로 죽음을 면하고 귀양을 가게 됐다. 귀양길에 올라 동대문 밖에서 어떤 사람이 준 술을 먹고 취하여 죽으니, 그때의 나이 43세였다.

그의 문장은 당대를 울렸고, 평생을 기인 아닌 기인으로 행세하였다. 인조반정 후에 사헌부 지평에 추증되었다. 문집으로 〈석주집〉과 한문소설 〈주생전〉이 전한다.

● 주제

사랑의 갈구와 배신, 그리고 이별과 방황

454

● 작품 해설

이 작품은 작자 권필이 선조 26년(1593) 봄에 송도에 갔을 때, 작중 주인공인 주생周生을 여관에서 만났다. 그러나 말이 통하지 않아 필담으로 의사를 나누는 가운데 그가 지어 보여주는 〈답사행踏沙行〉이란 시가詩歌 중에 연애건을 추궁하자, 주생이 숨기지 않고 자기의 실연담을 애기해 주었다.

작자 권필이 이걸 듣고 돌아와 썼다고 이 작품의 발문에서 밝히고 있다. 그래서 이 작품의 창작 연대는 선조 26년 직후로 보아야 할 것이다.

그리고 명대明代를 배경으로 하고, 남주인공 주생과 두 여자인 기생 배도俳桃와 귀족의 딸 선화仙花 사이의 삼각연애를 소재로 한 애정소설이다. 남자 주인공 주생은 어릴 때부터 같이 자랐으나 몰락하여 기생이 된 배도를 만나 사랑에 빠지게 되고, 그 사이 명문가의 딸 선화를 사랑하는 번민과, 기생의 신분으로 운명에 얽매여 우는 여주인공의 심리를 잘 표현해 놓았다.

● 줄거리

명나라 때 주생이라는 청년이 전당이라는 곳에서 살다가 아버지가 촉주蜀州에서 벼슬을 하게 되어 그곳으로 가 태학에 다니며 공부하게 되었다. 총명하여 시도 잘 지었으나 과거에는 여러 번 실패했다.

주생은 과거를 포기하고 장사를 하기 위해 길을 떠나 유랑하다가 우연하게 고향 전당에 가서 어릴 때 같이 놀았던 배도俳桃라는 처녀를 만나 사랑을 나누게 된다. 그러나 배도는 가문이 몰락하여 기녀가 되어 있었다.

그런 중에도 배도는 노승상 부인의 총애를 받아 그 집에 드나들고 있었다. 배도가 그 집에 드나드는 것을 엿본 주생은 몰래 배도를 따라갔다가 승상의 딸 선화의 미모에 반하여 연정을 품게 되었다.

승상 부인은 배도로부터 주생의 탁월한 학식을 듣고 주생을 자기 아들 국영의 스승으로 청하여 배도의 집에서 국영을 가르치게 했다. 그러나 선화에 대한 연정을 참지 못한 주생은 국경의 왕래가 불편하다는 핑계로

승상댁에 들어가 국영을 가르치며 선화와 밀애에 빠진다.

이를 알아차린 배도가 원망하자 주생은 배도의 집으로 돌아왔다. 그러나 배도에 대한 사랑은 이미 식어 있었다. 사랑하는 남자로부터 배신을 당한 배도는 고민 끝에 유언을 남겨 놓고 죽음으로써 주생과의 사랑은 비극으로 끝난다.

귀족의 딸 선화에게로 사랑을 옮긴 주생은 배도의 죽음과, 공부를 가르쳐 주던 선화의 남동생 국영이 병사를 당하여 주생은 의지할 곳이 없어 전당을 떠났다.

멀리서 선화를 그리워하던 중 어머니의 친척인 장노인을 찾아가 선화와의 관계를 고백한다. 그리하여 장노인의 주선으로 선화와 정식으로 약혼까지 한다. 그러나 결혼식을 한 달 앞두고서 임진왜란이 일어나 종군기자로 징발되어 조선에 출정하게 된다. 선화에게 알리지도 못한 채 송도까지 오게 되어 주생은 결혼을 기약할 수 없게 된다.

● 독서 토론

고전소설에서 흔히 볼 수 있는 비현실적인 요소가 나타나지 않는다. 그러나 이 작품은 삼각연애 사건을 중심으로 남성의 탐욕과 이기적인 수심, 여성의 선천적인 애욕과 질투심을 그린 것이다.

물론 작자 권필이 음풍영월로 현실에 적응하지 못하고 짧은 인생을 가난하게 살았던 자신의 운명을 주인공의 낭만적인 생애에 투영시킨 것이라는 평가도 있다.

아무튼 이 작품은 모두가 불우한 상태로 하락하는 모습을 보여준다. 또한 거대한 자연의 흐름 앞에 인간은 왜소할 수밖에 없는 슬픔을 서정적으로 표현, 작품 전체를 우수로 가득 채우고 있다.

그러나 우리는 다른 고전소설에서는 볼 수 없는 남자의 배신으로 한 여성의 처절한 죽음을 이 작품에서 볼 수 있다. 또한 천한 기생에 대한 사랑보다는 귀족의 딸을 택하는 남자의 이기적인 모습을 볼 수 있고, 여성의 선천적인 애욕과 질투를 볼 수 있다.

● 비교 작품

　굳이 사랑의 삼각관계라는 소재를 떠올린다면 〈춘향전〉이나 〈운영전〉, 〈옥단춘전〉을 말할 수 있겠다. 애정소설로는 〈양산백전〉, 〈권용선전〉 등이 있다.

채봉감별곡 彩鳳感別曲

작자 미상

화창한 봄날이었다.

삼월도 보름이 넘은 지 오랬으며 산과 들에는 가는 곳마다 개나리, 진달래 꽃이 한창이었다. 밝아 오는 봄날 새벽 하늘이 아침으로 변해 가는 조용하고 맑은 순간.

기와집 초가집들이 사이좋게 총총히 박힌 비둘기장 같은 평양 한 마을에서 한 줄기 두 줄기 아침 짓는 연기가 밝아 오는 봄하늘로 길게 길게 퍼져 올라온 지도 꽤 오랬다.

김진사는 자기 집 안방에서 마악 아침 밥상을 물려 놓는 참이었다. 전에 없이 일찍 아침상이 끝났다. 오늘 아침 김진사의 얼굴에는 확실히 평소에는 볼 수 없던 어떤 긴장과 흥분이 역력히 감돌고 있었다. 그는 해가 떠오르기 전에 아침 밥을 일찌감치 먹고 머언 길을 떠나려는 판이었다. 오십이 내일 모래인 김진사는 한편 손으로 긴 수염을 쓰다듬으며 또 한편 손으로는 물려 놓은 밥상 곁에 다소곳이 머리 숙이고 앉아 있는 딸 채봉이의 어깨를 툭툭 쳤다.

"애! 채봉아……."

"……."

채봉이는 말이 없었다. 샐쭉해진 눈매에 시선을 방바닥으로 깔고 뾰로통해진 입으로 옷고름만 만지작거리며 대답이 없는 채봉이의 표정은 아버지 김진사가 하고자 하는 말을 다 알고 있으니 새삼스럽게 꺼내실 것도 없다는 것 같은 냉정한 빛이 서리어 있었다.

　김진사는 서울에 한 번 올라가 보기로 결심한 것이었다. 일평생에 단지 한 번 해보는 대담한 결심이기도 했다.

　벼슬!

　출세!

　이것은 예나 지금이나 늙거나 젊거나 인생으로 태어난 사나이 대장부 누구나 한 번은 꿈꾸어 보고 싶은 어쩔 수 없는 욕망이요, 야심인 양 싶었다.

　그리고 이번에 서울에 올라가는 데는 벼슬 자리만 못지않게 중대한 목적이 또 한 가지 있었다.

　그것은 무남독녀 외딸 채봉이의 배필 사위감을 구해 보자는 생각이었다. 김진사의 딸 채봉이야말로 어느 모로 뜯어보나 한 군데도 빠진 곳이 없는 가인 가운데서도 가히 절색이랄 수 있는 귀여운 딸이었다. 올해 열여섯 살. 탐스러운 꽃봉오리가 꼭 한 번을 빵끗 웃으며 그 꽃잎을 해발죽하고 벌릴락말락 닿을락말락한 것 같은 그렇게 나긋나긋하면서 아련하고 아름다웁게 자라나고 있는 외딸이었다. 또한 뛰어난 재원이기도 했다. 나이 겨우 일곱 살 때부터 고금의 서적 치고 읽지 못한 것이 없었고 한 번 눈을 옮겨 읽은 것이면 잊어버리는 법이 없었고 열 살이 되면서부터는 시서백가의 글 치고 모르는 것이 없었으며 그 밖에도 바느질, 수놓기, 여자로서 갖추어야 하는 길에 천부의 뛰어난 재질을 지니고 있으니 김진사가 마치 손안의 구슬같이 귀여웁게 키운 딸이었다.

　김진사 집 후원에는 아담하고 청초한 초당이 한 채 있었으니, 이는 두말할 것 없이 귀여운 딸을 생각하는 김진사가 특별히 마음먹고 지어서 시비 추향이로 하여금 채봉의 시중을 들게 하며 함께 거처시키는 곳이었다.

　아버지 김진사가 좀더 높은 벼슬 자리를 꿈꾸고 또 딸의 배필도 구해 보겠다는 엉뚱한 포부를 안고 서울로 떠나간 그날 오후——.

　아버지를 머언 서울로 떠나 보낸 허전함도 허전함이려니와 또 한편으로는 참기 어려운 춘흥을 못 이기어 채봉이는 추향이를 데리고 축산에 올라 간지러운 봄바람에 두 볼을 붉히며 자못 상쾌한 마음으로 눈 아래

봄 경치를 내려다보고 있었다.

바로 이때였다.

서편 높은 담과 담 사이에 조금 틈이 벌어진 곳에서 이상하게도 난데 없이 사람의 음성이 들려 왔다. 채봉이보다도 더욱 깜짝 놀란 것은 추향이었다.

추향이 몸을 홱 돌이켜 바라보자니 십칠팔구 세쯤 되어 보이는 젊은 도령 한 사람이 이편을 정신 잃고 들여다보고 있는 것이었다. 옷 맵시도 깨끗하고 단정하게 차렸으며 허여멀쑥한 살결이라든지, 사나우리만치 열기가 대륙대륙하는 눈초리라든지, 진하게 위로 치켜 올라간 눈썹, 우뚝한 콧날, 꽉 다문 입술……

그 늠름하게 생긴 풍채야말로 한 번 보는 여자의 마음을 흔들어 놓지 않고는 못 배길 만큼 준수했다. 도령의 이런 모습을 부지중에 한 번 힐끗 바라보지 않을 수 없는 채봉이도 보아서 안될 것을 잘못 본 사람처럼 그 탐스러운 두 볼이 새빨개졌다.

다음 순간, 허둥지둥 어찌할 바를 모르다가 선뜻 추향이를 끌고 그대로 뒤도 돌아볼 생각도 없이 초당 안으로 뛰어들어 몸을 감추어 버리고 말았다.

도령은 초당 편을 유심히 내려다보다가 문득 시선을 땅바닥으로 떨어뜨리자 발 밑에 하얀 손수건 하나가 떨어져 있는 것을 발견했다. 그 준수한 얼굴에는 씽긋하고 만족한 미소가 떠올랐다.

도령이 기뻐서 어쩔 줄 모르며 선뜻 허리를 굽혀 그 손수건을 집어 보니 길이가 석 자나 되는 삼팔 수건이었다.

그 수건 한편 끝에는 붉은 실로 채봉이라는 두 자가 또렷하고 아름답게 수놓아져 있는 것이었다.

'어허, 이거 굉장한 보물인데……'

도령은 삼팔 손수건을 꼬기꼬기 뭉쳐서 으스러지라는 듯이 손 속에 꼭 쥐고 있었다.

한편 손수건을 흘리고 들어온 것을 깨달은 채봉이는 추향이를 시켜서 그것을 찾지 않을 수 없었다. 추향이는 아가씨의 명령대로 언덕 위로 되돌아와서 열심으로 수건을 찾았다. 천재일우의 좋은 기회라고 생각하고 그때까지 앉아 있던 도령은 거침없이 한마디를 던졌다.

"하하하…… 야! 내가 이렇게 여기 가지고 있는 손수건을 그렇게 찾기만 하면 하늘 위에서 다시 떨어진다던? 땅 속에서 다시 솟아난다던?"

깜짝 놀라는 체를 하고 몸을 그편으로 돌이킨 추향이는 거기 생각지도 않은 도령 한 사람이 앉아 있는 것을 처음 발견했다는 듯 말솜씨를 갑자기 공손하게 꾸미면서 애원하다시피 허리를 굽히고 얌전하게 말했다.

"어느 댁 도령님이신지는 모르겠사오나 이제 듣자하오니 도련님께서 손수건을 집으셨다고 하시는데 그것이 농담이 아니시라면 곧 돌려보내 주시기 바랍니다."

도령은 점잖은 음성으로 물었다.

"손수건이란 것은 누구의 것이냐?"

"우리 댁 아가씨의 것입니다."

"그러면 아가씨의 이름은 뭐라고 하지?"

"저어 채彩자, 봉鳳자 두 자예요."

도령은 그제서야 만면에 미소를 띠웠다. 그리고는 어떤 승리감에 도취하는 듯 또 한 번 쾌활하게 웃음을 터뜨렸다.

"하하하…… 채봉이라구. 그건 이 손수건 위에 이렇게 분명히 수놓아져 있는걸. 그런데 손수건을 돌려주겠다만 내 청이 있으니 잠깐만 기다려 다오. 내 곧 되돌아올 것이니……."

도령은 이렇게 말하고 처음 들어오던 담 틈으로 훌쩍 나가 버리는 것이었다.

도령은 급한 걸음으로 옆집으로 뛰어 들어가 벼루에 진한 먹을 듬뿍 갈아놓고 양모무심필羊毛無心筆 멋들어진 붓대를 휘둘러 시 몇 구절을 그 삼팔 손수건 위에 써가지고 그것을 가지고 다시 돌아와 추향이에게 선뜻 손수건을 내밀어 주었다.

채봉이는 추향이를 시켜 손수건을 찾으러 보내 놓고 아무리 기다려도 돌아오는 기색이 없는지라, 어찌된 일인지를 몰라서 여간 초조한 시간을 보내고 있는 것이 아니었다. 이 궁리 저 궁리 혼자서 답답한 생각을 금치 못하고 있을 때 마침 추향이 숨이 턱에 닿서 할딱거리며 손수건을 가지고 달려오지 않는가?

"원 참, 세상에 별 괴상한 일을 다 보았네요!"

추향이는 지금까지 얘기를 다 말했다.

삼팔 손수건을 받아들고 펼쳐 보는 채봉이의 두 볼은 아까 처음으로 그 도령을 담 틈으로 힐끗 바라다보았을 때보다도 몇 갑절이나 더 빨개지는지 몰랐다. 그 시구는 다음과 같이 적혀 있었다.

帕出佳入分外香^{백출가입분외향}
天公付與有情郎^{천공부여유정랑}
慇懃寄取相思句^{은근기취상사구}
擬作紅絲入洞房^{의작홍사입동방}

아름다우신 분께서 떨어뜨린 손수건이기에 그 향기로움 비길 데가 없나이다. 이는 하나님께서 이 정이 넘치는 사내에게 끼쳐 주신 선물인가 하오며, 이에 서로 생각하는 안타까운 마음을 시구로써 적어 보내어 이 하나님께서 주신 굳은 기회를 아름다운 인연을 맺는 실마리로 삼고자 하옵니다.

그리고 그 시구 맨 끝에는 연월일까지 적혀 있고 '만생 강필성 근정'이라고 유려한 필적으로 덧붙여서 씌어 있었다.

채봉이도 이 궁리 저 궁리 해봤으나 남의 글을 받고 답장을 하지 않을 도리가 없어서 색두루마리를 펼쳐 놓고 시 한 수를 적어서 추향에게 내주면서 이렇게 말했다.

"애 이번만은 어쩔 수 없는 답장을 해드리지만, 다음부터는 결코 이따위 것을 받아들여서는 안된다! 알겠니?"

추향이 한편 손에 받아들고 숨이 턱에 닿아서 급히 갖고 달려온 색두루마리를 급히 펼쳐 보는 도령 강필성의 얼굴에는 쓰디쓴 웃음이 부지중

떠올랐다.
그 두루마리 속의 회답의 시구는 이러했다.

勤君莫想陽臺夢^{근군막상양대몽}
努力功書入翰林^{노력공서입한림}

　권하노니 허황된 양대의 꿈을 꾸지 마시옵고, 공부하시기에 전력을 기울이사 한림의 출세를 꾀하시기 바라나이다.

두루마리를 다시 두루루 말아서 한편 손에 들며 강필성은 추향을 돌아다보며 물었다.
"아씨께서는 올해 몇 살이냐?"
"열여섯이에요."
"열여섯 살이라? 흐음! 열여섯 살밖에 안 되는 처녀의 몸으로 어떻게 이렇게까지 글공부를 많이 했을까!"
"그런데 내 청을 한 가지 들어주지 못하겠니?"
"무슨 청을요?"
"야, 속담에도 싸움은 말리고 흥정은 붙이라구 하지 않니?"
"그래서요? 어떻게 하시라는 말씀이신가요?"
"저 유명한 서상기 가운데서는 홍란이가 그의 시비 앵앵이 때문에 혼인의 인연을 맺었다구 하였는데 너도 한번 홍란이 경우와 같이 아가씨와 나를 한번 만날 수 있도록 힘써 주려무나!"
이 말을 듣더니 추향은 어처구니가 없다는 듯이 강필성을 쳐다보며 말이 없었다. 내심 능청맞고 앙큼스런 추향이도 이 생각 저 생각 저대로 궁리하는 바가 없지도 않았다.
"그러시다면 제 말대로 이렇게 하세요. 성사가 되고 아니되는 것은 전혀 하실 탓이니까요. 일후에라도 후회 없으시도록…… 그때엔 저도 몰라요! 네? 아시겠어요?"
"자아, 그러면 너만 믿는다!"

돌아갔다.

도령 강필성과 단단히 약속을 하고 추향이는 급히 서초당으로 돌아와서 아가씨 채봉이의 동정만 살피고 있었다. 추향이를 보고 깜짝 놀란 채봉이는 궁금하여 물었다.

"아까 갖다 드리라구 한 호답의 시구는 갖다 드렸느냐? 그걸 보시구 아무 말씀두 없으시던?"

"서상기에 나오는 홍란이니 앵앵이니 하시면서 그런 말씀을 자꾸 하시면서…… 장군서 같은 사람이 되기를 원한다구 그러시더군요."

이 말을 듣자 붉은 두 볼을 앞으로 수그리고 한쪽 옷고름을 입으로 잘강잘강 씹으며 방안으로 살짝 들어가 버리고 말았다.

화창한 봄날이 거침없이 며칠을 흘러갔다. 맑고 둥근 보름달이 낮같이 밝게 비치는 저녁때 추향은 채봉이를 넌지시 꼬여내어 축산 언덕에 올라 이리저리 바람을 쏘이며 달 구경을 하고 있었다. 그때 난데없이 자기 옆에 나타난 사나이의 모습을 알아차리자 깜짝 놀라 몸을 피하려고 했을 때 강도령인 것을 알아차린 채봉이는 놀란 가슴을 진정시키면서 천천히 그 꽃잎 같은 어여쁜 입술을 열어서 정중하게 인사를 하였다.

강필성은 재빠르게 상반신을 굽혀 같이 인사를 하면서,

"소생의 말은 며칠 전부터 추향이에게서 많이 들으셨으리라고 생각하오. 원컨대 소생의 간절한 심경을 살펴보시고 소생을 장군서로 삼으시고 그대와 추향이 홍란과 앵앵이 되어서 백년의 해로를 맺도록 해주시오! 소생의 바라는 바는 오직 이것뿐이오!"

너무나 단도직입적으로 대드는 도령의 말에 채봉이는 어쩔 줄 모르고 멍청히 서 있다가 초당 안으로 살짝 들어가 버리는 것이다. 강필성은 닭 쫓던 개 지붕만 쳐다보는 격이 되고 말았으나 역시 한 줄기 희망을 품을 수 있는지라, 그 기쁨이야말로 천하를 얻은 듯했다.

한편 김진사는 적지않은 돈을 꾸려가지고 서울로 올라온 후로부터 한시도 쉴새 없이 권문세가를 찾아 다니기에 눈코 뜰 사이가 없을 지경이었다.

그 당시 서울 장안에서 제일 세력깨나 쓰고 산다는 사람은 허판서였다.

　그래서 김진사는 우선 허판서와 가장 가깝게 지낸다는 김양주라는 사람과 친근하게 되었는데, 이 김양주라는 위인은 본래가 사람답지 못한 인물로서 단지 윗사람에게 아첨이나 하고 그 비위나 맞추어 주면서 살아가는 소인에 지나지 못했다. 허판서에게 알랑알랑해서 양주목사라는 벼슬자리를 얻어 걸렸고, 매관매직을 하는 도배들의 틈에 끼어서 뚜장이처럼 그 주선을 해주고 사복을 채워 가며 살고 있는 하잘것없는 위인이었다. 마침 김진사가 적지않은 돈을 지니고 서울에 올라와 있는 것을 기회로 삼고 이것을 한 번 손아귀에 넣어 보고자 마음에도 없는 대접을 겉으로만 후히 하는 척, 한편으로는 평양으로 사람을 보내어 김진사가 과연 가세가 넉넉한 사람인가 아닌가 하는 것까지 뒷조사를 시켜 놓고 여러 가지 흉계를 꾸미려 드는 못된 인물이었다.

　"노형은 지금 진사니까 원님 노릇을 하기 위해선 그 순서로 먼저 출륙의 길을 밟아야 한단 말이오."

　"그야 물론입죠!"

　"그러면 우선 돈을 천 냥만 나에게 맡기시오! 건원릉 정자각 수리별단에 출륙의 순서를 밟을 수 있도록 내가 주선해 드릴 터이니……."

　"소생이야 시골뜨기라 무엇을 알겠습니까? 만사를 잘 부탁하오니 힘써 보살펴 주십쇼!"

　"뭐 걱정하실 것은 없소. 모든 일을 내가 책임지고서 해드릴 것이니 노형은 그저 돈이나 넉넉히 준비해 가지고 계시면 되는 거요!"

　김진사는 김양주의 말에 따라 많은 돈을 주고 출륙의 길을 밟아 관보를 얻어 허판서를 찾아갔다. 허판서는 말하기를,

　"자네는 조그맣기는 하지만 과천군의 현감자리 같은 거라도 해보는 것이 어떨까?"

　김진사는 이 뜻하지 않은 말에 그저 황송함을 금치 못하였다.

　"가격은 얼마 가량이나 예산을 하십니까?"

　돈을 주면 팔고 사고 할 수 있는 벼슬 자리였다.

　"흐음 아무리 적게 예산한다 해도 만 냥 하나는 있어야 할걸!"

　이때 연적에 물을 담아 갖다 놓은 십칠 세쯤 되어 보이는 미동의 아리따운 모습을 힐끗 쳐다본 김진사는 부지중 무심결에 혼잣말로 중얼댔다.
　"그 아이, 신통하게 우리 애기 같기도 하다. 언제나 저렇게 깨끗하게 생긴 사위를 맞아 짝을 지어 줄 수 있을까!"
　이 어리석은 몇 마디 말이 그것을 옆에서 잠자코 듣고 있던 허판서에게 무서운 야심을 품게 하는 도화선을 만들어 주었다.
　"그런데 자네 지금 좋은 사윗감이라구 사위를 삼았으면…… 하는 그런 말을 했지? 내가 자네 사위 노릇을 해보고 싶은데 자넨 어떻게 생각하나?"
　"천만의 말씀. 너무 지나치신 농담은 마십시오!"
　그러나 추근추근한 허판서는 감언이설로써 그럴듯하게 김진사를 정복하려고 그 유창한 입심을 자못 기만스럽게 부리기 시작하며 나지막한 음성으로 바싹바싹 달려드는 것이었다.
　결국 김진사는 벼슬이라는 허욕 속에서 헤어나지 못하고 허판서 앞에 굴복하고 말았다.
　"예, 그러면 내일 곧 평양으로 내려가서 데리고 올라오겠습니다."
　벼슬과 출세라는 이 무서운 욕망을 위해서 애지중지 키운 어린 딸자식까지 바치기로 굳은 언약을 하고야 만 김진사는 이튿날 평양으로 내려갔다.
　평양으로 내려온 김진사는 그 동안의 지낸 애기를 부인에게 하고 딸 채봉이를 데리고 부인과 함께 그 이튿날 곧장 서울로 출발했다. 그러나 채봉이는 그 동안의 강도령을 생각하면서도 억지로 끌려가다시피 서울로 발걸음을 옮겼다.
　김진사, 이부인, 채봉이, 세 사람을 태운 세 채의 교사가 서울을 향해서 길을 떠난 뒤 중화군 만리교까지 왔을 때 벌써 날은 저물었고 땅거미가 닥쳐와서 그 이상 더 길을 갈 수 없게 되었다. 할 수 없이 조용한 주막을 찾아서 하룻밤을 드새어 밝은 날 다시 여정을 계속할 작정으로 이부인과 채봉이는 안채로 들여 보내고 김진사는 바깥채 방에서 쉬기로 하였다.

시골의 조용한 밤이 삼경이나 되었을 무렵 난데없이 사방에서 으악！하는 소리가 진동하며 화광이 충천하여 생지옥 같은 광경이 벌어졌다. 화적의 무리들이 물밀듯이 몰려들며 사람이란 사람을 닥치는 대로 죽여 버리고 일대 약탈의 불더미 속이 되었다. 갑작스럽게 이런 봉변을 당한 김진사가 혼비백산하여 우선 안채로 뛰어 들어가 보니 벌써 채봉이는 간데없고, 사방에서 들려 오는 처참한 통곡성과 수라장 같은 아우성 소리 뿐이었다.

"채봉아！ 채봉아！"

아무리 있는 목청을 다하여 고함을 질러 보아도 대답하는 사람이 있을 리 없고, 이게 어찌된 일일까！

옆에 나란히 드러누워서 잠들어 있어야 할 딸 채봉이는 벌써 간곳이 없었다. 채봉이는 늙은 사내의 소실이 되지 않고는 견딜 수 없는 억울한 화를 면하기를 혼자 결심하고 어머니가 잠들기를 기다려 아무도 모르게 이 주막집에서 몸을 뛰쳐 나와가지고 그대로 평양을 향해서 걸음아 날 살려라 하고 뺑소니를 쳐버린 것이다.

한편 김진사 두 내외는 그대로 걸어서 간신히 서울에 다다랐다. 서울에 도착하기가 무섭게 바로 그 이튿날 김진사는 허판서 댁을 찾아갔다. 김진사가 돌아오기를 몹시 고대하고 있었다는 듯이 허판서는 싱글벙글 희색이 만면해가지고 어쩔 줄 모르며 반색을 하였다.

그러나 김진사는 고개를 숙이고 서울로 오는 동안 일어난 애기를 하나도 빠짐없이 애기를 하였다.

"뭐라구？ 서울로 올라오는 도중에 봉변을 당했다니 그게 대체 무슨 소린가？ 어서 사실대로 말이나 해보게！"

허판서는 믿을 수 없는 애기라 농담으로 생각하다가 얼마 후 그것이 사실이라는 것을 알게 되자 손톱만한 동정도 하기는커녕 갑자기 안색이 변하여 노발대발 벼락 같은 호통을 치며 딸을 데리고 올라올 때까지 김진사를 잡아 두고 이 부인을 시켜 평양에 내려 보냈다.

한편 평양으로 혼자 돌아와 버린 채봉이는 추향이 집에 함께 유숙하고 있었다. 이때 이부인은 평양에 내려와 죽은 줄 알았던 채봉이를 만나 서로 부둥켜안고 통곡을 하였다. 채봉이는 아버님이 허판서에게 자기 때문에 잡혀 있다는 소식을 들었다.

채봉이는 그제서야 평양으로 뺑소니쳐 온 심정을 숨김없이 솔직히 고백했다.

그러나 아랫입술을 지그시 깨물며 서울로는 절대로 가기 싫은 눈치였다.

이 무렵에 마침 평양감사로 새로 부임해 온 이보국이라는 사람은 나이도 팔십 세의 고령으로 덕망이 높고 인자한 양반으로 그 명성을 조야에 떨치고 있는 훌륭한 인물이었다.

채봉이라는 처녀가 하도 그 용모가 출중할 뿐만 아니라 서화와 시도에 있어서도 비범한 재능을 갖추고 있다는 소문을 듣고서 어느날 공무의 한가한 틈을 타서 서화를 구경할 생각으로 사람을 보내어 채봉이를 그의 별실로 불러들였다.

"아, 너 참 잘 와주었다. 듣자하니 너는 서화에 뛰어난 재간을 지녔다는데 어디 네 마음대로 내 앞에서 몇 자 써 보여줄 생각이 없느냐?"

이윽고 채봉이 앞에 놓아진 것은 남포 벼루와 청황의 무심필——.

어마어마한 광경이었다.

채봉이는 사양할 길이 없어 섬섬옥수에 굵직한 붓대를 다부지게 움켜쥐고 일필휘지하고 마는 채봉이.

주옥같이 아름다운 글씨들이 한 자 한 자 새까만 광채를 발하면서 이감사의 두 눈을 어리둥절하게 했다.

평양감사 이보국은 채봉이의 타고난 문재 때문에 채봉이의 아버지 김진사를 무죄를 증명해 주는 데 이감사의 주선이 컸다. 헛된 벼슬과 출세를 꿈꾸다가 몸을 망쳐 버린 김진사는 반역을 꾀하다가 명문의 화를 입은 허판서와는 대단한 관련은 없었으나 그래도 다소 혐의가 있다 하여 그 후에도 꽤 오랫동안 옥에 갇혀 있어야만 했다.

그러나 이감사의 주선으로 김진사는 가까스로 고향인 평양으로 무사히 돌아올 수 있었다.

　먼저 채봉이와 이부인을 만나 보고 다시 이감사를 찾아가서 자신의 불민함을 깊이 사죄하고 딸 채봉이의 혼사를 위해서 진력을 했으며, 출세의 문이 자연히 열리고 있는 믿음직한 사위 강필성을 맞이하게 되었다.
　일개 미천하고 나이 어린 천재적인 문재가 남기고 간 추풍감별곡의 자자귀귀는 길이 금수강산의 산천과 더불어 세인의 가슴속에 감돌고 있을 것이다.

작가 소개와 작품해설

● 저자 소개

작자와 연대를 정확히 알 수 없다. 시대적으로는 왕조가 몰락해 가는 조선 말기의 소설로 추정된다. 따라서 매우 진보된 모습을 보여주는 연애소설이기도 하다.

일명 '추풍감별곡秋風感別曲'이라고도 한다.

● 주제

선남선녀가 결혼하기까지의 파란 많은 역경과 고뇌

● 작품 해설

평양성 밖에 사는 김진사의 딸 채봉과 대동문 근처에 사는 강필성이 연애에서 결혼하기까지의 우여곡절을 묘사한 애정소설이다.

한편 조선 말엽 조정의 몰락 과정에서 매관매직이 얼마나 성행했나 하는 시대적 부패상을 여실히 보여준다. 문학사적인 의의라면 봉건과 권력의 아성에서 희생되는 젊은이의 고뇌를 읽을 수 있다는 것이다.

한편 젊은이의 소신에 찬 기상을 볼 수 있어서 좋다. '꽃을 본 나비가 어찌 꽃을 그대로 지나가며, 물을 본 기러기가 어찌 어부를 두려워하랴' 하는 것과 '차라리 닭의 입이 될지언정 소의 뒤가 되기는 원치 않는다'는 것이 그것이다.

본래 12회의 분장으로 된 이 소설은 문장이 가사(사사조四四調를 기조로 한 우리나라 고유의 문학 형식)체로 된 부분이 많아 갑오경장 이후 발행한 것이 주종이다.

● 줄거리

평양성 밖 김진사의 딸 채봉彩鳳이 강필성姜弼成이라는 가난한 서생을 만나 그와 백년가약을 맺게 된다.

채봉의 아버지 김진사는 탐욕에 눈이 어두운 위인이었다. 벼슬을 사기 위해 서울에 머무는 동안 모모한 사람의 안내로 당시의 권세가 허판서를 알게 된다. 마침내 딸을 허판서의 첩으로 팔기로 계약까지 한다.

채봉은 거절을 해보지만 소용이 없다. 김진사는 가산을 정리하여 서울로 가게 된다. 채봉은 강제로 아버지에게 끌려 서울로 가는 도중 밤을 틈타 달아난다.

바로 그 밤에 김진사는 전재산을 처분하여 지니고 있던 돈을 도둑에게 몽땅 빼앗기고 만다. 그리하여 허판서에게 거짓말을 하게 된 김진사는 옥에 갇히게 된다. 딸과 함께 바치기로 한 막대한 돈을 변통할 수가 없었기 때문이다.

일이 이렇게 되고 보니 달아난 채봉은 아버지를 구하기 위해 처절한 수모를 감수한다. 이름을 바꾸어 '송이'라는 기생이 되어 그 돈을 마련하기로 한다. 그러나 채봉은 낭군을 찾기 위해 전일의 연애시를 문지방 위에 붙여 두고 자기가 그 집에 있음을 알린다. 그리하여 마침내 강필성은 채봉을 만나게 되나, 돈이 없는 강필성은 기구한 운명 앞에 울어야 했다.

그때에 평양감사는 기생 송이가 영특하다는 말을 듣고 그녀를 시험하여 자기 딸처럼 아낀다. 한편 강필성은 채봉을 만나기 위해 평양성 감영의 이방이 되기를 자청한다. 채봉도 밤마다 감별곡感別曲을 지어 불렀다.

이런 사실을 알게 된 감사는 두 사람의 사랑을 가상히 여겨 그들의 숙원을 성취시켜 주었다. 강필성은 채봉을 다시 만나 결혼을 하고, 부모와도 만나게 되어 행복하게 살았다.

● 독서 토론

애정을 주제로 하는 고전소설 작품에 기생이 등장하지 않는 작품이 거의 없듯이, 이 소설에서도 송이라는 이름의 기생이 등장한다. 그런데 이 때의 송이는 시조 한 수를 남긴 역사상의 평양기생으로 송이松伊인지는 확실치 않다. 왜냐하면 작자는 그녀의 이름을 빌어 쓴 것으로 보이기 때문이다.

특히 이 소설이 연애소설로써 다른 고전소설과 상이한 점은 아버지가 딸을 팔아서까지 벼슬을 하려 한 속물적 잔인성이다. 또한 이 소설이 진보적이라는 것은 평양감사가 기생을 사들여 관원으로 채용한 것이라든지, 몸소 주례가 되어 기생의 애인과 성혼을 시키는 것을 두고 하는 말이다.

아무튼 우리 문학사의 줄기로 보아 난삽한 가전체 형태를 탈피하여 독창적인 작품으로 성공한 것이다.

● 비교 작품

연애소설 일체가 해당된 것으로 〈춘향전〉, 〈운영전〉, 〈옥단춘전〉, 〈이진사전〉, 〈권용선전〉, 〈양산백전〉, 〈숙영낭자전〉, 〈숙향전〉, 〈오유란전〉 등이 있다.

한중록

혜경궁 홍씨

계해년 삼월에 부친이 태학장으로 숭문당에 입시하셨는데 그때 부친의 춘추가 삼십일 세였다. 그 해에 왕세자의 간택으로 단자 받는 명이 내렸는데 더러는 말하기를,

"선비의 딸이 간택에 참례하지 않아도 해로움이 없으니 단자를 말라. 가난한 집에서 선보일 의상 차리는 폐도 여간 크지 않다."

나의 단자 내는 것을 금하려고 하였다. 그러나 부친께서는,

"내 세록지신이요, 딸이 재상의 손녀인데 어찌 임금님을 속이리오."

단자를 하였으니 그때 우리 집이 극빈하여 새로 의상을 해 입을 수 없었으므로 치맛감을 형의 혼수에 쓸 것으로 하고 옷안은 낡은 천을 넣어서 하였다. 그리고 다른 혼수 차비는 모친께서 빚을 얻어 차리시느라 애쓰시던 일이 눈에 암암하다. 구월 이십팔일에 초간택이 되시니 영조대왕께서 나의 재질을 칭찬하시며 각별히 어여삐 여기시고, 또 정성 왕후께서 나를 착실하게 보시고 선희궁께서도 화기가 얼굴에 가득하시어 웃으셨다. 그리고 하사품을 내리시매 나의 행례하는 거동을 선희궁과 화평옹주께서 보시고 예모를 가르쳐 주시기에 그대로 하고 나와서 모친 옆에서 그 밤을 지냈다. 이튿날 아침에 부친께서 들어오시어 모친께,

"이 아이가 첫째로 뽑혔으니 어찌된 일이오?"

도리어 근심을 하셨다.

"한미한 선비의 자식이니 단자 드리지 말았으면 좋을 걸 그랬습니다."

부모님 말씀을 잠결에 듣고 괜히 슬퍼져서 이불 속에서 혼자 울었다.

그리고 궁중에서 여러분이 사랑하시던 일이 생각나 근심이 되었다. 부모님께서는,

"아이가 무슨 일을 알겠느냐?"

나를 달래고 위로하시지만 초간택 이후로 매우 슬펐으니 그것은 장차 궁중에 들어와서 천만 괴로움을 겪으려고 마음이 스스로 그러하였던가? 일변으로는 이상하고 일변으로는 인사가 흐리지 않은 인연인 듯하였다.

간택 후에는 갑자기 일가들이 많이 찾아오고 하인들도 많이 찾아왔으니 인정과 세태가 그런 모양이었다.

시월 이십팔일에 재간택에 임하니, 내 마음이 자연 놀랍고 부모도 근심으로 나를 궁중에 들여보내시면서 요행히 간택에서 떨어져 나오기를 바라셨다. 궁중에 들어가니 그때 이미 결정을 보고 계시던 모양이어서 거처도 대접하는 법도 다르니 내가 당황하다가 어전에 올라가매 영조 대왕께서 다른 처자들과 달리 친히 어루만져 사랑하시고,

"내 이제 아름다운 며느리를 얻었으니 네 조부 생각이 나는구나. 네 아비를 보고 좋은 신하를 얻었다고 기뻐하였더니 네가 그의 딸이로구나."

기뻐하셨다. 또 정성왕후와 선희궁께서 사랑하고 기뻐하시는 것이 분에 넘쳤고 여러 옹주들이 내 손을 잡고 귀여워하여 좀체로 돌려보내지 않고, 경춘전에 오래 머무르매 점심을 보내시고 나인이 와서 내 윗옷을 벗겨서 척수를 재고하였다.

집에 돌아오니 가마를 사랑 대문으로 들이고 부친께서 친히 가마 앞에 친 발을 걷으시고 도포를 입은 두 손으로 나를 잡아 내려 주시니 그때 삼가하시는 아버님의 태도가 나로 하여금 어쩔 줄을 모르게 하였다. 그래서 부모를 붙들고 눈물이 저절로 흐르는 것을 금할 수 없었다. 모친께서 옷을 새로 갈아입으시고 상 위에 붉은 보를 펴고서 중궁전 글을 사배하고 읽으시고 선희궁 글월은 재배하고 받으면서 여간 황송해 하지 않으셨다. 그날부터 부모께서 나에게 말씀을 고쳐 존대를 하시고 일가 어르신네들도 공경하며 대하시므로 나의 마음은 불안하고 슬펐다. 부친께서는 근심 걱정을 하시며 훈계하시는 말씀이 많으니 내가 무슨 죄를 지은 것만 같아 몸둘 바를 몰라 하면서도 부모 곁을 떠날 일이 슬퍼 어린

간장이 녹을 듯하며 만사에 아무 흥미도 없었다.

십일월 십삼일에 삼간하고 정월 초구일에 책빈, 십일일에 가례하니 마침내 내가 부모 곁을 떠날 날이 임박하여 정리를 참지 못하고 종일 울음으로 보냈다. 부모 역시 인정상 슬프셨으나 참으시고, 부친께서는,

"궁중에 들어가면 삼전 섬기기를 삼가고 조심하여 효성으로 힘쓰고 동궁 섬기기를 반드시 옳은 일로써 돕삽고 말씀을 더욱 삼가 집과 나라에 복을 닦으소서."

앉음새와 몸가짐의 모든 범절을 가르쳐 주시던 말씀이 하도 간절하셔서 내가 공경하여 듣다가 울음을 금치 못했으니 그때 심사야 목석인들 어찌 감동치 않았으리오.

내가 일찍이 임신하여 경오년에 의소를 낳았으나 임신년 봄에 잃었으므로 삼전과 선희궁이 모두 지나치게 애통해 하셨다. 내가 불효한 탓으로 참경을 뵈온 것이 죄스럽더니 그 해 구월에 하늘이 도우셔서 주상(정조대왕)이 나시니 나의 미약한 복으로 이 해에 이런 경사가 있기는 뜻밖의 일이었다. 주상이 나시매 풍채가 영위하시고 골격이 기이하사 진실로 용봉의 모습이시며 하늘의 해와 같은 위풍이셨다. 대왕께서 보시고 크게 기뻐하시며 나에게 말씀하시되,

"어린 아이의 모습이 매우 범상치 않으니 조종의 신령이 도우심이요, 종사의 장래를 맡길 경사다. 내가 노경에 이런 경사를 볼 줄 어찌 생각하였으랴. 네가 정명공주 자손으로 나라의 빈이 되어 네 몸에서 이런 경사 있으니 나라에 대한 공이 측량없다. 아이를 부디 잘 기르되 의복을 검소히 하는 것이 복을 아끼는 도리이니라."

훈계하시니 어찌 명심치 않으리오.

그 해에 홍역이 크게 번지니 옹주가 먼저 앓고 이어서 경모궁(사도세자)께서 앓으시더니 거의 다 나으실 무렵에 내가 이어서 홍역을 하게 되고 갓난 아기가 또 발병하셨다. 그때 겨우 석 달 된 아기로되 증세가 큰 아기같이 순조로웠으니 진실로 신기한 일이었다. 주상이 홍역 후 잘 자라시고 돌 때에는 글자를 능히 아셔서 보통 아이와 아주 다르시고 계유년 초가을에 대제학 조관빈을 대왕께서 친히 문죄하실 때 궁중이 모두

두려워하자 당신도 손을 저어 소리 지르지 말라 하시니 두 살에 어찌 이런 지각이 있었으리오. 세 살에 보양관輔養官을 정하고 네 살에 효정을 배우시되 조금도 어린 아이 같지 않고 글을 좋아하시므로 가르치는 데 조금도 어려움이 없었다. 아침이면 어른같이 일찍 소세하고 책을 놓고 읽으셨다. 여섯 살에 유생이 전강殿講할제 대왕께서 불러 용상 머리에서 글을 읽으시매 그 소리가 맑고 잘 읽었으므로 보양관 남유용이,

"선동이 내려와서 글을 읽는 것 같습니다."

아뢰니 대왕께서 기뻐하셨다. 이처럼 숙성하니 이는 전고에 없었을 듯하고, 어린 나이에도 경모궁(사도세자)에 대하여 효도로운 일이 또한 많았으니 범백이 하늘 사람이지 예사 사람으로 여겨지지 않았다.

임오화변(사도세자가 죽음을 당함)이 천고에 없는 변이라 선왕(정조)이 병신년 초에 영묘께 상소하여,

"정원 일기를 없애 버려라."

그 글 흔적을 없이 하였으니, 선왕의 효심으로 이같이 되었다. 이는 그때의 일을 모르는 사람이 없어서 무례하게 함부로 보는 것을 선왕이 슬퍼하셨기 때문이다. 연대가 오래고 사적을 아는 이가 없어져 가니 그 사이에 이利를 탐하고 화를 좋아하는 무리들이 사실을 어지럽게 하고 소문을 현혹케 하여 혹은 경모궁이 병환이 아닌 것을 영조께서 참소하는 말을 들으시고 그런 처분을 하셨다 하고, 혹은 영묘께서 생각지 못하신 일을 신하가 권해 드려서 그런 망극 지경이 되었다고도 말한다.

내 이제 선왕(정조)이 영명하시고 그때 비록 어린 나이였으나 모두 직접 보신 일이라 어찌 속으리오마는 부모님 위한 일에 소홀하다 할까 두려워서 경모궁께 속하고 모년사라 하면 일례로 그렇다 하고 시비진가를 분별치 않으시니 이것은 당신의 지통으로 부득이 하신 일이었다. 선왕은 다 알고 지정에 끌려서 그러하시나 후왕(순조)은 선왕과는 처지가 매우 다르지만 어떤 큰 일을 자손이 되어서 모르는 것은 인정 도리에 어긋나는 일이라 후왕이 어려서 이 일을 알고자 하시나 선왕이 차마 자세히 이르지 못하시고, 다른 사람이 누가 감히 이 말을 하며 또 누가 능히 이 사실을 자세히 알리오.

내 곧 없어지면 궁중에서는 알 사람이 없어 모를 것이니 자손이 되어서 조상의 큰 일을 알리기 위하여 전후사를 기록하여 주상에게 뵈온 후 없애고자 하나 내가 붓을 잡아 차마 쓰지 못하고 날마다 미루어 왔다. 내가 첩첩이 쌓인 공사의 참화 후 목숨이 실 같아서 거의 끊어지게 되었으므로 주상이 이 일을 모르게 하고 죽기가 실로 인정이 아니므로 죽기를 참고 피눈물을 흘리어 이렇게 기록하나 차마 쓰지 못할 대목을 뺀 것이 많고 지루한 곳은 다 거두지 못했다. 내가 영묘의 자부로 평상시의 자애의 덕과 임오화변 때의 재생지은을 입삽고, 경모궁 처자로 남편 위한 정성이 또한 하늘을 깨칠 것이니 부자 두 분 사이에 조금이라도 말이 과하면 천벌을 면하지 못할 것이다.

외인들이 임오화변으로 이러니저러니 하는 것은 모두 허무맹랑하니 이 기록을 보면 사건의 시종을 소연히 알 것이다. 영묘께서 처음은 비록 자애를 더하지 못하시나 나중에는 할 일 없으시고 경모궁께서도 천품 본성이 인후관대하심은 비록 거룩하시나 병환이 만만망극하여 종사가 위태로우시고 선왕께서도 나도 경모궁 처자로 망극지변을 지내고서도 죽지 못하고 목숨을 보전한 것이 또한 애통은 나 자신의 애통이요, 의리는 나 자신의 의리로서 오늘날까지 온 일이니 이 마디를 주상이 자세히 알고자 함이다.

무신년(영조 4년) 후로 왕세자가 오래 비었으매 영조께서 주야로 초조하게 근심하시다가 을묘년(영조 11년) 정월, 선희궁께서 경모궁을 탄생하시니 영조께서 와 인원, 정성 두 성모께서 종사의 큰 경사를 기뻐하심이 비할 데 없고 나라의 신민이 또한 기뻐서 춤추었다.

경모궁께서 태어나시니 천성과 용모가 비범하게 특이하셨으니 궁중에 기록하여 전하는 바를 보면 나신 지 백일 안에 기이한 일이 많으시고 넉 달 만에 걸으시고 여섯 달 만에 영조께서 부르시는데 대답하시고 일곱 달 만에 동서남북을 알아서 가리키고 두 살에 글자를 배워서 육십여 자를 쓰시고 세 살에 과자를 드리매 수壽자 복福자 박은 것을 골라 잡수시고 팔괘 박은 것은 따로 골라 놓고 잡숫지 않으므로 어떤 신하가,

"잡수소서."

권하였더니,

"싫다. 팔쾌는 먹지 않겠다."

잡숫지 않았다.

그 후에 태호 복희 씨가 그려진 책을 높이 들라 하고 절하시고 천자문을 배우시다가 사치할 치(侈)자와 부할부(富)자에 이르러서 치 자를 짚으시고 입으신 옷을 가리켜서 이것이 사치라 하시고 영조 어리실 때 쓰시던 감투에 칠보 얽힌 것이 있어서 쓰시게 하였으나 이것도 사치라 하고 쓰지 않으셨다. 돌 때에 새 옷을 입으시게 하매,

"사치스러워서 남부끄러워 싫다."

하며 입지 않으셨다. 세 살 때에 어느 신하가 명주와 무명을 놓고,

"어느 것이 사치요, 어느 것이 사치 아니오니까?"

물었다. 대답하시기를,

"명주는 사치하고 무명은 사치하지 않다."

"어느 것으로 옷을 만들어 입고 싶으십니까?"

물으니 무명을 가리키시며,

"이것이 좋을 것이다."

이것으로 보더라도 그 어른께서 탁월하시던 성품을 알 수 있지 않은가. 체구가 커서 웅장하시고 천성이 효우(孝友) 총명하셨으매, 만일 부모님 곁을 떠나지 말게 하고 모든 일을 교도하여 자애와 교육을 병행하여 드렸다면 덕기의 성취가 놀라웠을 것을 그렇지 못하여 일찍이 각각 멀리 떠나 계신 일로 인연하여 사태가 역전하여 작은 일이 크게 되어 필경은 말하기 어려운 지경까지 이르렀으니 이것이 천수의 불행과 국운의 망극함이니 인력으로는 어찌하지 못할 일이려니와 나의 지극히 원통함이야 어찌 측량하리오.

영조께서 거처하시는 곳과 선희궁 처소가 서로 멀리 떨어져 있으므로 두 분께서 더위와 추위를 가리지 않으시고 날마다 오셔서 머무셨다 하나 어찌 한 집 속에서 조석으로 양육하시며 끊임없이 교훈하심과 같으리오. 어찌하신 생각에서인지 귀중하신 종사를 의탁하실 아드님을 겨우 얻으셨으니 부모측에서 양육하며 성취하시게 하지 않고 처소가 멀리 떨어져서

인사 아실 즈음부터 자연 떠나심이 많고 모이심이 적으니 조석에 대하시는 사람은 환신, 궁첩이요, 들으시는 것이 항간의 잡담뿐이니 이것이 벌써 잘되지 못한 장본이라, 어찌 슬프고 원통하지 않으리오.

어렸을 때에 이미 덕기가 이상하시고 행동에 법도가 있어서 상도에 벗어남이 없으시고 기상이 엄중하시고 말이 없고 침착하셔서 뵈옵는 사람이 어른 임금을 모시는 것이나 다름이 없게 여겼다. 이러하신 천품과 자질로써 부모 곁을 떠나지 않으시고 부왕께서 정사의 여가에 글 배우심을 옆에서 몸으로 가르쳐 주시고 모빈께서도 이 아드님 성취하시는 것이 당신의 으뜸가는 소원이시니 손 밖에 내보내지 마시고 매사를 가르치셔서 흡연히 사이가 없었더라면 어이 이 지경에 이르렀으리오. 처음 당하는 참변이라 슬프고 애달픈 것이, 하나는 어리신 아기를 저승 전에 멀리 두심이요, 둘은 괴이한 나인들을 들이신 연고이매 이는 여편네의 잔소리가 아니라 사실의 시초를 대략 기록한다.

처음엔 영조께서 지극하신 자애가 비할 데 없으셔서서 사오 세까지도 저승전儲承殿에 오셔서 함께 주무시고 계시기를 자주 하셔서 자애하심이 틈이 없으시더니 국운이 그릇되려고 동궁에 머무시는 일이 차차 줄어들게 되었다. 막 자라시는 아기네라 한때만 가르치지 않고 잘못을 금하지 않으면 달라지기 쉬운 시절에 자연 안 보실 때가 많으니 어찌 탈이 나지 아니하리오.

점점 자라심에 따라 놀기에 열중하게 되었는데 이는 아기네의 상정이라 그때 한상궁이라 하는 것이 나무와 종이로 큰 칼도 만들고 활과 화살도 만들어 드리며 부채질을 하였으니 놀기에 팔려서 글은 아니하시고 놀기만 하다가 부왕께 꾸중들을까, 모친이 아실까 염려하게 되니 자연 부모님 만남을 두려워하게 되고 사이가 뜨게 된 것이다. 더구나 부자 성품이 다르셔서 영조께서는 영명인효英明仁孝하시며 자세하고 민첩하신 성품이시고, 경모궁(사도세자)께서는 말이 없이 침중하셔도 행동이 날래지 못하시고 민첩지 못하시니 덕기는 거룩하시나 범사에 부왕의 성품과는 다르셨다. 상시에 물으시는 말씀이라도 곧 응대하지 못하셔 머뭇머뭇 대답하시고 무엇을 물으실 때에도 당신 소견이 없는 것이 아니로되, 이러면 어떨까, 저러면 어떨까 곧 대답지 못하여 영조께서 매양 갑갑히 여기셨는데 이런 일도 또한 큰 화변의 원인이 되었던 것이다.

대저 아이 가르치는 것이 비록 지존한 터에 나셨더라도 당신 부모를 모시고 가르침을 받자와 부모 스스로가 허물이 없어야 할 때에 그렇지 못하고 포대기 시절부터 부모를 떠나고 나인들이 아기네 스스로 할 일까지 전부 시중 들어 심지어 옷고름, 대님 매는 것까지 다하여 드리니 매사를 남에게 맡기고 너무 편하시기만 하였다. 강연에서 학문을 인접하실 때 글 외는 소리도 엄숙하며 맑고 크시고 글 뜻도 그릇됨이 없으시니, 뵈옵는 이가 거룩하다 하여 영명이 많이 나타나시되 갑갑하고 애달플 손, 부왕을 모시고는 어려워서 응대를 민첩하게 못하시는 일이다. 영조께서 한 번 갑갑하시고 두 번 갑갑하시다가 결국 격분도 하시고 조심도 하시나 이럴수록 가깝게 두어서 친히 가르치셔야 지정至情이 무간하게 될 도리는 생각지 않으시고 항상 멀리 떼어 두고서 스스로 잘 되어서 성의에 맞으시기를 기다리시니, 어찌 탈이 생기지 않으리오. 그리하여 점점 서먹서먹하게 지내시다가 서로 보실 때면 부왕께서는 책망이 자애에 앞서시고 아드님께서는 한 번 뵈옵는 것도 조심스럽고 두려우시어 무슨 큰일이나 지내는 것 같아서 불언중 부자분 사이가 막히게 되니 어찌 슬프지 않으리오.

가깝게 두실 적엔 책문도 힘쓰시고 부자분 사이도 무간하시고 유희도 안하시더니 멀리 계신 후는 유희도 도로 하시고 강학도 전일專一치 못하시고 부자간의 서먹서먹하신 것도 더 심해졌으니, 만일 부모님 손 밖으로 내시지만 않았다면 어찌 이 지경에 이르렀으리오. 이 한 가지 일만 생각하여도 지극히 서러운데 어찌 하신 성의이신지 아드님을 조용한 때 친근히 앉히시고 진정 교훈하시는 일이 없으시던가? 모두 남에게만 맡겨 버리고 아는 체하지 않으시다가 항상 남들 모인 때면 흉보시듯이 말씀하시니 얼마나 답답하리오.

한 번은 인원왕후도 내려오시고 여러 옹주와 월성, 금성 두 부마도 들어오고 많은 사람이 모였는데 나인을 명하셔서,

"세자 가지고 노는 것을 가져오라."

여러 사람이 보게 하여 무안케 하시고, 강학에 대해서도 여러 신하가 많이 모인 때에 굳이 부르셔서 글 뜻을 물으시되 아기네 자세히 대답하지 못할 대목을 각박히 물으시곤 하셨다. 본디 부왕 면전에서는 분명히 아시는 것도 주뼛주뼛 하시는데 여러 사람 앞에서 어려운 것을 일부러 하시듯이 물으시니 경모궁께서는 더욱 두렵고 겁이 나서 못하고 그러면 남이 보는 좌중에서 꾸중하시고 흉도 보셨다. 경모궁께서는 그런 일이 한두 번만이면 감히 원망하실 것이 아니로되 당신은 진정 교훈을 하시지 않는 것을 노엽고 어렵게 여겨서 필경 천성을 잃기에 이르도록 하시니 이런 원통한 일이 어디 있으리오. 본디 경모궁께서는 천질이 넓고 크시며 도량이 활달하시고 사람에게 신의가 두터워서 아래 사람에게도 믿음직하게 말씀하시고 부왕을 무서워는 하시나 잘못한 일이라도 사실대로 정직하게 아뢰고 일호도 가망하시는 일이 없으므로 영조께서도 속이지 않는 것은 알고 계셨다.

기사년(영조 25년) 경모궁이 십오 세 되시니 관례하시고 합례를 정하니 그저 기뻐하시고 조용히 재미를 보시면 좋으실 텐데 어찌하신 성의이신지 홀연히 대리^{代理}하실 영을 내리시니 억만사가 대리 후에 탈이니 어찌 서럽지 않으리오.

영조께서는 공사중 금부, 형조, 살육 등의 일은 친히 보시지 않고 동궁께 맡기셨다. 대리를 맡으신 후의 공사는 한 달에 여섯 번 있는 차대(내각 회의)에 보름 전 세 번은 대조께서 하시는데 동궁이 시좌하시고 보름 후 세 번은 소조(세자)께서 혼자 하시는데 그럴 때마다 순편치 못하고 매사에 탈이 많았다. 대저 조신의 상소라도 말썽이 있거나 편론이나 하는 상소는 소조께서 혼자 결단치 못하여 대조께 묻자오면, 그 상서가 아래 사람의 일이지 소조께서는 아실 바 아니라며 격노하셨는데 그것은 소조께서 신하를 잘 조화시키지 못한 탓으로 그런 상소가 나왔다고 책하셨다. 그리고 그런 상소에 대한 대답도,

"그만 일을 결단치 못하고 나를 번거롭게 하니 대리시킨 보람이 없다."

꾸중하셨다. 그러나 아뢰지 않으면 또,

“그런 일을 알리지 않고 왜 자탄할 수 있느냐?”

꾸중하셨다. 이처럼 저리할 일은 이리하지 않는다 꾸중하시고 이리할 일은 저리하지 않았다 꾸중하셔서 이 일 저 일 다 격노하여 마땅치 않게 여기셨다. 심지어는 백성이 추운데 입지 못하고 굶주리거나 날이 가물거나 천재이변이 있어도,

“소조에게 덕이 없어서 이렇다.”

꾸중을 하셨다. 그러므로 소조께서는 날이 흐리거나 겨울 천둥이 치기만 해도 또 무슨 꾸중이 나실까 근심 걱정을 하여 일마다 두렵게 겁을 내게 되므로 마침내 사사망념으로 병환 드시는 징조가 점점 나타났다. 그러나 영조께서는 동궁께 이런 병환이 생긴 줄을 깨닫지 못하시니 어찌 슬프지 않으리오. 한 번 꾸중에 놀라시고 두 번 격노에 겁내시면 아무리 웅위하시고 영장하신 기품이라 한들 한 가지 일이라도 자유롭게 하실 수 있으리오.

경모궁이 십오 세가 되시되 능행을 한 번도 못하시고 성장하셨는데, 항상 교외 구경을 하고 싶으셔도 매양 거절하고 못 가시게 하니 처음에는 서운하고 섬뜩하신 것이 점점 성화가 되어서 우실 적도 있었다. 당신이 부모님께 속으로 본디 정성은 거룩하시건마는 민첩하지 못하신 행동이 정성의 백분지 일도 나타내지 못하니 부왕은 그 사정을 모르시고 미안하신 사색은 매양 계셔도 한 번도 부왕의 관용을 입지 못하시니 점점 두려운 것이 마침내 병환이 되어서 화가 곧 나시면 푸실 데가 없었다. 그래서 그 화를 내관과 나인에게 푸시고 심지어 내게까지 푸시는 일이 몇 번이나 되는지 알 수 없었다.

영조께서 창의궁에 오래 머무르시고 환궁치 않으실 때 경모궁께서는 시민당時敏堂 손지각遜志閣 뜰의 얼음 위에 짚자리를 깔고 엎드려서 대죄하시다가 창의궁에 걸어가셔서 또 짚자리 깔고 엎드려서 대죄하시고 머리를 돌에 부딪쳐서 망건이 다 찢어지고 이마가 상하여 피가 나왔으니, 이런 일은 천성의 효성과 본질이 중후하신 것이요, 억지로 꾸민 일이 아님을 잘 알 수 있다. 그리하실 즈음에 또 꾸중이 어떠하시리오마는 공순히 도리를 다하시니 변을 당하여 잘 처리하시기로 영명을 많이 얻으셨다.

　경모궁께서 매양 경문, 잡설 등을 심하게 보시더니,
　"옥추경을 읽고 공부하면 귀신을 부린다 하니 읽어 보자."
　밤이면 읽고 공부하셨다. 그러더니 과연 깊은 밤에 정신이 아득하셔서,
　"뇌성 보화 천존이 보인다."
　무서워하시며 병환이 깊이 드시니 원통하고 슬프다. 십여 세부터 병환이 생겨서 음식 잡수시기와 몸을 움직이는 것까지 다 예사롭지 않으시더니 옥추경 이후로 자주 기질이 변환한 듯이 되어 무서워하시고 옥추 두 글자를 거들지 못하셨다. 단오 때는 옥추단도 무서워서 차지 못하고, 그 후에는 하늘을 퍽 무서워하시고, 우뢰 뢰, 벽력 벽, 그런 글자를 보지 못하시고 그 전에는 천둥을 싫어하시나 그리 심하지 않으시더니 옥추경 이후는 천둥 때면 귀를 막고 엎드려서 다 그친 후에야 일어나시니 이런 일을 부왕과 모친께서 아실까 질겁하는 것은 형용치 못할 일이었다.
　을해년 이월에 역변이 나서 오월까지 영조께서는 친히 심판하시니 그때 역적을 정법正法하여 모든 대신들이 늘어서는 때면 동궁을 불러내서 보게 하시고 날마다 전파하셔서 심판하시다가 들어오시면 인정人定 후나 이경이 되고 삼사경이 될 적도 있으니 하루도 폐하지 않으시고,
　"동궁 불러라."
　가시면,
　"밥 먹었느냐?"
　물으신 후에 대답하시면 즉시 그날 친국하신 일 물으시고 가시려는 것이매, 실은 좋고 길한 일엔 참례치 못하게 하시고 상서롭지 못한 일에는 참석하게 하시고, 잠깐 수작이나 하시면 그리도 하련마는 날마다 다른 말씀은 한마디 하시는 일이 없이 마치 대답시켜서 듣고 귀를 씻고 가시기 위해서 하루도 폐하지 않고 밤중에 그러시니 아무리 지극한 효심이요, 병 없는 사람이라도 어찌 싫지 아니하리오. 그 병환의 증세를 생각하면 짜증이 나셔서,
　"왜 부르십니까?"
　그 병환을 능히 참으시고 날마다 밤중이라도 부르시는 때를 어기지 않

으시고 대령하고 계시다가 그 대답을 어기지 않고 하시니 본연의 효성을 알 수 있었다. 그 병환이 이상스러운 것은 처사가 애쓰고 내관이나 나인이 주야에 두려워 지내나 자모도 자세히 모르시니 부왕께서 어찌 자세히 아실 수 있으리오. 위에 뵈올 적과 신하에 대하실 적은 보통때와 다름없이 예사로우시니 그것이 더욱 답답하고 서러운 일이었다.

병자(영조 32년) 설날에 상으로부터 존호를 받자오시되 경모궁은 참례시키지도 않으셨다. 병환은 점점 깊어서 강연도 더듬으시고 취선당 바깥 소주방이 깊고 고요하다 하여 많이 머무르시더니 오월에 영조께서 홀연 낙선당을 보러 나오시니 그때 동궁이 세수도 잘 못하시고 의대 모양이 모두 단정치 않으셨다. 마침 금주가 엄한 때라 술을 잡주셨나 의심하고 대노하셔서,

"술 드린 이를 찾아내라."

경모궁께 누가 술을 드렸느냐고 엄중히 물으셨으나 사실 술 잡수신 일이 없었으니 얼마나 억울한 일이리오. 영조께서는 아무 일이든지 억측으로 생각하시어 엄히 꾸짖으시는 일이 많았다. 그날 경모궁을 뜰에 세우시고 술 먹은 일을 엄문하시니 실지로 잡수신 일이 없건마는 너무 두려워서 감히 변명을 못하는 성품이시라 하도 강박히 물으시니 하는 수 없이,

"먹었나이다."

"누가 주더냐?"

댈 데가 없어서,

"밖의 소주방 큰 나인 희정이가 주옵더이다."

영조께서 두드리시며,

"네 이 금주하는 때 술을 먹어 광패히 구느냐?"

엄책하셨다. 이때 보모 최상궁이,

"술 잡수셨다는 말은 억울하니 술내가 나는가 맡아 보소서."

아뢰었다. 그 뜻은 술이 들어온 일이 없고 잡수신 바 없으니 원통하여 참을 수 없어서 아뢰었던 것이다. 그러나 경모궁께서는 최상궁을 꾸짖으셨다.

"먹고 아니 먹고 간에 내가 먹었다고 아뢰었으니 자네가 감히 말할 것이 있는가. 물러가소."

보통때는 부왕 앞에서 주저하여 말씀을 못하시더니 그날은 원통히 꾸중을 들었기 때문에 그렇게 말씀을 잘하셨던가. 그때 두려워서 벌벌 떠시던 중에도 그렇게 말씀하시는 일이 다행하더니 영조께서 또 격노하셨다.

"네 내 앞에서 상궁을 꾸짖으니 어른 앞에서는 개도 꾸짖지 못하는데 그리하느냐?"

"감히 와서 변명을 하기로 그리하였습니다."

얼굴을 낮추어서 아래 사람의 도리로 잘하신 일이었다. 그러나 금주령 아래서 동궁에게 술을 드렸다고 희정이를 멀리 귀양보내시고 대신 이하 인견하라 하시고 춘방관을 먼저 들어가 면담하라 하오시니, 그날 억울하고 슬퍼서 홧증을 참기 어렵다가 춘방관이 들어오니 처음으로 호령하셨다.

"너희놈들이 부자간에 화하게는 못하고 내가 이렇게 억울한 말을 들어도 너희들은 말 하나 아뢰지 않고 감히 들어올까 보냐. 다 나가라."

춘방관 하나는 누구였는지 모르나 하나는 원인손이었다. 그는 무어라 아뢰고 썩 나가지 않으니 경모궁께서 화를 내시고,

"어서 나가라."

쫓아내실 즈음에 촛대가 거꾸러져서 낙선당 온돌 남창에 닿아 불이 붙었다. 불 잡을 사람은 없고 화세는 급하여 순식간에 낙선당이 타니 영조께서는 함인정에 제신을 모으시고 경모궁을 부르셔서,

"네가 불한당이냐. 불을 왜 지르느냐?"

호령하셨다. 그때의 설움이 가슴에 복받쳐서 또 거기서도 그 불이 촛대가 굴러서 난 불이라는 원인을 여쭙지 않으시고 스스로 방화한 듯이 하시니 절절이 슬프고 갑갑하였다. 그날 그 일을 지내시고 기가 막히셔서 청심환을 잡수시고 울화를 내리시더니,

"아무래도 못살겠다."

저승전 앞뜰의 우물로 가서 떨어지려 하시니 그 놀라운 경상과 끔찍한

형용을 어찌 말할 수 있으리오. 가까스로 구하여 덕성합으로 나오시게 하였다.

대저 부자분 사이가 좋지 못하신 곡절이 또 있으니 그것은 다름이 아니라 신미 동짓달에 현빈궁 상사 나시니 영조께서 효부를 잃으시고 애통하시어 장례에 친히 임하시어 간곡하게 돌보셨다. 그러는 중 그곳 시녀 나인이 문녀였는데 상사 후 가까이 하셔서 잉태하고 그 오라비는 문성국이란 놈인데 그것을 별감으로 사랑하시고 문녀도 총애하여 계유 삼월에 옹주를 낳았다. 문성국이 제 무슨 심장으로 동궁께 흉한 뜻을 먹었던지 요악간흉한 놈이 아니리오. 부자분 사이가 좋지 못하신 것을 그놈이 알고 그 틈을 타서 부왕의 성의만 맞추어서 동궁 하시는 일을 전부 염탐해다가 고자질해 올렸다. 동궁 하시는 일을 누가 사이에서 말할 이 있으리오마는 성국이는 세력을 믿고 무서운 마음이 없어서 동궁 액속들이 모두 제동류이므로 동궁의 사소한 일까지 듣는 족족 대조께 여쭙고, 문녀는 안으로 모든 소문인즉 다 여쭈니, 모르실 제도 의심하시던 터에 날로 동궁의 험만을 들으시니 성심이 갈수록 갑갑하게 되실 수밖에 없었다. 국운이 불행하여 요녀와 간 적이 일어난 일이 슬프다.

병자년 마마병으로 모친 상사를 당하시니 슬프시기도 하고 마음을 많이 쓰시니 병환은 점점 더하시고 성국이는 듣는 일마다 아뢰어 두 분 사이가 더욱 망극하였다. 그때 가뭄은 들고 노염이 장하셔서 엄교가 많으시니 그 밤에 동궁이 덕성합 뜰에서 휘녕전 바라보시고 슬피 울면서 죽고자 하시던 일을 어찌 다 적으리오.

그 유월부터 홧증이 더하셔서 사람 죽이기를 시작하시니 그때 당번 내관 김환채라는 것을 먼저 죽여서 그 머리를 들고 들어오셔서 나인들에게 보이시니, 내가 그때 사람의 머리 벤 것을 처음 보았는데 그 흉하고 놀랍기 이를 것이 어이 있으리오. 사람을 죽이고야 마음이 조금 풀리시는지 그때 나인 여럿이 상하니 그 갑갑하기 측량없어 마지못하여 선희궁께,

"병환이 점점 더하여 이러하시니 어찌할꼬?"

하고 여쭈니 놀라서 음식을 끊고 자리에 누워서 근심하시니 또한 망극하여 그저 죽어서 모르고 싶었다.

정축년 동짓달 변 후에 관희합에서 머무르시더니 무인 삼십사년 이월에 부왕께서 또 무슨 일로 불평하시고 동궁 계신 데로 찾아가시니 동궁하고 계신 것이 어찌 눈에 거슬리지 않으시리오. 숭문당으로 오셔서 동궁을 부르시니 동짓달 후 처음 만나셨다. 여러 조건을 많이 꾸중하시고 하신 일을 바로 아뢰라고 추궁하셨다.

경모궁께서는 아무리 어른들이 아시면 큰일이 날 줄 아시면서도 어전에서는 당신 하신 일을 바로 아뢰시는 품이니 이는 천성이 숨김이 없어서 그러신지 이상하였다. 그날도 그 말씀에 대답하시기를,

"심화가 나면 견디지 못하여 사람을 죽이거나 닭 짐승을 죽이거나 하여야 마음이 풀립니다."

"어찌하여 그러하냐?"

"마음이 상하여 그러합니다."

"어찌하여 마음이 상하느냐?"

"사랑치 않으시므로 슬프고, 꾸중하시기로 무서워서 화가 되어 그러하오이다."

사람 죽인 수를 하나도 감추지 않고 세세히 다 고하였다. 영조께서는 그때 일시 천륜의 정이 통하였던지 마음에 측은하였는지,

"내 이제는 그리 않으마."

노염이 조금 감하시고 경춘전으로 오셔서 나더러 하시기를,

"세자가 이러이러하니 그러할 시 옳으냐?"

부자간에 그런 말씀이 처음이었다. 하도 뜻밖의 말씀이라 내가 창졸에 듣잡고 놀라 기뻐하고 감읍하여 눈물을 드리워 아뢰었다.

"그러옵다 뿐이오리까? 어려서부터 자애를 입삽지 못하와 한 번 놀라고 두 번 놀라서 심병이 되어 그러하옵니다."

"마음이 상하였다 하는구나."

"상하기 이르오리까? 은혜를 드리시면 그렇지 않으오리다."

이렇게 여쭈며 서러워서 우니 안색과 말씀이 좋아지셨다.

"그러면 내가 그리 한다 하고, 잠은 어찌 자고 밥은 어찌 먹느냐? 내가 묻는다고 하여라."

그날이 무인(영조 34년) 이십칠일이었다. 내가 대조께서 관희합에 가시는 양을 보고 또 무슨 변이 날까 혼비백산하여 애를 쓰다가 의외의 하교를 받잡고 하도 감격하여 울며 웃으며,

"이리하와 그 마음을 잡게 하시면 오죽 좋겠습니까?"

하고 절하고 손을 비비며 축수하매 내 거동이 가엾으시던지 온화하게,

"그리하여라."

이것이 어찌되신 성교이신지 희한한 꿈 같았다. 마침 경모궁께서 나를 오라 하여 가 뵙고,

"왜 묻지도 않으신 사람 죽인 말씀을 하셨습니까? 스스로 그런 말씀을 하시고 나중에는 남의 탈을 삼으시니 어찌 답답하지 않습니까?"

"알고 물으시니 다 말씀 드릴 수밖에."

"무엇이라 하시옵더이까?"

"그리 말라 하시더군."

"이렇게 듣자왔으니 이후는 부자간이 다행히 좋아지겠습니다."

홧증을 덜컥 내시면서,

"자네는 사랑하는 며느리라 그 말씀을 다 곧이듣는가? 부러 그러하시는 말씀이니 믿을 수 없소. 필경은 내가 죽고 마느니."

그러할 제는 병환 계신 이 같지 않고 아까 부왕께서 유연한 천륜으로 말씀하셨으니 믿잡지 못하오나, 한때 그 말씀이라도 감축하여 울었고, 경모궁께서 병환 중 능히 하시는 밝은 소견을 들으니 어찌 흐뭇하지 않으리오. 대저 하늘이 부자 두 분 사이를 그토록 하시게 하여 아버님께서는 말고자 하시다가도 누가 시키는 듯이 도로 미움이 생기시고 아드님은 속이는 일이 없이 당신 과실을 고하시니 이는 천질의 착함이라 좀 예사로우시면 어찌 이같이 하시리오. 하늘 뜻이 어찌하여 이토록 만고에 없는 슬픔을 끼치셨는지 애통할 뿐이다.

이때 의대병이 극심하시니 그 무슨 일인고. 의대병환의 말씀이야 더욱 형편없고 이상한 괴질이시니, 대저 옷을 한 가지 입으려 하시면 열 벌이나 이삼십 벌이나 하여 놓으면 귀신인지 무엇인지 위하여 놓고 혹 불사르기도 하고, 한 벌을 순하게 갈아입으시면 천만다행이요, 시중 드는 이

가 조금만 잘못하면 옷을 입지 못하여 당신이 애쓰시고 사람이 다 상하니 이 아니 망극한 병이냐? 어떤 때는 하도 많이 하니 무명인들 동궁 세간에 무엇이 많으리오. 미처 짓지도 못하고 옷감도 얻지 못하면 사람 죽기가 순식간의 일이니, 아무쪼록 옷을 해대려도 마음이 쓰이는지라. 부친이 이 말을 들으시고 근심하는 탄식이 무궁하시고, 내가 애쓰는 일과 사람 상할 일을 민망히 여기시고 그 옷을 이어 주셨다. 그 병환이 육칠 년에 걸쳐서 극히 성한 때도 있고 좀 진정한 때도 있었다. 그 옷을 입지 못하여 애를 쓰시다가 어찌하여 조금 증세가 나아서 천행으로 한 벌 입으시면 당신도 다행한 것같이 여기고 더럽도록 입으셨으니 그 무슨 병이런고 천백 가지 병 중 옷 입기 어려운 병은 자고로 없는 병인데 어찌 지존하신 동궁이 이런 병이 들으셨는지 하늘을 불러 알 길이 없었다.

정성왕후와 인원왕후 두 분의 소상을 차례로 무사히 지내고 두어 달은 극심한 탈은 없이 지나가고 국상 후에 동궁께서 홍릉에 참배치 못하였으므로 마지못하여 따라가게 하셨다. 그 해 장마가 지지하다가 거동 날 큰 비가 쏟아지매 부왕께서 날씨가 이런 것은 아드님을 데려온 탓이라 하시고 능에 미처 가지 못하여,

"도로 들어가라."

동궁을 쫓아 돌려보내고 부왕만 가셨다. 동궁께서는 능에 전알하려 하시다가 뜻을 이루지 못하였으니 어찌 섭섭지 않으시리오. 거동회란을 잘 하시기를 축수하다가 이 기별을 듣고 나는 망연실색하고 이제 들어오시면 짜증을 얼마나 내실까 하고 쩔쩔매고 있었더니 동궁께서 큰 비를 맞고 도로 들어오시니 그 마음이 어떠하시리오. 격기가 올라서 바로 오실 수 없어 경영고에 들러서 기운을 진정하고 들어오셨다니 그 모양 얼마나 고통스럽고 걱정스러웠을까? 그런 동궁을 생각하니 그 일은 병들지 않으시더라도 대순의 효도가 아니고는 섧지 않으실 리 없을 것이다. 선희궁과 나는 서로 마주 잡고 울 뿐이었다. 당신도 비관하신 어조로,

"점점 살 길이 없다."

그 후에 옷을 잘못 입고 가서 그런 일이 났는가 걱정으로 의대 증세가 더하시니 안타까웠다.

이렇듯 신사년이 되니 동궁의 병환이 더욱 심해지셨다. 대조께서 이어 하신 후에는 후원에 나가서 말타기와 군기붙이로 소일할까 하시다가 칠월 후에는 후원에도 늘 가시니 그것도 심심해서 뜻밖에 미행(몰래 나들이 하는 일)을 시작하셨다. 처음의 일이라 어이없으니 어찌 다 그 근심을 형용하리오. 병환이 나시면 사람을 상하고 마셨다. 그 옷 시중을 현주의 어미가 들었는데 신사년 정월에 미행하려고 옷을 갈아입으시다가 의대증이 발작하여 당신이 총애하시던 것도 잊으시고 그것을 쳐 죽이고 나오셨다. 즉각에 대궐에서 이런 탈이 났으니 제 인생이 가련할 뿐 아니라 제 자녀가 있으니 어린 것들의 정상이 더 참혹하였다. 이렇게 하여 정월 이월 삼월을 미행으로 보내서 궁 밖 출입이 잦으시니 그때 내 마음이 얼마나 무섭고 조심스러웠으리오.

경진년 이후 내관 나인이 동궁께 상한 것이 많으니 기억하지 못하되 뚜렷이 나타난 것은 서경달이니 내수사 것 더디 거행한 일로 죽이고, 출입번 내관도 여럿이 상하고, 선희궁의 나인 하나도 죽어서 점점 어려운 지경에 이르렀다. 장님들도 불러 점을 치시다가 그것들이 말을 잘못하면 죽이고 의관이며 역관이며 액속 죽은 것들도 있어서 하루에도 대궐에서 사람 죽은 것을 여럿 쳐내니 내외 인심이 황황하며 언제 죽을지 몰라서 벌벌 떨었다. 당신의 천질은 진실로 거룩하시건만 그 착하신 본성을 잃으시고 아주 그릇되시니 이를 어찌 차마 말하리오.

경진 오월 선희궁이 세손 가례 후 처음으로 세손빈도 보실 겸 아래 대궐에 내려오셨다. 동궁께서 반갑게 대하심이 과중하셨는데 마음이 영하여 마지막 영결로 그리하셨는지 모른다. 잡수시는 것과 잔치하는 진상이 거룩하여 과실을 높게 고이고 인삼과까지 하여 놓고, 수연시를 지으시고 잔을 올리시고 남은 것 없이 받으셨다. 그리고 후원에 모셔 갈 제 가마를 대연 모양으로 하여 권하자, 선희궁께서 마다하시되 억지로 태우시고 앞에 큰 기를 세우고 풍악을 합치며 모셨다. 그 모양이 당신으로는 극진히 효행하시는 일이라 선희궁께서는 동궁의 그러시는 것이 병환인 것을 망극히 놀라시고 거절하였다. 선희궁께서는 나를 대하시면 눈물을 흘리시고 두려워하셔서,

"어찌 할꼬?"

탄식만 하셨다. 수일을 머무르시고 올라가시니 어머님도 우시고 아드님도 매우 슬퍼하시니 마지막 영결로 그리하였던가?

갈수록 동궁의 하시는 일이 극도로 낭자하시니, 전후 일이 모두 본심으로 하신 일이 아니건마는 인사 정신을 모르실 적은 화에 들떠서 하시는 말씀이 칼을 들고 가서 죽이고 싶다 하시니, 조금이라도 본정신이 계시면 어찌 이러하시리오. 당신의 팔자가 기구하여 천명을 다 못하시고 만고에 없는 참혹한 일을 당하려는 팔자니, 하늘이 아무쪼록 그 흉악한 병을 지어 몸을 그토록 만들려 하신 것이다. 하늘아 하늘아, 차마 어찌 이리 만드는가.

선희궁께서 병으로 그러신 아드님을 아무리 책망하여도 믿을 것이 없으매, 자모 되신 마음으로 다른 아들도 없이 이 아드님께만 몸을 의탁하고 계시더니 차마 어찌 이 일을 하고자 하시리오. 처음은 자애를 받잡지 못하여 이같이 되신 것이 당신의 종신지통이 되어 계시나 이미 동궁의 병세가 이토록 극심하고 보모를 알지 못할 지경이니 사정으로 차마 못하여 미적미적하다가 마침내 증세가 위급하여 물불을 모르고 생각지 못한 일을 저지르게 되시면 사백년의 종사를 어찌하리오. 당신의 도리가 옥체를 보호하옵는 대의가 옳고 이미 병이 할 수 없으니 차라리 몸이 없는 것이 옳고, 삼종(효종, 현종, 숙종) 혈맥이 세손께 있으니 천만 번 사랑하여도 나라를 보존하기가 이밖에 없다 하시고 십삼일 내게 편지하시되,

"어젯밤 소문이 더욱 무서우니 일이 이리 된 후는 내가 죽어 모르거나, 살면 세손을 구해서 종사를 붙드는 것이 옳으니, 내가 살아서 빈궁을 다시 볼 것 같지 않소."

하셨다. 내가 그 편지를 잡고 울었으나 그날에 큰 변이 날 줄이야 어찌 알았으리오.

그날 아침에 대조께서 무슨 전좌 나오려 하시고 경현당 관광청에 계셨는데 선희궁께서 가서 울면서 아뢰되,

"큰 병이 점점 깊어서 바랄 것이 없사오니 소인이 모자의 정리에 차마 이 말씀을 못하올 일이오나, 옥체를 보호하옵고 세손을 건져서 종사를

평안히 하옵는 일이 옳사오니 대처분을 하옵소서.”

또 이어서 말씀하시되,

“부자지정으로 차마 이리하시나 병이니 병을 어찌 책망하오리까? 처분은 하시되 은혜는 끼치셔서 세손 모자를 평안케 하옵소서.”

하시니 내 차마 그 아내로 처하여 이것을 옳게 하신다고 못하니 일인즉 할 수 없는 지경이었다. 내가 따라 죽어서 모르는 것이 옳되 세손을 위해 차마 결단치 못하고 다만 망극한 운명을 서러워할 뿐이었다.

대조께서 들으시고 조금도 지체하시지 않고 창덕궁 거동령을 급히 내리셨다. 선희궁께서 사정을 끊고 대의로 말씀을 아뢰시고 가슴을 치고 기절할 듯이 당신 계신 양덕당으로 가서 음식을 끊고 누워 계시니 만고에 이런 정리가 어디 있으리오.

그날이 임오년(영조 38년) 윤오월 열이틀이었다. 그날 아침 들보에서 부러지는 듯이 꽝장한 소리가 나니 동궁이 들으시고,

“내가 죽으려나 보다. 이게 웬일인고.”

놀라셨다.

동궁은 부왕의 거동령을 듣고 두려워서 아무 소리 없이 기계와 말을 다 감추어 흔적없이 하라 하시고 교자를 타고 경춘전 뒤로 가시며 나를 오라고 하셨다. 근래에 동궁의 눈에 사람이 보이면 곧 일이 나기 때문에 가마 뚜껑을 하고 사면에 휘장을 치고 다니셨는데 그날 나를 덕성합으로 오라 하셨다. 그때가 오정쯤이나 되었는데 홀연히 무수한 까치떼가 경춘전을 에웠고 울었다. 이것이 무슨 징조일까 괴이하였다. 세손이 환경전에 계셨으므로 내 마음이 황망 중 세손의 몸이 어찌 될지 걱정스러워서 그리 내려가서 세손에게,

“무슨 일이 있어도 놀라지 말고 마음을 단단히 먹으라.”

천만 당부하고 어찌할 바를 몰랐다. 그런데 거동이 웬일인지 늦어져서 미시 후에나 휘녕전으로 오신다는 말이 있었다. 그때 동궁은 나를 덕성합으로 오라 재촉하시기에 가 보니, 그 장하신 기운과 언짢은 말씀도 않으시고 고개를 숙여 깊이 생각하시는 양 벽에 기대어 앉으셨는데, 안색이 놀라서 핏기가 없이 나를 보셨다. 응당 횃증을 내고 오죽 하시랴. 내

목숨이 그날 마칠 것도 스스로 염려하여 세손을 경계 부탁하고 왔었는데 생각과 다르게 나더러 하시는 말씀이,

"아무래도 이상하니, 자네는 잘 살게 하겠네. 그 뜻들이 무서워."

내가 눈물을 드리워 말없이 허황해서 손을 비비고 앉았었다. 이때 대조께서 휘녕전으로 오셔서 동궁을 부르신다는 전갈이 왔다. 그런데 이상하게도 '피하자'는 말도 '달아나자'는 말씀도 않고 좌우를 치지도 않으시고 조금도 홧증 내신 기색도 없이 썩 용포를 달라 하여 입으시더니,

"내가 학질을 앓는다 하려 하니 세손의 휘항(남바위와 같은 방한모)을 가져오너라."

내가 그 휘항은 작으니 당신 휘항을 쓰시라고 하였더니 뜻밖에도 하시는 말씀이,

"자네가 참 무섭고 흉한 사람일세. 자네는 세손 데리고 오래 살려고 하기에 오늘 내가 나가서 죽을 것 같으니 그것을 꺼려서 세손 휘항을 안 주려고 하는 심술을 알겠네."

내 마음은 당신이 그날 그 지경에 이르실 줄은 모르고 이 일이 어찌 될까 사람이 설마 죽을 일이요, 또 우리 자모가 어떠하랴 하였는데 천만 뜻밖의 말씀을 하시니 내가 더욱 서러워서 세손의 휘항을 갖다 드렸다.

"그 말씀이 하도 마음에 없는 말씀이니 이 휘항을 쓰소서."

"싫다. 꺼려하는 것을 써 무엇할꼬."

이런 말씀이 어찌 병드신 이 같으며, 어이 공손히 나가려 하시던가. 모두 하늘이 시키는 일이니 슬프고 원통하다. 그러할 제 날이 늦고 재촉이 심하여 나가시니 대조께서 휘녕전에 앉으시어 칼을 안으시고 두드리시며 그 처분을 하시게 되니 차마차마 망극하여 이 경상을 내가 어찌 기록하리오. 섧고 섧도다.

동궁이 나가시며 대조께서 엄노하시는 음성이 들려 왔다. 휘녕전과 덕성합이 멀지 않아서 담 밑으로 사람을 보내서 보니 벌써 용포를 덮고 엎드려 계시더라 하니 대처분이신 줄 알고 천지가 망극하여 창자가 끊어지는 듯하였다. 거기 있는 것이 부질없어 세손 계신 데로 와서 서로 붙잡고 어찌할 줄 몰랐더니, 신시(오후 4시 전후)쯤 내관이 들어와서 밖 소주방

에 있는 쌀 담는 궤를 내라 한다. 이것이 어찌 된 말인지 황황하여 내지 못하고 세손궁이 망극한 일이 있는 줄 알고 뜰앞에 들어가서,

"아비를 살려 주옵소서."

대조께서,

"나가라."

엄하게 호령하셨다. 세손은 할 수 없이 나와서 왕자 재실에 앉아 있었는데 그때 정경이야 고금천지간에 없으니 세손을 내어 보내고 천지가 개벽하고 일월이 어두웠으니 내 어찌 일시나 세상에 머무를 마음이 있으리오. 칼을 들고 목숨을 끊으려 하였으나 옆의 사람이 빼앗아 뜻을 이루지 못하고 다시 죽고자 하되 칼이 없어서 못하였다. 숭문당에서 휘녕전 나가는 건복문 밑으로 가니 아무 것도 보이지 않고 다만 대조께서 칼 두드리시는 소리와 동궁께서,

"아버님 아버님, 잘못하였으니 이제는 하랍시는 대로 하고, 글도 읽고 말씀도 다 들을 것이니 이리 마소서."

이런 소리를 들으니 내 간장이 마디마디 끊어지고 앞이 막히니 가슴을 아무리 두드린들 어찌 하리오. 당신의 용력과 장기^{將氣}로 궤에 들어가라 하신들 아무쪼록 들어가지 마실 것이지 왜 필경 들어가셨는가? 처음엔 뛰어나오려 하시다가 이기지 못하여 그 지경에 이르시니 하늘이 어찌 이토록 하였는가? 만고에 없는 설움뿐이며, 내 문 밑에서 통곡하여도 응하심이 없었다.

집으로 나와서 나는 건넌방에 눕고, 세손은 내 중부와 오라버님이 모셔 나오고 세손 빈궁은 그 집에서 가마를 가져다가 청연^{淸衍}과 한데 들려 나오니 그 정상이 어떠하리오. 나는 자결하다가 못하고 돌이켜 생각하니 십일 세 세손에게 첩첩한 고통을 남긴 채 내가 없으면 세손이 어찌 성취하시리오. 참고 참아서 모진 목숨을 보전하고 하늘만 부르짖으니 만고에 나 같은 모진 목숨이 어디 있으리오. 세손을 집에 와서 만나니 어린 나이에 놀랍고 망극한 경상을 보시고 그 서러운 마음이 어떠 하리오. 놀라서 병날까, 내가 망극히 함을 이기지 못하고,

"망극 망극하나 다 하늘이 하시는 노릇이니, 네가 몸을 평안히 하고 착

하여야 나라가 태평하고 성은을 갚사올 것이니 설움 중이나 네 마음을 상하지 말라.”

이십일 신시쯤 폭우가 내리고 뇌성도 하니, 뇌성을 두려워하시던 일이 생각나 어찌 되신고 하는 생각 차마 형용할 수 없었다. 내 마음이 음식을 끊고 굶어 죽고 싶고 깊은 물에도 빠지고 싶고, 수건을 어루만지며 칼도 자주 들었으나 마음이 약하여 강한 결단을 못하였다.

그러나 먹을 수가 없어서 냉수도 미음도 먹은 일이 없으나 내 목숨 지탱한 것이 괴이하였다. 그 이십일 밤에 비 오던 때가 동궁께서 숨지신 때던가 싶으니 차마 어찌 견디어 이 지경이 되셨던가. 그저 온몸이 원통하니 내 몸 살아난 것이 모질고 흉하다.

선희궁이 마지못하여 그렇게 아뢰어서 대처분은 하시려니와, 병환 때문에 마지 못해서 하신 일이라 애통하여 은혜를 더하시고 복제나 행하실까 바라왔더니 성심이 그 처분으로도 성노를 풀지 못하시고 동궁께서 가깝게 하시던 기생과 내관 박필수 등과 별감이며 장인이며 부녀들까지 모두 사형에 처하시니 이는 당연한 일이오시니 감히 무슨 말을 하리오.

슬프고 슬프도다. 모년 모월 일을 내 어찌 차마 말을 하리오. 천지가 맞붙고 일월이 빛을 잃고 캄캄해지는 변을 만나 내 어찌 일시나 세상에 머무를 마음이 있으리오. 칼을 들어 목숨을 끊으려 하였더니 곁의 사람들이 칼을 빼앗음으로 인하여 뜻같지 못하고 돌이켜 생각하니 십일 세 세손에게 첩첩한 큰 고통을 끼치지 못하겠고 내가 없으면 세손의 성취를 어찌하리오. 참고 참아서 모진 목숨을 보전하고 하늘만 부르짖었다.

그때 부친이 나라의 엄중한 분부로 동교에 물러나서 근신하고 계시다가 사건이 일단락된 후에 다시 들어오시니 그 무궁한 고통이야 누가 감당하리오. 그날 실신하고 쓰러지니 당신이 어찌 세상에 살 마음 계시리오마는 내 뜻과 같아서 오직 세손을 보호하실 정성만 계셔서 죽지 못하시니 이 뜨거운 정성이야 귀신이나 알지 누가 알리오. 그날 밤에 내가 세손을 데리고 사저로 나오니 그 망극하고 창황한 정경이야 천지도 응당 빛을 변할지니 어찌 말로 형용하리오. 선왕께서 부친께,

“네가 보전하여 세손을 보호하라.”

분부하셨다. 이 성교 망극 지중하나 세손을 위하여 감읍함이 측량없고 세손을 어루만지며,

"착한 아들이 되어 선친께 효도하고 성은을 갚으라."

경계하는 슬픈 마음이 또 어떠하리오. 그 후 성교로 인하여 새벽에 들어갈 때에 부친께서 내 손을 잡으시고 중마당에서 실성 통곡하시며,

"세손을 모셔 만년을 누리사 노경의 복록이 양양하소서."

우셨으니 그때의 내 슬픔이야 만고에 또 있으리오. 인산 전에 선희궁께서 나를 와 보시니 가엾이 원통하신 설움이 또 어떠하시리오. 노친께서 슬퍼하심이 지나치시니 내가 도리어 큰 고통을 참고 우러러 위로하되,

"세손을 위하여 몸을 버리지 말으소서."

장례 후에 윗대궐로 올라가시니 나의 외로운 자취가 더욱 의지할 곳 없었다. 팔월에야 선대왕(영조)께서 뵈오니 나의 슬픈 회포가 어떠하리오마는 감히 말씀드리지 못하고 다만,

"모자 함께 목숨을 보전함이 모두 성은이로소이다."

울며 아뢰었다. 선대왕께서 내 손을 잡고 우시면서,

"네 그러할 줄 모르고 내 너 보기가 어렵더니 네가 내 마음을 편케 하니 아름답다."

말씀을 듣자오니 내 심장이 더욱 막히고 모질게 살아 남아야 한다는 생각이 더욱 강해졌다. 또 아뢰기를,

"세손을 경희궁으로 데려다가 가르치시기를 바라옵나이다."

"네가 떠나서 견딜까 싶으냐?"

내가 눈물을 흘리고,

"떠나서 섭섭한 것은 작은 일이요, 위를 모시고 배우는 것은 큰 일이옵니다."

세손을 경희궁으로 올려 보내려 하니 모자가 떠나는 정리 오죽 하리오. 세손이 차마 나를 떨어지지 못하여 울고 가시니 내 마음이 칼로 베는 듯 참고 지냈다. 선대왕께서 세손을 사랑하심이 지극하시고 선희궁께서 아드님 정을 세손에 옮기셔서 매사를 돌보시고 한방에 머무시면서 새벽

이면 밝기 전에 깨워서,

"글 읽으라."

내보내셨다. 칠십 노인이 한 가지로 일찍 일어나셔서 조반을 잘 보살펴 드리니 세손이 이른 음식을 못 잡수시되 조모님 지성으로 억지로 자신다 하니 선희궁의 그때의 심정을 또 어찌 헤아리리오.

그 해 구월에 천추절을 만나니 내가 몸을 움직일 기운이 없었으나 상교로 인하여 부득이 올라가니 선대왕께서 내가 거처하던 경춘전 남쪽 낮은 집을 가효당이라 이름 지으시고 현판을 친히 써 주시며,

"네 효성을 오늘날 갚아 주노라."

내가 눈물을 드리워 받잡고 감히 당치 못하고 또 불안해 했더니 부친이 들으시고 감축하시어 집안 편지에 매양 그 당호를 써서 왕래하게 하시더라.

작가 소개와 작품해설

● 저자 소개

혜경궁 홍씨惠慶宮洪氏(1735~1815) ; 조선조 21대 영조의 아들인 장조莊祖(사도세자)의 비이며, 정조의 어머니이다.

영의정 홍봉한의 딸로 태어나 열 살에 세자빈에 책봉되었다. 1762년 5월 사도세자가 죽은 뒤 혜빈惠嬪에 추서되었다. 아들 정조가 즉위하자 궁호가 혜경으로 올랐으며, 1815년 81세로 사망하였다. 1899년 사도세자가 장조로 추존되면서 경의황후로 추존되기도 했다.

남편인 사도세자의 죽음 이후 자신의 한많은 생을 자서전적으로 서술한 산문집이 〈한중록〉이다.

● 주제

당파의 음모와 살상의 궁중비화.

● 작품 해설

이 작품은 조선조 21대 영조의 아들 사도세자思悼世子가 비참하게 죽어간 사건을 그의 아내 혜경궁 홍씨가 손수 서술한 기록문이다. 그러기에 보다 진진하고 절박하며 진실성도 있다.

사도세자는 일명 '뒤주왕자'로도 알려져 있다. 이는 그가 부왕 영조의 노여움을 사서 9일간 뒤주 속에 갇히어 신음하다가 죽었기 때문이다. 세자는 결국 당파 싸움에 희생된 슬픈 운명의 왕세자였다.

〈한중록〉은 모두가 4편으로 제1편은 회갑년에 쓰여졌고, 나머지 세 편은 1801년에서 1806년 사이에 쓰여진 것으로 알려져 있다. 여러 이본이 있는데 〈한듕록〉, 〈한듕만록〉, 〈읍혈록〉 등 이칭이 있다.

● 줄거리

제 1 편에서는 혜경궁 자신의 출생에서 어릴 때의 추억과 9세에 세자 빈에 간택된 이야기가 있다. 또한 그 이듬해에 입궁하여 50년 간의 궁중 생활을 회고하고 있다.

남편 사도세자의 비극에 대해서는 차마 말을 할 수 없다고 의식적으로 사건의 핵심을 회피한다. 그 대신 자신의 외로운 모습과 세자 장례 후 시아버지 영조와 처음 만나는 극적인 장면의 이야기가 훈끈하다.

후반부에서는 정적들의 모함으로 아버지, 삼촌, 동생들이 화를 입게 된 시말이 기록되어 있다. 화성행궁에서 열린 자신의 회갑연에서 만난 친지들의 이야기로 끝맺는다.

나머지 세 편은 1801년 5월 29일 동생 홍낙임이 천주교 신자라는 죄목 으로 사약을 받고 죽은 뒤에 썼다. 제 2 편에서는 화왕옹주의 이간질과 홍국영의 개인적인 한풀이, 동생의 억울한 죽음을 상세히 기술하고 있 다.

제 3 편에서는 정조의 효성과 그가 약속한 외가와의 화해 등이 기록되 어 있고, 제 4 편에서는 사도세자의 참변과 내막이 폭포되어 있다. 세자 의 참상은 우리가 아는 보통 그대로이다.

● 독서 토론

〈한중록〉은 문학사로 볼 때 18세기 말의 작품이지만, 우리 나라 산문 문학의 대표작이라 할 만하다. 여성다운 우아한 문장이며, 내용도 정서 적으로 독자에게 어필하는 데가 있다. 뿐만 아니라 역사적 사실이 창작 보다도 오히려 기구하여 강력한 호소력을 갖는다.

더구나 그 문장과 표현이 80여 성상을 궁중 심처에서 보낸 귀인의 글 이라서 고상하고 우아한 표현력이 돋보인다. 그리고 전편을 통하여 면 면히 흐르고 있는 귀인다운 작자의 품위와 그 속에서 번득이는 예리한 지성은 독자의 심금을 울리기에 충분하다.

한 가지, 〈한중록〉은 궁중의 비사를 서술한 일종의 회고록이다. 이 작품을 소설로 볼 수 있느냐, 없느냐 하는 문제에 대해서는 이론이 없지 않다. 그러나 그 표현 형식이 다분히 소설적이며, 소재를 역사에서 구했다는 점으로 보아 역사적인 사건 또는 인물을 소재로 한, 역사소설 내지 궁중생활을 소재로 한, 섬세하고 진아한 궁중소설로 다루어도 무난할 것이다.

● 비교 작품

궁중소설로 〈계축일기〉, 〈인현왕후전〉이 있으며, 전기체 소설인 〈운영전〉도 있다.

한국 대표
고전소설선 (下)

초판 인쇄 · 1995년 7월 20일
초판 발행 · 1995년 7월 25일
2쇄 · 1996년 11월 20일
3쇄 · 1997년 12월 10일
4쇄 · 2001년 8월 8일
5쇄 · 2003년 4월 10일

엮은 이 · 윤병로
펴낸 이 · 임종대
펴낸 곳 · 미래문화사

등록 번호 · 제3-44호
등록 일자 · 1976년 10월 19일
주소 · 서울시 용산구 효창동 5-421 ㉾140-120
전화 · 715-4507/713-6647
팩시밀리 · 713-4805

Homepage · www.mrbooks.co.kr
E-mail · mrbooks@mrbooks.co.kr
miraebooks@korea.com

ISBN 89-7299-085-X 03810
ⓒ1995, 미래문화사

정가 · 9,000원